이방인의 성

조선 최대의 스팀펑크 城

Anachronistic Zone

이방인의 성城

지은이 I 홍준영

발행일 I 초판 1쇄 2017년 11월 7일

발행처 I 멘토프레스

발행인 I 이경숙

교정 I 서광철, 서주현

인쇄 · 제본 I 한영문화사

등록번호 I 201-12-80347 / 등록일 2006년 5월 2일

주소 I 서울시 중구 충무로 2가 49 - 30 태광빌딩 302호

전화 I (02)2272 - 0907   팩스 I (02)2272 - 0974

E-mail I mentorpress@daum.net

　　　　mentorpress@gmail.com

홈피 I www.mentorpress.co.kr

ISBN 978-89-93442-41-0 (03810)

일러두기

- 책속에 등장하는 고유명사를 비롯 책명, 예술작품 그리고 중요한 별칭들은 부호 [ ]로 통일하여 표기했다.
- 본문에서 쓰이는 외국어는 최대한 그 나라의 본토 발음을 기준으로 적용했다.
- 책속에 등장하는 모든 인명이나 단체명은 이 대체우주에는 실존해 있지 않는 존재들이다. 따라서 현존하는 비슷한 이름이나 단체명 또는 습명襲名이 나오더라도 이는 어디까지나 다른 대체우주 속에 나오는 명칭임을 밝혀둔다.

이명의 싯賦

조시 회의적 스캔들그

Anachronistic Zone

다림 press

- **황금색 봉황(=조선)** 명실상부한 아시아의 맹주국. 조선인들은 스스로를 대중화大中和라 지칭할 정도로 진정한 공맹의 제자들이라 자부했다. 국경의 침범과 침략에 날카롭게 반응했으며, 문치를 통해 덕을 설파했다. 하여, 문치를 통한 감화와 강력한 기술적(=군사적) 우위를 점하고 영토를 넓혔다. 그리고 형제국이던 대명제국의 붕괴로 조선의 13도가 완성되었다.(강원도江原道, 경기도京畿道, 경상도慶尙道, 전라도全羅道, 충청도忠淸道, 평안도平安道, 함경도咸鏡道, 황해도黃海道 고리도高離道, 강연도江沿道, 예장도豫章道, 정주도丁州道, 기주도冀州道) 이후, 공산주의의 태동과 반조선 정서를 가진 소국들에 의해 다른 영토들에 대해선 강제로 통일시키기보다 왕화王化를 통한 연합을 주장했고, 동조한 네 곳의 나라가 조선과 연맹을 맺으며 점차 경제, 이념의 연합체로 대륙으로, 그외 아시아지역으로 확대해갔다. 그러지 않은 자들도 있었지만 한 가지 누구도 부정 못할 사실은 조선이 새로운 아시아의 천자天子가 되었다는 점이다.

- **쑥색소봉(=가한국可汗軍國)** 수많은 만족蠻族들이 자리를 차지하던 지역으로 만리장성 위에 자리한 이 나라는 지형의 특성인지 수많은 무인들과 싸움꾼들이 몰려들었고, 선군정치를 통한 군부국가로서 자리잡았다. 용병장사로 국가를 운영하는 나라로 친조선 정책을 펴는 것을 제외하면 정치와 무관하게 무력을 파는 행위에 경계가 없었다. 여러 만족의 후예와 무림에서 들어온 용사들이 자신의 이름과 단체를 팔며 돈을 번다.

- **주황소봉(=중연금로국仲燕錦路國)** 상인이던 조선인이 조선에서 나가 만든 상업국가. 다른 나라들에 비해 작은 나라로 도서수준의 국가지만, 중계무역으로 돈을 벌었고, 국립은행을 통한 이자놀이로 막대한 부를 축적, 이를 이용해 용병들을 고용하며 국가의 힘을 키웠다. 자본주의의 체현 같은 나라다. 최근 들어서는 조세회피처로써도 사용되는 등, 그 폐해도 보이지만 돌아가는 자본의 규모 때문에 그 발언권을 무시할 수 없는 수준이다. 상인들의 두 번째 고향으로 불리기도 한다.

- **연보라소봉(=송묵공국宋墨公國)** 나라기보다 공동체 사회에 가깝다. 수많은 기술자들, 과학자들이 모여 사는 기술국가. 스스로를 묵공墨公의 후예라 말하는 자들이다. 민족이나 씨족으로 묶인 것이 아니라 기술과 과학이라는 이념으로 묶인 공동체사회로 묵가가 말하던 겸애와 기술을 중요시여기며 비계급적인 사회구성을 가진다. 나라를 대표하는 자를 묵공이 부르며 투표를 통해 뽑는다. 다만 투표권을 가진 건 일정수준에 이른 기술자들 뿐이다. 조선군의 비호로 국가의 국방이 유지되고 있다는 폐해가 있지만 적대국과의 국경지대를 기술력이 응집된 벽으로 막고 있다는 점은 대단하다. 기술자들을 조선에 빌려주는 것으로 조선군의 주둔비용을 갚는다.

- **녹색소봉(=서오국西吳國)** 스스로를 손권의 후손이라 자칭하던 광인 군벌이 세운 무장국가로 시작되었다. 하지만 왕이 광인이라 후사가 없었기에 조선에 실권을 넘겨주게 되는 과정을 겪는다. 기틀을 세웠으나 지탱할 힘이 없어 나라를 조선에 바친 셈이다. 하여, 조선은 서오를 같은 왕을 모시는 동군연합으로서 받아들였다. 초기에는 국두라 하여 왕을 대신하여 다스리는 자를 파견하지만 대부분 조선왕실의 종친들이 그 자리를 차지했다. 점차 나라가 발전해감에 따라 조선유학을 다녀오는 사람들이 많아졌고 현대에 와서는 의회제도를 현대화하며 자국 내에서 투표로 결정된 총리가 정치적 실권을 쥐게 되었다. 때문에 서오국 내에서 국두의 영향력을 무시할 순 없었지만, 국두는 일종의 조선과의 연결선으로 남아있게 되었다. 중화인민공화국이 조선을 분열시키고자 경인민란을 조장하자, 조선왕의 명에 의해 조선과 자유중화공화국과의 연결을 주선하며 중화인민공화국에 일격을 가해버린다. 이로 인해 실제로 중화인민공화국 영토는 밀려나가면서 4등분으로 나누어지게 된다.

- **주홍색뱀(=만주국)/검은색뱀(=평한국)/보라색뱀(=북지국)/옥색뱀(=옹백국)** 경인민란의 삼절 이후 대대적인 공습과 파괴로 중화인민공화국은 자신들의 영토를 빼앗겼고, 빼앗긴 영토들은 지역명칭을 따르며 강제적으로 독립되었다. 다만 만주국은 다른 곳에 모여 살던 만주족의 연합을 기본으로 만들어지며 만주국으로 독립했다. 아직 네 나라는 어느 편을 들지를 정하지 못한 채 근근이 독립을 유지하고 있는 상태다. 다만 만주국만큼은 조선의 편을 들지 않을 것이다. 그들이 살던 땅에서 강제이주를 당한 기억이 후손에 후손을 통해 기억되고 있었다. 때문에 조선 편을 드느니 죽겠다는 사람들도 나온다. 다만 언제까지 그 입장이 유지될지는 알 수 없는 일이다. 북지국와 옹백국은 이미 조선을 향해 눈을 돌리고 있었고, 평한국만이 자유중화공화국과 중화인민공화국 사이를 오가며 제대로 수습을 못하고 있을 뿐. 역사의 흐름 속에서 공산주의가 떠나가고 있음은 알고 있었다.

- **붉은 이무기(=중화인민공화국)** 대명제국의 멸망과 함께 혼돈스런 대륙을 조금씩 통일해가던 무리. 소련의 지지로 점차 그 힘을 키워갔으나 경인민란의 악수로 영토를 빼앗기고 국공내전 이후 쫓아냈던 자유중화공화국 무리들까지 다시 그들과 힘겨루기를 하기 시작했다. 근대이후 새로운 통일중국이 되었을지도 모르겠지만 공산주의의 실패가 크게 작용하여 지금은 풍전등화 신세로 나라의 명맥을 유지중이다.

- **하얀 이무기(=자유중화공화국)** 초창기 국공내전에서 밀려나가 망할 뻔했던 국민당정부가 조선와 서오국의 지지와 무역을 통해 다시 커지면서 새로운 국공내전 중인 전선이 고착화되었지만 아직 전쟁은 끝나지 않았다. 외교적 노력의 중요성을 역설하며 미국과 국제사회의 개입으로 휴전중이다.(조선은 달가워하지 않았다.) 조선의 투자로 나라가 커지면서 기본적으로 조선의 지원을 유지하려 애쓴다.

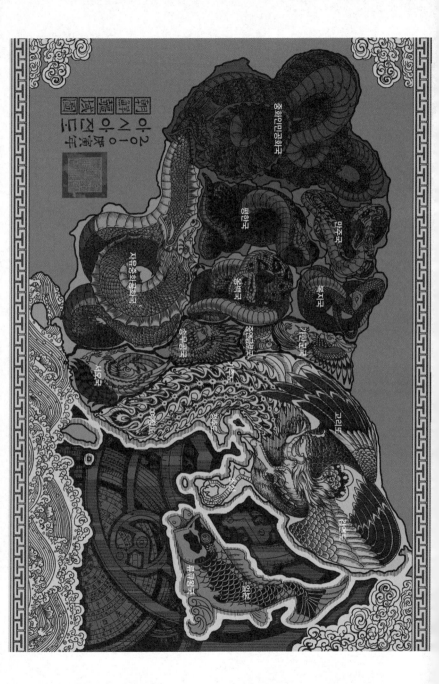

목차

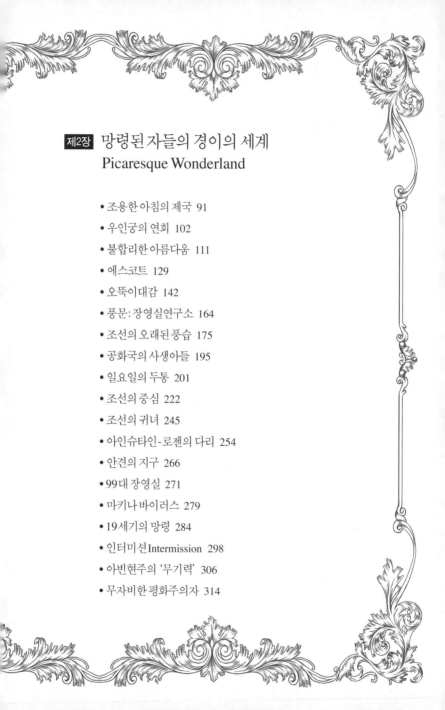

제2장 망령된 자들의 경이의 세계
Picaresque Wonderland

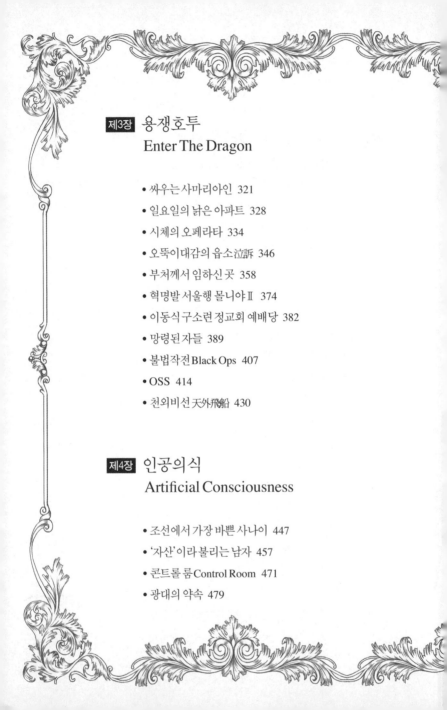

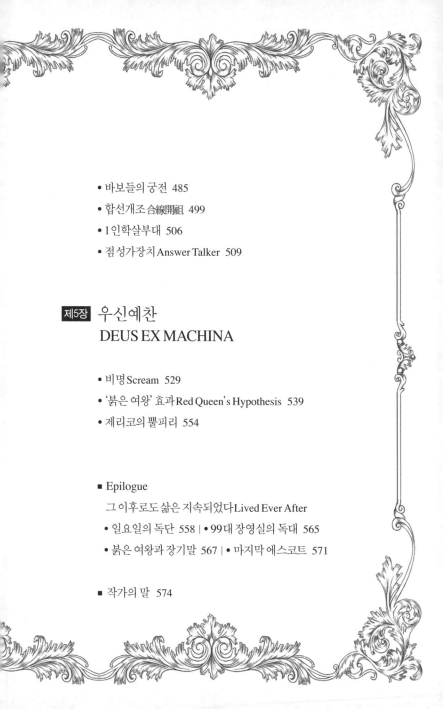

제5장 우신예찬
DEUS EX MACHINA

- Epilogue

  그 이후로도 삶은 지속되었다Lived Ever After

앨리스! 이 어린아이 같은 이야기를 가지렴
그리고 부드러운 손길로 이 이야기를 놓아두렴
어린 시절의 꿈이
신비로운 기억의 띠로 얽혀 자라는 그곳에
저 먼 나라에서 꺾은 꽃들로 만든
순례자가 쓴 시든 화관처럼

     – 루이스 캐럴 [이상한 나라의 앨리스]의 서시에서

• Hello, World!

세계는 저주받았다.

메리 셸리*의 악몽 이후, 마법사나 연금술사들은 과학이란 이름으로 다시 태어났다. 물리적인 명확한 법칙조차 부숴버리는 주술에 가까운 초월적인 과학이 등장한 것이다. 사람들은 그들을 매드 사이언티스트라 불렀고 그들의 과학을 [매드 사이언스]라 불렀다. 그들의 등장은 인간의 기술을 발전시켰고, 당연한 듯이, 어제 생각지 못했던 다음날을 만들어냈다.

그러나 기술의 발달만큼 사회상은 변화되지 못했다. 당시 19세기 특유의 계급주의적이고 인권의 개념도 생소한 시대, 기술발달이 선善으로 받아들여지면서 발전이란 미명 아래 사람들을 매개체로 다양한 실험들이 이어져왔다. 사람들이 쉽게 받아들이지 못했던 신기술들이 발전을 거듭하면서 20세기 초반에 들어서는 점점 [매드 사이언

• [프랑켄슈타인]의 저자. 그녀는 괴물에 대한 악몽을 꾸고 프랑켄슈타인을 만들었다.

스]가 사회 여기저기로 자연스럽게 파고들었다. 3도 화상을 입은 환자를 말끔히 낫게 하는가 하면 죽은 심장조차 다시 뛰게 하는 등의 의료계 발전을 가져왔다. 일상에서는 화면을 필요로 하지 않는 홀로그램 투사장치, 삶을 좀 더 풍요롭게 해주는 약인공지능Weak Artificial Intelligence 등의 개발이 거듭되면서 이것이 자연스럽게 인류에 받아들여졌다.

허나 발전의 속도가 느려지는 일은 없었다. 현대에 와서도, 지금보다 발전된 발명품들이 급속도로 밀려들면서 기술의 패러다임이 빠르게 바뀌었다. 다만 그 기형적인 발달과정에서 야기되는 테러들은 사람들 마음속에 두려움을 심어주기에 충분했다.

예컨대, [쇼핑리스트]와 같은 자들은 방송채널을 해킹하여 자신들이 만든 제품을 공인된 홈쇼핑 상품마냥 멋대로 팔았다. 그러나 그들이 파는 물건이란 대개 안전이 보증되지 않은 위험한 실험의 산물이었다. 또한 자신들이 만들어낸 구원자를 통해 구원받길 원하며, 종교의 가죽을 뒤집어쓴 채, 과학의 이름으로 테러를 일삼는 [박사교단 Doctor's Order]과 같은 컬트종교도 있었다. 이 같은 집단들은 뿌리 뽑히지 못하고 잡초처럼 계속해서 나타났다.

결국 패러다임의 광기가 나른한 일상처럼 흐르며 사람들은 이런 일들에 익숙해졌다. 다시금 공포감이 극대화되는 사태가 일어나게 된다. 20세기 후반, 전세계에 동시다발적으로 붉은 비가 내렸다. 이날 이후, 일종의 바이러스가 사람들의 접촉을 통해 퍼져나갔다. 죽은 사람은 아무도 없었지만 세계는 이전 같을 수 없게 되었다.

붉은 비가 내린 이후, 언어의 경계는 모두 파괴되어버렸다. 모든 사람들은 외국어를 모국어로 이해했다. 암흑대륙의 어떤 부족은 평생 만나본 적도 없는 백인들과 각자 서로의 모국어로 말하면서 막힘이 없이 상대방의 뜻을 이해했다.

이 붉은 비의 주범은 [박사교단]이었다. 그들은 미디어를 통해 자신들의 행위를 선전했으며 스스로 이 사건을 [바벨탑 재건의 날]이라 명명했다. 단 한 번의 강우로 수천년간 언어로 단절되었던 세계가 하나로 이어지는 것을 보며 어떤 이는 축복이라 여겼을지도 모른다. 실제로 [박사교단]이 밝히기를, [바벨탑 재건의 날]은 구원받기 위한 세계의 통합이라 주장했다.

하지만 편견과 오해가 만드는 평화도 있는 법이다. 오히려 모든 이가 말이 통할 때, 분노와 살육들이 폭발하기 마련이다. 정제되지 않은 원리주의 종교와 이념들에 의한 선동들은 각자 미워하던 이들의 귀로 들어가며 더욱 상대방에 대한 증오를 부추겼다.

이로 인해 지구 여기저기서 국소적인 전란이 터져 나왔다. 날씨를 통제하고 병마를 이겨내는 등, 더 많은 기술이 사회를 전진시켰지만 결국 윤리가 없는 기술발달이 가져온 결과들은 처참한 법이었다. 그리고 다시는 [매드사이언스] 이전의 세계로 돌아갈 수 없어 보였다.

그렇기에, 이 세계는 저주받았다.

• 이 이야기의 시작은 Once Upon A Time

수줍은 달이 자취를 감춘 밤하늘은, 타르를 잔뜩 머금은 것처럼 끈적끈적한 질감만이 남아 있었다. 이렇듯 구름 한 점 없이 차고 쓸쓸한 하늘에 방전이 일어났다. 끈적임이 덧칠된 밤의 질료 위로, 흩뿌려지는 정전기가 사방으로 기지개를 펴듯 퍼지며 커다란 형상을 만들어갔다. 요란한 반짝임이 멈추면서 방금 전까지 텅 비어 있던 하늘에 뜬금없이, 체펠린이 등장했다.

체펠린은 거대한 타원형 형체를 한 누름돌처럼 하늘에 가득 찬 밤을 짓눌렀다. 타원형 풍선이 얼마나 컸던지, 그 밑에 빅토리아 1세 양식의 대저택이 매달려 있음에도 전혀 어색해 보이지 않을 정도였다. 이 광경을 정확히 말하자면 체펠린이 저택에 붙어 있다고 표현해야 맞을지 모른다. 왜냐하면 장난감 부속처럼, 체펠린 꼭대기에는 커다란 태엽이 돌고 있어 체펠린 자체가 하나의 장식처럼 보였기 때문이다.

그렇다.

저택은 집이라기보다는 집의 형태를 띤 강철선이었다. 벽면 여기저기에 슬그머니 드러난 톱니가 회전을 했고 저택의 기둥과 벽면에 삐져 나온 증기배출구에선 뜨거운 증기가 박자를 맞추는 것처럼 뿜어져 나 왔다. 이러니 저택이 스스로의 힘에 의해 저절로 떠 있다는 인상을 주 었던 것이다. 특히 저택 뒤에서 빙글빙글 돌고 있는 원통형 바퀴를 보 고 있노라면, 마치 제국의 템스 강을 유유히 떠다니던 외륜선의 선미추 진기가 회전하는 모습처럼 저택 스스로 떠 있다는 확신을 갖게 했다. 저택 스스로 날고 있었고 그 위에 장식처럼 체펠린을 얹어놓았다고 해 도 믿을 법했다. 그러나 장난감처럼 태엽이 회전하는 체펠린 속의 에너 지가 아니었다면 이 무거운 저택이 온전히 뜰 거라 생각하지 말라.

체펠린과 저택은 하나다. 체펠린과 저택은 뫼비우스의 띠 모양으로 연결된 벨트, 이가 맞물리며 서로 심장이 뛰게 하려는 것처럼 소리를 내는 톱니가 파이프들에서 뿜어지는 증기에너지들과 모두 합쳐져 하 늘에 떠오르는 양력을 만들어냈다. 일반상식으로는 떠다니는 것이 불 가능한 이런 저택에도 사람은 살고 있었다.

저택정문에 저택의 주인을 상징하는 묵직한 문장紋章이 도드라 져 있었다. 방패모양의 바탕에는 태엽달린 붉은 그리핀이 앞발로 톱 니를 돌리는 모습이 양각되어 있었다. 방패모양 바로 위로 펼쳐놓은 스크롤에는 주인에게 하사받은 'Clockwork Castle(태엽성)'이란 이 름이 자랑스럽게 배열되어 있었고, 맨 아래 펼쳐진 스크롤에는 주인 의 신조인 MULTI MULTA NEMO OMNIA NOVIT*라는 라틴어 가 멋들어지게 쓰여 있다.

---

* 많은 것을 아는 사람은 많지만, 모든 것을 아는 사람은 없다는 라틴어 속담.

저택의 주인은 크눕 하드니스 박사 교수Prof. Dr. Knoop Hardness였다. [19세기의 망령], [나사의 회전], [데우스 엑스 마키나], [최후의 매드 사이언티스트] 등으로 불리며 유사과학 풍의 혹스Hoax*에선 끊임없이 등장하는 인물이었다.

교수는 이른바 광기에 사로잡힌 과학자. 즉 매드 사이언티스트Mad Scientist였는데 광기에 사로잡힌 사람이라고 하기에는, 이야기 속 교수는 매우 다른 외형을 하고 있었다. 단정한 신사복을 입은 말끔한 외모에 기품있는 행동, 예의바른 말투로 대표되는 내면의 틀을 짜맞춘 완벽한 외형이었다.

한마디로, 빅토리아1세 시대의 예절을 가르치는 교본에서 예시로 등장할 법한 영국신사의 전형을 갖춘 모습이었다. 단정하게 빗질된 회색머릿결 아래로 창백하지만 주름 하나 없는 건강한 피부가 조화를 이루고 있었고, 훤칠한 신장에 단련한 몸이 빅토리아1세 시대의 절도 있는 동작들을 아름답게 포장해냈다. 게다가 교수는 시계가 머릿속에 들어 있는 것처럼 1초, 1초를 정확하게 나누어 자신을 통제했다. 이런 한 치의 오차도 없는 전형적인 통제광의 모습을 바라보면서 혀를 내두르지 않을 자 얼마나 되겠는가. 마치 그는 시간을 지배하는 자로 보였다. 이런 완벽한 빅토리아1세 시대의 런던신사인 교수에게 다만 문제가 있다면 그가 살고 있는 시대는 19세기가 아니라는 것뿐이었다.

---

* 사전적 의미는 사기나 거짓말, 장난을 뜻하는 말이지만 여기서의 의미는 괴담과 음모론의 접합을 통해 창조된 이야기를 총칭하기도 한다. 상당히 광범위한 의미를 함유하고 있는 단어로 도시전설이나 로어Lore와도 용례가 비슷하나, 혹스Hoax는 창작성이 좀 더 강하고 거짓말 같은 느낌이 더 강한 뜻에 쓰인다.

교수가 등장하는 혹스에 따르면, 그는 학계에 등장하자마자 물리학, 수학, 야금술, 기계공학, 독자적인 프로그램 설계 등 이공계의 수많은 분야에서 두각을 나타내 주변의 비상한 관심을 받았고 얼마 지나지 않아 교수자리에 올랐다고 한다. 그러나 문제가 하나 있었다. 이 촉망받던 천재가 사실은 하나의 시대에 매료되었던 광인이라는 것이다. 태엽과 톱니, 벨트로 이루어진 증기기관과 해석기관°이 지배하던 강철의 시대에 말이다. 압력에 의해 뿜어져 나오는 증기와 맞물리며 나오는 톱니의 마찰음은 교수에게 아름다움 그 자체였다. 예술을 사랑하는 사람의 감성과 다를 것이 없었다.

어째서 그에게 그런 광적인 집착이 생겼는지는 아무도 알 수 없었다. 어쩌면 그는 의도적으로 그의 태생적 열망을 오랫동안 숨겨왔을 수도 있다. 다만 지금에 와서 문제가 되는 것은 그의 과도한 집착이 그를 학계로부터 고립시켰다는 점이다. 증기시대에서 전자시대로 전환된 지금, 트랜지스터와 CPU를 부정한 채 해석기관에 다시 몰두하는 그를 두고 학계에서는 발전과정에서 쇠퇴한 과거유물에 집착하는 무능력자로 낙인찍었다. 처음에는 옹호하던 대학에서조차 결국, 그의 여러 성공사례에도 불구하고 대학의 품위를 손상시켰다는 이유로 그를 쫓아내기로 결의했다. 교수는 쫓겨나기 전, 대학 사문회에서 당당

° 해석기관解析機關은 영국의 수학교수 찰스 배비지가 고안한 기계적 범용컴퓨터다. 1837년에 처음으로 발표되었으며, 설계는 1871년 그가 죽기 전까지 계속되었다. 해석기관은 경제적, 정치적, 법적 문제로 인해 실제 만들어지지는 않았다. 해석기관의 논리적 설계 자체는 매우 현대적이었으며, 약 100년 뒤의 첫 범용컴퓨터의 모습을 예측했다. 해석기관은 컴퓨터 역사에서 중요한 발전의 하나다. 사람들은 그 시대의 기술적 한계 때문에 해석기관을 만들지 못하였다고 믿기도 하지만, 혹자는 금전적 및 정치적 지원이 더 충분했다면 그 시대의 기술로도 현대적인 의미의 컴퓨터를 충분히 만들 수 있었다고 믿는다.

하게 소리쳤다고 한다.

"사문회에 모인 동료연구자 여러분! 모두 나를 쫓아내고자 하는 걸 알고 있소. 하지만 마지막으로 내 말을 들어주길 바라오. 기본적으로 현대기술의 기본원리나 시스템의 시발점은 19세기가 아니었소? 현대 컴퓨터의 시발점이라고 불릴 만한 배비지식 해석기관을 보시오. 초기 컴퓨터의 연산능력의 시발점이었단 말이오. 자동차는 어떻고? 승강기도 19세기의 발명품이잖소.

그런데 사람들의 뇌리에는 19세기란, 낡고 뒤떨어지는 부족한 기술의 세대이며 그 때문에 고래기름이나 석탄으로 불을 밝히고 연료를 사용하던 퇴보할 수밖에 없던 시대라고 아주 확신까지 하더군. 이곳에 모인 동료연구자 여러분! 여러분들은 날 미친놈 취급하겠지요? 19세기의 기술력이 20세기에 와서 전자의 시대로 뒤바뀐 것은 19세기 기술력의 무능함 때문이고 내가 하는 연구는 대학의 자금을 바닥내는 짓이라고 생각하고 있을 거요. 하지만 내가 해드릴 수 있는 말은 제발 웃기지 말라는 거요! 디지털이라고 불리는 '전자시대'는 어디까지나 정치적이고 운이 좋아 열렸을 뿐이오. 만약 해석기관의 예산이 멈추지 않고 연구가 계속되었다면 현대 컴퓨터의 모습은 전혀 다른 모습이 되었을 거요. 그뿐이 아니지! 세계는 바뀌었을 거요.

그래, 좋소! 당신들은 이미 지난 과거를 붙들고 있는 것이 우습게 느껴질 수도 있겠지. 하지만 나는 틀리지 않았소. 당신들은 믿고 싶지 않을 뿐이야. 증기기관이나 해석기관이 이 시대를 다시 대체할 수 있다는 것을! 이미 세계는 디지털의 승리라 믿고 싶겠지! 그저 과거의 기술은 우리가 살고 있는 시대의 밑거름일 뿐이라 말하고 싶겠지!

하지만 보시오! 디지털의 시대가 진보만을 가져오고 있소? 내 연구는 지금 멈춰버린 인류를 다시 움직이게 될 거요. 당신들이 나를 쫓아내는 것이 아니올시다! 내가 여러분들을 새로 열릴 세계에서 추방하는 것이오!"

교수는 사문회에서 연설을 끝내고 사문회의 결과를 듣지도 않은 채 떠났다고 한다. 이야기에서 말하는 그때의 걸음은 쫓겨난 패배자의 것이 아니었다고 알려졌다. 승리한 개선장군이나 다름 아니었다. 그를 바라보며 당당함에 박수를 친 사람도 있었다. 이 연설이 있은 후, 몇몇 동료는 사문회 이후 교수가 사는 저택으로 찾아갔으나 이미 그곳엔 황량한 터만이 남아 있었다. 황망해진 그들은 빈터에서 어찌할 바를 몰랐고 주변을 두리번거릴 수밖에 없었다. 당연하게도 그제까지 존재하던 저택이 사라졌으니 말이다. 누구든 깜짝 놀랄 수밖에 없지 않은가.

그때 하늘에서 천둥소리가 들렸다. 그들은 하늘을 쳐다보았고 하늘에는 저택이 떠오르며 정전기를 일으키는 장면을 보았다. 이윽고 폭음과 함께 하늘에 떠올랐던 저택은 사라졌으며 이후 교수를 본 사람은 없다고 알려졌다.

여기까지 이야기가 바로 '크눕 하드니스 교수'라는 혹스Hoax의 첫머리다. 수많은 음모론이나 기묘한 발명품이 등장할 때마다 그것과 관련되었다 말해지는 하드니스 교수를 알려주기 위한 소개인 셈이다. 시간이 지나며 이런 이야기에 수많은 이야기가 덧붙여졌다. 여전히 혹스를 즐기거나 음모론을 수군거리는 사람들에게 하드니스 교수는 좋은 소재였다. 사람들은 그가 죽었을 것이라 짐작하는 이도 있었고 그가 자신의 연구에 성공한 것이라 여기는 이도 있었다.

제1장
뜻밖의 초대장
Unexpected Invitation

악은 행하기 쉽고, 또 무수히 많다. 선은 거의 하나뿐이다. 그러나 어떤 악은 선처럼 찾아보기 힘들기 때문에 이러한 악은 선으로 간주되고, 이 악에 도달하는 데는 선과 마찬가지로 정신의 비상한 위대함까지 필요하다.

― 파스칼 [팡세] '비참편' 408(134)

• Hoax : 크눕 하드니스

 하드니스 교수라는 존재는 지상에 풍성한 소문만을 남긴 채 사라졌다. 그가 지상을 떠났다고 알려진 지 50년이 지난 지금도 여전히 그의 소문은 현재진행형이었다. 여전히 떠났을 때와 마찬가지로 젊은 사내의 모습을 하고 예전 친구들을 만났다고 하고, 폭발했던 저택은 사실은 시공을 이동 중이라고도 했다. 냉전 때, 구소련과 합중국의 무기 경쟁체제를 이용해 자신의 발명품들로 막대한 부를 취했다는 이유로 (때에 따라 프리메이슨이 되기도 하고, [NWO(New World Order)•]도 되기도 하는) 거대한 비밀조직에게 쫓기고 있다는 이야기도 나돌았다. 알 수 없는 신기술이 등장하면 테슬라만큼이나 하드니스 교수의 이름이 등장했고, 혹스와 그것을 숭배하는 자들에게 그의 이름은 성배나 다름 아니었다. 그는 그 세계에서 새로운 창조자이며 절대적인 아이콘으로 작용했다.

 이제와선 그가 실존인물이라 믿는 일반인은 하나도 남지 않았다. 오히려 그가 실존인물임을 의심하는 게 당연하다. 그가 존재했다는 증거가 지상에는 하나도 남아 있지 않으니까. 그가 재적했다는 대학이 어딘지 알려지지 않았으며, 그가 살았다는 지명은 도로가 된 지 오

• 프리메이슨이나 NWO, 두 조직 모두 군중이 상상한 거대 비밀조직으로 군중의 악의적인 소문이 뭉치기 시작하면 어떤 괴물을 탄생시킬 수 있는가를 보여주는 좋은 예다.

래인 지명이고 저런 기인이 뉴스에 단 한 번도 나오지 않았다는 사실이 오히려 특이할 정도다.

이러니 당연하게도 대부분의 이들은 이야기에 나오는 교수의 소동 전반을 헛소문 정도로만 취급했다. 교수가 실존인물일 리 없다고 강변하는 것이다. 많은 풍문이 그렇듯, 그럴 듯한 이야기 안에 인명人名이 꾸며진 것에 불과하다고 말하는 것이다. 소문이란 녀석은 원래 세월이 붙으며 과장되고 전설이 되어가기 마련이라며 말이다.

그러나 지금 공중에 떠 있는 [태엽성]을 생각해볼 때, 크눕 하드니스에 대한 이야기가 세간의 떠도는 이야기와는 달리 혹스에 불과하다고 치부할 정도로 허황되지는 않았으리라는 것이다. 현재 증기와 톱니바퀴가 내는 기계음은 웅장한 교향악처럼 주변공기를 전율시켰다. 중력을 무시한 채 고요한 강 위에 떠 있듯 자연스럽게 흘러가는 저택을 바라보고 있노라면 마치 동화의 한 장면을 보는 듯하다. 그러나 [태엽성]은 하드니스 교수의 작품임을 잊지 말라. 이 저택은 당연하게도 과학의 산물인 것이다.

[태엽성]의 체펠린 내부는 수소가스로 가득 채워진 일반적인 모습과는 매우 달랐다. 수많은 톱니와 벨트가 서로 맞물려 있었으며 체펠린 꼭대기에 있는 태엽을 돌렸을 때 비로소 공중에 뜰 힘을 얻었다. 이 시대에 태엽과 톱니라니, 장난감이나 다름 아니었다. 다만 이 중심부에 [하드니스엔진]이라는 교수만의 기술이 들어감에 의해 일반적인 핵융합발전을 넘어서는 오묘한 힘을 낼 수 있었던 것이다. 단언하건대 교수 기술의 가장 핵심은 바로 이 [하드니스엔진]에 있었다. 엔진은 간단하면서도 복합적인 장치였다. 동력로이라는 기본전제를 벗어나

지 않은 채, 트랜지스터와 같은 전도체 역할을 하면서도 또한 컴퓨터의 CPU같은 역할을 동시에 해내고 있었다. 엔진의 가장 뛰어난 점은 구동연료가 물이라는 것이다. 물만으로 움직이는 엔진의 대단함에 대해서는 화석자원에 의존도가 높은 인류에게 지대한 의미가 있다는 점을 교수는 잘 알고 있었다. 그는 연구에 성공한 거다. 혹스가 옳다고 가정했을 때, 증기기관과 해석기관을 재해석하고 발전시켜 인류를 새로운 발전단계로 끌어올릴 수도 있었을 것이다. 하지만 교수는 지상에 [하드니스엔진]을 발표하지 않았다.

교수가 실제 어떤 이유로 하늘에서 살고 있는지 알 수 없기에 그가 이를 발표하지 않는 이유에 대해서도 알 수 없었다. 정말이지 혹스가 이야기했듯, 사람들에게 실망이 컸기 때문에 기술을 발표하지 않았을 수도 있고, 아직 인류가 자신의 기술을 받아들이지 못할 것이라 생각한 것일 수도 있다. 결과적으로 교수는 지구상 가치관의 대변혁을 일으킬 수 있는 발명품을 오로지 자신만을 위해 쓰고 있었다. 그래서 교수는 자신의 발명품을 [장난감]이라 표현했다. 자신만을 위한 놀이기구에 불과하다고 자조하며 붙인 명칭이다. 그러나 그의 발명품이 아무리 뛰어나다고 한들 발표되지 않은 채 자신의 욕구충족을 위해 존재하는 기술은 그의 말마따나 장난감에 불과한 것이었다. 하지만 이렇게 자조하는 [장난감]이야말로 최고, 라는 자부심 또한 마음속에 품고 있었다.

교수는 그 누구도 신뢰하지 않았다. 그가 신뢰를 보내는 유일한 존재는 [태엽성]의 조타실을 책임지고 있는 '넬슨 경'이었다. 넬슨 경 또한 [하드니스엔진]으로 움직이는 교수의 [장난감]이었다.

넬슨 경은 교수가 해석기관을 통해 만들어낸 최초의 인공지능으로, 약 2미터 크기의 암갈색 옷장을 연상시켰다. 겉보기에 무미건조하기 짝이 없었고, 꼭대기 부분에는 벨트나 태엽이 추하게 얽혀 있었고 등 뒤의 커다란 혹을 얹어놓은 것처럼 불룩 튀어나온 증기화로에서는 물 끓는 소리가 연신 들렸다. 마치 노트르담에서 종을 치면서 살 것 같은 모양새나 다름 아니었다.

그가 아무리 모나고 투박한 옷장 모양새에, 들쭉날쭉 태엽이 감긴 추한 모습을 하고 있다고 해도 감미롭고 정중한 군인으로서의 절도마저 느껴지는 옥스브릿지 잉글리시Oxbridge English*를 구사하는 그의 목소리를 듣는다면 반하지 않을 여자도 드물 것이다. 인공지능이었지만 넬슨 경은 비행선과 저택의 모든 안전을 책임지는 함장으로서 책임감이 강하고 신사적인 사관이었다. 그리고 넬슨 경은 19세기형식의 해석기관이, 현대컴퓨터 기술도 완전히 정복하지 못한, 인공지능 기술을 완벽하게 취했다는 가장 좋은 예였다. 교수의 기술은 이미 21세기를 압도하고 있었던 것이다.

어찌 보면 [장난감]이라는 표현은 자신의 기술에 대한 자만과 장난기의 발현이라 할 수 있겠다. 확실히 21세기의 첨단장비들이, 19세기의 형태로 공중에 떠 있는 [장난감]들보다 떨어지는 형국이니, 사실 크눕 교수가 속으로 이런 생각을 품고 있는 것도 당연한 것인지 모르겠다.

---

* 영국의 표준발음의 별명. 상류층에서 쓰기 때문에 왕의 영어King's English라는 별칭도 있다.(여왕이 제위 중에는 여왕의 영어Queen's English라고 한다.)

'내 [장난감]보다 못한 지상의 기계들을 만드는 인류라니…….' 이런 생각을 하는 교수는 신선이 된 것처럼 하늘의 생활을 무심하게 즐겼다.

넬슨 경은 저택을 항행함에 있어서 물의 흐름에 몸을 내맡긴 나무토막처럼 별의 바다 위를 유유히 전진시켰다. 특별한 목적지가 없었기에 가능한 항해였다. 이렇게 밤하늘을 떠다니는 지금도 저택 내부에선 홀의 샹들리에가 퍼트리는 빛이 창밖으로 흘러나와 화려함을 뽐냈다. 게다가 언제나 클래식음악이 저택을 가득 메웠다. 파티를 즐기는 유람선의 분위기였다. 확실히 혹스 안의 교수는 식민지를 유람하던 부르주아처럼 생활을 했으면 했지, 배낭 하나 매고 어디론가 사라질 집시가 아니긴 했다.

저택 내부를 살펴보아도 교수가 매우 사치스러운 사람임을 한눈에 알 수 있었다. 대문을 열고 들어가면 샹들리에 빛에 부딪치며 찬란히 빛나는 새하얀 대리석 홀이 눈앞에 펼쳐지는데 깨끗하고 화려했지만 황량한 느낌을 감출 수 없다. 홀의 오른편 오크나무 원목으로 만들어진 문(저택의 나무는 모두 고급 목재로, 싸구려 플라스틱 합성목재를 쓰는 것은 교수에게 가장 큰 치욕이었다.)을 열고 들어가면 직사각형의 길쭉한 식탁이 광택을 뽐내며 자리하고 있었다.

식탁의 맨 끝자리에 장교처럼 꼿꼿하게 앉아 아사도*를 한 점 잘라

• 아르헨티나의 카우보이라고 할 수 있는 가우초Gaucho들이 먹던 요리에서 유래하여 전통음식이 되었다. 느리게 오랫동안 굽는 것이 특징으로 숯불그릴 종류 중 한 가지인 파릴라Parilla에 쇠고기 중에서도 특히 갈비뼈 부위를 통째로 굽는다. 다른 양념은 하지 않고 굵은 소금만 뿌려서 간을 맞춘다. 오레가노, 파슬리, 칠리 등으로 만든 치미추리Chimichurri 소스와 함께 먹는 게 일반적이다.

입에 넣고 있는 한 사내의 모습이 보인다. 그는 선홍빛 고기육즙의 맛을 천천히 음미한 뒤, 식탁에 놓인 잔을 들어올리며 피트향이 가득한 위스키를 마시고 있다.

겉보기엔 30대 초반 정도로 보이는 이 사람이 바로 크눕 하드니스였다. 크눕 하드니스는 실존했다. 그에 대한 유명한 전설이 떠돈 지 50년이나 지났음에도 30대 초반의 외형을 그대로 유지하고 있었다. 지금쯤 최소한 80대는 넘어서야 할 나이임에도 그의 외모에는 세월이 침입한 흔적조차 찾아볼 수 없었다.

그가 입고 있는 복장 또한 이야기 속에 등장했던 것처럼 19세기에 멈춰 있었다. 조끼에 달린 회중시계나 구석 모자걸이에 걸린 페도라를 보면 보는 사람으로 하여금 과거로 시간여행이라도 했다는 착각을 주었다. 또한 밤하늘에 빛날 듯 단정히 빗질해넘긴 은색머리에 정갈히 다듬은 콧수염과 구레나룻을 한 채 허리를 꼿꼿이 펴고 앉아 식사를 하고 있는 모습은 흡사 장교의 모습을 연상시켰다. 덕분에 그가 입고 있는 감색 신사복은 사열받는 군인의 예복만큼이나 단정하고 빈틈이 없어 보였다.

이렇게 밥을 먹고 있는 모습처럼 한 인간의 존재를 증명할 수 있는 증거가 또 어디 있단 말인가?

하드니스 교수가 밥을 먹고 있는 동안 오케스트라 멤버처럼 꾸며놓은 사열된 오토마타°가 연주를 하고 있었다. 이는 연주에 필요한 인

° 자동인형. 현대 인공지능 로봇의 원조격의 존재들을 말한다. 통칭하여 오토마타라고도 알려져 있는데 사실 오토마타는 복수형이다. 기계장치 하나를 말할 때는 오토마톤으로 호칭하는 것이 옳다.

간의 신체를 모방한 장치들이 달려 있는 오토마타로, 생음악을 좋아하는 교수가 자신을 위해 만든 [장난감]이었다. 오케스트라가 바흐의 [마태수난곡]을 연주하는 동안 바퀴와 손만 달린 웨이터 오토마톤이 교수에게 모자란 위스키를 따라주고 있었다. 교수는 당연하다는 듯 그들의 시중을 받아들이고 있었다. [태엽성]은 일종의 '기계적 유토피아'였다. 피조물들의 시중을 받으며 그는 자신의 삶에 만족하고 있었다. 이러니 교수만의 인공낙원이라 불러도 손색없지 않겠는가.

"오늘 저녁도 만족스럽군. 넬슨 경."

교수는 웨이터 오토마톤이 따라주는 위스키를 한 모금 들이키며 공중에 대고 말한다. 보통이라면 저사람 미쳤구나, 싶었을 것이다. 하지만 교수는 공중에 있는 축음기나팔과 이야기를 나누던 중이었다. 교수의 저택 여기저기에 나팔이 나와 있었다. 나팔은 조타실에 장치된 넬슨 경과 연결되어 있어 교수는 언제든 나팔을 통해 이야기를 나눴다. 하늘에서 오랜 시간을 홀로 지내며 대화마저 안 한다면 미칠 테니까. 어쩌면 교수는 이미 미쳐 있는지도 모른다.

〈다행입니다, 각하. 이번 요리는 반나절을 천천히 구워야 제대로 만들 수 있는 음식이라 요리사 오토마타도 고생을 많이 했습니다.〉

넬슨 경은 교수를 언제나 각하라 불렀다. 그가 자신의 창조자를 경애한다는 뜻에서 늘 그렇게 호칭했다. 군인의 인격을 지닌 넬슨 경은 교수를 총사령관으로 인식하고 있었던 거다. 다만 하드니스 교수는 자신을 교수라 부르라고 몇 번을 부탁했건만 여전히 각하라 부르는 자신의 피조물에게 약간 섭섭하기도 했다. 이제는 익숙해져버렸지만 말이다.

"그렇군, 수고를 치하하지."

교수는 웨이터 오토마톤이 가져오는 디저트를 보면서 입맛을 다시며 말했다.

〈허나, 각하. 곧 보급이 시급합니다.〉

"흠? 벌써 그럴 때가 됐나?"

〈예, 각하. 합성음식이나 기타 생필품은 언제나 재생이 가능하니 사실 보급이 필요 없긴 합니다만……〉

[태엽성]이 아무리 대단한 저택이라 해도 음식재료까지 저택 내에서 만들 수는 없었다. 여타 휴지나 생필품은 저택 내에 붙은 공방에서 만들 수 있었지만 교수에게 있어 가장 중요한 생필품인 차나 시가, 위스키는 지상에서의 보급이 절대적으로 필요했다. 사실 영양소를 보충해줄 수 있는 합성음식도 공방에서 만들 수 있었지만 맛이 없었다. 아니 맛이라는 것 자체를 느낄 수 없었다. 교수는 이런 것을 음식이라 부르는 행위에 거대한 모욕을 느꼈다. 처음 교수가 합성음식을 시식했을 때, 독극물이라도 먹은 것처럼 몸이 경직되며 먹은 음식물을 모두 토해냈었다. 넬슨 경의 회고에 따르면 그것이 교수 최후의 날이라고 생각했다고 하니 정말 커다란 사건이었다. 그날 이후로 교수는 합성음식이라는 말만 들어도 경기를 일으켰다. 결국 보급이 필요한 시기가 되면 인간 형태를 취한 여러 오토마타와 지상에 내려가곤 했다. 교수가 직접 내려갈 필요는 없었지만 까다롭고 사치스런 개인 취향을 맞출 수 있는 것은 오직 본인뿐 아니겠는가.

"합성음식의 합자도 소리 하지 말라 했잖은가!"

교수는 과거 합성음식의 악몽을 떠올린 듯 분격에 식탁을 치며 소리쳤다.

〈송구합니다, 각하.〉

죽음기나팔에선 절도 있는 사관의 사죄소리가 흘러나왔고 교수의 분노에 깜짝 놀란 듯 오토마타 오케스트라들도 연주를 멈추었다. 교수는 자칭 골수 잉글랜드 인이었다. 제국의 신사라고 자부했고 잉글랜드 인이 그렇듯 자신의 감정을 밖으로 내비치는 것을 큰 흉으로 여겼다. 그런데 지금 분노에 차서 벌컥, 소리를 지르고 만 것이다. 잉글랜드 인으로서 분노에 내맡긴 자신이 부끄러운 듯 헛기침을 했다.

"흠흠, 뭐 잘못된 것을 아는 게 중요하지. 뭣들 하나 연주 계속하게."

교수는 곰곰 생각에 빠졌다. 어디서 보급을 받아야 할지 고민하고 있었다. 고국인 영국은 애초에 배제했다. 그는 잉글랜드 인이 가진 특성을 극단화시킨 자로 대영제국이 원하는 금욕주의를 철저히 지키며 자신이 얼마나 조국을 깊이 사랑하고 있는지 입증해왔다. 그러나 단 하나, 음식만큼은 조국이 원하는 뒤틀린 금욕주의에 영합할 생각이 없었다.

그는 조국의 요리를 사랑할 수 없었다. 앞서 말했듯 세계 각국의 음식을 먹으며 미식에 취미가 있던 그는 영국식 음식문화에 큰 환멸을 느끼고 있었다. 이런 점이 유일하게 그를 영국인이 아닌 것처럼 보이게 했다. 억지로 튀긴, 기름지고 맛없는 영국음식은 합성음식보다 못했다. 극단에는 조국의 음식을 먹느니 합성음식을 먹으며 연명하겠다는 결론에 도달하기에 이르렀다. 어떤 때는 조국의 음식을 눈앞에 두고는 여왕의 이름을 부르짖으며 통곡할 때도 있었다. 마치 단두대에 오르기 전, 죽음을 앞둔 귀족처럼 말이다. 이런 조국의 음식에 대한 혐오감만큼이나 연민도 깊어 과거 식민지였던 나라의 음식을 먹으며 '이것은 영국의 음식이다. 조국도 이런 음식을 만들 수 있어.' 라며 자기암시를 거는 모습을 심심치 않게 보였다. 교수의 머릿속은 조국에서 가져올 만한 것은 위스키와 차뿐이라고 확실히 규정내리고 있었다. 음식에 관해서만큼은 도리질할 수밖에 없는 것이었다.

교수는 물자가 풍부한 합중국에서 음식을 공급받아야 할지, 아니면 유람하기 편한 쿠바나 인도도 꽤 자신의 취향에 맞는 담배와 차가 있었기에 그곳으로 가야 할지 머릿속이 혼란스러운 상태였다. 일단 머릿속에 후보지를 입력해두었다. 그러던 중, 아시아에 가보는 것도 좋으리란 생각이 떠올랐는지 입 밖으로 툭, 소리를 냈다.

"생각해보니, 일본에 마쓰자카松阪라는 괜찮은 소고기가 있었지."

교수는 고민에 빠져 눈을 감을 채 손가락으로 관자놀이를 툭툭 치고 있는데, 갑자기 그의 신경을 거스르는 목소리가 들려왔다.

"그쪽에 가실 거라면 조선은 어떻습니까? 한우라는 소고기가 꽤 유명하죠."

갑작스런 소리에 오케스트라의 음악이 멈추고 교수는 불쾌한 듯 천천히 눈을 뜨며 소리가 들려온 쪽을 바라보았다. 맞은편에 원래 있어서는 안 될 존재가 유령처럼 앉아 있었다.

"존 D……."

"아이쿠, 저를 기억해주시니 몸 둘 바를 모르겠습니다. 교수님."

상대는 자리에서 일어나 무대인사를 하는 배우처럼 무릎인사를 했다.

"노구老軀가 저번에도 맘대로 들어오지 말라고 엄중히 경고했을 텐데."

• 존 D

[태엽성]은 맘대로 들어오는 것이 가능한 곳이 아니었다. 교수의 자만이라 느껴질지 모르지만 [태엽성]은 세계에서 가장 뚫고 들어오기 힘든 철옹성이었다. 성층권에 떠 있기 때문만은 아니다. 만약에 군대가 100억분의 1의 확률로 이 성을 침입하는 데 성공했다고 한들 저택을 방어하는 방범용 오토마타들에게 모두 살해당할 수밖에 없으며, 보통 때에 저택은 자기장 방어막으로 출입을 막고 광학미채로 저택을 숨기고 있어 제아무리 성능 좋은 스파이 위성이라도 저택 자체의 모습을 찾아내기란 불가능했다. 저택에 들어올 수 있는 자는 교수의 허락이 떨어진 사람들뿐이라는 것이다. 그런데 눈앞의 침입자는 제집 드나들듯 쉽게 들어오는 것이었다.

침입자는 언제나 스스로를 존 D라고 불러달라고 했다. 당연하게도 본명이 아니다. 이미 수많은 사람들에게, 동양인임에도 왜 서양식 이름을 가지고 있냐는 질문을 자주 들었던 그는, 교수를 처음 만났을 때에도 그런 상황에 질린 듯 한숨을 내쉬며 자신을 소개했었다. 교수는 일정 부분까지는 그를 이해했다. 존 D의 직장을 잘 알고 있었기 때문이다. 본명을 밝히기 꺼릴 수밖에 없는 그의 직업적 특성 때문에 만든 암호명이지 않겠는가. 그럴 수밖에 없지, 그는 공작원이었으니까.

존 D를 처음 본 사람은 공작원이라는 말에 콧방귀를 뀔지도 모르겠다. 항상 노란 트렌치코트를 입고 있는데, 얼핏 동양적 특징이 보이는 그의 밋밋한 얼굴 어디에도 공작원의 기미를 엿볼 수 없다. 이렇듯 평범한 사람처럼 보이지만 실제로 그는 초능력자였다. 지금 저택에 숨어드는 것만 봐도 그만의 특별한 능력이 있었기에 가능한 것이었다.

하드니스 교수의 말을 빌리자면, '양자역학'이 노란 트렌치코트를 입고 있는 것이나 다름없는 작자였다. 존 D는 세상에 존재하나 존재하지 않은 듯, 홀로이나 여럿인 듯 이해불가능한 모순덩어리 육체를 지니고 있었다. 이 때문에 총에 맞아도 죽지 않았고 한꺼번에 여러 명으로 등장하거나 동시에 여러 곳에 등장할 때도 있었다. 인류의 상상력을 뛰어넘는 기괴한 육신을 가지고 있었던 것이다. 이러니 견고한 방위체계를 갖추고 있는 [태엽성]에 산책하듯 들어올 수 있었던 것이다. 때문에 교수는 언제나 로드 러너를 쳐다보는 와일 E. 코요테 같은 심정으로 존 D를 노려봤다.•

이를 알고 있는 존 D는 깐죽거리며 웃었다. 이런 경망스럽게 비웃는 미소 때문에 암호명인 존 D보다 자주 쓰이는 별명은 '체셔고양이'였다. 능력과 너무나 잘 어울리는 별명인데, 그렇다고 암호명이 어울리지 않는다는 말은 아니다. 암호명은 마법사이자 수학자 그리고 엘리자베스 여왕의 스파이로 유명한 대영제국의 마법사 존 디John Dee의 이름을 차용한 것이기 때문이다. 존 D는 마법사처럼 신출귀몰했고, 자신이 속한 조직의 의장에게 충성하는 오른팔이었기에 그의 암

• [루니 툰즈Looney Tunes]의 캐릭터로 도망치거나 약을 올리며 달리기를 잘하는 로드 러너는 뻐꾸기과의 길달리기새를 잡으려고 골머리를 썩이는 와일 E. 코요테를 예로 든 것이다. 쫓아내거나 죽일 수 없어 보이는 존 D를 바라보는 크눕 하드니스 교수의 상황을 표현한 것이다.

호명은 더욱 빛을 발했다.

그의 별명도 암호명도 그가 하는 행동과 잘 어울렸다. 그는 작전에 있어서 매우 유능했고 성공을 거듭했기에 관련 업계에선 그의 별명만 듣고도 오줌을 지릴 인간도 있을 정도였다. 존 D가 움직이면 적은 일단 끝장이 났다고 보면 되었다. 그렇기에 하드니스 교수는 히죽거리는 그의 모습이 꼴도 보기 싫은 것이다. 자신의 저택에 들어와 무슨 짓을 저지를지 모르는 일이기 때문이다. 그가 들어왔다는 것만으로도 기분이 불쾌해졌다. 교수에게 있어 존 D는 갑작스럽게 걸린 감기만큼이나 유쾌하지 않은 존재였다. 존 D가 가진 쓸데없이 가볍고 상대를 무시하는 경박한 행동들이 그런 불쾌감을 더욱 자극했다.

이런 교수의 감정을 눈치챈 넬슨 경은 단호하게 소리쳤다.

〈죄송합니다, 각하. 존 D가 들어오는 것을 눈치채지 못했습니다. MR. D, 죄송합니다만 나가 주셔야겠습니다. 각하께서 불쾌해하십니다.〉

"어이쿠, 이거 참 무서워라. 쏘시려고? 어휴, 미안해라. 어디 한번 쏴봐. 내가 죽나, 애꿎은 바닥에 구멍이 뚫리나."

성격적으로 깐죽이는 것이 몸에 밴 존 D는 본능적으로 넬슨 경을 모욕했다. 어린아이를 놀리는 철없는 어른의 모습이나 다름 아니었다.

벽면에서 틈이 열리며 총구가 나왔다.

〈저는 경고했습니다.〉

"그래, 알았으니까 쏴봐. 옷장제독."

넬슨 경의 외형을 모욕하는 말도 서슴지 않으며 도발했다. 그만큼 죽지 않을 자신이 있었다는 것이겠지만 이런 방약무인적인 행태가 교수의 신경을 건드린다는 것이다. 물론 넬슨 경 또한 교수와 같은 생각이었기에 반드시 그를 처치해버리겠다고 마음먹었다.

"그만두게."

〈각, 각하?〉

당장이라도 총을 쏘려 했던 넬슨 경은 주인의 만류에 놀랐다. 사실 교수야말로 눈앞의 존재를 고깃덩이로 만들고 싶지만 죽이는 것이 불가능한 존재를 죽이려 하는 것만큼 소모적인 일이 어디 있겠는가. 처치할 방법은 나중에 생각하기로 하고 교수는 존 D의 말을 듣기로 했다.

"목이 없는 고양이는 목을 벨 수 없으니 그냥 놔두게.[*] 여기 온 이유를 들어야겠군. 자네가 왔다는 것은 [디오게네스클럽]에서 무슨 할 말이 있어서겠지. 어디 또 뭘 이용해먹을지 말이나 해보게."

[디오게네스클럽]은 존 D가 소속된 비밀조직의 명칭이다. 언뜻 이름만 들으면 별거 아닌 사교모임처럼 들리기도 하겠지만 상상을 초월한 특무조직이었다. 그들이 알려진 것은 19세기다. 아마 그 이전부터 존재한 것으로 여겨지지만 정확한 근거는 없다. 그들의 이름을 알린(등장이라 해봤자 일반에 알려진 것은 아니며 그저 세계의 뒤편에서 가장 유명한 조직으로 알려져 있을 뿐이다.) 것은 제1차 세계대전이었다.

당시, 대영제국 내의 첩보조직이라고 잘못 알려진 적도 있었지만 그들은 특정국가에 귀속되지 않았다. 오히려 세계의 뒤편에서, 어느

• [이상한 나라의 앨리스]에 나오는 대사의 재인용. 하트 여왕이 목만 남은 체셔고양이를 보고 한 말. 죽이는 게 불가능한 자를 죽이는 건 시간낭비라는 뜻. 교수가 존 D의 또 다른 별명을 빗대어 인용함.

국가와도 대등하거나 월등한 교섭의 위치를 가지고 있었다. 국가의 권력을 넘어선 조직이었다. 암흑대륙(아프리카) 오지에도 지부가 있을 정도로 그들의 영향력을 받지 않는 곳은 거의 존재하지 않을 정도다.

만약, 당신이 세계가 뒤집힐 정도로 외교분쟁을 일으키려고 한다거나 오컬트 사건이나 매드 사이언스로 범죄를 일으키거나, 괴물이거나 이상현상을 일으키는 자라면 이들 조직의 이름만 듣고도 당장 도망쳐야 한다. [디오게네스클럽]은 세상을 뒤흔들 만한 일에는 용서가 없었다. 이들의 행동이념은 너무나 단순하기 때문이다.

'지구의 평화를 지켜라.'

그들은 지구의 평화를 위해선 어떤 짓이든 할 작자들이었다. 그것이 세상에 커다란 적의를 일으킬지라도 평화만을 지킬 수 있다면 어떤 행동도 서슴지 않았으며, 그 결과가 아무래도 좋았던 것이다. 냉전을 유지시킬 수 있었던 것도 바로 이런 이유에서였다. 게으르고 안정적인 평화, 그런 평화를 위해선 괴물들을 학살하고 이상현상을 막기 위해서라면 산제물이라도 바친다.

실제로 제2차 세계대전 때, 지지부진하게 전쟁이 길어지면서 피해가 막대해지자 더는 전쟁을 인정할 수 없다며 그저 '세계평화'라는 네 글자를 명분으로, 수소폭탄을 추축국 국가들에게 떨어트릴 것을 결의했던 자들이니 그들의 횡포가 어느 정도인지 알만 할 것이다. 교수 또한 군비경쟁이 가장 치열했던 냉전 후반기에 구소련과 합중국 양쪽에 무기를 팔았다는 혐의로 강도 높은 조사를 받았던 적이 있어서 이 조직이 불편했다. (물론 불편한 이유가 이것만은 아니었다. 그만큼 교수와 클럽의 악연은 길고 깊다.) 교수가 보기엔 클럽은 막대한 자금력과 권력으로 오지랄 넓게 세상 한복판에서 깽판을 치는 깡패들이나 다름 아니었다.

"어이쿠, 오해십니다. 교수님. 제가 어찌 감히 [최후의 매드 사이언 티스트]를 모욕하겠습니까? 그저 저는 이곳에 들어올 수 있는 유일한 외부인이기 때문에 온 것뿐입니다. 사실은 일이 있는 것은 저희 클럽이 아니라 여기 계시는 '고귀하신 분'이죠."

존 D는 일어나 과장된 몸짓을 하며 자신의 노란 트렌치코트를 벗어 로브를 흔드는 마술사처럼 의자를 가렸다가 치웠다. 코트를 치우는 한순간, 의자에 사람이 앉아 있었다.

15세 남짓한 소녀였다. 소녀는 하얗다 못해 차디찬 흰 피부를 지니고 있었다. 창백한 피부 위로 가냘프게 그려진 윤곽이 아름다움을 더했다. 허리 아래까지 내려온 생머리는 태양을 머금어 찰랑거리는 흑발이었다. 단호하지만 부드러운 눈매와 오뚝한 콧날, 그 아래로 작은 과실처럼 붉게 물든 입술은 보는 이로 하여금 소녀가 지상의 존재인지 묻고 싶을 정도로 탄식을 흘러나오게 했다. 작은 체구 위로 입혀진 새하얀 고딕 드레스는 어린 소녀를 지체 높은 아가씨로 꾸며주기에 충분했으며 이 드레스로 인해 소녀는 더욱 비스크 인형처럼 보였다. 만약 소녀가 앉아만 있다면 인형임을 의심치 않았을 정도이다. 그러나 이 소녀는 앙증맞은 작은 입을 움직였다.

"그대의 능력을 실제로 보니, 참으로 대단하다. 방금 전까지 [우인궁愚人宮]이었거늘, 눈 깜박할 사이에 이곳이로구나! 실로 놀랍구나."

"현주縣主* 마마, 마마의 칭찬에 몸 둘 바를 모르겠습니다. 헤헤헤."

* 왕세자의 서녀나 대군의 적녀와 서녀를 부르는 호칭. 외명부 정3품의 직위를 가진 품계다. 왕

40

존 D는 예의를 차리는 척 고개를 숙였지만 말에서 느껴지는 특유의 간죽거림 때문에 광대 이상의 격이 나올 수는 없었다. 하지만 교수는 깜짝 놀랄 수밖에 없었다. 이러한 존 D의 모습을 처음 보았기에 지금 당장이라도 그 이유에 대해 묻고 싶었지만, 자존심상 다만 존 D를 노려보고 있을 뿐이었다. 침묵이 오랫동안 지속되었다. 그러나 침묵의 간극을 견디지 못하고 어린 소녀가 다시 입을 열었다.

"미안하오만 교수. 그렇게 입을 다물고만 있으면 레이디에게 실례가 아니오."

허나 그 말을 들은 척도 안 하고 교수는 어쩔 수 없다는 듯 혀를 차곤 말했다.

"손님을 모셔왔으면 소개를 해줘야 하지 않겠나?"

이 장면은 하드니스 교수가 뿌리부터 잉글랜드 인임을 보여주는 상황이다. 잉글랜드 인들이 매번 그렇듯 소개받기 전까지는 바로 옆의 사람도 없는 사람으로 취급하기 때문이었다. 교수라고 크게 다르진 않았다. 그 또한 처음 보는 상대와는 소개를 받기 전까지는 말조차 섞지 않았다.

"여기 계신 귀녀를 소개하자면 조선의 왕족, 합선대군合蟬大君의 외동딸, 아빈娥賓현주십니다."

교수는 조선이라는 소리에 잠시 멍해졌다. 조선은 개국 618년이 되

세자의 적녀는 군주郡主라 불렸고 정2품의 품계를 지녔다. 이들의 대우는 공주보다는 못하지만 왕족의 딸로서 존귀한 지위에 있었으므로 국가로부터 많은 혜택을 받도록 되어 있다.

는 역사가 깊은 국가다. 이리도 깊은 전통과 문화를 유지하면서도 첨단기술을 놓치지 않은 기묘한 나라였다. 법고창신法古創新이라는 사자성어가 가장 잘 어울리는 국가였다. 동아시아의 반도국으로 영토가 작고 자원이 적어 대내외 정세가 불리했음에도 국력을 키워 나갔고 현재는 오히려 주변국에 막대한 영향력을 끼치는 아시아의 맹주국이 되었다.

게다가 합선대군이라면 선왕인 평종의 장자이자, 지금 임금의 이복형(현 주상과는 나이차가 20세정도 되기에 형제라기보다는 부자지간처럼 보이지만)이었다. 보수정치가들을 연합시키는 정치의 실세이기도 했다. 조선 권력의 중심이나 다름 아니었다. 그는 이런 뛰어난 왕족이란 것을 제외하고도 여러 의미로 유명한 사람이었다. 젊은 나이부터 생명공학에 실력을 나타낸 뛰어난 과학자이기까지 했다. 아직 40대밖에 되지 않았음에도 이처럼 범인凡人으로서는 일생을 통해 해낼 수 없는 위업들을 달성해낸 남자였다. 지상의 일에는 별로 관심이 없었던 교수조차 그의 이야기를 알 정도로 합선대군은 유명인이었다. 교수로서는 대군의 귀녀가 자신을 만나러 왔다는 사실에 놀라울 수밖에 없었다. 교수의 조국을 빗대 말하자면 요크 대공의 공녀께서 행차하신 셈이다. 존 D의 소개에 교수의 머릿속은 혼란스러웠다. 그러다 교수는 자신의 무례함을 깨닫고 깜짝 놀라 일어서며 천천히 아빈현주에게로 다가섰다.

"현주 마마, 노구의 무례를 용서하여 주십시오. 노구가 우둔하여 '존귀한 분'을 몰라 뵈었나이다."

19세기 빅토리아 1세 시대의 사고를 가진 인물인 하드니스 교수는 왕족이나 귀족에 대해선 깍듯했다. 사실 그것이 아니더라도 신사도와 예의범절에 대해서만큼은 강박적 인물이었으니 모르고 저지른 무례조차 가장 용서할 수 없었을 것이다.

"아니오, 교수. 고개를 드시오. 아버지의 덕으로 외명부外命婦*에 이름을 올렸다고는 하나 경도 모르고 한 일, 어찌 무례하다 하겠소."

아빈현주가 손을 천천히 내저으며 사과를 받아주었다.

"감사하옵니다. 현주 마마! 하오나 어찌 '존귀하신 분'께서 이런 노구의 저택까지 왕림하셨는지요. 만약 눈앞의 사기꾼에게 속으신 거라면 노구가 현주 마마를 대신하여 벌을 주겠나이다."

교수는 고개를 들어 인사를 올리고 옆에 있는 존 D를 노려보며 말을 이었다. 순간, 처음부터 소개하지 않고 자신을 무안하게 만든 존 D를 어떤 이유에서든 때려주고 싶었다. 교수의 이 같은 마음을 아는지 모르는지 존 D는 이죽이죽 웃기만 했다. 하지만 이때 아빈현주의 입에서 뜻밖의 말이 나왔다.

"아니오, 내가 경을 보고자 존 D의 도움을 받았을 뿐이외다."

"노구를 말입니까?"

"그렇소, 경의 도움이 필요하오."

"말씀하여 주시옵소서! 노구, 현주 마마의 도움이 되고자 노력하겠나이다."

아빈현주는 고개를 끄덕이며 꽃처럼 화사한 미소로 활짝 웃었다.

● 왕실 직계나 종친의 딸과 아내 및 문무관의 아내로서 남편의 직품職品에 따라 봉작封爵을 받은 부녀자를 통틀어 이르던 말. 현대 조선의 외명부에 오르는 자들은 대부분 왕실의 종친 정도다.

소녀의 아름다운 모습은 교수의 허영에 가까운 신사도를 만족시키기에 충분했다. 사실 교수의 말은 입에 발린 말이 아니었다. 레이디의 부탁이라면 그 어떤 무리한 부탁일지라고 도와주려는 성격이기에 가슴에서 우러나온 진심어린 말이었다.

"존 D, 설명해주겠느냐?"

"예, 마마."

존 D는 코트 속주머니를 부스럭거리며 무언가를 찾았다. 속주머니에 잡다하게 들어 있는 것을 대충 꺼내 땅바닥에 흩뜨려 놓았다. 그 중에는 쓸데없는 영수증도 한 움큼 들어가 있었는데, 이리저리 헤집다가 드디어 찾았는지 밝아진 표정으로 "이거다!" 하며 소리를 질렀다.

"교수님, 이게 무엇인지 아시겠습니까?"

그것은 괘종시계를 닮은 커다란 디스크형 오르골의 사진이었다. 교수는 그 사진을 보자마자 얼굴을 찡그렸다.

"아시겠죠? 교수님이 20년 전, 그러니까 정확한 명칭은 아직도 알려지지 않았지만, 구소련 정부의 의뢰를 받고 팔았다고 알려진 그 [혁명화장치революционизи-ровает машина] 말이죠. 덕분에 얼마나 클럽이 힘들었는데요."

교수의 표정을 보자마자 존 D는 히죽히죽 웃기 시작했다.

"늙은이의 아둔해진 기억을 되새기게 해주어 고맙군, 존 D. 하지만 그때 분명 그 장치와 노구와의 관계가 '희박하다'고 밝힌 것은 클럽 아닌가."

교수의 말은 물론 거짓말이다. 교수는 은밀하게 여러 나라에 자신의 [장난감]을 팔았다. 교수도 자신의 값비싼 취향을 부담해야 했기에 돈을 벌어야 했다. 교수가 공기만 마시고 사는 선인仙人은 아니지 않는가. 무슨 변덕이 그를 덮쳤는지는 모르나 그나마 정도에서 벗어난 [장난감]은 팔지 않았고, 지상에는 패러다임 자체를 바꿔버릴 수 있는 [하드니스엔진]의 정체를 숨겼다. 그 정체를 알고 있는 것은 교수와 [디오게네스클럽]의 상층부뿐이다. 그럼에도 불구하고 지상에 뿌려진 대부분의 [장난감]이 [하드니스엔진]이 들어 있지 않았을 뿐, 세계를 놀라게 할 발명품들이었기에 특히 냉전 때는 구소련과 합중국의 군비경쟁을 통해 수많은 이득을 얻어냈다.

존 D가 들이대는 사진 속 물건도 교수에겐 냉전시절의 구소련이 심리전 무기를 원해 만들어준 가벼운 [장난감]에 지나지 않았다. 구소련에선 [혁명화장치]가 거창한 무엇이나 되는 양 굴었지만 교수저택에 있는 장난감들에 비하면 별 것 아니었다. [혁명화장치]는 그저 구소련 전역에 일파만파 퍼지며 세뇌를 통해 국민들의 행동을 통제하는 장치에 불과했다. 그러나 이 장치는 국가 주도의 전체주의적 사고를 가진 공산국가가 가지고 싶어할 만한 장치였다. [디오게네스클럽]에서는 교수가 구소련에 팔아넘긴 [혁명화장치] 덕에 공산국가들이 말기까지 그나마 버틸 수 있는 이유 중 하나였다고 분석하고 있었다. 교수는 [하드니스엔진] 또한 자신이 지닌 별거 아닌 장난감 중 하나로 치부했지만, [디오게네스클럽]은 그렇게 생각하지 않았는지 교수를 압박해왔다. 실제로도 교수의 [장난감]들이 서로 합쳐질 경우 나오는 시너지는 핵의 위협 따위 가소로운 행위에 불과했다.

솔직히 디스크형 오르골을 닮은 19세기적 외형만 아니었다면 쉽사리 남에게 들킬 일도 없었을 텐데, 교수의 강박증에 가까운 19세기에 대한 애정이 자초한 결과였다. 교수는 어쩔 수 없이 계약을 없던 것으로 파기하고 전량 폐기하면서 구소련과 관련된 꼬리를 모두 잘라냈다. [디오게네스클럽]도 그 같은 사실을 이미 알고 있었지만, 더 이상 판매하는 일이 없어야 세계평화가 유지된다고 여겼기에 일부러 벌집을 쑤실 이유가 없었다. [디오게네스클럽] 또한 교수와의 전면전은 피하고 싶은 속내였다.

존 D는 안쓰럽다는 듯이 교수를 쳐다보며 말을 이었다.

"예, 예. 그렇다고 치고요. 이게 어디서 발견됐는지 아세요?"

"어디서 발견됐나?"

"정말 모르시는 거죠?"

"그럼 가짜로 모르는 것도 있나."

교수는 낮은 음성으로 대꾸하며 존 D에게 불쾌한 시선을 던졌다. 존 D 같은 무뢰한에게 자신의 명예를 걸고 말해야 하는 이 순간 자체가 완벽한 신사를 자처하는 교수에게는 모욕이나 진배없었다. 끓어오르는 분노를 안으로 감추고 차분한 눈빛으로 존 D를 노려보다가 순간, 왕족인 아빈현주가 있었음을 깨닫고는 이내 눈길을 그녀 쪽으로 돌렸다.

"지금 와서 예전 이야길 꺼내는 이유가 무엇인지 노구는 이해할 수 없사옵니다. 현주 마마."

"그 물건이 조선에 있다고 추측되고 있기 때문이오, 교수."

교수는 놀랐다. 그리고 자신의 귀를 의심했다.

"현주 마마, 노구가 나이가 많아 잘못 들었나 보옵니다. 다시 말씀을……"

"경이 제대로 들었소. 이것이 조선에 있다 했소. 제 아버지이신 합선대군께선 지금껏 모아오시던 귀중품들을 [조선과학기술박물관]에 기증하시며 연회를 주최하시고자 하였소. 허나! 그 가운데 저 물건이 들어 있었던 게요. 게다가 [디오게네스클럽]이 개입되는 바람에 연회가 무산될 지경이 되었지 뭐요."

아빈현주는 [디오게네스클럽]의 개입이란 말을 할 때 즈음에 존 D를 바라보았다. 존 D는 특유의 이죽거리는 미소로 고개를 숙여 인사를 건넸다. 이런 행동에 아빈현주는 못마땅한 듯, 눈을 치켜세우곤 뭐라 말하려 입을 벌렸지만 곧 귀엽게 포옥, 하고 한숨을 쉬며 교수에게로 고개를 돌렸다.

"클럽에서는 이것을 경이 만든 그 '무기'라 하더군. 클럽에서는 확신을 하더이다. 확인도 하지 않았으면서 말이오!"

아빈현주는 마지막에 확인을 하지 않았음을 강조하며 다시금 존 D에게 날카로운 시선을 던졌다. 하지만 상대에 대한 불신과 의분으로 살짝 주름진 그녀의 미간은 왕족으로서의 위엄이 느껴지기보다는 오히려 깜찍한 인상마저 주었다. 존 D도 그 모습이 귀여웠던지 윙크를 건넸다. 아빈현주는 오히려 무시당한 느낌이 들었는지 또다시 분노에 차서 얼굴이 일그러지기 시작했다. 한소리 하려고 그녀가 입을 열었을 때, 도망치듯 존 D는 교수에게 말을 건넸다.

"안타깝게도, 합선대군께서 물건을 넘겨주는 것을 거부하더라고요."

교수는 이죽거리는 존 D 말을 무시하고 아빈현주에게 물었다.

"이상하군요. 노구의 [장난감]은 과거 클럽에서 '말도 안 되는' 혐의를 노구에게 뒤집어씌운 이후, 지상에서 금지품이 된 지 오래인데 어떻게 합선대군께서 이를 가지고 계셨는지……."

클럽을 향해 노골적인 불만을 드러낸 가시 돋친 질문이었으나 존 D
는 냉랭하게 대답했다.

"교수님, 댁의 [장난감]은 겉보기로는 앤티크잖아요. 합선대군이
과거기술로 이루어진 앤티크를 수집하길 좋아하는 것으로 유명하기
도 하고. 이번에 국가에 기증하게 된 것도 자기 취미를 국민과 함께하
겠다나 뭐라나. 사실은 자신의 정치세력을 결집시키려는 데 그 의도
가 있겠지만, 말입니다. 뭐 정치적인 문제니까 이쯤에서 넘어가죠. 그
건 그렇게 중요한 문제가 아니니까요. 앤티크를 수집하다가 우연찮게
들어온 거라 하더군요. 아마 기증하겠다 말하지 않으셨다면 우리 쪽
도 이런 사실을 파악하지 못했을 겁니다. 아시다시피 조선엔 공식적
인 우리 지부가 존재하지 않으니까요. 조선은 이 땅에 우리 지부가 세
워지길 거부하고 있으니 말입니다."

"조선은 외세의 도움을 부정하진 않소. 다만 조선 스스로 해결할 수
있는 문제에 댁들이 개입하는 것은 거부할 따름이오. 이는 엄밀히 내
정간섭 아니오?"

"내정간섭이라니요? 현주 마마! 저희 조직은 어디까지나 세계평화
를 위해 움직입니다. 한 국가의 내정을 간섭하진 않습니다."

존 D는 한탄하며 아빈현주를 쳐다보았지만 아빈현주는 코웃음까
지 치면서 그의 말을 여유롭게 받아쳤다. 잠시 둘의 정치적 말싸움이
계속되었지만 교수는 이에 아랑곳하지 않고 생각에 빠져들었다. 정
작, 교수는 지상에서 벌어지는 정치에는 관심조차 없었던 것이다.

• 교수의 장난감들

확실히 교수를 포함하여 저택에 쌓여 있는 [장난감]들의 외형은 21세기 현재와는 다른 19세기에 멈춰 있었다. 그것들의 외형은 대부분의 앤티크가 그렇듯 정성스레 옻칠한 마호가니 책상이나 괘종시계를 닮아 고풍스러움을 자아내고 있었다. 여기에 교수의 예술가적 장인정신이 한몫했다. 그의 [장난감]은 기능성만을 추구하는 현대기기와 달리, 기능과 미학이 복합적으로 연관된 예술품에 가까웠다. 그렇다고 그의 발명품이 21세기에 창조된 그 어떤 물건들에 비해 뒤처지는 것은 아니었다. 그의 물건들은 톱니와 벨트의 태엽회전을 이용하여 움직이는 증기기관이었지만 전선이나 반도체회로 등을 이용한 연산장치에 의해 이뤄진 현대기술에 결코 뒤떨어지지 않았다.

그가 만든 해석기관들은 이미 현대컴퓨터의 연산능력을 넘어섰으며 인공지능까지 만들어내는 데 이르렀기 때문이다. 겉모습이 괘종시계의 형태를 취한 것도 있었고 오르골 형태인 것도 있었다. 원통형 레코드의 모습이거나 옷장 형태를 취한 것도 있었다. 하지만 19세기적 외형과는 달리 21세기를 뛰어넘는 기술들이 담겨 있었다. 사실 외형만 보고 잘못 만졌다간 죽음을 자초할 수도 있는 것이 바로 교수의 [장난감]이었다. 19세기 형식미를 사랑했기에 외형을 그렇게 본떠 만들었을 뿐, 대부분의 내용물은 외형과 무관한 것들이었다. 그 대표적인 예시가 바로 옷장모습을 하고 있는 넬슨 경이다.

교수가 시치미를 뚝 떼고 정말 알 수 없다는 표정을 지으며 고개를 갸웃거리자 방금 전까지만 해도 감정을 배제한 채 고고한 자세를 유지하던 아빈현주가 얼굴을 붉히며 화를 냈다. 갑자기 그녀는 가냘픈 손으로 자신이 앉아 있는 의자의 팔걸이를 거세게 내려치며 목소릴 높였다.

"경의 위험한 무기가 조선 안에서 시한폭탄이 되어버렸단 말이오! 아버지께선 기증품에 그런 것이 있을 수 없다 하셨음에도 [디오게네스클럽]이 일방적으로 연회의 주최를 막고 있소. 아버지께서는 [디오게네스클럽]의 독단에 진노하셨소. 이렇게 연회가 미루어지면서 아버지 체면이 많이 상하였단 말이요. 이 연회는 그냥 연회가 아니오! 국내뿐만 아니라 해외의 중요한 분들이 많이 참석할 연회란 말이오. 이미 연회가 늦춰져 아버지 체면이 말이 아닌데 다시 누를 끼치란 말이오? 허니 경에게 이 책임을 물을 것이라 전하러 온 것이오!"

"한마디로 무혐의로 석방했던 거 취소하고 이제 다시 족치러 오겠다 이겁니다."

존 D의 천박한 대사에 교수는 얼굴을 찡그렸다. 이때 천장에서 음성이 흘러나왔다.

〈감히, 제가 한 말씀 올려도 되는지요.〉

아빈현주는 깜짝 놀랐다. 15년 살아오면서 저택의 천장에서 울려나오는 사람목소리는 처음 들어보았기 때문이다. 하늘에서 내려오는 음성처럼 성스럽고 절도 있는 음성이라 아빈현주가 넬슨 경의 존재를 모르고 있었다면 아마도 천사의 목소리라 착각했을 정도이다. 아빈현주는 흐트러진 몸을 곧추세우고 이내 다시 격식을 차리고 입을 열었다.

"그대가 넬슨 경인가?"

〈그러하옵니다. 현주 마마. 저택관리를 맡고 있는 넬슨 경이라 합니다.〉

"무엇을 말하고자 하는가?"

순간, 넬슨 경의 목소리에서 특유의 억양이 사라졌다. 마치 미리 녹음된 음성을 틀어주는 것 같았다.

〈질문 1 어찌 각하의 책임이 있다 말씀하시는지요?〉

"그대 주인의 물건이 아닌가!"

〈대답 1 증거는 없습니다. 각하의 혐의는 이미 클럽에서 무혐의 처리했습니다. 각하는 그 물건을 모두 파기했습니다. 이에 따른 질문 2 그럼에도 조선에 그게 있다면 누군가 복제했거나 구소련에서 빼돌렸지 않겠습니까?〉

감미롭고 아름답지만 기계적이고 단조로운 넬슨 경의 목소리에 취한 듯 듣고 있던 아빈현주가 흥분했던 몸을 진정시켰다. 그리고 그녀는 고개를 끄덕이며 교수에게 말했다.

"그것도 그렇구려. 내가 너무 화를 낸 것 같소. 경에겐 미안하게 되었소."

"아니옵니다. 마마. 충분히 그러실 사정이 있으셨지요."

"그렇다면 이렇게 합시다."

"무엇을?"

"연회는 예정대로 열 것이오. 이것이 그대의 작품인지 아닌지 확인을 해주시오. 아니라면 아버지의 명예를 실추시킨 대가를 내 반드시 클럽에게 물을 것이오. 그리고 그대의 작품이 맞다면 그대가 반드시 그 책임을 지고 처리하시오. 아버지께 해가 될 일들은 어서 처리하고 싶구려."

들던 존 D는 급했는지 예의도 하나 차리지 않는 본모습으로 소리 쳤다.

"잠, 잠깐만요. 연회준비를 계속 진행하겠다니 그 물건이 얼마나 위험한지 아십니까? 교수님이 사실을 말할지 누가 알아요? 진짜 [혁명화장치]가 있는 곳에서 연회를 한다는 게 얼마나 위험한 생각인지 알고 계신 건가요? 사람들의 패러다임을 강제로 변환시켜버리는 장치라고요! 아시겠어요?"

"지구평화를 지키는 것은 그대의 일이 아닌가! 정 걱정되면 그대도 연회에 오시게. 그대는 초대하지 않아도 알아서 오겠지?"

존 D는 부정하지 못했다. 실제로 숨어들 생각이었으니까. 미묘하게 뒤틀리는 존 D의 표정을 보면서 아빈현주는 혀를 차더니 말을 이었다.

"그리고 교수! 경의 조국엔 신사도라는 것이 있고 그대가 바로 그 신사라 들었소. 신사가 명예를 저버리오? 여인이 믿어준 신의를 저버리오?"

그녀는 당황해하는 존 D의 모습을 고소하다는 듯 바라보다가 곧 교수를 쳐다보았다. 교수는 고개를 저으며 말했다.

"아니옵니다. 현주 마마."

"그 말이 듣고 싶었소."

교수는 꾸밈없는 미소를 지으며 고개를 숙였다.

"신사의 명예를 걸고 숙녀의 명예에 해가 되는 일은 하지 않습니다."

그때서야 비로소 아빈현주가 밝게 웃으며 말했다.

"그 말을 듣고 싶었소."

교수는 처음부터 아빈현주가 이것을 노리고 있었는지도 모른다는 생각이 들었다. 실제로 교수는 명예와 신의는 언제나 지켜야 한다는 강박증에 시달리고 있었기 때문이다.

"노구의 질문을 받아주시겠습니까?"

"무엇이오?"

"노구가 늙었다 하나 세계에서 가장 위험한 자이옵니다. 어찌 대군께선 위험한 곳에 현주 마마를 보내셨는지요."

"내가 결정한 것이오."

"그럼 어째서 오신 겝니까?"

"위험하다고 뒤로 빠진다면 왕족으로서 책무를 다하는 것이 아니지 않겠소? 대답이 되었는지?"

"우문이었습니다. 마마!"

교수는 깊이 고개 숙여 예를 표했다. 그러자 아빈현주는 품에서 봉투 하나를 꺼냈다. 새하얀 봉투 위에는 봉황 두 마리가 양 끝에서 날아오르며 갓 피어오르는 오얏꽃을 보살피듯 감싸고 있는 문장이 금박으로 새겨져 있었다. 조선왕실의 문양이었다. 정확히 19세기 들어 조선도 서양 국장國章의 형식을 도입하여 문장을 도안하여 쓰기 시작했다.

19세기 이전까지 조선에 국기나 왕실국장이 따로 있진 않았다. 그 이전까지는 외교시 국호를 한자로 써서 국기대용으로 사용했을 뿐이었다. 왕실을 상징하는 것도 중원이 사용하던 형식을 차용하여 용이나 봉황을 왕의 상징으로 쓰는 정도에 불과했다. 그러나 열강제국들의 세계지배 구축시대로 불리던 19세기 이후, 세계가 좁아지면서 서구 쪽의 열강들과 교류가 활발해지자 왕실 문장이나 국기의 필요성을 절감한 조선은 국제적 관습과 규격에 걸맞게 조선을 상징하는 국기와 국장을 따로 제정하게 되었다. 이로써 왕실행사나 왕족이 여는 연회의 초대장 엔 지금 교수가 받아든 봉투가 그러한 것처럼 국장이 양각되곤 했다.

"이건, 초대장이옵니까?"

"그렇소, 남들 잔치하는 데서 혼자 심심하게 물건을 확인하는 것보 다야 연회를 즐기면서 확인하는 것이 좋지 않겠소?"

"하오나……"

왕실파티나 사교모임을 좋아하는 교수였지만 현주의 제안은 너무 뜬금없게 느껴졌고, 초대에 응했다가는 어떤 일에 휘말릴지 몰라 거 절의 말을 꺼내려 했지만 아빈현주는 교수의 말을 막았다.

"이는 나의 아버지, 합선대군의 뜻이오. 거절할 셈이요?"

"아니옵니다. 현주 마마. 노구, 크눕 하드니스. 대군 마마의 명을 받 들어 모시겠나이다."

"그리고 지금부터 하는 말은 나의 뜻이니 거절 말고 따라주세요."

"무엇이옵니까?"

"에스코트를 부탁드려도 되겠소?"

"노구, 현주 마마의 존함에 누를 끼치지 않도록 하겠나이다."

교수는 여성을 에스코트하는 것이 신사의 책무라 생각했기에 그녀 의 마지막 청을 흔쾌히 받아들였다. 아직까지는 그 기품과 위엄 면에 서 껍질이 덜 여문, 풋풋한 소녀의 청순미가 담겨 있었지만, 에스코트 를 당연한 권리처럼 받아들이는 레이디들보다 확연히 올바름이 느껴 졌다. 교수는 무엇보다, 아빈현주가 어린 나이에 비해 왕족다운 치밀 한 면모와 영특함을 지닌 점에 흥미를 느꼈다.

"그럼, 시간에 늦지 않게 [우인궁]으로 와주시오. 아버지께서도 당신을 보고 싶어하시오. 자, 이것으로 전할 말은 모두 끝낸 것 같으니 나는 이만 가봐야겠소! 존 D, 날 돌려보내주시오."

"물론입니다. 마마. 잠시 눈을 감으셨다 뜨시면 [우인궁]이실 겁니다."

"잠시 기다려 주시옵소서. 현주 마마."

이죽거리는 존 D가 자신의 코트로 그녀를 감싸려 할 때, 갑작스레 교수가 이를 말렸다. 그런 교수를 아빈현주가 의아한 듯 쳐다보았다.

"무엇이요? 내게 무슨 할 말이 있는 게요?"

교수는 무릎을 꿇고 고개 숙여 정중하게, 또렷한 목소리로 자신의 뜻을 전했다.

"어찌 '존귀하신 분'께서 오셨는데 식사대접 하나 해드리지 못하고 그냥 보낼 수 있단 말입니까. 노구의 명예가 땅에 떨어지는 행위는 할 수 없습니다. 제발 노구가 잠시라도 모실 수 있는 영광을 주시겠나이까."

잠시 생각에 잠겨 있던 아빈현주가 고개를 끄덕이며 교수의 뜻을 수락했다. 이참에 존 D도 끼어들려 하자 그녀가 보는 앞에서 교양 없는 사람으로 보이고 싶지 않던 교수는 재빠르게 이에 응수했다.

"현주 마마를 모셔온 자네에게도 그 정도의 대접은 해야겠지."

"그럼 잘 먹겠습니다."

음식을 앞에 두고 아무 자리에 앉으려 하는 존 D를 막아서며 교수가 다시 말을 건넨다.

"물론 자네가 현주 마마와 같은 자리에서 겸상할 순 없네! 이보게들 이 친구 먹을 것은 자네들이 챙겨주게."

웨이터 오토마타 둘이 양쪽에서 존 D의 팔짱을 끼곤 문 밖으로 끌고 갔다. 순식간에 일어나는 일이라 멍한 얼굴로 존 D는 끌려가고, 시야에서 그가 사라지자 이제야 교수는 환한 미소를 지으며 아빈현주에게 아뢴다.

"무례한 자를 물러나게 했으니 일단 저녁식사를 안으로 들이겠나이다."

잠시 생각에 잠겨 있던 그녀가 입을 열었다.

"아니오, 그대의 성의는 고마우나 우선 이야기를 먼저 듣고 싶소."

"이야기라니, 어떤 이야기를 원하시는지요? 노구가 그리 재밌는 말을 많이 알지는 못하옵니다."

아빈현주는 고민하는 척하다가 입을 열었다.

"무엇보다 이곳이 궁금하오. 제 아버지이신 합선대군께서도 과학에 지대한 관심을 가지신 분이라오. 그래서 궁가 내에도 이것저것 들여놓으신 것이 많지만 이런 신기한 기계장치들로 가득 찬 곳은 처음이란 말이오."

아빈현주의 아버지인 합선대군은 정치가이자 과학자였다. 왕족이라는 이유로 그의 진가를 제대로 평가받지 못했지만 그의 실력은 세계적으로 알려져 있었다. 하지만 교수는 합선대군이 과학자라기보다 정치인에 가까운 인물이라 믿고 있는 사람 중 하나였다. 그래서 그녀의 말을 의미있게 받아들이진 않았다.

"아, 잠시 잊었군요. 합선대군께서 생명공학 쪽에 논문을 쓰신 적이 있었지요."

"그렇다오, 그러니 그대의 발명품을 보여주시오. 심히 궁금하오."

"이거, 이거. 별거 아닌 이야기입니다만."

"귀녀가 들은 바론 별거 아닌 거라 치부할 얘기가 아니오. 그저 풍문이오만 넬슨 경은 현대적 CPU나 트랜지스터는 전혀 사용하지 않았음에도 세계최고의 인공지능이라 들었소."

"하하, 과찬이십니다. 현주 마마."

"그러고 보니 이 저택이 어떻게 떠 있는 게요? 이런 거대한 저택이 중력을 벗어나는 것이 참으로 대단하오."

"하하하하! 이거 이거. 하하하하."

조금씩 칭찬이 쌓이자 표정을 숨기고 있던 교수의 얼굴은 점차 웃음이 가득 찼다. 즐거운 웃음이 계속 흐르다가 갑자기 공중에 대고 소리쳤다.

"넬슨 경, 연구실 문을 열게! 현주 마마께 노구의 [장난감]을 보여드려야겠네."

〈예? 연구실의 문을요? 다시는 연구실을 외부인에게 함부로 보여주지 않도록 하겠다고 하지 않으셨습니까?〉

넬슨 경은 깜짝 놀랐다.

"레이디의 소원을 들어드리려는 것일세! 그렇다면 현주 마마께 보여드리는 것은 함부로가 아니지 않은가."

〈……. 예, 그럼 문을 열겠습니다.〉

넬슨 경은 어쩔 수 없다는 듯, 체념 섞인 목소리로 대답했다. 교수는 그런 넬슨 경을 의도적으로 무시하고 현주에게 고개를 돌렸다.

"자, 노구를 따라 오시면 재밌는 [장난감]을 보여드리겠습니다."

교수는 무릎을 꿇고 고개를 숙이며 근엄하게 앉아 있는 아빈현주에게 손을 뻗었다. 그녀는 이런 교수의 행동이 다소 어린아이 같다는 생각이 들었다. 그 정도의 칭찬으로 이렇게나 들뜰 줄이야…… 예상치 않은 교수의 행동에 아빈현주는 자기도 모르게 피식, 웃음을 지으며 말했다.

"좋소, 따라가리다."

교수의 손을 잡고 천천히 일어나면서, 아빈현주는 이전 교수의 얼굴에서는 볼 수 없었던 그의 천진한 모습을 발견하게 되었다. 지나치게 자기감정에 충실한 나머지 교수의 얼굴에서는 연신 웃음이 떠나지 않고 있었다. 나이에 어울리지 않는 유치한 감정이랄까. 특히 그는 스스로를 신사라 자부하면서 이에 위배되는 치명적 감정을 드러내고 있었다.

'이 남자가 풍문으로만 듣던 악인인가?'

이런 의문에 사로잡혀 있는 아빈현주에게 교수가 가까이 다가오자 오크나무 문이 당연하다는 듯 자동으로 열렸다. 이 모습을 지켜보고도 아빈현주는 그다지 놀라는 기색을 보이지 않았다. 하지만 문밖으로 나오자 둥근 홀 바닥에 깔린 대리석들이 퍼즐 맞추듯 톱니바퀴처럼 맞물려 움직이는 것을 보게 되자, 그녀는 놀란 빛을 감추지 못하며 얼굴에 화색이 돌기 시작했다. 자신이 타고 있는 톱니바퀴가 박자에 맞추어 움직이고 있었던 것이다. 그 위에 서 있는 교수와 아빈현주가 함께 왈츠를 추는 것처럼 움직였다. 마치 무대는 인형들이 춤추며 시간을 알리는 오토마톤시계 내부의 모습과 흡사했다. 교수와 아빈현주가 올라타 있는 대리석은 점차 가운데로 움직여갔고 한가운데에 도착하자 교수와 아빈현주가 서 있던 톱니를 제외하고 주변바닥이 카메라조리개가 열리듯 활짝 열렸다. 아빈현주는 바닥이 보이지 않는 주변을 보고 깜짝 놀랐다. 저택의 현관홀 아래가 크레바스처럼 바닥없이 펼쳐져 있다니 이를 경험해본 적 없는 그녀는 당연히 놀랄 수밖에 없었다.

"아, 놀라지 마십시오. 그저 바닥이 깊을 뿐입니다."

교수는 놀이기구를 타기 전의 어린아이처럼 천진난만한 모습이었다.

"자, 현주 마마! 즐겨 주십시오. 노구의 연구실로 내려가는 길은 조금 특별하답니다."

밑이 보이지 않는, 크레바스마냥 검게 칠해진 구멍 밑에서 귀를 거스르는 기계소리가 들리더니 그들이 서 있던 톱니는 자동으로 회전하며 그 밑을 향해 내려갔다. 아래로 내려갈수록 주변에 등이 훤하게 켜지며 주위가 밝아졌다. 아빈현주도 처음에는 갱도의 지하를 내려가는 것처럼 무서웠지만 내려가는 기둥 주변이 점차 밝아지자 겁먹던 마음이 사라졌다. 오히려 크고작은 톱니와 벨트가 맞물려 돌아가는 모습을 신기한 듯 바라보면서 자신도 모르게 웃음이 나왔다.

그도 그럴 것이 톱니 위를 타고 있는 태엽달린 난쟁이인형들은 톱니와 태엽 그리고 벨트들을 조이고 관찰하며 움직이고 있었는데 그 모습은 놀이공원의 기구를 타면서 보는 조형물들의 움직임처럼 위트가 있었다. 게다가 툭 튀어나와 있는 축음기나팔에서 흥겨운 음악까지 흘러나오고 있어 온갖 재미있는 기구들이 모여 있는 놀이공원을 방불케 했다. 신기한 표정으로 맞물려 돌아가는 톱니들을 바라보며 나팔에서 들리는 음에 귀 기울이던 아빈현주가 다소 들뜬 목소리로 교수에게 물었다.

"재미있구려. 나를 위해 준비한 것이오?"

"사실, 연구실에 내려가는 길이 너무 심심해서 만든 것입니다만 이리 좋아하실 줄 몰랐습니다."

"흠, 그보다 1층 밑에 이런 기다란 지하통로가 있다니 어떻게 된 거요? 이곳은 공중이 아니오."

"물론 그렇습니다만 꼭 밖의 모습과 안의 크기가 같을 이유는 없지요."

"세상에나, 교수. 그대는 물리법칙을 뭐라고 생각하는 거요?"

"글쎄요."

교수는 진심으로 어깨를 으쓱하며 말했다. 대화를 하던 중 주변등보다 더 밝은 빛이 조리개 열리듯 바닥이 열리며 솟아올랐다. 아빈현주는 눈부신 빛에 눈을 질끈 감았다. 그리고 천천히 눈을 떴다. 순간, 그녀는 깜짝 놀라고 말았다. 도착한 곳은 창 하나 없이 투박한 돌덩이들로 빙 둘러쌓아 올려진 음습하기 짝이 없는 곳이었다. 분위기를 살리려는 의도에서였는지 주변의 벽에는 모두 기름등이 달려 있었다. 다만 이 상황에서 기름등이 일반 형광등보다 더 밝게 느껴지는 것은 일종의 착각이라 믿고 싶어졌다. 아빈현주는 주변을 둘러보았다. 낡은 기계장치와 수리도구들이 여기저기 널브러져 있었는데, 시계장인의 공방이나 다름없었다.

갑작스럽게 돌변한 분위기에 아빈현주는 적응을 하지 못하는 인상이었다. 일종의 가벼운 두려움마저 느끼고 있었다. 자신도 모르게 어깨를 움츠리고 주변을 두리번거리는 그녀와 달리, 교수는 곁에서 즐겁게 웃으며 깊이 허리 숙여 인사를 올렸다.

"현주 마마, 노구의 연구실에 오신 것을 환영합니다."

"아, 이런 신기한 방식으로 내려올 줄은 몰랐소……."

"하하하, 과거 영 좋지 못한 일이 발생하여 연구실에 문을 제대로 달지 못했습니다. 차라리 내부공간을 늘려 다른 공간을 문으로 만드는 게 낫더군요."

공간 만들기를 마치 계란 삶는 일만큼이나 쉽고 간단한 일처럼 생각하며 말하는 교수의 표현에 아빈현주는 어이가 없었다. 지금 내려온 길 자체는 완전히 다른 이계인 셈이다. 골드버그 장치처럼 쓸데없이 서로 맞물린 그 톱니장치들과 인형들은 사실 공간과 공간을 연결하는 커다란 발전장치였던 거다. 그것을 이해한 아빈현주는 숨이 막혔다. 지금 이 어린아이처럼 구는 영국신사가 진짜로 과거에 홀로, 세계와 싸우던 그 괴물이 맞다는 것을 이제서 깊이 이해한 것이다.

"그럼 방금 전, 시계 속 인형장치 같던 세계들이 바로 공간전이를 위한 발전기인 셈이군요."

교수도 놀랄 수밖에 없었다. 몇 가지 단편적인 장치와 자신이 내뱉은 말만으로 눈앞의 꼬마아가씨는 기계가 어떻게 구상되었는지 예측했던 것이다.

"예, 그렇습니다. 단, 안전합니다. 마마. 만약 현주 마마께 해가 되는 것을 사용했다면 여기서 노구 스스로 목을 치겠습니다."

"아니, 경을 탓하는 게 아니오. 신기한 발명품이로군."

"아, 이걸 보고 신기하다 하지 마십시오. 아직 보여드리고 싶은 것이 많사옵니다."

하드니스 교수는 신이 났는지 연구실에 진열되어 있는 [장난감]을 설명했다. 그 중 [이데아의 동굴]은 그 외형이 영락없는 시네마토그래

프였지만 블루레이나 다름없는 화질과 오히려 3D 입체감까지 만들어내고 있었다. 이 모습을 바라보며 어린 아빈현주는 커다란 충격에 휩싸였다. 1900년대 초반 영화들을 입체적으로 공간 속에 영사하는 방식으로 모습을 지켜본다면 누구든 놀랄 것이다. 톱니와 벨트 그리고 태엽 정도를 가지고 이 같은 기술을 만들어낸다는 것이 믿기지 않았다. 이것은 환상이나 다름 아니었다. 풍문으로 들었던 교수에 대한 소문은 거짓이 아니었던 거다. 일 때문에 이곳에 왔다는 목적도 잊고, 자신의 계급도 잊은 채, 아빈현주는 지금 자기 나이에 걸맞는 호기심으로 교수에게 조심스레 질문을 던졌다.

"멋지군, 이야기를 듣는 것과 실제로 보는 것이 이 정도의 차이가 있을 줄이야. 태엽장치와 증기기관만으로 이런 멋진 기계들을 만들 수 있다니 경은 정말 대단하오."

"노구, 현주 마마의 칭찬에 몸둘 바를 모르겠나이다."

"단, 비밀을 알려주시오."

"비밀이라니요?"

"시치미 뗄 것 없소. 내 아무리 어리다 하나 태엽과 톱니만으로는 이런 기술을 재현할 수 없다는 것 정도는 알고 있다오. 그리고 풍문을 들어보면 악마에게 영혼을 팔고 받은 심장이 그대에게 있다 들었소."

물론 아빈현주의 말이 틀린 것은 아니다. 교수의 모든 발명품이 그런 것은 아니었으나 핵심기술인 [하드니스엔진]을 설명하지 않고 그대로 넘어가는 것은 컴퓨터를 설명하면서 CPU를 무시하고 설명하지 않는 것과 같았다. 하지만 교수는 [하드니스엔진]만큼은 세상에 공개하는 것을 꺼렸다.

"현주 마마, 톱니와 태엽, 벨트만으로도 충분히 이 노구가 뜻하고자 하는 것은 무엇이든 만들 수 있나이다."

이 말도 맞는 말이었다. 그는 톱니만으로도 레일건을 만들어내는 작자였다. [하드니스엔진]은 복잡한 논리연산과 영구적 동력이 필요할 때만 나오는 것이었으니 모든 발명품에 필요한 것은 아니었다. 아빈현주는 곰곰이 생각하다 입을 열었다.

"그대가 감추겠다면 어쩔 수 없는 일이지만 이 장치의 구조적 배열을 생각해봤을 때 뒤의 CPU와 같은 논리연산장치를 품고 있는 것이 아니오?"

교수는 얼굴을 찡그렸다. 설계도를 본 것도 아닌데 겉모양새와 톱니의 배열상태만으로 교수의 설계방식을 꿰뚫어본 셈이다. 잠시 말을 하지 못하고 있던 교수가 웃음을 터트리며 말했다.

"아하하하하하. 노구가 생각이 깊질 못했던 모양이옵니다. 이리도 총명하시다니 뜻하지 않게 감히 모욕을 드렸군요. 그렇습니다. 동력과 논리연산은 같은 곳에서 이뤄지고 있지요."

〈각하, 괜찮으신 겁니까? 말씀하셔도……〉

"무얼 말인가. 노구가 보여준들 이걸 그대로 따라할 사람은 세상 그 어디에도 존재하질 않잖은가. 허허허."

어디서 나오는 자신감인지 교수는 당연한 걸 묻고 있다는 식으로 넬슨 경에게 한마디 던졌다. 다만 넬슨 경은 저택관리자로 나쁜 일이 일어나지 않길 바라며 노력할 뿐이다. 과거 이미 [디오게네스클럽]과 그런 불미스런 사건이 있었고 교수 자신도 넬슨 경의 심정을 모르는 바는 아니었다. 다만 교수의 단점이 있다면 그는 자신을 칭찬하는 사람 앞에서 언제나 어린아이처럼 변한다는 점이었다. 넬슨 경의 생각을 아는지 모르는지, 교수는 기묘하게 생긴 심장을 기계 안에서 꺼내 보여주었다. 강철로 만들어진 심장은 톱니처럼 돌아가며 마치 살아있는 심장이 뛰는 것 같은 소릴 내면서 두근거리고 있었다.

"이게, 그 물건이요? 심장 같구려."

"노구는 [하드니스엔진]이라 부르지요. 감히 현주 마마 앞에서 망령된 표현을 쓰자면 꿈의 기관이라 부르겠나이다. 현주 마마의 말씀대로 이 기술은 노구가 피와 살과 '심장'을 바쳐가며 만든 기술이니 말입니다."

교수는 그렇게 말하고 살짝 미소를 지었다. 그때 쥐덫에 걸려 퍼덕이는 쥐새끼라도 보는 것마냥 존 D가 비웃음을 머금은 채 공중에 둥둥 떠오르며 나타났다. 하나씩 하나씩, 흩어져 있던 그의 여러 몸뚱이들이 점차 형상화되더니 이윽고 교수 뒤로 슬며시 다가선다. 교수의 어깨에 가볍게 손을 얹은 존 D가 고갤 저으며 말을 건넸다.

"저기요. 현주 마마는 다시 입궁하셔야 하거든요. 하여간 늙은이가 좀 부추긴다고 이것저것 다 이야길 하기는. 어휴, 이래서 늙은 사람은 안 된다니까. 현주 마마도 댁이 거짓말 할까봐, 좀 알아보려고 이러는 거잖아요. 소녀가 하는 말에 낚여 퍼덕거리시는 모습이 참 가관이네요."

"존 D! 나는 그런 뜻이, 어찌 그리 함부로 말을……."

교수는 경박스럽게 자신을 질타하는 존 D 말투에 흥미를 잃었는지 이내 헛기침을 했고, 아빈현주도 존 D를 제지하려다가 그만 입을 다물었다. 존 D는 이 상황에서 그저 웃음밖에 나오지 않았지만, 자신의 직분에 충실했다. 맨 처음 등장했던 것처럼, 존 D는 미묘한 미소를 지으며 자신의 코트를 벗어 아빈현주를 가렸다. 그리고 코트를 치운 순간, 그 자리엔 거짓말처럼 아무도 없었다.

"헤헤헤, 난감해하는 교수님 모습을 이렇게 보다니……. 참 대단하네요. 아니 이 노친네, 벌써 잊었나? 겉모습은 청년이면서 설마 치매가 온 건 아니겠죠?"

교수는 얼굴을 찡그리더니, 이내 말을 돌렸다.

"네 이놈! '고귀하신 분'께서 오신다면 미리 내게 알렸어야지! 이렇게 노구를 접대 하나 못하는 바보로 만들다니!"

"그래야 재미있지요. 헤헤헤."

"이놈이?"

교수는 깐죽거리는 존 D의 멱살을 잡고 자기 품으로 바짝 끌어안았다. 교수의 오른손 소매에서 새카맣고 길쭉한 총신 밑으로 고풍스런 마호가니 나무로 손잡이가 조립된 19세기 초반의 구식 권총 하나가 튀어나왔다. 귀족들의 결투에나 등장할 법한 권총이었다. 자신을 향해 이죽거리던 존 D의 국부를 향해 교수는 총을 겨눴다. 영화 속 황야의 총잡이라도 이정도로 빠르진 않았을 것이다. 그의 소매에서 총을 꺼내잡고 목표물에 총을 겨누기까지 단 1초도 걸리지 않았다. 그 순간 존 D는 "사실은 합중국 사람이죠?" 하고 깐죽여볼까 생각도 했지만 괜한 역린을 건드릴까봐 입을 다물었다. 그도 가끔은 자신의 이런 경박한 면이 문제를 야기할 수 있다는 것쯤은 아는 존재였다.

사실 교수의 오른손에 쥐어진 낡아빠진 권총은 눈에 보이는 그대로의 권총과는 많이 달랐다. 내부를 살펴보면 정밀한 변압기로 쓰이는 톱니들과 테슬라 코일로 이뤄진 플라즈마 건이었다. 겉보기엔 명중률이 낮은 구식 권총처럼 보여 상대를 방심하게 만들 수도 있지만 최신식 병기들보다 훨씬 높은 명중률과 파괴력을 자랑한다. 총구에서 뿜어나오는 가압된 플라즈마 덩어리는 장갑차도 뚫어버릴 정도이며, 인간이 맞게 되면 육체가 분자단위로 해체될 정도의 위력을 지니고 있었다.

"아하하, 별로 기분이 안 좋으신가 봐요?"

존 D가 겉으로는 식은땀을 흘리며 아양을 떨고 있었지만 사실 존 D는 교수를 무서워할 이유가 전혀 없었다. 존 D만의 특별한 능력으로 그 어떤 죽음도 벗어날 수 있기 때문이다. 지금 이렇게 한심하기 짝이 없는 행동을 하는 것은 어디까지나 교수에 대한 일말의 '존중'에서 나온 행동이지 그 이상은 아니었다. 순간, 딱딱하게 굳어 있던 교수 미간에 깊은 주름이 잡혔다. 존 D는 자신을 향해 겨누고 있는 교수의 오른손을 바라보며 입가에 비굴한 미소를 짓고 있었다.

교수는 감정을 억누르며, 발사 직전까지 당기고 있던 방아쇠를 천천히 놓고 있었다. 일찍이 넬슨 경에게 '체셔고양이의 목을 치는 것은 시간낭비'라고 본인 스스로 말하지 않았던가. 신사란 자신이 내뱉은 말에 책임을 져야 하는 법. 당장 치밀어 오르는 분노로 상대를 쏘아 죽인다 한들, 존 D는 다시 아무 일 없었다는 듯 널브러져 있는 자기 시체를 구경하러 나타날 것이었다. 교수는 이죽거리며 어디선가 나타나는 존 D 모습을 지켜보느니 차라리 참는 편이 나으리라 판단했다.

"노구가 경고하지. 신사로서 절대 약속을 지키겠네! 만약 조선에 가서 내 명예나 현주 마마의 명예에 누를 끼치는 일이 생긴다면 자넬 가만두지 않을 것이야. 그때는 죽음보다 더한 고통이 무엇인지 가르쳐

주겠네."

"예, 예. 그럼 연회서 뵙죠."

교수가 총을 자신의 소매 안으로 다시 되돌리며 뇌까리자, 존 D는 방금 전까지 보이던 비굴한 태도를 거짓말처럼 지우곤 어디 한번 해보라는 표정을 짓고는 사라져갔다. 체셔고양이가 그랬던 것처럼 그의 미소만이 마지막까지 그 자리에 맴돌다가 사라졌다. 존 D가 물러나자, 교수는 불쾌한 표정을 보이며 공중에 대고 소리쳤다.

"클럽놈들은 하나같이 맘에 안 들어. 넬슨 경, 현주 마마께 [소요철학기관Peripatetic Engine]을 쓴 겐가?"

교수는 격해진 목소리를 차분하게 삭히며 넬슨 경에게 물었다.

〈예, 그렇습니다. 각하.〉

"그게 대체 무슨 무례인가. [소요철학기관]이 뭔 줄 잊었나, 아니면 알면서 기만하는 겐가. 바로 [혁명화장치]의 기본 모티브가 되는 기관이네. 함부로 쓰지 말게. 현주 마마가 연관성이라도 깨달으시면 얼마나 힘들어지는지는 알고나 쓰나?"

〈송구합니다. 각하. 허나 억지 주장에 당할 수만은……〉

"아마, 아빈현주 마마는 처음부터 이 늙은이에게 맡길 작정이었어. 아직 젊어서 타이밍을 잘 맞추지 못했던 것뿐이지. 생각해보게, 결국 대군의 뜻으로 여기 온 게야."

〈그렇군요! 각하. 허나 꽤 놀랍더군요. 한번 훑어보고 각하의 스타일이나 설계양식을 꿰뚫어보다니. 브레인 스캔 결과, 아빈현주 마마는 높은 정보용량의 뇌를 소유한 분이시더군요.〉

"자네는 나중에 노구와 한번 개인정보보호라는 부분에 대해 심도 있는 토론을 나눌 필요가 있겠군."

〈예, 각하.〉

넬슨 경은 자신이 지금 책잡히고 있다는 사실을 전혀 모른 채 주인의 감미로운 말에 감복된 듯, 당당하고도 긍정적인 목소리로 대답했다. 어이가 없어진 교수는 체념하듯 자신의 이마를 부여잡으며 말했다.

"뭐, 일단 노구를 저택으로 옮겨주고 워프 시작하게."

〈예, 각하.〉

하드니스 교수가 연구실에서 저택 1층 홀에 도착하자 넬슨 경이 저택 전체에 방송을 시작했다.

〈워프를 위한 충전을 시작합니다. 앞으로 10초 뒤, 워프 시작합니다.〉

넬슨 경의 말에 따라 저택 전체가 방전되듯 전기가 흘렀다. 표면은 테슬라 코일처럼 전기를 내뿜기 시작했다.

〈10, 9, 8, 7, 6, 5, 4, 3, 2, 1, 0. 워프.〉

넬슨 경의 카운트다운이 끝나자 폭발과 함께 하늘에 있던 저택이 일순간 사라졌다.

교수는 저택이 전이되는 동안 홀을 중심으로 식당 맞은편에 있는 응접실로 천천히 걸어갔다. 물론 전이 도중의 저택은 거대한 전기의 자나 다름 아니었다. 번개와 동일한 전력을 가진 플라즈마들이 강철로 된 저택 여기저기를 팅기고 있었으니. 그러나 교수는 무표정하게, 자칫 잘못하면 바로 사망할 수 있는 장소를 겁 없이 걸어다녔다. 마치 테슬라가 교류전력의 안전성을 선전하기 위해 테슬라 코일이 내뿜는 전력 한가운데에서 태연히 독서를 하던 것과 크게 다르지 않았다. 교수는 플라즈마 사이에서 춤이라도 출 정도로 자신의 기술력을 믿고 있었던 것이다. 플라즈마들이 독사처럼 바닥을 기어다니고 있었으나 그마저도 상관없다는 듯 굴었다.

응접실 있는 곳에 다다르자, 교수는 응접실 문고리를 잡고 문을 확, 열어젖히며 안으로 들어갔다. 응접실 내부는 평소와 변함없는 모습이었다. 입구에 들어서자마자 그랜드피아노가 그의 시야에 들어왔고, 고급스런 사자가죽을 두른 소파가 음악을 듣는 청중마냥 주변에 자리해 있었다. 창가 근처에는 포커 테이블이 있었고, 그 맞은편에 당구대가 있었다. 당구대 너머에는 한쪽의 벽면 전체를 고급 위스키로 가득 채운 스탠드바가 자리했다.

교수는 다른 오토마톤이나 넬슨 경을 부르지 않고, 자신이 직접 독한 위스키 한 병을 집어들고는 빈 컵 가득 따라 채운 뒤, 순식간에 잔을 비웠다. 전이 도중 함부로 넬슨 경을 부르는 것은 그다지 좋은 생각이 아니라고 생각했던 것이다. 그만큼 워프라는 것은 세심하게 주의를 기울여야 할 문제였다. 주변의 공간을 왜곡시켜가는 길을 줄여주는 것이다. 교수의 설명을 빌리자면 워프는 데칼코마니나 다름없다고 한다. 도화지 한쪽에 물감을 짜고 가운데를 기준으로 접어서 저 너머에 있는 도화지의 한쪽으로 옮겨가는 것이다. 그러나 워프기술의 문제는 이런 데칼코마니를 하는 도중 계산을 잘못하거나 이물질이 섞여 들어가면 전혀 다른 모양의 그림이 만들어진다는 데 있었다. 이런 실수를 두고 '작품을 망쳤다'라고 일축해버리기엔 엄청난 사고로도 이어지기 때문이다. 전이를 위한 연산 중 함부로 말을 걸었다가 계산이 조금이라도 잘못되는 날이면 자신과 벽이 겹쳐질 가능성도 없지 않아 있었다.

그러나 넬슨 경 정도의 인공지능이라면 그다지 걱정하지 않아도 되는데다, 교수 자신도 홀로 생각할 시간을 가지는 것도 나쁘지 않았다.

그래서 교수는 전이 도중에는 따로 오토마톤에게 자신의 시중을 들게 하기보다는 뭐든 직접 하기를 선호했다. 물론 그 변덕스런 마음이 언제 돌변할지 모르지만 말이다. 위스키의 뜨거운 느낌이 교수의 식도를 타고 천천히 아래로 흘렀다. 자리에 앉아 교수는 생각에 빠져들었다. 갑자기 그의 머릿속이 혼란스러워졌다. 자신이 파기했던 과거의 장난감들이 왜, 그것도 아시아의 유명한 맹주국에 출현하게 되었는지, 이해가 되지 않았다.

이는 교수가 우둔해서라기보다는 너무 급작스럽게 발생한 사태이기 때문이다. 구소련의 영토에서 발견되었다면 교수도 이해했을 것이다. 아니면 구소련에 포함되었던 동유럽의 소국들이나 유라시아의 군벌들 또는 중화인민공화국이라든지 말이다. 그러나 조선이라니. 조선은 한 번도 교수와 거래를 한 적이 없었다. 대부분의 나라들이 교수의 기술력을 사고 싶어 안달이 났던 냉전 후반기의 군비경쟁 시절에도 그들은 교수에게 냉담했다. 관심이 없었다고 해도 과언이 아니었다. 자국의 기술이 어느 나라보다 뛰어나다는 자부심에 차 있던 나라였으니까. 1800년대 초반 조선은 이미 독자적인 증기기관과 야금기술을 완성시키고 있었다. 아시아에선 독보적이라고 해도 될 정도였다. 개국 초기부터 기술관들을 문관과 동격으로 대우를 해주었던 나라니 독자적인 과학이 발달했던 것도 어쩜 당연한 일이었다. 현대에 와서 조선은 세계 열손가락 안에 드는 기술강국으로 대접받고 있던 터였다. 그런 나라에서 자신의 발명품이 발견되었다니 교수에겐 가장 불가사의한 일이었다.

"뭔가 냄새가 나는군."

중얼거리면서 의심이 가득 찬 눈으로 초대장을 바라보던 교수의 표정이 갑자기 깜짝 놀란 얼굴로 변했다.

"흠, 경인년(2010년) 6월 25일 금요일이라…… 잠깐! 이거, 내일이지 않은가! 이런, 옷을 빨리 챙겨야겠는데. 격식을 갖춰 입고 가는 것이 에스코트를 부탁한 현주 마마에게 예의겠지."

• 디오게네스클럽

아빈현주가 하드니스 교수라는 초월적인 존재와 정신나간 만남을 가졌을 즈음, 런던 시민들이 마실 나오는 공원에서도 기기묘묘한 이야기 하나가 전개되고 있었다. 영국 런던의 성 제임스 공원에선 덥수룩한 스코틀랜드 식의 수염을 기른 노인이 호숫가 벤치에 앉아 거위들에게 하릴없이 빵쪼가리를 던져주고 있었다. 녹색 카디건을 걸친 노인은 은퇴한 퇴물처럼 중력에 눌린 듯 구부정한 어깨를 하고 고통스러운 표정을 짓고 있었다. 빵쪼가리를 대충 다 나눠주었는지 이어서 커피를 마시기 시작했다. 몇 모금 커피를 들이켠 후 천천히 입을 열었다.

"세계평화를 위해 네놈 능력을 쓰라는 것이지, 상관을 놀리라는 게 아냐."

노인의 짜증과 고집이 섞인 스코틀랜드식 억양의 말이 끝나기 무섭게 그 자리에 한 남자가 조용히 나타났다. 노란색 트렌치코트를 입었다는 특징 말고는 외모조차 알기 어려운 작은 체구의 동양인, 존 D였다.

"이런, 이런. 역시 의장님이십니다."

"입바른 소리는 그만두고 보고나 해."

은퇴한 중산층 노인처럼 보였지만 노인의 정체는 [디오게네스클럽]을 운영하는 7명의 일주일 내각 중 최고 결정권자인 '일요일', 윈스럽 의장이었다. 세계를 좌지우지하는 조직의 수장이라기에는 겉보기에 평범 이하의 초라한 노인처럼 보였다. 그러나 평화를 지키기 위한다는 명목으로 그가 얼마나 많은 음모와 음험한 공작을 만들어냈는지 알게 된다면 그 누구도 윈스럽의 평범한 얼굴을 보고 두려워하지 않을 자 없으리라.

"아시겠지만 조선이나 교수가 [디오게네스클럽]과 그렇게 사이가 좋다고 볼 순 없잖습니까. 조선은 우리를 무시하는 몇 안 되는 국가이고 교수는…… 어휴, 의장님이 더 잘 아시지 않습니까."

존 D는 어깨를 으쓱하며 노인 곁에 앉았다. 저택에서 무슨 일이 벌어졌는지 보고하기 시작했다. 차분히 그리고 천천히 이야기를 더해나갔다. 이야기를 듣던 의장의 얼굴이 조금씩 일그러지더니, 급기야 저택에서 나온 이야기가 끝날 즈음에는 헛웃음을 짓고 있었다.

"꼬맹이 현주 나리께서 사고를 치셨군. 우리 클럽의 평화를 가져오는 데 방해를 하다니. 게다가 책임을 우리에게 묻겠다나. 하하하하하."

메마른 웃음을 흘리던 의장의 얼굴이 다시 심히 일그러지더니 이내 노성이 터져 나왔다.

"똥오줌도 못 가리는 계집이! 어른 일에 함부로 끼어들어? 내 당장 그 꼬맹이를 런던탑에 매달아놓고 말 테다!"

"꺄악!"

애완견과 공원을 산책하던 여자가 옆을 지나가다 놀라 도망쳤다.

"좀 진정하세요. 여긴 공원이거든요. 그것도 잉글랜드 지역 내에서 사람들이 가장 많이 모이는 곳이라고요. 매번 말하는 거지만 대체 이런 훤히 뚫린 곳에서 기밀정보의 보고를 받으시려는 건지 이해가 안 가네요."

의장이 못마땅하다는 듯 찡그린 눈초리로 존 D를 다시 노려보았다.

"네놈은 만날 때마다 아이큐가 하나씩 떨어지는 소리를 하는 게냐? 누누이 이야기하지 않았느냐! 비밀이란 숨기려 하면 할수록 언젠가는 드러나게 되어 있지. 오히려 버젓이 내놓고 얘기할 때 드러나지 않는 법이지. 철저히 보안된 장소에서 '왕을 죽이겠다'고 협박하는 것과 누구나 드나드는 장소에서 '왕을 죽이겠다'고 떠벌이는 것 중 어떤 것이 더 위험하게 느껴지겠느냐? 이렇게 훤히 드러난 장소에서 반국가적 망언을 맘껏 떠벌인들 그 누가 개의하겠느냐 말이다. 그냥 노친네 헛소리로 알아들을 뿐이지."

역설이자 모순이었다. 하지만 이는 의장이 언제나 주장하는 프로파간다였다. 이 모순이 가능한 것은 의장의 거칠 것 없는 대담함과 평범한 사람들은 깨닫지 못하는 음모들 덕분이었다. 게다가 이런 만담에 가까운 대화들이라니……. 누구도 그들의 대화를 진지하게 받아들이지 않았을 것이다. 이런 클럽의 특성 덕분에 요원들은 어디에든 섞여 들어가 정보를 모으고 세계평화라는 목적을 위해 공작을 했다. 세계의 어떤 정보조직도 그들의 정체나 크기마저 파악하지 못하고 있었다. 그저 세계를 좌지우지하는 조직이라고만 이해할 뿐이었다. 이렇듯 자연스럽게 세계 속으로 잠입되어온 [디오게네스클럽]은 모든 것을 감시하는 것이 가능했다. 이런 신기에 가까운 음모는 현재 일요일인 윈스럽 의장의 공이었다.

하지만 제아무리 기괴한 책략을 만들어내는 의장이라지만, 존 D의 보고를 듣고 있던 의장은 뭔가 예사롭지 않은 듯 평소와 달리 이번에는 보다 신경질적인 행동을 보이고 있었다. 초조함을 감추지 못한 채 다리마저 떨고 있었고, 게다가 손톱이 파일 정도로 씹고 있었다.

"사실, 계집애가 뭐가 문제겠어? 크눕 하드니스 그 빌어먹을 놈! 이 세상에 그 늙은이를 내버려두는 게 가장 평화롭지 못한 짓이야!"

"아니 솔직히 외형으로 따지면 의장님이 더 늙어……."

농을 섞어가며 말하는 존 D를 보고 있던 의장은 순간적으로 분격이 올라와 존 D의 뒤통수를 후려쳤다.

"아파요! 왜 때려요."

"이 고얀놈. 저택에 갔으면 그 늙은이를 잡아왔어야지! 생각 없이 주절대다가 돌아왔단 말이야?"

의장이 찡그린 얼굴로 소리치자 존 D는 핏기 가신 얼굴을 하고 두 손과 고개를 좌우로 연신 흔들었다.

"제 능력으론 그 저택에선 잠입하거나 놀래주는 거, 허세부리는 게 끝이거든요? 누가 그 노인네를 쉽게 연행할 수 있다냅니까? 제발 가능한 사람 있으면 소개 좀 시켜주세요. 전 못하거든요? 전 제 몸 하나 건사하는 것도 고작이에요!"

윈스럽 의장은 존 D의 반응이 변명으로밖에 들리지 않았다. 그럴 수밖에 없는 것이, 그는 자타가 공인하는 입지전적인 인물이다. 젊어서부터 업적을 쌓아올려 순수하게 실력(음모와 권모술수조차 실력으로 본다면야)만으로 최고의 자리까지 오른 인물이다. 아무도 의장의 실력이나 능력에 이의를 제기할 사람이 없었다. 다만 교수와 관계된 일만 나오면 물불 가리지 않고 덤벼드는 성격만큼은 막을 수 없어, 어느 부하를 막론하고 그에게 참아달라고 부탁할 정도이다. 클럽 자체에 사심이 작용할 리 만무하지만 의장이 지나친 욕심을 부리니 결국 교수와 부딪쳐 문제가 생길 때 피해를 입는 건 어디까지나 의장이 아닌 현장에 남아 있는 사람들이었다. 이를 아랑곳하지 않고 의장은 무턱대고 화만 내고 있으니 존 D는 그저 울고 싶은 심정이었다.

"어이구, 고얀 것 같으니. 참, 자랑이다. 클럽 제일의 공작원이 매번 입만 열면 변명이나 지껄이는구나. 클럽이 네놈 몸이나 건사하라고 [오크통]에 빠트린 줄 아느냐? 세계의 평화를 위해 분골쇄신해도 모자랄 판에!"

의장은 존 D의 허벅지를 세차게 걷어찼다. 잔소리와 함께 심하게 차인 존 D가 벤치 주위에서 휘청거리며 소리쳤다.

"아, 좀! 제 나이가 몇인데 그래요! 이제 어른인데 어른 대접 좀 해주라고요!"

"네놈이 사람구실만 하면 까짓 거 어른대접이 아니라 왕대접을 해주마! 이 무능해빠진 놈. 변변찮은 초능력이 없는 나도 저택에 들어가서 그 늙은이랑 한판 붙은 적이 있는데 양자역학을 주물럭거리는 네가 그딴 변명이나 지껄이고 있으니!"

"그럼, 현역 중에 [태엽성]에 들어가는 인물이 몇 명이나 되는데요!"

"네놈뿐이야. 너라고 너! 이 밥버러지 같은 꼬맹이! 여우굴에 들어갈 줄 알면 여우도 잡아오고 그래야지! 어이쿠, 이놈 봐라. 아까부터 발길질 요리조리 피한다? 가만히 못 있겠어? 내가 합중국 대통령도 마음대로 갈아버릴 수 있는 사람이야! 못할 것 같냐?"

"어휴, 괴팍한 스코틀랜드 늙은이! 내가 어쩌다 댁 수하가 됐지? 세계를 마음대로 조종하는 인간이면 뭘 해? 성격이 쪼잔한데!"

"이런 고얀 놈을 봤나! 이젠 입만 열면 배은망덕한 소리가 오줌지리듯이 줄줄 흐르는구나! 오냐, 네놈이 말끝마다 지껄이는 스코틀랜드 늙은이가 오늘 네놈을 템스 강에 가라앉혀주마! 내가 키웠으니까! 관까지 내가 짜주고 말고!"

윈스럽 의장은 있는 힘껏 존 D의 허벅지를 거세게 걷어찼다.

"이러니까 괴팍한 늙은이 소리를 듣죠!"

"인석아, 네가 화를 돋우니 더하지 않느냐! 내가 현역이었을 땐 그 늙은이 집에 들어가서 물건도 탈취하고 나오고 그랬거늘! 에잉, 쯧쯧쯧"

존 D는 윈스럽 의장이 언제나 자랑하듯 매번 반복하며 말하는 그 소리를 듣고 한숨이 기어나왔다. 클럽에선 유명한 일화다. 교수가 윈스럽 의장과 앙숙이 된 결정적 사건이기 때문이다. 후에 냉전시절, 크눕 하드니스 교수에게 씌워진 무기판매 혐의도 윈스럽 의장의 개인적 원한으로 혐의를 증폭시켰다는 것이 중론이었다. 때문에 교수를 쫓은 지 얼마 안 돼서 의장의 아파트가 반파된 적이 있었는데 이 사건의 범인이 교수라는 설도 있을 정도였다. 그래서인지는 몰라도 교수는 클럽요원을 볼 때마다 홀대하였다.

• 오래된 악연

 교수와 의장이 앙숙이 되었다는 이야기는, 아직 윈스럽이 젊었을 때의 일이다. 어느 날, 현장요원이던 윈스럽은 상부의 명령으로 하늘에 있는 [태엽성]으로 숨어 들어간 적이 있었다. 물론 이때는 지금과 달리 저택의 방위시설이 지금보다 낙후되어 있었고 교수 역시 중요 연구에 몰두해 있었기에 젊은 시절의 윈스럽은 어렵지 않게 성 안으로 들어갈 수 있었다. (사실 그때의 [태엽성]은 지금보다 부실했다고는 하지만 당시에도 일반적인 비밀조직원은 엄두도 내지 못할 높은 장벽 중 하나이긴 했다.)

 당시 [디오게네스클럽]의 일주일 내각은 교수가 창조해낸 인공지능을 매우 민감하게 받아들였다. 일주일 내각은 길고 긴 마라톤회의를 통해서 이미 최고의 인공지능 중 하나인 넬슨 경을 창조한 교수가 세계의 척도를 바꿀 수도 있는 새로운 지능을 만든다고 한다면 어떤 결과가 나올지 예측했다. 그렇지 않아도 교수의 기술은 이미 현대기술을 갈아치우고도 남았다. 편리함이나 에너지문제에 있어서도 교수의 기술은 무서운 것이다. 그런데 그런 두려운 자에게 지구상에서 가장 연산능력이 뛰어난 인공지능이 두 대나 있다니, 새로운 패러다임 시프트가 일어날 것은 자명했다. 현재 유지되고 있는 평화가 무너지고 길고 긴 혼란에 빠지던지 교수의 기계제국이 세계의 구도를 무너트리고 정복할 것이 분명했다.

 [디오게네스클럽]의 모토가 무엇인가? '지구의 평화를 지켜라' 이

지 않은가. 평화를 위협하는 존재가 나타나면 그 어떤 것도 용서하지 못하는 것이 그들 조직의 생리이다. 이런 시점에 [디오게네스클럽]의 에이스였던 젊은 윈스럽이 당시 '일요일(의장)'의 직속명령으로 저택에 숨어들었던 것이다. 당시 정황은 이랬다.

연구실 구석에 숨어들어가 교수가 침실로 들어가기만을 기다리고 있던 젊은 윈스럽은 연구실 불이 꺼지고 교수가 시야에서 멀리 사라지자, 행동을 개시했다. 그런데 윈스럽은 연구실을 둘러보다 어이가 없어졌다. 그곳은 과학자의 연구실이란 느낌을 전혀 주지 않았다. 새하얀 벽과 철제 테이블, 현대식 실험도구 등이 갖춰 있는 것이 일반적인데, 이런 것들은 하나도 보이지 않고, 테이블 한쪽에는 태엽과 톱니가 뒤엉켜 있고 시계장인이 쓰는 외알돋보기나 드라이버들이 어지러이 놓여 있었다. 벽면 한쪽에는 모루와 아궁이가 보이며, 불이 꺼져 있는 아궁이 옆에는 집게와 망치, 양동이가 자리했고 모루 옆에는 숫돌이나 거푸집들이 산재해 있었다. 주위를 계속 둘러보니 오른쪽 나무판으로 만들어진 작업장에 조각칼과 사포들이 널려 있었다. 이곳은 장인의 작업장이다. 장인 혼자서 사용하는 것이 아닌 여러 장인들의 공동작업장 같은 느낌이었다. 같이 붙어 있을 수 없는 작업장이 하나로 이어 연결된 것을 본 젊은 윈스럽은 딴 세상에 온 것 같았다.

젊은 윈스럽이 주변을 살펴보면서 한쪽 벽면을 가득 채운 나무서랍장에 시선이 머물렀다. 시대별로 설계도면이 정리되어 있는 것 같은데 클럽의 특수도구로 서랍장을 열려 하자 끄떡도 하지 않았다. 특수한 장치라도 되어 있는 걸까, 여러 번 클럽의 첨단기술로 열려고 시도했으나 문이 열리기는커녕 가지고 왔던 도구마저 망가지고 말았다.

윈스럽은 깜짝 놀랐다. 떠도는 이야기가 아주 헛소리는 아니었군, 내심 중얼거리며 여기저기를 살펴보다가 벨벳 천으로 감싸진 무언가를 발견했다. 천 옆에는 이것저것 내용이 적힌 종이들이 발견되었는데 설계도였다. 그런데 의외였다. 복잡한 수학공식이나 전문용어가 나오는 현대 설계도와는 매우 다른, 만년필로 그려진 것이었다. 멋들어지게 이미지를 환기시켜주는 개념도가 그려져 있고, 세부 이미지에 간략한 설명이 곁들여 있었다. 수리와 계산이라는 현대 엔지니어링을 완전 무시한 설계도였다. 오히려 교수의 설계도는 상징성과 이미지를 강조하는 연금술사가 사용하는 공식에 가까웠다. 누군가 그 설계도를 읽어낸다 해도 교수의 작품을 백퍼센트 해독, 재현해내는 것은 불가능해 보였다.

하지만 어떤 결과물이 나올지 금방 예측할 수 있는 완성도가 그려져 있었는데 이 벨벳천 안에 있는 것이 지금 현재 새로 만들고 있는 인공지능임에 분명했다. 이름은 웰링턴 경, 완성된 인공지능의 모습은 2미터 크기의 거대한 괘종시계 형태를 띨 것이었다. 벨벳 안의 모습을 확인하고자 천을 거둬보았다. 윈스럽 눈앞에 아직 겉모습이 완성되지 않은 거대한 톱니덩어리들이 모습을 드러내고 있었다. 그것은 심장처럼 생긴 [하드니스엔진]의 모습이었는데, 톱니가 맞물리며 돌아가는 소리가 심장소리처럼 들렸다.

〈추, 추워. 모, 몸을 줘. 아, 아파.〉

무기질적이고 고통스러운 중저음의 목소리였다. 윈스럽은 두려웠다. 다시 천을 뒤집어씌우곤 이를 재빨리 가져가려고 행동을 서둘렀다. 우선 공방을 파괴하기 위해 주변에 폭탄을 설치하기 시작했다. 물론 이정도로 교수를 죽일 수 있으리라 생각한 것은 아니지만 당시 상부의 명령에 의해 이와 같은 특단의 조치를 취할 수밖에 없었다.(윈스럽에게 명령을 내린 상부에서는 교수의 기술에 대처할 비책을 세울 때까지 잠시만이라도 교수를 재기불능 상태로 놓아둘 필요가 있다고 판단했던 것으로 보인다.)

하지만 젊은 윈스럽이 몇 개의 폭탄을 설치하던 중 갑자기 불이 켜졌다.

"허, 이 상황에서는 누구냐고 묻는 게 다 미안해지는구먼. 뭔가 미심쩍어 와봤더니……"

교수가 구식권총 형태의 플라즈마 건을 윈스럽을 향해 겨냥하며 서 있었다.

"유명하신 교수님이시군요. 좀 더 나이가 있을 거라 생각했는데요?"

젊은 윈스럽은 천천히 일어나며 폭탄의 기폭스위치를 보이지 않게 손에 쥔 채 일어났다. 아직 교수가 이를 눈치채지 못하고 있는 것 같았다.

"겉모습에 속는 게 인간의 본성이군. 좀 더 본질을 봐야 하지 않겠나. 그래 [디오게네스클럽], 이번엔 또 무엇이 자네들 신경을 건드린 겐가?"

"예, 교수께서 만드시는 새 장난감이 저희 '일요일'의 심기를 건드리셨더군요. 다른 각료분들도 이를 가만히 보고 있어서는 안 된다고 하더군요."

"그래서 훔치러 오셨다? 세계를 움직이는 비밀조직이 꽤나 쩨쩨하구먼."

"글쎄요. 댁처럼 위험분자라면 그것보다 더한 짓도 가능하죠. 말하자면 이런 짓도."

윈스럽은 등뒤에 숨겨두었던 권총을 잽싸게 꺼내, 교수를 향해 쏘아대며 조금씩 자신이 장치한 폭탄에게서 멀어져갔다. 갑작스럽게 쏘아대는 통에 교수 또한 상황을 제대로 파악하지 못한 채 엉겁결에 플라즈마를 쏘아댔다. 윈스럽과 교수는 연구실 한가운데를 중심으로 서로 교전하며 빙글빙글 돌았다. 이러한 교전이 연구실을 난장판으로 만들고 있음을 깨달은 교수가 먼저 사격을 멈췄지만 이미 연구실은 반파된 후였다. 망연한 교수를 비웃기라도 하듯 윈스럽이 기폭스위치를 눌렀던 것이다.

교수의 등뒤에서 폭발이 일어났고 교수는 폭발에 튕겨나가며 반대편 벽에 처박혔다. 폭탄과 함께 바닥면이 터지면서 거기 있던 물건들이 동시에 낙하하기 시작했다. 웰링턴 경을 비롯 근처에 있던 탁상들이 바닥으로 떨어져내렸다.

이 장면을 지켜보던 교수는 순간, 자신이 나락에 떨어지는 것 같은 참담함을 느꼈다. 슬픔과 치욕이 그의 머리를 어지럽혔다. 중력과 풍압을 못 이기고 아래로 떨어져내리는 연구실 물품들을 바라보면서 천천히 일어섰다. 윈스럽이 킬킬, 비웃으며 자신의 장비를 챙겨들고 구멍으로 떨어지는 것을 본 교수는 마지막 힘을 내어 윈스럽을 향해 플라즈마를 쏘았다. 교수의 총은 당시의 충격에 전환로가 고장났는지 가압된 에너지덩어리가 발사되기보다는 번개를 내뿜듯, 윈스럽의 오른쪽 눈을 관통하여 지나갔다. 의기양양해 있던 윈스럽 또한 처음에는 무슨 일이 일어났는지 눈치를 채지 못하고 있다가 자신의 시신경에서 끈적하게 끓어오른 피가 흘러내리자 자신의 눈가를 부여잡고 비명을 지르기 시작했다. 잠시 윈스럽의 비명소리가 연구실을 뒤흔들었고, 그는 미치광이처럼 발광하다가 그대로 아래로 추락했다.

보통사람이라면 죽었을지도 모르지만 윈스럽은 살아남았다. 이는 현재까지 여전히 풀리지 않는 수수께끼다. 특별히 이렇다 할 초능력 없이 그는 교수의 저택에 무난히 침입했으며, 죽지 않고 살아남았던 것이다. 물론 당시 그는 한쪽 눈을 잃었지만 클럽의 첨단기술로 일반 눈이나 다름없는 의안을 달고 지금 멀쩡히 살아 있다. 이 이후로도 윈스럽은 공적을 세우며 승승장구해갔으나 과거 교수의 플라즈마가 눈을 관통하면서 뇌에 충격을 받았는지, 매우 신경질적이고 분을 잘 삭이지 못하는 성격이 되고 말았다.

교수도 이날의 치욕을 잊지 않았다. 자신을 바보로 만든 공작원의 얼굴을 확실하게 기억하며, 절대 그를 용서하지 않을 것이라 맹세했다. 그 일이 있고부터 자신의 자식인 웰링턴 경을 죽인 클럽에 대한 악감정이 싹트기 시작했다. 무엇보다 저택의 경비를 강화할 필요가 있었다. 이전보다 훨씬 더 많은 경비용 오토마타들로 저택을 가득 채웠다. 일찍이 넬슨 경에게 이런 일이 벌어질 것이라는 사전 보고를 받았음에도 이를 경시하고 지나친 자신을 저주했다. 그러지 않아도 심각한 인간불신에 빠져 있던 교수는 이 일로 인해 더욱 폐쇄적으로 변해갔다. 이날 이후 초대받지 않는 손님이 저택으로 들어간다는 것은 맨몸으로 달에 가겠다는 것만큼 힘들어졌다. 교수와 클럽의 반목은 이 사건이 터지고부터라 해도 과언이 아니며, 대부분의 현장요원이 윈스럽 의장을 존경하면서도 욕하는 이유도 이 사건 때문이다.

존 D도 이런 악몽같은 과거사에 대해 잘 알고 있었기에 순간적으로 버럭 소리쳤다.

"덕분에 현장만 힘들어졌잖아요! 제발 부탁이니까! 사적인 감정을 공무에 가져오시지 말아요!"

"뭐, 이새끼가!"

윈스럽과 존 D는 술래잡기를 하듯 벤치를 중심으로 빙글빙글 돌며 서로에게 상처주는 말을 계속했다. 날씨가 좋아 공원에 산책을 나오거나 점심을 먹으려 도시락을 꺼내던 사람들, 주변을 지나는 아이들까지 어이없다는 듯, 그 모습을 바라보고 있었다. 마치 시트콤의 한 장면을 연출하고 있는 것처럼 보여 군중들 중 몇몇은 핸드폰으로 지금 장면을 찍기도 했다. 어디선가 녹화장의 웃음소리가 흘러나와도 이상할 것 없는 상황이었다.

윈스럽 의장은 벤치를 중심으로 마라톤이라도 하듯 빙글빙글 돌다 지쳤는지 벤치에 푹, 나자빠졌다.

"허억허억. 혀 놀리는 것만 빠른 게 아니구나. 인석, 달리기도 제법 빨라."

"나이 생각을 하셔야지요."

"이런 고얀놈, 보고나 계속해 보거라."

존 D는 푹 퍼진 의장 옆에 앉아 이야기를 시작했다.

"합선대군 측은 아주 단호합니다. 저희의 개입을 싫어하고 있어요. 이것은 개인소장품이고 우리들이 개입할 만한 물건도 아니고 조선의 일이라고 아주 못을 박더군요."

"그게 [혁명화장치]라면 우리가 개입해야 할 것이 맞다! 감히 개꼬랑지만도 못한 왕족주제에 평화를 위한 대업을 가진 클럽의 할 일에 경중을 논한단 말이냐!"

"그러니까, 정확하게 확인을 하려고 해도 대군 쪽에서 막아서 확인도 되지 않았을 뿐더러. 조선엔 공식적으론 지부조차 없잖아요. 어쩔 수 없죠. 지부란 게 내정간섭까지 하면서 강제적으로 만들 수도 없는 일이고요. 뭐, 약소국이면 모르겠는데 조선은 그렇게 호락호락한 나라 아니잖아요."

"이런 고얀 것들 같으니. 클럽이 반란조직에 지원이라도 해주면 그 건방진 태도가 좀 달라질 것 같으냐?"

존 D는 머리를 쥐어짜면서 소리를 질렀다.

"미쳤어요? 이 노친네가 늙으려면 곱게 늙어요! 조직의 기본전제는 잊지 말란 말입니다. 평화예요, 평화! 그나저나 아니 대체 그렇게 그 물건이 확실하다고 확신하는 이유가 뭐예요?"

의장은 비릿한 웃음을 흘리며 오른쪽 눈꺼풀을 가늘게 떨었다. 과거 교수와의 혈전 이후 나타난 버릇인데, 웃으면서 그의 눈꺼풀이 가늘게 떨릴 때마다 이를 바라보는 상대는 자신을 비웃는 것은 아닌가, 착각에 빠지곤 했다. 그냥 평범하게 웃고 있을 뿐인데, 여기에 기묘한 웃음소리마저 짓고 있는 윈스럽을 보고 있노라면 그 누구도 자신이 무슨 잘못을 한 것은 아닌가, 곰곰이 생각하게 만들었다.

"조선 최대의 극좌 테러리스트 단체를 알긴 아느냐?"

"예? 당연히 알고 있죠."

물론 존 D는 잘 알고 있었다. 그들은 근대 조선에서 일어난 가장 큰 사건인 경인민란*의 가장 큰 후계자들이었다. 그러나 그들이 대단한

---

* 경인년(1950년)에 일어난 내전이라 경인민란이라 불린다. 그 전 해에 일어난 충청대기근에 의해 피폐해진 민심을 구소련과 중공군의 지원을 받은 공산주의자들이 부추겨 일어난 전쟁으로, 민란이라는 이름과 달리 중공군의 도움으로 1년 간 반도를 뒤집었다. 당시 왕실의 종묘를 불태우는 등 전쟁의 양상이 꽤 거칠었다. 질질 오래 끌 뻔했던 전쟁은 수괴였던 김일성이 병으로 급사(대외적인 발표)하며 구심력을 잃었고 점점 지쳐만 가는 사람들이 전선을 이탈

단체라 여겨지지는 않았다. 경인민란 이후로 공산주의의 팽창주의가 흔들렸고 후에 공산주의 붕괴의 한 원인으로 남게 되었다. 현재 남아 있는 최대의 공산정부는 중화인민공화국인데, 이곳마저 마주하고 있는 자유중화공화국과의 대립으로 인해 해외 좌파단체에 대한 활발한 지원은 기대하기 힘든 상태였다. 이렇게 제대로 된 지원이 불가능하니 조선은 매우 높은 치안상태를 유지하고 있었고 이 단체가 테러를 감행할 경우에도 성공할 확률은 그리 높지 않았다. 다만 이들이 테러단체이고 보니 평화를 지켜야 하는 클럽입장에서는 그들 행동을 지켜보고 있는 상황이었다.

존 D가 이에 대해 설명하자 윈스럽 의장은 퉁명스럽게 딴죽을 걸고는 고개를 끄덕였다.

"참나, 그런 건 또 잘 알고 있네."

"위험등급은 가장 낮은 단체 아닌가요?"

"그래 낮았지, 낮았고말고. 최근에 수장이 바뀌었는지, 좀 더 조직적으로 움직여서 조금은 움직임이 위험해졌다는 평가도 있지만 말이다."

존 D는 한숨을 쉬었다.

해갔다. 결국 이 민란은 중공군의 철수와 세력의 와해가 가속화되면서 조선과 국제연합군에 의해 사그라들었다. 이 사건 이후 조선은 철저하게 공산주의를 배척했다. 합중국과 합세하여 공산주의의 수장국이던 구소련에 경제적 제재를 가했다. 조선은 가까이에 있던 중국공산당(중공)에겐 더욱 가차없었다. 중공과 대립 중이던 국민당에게 도움을 주었고 중원에 넘치는 사분오열된 군벌들을 이용해 분열을 조장했다. 크게는 중화인민공화국과 자유중화공화국 둘이 대립되는 상황이 조성되었고, 중원을 절대 한곳이 통일하지 못하도록 수많은 신생국가들로 갈가리 찢겨져버린 것이다. 지금 와서는 그 신생국가들이 조선의 위성국들로 전락했다.

"참…….60년간 끈질기네요."

윈스럽 의장은 왼쪽 눈을 찡그리며 웃었다. 그리고 차분한 목소리로 입을 열었다.

"암, 빨갱이들은 언제나 꿈에서 깨어나길 거부하지. 소련이 그렇게 엉망진창으로 망했으면 이제 꿈에서 깰 때도 됐을 텐데 말이야."

"예, 근데 그게 지금 이거랑 무슨……."

윈스럽 의장은 한숨을 쉬었다. 가끔 생각하는 것이지만 '저 꼬맹이에게 뇌가 있긴 한 건가?' 라는 생각이 떠올랐다.

"아직 세계에 공산주의 국가가 몇 곳이 남아 있지 않느냐. 그 중 그나마 크다는 중화인민공화국이 그놈들을 은근슬쩍 지원하고 있지. 지긋지긋한 빨갱이자식들. 아마 바퀴벌레 퇴치가 쉽겠어! 조선에 머물고 있는 조사관들이 구소련 출신 군벌의 마피아들이 물건들을 사고파는 곳을 알아냈다더군. 정확한 증거는 못 잡았지만, 소련놈들 중개로 팔았다지. 그것도 지금으로부터 10년 전에 말이야, 10년 전! 조사관놈들이 합선대군의 컬렉션이 나오니까 그제야 뭉그적뭉그적 10년 전 이야기를 찾아낸 거야. 그래놓고 말하는 꼴하곤! 어젯밤에 집에 두고 온 마누라 속치마 이야기마냥 10년 전 이야기를 지껄이더라 이거야, 맙소사! 네놈이나 거기 조사관놈들이나 다를 바가 뭐가 있어. 아무리 조선에 넣은 것들이 외주라지만 이건 너무하잖아! 이러니 네놈들 줄 돈으로 비둘기먹이나 사는 게 심신안정에 더 좋지 않겠냐? 이 무식해 빠진 놈아. 여기서 어떤 물건이란 무엇일까? 맞춰봐라."

윈스럽 의장이 갑작스럽게 퀴즈쇼의 사회자처럼 존 D를 가리키며 대답을 강요했다. 존 D는 뭔가 떠올랐는지 자신 없는 말투로 대답했다.

"[혁명화장치]……요?"

"맞았다! 축하한다. 네놈에게 뇌가 있긴 있었구나. 하여튼 그 장치들이 조선에 들어갔다더군."

"근데 그게 왜 합선대군에게 있어요?"

조금씩 속이 부글부글 끓어오르던 의장은 멍하니 질문이나 하던 존 D를 잡아먹을 듯 노려보면서 소리쳤다.

"머저리 같은 놈, 네놈이 왜 다른 얼간이들보다 급료가 높은지 설명해줘야 아느냐? 내가 궁금해하는 것을 네놈더러 알아오라고 그 급료를 주는 거야. 알아들어? 네놈은 나무구멍이나 기웃거리는 노움 Gnome이 아니야! 우리 클럽 최고의 공작원이란 말이다. 클럽을 위해 일을 해야 할 것 아니냐!"

"아, 알고 있어요. 조사하면 되잖아요. 조사하면. 만날 뭐래서!"

의장은 존 D의 투덜거림에 다시 그의 뒤통수를 후려쳤고 존 D는 계속 구시렁거리며 도망치기 시작했다.

"너, 이새끼가 어디서 건방지게! 너 이리 안 와?"

결국 공원에서 이를 지켜보던 시민들이 순찰 중이던 당시 순경에게 민원을 넣어 고성방가 혐의로 체포될 상황에 처할 때까지 이들의 실랑이는 계속되었다. 물론, 경찰에 체포되어 끌려갈 때까지 윈스럽 의장은 화를 내고 있었지만, 존 D는 도망친 지 오래였다.

제2장
망령된 자들의 경이의 세계
Picaresque Wonderland

내가 세상에 화평을 주러 온 줄로 생각지 말라

화평이 아니요 검劍을 주러 왔노라

— [마태복음] 10장 34절

• 조용한 아침의 제국

　경인년(2010년) 6월 25일 금요일, 만개한 꽃들처럼 밝게 빛나는 별들이 아시아대륙 끝자락 반도에 터를 잡고 세워진 아시아의 맹주국, 조선을 지키듯 비추고 있었다. 대군이 연회를 개최하려는 이날은 아주 상징적인 날이었다. 이를 의도했는지는 대군만이 알겠지만, 이번 경인년 6월 25일은 민란이 일어난 지 61년이 된 해다. 조선 내부에선 그저 경인민란이라 낮게 칭하지만 세계인의 시선으로 보면 단순한 민란이라 칭할 수 없는 일대 사건이었다. 당시 민란의 주모자였던 김일성은 중공과 소련으로부터 당시로선 최신식 무기들을 지원받아 전차와 전투기를 움직여 서울을 급습해왔다. 이는 동서냉전의 본격적인 시발점이었으며 국지적으로 일어난 공산주의와 자본주의의 대리전이었다. 세계사적인 대사건이었기에 외부에선 조선전쟁이라 불렀다.

　그렇다. 전쟁이었다.

　다만 국제사회가 개입하기 전에 조선이 스스로 민란을 진압하였기에 조선에서의 영향력을 얻고자 했던 여러 국가들과 이해집단들은 별다른 성과를 얻지 못했다. 그러나 이 민란 이후에 소리 없는 전쟁이라 불리는 동서냉전에서 조선의 우방국들은 실질적인 우위를 차지할 수 있었기에 나름대로의 재미를 보았다고도 할 수 있다.

　그렇기에 경인민란은 세계사적 의미에서 단순한 민란으로 치부할 수 없는 일대 사건이다. 이를 계기로 공산주의의 팽창을 저지하고 누그러트렸으며 조선의 힘을 새삼스럽게 세계에 선전한 상징성 깊은 전쟁이었다. 이 전쟁 이후, 아무도 조선이 아시아의 맹주국이라는 사실을 의심하는 자가 없었다.

이런 상징성을 생각해보면 오늘이 지닌 의미는 남달랐다. 그 때문인지 오늘따라 하늘은 넓고 드높았다. 구름 한 점 없는 밤하늘에 달과 별들이 훤히 비치는, 낭만적 밤하늘이었다. 뜨겁게 달아오르던 초여름 날씨에 시원히 불어주는 한줄기 바람은 대기의 뜨거운 열기를 식혀주며 상쾌한 밤의 분위기를 조성하고 있었다.

조선인이라면 누구나 연회를 즐기기 좋은 날씨임을 직감할 수 있었으리라. 물론 이 날이 지닌 의미를 굳이 떠올리지 않고라도 말이다. [우인궁] 주변에 몰려들어 웅성거리는 사람들(무리 중에는 수도인 서울의 시민뿐만이 아니라 조선 10도에서 올라온 지방민과 심지어 위성국에서 찾아온 사람들까지 있었다.)은 왕실연회를 멀리서라도 구경하고 싶어했다. 물론 교통정체에 휘말려 꽉 막힌 도로에 어쩔 수 없이 발이 묶여 있는 사람들이 그들과 똑같은 생각을 하고 있다고 단언할 수는 없지만 말이다.

대군의 연회로 인해 [우인궁] 주변도로에 일반자동차의 접근이 금지되는 바람에 이 날, 수도 서울은 교통지옥이나 다름없었다. 덕분에 많은 일반인들이 차에 갇힌 채 제각기 푸념을 늘어놓고 있었다. 이럴 땐 차라리 대중교통이 더 나았을 것이다. 일반인 통제로 인해 도로 한쪽은 길게 꼬리가 물린 채 자동차들이 늘어져 있고, 건너편에는 상대적으로 도로가 텅 비어 있는 채 귀빈을 맞이하고 있었다.

하지만 잘 통제된 도로를 달리는 것은 자동차가 아니었다. 앞뒤로 전조등처럼 달린 가스등이 전기등마냥 불빛을 훤히 비추며 달리는 검은색 마차였다. 마차와 색깔을 맞추기라도 한 듯 검은 말이 불타는 붉은 안광을 번뜩이며 아스팔트 거리를 힘차게 박차며 달리고 있었다. 불빛 사이로 마부석에 앉은 사람이 채찍과 고삐로 속도를 조절하는 모습이 보였다. 19세기 조선이 서구식 문물을 받아들이기 시작할 때 보았던 풍경과 흡사하여 사람들은 그 생소한 모습에 낯설어했다. 지금 자신이 보고 있는 것이 환상이거나 귀신일 수도 있다고 믿는 눈치였다. 혹자는 동화 속에나 나올 법한 고급스런 호박마차가 지금 달리고 있다고 생각할 수도 있겠다. 조금이라도 유럽문물에 관심이 있는 사람이 보면 유럽 귀족들 사이에서 유행하던 고급스런 코치Coach 마차임을 알아챌 수도 있을 것이다. 겉보기에도 고급스럽고 사치스러워 보이는 이 마차는 요즘으로 따지면 이름만 대면 다 알 법한 최고급 승용차와 진배없는 것이었다.

주인이 누군지 궁금증이 유발되었지만 창문이 검게 칠해져 있어 마차 내부가 어떠한지 전혀 알아볼 수 없었다. 도대체 19세기 조선도 아닌 오늘날에 와서 어느 누가 이런 마차를 타고 왔단 말인가, 대부분 어안이 벙벙한 채 마차를 바라보았으며, 더러는 마차의 정체가 궁금한지 의혹에 찬 눈초리로 멀리 사라져가는 마차를 응시하기도 했다. 몇몇 사람들은 외국 귀족 중 과시욕에 넘치는 자가 대중 앞에서 폼 잡기 위해 그리 했으리라 망상하기도 했다. 그러나 마차는 유럽의 지체 높은 귀족의 마차처럼 마부석 양옆에 깃발이 꽂혀 있었고, 마차의 양쪽 문에는 방패모양의 문장紋章이 그려 있었다. 방패모양 바탕 위로 드러난 문장은 앞발로 톱니를 돌리는 태엽달린 그리핀이었다. 바로 크눕 하드니스 교수의 문장이었다.

당연하게도 마차 안에는 교수가 타고 있었다. 교수의 마차가 시내를 달리고 있었던 것이다. 교수는 왕실에서 여는 연회에 참가할 생각에 격식 갖춘 복식을 차려입고 자신이 평소 아끼는 마차를 타고 서울 시내로 달려오고 있었던 것이다. 마차 안에서 그는 원통모양의 높은 모자를 눌러쓰고, 뒤통수마저 가릴 정도로 검은색 캐시미어 외투깃을 치켜세우고는 망토처럼 펄럭이는 외투로 몸을 감싸고 있었다. 감싸진 외투 안에 검은색 연미복을 차려입고 있었고, 손에는 검은 가죽장갑이, 손안에는 태엽모양으로 은세공된 검은색 지팡이를 쥐고 있었다. 크눕 교수는 손에 쥔 지팡이를 바닥에 짚은 채 턱과 허리를 평소보다 꼿꼿이 세우고 앉아 있었다. 이러한 옷차림으로 품격 있게 앉아 있는 그의 자세는 마차의 고급스런 붉은 린넨 시트와 훌륭히 조화를 이루며 교수를 보다 지체 높은 사람으로 돋보이게 했다.

교수는 창가 너머로 보이는 조선의 풍경을 바라보며 생각에 빠져 있었다. 조선은 유구한 전통이 끊임없이 이어진 나라라는 사실과 국호에서 느껴지는 정체감* 때문에 조선이란 이름만 알고 제대로 관심을 가지지 않는 외국인들에게 전통만을 지키는 폐쇄적이고 보수적인 나라라는 오해를 사곤 했다.

• 조선에 쓰인 한자를 풀어 해석하자면 '고요한 아침'이다. 딱 들어도 정적인 국호다. 한자를 또 다른 의미로 해석하면 '새로운 왕조'란 뜻도 가능해서 신선한 느낌을 주기도 한다. 하지만 조선이란, 고대왕국의 이름을 계승한 것이기에 조선반도라는 지역과 그곳에 사는 사람들을 총칭하는 것에 가깝다.

특히, 수도 서울의 첨단양식의 빌딩을 보면 전통양식의 서까래 구조를 그대로 계승한 흔적이 역력하고 전통가옥에는 태엽이나 위성접시처럼 첨단기계장치들이 어색함 없이 한데 어우러져 있었다. 이는 조선이 전통과 격식 그리고 명예를 중요시하는 국가긴 하지만 세계에서도 세 손가락 안에 들어가는 뛰어난 기술과 국력을 가진 강국이기에 가능한 것이었다.

수도 서울은 세계에 내로라할 만한 과학강국의 수도로서의 위엄을 갖추고 있었다. 아시아 최초의 방사형 도시라는 칭호가 아깝지 않게 철저한 도시계획으로 조성된 서울은 전통과 최신식 건물들이 적절한 거리를 유지하며 조화롭게 배치되어 있었다. 그 사이 사이 기계장치들이 공생하며 장식되어 있었다. 도시를 청소하는 자동청소기라든지 방범을 위해 공중을 떠다니는 감시카메라 같은 최첨단기술들이 서울 도심의 거리마다 채워져 있었다.

더욱 놀라운 것은 이런 모든 기술들이 수도를 한양이라 불렀던 시절부터 전해오는 한옥들과 옛 문화를 파괴하거나 훼손함 없이 도시에 어울린다는 점이다. 전통문화가 빛바래지 않도록 도시구조를 만들되 최첨단문명의 특성을 도시 곳곳에 부여함으로써 전통의 구현과 기술발달이라는, 이 둘의 장점이 기묘한 공존을 이루면서 조성되었다는 것이 조선의 커다란 매력이었다.

과거와 현대의 조화였다. 반듯하게 깔린 아스팔트 도로에는 기계문명의 총아인 자동차들이 달리고 있었지만 주변을 감싸고 있는 건물이나 지형은 배산임수로 총칭되는 조선의 풍수사상의 전통을 그대로 잇고 있는 이미지였다. 새로 건축된 건물들도 전통 건축양식에 서구빌

딩의 멋을 가미한 기와 달린 양식이었고 그 모습에서 특별한 매력을 뿜어내고 있었다. 이것이 진정으로 조선이 추구하는 도시관이자 세계관이다. 조선이야말로 기술의 발달이 꼭 전통타파로 이어지는 것이 아님을 보여주는 가장 좋은 예인 셈이었다. 자연과학의 기본이 되었던 풍수사상은 지금도 영향력을 끼치고 있었다. 미신으로 사라지는 것이 아니라 과학이란 이름으로 체계를 세우고 있었다.

교수는 전통과 명예를 중시하면서 발전을 등한시하지 않는 조선이, 세계화니 뭐니 하며 자국의 색채마저 지우고 합중국을 맹목적으로 추앙하는 국가들에 비해 맘에 들었다. 딱히 어떻게 평가하긴 힘들지만 조선만이 지닌 특별한 매력에 빠져 잠시, 교수는 미소 짓고 있었다.

그러다 문득, 교수는 뭔가 생각이 났는지 허리춤에서 회중시계를 꺼내들고 시간을 확인하더니 손잡이를 태엽모양으로 은세공한 지팡이를 이용해 천장을 두드리며 말했다.

"여보게, 속력을 내게나. 레이디를 기다리게 해서야 체면이 서질 않지."

교수의 명령을 들은 마부가 채찍을 가하며 말을 달리게 했다. 마차에 속력이 붙기 시작했다. 자동차였다면 과속딱지라도 떼야 할 속도였지만 도로를 지키는 경찰들 중 누구도 마차를 세울 엄두도 내지 못했다. 덕분에 교수는 연회장소인 [우인궁]으로 막힘없이 순조롭게 들어갈 수 있었다.

[우인궁] 앞에는 연회를 위한 마지막 준비로 한창 바쁜 모습이었다. 경호를 맡은 호위들도 문앞에서 주변을 살피고 있었고 때마침 호위 한 명이 남아 문을 지키고 있었다. 이때 멀리서 검은말 하나가 마차를

이끌고 다가오는 모습이 보이자, 호위는 황급히 소리쳤다.

"멈춰요! 멈춰!"

호위 앞으로 마부가 급히 고삐를 잡아당기며 마차를 세웠다. 서둘러 고삐를 당기는 바람에 말이 놀라 거친 울음소리를 내며 공교롭게도 호위의 면상 앞에 멈춰 섰다. 호위는 더욱 깜짝 놀랄 수밖에 없었다. 검은 말은 지금 눈앞에서 거친 숨을 몰아쉬고 있었지만, 이 말은 강철을 야금해 만든 육체를 가졌으며 말의 내부에서 돌아가는 톱니바퀴 소리는 진짜 살아있는 말처럼 숨가쁘게 들렸다. 또한 거대한 태엽이 마차의 지붕 위에서 빙글빙글 돌아가고 있었는데, 이 모든 모양새가 장난감처럼 보이게 했다.

"뭐, 뭐야. 이거!"

〈죄송합니다. 급하게 오느라 가장 거친 말을 타고 왔습니다. 놀라셨습니까?〉

감미롭고 예절바른 목소리가 마부석에서 들려왔다. 호위가 소리가 들린 곳으로 고개를 돌리자 중절모를 깊게 눌러쓴 정체불명의 남자가 모자를 한손으로 잡고 약식으로 인사를 건넸다. 호위는 달갑잖은 예상치 못한 신사의 등장에 짜증이 났는지 버럭 화를 냈다.

"아니, 그게 문제가 아닌 것 같은데? 말 이전의 문제잖아. 이거 무슨 장난이야?

〈장난이라니요. 무엇이 말입니까?〉

"아, 정말 돌아버리겠네. 댁들 같은 광대는 부른 적 없으니까 어서 돌아가!"

호위는 이들을 광대정도로만 생각했던 모양이다. 광대란 소리를 들은 마부는 화를 냈다.

〈감히 인간주제에 각하를 모욕하다니! 무례하기 그지없군요!〉

"그럼 뭐 어쩔 건데? 여기는 합선대군 마마의 사저란 말이야. 댁은 대체 어디서 온 누군데? 높으신 분이 멀쩡한 차 놔두고 이런 바보 같은 짓을 할 리는 없고? 응? 이 안에 누가 계신데?"

〈더 이상 용서가 안 되는군요.〉

마부가 내려와 모자와 윗도리를 벗었다. 처음에는 피식피식 낄낄거리던 호위는 모자를 벗고 내려온 남자 모습을 보고는 그만 얼굴이 새하얗게 변해버렸다.

"뭐, 뭐야! 사, 사람이 아니야! 제길 거기 가만히 있어!"

몸은 사람의 형체를 하고 있었지만 얼굴은 핀홀카메라 그 자체였다. 호위가 놀라 총을 들이댔지만 상대는 이미 그 자리에 서 있지 않았다. 마부는 눈 깜짝할 사이에 호위 뒤로 빠져서는 그의 허벅지를 후려친 뒤, 자신 앞에 무릎 꿇게 했다. 이번에는 외마디 비명을 지르는 호위 목을 잡아 비틀어 바닥에 짓누르며 말했다. 핀홀카메라가 지껄이는 것치고는 꽤 그럴 듯한 목소리였다.

〈저는 넬슨입니다. 부르실 땐 넬슨 경이라 부르십시오. 그리고 마차에 타신 분은 제 주인이신 크눕 하드니스 각하십니다. 이해하셨습니까?〉

마차에서 증기가 뿜어져 나오면서 문이 덜컹 열렸다. 마차의 바닥으로 자동계단이 내려졌고 교수는 지팡이를 들고 약간 각도가 비뚤어진 모자를 바로 세우고 천천히 내렸다. 여전히 아스팔트에 얼굴이 처박힌 채 바둥거리는 호위 모습을 보면서 교수는 혀를 찼다.

"쯧쯧, 넬슨 경, 일으키게."

〈예, 각하.〉

넬슨 경이 몸을 일으키자 호위는 얼떨떨했다.

"여보게, 여기 아빈현주 마마께서 직접 주신 초대장이네."

호위는 당황해하며 초대장을 대조했다. 가짜는 분명 아닌 듯했다. 하지만 초대장을 받아들고 너무 지체하는 호위에게 교수는 한숨을 내쉬며 한마디 하지 않을 수 없었다.

"자신의 본분을 다하게. 다만 빨리 하는 게 좋을 걸세, 레이디를 기다리게 할 수는 없지 않은가."

교수의 말이 떨어지기가 무섭게 갑자기 호위의 표정이 새파랗게 질려 있었다. 무안했던지 호위는 잽싸게 안을 향해 도망치듯 달려갔다.

"지상은 가면 갈수록 예의란 게 없어지는 것 같군."

〈예, 각하.〉

교수는 무미건조하게 대답하는 넬슨 경에 신경을 쓰지 않고 주변을 둘러보았다. 9,413㎡로 펼쳐진 궁가宮家[*]는 녹림이 우거진 산을 배경으로 웅장한 자태를 뽐내고 있었다. 물론 궁궐인 [경복궁]에 비할 수는 없지만, [우인궁] 주변에 둘러진 거대한 담벼락만 보아도 궁가 전체의 기품이 느껴졌다. 역시 조선 제일의 정치인이자 왕족의 궁가다웠다. 저택이란 그곳에 살고 있는 사람의 의식구조와 연관이 깊다고 평소 생각했던 교수는 웅장하고 강인한 느낌을 주는 대군의 저택을 보면서 이곳에 살고 있는 대군의 이미지를 어느 정도 상상할 수 있었다. 물론

---

[*] 궁가란 왕족이 거처하는 곳을 말한다. 궁궐이나 대궐은 모두 임금의 거처를 위한 표현이다. 이전부터 직계 세자를 제외한 대군, 왕자군, 공주, 옹주 등 왕족은 궐 밖으로 나가 궁가를 짓고 살아야 했다.

교수는 대군에 대한 소문만 들었을 뿐, 단 한 번도 그를 만난 적 없었기에 그의 외모에 대해 딱히 연상할 수는 없었지만, 냉철한 정치인이자 과학자라는 점에서 순간, 철학자 플라톤의 이미지를 떠올렸다.

"마음이 불편해지는군."

〈합선대군 말씀이십니까?〉

"대군은 평범한 사내가 아니지 않는가. 그는 정치인이자 왕족이야. 그리고 과학자지. 그가 어디에 더 중점을 두고 살아가는지는 알 수 없지만 조선에서 대군을 함부로 잘못 건드렸다간 문제가 조용히 끝나진 않는다는 소린 들었네."

〈그런데도 오신 겁니까?〉

교수는 턱을 매만지면서 한숨과 함께 말을 이었다.

"그래서 온 걸세, 넬슨 경. 이 노구의 물건이 이곳에 있다는데 어쩌겠나? 잘못해서 큰일이라도 나면 클럽과 전면전을 해야 할 판이니 그 전에 나서서 일을 처리해야지."

〈그래서 오랜만에 제 인간형을 가동시킨 거군요.〉

넬슨 경의 인간형 오토마톤은 머리만 핀홀카메라로 되어 있다는 것을 제외한다면 완벽한 인간모습이었다. 요즘에야 인간의 얼굴까지도 완전 개조하여 새롭게 만들어낼 수 있지만, 넬슨 경의 전용형태는 초창기에 만들어진 것이라 얼굴이 아닌 카메라 형태를 취하고 있었다. 이번에 서둘러 이를 가동시키는 바람에 얼굴을 새로 고칠 틈이 없었다는 점이 넬슨 경의 마음을 심히 거슬리게 했다.

"그나저나 자네도 오랜만이지? 인간형 인터페이스를 사용하는 것도"

교수는 웃으며 말했다.

〈예, 보통 때는 다른 오토마톤만 데려가셨으니…….〉

"보통 때라면 그렇지. 일단 노구의 물건들이 세상에 그렇게 떠돈다니 어떻게든 서둘러 이를 처리해야 하지 않겠는가. 그만큼 긴급한 상황이니 인간형 인터페이스에 자네를 넣을 수밖에. 문제가 생기면 곧바로 자네 본체인 [태엽성]을 움직이게나. 알았나?"

〈예, 각하.〉

"그보다, 자넨 노구를 교수라고 부를 수는 없……. 하아, 아니네. 넬슨 경, 일단 마차를 주차시키게나."

〈예, 각하.〉

넬슨 경은 마차를 몰고 주차구역으로 향했다. 마차를 끌고 오는 넬슨 경의 초현실적인 모습에 모두 놀랬는지 대문 주변에 있는 하인과 하녀들이 수군거리기 시작했다. 그런 모습을 보면서 교수는 '아무래도 나중에 머리를 새로 만들어줘야 할 것 같군.' 이렇게 생각하는 것이었다. 물론 사람들이 수군거리는 것은 그것 때문만은 아니었지만 말이다.

출입허가를 기다리고 있던 교수는 뭔가 아이디어가 떠올랐는지 수첩에 메모를 하고 있었다. 거의 생각을 정리하고 있을 즈음, 기다리고 있던 호위가 다가와 어쩔 줄 몰라하며 말을 건넸다.

"죄송합니다, 교수님. 실례를 범했습니다. 타고 오신 마차랑 그 운전, 운전사가 너무 믿기 힘들 정도로 이상하게 생겨서 제가……."

"괜찮네. 자네 입장에선 그리 흔한 일은 아니었을 테지."

호위는 허리를 연신 숙이며 사과했다. 교수는 한없이 늘어질 듯 이어지는 호위의 사과를 적당히 자르고 천천히 [우인궁] 내로 들어갔다.

• 우인궁의 연회

　교수가 보기에 연회가 열린 합선대군의 궁가는 관찰하면 할수록 기묘한 구석이 있었다. [우인궁]이라는 궁가가 가진 의미*와 달리 합리성과 기능미가 잘 살려진 저택이었기 때문이다. 사실 원래는 [운현궁雲峴宮]이란 이름으로 선대 임금의 잠저였지만 새 주인인 합선대군에 의해 대대적으로 개조된 궁가였다.

　[우인궁]은 조선궁전 양식의 대저택이다. 높은 담을 둘러놓은 거대한 궁가의 내부에는 여러 한옥저택들이 반듯하게 놓여 있었다. 교수는 문앞을 지키고 있는 호위들의 보안검색을 받으며 트럭이라도 지나갈 수 있는 커다란 대문의 문지방을 건너갔다. 문지방을 넘어가자 바로 보이는 것은 문입구 양쪽에 관리인과 호위들이 기거할 법한 줄행랑이 세워 있었다. 정문 바로 오른편에 지어진 행랑은 [수직사守直舍]라 부르며 경호청에서 보내준 호위들이 이곳에 머물 수 있도록 지어졌고 왼편에 집사나 하녀들이 지내는 [공경사恭敬舍]라는 행랑이 세워져 있었다.

　수직사든 공경사든 오늘 연회준비를 위해 매우 긴장하여 바삐 움직이고 있는 모습이 보였다. 보안과 생활을 함께 겸할 수 있는 줄행랑을

---

* 어리석은 인간이란 의미. 배움을 위해 세자의 자리에서 물러난 합선대군에게 인간은 누구나 어리석기에 언제나 끝까지 배우라는 뜻으로 대군의 선왕인 평종이 친히 하사한 이름이라 알려져 있다.

바로 대문 앞에 세운 점만 보아도 교수는 [우인궁] 전체가 하나의 거대한 합리적 구조로 지어진 건물임을 헤아릴 수 있었다. 이런 생각을 하면서 얼마나 걸었을까, 한 남자가 교수에게 다가왔다. 검정색 머리카락에 날카로운 눈매, 과묵한 표정을 가진 검정색 정장을 한 20대 초엽의 사내였다. 이름은 풍견지랑風見志郞, 합선대군의 비서역할을 수행하는 사내였다.

그는 무뚝뚝하면서도 예의 바르게 허리를 숙여 인사를 건넸다.

"교수님, 안녕하십니까. 환영합니다. 저는 풍견지랑이라고 합니다. 대군 마마의 비서 일을 하고 있습니다. 교수님께서 오시거든 먼저 안채로 모시라는 현주 마마의 명을 받잡고 나왔습니다. 어서 따라오시죠."

"그런가? 그런데 풍견지랑? 이 노구가 잘못 알고 있는 것이 아니라면 조선인치고 이름이 독특하군 그래."

교수는 그의 뒤를 따라 걸으며 풍견지랑이라는 이름에 의문을 표했다. 보통 조선인들의 이름은 네 글자가 드문데다가, 오히려 일본인 이름에 가깝다는 생각에서 던진 말이었다. 교수의 시선을 의식해서인지 풍견지랑이 침묵을 깨고 말을 이었다.

"예, 전 원래 일본에서 흘러들어온 천애고아였습니다. 그런 제게 대군은 은혜를 내리셔서 조선에 충성을 바칠 수 있게 되었지요."

풍견지랑은 그렇게 말하고 입을 앙다물었다.

"흠, 그런가? 그런데 왜 그리 기분이 나쁜가?"

"무슨 소리신지?"

"지금 뭔가 기분이 나빠 있다는 게 훤히 보이는구만. 아마도 자네가 이 늙은이를 그리 달가워하지 않는 것은 아닐까."

"제 생각은 별 의미가 없지요. 중요한 것은 대군 마마의 의지입니다."

풍견지랑은 싫어한다는 말을 부정하진 않았다. 교수 또한 그것을 깨닫고, 다만 자신의 턱을 쓰다듬을 뿐이었다. 교수는 풍견지랑에게 말을 거는 대신 궁가 안을 살펴보았다. 그리고 저택들의 동선이 매우 합리적으로 이어져 있음을 다시금 깨달았다. 각 저택으로 통하는 길과 길 사이의 공간이 허투루 사용되지 않았으며 저택의 사용용도에 따라 사람이 용이하게 드나들 수 있도록 출입문 동선이 가깝거나 멀게 정리되어 있었다. 궁가 안에서 저택마다 구획정리를 확실히 한 합선대군의 깐깐함에 대해 교수는 다시 한 번 혀를 내둘렀다.

**

궁가 안 깊숙이 자리한 [유현당幽顯堂]이란 현판이 붙은 저택은 ㄷ자로 만들어진 안채였다. 원래, 부부인府夫人이 기거하도록 만들어진 저택이었지만 대군에게 현재 부부인이 없기 때문에, 이곳은 대군의 딸인 아빈현주가 그 자리를 채우고 있었다. 현주가 이곳에 기거하는 이유는 아녀자를 규중 밖으로 내돌지 않게 하는 조선의 인습도 있겠지만 가장 큰 이유는 자신의 외동딸에 대한 보안을 가장 중요시 여긴 합선대군의 의향이 가장 크게 작용하고 있었다. 궁가의 가장 깊숙한 곳에 있는 유현당은 궁가 내에서 가장 안전한 장소나 다름 아니기 때문이었다.

저택 외벽은 완벽한 한옥형태를 취하고 있었지만 내부는 서양풍 저

● 조선의 외명부外命婦 중 하나로 왕비의 어머니나 대군大君의 처에게 내린 칭호.

택 모습을 하고 있었다. 이는 아빈현주의 개인적 취향이기도 했다. 저택 안은 서양식 벽지가 둘러져 있고 그 내부에는 앙증맞은 봉제인형들로 가득 채워져 있었다. 이처럼 왕족으로서 전통문화와 거리가 있는 취미를 지닌 아빈현주의 사적 취향에 대해 뭐랄 순 없지만, 아무튼 그녀는 자신의 취미를 오로지 궁가 내, 자신이 기거하는 방에서 표출할 수밖에 없는 노릇이었다. 오늘처럼 공식적인 연회에서는 평소 즐겨 입는 고딕풍 롤리타 복장과 달리 나라를 대표하는 사람으로서 전통 대례복을 갖춰 입어야 했다.

그녀는 아까부터 하녀들의 도움을 받아 대례복을 차려입고 있었다. 사실 아빈현주는 약간의 불만이 있었다. 남자왕족들은 일찍이 서구에서 수입한 프로이센 풍의 대례복식을 취하고 있었음에도 유독 여성들에게 전통 대례복만을 강요하고 있는 현실에 적이 아닌 차별을 느꼈기 때문이다. 그렇다고 이러한 불만을 대놓고 말할 수도 없었고 말하지도 않았다.

복잡하고 거추장스럽게 무겁고 불편하기 그지없는 대례복을 다 갖춰 입었을 때, 밖에서 하녀 한 명이 예절도 잊어버리곤 방정맞게 뛰어왔다.

"현주 마마, 현주 마마. 풍견 비서가 왔어요."

지금 아빈현주는 머리숱을 풍성하고 융성하게 돋보이게 하는 어여머리를 얹히고 있는 중이다. 아빈현주 곁에서 하녀들은 그녀의 앞가르마를 중심으로 댕기를 땋고 있거나 동시에 뒷머리는 가급적 풍성하게 보이도록 말아 올리고 있었다. 이 어여머리를 올리는 것은 특별한 날에만 하는 예장용 가발로 다른 말로는 가체加髢라 부른다. 혼자서

할 수 없는 헤어스타일이기에 아빈현주는 하녀들의 도움을 받아가며 머리장식에 정성을 쏟고 있다. 한때 사치를 조장한다 하여 이 어여머리가 사라질 위기에 처하기도 했으나 역시 여성의 허영을 그 누가 말릴 것인가. 이러한 장식과 꾸밈에 대한 허용기준이나 칙령을 내려 일시적으로 사라진 적은 있었으나 어여머리를 하는 여인들이 늘어나며 다시 유행이 되곤 했다.

아빈현주는 고개를 갸웃하다가 하마터면 힘들게 땋아 올린 어여머리를 떨어트릴 뻔했다. 다소 찡그린 표정으로 하녀에게 반문했다.

"풍견 오라, 아니 풍견 비서가? 지금 아버지를 모셔야 할 때가 아닌가?"

"그게, 서양 신사분을 모셔 오셨어요."

아빈현주는 교수가 자신을 에스코트하리라는 것은 진작에 알고 있었지만 이리 빨리 올 줄은 몰랐다. 나갈 준비는 다 되었지만 아직 어여머리 장식을 덜 끝낸 상태이다. 헐레벌떡 뛰어온 하녀에게 말했다.

"아, 그렇지. 교수께서 오셨군. 일찍도 오셨네. 어찌한다? 밖에 서 계시게 할 수 없으니 손님방에 잠시 쉬고 계시라 해라."

하녀는 어찌할 바를 모르며 말을 전했다.

"저기, 서양신사께서 감히 안채에 발을 들이실 수 없다고 밖에서 기다리신다고 해요."

"하하하, 그러시구나. 거의 다 끝나가니 곧 나가겠다고 일러라."

"예, 현주 마마."

하녀는 아빈현주의 말을 듣고 즉시 나갔다. 이윽고 아빈현주는 하녀들의 도움을 받으며 천천히 앞으로 걸어 나갔다. 대청을 지나 밖으로 나서는데 저만치에 교수가 위풍당당하게 서 있는 모습이 보였다. 교수가 스스로 노구라 자칭했지만 그의 모습 어디에서도 늙은이의 모습은 찾아보기 힘들었다.

"현주 마마, 다시 뵈옵니다. 자, 제 손을 잡으소서."

교수의 말에 아빈현주는 천천히 내려와 궁혜를 신고 다가갔다. 그녀는 교수 손을 잡자마자 무거운 대례복으로 인해 잠시 무게중심이 흔들렸지만, 이내 몸의 중심을 바로잡았다. 그러고는 자신도 모르게 긴 한숨을 내쉬더니 교수 곁에 서 있는 풍견지랑에게 슬며시 눈길을 돌렸다. 순간, 그녀의 새까만 눈동자가 잠시 떨리듯 깜빡였다. 그러나 애써 마음의 안정을 되찾으려는 듯, 표정관리에 나섰다.

"풍견 비서도 온 게요? 보질 못했구려."

"현주 마마, 연회장까지 안내를 해드리고자 왔습니다."

"필요 없소. 나도 어디인지 알고 있고 오늘은 교수께 에스코트를 부탁했소. 이만 가겠소. 아버지께서도 풍견 비서의 도움이 필요할 터이니 어서 가보도록 하시오."

필요 이상으로 쌀쌀맞은 아빈현주의 태도에 풍견지랑은 무표정하게 대응했다. 잠시 말없이 그녀를 바라보다가 정중히 고개 숙여 인사를 올리곤 말을 이어갔다.

"예, 현주 마마의 뜻을 따르겠습니다."

풍견지랑은 인사를 올리고 자신의 의무를 다한 듯, 몸을 돌려 멀어져갔다. 아빈현주 역시 떠나는 그의 뒷모습에 눈길조차 주지 않았다. 무거운 머리장식으로 인해 축 늘어진 어깨를 하고 간신히 들릴 듯 말 듯, 그녀 입에서 탄식이 흘러나왔다.

"하아, 바보."

"무어라 하셨습니까?"

"아, 아무것도 아니오."

아빈현주는 혼자 넋두리처럼 말하고는 조심스럽게 앞을 보고 걸었다. 교수는 옆에서 아빈현주가 넘어지지 않게 보조를 맞추며 걸어갔다. 그녀는 앳된 외모와 어울리지 않게 인자한 미소로 일관했다.

합선대군은 자신의 사랑舍廊에서 곧 있을 연회를 위해, 근대 이후 전통으로 자리한 서구식 대례복을 입으며 주변사람들로부터 이것저것 보고를 받고 있었다. 그 보고는 연회에 참석한 사람이나 스케줄에 대한 것이었는데, 합선대군은 이야기를 들으며 대례복을 단정하게 차려입을 뿐이었다. 거의 복장을 갖추어 입을 즈음, 대군 뒤에서 풍견지랑이 나타났다.

"풍견이 왔니?"

"예, 대군 마마."

"그래, 전설을 만나본 소감은 어떠냐?"

"나이를 먹지 않는 자는 믿을 수 없습니다."

"하하하하하. 그거 참 멋진 소리군."

대군은 박장대소를 터트렸다.

"괜찮으신지요."

풍견지랑이 굳은 얼굴로 대군을 바라보자 대군도 진지하게 대답을 받아들였다.

"무엇이 말이냐?"

"아빈현주 마마가 독단으로 교수에게 에스코트를 부탁한 일말입니다."

이내 찌푸렸던 대군의 얼굴에 화색이 돌며, 별 거 아니라며 손을 내저었다.

"하하하, 무슨 말을 하나 했더니 그런 말이냐?"

"하오나, 세계에서 위험한 자입니다. 대군 마마. 그런 자가 오면 어떤 일이 일어날지……."

"어디까지나 상정 내의 일이다. 그리고 나는 아빈이를 믿는다. 나이는 어리나 그 아이가 얼마나 영특한지는 풍견, 네가 더 잘 알지 않느냐? 그보다 네가 지금 감정을 대놓고 드러내는 것이 매우 신기하게 느껴지는구나. 하하하하."

대군의 말에 풍견지랑은 아무 말도 하지 않았다.

"잘 생각해보면 너희 둘은 같이 자랐으니 말이다. 재밌구나, 재밌어. 하하하하."

풍견지랑은 얼굴을 찡그렸다. 확실히 풍견지랑과 아빈현주는 남매처럼 자랐다. 합선대군은 고아였던 풍견지랑을 주변의 반대를 무릅쓰고 데려와 자식처럼 길렀다. 그는 딸과 막역하게 자라며 아빈현주를 보살펴주며 동시에 딸이 잘못했을 때 곁에서 따끔히 혼낼 줄도 아는 인물 중 하나였다. 아빈현주도 풍견지랑을 오라버니처럼 따랐을 것이다.

다만 이런 오누이 관계는 풍견지랑이 합선대군에게 은혜를 갚겠다면서 그의 일에 적극 가담하면서 틀어지기 시작했다. 대군을 도우며 높은 지위에 오른 풍견지랑은 고의적으로 그녀를 차갑게 대하기도 했다. 언제까지고 왕족 딸과 막역하게 지낼 수만은 없는 노릇이었고, 같이 자라온 세월이 있기에 함부로 끊을 수도 없지만 나름 냉정해지고자 노력했다.

"그것이 아니라 그놈들이 만약 대군 마마께 해를 끼칠까 걱정돼서."

한 박자 늦게 부정했지만 그것은 전혀 부정이 될 수 없었다.

다만 합선대군은 담담하게 한마디 할 뿐이다.

"여기는 조선이다."

"예?"

"조선은 그리 호락호락하지 않을 것이야. 상대가 누가 되었든 말이다. 아니면 네 녀석은 내가 그리도 쉽게 쓰러질 놈으로 보이느냐?"

"대군 마마. 그저 대군 마마께서 다치실까 걱정될 뿐입니다."

"하하하하하, 알았다 알았어. 그렇게 이해하마. 다만 쓸데없는 걱정은 낭비에 불과해."

합선대군은 뒤돌아보며 풍견지랑에게 말했다.

"그보다 어울리느냐? 풍견아."

대군이 입은 대례복은 프로이센 특유의 검정색이 위엄을 자아내는 복장이었음에도 허수아비에 걸쳐놓은 옷처럼 어수룩해 보였다. 하지만 풍견지랑은 자신의 머릿속에 있는 생각을 절대 입 밖으로 내지 않았다. 그저 한마디만 했을 뿐이다.

"어울리십니다. 대군 마마."

"흠, 네놈은 언제나 입에 발린 소리나 하는구나. 내가 그리 뛰어난 외견이 아니라는 것쯤은 알고 있다."

"대군 마마께서 원하시는 게 진실이지요."

"껄껄껄, 녀석 좀 보게! 허허허허! 시간이 됐구나. 나가자, 오늘 할 일을 하자꾸나."

합선대군은 그렇게 말하며 먼저 나갔다. 앞서 나간 합선대군을 보면서 풍건지랑은 무표정하게 중얼거렸다.

"예, 할 일을 해야지요."

• 불합리한 아름다움

교수는 연회장소를 보며 위화감을 느꼈다. 궁가 전체가 유기체처럼 최적화된 동선과 건축적 구조로 이루어졌음에도 연회가 막 시작될 무렵의 호수와 정원 모습은 이와는 전혀 다른 느낌을 주었다. 궁가 한가운데 조성된 호수와 정원은 주지육림酒池肉林이라는 표현이 가장 잘 어울릴 정도로 화려했다. 도원향을 묘사한 정원이 안압지를 닮아 깊고 넓은 호수를 감싸안고 있었다. 궁가 내에서 가장 눈에 띌 정도로 비합리적이고 사치스러워 보이기까지 했다.

사치의 정점을 찍은 것은 호수 표면 위에 떠 있는 팔각정들이었다. 정자와 정자 사이로 다리와 다리가 연결되어 건너갈 수 있게 조성되어 있었다. 정자들이 연이어 있는 모양새가 마치 프랙탈 구조처럼 보였다. 수많은 정자들이 각 다리들로 이어지며 호수 위를 호버크라프트처럼 떠 있었던 것이다. 어찌 보면 놀이기구처럼 정자 자체가 호수

표면에 떠 있는 것 같은 인상을 주었다.

연회에 초대된 사람들은 정자에 몸을 싣고 있었다. 정원이나 호숫가 근처에서도 사람들이 연회를 즐기고 있었지만 연회가 열리는 본 장소는 정자를 중심으로 이루어졌다. 한옥정자 위에서 펼쳐지는 연회였지만 서구식 스탠딩 파티의 정석이었다.

조선은 오래전부터 외국문물을 받아들여 왔다. 다만 무조건적으로 받아들이는 것은 가급적 피했으며, 경우에 따라서 필요한 부분만 받아들여 조선의 우수한 기술과 융합하는 형태를 취하고 있었다. 사실 얼핏 보기에는 서구의 과학기술이 조선보다 좀 더 앞선 것처럼 보이기도 했지만, 조선에서는 서구와 조선 간에 기술적 격차가 크다고 믿지 않았다. 높낮이의 문제가 아니라 발전 방향성의 차이였을 뿐이다. 그렇기에 외교적으로 필요할 때 서구문물을 받아들인다는 입장을 고수하고 있었다. 정자에서 벌어지는 스탠딩 파티라니, 이 또한 조선의 양식에 서구문물을 적절히 가미하여 만들어진 파티였으리라.

정자 중 맨 가운데 위치한 가장 큰 정자에서 이번 연회의 목적인 기증품 전시와 연설대가 준비되어 있었고 주변을 둘러싸고 있는 정자에 휴식공간과 뷔페가 마련되어 있었다.

웨이터들은 사람들 사이를 지나가며 와인이나 음식을 나르기 바빴다. 연회를 즐기는 사람들은 자신이 얼마나 사치스럽고 호사스런 정자 위에 떠 있으면서 파티를 즐기고 있는지 알지 못했다. 마치 유람선을 탔을 때처럼 들뜬 기분에 사로잡혀 연회를 즐기고 있을 뿐이었다. 물 위에 뜬 정자가 어떻게 가능했을까, 감탄하기보다는 연회의 주최자인 합선대군에게 어떻게 하면 잘 보일까, 이런 생각에 더 많은 관심을 가지고 있는 모양이었다.

그러나 교수는 역시 그들 생각과 달랐다. 호수 표면 위로 떠 있는 정자를 만든다는 것은 단순한 기술이나 평범한 재력으론 도저히 불가능한, 일종의 사치품이라는 것을 잘 알고 있었다. 그러나 이 같은 비합리적 발상에서 나온 창조품, 즉 독창적 기술과 넉넉한 자본이 가미되어 만들어진 '물 위에 떠 있는 정자'는 놀라울 정도로 주변 자연경관과 잘 어울렸다. 그만큼 아름다웠다.

"역시 기술강국이로군요. 이런 기술적 특성을 자국의 특성에 걸맞게 잘 연관시켰습니다."

"칭찬 감사하오, 교수. 이곳은 조선 아니겠소. 해동요순海東堯舜이라 불리셨던 세종대왕님 이후 우리 조선의 기술을 따라올 나라가 몇이나 되겠소."

교수는 아빈현주의 말에 고개를 끄덕일 수밖에 없었다. 조선은 흔히들 표현하는 강소국이란 말에 가장 잘 어울리는 나라였다. 그들의 영토는 그리 넓지 않았으나 그들이 가진 영향력은 지대했다. 그도 그럴 것이 조선은 유교적 문치주의로 성립된 국가였지만 첨단과학기술이 세계적으로 뛰어날 정도로 발달된 국가이기도 했다. 기술발달이 국력을 좌우되는 사회통념상, 조선의 영향력은 세계적으로 가히 대단하다 할 정도의 위력을 갖추고 있었다. (물론 이와 같은 기술발달의 기저에는 선진기술들을 받아들이고 이용하는 사회적 인식수준도 어느 정도 갖추어진 상태였기에 가능한 일이지만 말이다.)

결국, 이 연회도 강국의 왕족이 벌인 연회답게 국내의 유력자들과 해외의 외교사절들이 다수 초대되어 있었다. 아빈현주가 교수의 에스코트를 받으며 연화장인 정자로 들어오자 로비스트들은 아빈현주에게 아첨이라도 떨 것처럼 그녀에게 다가와 예의를 차리며 인사를 올렸다. 그들의 시선은 오로지 아빈현주에게 머물러 있었을 뿐, 아빈 옆에서 그녀를 에스코트하고 있는 교수에게는 눈길조차 주지 않으려 했다. 애당초 그들은 교수라는 존재가 있는지 관심조차 없어 보였다.

연회에 참석한 귀빈들이 아빈현주에게 다가와 인사를 건네기 시작한다. 아빈현주는 그들의 인사를 담담하고도 너그럽게 받아주고 있었지만, 예의를 갖춘 형식적 인사를 반복하다 보니 얼굴에 피곤한 기색이 역력했다. 교수는 이런 아빈현주의 속마음을 훤히 꿰뚫고 있었다. 이제 그녀의 나이 불과 15세였다. 15세 어린 소녀의 어깨에 얹힌 의무감이 너무도 버거워 보였다. 지칠 법도 하건만 주최자인 합선대군의 딸이자 왕족의 딸로서 손님을 대접해야 하는 책무를 그야말로 성실히 이행하고 있었다. 그렇기에 교수도 옆에서 감히 그 어떤 말도 꺼내지 못하고 있다가 한 차례 손님들이 휩쓸고 지나간 뒤, 여전히 우아한 자태로 서 있는 아빈현주를 향해 조심스럽게 한마디 던졌다.

"현주 마마, 지치셨으면 잠시 사람이 적은 곳으로 가서 한숨 돌리시는 것이 어떠실는지요."

"개의치 마시오."

아빈현주는 딱 잘라 말했다.

"이제 시작 아니오. 겨우 막 시작했을 뿐인데 벌써 쉴 수 있겠소?"

"대단하십니다. 연회가 시작하자마자 이처럼 사람들이 몰려드는 광경은 연회경험이 많은 노구에게도 처음 접하는 장면입니다."

"저자들은 모두 아버지의 후의를 입고자 하는 승냥이떼들에 불과하오."

아빈현주는 한숨을 쉬었다. 사실 그랬다. 흔히 합선대군은 세자자리에서 물러나면서 왕위계승권도 포기한 채로 과학에 투신한, 흔히 세상물정 어두운 사람으로 인식될 수 있는 인물이었다.(잘 알지 못하는 자들이 그렇게 착각하고 그에게 달려들다 큰코다치고 물러나기 일쑤였다.)

합선대군은 정치적 영향력도 만만치 않았다. 아직 젊은 임금의 상담역을 해주고 있는데다 의회의 폭주도 조절해냈다. 전통적으로 독특한 군주체제를 지닌 조선*에서 임금을 제외한 왕족이란 상징성에 불과했지만 특이하게도 합선대군이란 존재는 조선에서 막강한 정치적 역량을 지니고 있었다. 합선대군 스스로 과학자임을 자처하며 이에 더 큰 비중을 두고 활동하고 있었지만 사람들은 그가 왕족임을 잊지 않았으며, 틈만 나면 무슨 이득이 없을까, 그의 주변에 들개처럼 몰려들었다. 아빈현주는 아무리 높은 감투를 쓰고 있는 자라도 아버지이름을 욕되게 하는 자는 용납할 수 없다며, 노심초사하는 눈빛으로 이들을 바라볼 수밖에 없었다. 그리하여 이번 연회에서 아빈현주의 역할도 대군에게 접근하려는 불온한 자들을 사전에 막고자 스스로 자청하여 나선 것이다.

"저런 자들이 함부로 아버지께 가지 못하게 막아내는 것이 딸로서

---

* 조선의 임금은 조선 초기부터 중앙집권적 절대 권력을 갖고 있었다. 거기에 태종 때 왕권강화의 목적으로 육조직계제가 시행되어 의정부의 기능마저 대폭 축소되면서 조선은 절대왕정 국가가 되는 듯했다. 그러나 세종 때 의정부서사제가 부활되고 왕권과 신권의 조화가 실현된 이후 임금도 법의 테두리를 벗어날 수 없다는 사상적 토대가 구축되기 시작했다. 이후로도 조선의 왕권은 신권과 견제와 조화를 이루었고 이는 조선 발전의 강력한 원동력이 되었다.

의 내 도리가 아니겠소."

"호, 그렇군요. 하오나 현주 마마의 힘만으로 그것을 모두 막아내기는 힘드실 텐데요. 일개 현주가 대군의 일에 함부로 개입할 순 없는 일 아닙니까."

사실이 그렇다. 아무리 대단한 합선대군의 딸이라도 아직 15세 소녀에 불과한 그녀로서 부친을 해코지하려는 자들을 모두 막아낼 재간은 없었다. 그저 대군의 딸이라는 감투를 쓰고 대군과 만나기 전, 그 인물이 대군을 만나볼 가치가 있는 자인지, 품평하는 정도의 권한을 가지고 있을 뿐이었다. 합선대군은 이들 중 행여 불온하다고 판단된 자라 할지라도 임금에게 일일이 고하는 일은 없었다. 공무를 행하는 임금에게 폐가 될까봐 큰 문제가 아닌 사실에 대해서는 가급적 보고하지 않고 스스로 해결했다. 또한 딸에게도 함부로 나서서 사람들을 판단하지 말 것을 명했다. 상황이 이러고 보니 아빈현주도 아버지를 만나러 오는 자들에 대해 왈가왈부 함부로 고하는 예는 없었다. 다만 도저히 용납이 안 되는 사람이라는 판단이 서면 아버지를 만나기 전에 창피를 주어 내쫓거나, 불가피하게 대군을 만나는 상황에 처하게 된들 대군이 이를 알아보고 적당히 처리할 것이 분명했기 때문이다.

교수는 이런 체계를 들여다보며 참으로 재미있어했다. 현대 조선에선 임금을 제외한 왕족은 명예직에 해당한다. 임금을 제외한 왕족은 실질적인 정치적 발언권이 없었다. 그럼에도 기묘하게 대군을 만나고자 하는 사람이 끊이질 않는 상황이었다. 합선대군은 여러 특허와 투자로 쌓아놓은 두둑한 자본과 뛰어난 말재간, 무엇보다 명석한 두뇌로 커다란 정치적 영향력을 행사하고 있는 것으로 알려져 있었다. 이

때문에 조선에선 명예직에 머물러 있는 왕족임에도 그의 주변에는 끊임없이 많은 사람들이 꼬여들고 있었다.

교수는 왼쪽 입꼬리를 살짝 올리며 미소지었다. 아빈현주가 이 모습을 바라보며 교수가 무슨 생각을 하고 있는지 알아챘다. 그녀는, 교수가 조선에서 왕족의 위치가 어느 정도이고, 자신과 아버지가 하는 일이 무엇인지, 무엇보다 합선대군의 기형적 권력구조에 대해 눈치채고 미소 짓고 있다는 사실을 예측할 수 있었다. 그의 생각이 아주 틀린 것도 아니었다. 자신의 처지를 깨달은 아빈현주도 순간 웃음이 나왔다. 주변사람들이 무슨 일인가 싶어 궁금한 듯 슬쩍 쳐다보기도 했지만 아빈현주는 개의치 않았다. 갑작스럽게 웃음을 터트리는 그녀를 바라보며, 놀란 교수가 말을 건넨다.

"현주 마마?"

이에 아랑곳하지 않고 아빈현주는 간헐적으로 웃음짓다가 이내 웃음을 멈추며 입을 굳게 다물고 말았다. 다시 말문을 열기 시작한 그녀의 말투가 몹시 비장했다.

"난 장식이나 다름없는 왕족으로만 살진 않을 것이오."

이 말을 듣는 순간, 교수는 이제야 좀 전의 그녀의 웃음소리가 무얼 뜻하는지 이해할 수 있었다. 어린 소녀가 자신의 위치를 깨닫고, 무엇을 하고 무엇을 하지 말아야 하는지 고민하는 순간만큼 고통스러운 일은 없을 것이다. 그러나 아빈현주의 말을 이해했다는 교수 입에서 오히려 뜻밖의 질문이 나왔다.

"대군이나 부부인께서는 그것을 허락하시겠습니까? 왕족의 여식이 외명부에서 이름을 내린다는 것은 결혼할 때뿐이잖습니까."

교수의 말을 듣고 아빈현주의 얼굴이 조금 어두워졌다. 하지만 아직 교수는 그녀의 이같은 표정을 깊이 이해하지 못하고 있었다. 그녀는 너무도 무덤덤하게 대답했다.

"아버지께선 제가 하고 싶은 일이 무엇인지 지대한 관심을 보여주시지요. 여러 가지 공부하는 데 도움도 주고 계신다오."

아빈현주는 고개를 돌려 다른 곳을 보고 있었다. 교수는 그녀의 이런 반응이 무얼 뜻하는지 금방 알아차렸다.

"이런, 아둔한 늙은이가 큰 실수를 한 모양이군요."

"흠, 무슨 말인지 모르겠구려."

"아, 제발 상대가 거짓말을 하는지 이를 헤아릴 줄 아는 사람 앞에서 거짓말만은 하지 말아주십시오. 잊으셨습니까? 눈앞의 늙은이는 기묘한 장난감을 만드는 괴인입니다. 늙은 머리에 장난감 한둘 정도 붙어 있는 것도 이상할 것은 없지요."

아빈현주는 어안이 벙벙한 얼굴로 교수를 바라보았지만, 교수는 아랑곳 않고 아빈현주에게 진실을 말할 것을 재촉했다. 이런 모습에서 그의 어린아이 같은 면을 엿볼 수 있기도 했다.

"그대가 내 어머니에 대한 말에 예민하게 반응했을 뿐이오. 깊이 알려고 하지 마시오."

교수는 더욱 다그치고 싶었지만, 아빈현주가 별 반응을 보이지 않자 곧바로 본론으로 넘어갔다.

"하고 싶으신 일이 무엇입니까? 실례가 되지 않는다면 물어도 될까요?"

"난 후에 이 나라의 정치인이 될 것이오. 아버지께 접근하는 사기꾼들을 보면 더욱 그런 생각이 드는구려. 외명부에서 제외된다 해도 상관없소. 조선에도 진정한 정치인이 필요하지 않겠소?"

교수는 놀랐다. 아직 어린 소녀에 불과한데 저토록 당당한 발언이 어디서 나온단 말인가. 교수는 환영한다는 듯 박수치면서 연극무대에 오른 배우의 방백처럼 동작을 크게 내저은 뒤, 허리를 숙여 아빈현주에게 인사를 올렸다.

"흠, 장하신 생각이십니다. '위대함을 두려워 말라. 어떤 자는 위대하게 태어나고, 어떤 자는 위대함을 이루며, 어떤 자는 위대함을 떠안는다'는 말이 전혀 틀린 말이 아니로군요. 아빈현주께선 당당한 레이디십니다."

아빈현주는 교수가 인용한 말이 무엇인지 머릿속을 더듬다가 이내 생각났는지 손뼉을 치며 말했다.

"에드워드 드 비어 백작Edward de Vere, 17ᵗʰ Earl of Oxford*의 [십이야]가 아니오! 난 드 비어의 글을 좋아한다오. 성질머리 고약하기로 유명한 자가 그래도 아름다운 글을 쓸 줄 안다는 것은 참으로 세계의 아이러니 아니오. 그대도 좋아하오?"

"그의 문란한 사생활만 제외한다면 조국의 자랑이니까요. 신사라면 문학이나 예술 정도는 즐길 줄 알아야지요. 하온데 현주 마마, 노구

---

* 토마스 세이모어 경과 엘리자베스 1세의 사생아이자 17대 옥스퍼드 백작. 14세까지 궁중에서 교육을 받았으며 자신의 출생의 비밀을 알고 있었고 이런 감수성이 그의 소네트에 영향을 많이 주었다. 셰익스피어라는 가명으로 감수성 예민하고 사람에 대한 깊은 고찰이 들어간 시와 극본을 썼지만 실제 그는 폭력적이고 강압적인 인물이었다. 마창시합에 나가기를 즐겼고 맛없는 요리를 했다고 하녀를 폭행하기도 했다. 그럼에도 그의 작품들은 인간심리를 구석까지 제대로 묘사해냈고 아름다움이 내포되어 있는 문장의 힘 덕분에 기나긴 생명력을 가진 위대한 작품을 후대까지 남겼다.

가 늙어 지치는데 좀 쉴 수 없을는지요."

아빈현주를 배려하는 차원에서 교수가 돌려서 말을 건넨 것인데, 처음에는 헛말을 들은 듯 얼굴을 찡그리더니 이내 교수의 뜻을 수락했다.

"그것이 좋겠군. 일단 쉽시다."

**

둘은 정자로 이어진 길을 걸었다. 난간 밖의 잔잔한 호수경관을 바라보며 그 아름다움에 취할 것만 같았다. 순간 발을 헛디뎌 이대로 죽게 된들 이태백처럼 저 달나라로 가면 그만이지 않나, 생각되는 그런 밤이다. 아름다운 풍광에 취해 있을 즈음 누군가 슬금슬금 다가왔다. 교수는 인기척을 느끼고 지팡이를 휘둘러 몰래 다가오려는 자의 목을 순간적으로 툭, 쳤다. 강한 일격은 아니었지만 순식간에 어떤 물체가 자신을 밀어내는 통에 다가오려던 사람은 엉덩방아를 찧으며 엉겁결에 비명을 질렀다.

"꺅!"

아빈현주도 갑작스런 교수 행동에 놀라 눈을 껌벅이며 교수를 바라볼 수밖에 없었다. 땅에 주저앉은 사람은 고급스런 파티에 잘 어울리는, 캐주얼한 느낌이지만 검정색 여성용 정장을 입은 숙녀였다. 모델처럼 큰 키와 날씬한 몸매를 하고 있어 아리따운 숙녀임을 한눈에 알아볼 수 있었다. 숙녀는 아픈지 얼굴을 찡그리고 주저앉은 채 엉덩이 근처를 부여잡고 있었는데, 자세히 들여다보니 잠자리 눈을 한 것처럼 커다란 안경을 쓰고 있었다. 그러나 그것이 결정적 흠이 되지 않을 정도의 미인이었다. 이처럼 아리따운 숙녀를 밀치다니, 교수는 부끄러웠던지 손을 내밀며 사과했다.

"이런, 미안하오."

"괜찮아요. 문전박대를 당한 것이 한두 번이 아니니까요. 이 정도론 끄떡없답니다."

활기찬 숙녀였다. 교수의 손을 거절하고 벌떡 일어나더니 미소를 보이며 괜찮다는 제스처로 윙크를 했다.

"씩씩하고 마음까지 넓으니 더욱 면목 없구려. 노구가 싫어하는 사람들의 인기척과 너무도 흡사하여 반사적으로 아가씨를 밀어버렸던 거요. 어쩜 그렇게 슬금슬금 다가오는 모습이 똑같은지."

교수는 살금살금 자신의 뒤를 쫓는 자들을 병적으로 싫어했다. 이럴진대 자신의 허락 없이 [태엽성]에 함부로 들어오는 존D를 곱게 볼 리 만무하다. 옆에서 상황을 파악한 아빈현주가 길게 한숨을 쉬곤 교수에게 말했다.

"교수, 그자는 수상한 자가 아니오. 아니, 수상하긴 하지만 나쁜 사람은 아니오."

"현주 마마, 말씀이 너무하시네요. 호호호."

"이 아가씨와 안면이 있으신지요, 현주 마마?"

"나름 유명한 방송인이라오. 나도 인터뷰에 몇 번 응한 적 있소."

"그 인터뷰, 시청률이 사상 최고에서 살짝 미끄러질 정도였다는 거 모르시죠? 현주 마마는 자신의 장점이 무엇인지 깨달으셔야 해요. 치장하시는 것도 좋아하시잖아요."

그녀는 다시 한 번 윙크와 함께 어깨를 들썩였는데, 이러한 숙녀의 모습에 아빈현주는 다시 한숨을 내쉴 수밖에 없었다. 교수는 고개를 갸웃거리더니 얼굴 가득 미소 지은 채 아직도 옷에 묻은 먼지를 털어내는 숙녀를 바라보았다.

"방송인이시라고?"

"앗차, 죄송합니다. 제가 초면에 실례를 저질렀네요."

숙녀는 쑥스럽다는 듯, 혀를 살짝 빼물며 콩, 하고 자신의 이마에 꿀밤을 먹였다. 마치 만화에 등장할 법한 행동이었다. 교수는 실제로 저런 짓을 하는 사람을 한 번도 본 적이 없는지라 그저 당황스러운 표정을 짓고 있었다. 숙녀는 그런 표정을 무시하곤 어디선가 명함갑을 꺼내들고 눈부신 미소를 얼굴 가득 머금고 꺼내든 명함을 교수에게 건네주었다. 명함에는 마스코 미카益子美華라는 이름과 ANG조선의 보도 제3부에 속해 있다는 글귀가 적혀 있었다. 한쪽 눈을 찡그리며 명함을 읽어낸 교수가 명함주인인 마스코를 바라보았다. 이제껏 눈치채지 못했으나 마스코 뒤에는 카메라를 들고 있는 사내가 있었다.

"ANG라면 그 ANG? 아시아 네트워크 그룹?"

교수의 말에 마스코는 자신감 넘치는 자세로, 가슴을 편 채 고개를 끄덕였다.

"그렇습니다, 아시아 30억 인구의 눈과 귀가 되어 드리는 세계 최고의 뉴스 채널! ANG의 마스코 미카입니다."

아시아 네트워크 그룹, 일명 ANG는 본사가 영국령 홍콩에 있는 언론재벌이다. 작은 황색신문으로 시작했지만 지금은 신문뿐만 아니라 잡지, 방송국까지 설립하고 홍콩에서부터 아시아 전역을 아우르는 최고의 뉴스 채널로 성장했다. 아시아 각국에 지사를 설립하고 방대한 네트워크로 어느 나라의 이야기든 실시간으로 전달해낸다는 신조를 우선으로 하는 방송국이다. 이런 신선한 발상을 기치로 30억 아시아인의 눈과 귀를 사로잡고 있는 거대 언론으로 클 수 있었던 것이다.

"마스코 미카라……. 그럼 일본사람이란 것인데. 그럼 ANG 일본에 있어야 하는 거 아니오?"

"근사한 미남께서 고루한 소릴 하시네요. 언론에 국적이 어디에 있나요? 조선 지사에는 조선인들만 있는 게 아니랍니다. 합중국인도 있고 홍콩인들도 있고 그외 다른 국가에서 전근 온 사람들도 많아요."

마스코의 대답을 들었지만 교수는 그녀의 말이 도통 이해되지 않았다. 세계화가 현대의 트렌드로 불리는 지금도 조선은 유달리 국수주의적 애국성향이 강한 국가였다. 덕분에 외국사업이 조선에 들어온다 해도 성공을 기대하기는 어려운 곳이기도 했다. 유명 슈퍼마켓 체인이 조선에서 사업을 착수하려다 조선 국내 체인에 무너져버린, 꽤 유명한 사건도 있었다. 다른 나라 물건보다 국산제품을 선호하며 굳이 해외제품이라면 사양하려는 것이 대부분 조선사람들의 사고이다. 최근 들어서야 그런 성향이 조선에서도 옅어지기 시작했지만, 여전히 조선에서는 '타국사업이 잘 먹히지 않는다'는 것이 대부분의 평가였다. 교수는 그저 쓴웃음을 지었다.

"세계화라……. 조선에선 힘들지 않겠소이까?"

"호호, 잘 먹히거든요. 이래봬도 조선에서도 ANG는 잘나가는 방송국이랍니다."

마스코는 손가락으로 안경을 밀어올리며 자랑스럽게 대답했다. 미심쩍은 부분은 많았지만 교수는 그저 마스코의 대답에 고개만 끄덕이며 말했다.

"그럼 그렇게 잘나가는 ANG의 방송인께서 무슨 일로 남의 뒤를 살금살금 밟았는지 알려주시겠는가?"

"살금살금이라니요. 얌전하게 취재하고 있었다고 해주세요."

사실 교수는 이처럼 예의 없는 사람은 딱 질색이었다. 더 신랄하게 할 수도 있었지만 상대가 여성인 점을 감안하여 짜증을 억누르고 있는 상태였다. 이 점에서 교수의 겉모습은 젊은 청년처럼 보이지만, 괴팍한 노인의 속성이 그러하듯 속 좁은 일면이 엿보인다. 신사다운 삶과 행동을 고수하는 교수지만 가끔 분노를 주체하지 못한다는 면에서는 그의 숙적인 윈스럽 의장과 닮아 있기도 하다. 다만 그와 다른 점이 있다면 단지 이런 행동의 소유자가 얼마나 예의를 갖춘 사람인가, 하는 유무정도였다.

"세상에나, 노구가 하늘에서 살다보니 지상의 어휘가 변했다는 사실을 몰랐나 보오. 그동안 '얌전하다'라는 단어 뜻이 상당히 너그러워진 모양이군."

아빈현주는 이 대목에서 교수가 대범치 못하다는 생각이 들었다. 이대로 두면 한없이 말싸움이 길어질 것 같다고 판단한 아빈현주가 반 발짝 교수 앞으로 다가섰다.

"마스코 씨는 어쩐 일이신가?"

아빈현주의 물음에 마스코는 격의 없이 어깨를 으쓱하며 대답했다. 다만 그 모습이 존 D를 연상시켜 교수의 심기가 더욱 불편해졌다. 이런 분위기와 상관없이 마스코의 말은 이어졌다.

"방송인이 뭘 하겠어요. 조선 최고의 권세가가 베푸는 연회를 취재하러 왔죠. 지금 연회에 대한 코멘트를 받고 있는데 아빈현주 마마께서도 한마디 해주시겠어요?"

마스코는 뒤에서 카메라를 들고 곰처럼 서 있던 커다란 사내는 언제든 이야기를 시작한다면 녹화할 준비가 되어 있다는 사인을 보낸다. 아빈현주는 흘깃 카메라에 눈길만 주더니 어느새 왕족다운 담대함을 갖추고 말했다.

"무슨 말을 원하오?"

"오늘 연회에 대한 이야기를 한 말씀……."

마스코가 애교스럽게 왼쪽 눈으로 윙크하며 아빈현주에게 말했다.

"흠 그것이라면 어차피 아버지께서 개회사를 하실 것 아니오."

아빈현주는 대답할 가치를 느끼지 못했다. 아버지께서 하실 일에 자신이 무슨 말을 덧붙이겠냐며 반문했던 것이다.

"그렇지만 아빈현주 마마의 의견도 넣는 게 좋아서요. 이런 이야기엔 공주, 아니 아빈현주 마마처럼 아리따운 여성 왕족의 코멘트가 더 팔리……, 아니 좋거든요."

"흠, 지금 한 말에 감히 황송한 표현과 차별적인 표현이 혼재되어 들린 것 같네만 내 착각이겠지?"

아빈현주는 마스코의 말이 끝나자 그녀를 바라보며 비꼬았다. 어쩐지 교수가 마스코에게 왜 날카롭게 대응했는지 그 기분을 이해할 것 같기도 했다. 마스코의 말에 심기가 몹시 상했지만, 나이에 걸맞지 않게 영특하고 어른스러운 그녀는 미래의 꿈을 이루려면 그 어떤 불쾌함도 감수해야 한다는 것쯤은 알고 있었다.

"좋소. 간단한 말만 하겠소. 자세한 것은 아버지이신 합선대군께서 밝히실 테지만 국가의 안녕이야말로 이번 연회의 목적이 아닌가 하오. 기부라는 행위를 통해……."

눈을 반짝이며 아빈현주의 말을 경청하던 마스코는 순간 얼굴을 찡 그리곤 카메라에게 컷 사인을 보냈다

"어휴? 잠깐만요. 너무 딱딱하시잖아요. 예쁜 말이나 미소를 조금 넣어주시면 안 될까요?"

"그런, 마스코 씨야말로 매번 요구하는 게 너무 많잖소. 왕실의 여식 으로서 어찌 진실되지 않는 친절함을 국민에게 보이란 말인가? 이는 국민을 기만하란 소리와 뭐가 다르오?"

"에이, 고딕 롤리타 복장을 좋아하시는 분이 무슨 그런 말씀을."

"귀녀의 취향과 귀염성과는 아무 상관없소! 아니 그보다 그대가 내 취향을 어찌 아는 게야?"

"그건 아니죠. 솔직히 궁가 내에서만 하신다고 모를 리 있나요. 파파 라치는 조심하시는 게 좋아요."

마스코의 폭로에 아빈현주는 부끄러워졌는지 얼굴이 새빨개졌다. 아빈현주를 뒤에서 바라보던 교수는 앞으로 나와서 마스코에게 한마 디 했다.

"흠, 아무래도 현주 마마께서 불편하신 것 같으니 이만 물러나는 게 어떻소?"

이와 같은 교수의 말에 오히려 마스코야말로 불편하단 표정을 지었 다. 그리고 순간 교수의 위아래를 훑어보더니 의혹에 가득 찬 눈초리 로 그를 노려보았다. 어느 누가 봐도 교수는 의심스러운 사내다. 고급 스러운 야회복을 걸치긴 했지만 이미 유행이 지난 19세기 후반에서 20 세기 초엽의 디자인인 빅토리아 1세 시대나 에드워드 7세 시대의 수 수하며 고루한 느낌의 야회복을 입고 있었으니 말이다. 만약 이곳이

그 시절 영국이라면 가장 잘 어울릴 법한 복식이겠지만 지금은 21세기 조선이었다. 연회장에서 가장 눈에 띄는 복고적 예복을 입고 있는 겉모양새와 달리 서른 초반의 젊은 사내의 얼굴을 하고 있는 교수가 마스코에게 있어선 그저 의아할 따름이었다. 속으로 '좀 더 화사한 복장을 했다면 연회장에서 주목을 받을 수 있을 텐데…… 뭐야, 저사람, 코미디언?' 라는 생각을 떠올렸다.

이윽고 방금 전에 말다툼을 할 때만 해도 신경쓰지 않았던 것인데 왜 처음부터 이런 튀는 복장을 한 사람을 발견하지 못했는지 이해할 수 없었다. 마스코 미카 이외 다른 사람도 미처 교수를 발견하지 못하고 있는 것만 같았다. 지금에 와선 별별 의심을 부추기고 있었다. 실제로도 조금만 관심을 다른 곳으로 돌려놓으면 교수가 그 자리에 있는지조차 알기 어려웠다. 마스코는 기자 특유의 의심이 섞인 목소리로 당돌하게 질문했다.

"잠깐만요. 아까부터 댁은 누군데 인터뷰를 방해하는 건가요?"

교수는 왼쪽 눈을 찡그리며 말했다.

"노구 말인가? 글쎄, 말하는 혀와 속이는 혀를 따로 가진 아가씨에 겐 해줄 말이 없군."

"그, 그렇게 쩌려본다고 다 되는 거 아니에요. 폭력 따위에 언론은 지지 않아요."

"물론이지. 펜은 칼보다 강하지. 하지만 거기 카메라는 이미 진 것 같네만."

교수는 지팡이를 들어 카메라 쪽을 가리켰다. 순간이지만 전기가 튀면서 카메라에서 연기가 새어나왔다. 카메라맨은 어쩔 줄 몰라 하더니 손에서 카메라를 떨어트렸다. 그리고 어눌한 말투로 말을 내뱉을 뿐이었다.

"어? 이거 왜 이래?"

"뭐야! 인터뷰들 날아간 거 아니지? 게다가 곧 있으면 연설인데 어쩔 거야."

마스코는 한심하다는 듯 카메라맨을 쏘아보았지만 사내는 어깨를 으쓱하면서 어이없다는 듯, 대답할 뿐이다. 예기치 못한 일에 잠시 놀랐으나 이내 침착함을 되찾았다.

"당장 방송차로 가서 새로 가져오죠. 어차피 각설이 퍼레이드도 찍으려고 여분 카메라 많이 가져왔잖아요."

"말만 하지 말고 어서 가져와!"

교수는 당황하는 마스코와 카메라맨을 바라보며 자신의 마음이 들키지 않도록 입꼬릴 살짝 올리며 비열한 웃음을 흘렸다. 당연하게도 지금 카메라를 고장낸 것은 교수였다. 평범한 지팡이로 보이는 이 막대기마저 교수의 [장난감]이었다. 지팡이 끝에 달린 태엽은 비상시 전기흐름을 조절할 수 있는 장치였다. 카메라맨이 새 카메라를 가져오겠다며 자리를 뜨자 교수 또한 이때다 싶어 말을 건넸다.

"그럼 이만 가보지."

"잠깐만요, 어디에 가요?"

교수는 조끼에서 은으로 만든 회중시계를 꺼내들었다. 태엽을 돌리면서 아빈현주의 손을 잡자 갑자기 교수와 아빈현주의 육체가 모래처럼 한 알, 한 알 뚝뚝 떨어져 내리더니 공기 중으로 아스라히 사라져버렸다. 흔적도 없이 순식간에 벌어진 일이라 마스코는 그저 경이로운 눈으로 쳐다볼 뿐이었다. 그러나 더욱 신기한 것은 주변의 누구도 이런 신기한 모습을 보고 놀라는 사람이 없었다는 것이다. 아니 그런 일이 있는지조차 알지 못했다. 유일한 목격자인 마스코는 그저 놀란 토끼눈을 하고 그 자리에 멍하니 서 있었다.

이 마법과 같은 광경 역시 교수의 [장난감]으로 부린 재주였다. 교수에게 공간이동이란 간단하고 흔한 기술에 불과했지만 이를 처음 보는 사람에겐 충격, 그 자체였을 것이다. 마스코는 더 얼빠진 목소리로 안타까운 듯, 혼자 중얼거렸다.

"아! 카메라가 있어야 되는 건데……."

● 에스코트

교수는, 사람들이 득실거리는 연회공간에서 다소 한산한 장소로 공간이동을 했다. 사람이 별로 오가지 않는 정자에 갑작스런 바람이 불며 분자들이 모래성을 쌓아가듯, 밀도를 더하며 어떤 형태를 갖춰가기 시작했다. 하나의 형상이 완성되자 그 안에서 빛이 새어나오며 사람 모습이 그 형체를 드러냈다.

"현주 마마, 보십시오. 사람이 별로 없으니 편히 쉴 수 있을 것 같군요."

"아니 대체 이게 무슨 일이오?"

아빈현주는 갑자기 주변광경이 바뀌어버리자, 교수를 바라보며 눈을 깜빡였다. 교수는 그저 공손하게 고개를 숙이며 답했다.

"[에테르*점프]이옵니다. 공간이동의 일종이지요. 현주 마마. 제가 공간에 대한 연구를 좀 많이 해서 말입니다."

"에테르? 에테르라면 그 가상의 입자 말이오?"

"그렇사옵니다. 20세기가 살해한 입자이지요. 에테르란 빛의 이동을 돕는 가상입자입니다만, 수많은 광학실험을 통해 20세기 과학자들 사이에서는 부정되었습니다. 그런데 생각해보십시오. 빛은 분명 파동입니다. 그런데 파동에 매질이 존재하지 않는다?…… 모든 파동에 매질이 필요한 것은 아니라고 하는 친구들이 있는데 그건 또 무슨 소린지. 그래서 저는 빛의 이동을 연구하다 결국 빛의 이동을 돕는 입자를 만들어버렸지 뭡니까. 그리고는 이 입자에 에테르란 이름을 주어 부활시켰습니다. 하하하하."

"갑자기 에테르 타령은 무슨 일로. 그 정도는 나도 알고 있소만……. 잠깐 지금 발견이 아니라 만들었다 했소? 하고자 하는 말이, 우리가 에테르가 되어 빛의 속도를 이용하여 다른 공간으로 이동이라도 했단 말을 하고 싶은 게요?"

아빈현주의 해박한 지식에 교수는 다시금 진심으로 감탄하며 고개를 끄덕였다.

"그렇습니다. 역시 영특하십니다."

"대체 경은 얼마나 규격외의 인물인 게요……. 그러니까, 경께서 하

• 빛을 파동으로 생각했을 때 이 파동을 전파하는 매질로 간주되었던 가상적인 물질이다. A.A.마이컬슨과 E.W.몰리에 의해 수행된 간섭계 실험을 통해 에테르의 존재는 완전히 부정되었지만 크눕 하드니스는 자신의 로망을 위해 가상의 존재를 현실화시킨 것이다.

고 싶은 말은 경의 19세기에 대한 광적인 애정 때문에 지금은 폐기된 이론을 되살리고자 만든 이처럼 위험천만한 기술로 지금 우리가 공간 이동을 했단 말이오? 잘못했으면 입자상태에 머물러 다신 인간형태로 되돌아가지 못할 수도 있지 않았소!"

"하하하하. 그런 초기 오류들은 이미 손봤지요. 감히 일국의 현주와 함께하거늘 불안전한 기술로 잔재주를 부려 움직이겠나이까?"

"정말 경은 대단하구려."

아빈현주는 이 어이없는 상황을 달리 표현할 길이 없었다. 사람이라는 동물은 경험의 한계치가 상상이상으로 넘어가면 오히려 말이 없어지는 법이다. 교수는 사람의 분자구조를 분해하고 다른 분자구조로 바뀌게 한 뒤, 다른 장소로 순간이동케 하여 재결합시키는, 이런 일련의 복잡한 행위를 마치 TV 리모컨 조작하듯 당연하게 해냈다. 그 대단함에 감탄할 법도 하지만, 교수의 실체를 볼수록 오히려 무섭다는 생각이 앞섰다. 교수의 행동에서 위험함이 감지되었던 것이다. 교수는 '19세기에 대한 애정'이란 편집증적인 망상을 위해서라면 뭐든 해낼 수 있는 작자임에 분명했다. 현주의 이같은 생각은 지극히 정당했다.

"그나저나 정말 귀찮게 구는군요. 언론인이란 작자들은……."

"아버지께서 언제나 말씀하시는 것이 있소. 사람은 각자마다 그 쓰임새가 있다고 말이오. 매스컴이라는 게 원래 저런 것 아니겠소."

아빈현주의 얼굴에는 전혀 표정변화가 없었다. 알 수 없는 한숨만을 연거푸 내쉴 뿐이었다. 그렇다고 교수에게 지금 당장 속내를 드러내며 예의 없는 행동을 취한다는 것은 거대한 죄악이나 다름 아니었다.

"참으로 안타까운 일입니다. 저들이 먹잇감에 달려드는 짐승과 뭐가 다르단 말입니까. 기분이 나빠지는군요."

교수가 필요이상의 혐오감을 드러내자 아빈현주가 한마디 했다.

"왜 그러오? 그렇게 혐오하는 것은 옳지 않소."

"정말로 내가 싫어하는 자들에서 풍겨나오는 구린 냄새와 흡사해서요. 그들을 접하자 혐오감이 치밀어 올랐습니다. 어쩌면 그자들일 수도 있지요."

아빈현주는 갑작스런 선문답에 어찌 답을 해야 할지 갈피를 못 잡고 있었다. 그녀의 곤란해하는 모습을 본 교수는 갑자기 말꼬리를 바꿨다.

"이래서야, [디오게네스클럽]이 그렇게 난리친 이유를 알 법하군요. 노구의 물건이 이런 곳에서 사고를 치면 그냥 순탄히 끝날 리 없으니 말입니다."

난간 너머의 다른 정자로 눈을 돌리자 지상의 일에 크게 관심이 없는 교수조차도 잘 알고 있는 명사들이 한눈에 들어왔다. 국제적으로 알려진 연예인이나 사회의 존경을 받는 유명인들도 여기저기 보였다. 모두 합선대군을 지지하는 사람들이었고 그와 가까이 지내는 친분 있는 사람들이었다. 이것만 보아도 합선대군의 인지도가 어느 정도인지, 한 나라의 왕실종친으로서 얼마나 폭넓고 방대한 인맥을 형성하고 있는지 헤아릴 수 있었다. 대군의 영향력에 그저 감탄하며 교수는 어린아이처럼 순수한 미소를 지었다. 아빈현주는 그런 교수를 보고 살짝 놀란 표정을 지었다가 곧 빙긋이 미소를 머금었다. 아빈현주는 난간 근처에 자리한 의자에 앉으며 교수를 당혹케 하는 질문을 던졌다.

"호오, 교수의 것임을 인정하는 게요?"

"아니, 그거야 만약의 예상을 하는 것에 불과합니다. 그렇고말고요. 보지 않곤 모르는 법이지요."

자신이 실언했음을 깨달은 교수는 속으로 아차 싶었지만 교수특유의 여유로운 태도로 시치미를 뗐다.

"호호호, 그렇다 칩시다."

아빈현주는 웃으며 가녀린 고개를 살짝 끄덕였지만, 입술에서 곧 깊은 한숨이 새어나오고 말았다. 이러니저러니 변명해도 그녀는 사실, 무척 지쳐 있었다. 교수는 음료수가 담긴 컵을 가져와 아빈현주에게 건넸다.

"고맙소."

"별말씀을, 숙녀를 보조하는 것은 신사의 책무지요."

아빈현주는 차가운 컵을 뺨에 댄 채 교수를 올려보았다. 마치 연극적으로 고개를 숙이는 교수를 보면서 웃음이 절로 나왔다.

"하하하, 경은 재밌는 사람이오. 풍문으로는 과격한 사람이라 알려져 있는데 말이오."

확실히 그에 대한 풍문 중에는 괴이하고도 음습한 소문들이 많이 나돌았다. 세간에 그는 연구의 성공을 위해 사람조차도 모르모트로 사용하여 살해하기도 하고 연구물의 성과를 알아보기 위해 작품을 경쟁중인 구소련이나 합중국에 팔아넘기는 등 인간으로서 해서는 안 될 일을 저지르는 미치광이로 낙인찍혀 있었다. 방금 전에도 위험한 장치를 아무 고민 없이 바로 사용하는 모습을 보고 아빈현주는 어느 정도 이런 소문에 더러 신빙성이 있다고 믿었지만, 눈앞의 남자는 신기하게도 그런 음습한 풍문과는 전혀 다른 모습을 하고 있었다. 교수는 미소를 지으며 말했다.

"이야기란 어디까지나 신용하기 힘든 법이지요. 노구의 소문은 어디까지나 과장된 이야기에 불과합니다."

"그렇구려. 하지만 경의 존재는 어느 헛소문도 진짜라 믿을 수 있을 정도로 생생하고 신기하기까지 하단 말이오. 내가 아는 경의 소문만으로도 그대는 꽤 나이가 먹은 것으로 알고 있는데 그리도 젊게 산단 말이오?"

"현주 마마는 어떤 저를 알고 계시는지요?"

"그대가 대영제국의 훈장을 수여받은 군인이라는 이야기요."

"아, 그 이야기로군요. 그래서 이 늙은이를 경이라 불렀던 거군요. 노구도 그 버전의 자신을 꽤 좋아하지요."

"그럼 그 이야기가 가짜요?"

"글쎄요, 하하하. 노구가 대답해드릴 입장이 되지 못하는군요."

"자신에 대해 대답하지 못한다니 대체 그게 무슨 소리요 나를 놀리는 게요?"

교수는 당황스런 미소와 함께 손사래를 쳤다. 그리고 연극의 도입부를 읊는 배우처럼 큰 동작을 섞어가며 말을 시작했다.

"이야기란 언제나 살아있으니 말입니다. 수많은 이본이 존재할 뿐이죠. 원본이란 없는 거나 마찬가지지요. 이야기 전부가 거짓말이라는 것도 아니지만 모두가 진실일 수도 없지요. 워낙 이야기가 많으니 이젠 제가 어떤 이야기의 크눕 하드니스인지 잊어버릴 때도 있답니다."

기묘하고 막막한 말에 아빈현주는 고개를 갸웃거리다가 어여머리의 무게에 짓눌려 하마터면 의자에서 쓰러질 뻔했다. 쓰러지려는 것을 간신히 교수가 잡아주고 다시 그녀를 의자에 앉게 도와주었다. 교수는 황급히 옷매무새를 다듬는 아빈현주를 보면서 자신이 얼마나 큰 결례를 범했는지 깨달았다. 교수는 안타까운 미소를 짓다가 말했다.

　"그보다, 현주 마마. 노구의 충고 하나를 들어주실 수 있으시겠습니까?"

　"무엇이오? 말해 보시오."

　"풍견지랑이란 친구와 싸웠다면 꼭 화해하십시오."

　"무, 무슨 소릴 하는 게요!"

　"오랫동안 하늘에서 살았습니다만 사람의 관계를 모른다고 할 순 없지요. 게다가 아까도 말하지 않았습니까. 노구는 거짓말을 알아보는 눈을 가지고 있답니다."

　교수는 웃으며 왼손으로 왼쪽 눈가를 가리켜보았다. 아빈현주는 교수의 왼쪽 눈을 바라보았다. 얼핏 보면 평범한 눈동자였지만 자세히 들여다보면 홍채 속에서 톱니바퀴가 겹쳐진 형태를 취하고 있음을 알 수 있다. 아빈현주는 교수의 눈동자조차 [장난감]임을 단번에 알아챘다. 만약 아빈현주가 합중국에 진을 치고 있는 히어로들처럼 초감각을 지닌 초능력자라면 지금 교수의 홍채 속에 서로 맞물려 있는 톱니 속에 새겨진 Look at Me and Lie to Me라는 조그만 글자들도 읽어낼 수 있었을 거다.

　"당신은 정말 신기한 자요. 교수!"

　"허허허, 잘 알고 있습니다. 그나저나 본론으로 돌아오면 현주 마마께서 이 늙은이에게 에스코트를 부탁한 것은 여러 가지 사정이 있어서이시겠지만 풍견지랑이란 분 때문이 아니었는지요? 뭐 노구의 비약일수도 있습니다. 단편적인 상황에 이야기를 붙인 것일 수도 있지요. 다만 풍견지랑이라는 친구, 진심으로 현주 마마를 걱정하고 있으니 말입니다. 가까운 남녀 간의 일은 서로 용서하는 게 좋은 일입니다."

"무슨 소릴 하는지 모르겠군. 어서 가운데 정자로 갑시다. 아버지 연설이 시작될 거요."

아빈현주는 급히 말을 바꾸고 걸어가려 했지만 그녀의 옷차림새로는 혼자 걷기에 무리가 있었다. 교수는 싱거운 웃음을 지으며 그녀의 손을 잡아줄 뿐이었다.

가운데 정자는 프랙탈 구조로 연결된 정자들 중에서 가장 커다란 몸집을 하고 있었다. 정자 한가운데에는 합선대군의 기증품들이 진열되어 있었다. 물품들은 이 연회에 전시되었다가 [왕립 조선과학박물관]으로 옮겨질 예정이었다. 모두 과거 조선의 기술들을 엿볼 수 있는 좋은 예시들로 1800년 조선에서 최초로 발표된 증기기관으로 작동하는 물레나 베틀이 보였고, 옛날 탄광에서 쓰이던 양수펌프가 아직도 쓰임새가 있음을 과시하듯 말끔한 모양으로 자리하고 있었다. 게다가 농기구들이 자동화되는 과정이 시대 순으로 쭉 나열되어 있었다. 근대 조선기술의 발달사를 한눈에 알아볼 수 있는 살아 있는 교재나 다름없었다. 아빈현주와 교수가 가운데 정자로 왔을 때는 이미 정렬된 기술을 보며 감탄하는 사람들로 가득 했다. 확실히 아시아 최초의 산업혁명국이란 타이틀은 그냥 생긴 것이 아니었음을 입증하고 있던 것이다. 교수도 전통과 더불어 발전해온 조선의 뛰어난 기술력을 현장에서 확인하면서 감탄을 아끼지 않았다.

"흠, 당시 세계의 보편적인 기술수준을 생각해보면 대단하긴 하군요."

정체를 알 수 없는 자였지만 증기기관과 해석기관에 대한 전문가인 교수가 감탄을 아끼지 않자, 아빈현주는 자신이 만든 작품도 아니었음에도 자부심에 가득 차올랐다.

"흠흠, 조선이 이런 나라라오."

"하하하, 독자적인 기술발전을 해온 측면에서 볼 때 이 기술들은 정말 흥미롭군요. 정말 최초로 발명된 물건들 맞습니까? 마치 이것들은 어느 정도 기술이 연마된 상태에서 만들어진 것만 같습니다. 이게 조선 최초의 증기기관이로군요. 정말 눈이 다 즐겁습니다. 현주 마마."

사실 교수가 만들어내는 마법과도 같은 기술에 비하면 조선에서 만들어졌던 초창기 증기기관은 시시해 보이지 않겠느냐 말할 수도 있겠지만 그것은 어디까지나 오해다. 그는 단지 자신이 만들고 있는 취향의 것에 대해 지나친 애정을 가지고 있을 뿐이었다. 이런 미미한 기술력을 보면 오히려 개조해주고픈 마음까지 들끓었다. 아까의 순수했던 미소와 달리 입가에 광적 미소를 머금은 교수의 상반된 모습을 바라보며 아빈현주는 깜짝 놀랐다.

"교수, 에스코트하는 여인 앞에서 의미 없이 웃는 것은 실례가 아니오?"

아빈현주의 말이 끝나기도 전에 교수는 이성의 가면을 다시 썼다.

"현주 마마, 이런 추한 얼굴을 보여 송구합니다."

"뭐, 아니오. 그것이 그대 본성이라면 사과할 일이 아니오. 내가 말했지 않았소. 내 아버지도 그대와 닮은 부분이 많다고. 아버지께서도 원하는 것 앞에선 어린아이 같아지신다오."

아빈현주는 교수의 모습에서 아버지 모습을 발견한 것이 신기하기도 하고 기쁘기도 하여 생긋 웃어보았다.

"내 아버지도 연구자라 하지 않았소. 그래서 그대의 심리를 이해하지 못하는 게 아니오. 대범하시고 의젓하신 아버지도 연구할 때면 어찌 그리 어린아이처럼 변하시는지. 아직 어린 내가 보아도 웃음이 날 정도라오."

그렇게 말하며 전시물 끝으로 향했다. 그곳에는 아까의 실용적 개발품들과 달리 앤티크들이 세워져 있었다. 조선은 자국의 기술력만 자랑하려고 하지 않았다. 기술의 발전은 수많은 연구와 교류에 있는 것이다. 때문에 조선에는 기술연구를 위해 수입된 여러 오토마타가 존재했다.

특히 1769년 신성로마제국 황제의 모후, 마리아 테레지아에게 헌상되었다고 알려진 [터키인The Turk]이란 인형이 사람들의 눈길을 끌었다. [터키인]은 인간과 체스를 두는 인형으로 유명해졌고, 훗날 인공지능의 원형이 된 오토마톤이다.* 가짜라느니, 안에 사람이 들어 있

• [터키인The Turk]은 자술가이자 발명가, 손재주가 있는 귀족인 요한 볼프강 폰 켐펠렌Johann Wolfgang von Kempelen 남작이 여후를 즐겁게 해드리기 위해 만든 장난감이었다. 당시 유행 중이던 중동열풍에 부응해 외형을 터키인의 모습으로 만들었다고 알려져 있다. 만든 장본인은 그저 장난감에 불과하다 여겼고, 오히려 다른 발명품(말하는 기계, 음성을 합성해 나오게 하는 일종의 녹음기로 훗날 초기 음성학의 좋은 예시가 된다.)을 손보곤 했을 뿐이다. 그는 유희에 불과한 [터키인]의 인기를 싫어해 평소에는 기계를 분해해놓고 살았다고 한다. 황제의 명령에 어쩔 수 없이 전세계를 돌며 체스를 두게 했을 뿐이다. 당시 체스마스터나 위대한 석학들과도 했

다는 오해들 때문에 보통 체스를 둘 때는 내부를 드러내놓는 것이 관례가 되었다. 지금도 [터키인]은 어느 남자와 체스를 두고 있었다.

이런 사람과 기계의 대결이란 [터키인]의 흥미로움 때문에 사람들은 그 인형 주위에 어린아이처럼 모여들었다.

하지만 그외에도 아름답고 흥미로운 여러 구형 오토마타(교수에 발명품에 비하면 어떤 것이든 구식이 되겠지만)가 자신을 뽐내고 있었고 이를 지켜보는 사람들은 오래된 미래의 모습에 경외를 느끼곤 했다. 교수와 아빈현주는 아름답게 꾸며진 앤티크사이를 걷다가 디스크형 오르골이 있는 자리에서 발길이 멈췄다. 디스크형 오르골의 모습을 보면서 교수는 속으로 생각했다.

'진짜로군. 이게 왜 조선에 있는 거지?'

둘 사이에 어색한 침묵이 얼마간 이어졌다. 시끌벅적한 말소리들과 음악이 그 간극을 간신히 메웠다. 그때 아빈현주가 입을 열었다. 어리지만 낭랑한 목소리에 왕족으로서의 단호함을 담은 그녀의 목소리는 교수를 긴장케 하기에 충분했다.

"내가 경의 집에서 봤던 발명품들을 봤을 때, 지금 이 물건이 경의 물건임을 확신할 수 있다오. 특히 오르골에 달린 태엽의 쓰임새라든

던 경기에서도 진 적이 없었다. 공식적으로 [터키인]을 이긴 사람은 없다. 이러니 단순한 유희로 만들어졌다곤 하나 인간의 생각을 가진 인형이라는 모티브는 훗날 많은 공학자들에게 영향을 끼쳤다. 하지만 켐펠렌 남작은 [터키인]을 곱지 않게 생각하던 자신의 생각에 변함이 없었던 듯, 그가 죽던 해인 1804년. 오스트리아 빈에 사신으로 도착한 조선 사신일행이 지대한 관심을 보이며 거래의 뜻을 넌지시 비쳤을 때, 헐값에 매각해버렸다. 당시 사신일행에 끼어 있던 66대 장영실에 의해 분해되어 연구되다가 다시 조립되어 조선왕실 소장품이 되었고 대중을 위한 유희목적으로 전시되곤 했다. 현재는 왕실소유에서 합선대군에게 소유권이 이전되어 박물관에 소장 중에 있었다. 지금 정자에 있는 것은 잠시 박물관에서 되돌려 받은 것이다.

가 외부의 디자인적 특징을 살펴보았을 때 그대의 것이 아니라고 할 수 없지 않겠소? 아니면 당신의 디자인과 설계를 그대로 따라할 수 있는 자가 세상에 또 있는 거요?"

"하하하."

교수는 식은땀을 흘리며 헛웃음을 냈다. 존 D의 말이 맞았다. 사실 교수도 알고 보여준 것이지만 몇 개의 발명품만 보여주었을 뿐인데, 교수의 특징적인 버릇까지 이렇게 지적해버리니 이제 더 이상 도망칠 곳이 없다 해도 과언이 아니었다. 아빈현주의 머리는 영특함의 수준을 넘어서 있었다. 그녀는 그저 의심수준이 아니라 교수의 특징까지 정확히 잡아내고 있었다. 이런 점에서 미루어 보아 그녀를 어떻게 영특함 정도로 단순히 표현할 수 있겠는가. 이참에 교수는 아빈현주가 얼마나 똑똑한지 잘 알게 되었다. 그리하여 교수는 대군 앞에서 밝히려 했던 자신에 대해 좀 더 일찍 고백하기로 했다.

"그렇사옵니다. 마마. 그것은 이 늙은이의 것이 분명할 것입니다. 마마께서 말씀하신 대로 세상에 그런 디자인과 설계방식을 가진 자는 노구뿐이지요."

"디자인만 바꾸었어도 들키지 않았을 거요."

"무슨 소리십니까. 이 태엽과 증기의 형태야말로 이 늙은이가 추구하는 가장 완벽한 미의 기준입니다. 자신이 그것을 지키지 않는다면 이 늙은이의 이론과 발명이 무슨 소용이랍니까."

"때문에 목숨을 잃어도 말이오?"

"으하하하. 겨우 목숨하나 버리는 것으로 신념을 지킨다면 너무 헐 값이지요."

교수는 당당했다. 자신을 옭아맬 치명적 말이 될 수도 있음에도 그는 전혀 신경쓰지 않았다. 이런 태연한 모습에, 아빈현주는 생각을 고쳐먹었다. 그제야 자신이 상대하고 있는 눈앞의 사람이 평범한 자가 아님을 다시금 깨달았던 것이다.

그가 바로 [19세기의 망령] 크눕 하드니스 교수다. 이미 반쯤은 미친 사람이었다. 평생을 홀로 하늘 위에서 살던 사람이다. 미치지 않을 리 없지 않은가. 어쩌면 아빈현주가 들었던 풍문이 아주 틀린 것도 아닐지 모른다. 아빈현주는 그런 교수를 바라보며 뭔가 느낀 바가 있는지 고갤 끄덕이며 말했다.

"교수, 내가 사과해야 할 일이 있소."

교수가 고개를 갸웃거리자 아빈현주가 입을 열었다.

"경의 저택에서 있었던 일말이오. 사실은 존 D의 말이 옳소. 그대의 기술을 이해하고자 한 거요. 그대가 발뺌할 것도 생각해두어서 말이오. 하지만 그대는 진실을 이야기하였소. 내가 그대의 명예를 믿어주지 못한 것 같아 미안하고 송구하구려."

"현주 마마. 이미 알고 있는 바였고 또한 누구라도 그리했을 것입니다. 신경쓰실 것 없습니다. 이제 대군께 진실을 밝힐 것입니다. 이 늙은 몸 하나 살자고 레이디의 명예를 걸어주신 현주 마마께 누를 끼칠 수는 없지요."

● 오뚝이대감

　고풍스럽고 조용한 왈츠들이 연주되다가 웅장한 음악이 스피커들을 통해 울렸다. 조선의 국가國歌였다. [조선왕국애국가朝鮮王國愛國歌]란 정식명칭을 가진 이 국가는 프로이센의 작곡가 프란츠 에케르트Franz Eckert가 왕실 의뢰로 1907년 작곡한 작품으로 조선이 채용한 첫 서양풍 화음을 가진 국가의 음악이었다. 서구의 열강과 발맞추려 하는 시도로, 조선의 만세를 외치며 나라의 영광이 임금과 함께 하길 기원하는 웅장하고 서정적인 곡이다. 국민에게는 애국심을 고취시키고 외국인에겐 나라의 위엄을 세울 수 있는 곡임을 누구도 부정할 수 없었다.

　순간, 시끌시끌 잡담 중이었던 손님 모두가 단석을 바라보았다. 국가가 끝나자 남성사회자의 부드러운 목소리가 스피커를 통해 주변에 울렸다.

　"여러분, 이번 연회의 주최자이신 합선대군께서 나오십니다. 박수로 맞이해주십시오."

　모두가 박수를 쳤다. 교수와 아빈현주도 마찬가지였다. 하지만 교수는 무대로 올라오는 남자의 모습을 보고 다소 깜짝 놀랐다. 합선대군은 왕실대례복을 입고 있었음에도 그 풍채가 왕족이라기보다 범부 그 이하나 다름 아니었다. 당최 옷맵시가 나질 않았다. 키가 작고 후덕한 체형을 가지고 있었다. 게다가 칠삭둥이로 태어나며 발육이 제대로 안 된 탓인지 한쪽 다리까지 절고 있었다.

교수는 잘 몰랐지만, 절뚝절뚝 걷는 모양새 때문에 국민들에게서 오뚝이 대군 마마라는 별명도 얻고 있었다. 미소녀인 아빈현주의 아버지라는 것이 믿겨지지 않는 외형이었다. 사실 세간에선 좋은 유전자는 다 동생인 임금에게 간 게 아니냐는 말까지 나왔다. 그런 말이 나돌아도 그는 껄껄거릴 뿐이었다. 이런 겉모습에 전혀 신경쓰지 않는 그의 대범한 성격이 오히려 그의 품격을 더욱 높여 주었다.

합선대군의 모습을 처음 본 교수는 당혹감을 감출 수가 없었다.

'저자가, 조선 정가政家의 실세인가?'

강직한 정치인이라는, 항간에 떠도는 그에 대한 소문에 익숙해서인지 플라톤처럼 강한 육체와 정신의 소유자일 거라고 예측했지만, 의외로 그의 외형은 왜소하기 짝이 없었다. 하지만 겉보기와 달리 그의 얼굴은 자신감에 넘쳐흘렀다. 모두들 진중하게 그를 바라보며 연설이 시작되길 기다렸다.

합선대군이 입을 열자 작은 체구에 어울리지 않는, 거인 같은 목소리가 연회장을 울려 퍼졌다.

"여러분, 이렇게 연회에 참석해주서서 감사합니다. 오늘의 연회는 그저 제가 10년간 모아온 오랜 유물을 조선과학박물관에 기증하기 위해 마련된 자리만은 아닙니다. 여기 모이신 여러분 모두 잘 알고 계시겠지만 조선은 전통과 문화를 그대로 이어오며 과학을 함께 발전시킨 강국입니다. 제가 그동안 수집해온 영광들을 더 많은 사람과 함께 향유하는 것이 저의 책무라 생각합니다. 이번 기증을 통해 조선과학의 미래를 짊어진 젊은이들이 영광에 빛나는 과거로부터 배우고 이를 발전시켜 나가길 원합니다.

본인은 과학자로서, 전승되어온 파편과도 같은 과학지식에 새 지식들을 결합하며 앞선 과학기술로 발전시키고자 노력해왔습니다. 비단 저뿐만 아니라 조선이라는 이 나라 또한 법고창신法古創新, '옛것을 이해하고 그것을 통해 새로움을 만든다'는 과정에 충실해왔으며, 본인 역시 그런 발전과정을 마음 깊이 이해하며 답습하여 왔을 뿐입니다. 과거에 매달려 미래를 보지 못해선 아니 되며 새로움에만 치우치고 과거를 잊어서도 아니 됩니다.

조선기술의 전통을 익히고 발전시키는 것!

이번 연회의 목적은 바로 이것에 있습니다. 저 또한 왕족이기 이전에 과학자이다 보니 과학이 국가발전에 얼마나 중요한지 잘 알고 있습니다. 그렇기에 그저 소장품을 박물관에 기증하는 것으로 끝나지 않을 겁니다. 저는 또한 제 사비로 이공계 꿈나무들을 위한 장학재단도 설립할 계획입니다. 미래를 위해 투자한다는 것은 조선 국익에 도움이 되는 일이기에 이 일에 앞장서게 되었습니다. 국익에 도움이 된다면 저는 그 어떤 것도 내놓을 것입니다.

우리의 조국과 민족이 만들어온 각 단면들은 이제 거대한 광원光源이 되어 세상 곳곳을 비추고 있습니다. 오늘 여러분 앞에 펼쳐진 전시물들은 그 '과정'의 일부로, 오늘을 이룩시켜준 과거의 발자취를 엿볼 수 있게 해줄 것입니다. 이 조각들을, 부디 즐겨 주십시오. 오래 마이크를 잡고 있어 여러분의 즐거운 시간을 빼앗는 것 같으니 이만, 저의 말은 여기서 줄이도록 하지요. 자, 오늘 연회를 천천히 즐기십시오."

거인과도 같은 우렁찬 목소리와 자신감 넘치는 제스처가 나약하고

작게만 보이던 그의 외형을 다르게 보이게 했다. 사람들 모두가 그의 연설에 빠져들어 넋을 잃고 멍하니 그를 쳐다보고 있을 뿐이었다.

연설이 끝나자 박수가 쏟아졌다. 합선대군은 박수에 응답하듯 손을 흔들며 단석에서 내려왔다. 단석 아래에는 합선대군을 따르는 정치가들이 모여 인사를 올리고 있었다. 특히 여당의 당수라는 자가 다가와 종처럼 굽실거렸다. 당수를 따르는 계파 당원들도 대군을 보며 고개를 푹 숙였다. 아첨을 떠는 모습을 멀리서 지켜보던 아빈현주는 대놓고 얼굴을 찡그리고 말았지만 어쩔질 못했다. 교수는 다만, 곁에서 그녀의 손을 잡아주고 위로를 해줄 수밖에 없었다.

당수는 왕당파 사람이었고 왕족의 권력에 빌붙는 정치꾼이었다. 사실 이런 작자가 정치인이랍시고 그 자리에 있는 것 자체가 조선의 치욕이었지만, 합선대군은 겉으로 웃으며 그를 따뜻하게 맞아주었다. 한 당의 당수가 굴종적 자세를 대놓고 연출하다니 이런 자세는 합선대군이 여태껏 지켜온 정치철학과도 반대되는 행동이었다. 그러나 아무리 개인적으로 맘에 들지 않는다고 그가 쓸모없는 자만은 아니었다. 여당 당수라면 영향력이 지대한 자리였고, 조선의 미래를 위해서라면 합선대군의 입장에서는 이런 당수라도 최대한 이용할 필요가 있었다. 한마디로 합선대군은 당수를 이용해 조선정치에 개입하고 있었다.

지금도 영 마음에 내키지는 않지만, 당수가 눈치채지 못하는 각도로 한숨을 내쉬며 그의 인사를 덤덤하게 받아들이고 있었다.

"강 의원 오셨소. 잘 오셨소. 회의는 잘 끝난 게요?"

그럼에도 당수는 선왕시절부터 정치를 해온 7선 의원이었기에 처세술에 능했다. 능구렁이처럼 자신보다 훨씬 젊은 합선대군 앞에서도 고분고분했다. 당수는 머리가 땅에 닿을 듯 허리를 숙이며 말을 이었다.

"아, 예. 대군 마마께서 초대하셨는데 당연히 소신이 와야지요! 대군 마마의 연설은 정말 훌륭하셨습니다."

신경을 거스를 정도의 지나친 굴종적 태도이다. 순간, 합선대군 뒤에서 이를 지켜보던 풍견지랑 얼굴이 찡그러졌다. 합선대군은 대수롭지 않은 듯 표정을 숨기고 말을 이었다.

"어째서 주상께선 보이지 않는 거요? 회의가 끝나면 뵈시고 오라 하지 않았소."

"전하께오선 처리하실 상소문과 포고문이 있으시다 하시어 늦게라도 오시겠다고 하셨습니다."

"일이 있으시다면 어찌할 수 없는 법이지. 하지만 그러시다 용체가 상하시는 게 아닌지. 쯧쯧."

"주상께오선 아직 젊으시니 말입니다. 힘이 남으시지 않으십니까."

"이런, 이런! 그럼 전하께 어울리는 비를 어서 간택해야겠구려. 힘이 남아도신다면 빨리 동궁東宮을 두셔야지. 하하하하."

"그러게 말입니다. 대군 마마! 하하하하."

주변의 정치가들도 이들의 웃음에 맞장구를 치며 웃었다. 이윽고 웃음을 멈춘 대군이 진지한 표정으로 당수를 바라보았다.

"흠, 이번에 부동산 세법개정은 잘하고 있소?"

"아, 예. 임금께서 하고자 하시는 그일 말이시군요. 저희도 보조를 맞추고 있습니다만 야당들 반발이 있어서 조금 힘들긴 합니다. 하지만 의석수로 밀어붙일 수 있을 것 같습니다."

합선대군은 한숨을 쉬었다.

"자네가 그러니 매번 뒤통수를 맞는 게야."

"예?"

"대충 우리 쪽에서 포기할 만한 거 있다면 대충 그쪽도 편하게 만들어주게."

합선대군의 말에 강 수상은 당혹감을 감추지 않았다.

"아니, 이미 지지율이나 의석수는 우리 당이 더 높습니다만."

합선대군은 어리석은 그의 말에 혀를 찰 수밖에 없었다. 7선 의원이나 되는 자가 이리도 정치를 몰라 헛소리를 할 줄이야. 어차피 그 자리는 왕실의 도움으로 만들어진 의원직이었다. 어찌 보면 이 자의 쓰임새가 조선 왕실의 스피커 이상의 효율을 내지 못하고 있는 것도 당연했다. 그나마 합선대군의 입김이 작용하여 현재 이 정도의 쓰임새에 머물러 있는 것에 만족해야 했다.

"쯧쯧, 지지율이 천년만년 지속되나? 나쁠 때도 있고 좋을 때도 있는 법이야. 좋은 시절 다간 뒤에 털려서 재기 못할 때까지 몰매 맞지 말고 지금부터 이야기를 잘 만들어 두게. 싸워서 빼앗기만 한다면 그게 약탈이지 정치인가? 대충 그쪽도 이쪽을 지지할 수 있는 메리트 정도는 줘야 그쪽도 숙이고 들어오는 거야. 오는 게 있음 가는 게 있는 법이지. 정치생활 몇 년에 아직도 그걸 모르나? 부동산규제를 덜 푼다든지 특성화 도시사업을 던져주든지 잘 얼러보게. 알겠나?"

"아! 예, 대군 마마. 명심하겠습니다."

다시금 당수는 깊이 허리 숙여 예를 올렸으며, 합선대군은 얼굴 가득 미소를 머금고 그를 바라보고 있었다. 이어서 당수 뒤를 잇는 젊은 정치인들에게도 한 명씩 손을 잡아주며 웃어주었다.

"내 자네들을 믿어보지. 임금의 눈과 귀 그리고 양손이 되어주게. 알 겠나?"

젊은 정치인들은 황송한지 몸둘 바를 모르고 겸허히 자세를 낮췄다. 사실 임금 이외의 왕족이 정치에 왈가왈부 하는 것에 거부감을 가지고 있던 젊은 의원들이었지만, 겉보기와 달리 배포 있는 행동을 보이는 합선대군 모습에 깜짝 놀란 눈치이다. 그들은 대군의 행동거지에 압도되어 마치 약속이라도 한 듯 동시에 하나된 목소리로 응수했지만, 이렇다 할 다른 행동을 취하지는 못했다.

"예, 대군 마마."

"그럼 이만 물러나시게. 딸을 만나야 하니까."

그렇게 물러나는 정치가들을 보면서 합선대군은 한숨을 쉬었다. 뒤에 서서 그를 보좌하던 풍견지랑에게 한탄했다.

"저런 자들이 조선의 중추라니 슬프구나."

"대군 마마의 영도領導가 있지 않습니까?"

"어리석은! 정치는 시스템이야! 개인이 이끄는 게 아니란 말이다. 언제까지고 내가 개입하며 저들에게만 기댈 순 없지. 젊은 주상을 위해서도 완벽한 시스템을 조성해주어야 해."

"예, 대군 마마의 뜻대로 될 겁니다."

그 말에 합선대군은 긴 한숨을 내쉬었다. 평소 풍견지랑은 합선대군의 말이라면 무조건 따르는 경향이 있었다. 대군은 그 이유를 잘 알고 있었지만, 그럼에도 최소한 그가 자신의 생각을 표현해주길 원했다.

"쯧쯧, 풍견아! 너도 스스로 생각을 해야 하느니라."

"예, 대군 마마."

합선대군은 손을 내저으며 말했다.

"하아, 됐다. 아빈이는 어디에 있느냐."

"현주 마마는 아까부터 저기에 서 계십니다."

풍견지랑이 정중히 손을 향한 곳에는 아빈현주가 장신의 백인과 함께 서 있었다. 백인은 일반양복을 입은 주변사람들과 대조적으로 19세기 부르주아들이 즐겨 입는 야회복을 걸치고 있었다. 마치 그만 홀로 다른 시간대에 서 있는 사람처럼 보였다. 그 백인을 보자 합선대군은 기분이 매우 좋아졌다.

"저자가 바로 크눕 하드니스 교수로구나."

합선대군의 질문에 풍견지랑은 짐짓 말을 잇지 못하다 대답했다.

"대군 마마, 조심하십시오. 소문이 사실이라면 위험한 자이옵니다."

"상관없다. 정말 만나고 싶었는데 이렇게 보게 되다니 참으로 의미있는 하루가 되겠구나. 하하하하!"

합선대군은 오늘따라 어린아이처럼 들뜬 모습으로 다리를 유난히 절뚝거리며 교수가 있는 쪽으로 걸어갔다. 이때 한몫 잡으려는 무리들이 합선대군을 발견하고는 그의 곁으로 다가오자, 풍견지랑은 이들을 자연스럽게 제지하고 대군 뒤를 묵묵히 따라갔다.

아빈현주는 합선대군이 가까이 다가오는 것을 발견하곤 교수에게 말했다.

"아버지께서 오시는군요. 교수."

"아, 그렇군요. 저분이 진짜 합선대군이셨군요."

"그게 무슨 소리요."

"소문만으론 정말 아무것도 알 수 없는 법입니다. 현주 마마."

"아버지를 얕보는 게요?"

"그럴 리가요. 오히려 무서운 분이시군요."

교수가 복잡한 표정으로 얼굴을 찌푸릴 때 아빈현주는 이해할 수 없다는 표정을 지었다. 한편으론 사랑하는 아버지가 자신을 향해 오고 있자, 아빈현주는 마음이 편안해졌다. 다만 지금 고민의 주체(풍견지랑) 또한 자신에게 다가오고 있음에 마음 한구석이 착잡해졌다.

"오, 내 딸, 마이 프린세스! 거기 있었구나! 하하하하."

합선대군은 서둘러 달려와 사랑하는 딸을 꼬옥, 껴안아 주었다. 이를 옆에서 지켜보던 교수는 멀리서 정치가들과 대화를 나누던 모습과 확연히 달라 적응이 힘들 정도였다.

"아버지, 좋은 연설이셨사옵니다."

그저 딸사랑에 빠져 있는 아버지 모습과 대조적으로 아빈현주는 격식을 갖추어 아버지에게 인사를 드렸다.

"오, 그러냐! 난 연습도 못하고 했는데 반응은 좋구나, 하하하."

아빈현주는 잠시, 대군 뒤에 묵묵히 서 있는 풍견지랑을 흘깃 보다가 다시 대군에게로 고갤 돌렸다. 사적인 감정보다 아버지에게 교수를 소개하는 것이 먼저인 것 같아서였다. 그녀는 누구에게도 자신의 감정을 들키지 않게 입술을 살짝 깨물었다가 입을 열었다.

"아버지께서 기다리시던 분이 오셨사옵니다. 교수, 이분이 저의 아버지이자 조선의 대군인 합선대군이십니다."

합선대군은 딸의 소개가 끝나자 경쾌한 목소리를 냈다.

"오, 당신이! 하하하하. 어서 오시오. 조선은 당신을 환영하오! 교수, 만나서 반갑소. 내가 바로 합선대군 이응李瀜이오."

대군이 격식을 따지지 않고 악수하자며 손을 덥석 내밀자, 교수는 내심 놀라운 눈치였다. 왕족임에도 이렇게 소탈한 사람이라니. 예절에 대한 강박증을 가진 교수로서는 오히려 불편하기까지 했지만 겉으로 이를 내색하진 않았다. 당연히 나이는 교수가 더 많았지만 교수는 젊은이 모습에 가까웠고, 이와 달리 대군은 나이가 40세에 불과했지만, 하회탈마냥 주름진 얼굴에 여기저기 새치가 자라난, 늙은이 형상이었다. 주변사람들은 평소 생각이 많은 대군이 깊은 고뇌를 거듭하다가 결국 육체적인 노화를 불러들였다고 헤아렸다.

분위기나 외형 면에서도 군인과 같은 절도 있는 모습을 풍기는 교수 쪽이 오히려 더 왕족에 가까웠다. 합선대군은 작은 키에 뚱뚱한데다가 절뚝거리기까지 하여 오히려 범부 이하로 보였다. 그럼에도 그 자리에 있는 누구도 대군을 함부로 대하지 못했다. 대군이 그저 왕실의 핏줄이기 때문만은 아니었다. 그는 누구보다도 자신의 역할이 무엇인지 잘 깨닫는 사람이었고 그에 걸맞은 행동을 하고자 했기 때문이다.

대군은 유쾌하게 웃으며 악수를 종용했지만 결국 교수는 한발 물러나 정중히 고갤 숙이며 그에게 인사했다.

"합선대군께 인사드리옵니다."

"흠, 소문대로 너무 격식을 따지시는군. 아니, 아니야. 격식에 맞추는 것은 중요하지. 자자, 인사를 받았으니 고개를 드시오."

교수는 숙였던 몸을 꼿꼿이 폈다. 대군은 껄껄 웃으며 말을 이었다.

"그나저나 어떻소? 저 물건이 당신의 물건 같소?"

합선대군은 정렬된 기계장치들 끝에 만들어진 디스크형 오르골을 가리켰다. 이것이 합선대군이었다. 빙 둘러서 이야기를 하는 것보다 직설적으로 물어보는 것을 더 좋아했다. 교수는 당당한 표정을 지으며 입을 열려 했을 때였다.

"아버지, 교수도 자세히 살펴보기 전엔 잘 알지 못하겠다고 하시었어요. 자세히 알려면 후에 따로 실험을 해봐야 할 것 같다고……."

대답이 엉뚱하게도 아빈현주 입에서 흘러나왔다. 합선대군은 기묘한 표정을 지으며 딸을 바라보았다. 풍견지랑도 이해할 수 없다는 표정으로 아빈현주를 바라보았다. 대군은 턱을 쓰다듬다가 무언가 불만족스런 표정으로 씽긋 웃었다. 그리고 자신 뒤에 서 있는 풍견에게 말했다.

"흠, 풍견아! 현주를 뫼셔라. 난 교수와 긴히 나눌 이야기가 더 있다."

풍견지랑도 아빈현주도 깜짝 놀라 대군을 바라보았다.

"아버지, 무슨 소리신가요. 제 에스코트는 교수께서 해주시기로 하셨습니다."

"내 교수와 긴히 할 말이 있어서이니 내 말을 따르거라."

대군의 딱딱하고 무거운 한마디 한마디에 아빈현주와 풍견지랑은 굳어버린 듯 가만히 있다가 동시에 대답했다.

"예, 아버지."

"예, 대군 마마. 현주 마마 이쪽으로."

풍견은 아빈현주에게 손을 내밀었다. 화들짝 놀란 아빈현주가 머뭇거리다가 조심스럽게 그의 손을 잡았다. 아빈현주의 손을 잡은 풍견지랑은 대군에게 인사를 올리고 정자를 떠나갔다. 둘이 멀리 사라지는 모습이 보이자 합선대군은 교수를 보고 말했다.

"허허, 미안하게 됐소이다. 교수."

"무엇이 말입니까? 대군 마마."

"딸이 어려 치기어린 감정이 앞서나 보오."

대군은 쑥스러운 표정을 지었다.

"무슨 소리십니까? 노구가 보기에 현주 마마는 어엿하고 당당한 숙녀십니다."

"하하하. 그리 말한다면 고맙구려, 교수."

대군은 교수가 예의상 그렇게 말한 것이라고 생각하려 했으나 교수의 표정은 진지했다.

"정말입니다. 대군 마마. 현주 마마를 처음 만났을 때의 모습은 그저 새장 속 카나리아라 여겨졌습니다만 미래를 꿈꾸는 현주 마마 이야기를 듣고 크게 깨달았습니다. 매의 자식도 매라는 것을 말입니다."

"하하하! 그대는 우리 아빈이의 꿈을 들은 모양이구려."

"그렇습니다. 어려서부터 그리 부모를 위하는 사람이 어디에 있겠습니까? 그보다 왕족이시라기엔 너무나 생각이 자유로우셔서 놀랐습니다."

"으하하하! 홀아비가 하는 교육이 다 그렇지 않겠소? 오히려 민감한 나이인데 신경 안 써줘서 미안하지."

"홀아비라니. 그럼 부부인께서는……."

교수는 모르고 있었지만, 대부분의 일반인들은 부부인이 병으로 죽은 것으로 알고 있었다. 하지만 이것은 왕실이 꾸민 가짜 이야기다. 혼례를 치르기 전에 자식을 낳은 것이 왕실의 수치라는 생각에서다. 때문에 왕실은 대군의 가짜 사생활을 흘렸고 족보까지 손을 봐 고쳤다. 대군의 선친 평종은 눈을 감을 때까지 육체적으로 많이 모자란 대군을 걱정했다. 이런 주변의 걱정에도 대군은 큰 걱정을 하지 않았다. 그는 웃었다. 대군은 감출 것이 없다는 것처럼 어깨를 으쓱하곤 호방하게 말을 이었다.

"없소. 깊게는 묻지 마오. 다른 이들이 알까 무섭군. 허허허. 이 몸이나 아빈이는 신경쓰지 않지만 종친들은 신경을 크게 쓰더이다. 아빈이가 밖에서 낳아온 아이라는 게 그리도 창피했단 말이오? 가짜호적까지 꾸밀 줄은 몰랐소. 내가 이 모양이니 왕이 되질 못하지. 아니다, 아니야. 내가 병신이라 그럴지도 모르겠군. 하하하하."

교수는 떨떠름한 표정으로 고개를 끄덕였다. 왕실의 체면이 있으니 밖에서 낳은 자식이라는 것을 대놓고 밝힐 리가 없었다. 이렇게 생각하니 현주와 있을 때, 어머니에 대해 물었던 것이 크게 후회되었다. 아빈현주에게 얼마나 고통스런 질문이 되었을지 헤아려보니 괴로워졌다. 그녀에게 큰 무례를 저지른 셈이다. 교수는 자신의 무례를 용서받아야겠다는 생각을 하며 고통스러운 듯 얼굴을 일그러트렸다. 이에 아랑곳 않고 대군의 말은 계속되었다.

"종친들도 어미 없는 자식이라고 아빈이를 압박하곤 하니까. 원리주의가 강한 친족들이니 저 아이를 결혼시켜 몸값을 올리려는 게 전부일 거요. 유학의 'ㅇ'자도 모르는 얼간이 놈들! 그래서 난 저 아이가 왕족으로 이용당하고 죽는 걸 원치 않소. 사람이란 각자 자신의 쓰임이 있는 거지. 남자니 이거, 여자니 이거, 하는 괴상망측한 사상은 뭔지……. 결혼하는 것이 여자의 최고행복이라 여기는 머리가 굳은 종친 따위 내 알 바 아니오. 아빈이는 큰일을 해낼 아이요. 그렇지 않소?"

둘의 눈빛은 서로 동감하듯 순간 긍정의 빛이 교차되었다. 이윽고 교수가 말을 이었다.

"예, 그러하군요. 그보다 너무 솔직하게 대답해주어 놀랐습니다."

"하하하. 왼쪽 눈에 거짓말탐지기를 박아 넣은 자에게 거짓말을 하는 것은 참으로 어리석은 짓이지."

교수는 짐짓 놀라 대군을 바라보았다. 그런 교수를 보면서 대군은 크게 웃었다.

"왼쪽 눈 홍채 속에 조그마한 태엽이 돌고 있다면 의심할 수밖에 없지 않겠나? 이래뵈도 이 몸도 과학자 나부랭이라서 말이네."

"인간의 안구에 가장 가깝게 만든 의안이었는데. 이를 꿰뚫다니 꽤 감명받았습니다."

교수는 진심으로 감명 받았는지 몸을 과장되게 깊이 숙이며 인사를 올렸다. 대군은 그의 지나친 인사를 받으며 웃음보를 터트렸다.

"하하하. 그대가 대단한 물건들을 보여주니 오히려 내가 인사를 올려야지. 하하하하. 가질 수만 있다면 자네의 왼쪽 눈도 가지고 싶군그래."

"죄송합니다. 늙은이의 육체를 함부로 파낼 수도 없는지라."

"농이오, 그만큼 자네 기술은 탐이 나거든. 기술, 기술, 기술, 기술, 기술! 여기에 있는 작품들은 내 기술에 대한 욕망이 탄생시킨 컬렉션이니 말이오."

대군은 흥분한 듯 주위에 나열된 물건들을 향해 양팔을 활짝 펴선 주변에 나열된 기계들을 바라보며 방백을 주저리는 것처럼 말했다. 대군의 흥분한 모습에서 광증을 엿볼 수 있었다. 대군은 기분이 좋아진 듯 미소를 보였다.

"어떠신가? 15년 넘게 모아온 내 귀여운 자식들이지."

"이 정도의 장치들을 수집할 정도면 정말 많은 돈이 들었을 텐데요."

"크하하하! 신선이라 생각한 사람 입에서 돈 이야기가 나올 줄이야!"

혹스에서 알려진 이미지 때문에 대군은 교수가 세상살이에 관심 없는 작자라 생각했다. 그런 그에게서 돈에 대한 질문이 먼저 나올 줄 예상치 못했다. 하지만 교수의 사치스런 생활이 돈 없이는 불가능한 것이기에 신선이란 평가는 과장이나 다름 아니었다.

"신선이라니요. 누구도 돈이 없다면 살 수 없는 자에 불과합니다."

교수는 어깨를 으쓱이며 대군의 평가를 부정했다. 대군은 교수를 올려다보며 장난꾸러기 같은 미소를 지었다.

"이게 다 얼마나 되는 것 같소?"

교수는 [터키인]을 바라보다가 입을 뗐다.

"글쎄요, [터키인]만 해도 이미 꽤 많은 돈이 들었을 것 같습니다만."

"200억 원이오."

대군이 무덤덤하게 액수를 말하자 교수는 순간 놀랐다. [터키인]이 역사적이나 공학적으로 중요한 위치를 차지하는 오토마톤이긴 하지만 그 정도 가격이 붙을 리는 없다. 가격을 듣는 순간 입에서 의문이 튀어나왔다.

"대군 마마, 뭐라 하셨습니까?"

"여기 빙 둘러져 있는 물품 모두가 다 합치면 200에서 210억 정도 된다는 소리오. 설마 [터키인]만으로 그 가격이 만들어지겠소이까?"

그제야 이 물건들을 다 합한 규모라는 것을 깨달은 교수는 잠시 어리석었던 자신이 부끄러웠던지 멋쩍은 웃음을 흘리고는 말을 이었다.

"호사가들이 보면 좋아할 물건들일진데, 이런 고가를 아무런 대가 없이 국가에 기증하시다니 참으로 대단하십니다."

"뭐, 그리 대단한 일이라고. 국가의 발전을 위해서라면 겨우 이 정도 물품을 기증하는 것 정도는 이 나라 사람으로서 당연한 일 아니겠소. 게다가 난 왕족이란 말이오. 평범한 국민들보다 의무가 더 지대하지."

대군은 진중한 표정으로 말했다가 말이 끝나기 무섭게 바로 표정을 바꿨다. 황홀경에 빠진 얼굴이었다. 장난감 앞에 서서 안절부절 못하는 어린아이 같은 얼굴이었다.

"만약 이 오르골이 자네 것이라면 지금 말한 가격은 두 배로 뛰게 되오. 하늘 위에서 내려다보는 신선이 만든 기괴한 병기라니. 인류를 뛰어넘은 지혜 앞에서 누가 감히 딴죽을 걸 수 있단 말이오. 저 하나만으로도 부르는 만큼 돈을 받아낼 수 있을 걸. 그대는 정말 대단한 전설이니까. 게다가 저게 구소련 놈들의 세뇌장치라니. 구소련이 버텨낼 수 있었던 유일한 장치라고 들었소이다. 으하하하, 제발 발뺌하지 마시오. 댁이 만든 물건이라 해도 난 상관하지 않소! 저 물건이 빨갱이들을 도왔다 한들 어차피 기술은 죄가 없는 법 아니겠소."

"발뺌하지 않습니다. 대군 마마. 저 물건은 노구의 물건이옵니다. 하지만 죄가 없다는 말에는 동의할 수 없군요. 어느 물건에나 원죄가 존재하는 법입니다. 게다가 누구가 듣기로는 대군께선 물건에 대한 책임을 물으신다 하셨고 [디오게네스클럽]도 가만히 있지 않을 텐데요."

대군은 턱을 쓰다듬다가 한쪽 얼굴을 찡그린 채 말을 이었다.

"내가 그랬던가? 으하하하. 그랬겠지. [디오게네스클럽]이 워낙에 짜증나게 굴었으니 말이오. 정말 상종 못할 조직이지. 그렇지 않소? 댁의 웰링턴 경도 그들 때문에 잃어버렸다 들었소. 왜 그들은 당신을 달랠 생각을 못했는지 모르겠구려. 아니, 아니, 무서웠겠지. 당연한가? 그들은 더 나은 진보를 원하지 않지. 지금의 평화를 망가트릴까봐 더 두려워하는 겁쟁이들이니. 하하하하, 그러니 발전이 없는 것 아니겠소. 겨우 인공지능 하나 가지고 그리 겁을 먹고 빌빌거리다니."

"예, 그러게 말입니다."

교수는 진심으로 그 말에 동의했다. 교수는 혼란으로 야기되는 [디오게네스클럽]의 두려움이 얼마나 깊은지 잘 알고 있었다. 그들은 자신들이 만들어낸 평화에 이상이 생기는 것에 예민한 작자들이었다. 그렇기에 언제나 그 닥쳐올 혼란에 대비하여 광기에 찬 대책을 이끌어온 자들이다. 교수도 [디오게네스클럽]에 못지않은 광인이었지만, 그들의 평화에 대한 깊고 거대한 갈구는 언제나 두려울 정도의 이상성異常性을 내포하고 있었기에 그들을 이해할 수 없었다.

[디오게네스클럽]에게 평화란 폭력이나 악의를 이용해서라도 쟁취해야 할 문제였다. 그런 이상성 덕에 결국 교수의 인공지능이 희생되었다. [장난감]에게 애정 이상의 감정을 느끼는 교수는 자식을 잃은 것 같은 비탄에 빠져 있었다. 그런데 다시 이런 이야기를 접하고 보니

기분이 더욱 나빠졌다. 그런 모습을 지켜보며 대군은 교수의 등을 가볍게 두드리며 웃었다.

"허허허, 교수 상심 마시게. 지금 그대를 기분 좋게 하려고 하는 말이 아니라 나는 그대 이야기들을 들을 때마다 얼마나 가슴이 두근거렸는지 모르네. 그대는 내 롤 모델이라오."

교수는 대군 말에 예의 차린 인사를 올리며 무덤덤한 말투를 내뱉었다.

"그런 말씀 마옵소서. 어찌 감히 우둔한 늙은이가 왕족의 롤 모델이 될 수 있겠습니까."

"당연히 왕족으로서는 아니지. 하지만 난 과학자로서의 면모도 갖추고 있소. 그대 이야기 속에 등장하는 과학에 대한 열정이 언제나 날 감동시킨다오."

대군 말에 교수는 고개를 갸웃하며 기울였다.

'과학자로서 대군이라.'

확실히 합선대군은 별난 생을 산 인물이다. 선왕인 평종의 장자로 태어났음에도 과학의 길에 들어서고자 세자자리까지 포기한 사람이었다. 세간에선 풍운처럼 살던 양녕대군과 자주 비교되는 인물이었다. 현재 임금이 태어났을 당시만 해도, 태어난 아기를 번쩍 들어올리며 "네가 내 동생이구나! 아니지, 내가 모실 분이로구나!" 이렇게 소리쳤다니 합선대군의 남다른 일면을 엿볼 수 있는 일화가 아닌가. 또한 동생을 세자로 책봉하고자 왕위계승위원회를 압박할 정도였다고 한다.

합선대군은 과학자로서의 이력이 더 화려했다. 왕족이기에 그의 과학에 대한 열정이 폄하되기도 하고 그의 진정성을 의심받기도 했지만 언제나 최선을 다해 과학에 매진했다. 합선대군은 그 어떤 것도 포기하지 않았다. 왜냐면 그 모든 것이 자신이 할 수 있는 능력 안에 존재했기 때문이다. 왕의 그릇은 아니었지만, 왕족으로서 왕을 보좌했고 정치인으로서 그의 역량을 충분히 발휘했다. 그리고 꾸준한 연구를 통하여 그 성과를 세상에 선보였다.

"대군 마마의 '기린의 목과 유전학이 나아가야 할 방향성'이란 논문을 읽은 적 있사옵니다. 흥미로운 지적이더군요. 인간의 최적화 과정을 찾아가는 것이 진화의 목적이라면 유전학의 발달이 그것을 보조할 수 있다고 하셨지요?"

"하하하, 이럴 수가! 당신 같은 전설적 인물이 내 논문을 봐줄지 몰랐소."

"거대한 공학적 관점에서 본다면 기계도 인간도 마찬가지라는 다소 논리는 비약적으로 느껴지긴 합니다만, 필요에 따라 최적화시켜야 한다는 진화적 관점에는 나도 어느 정도 동의하는 바입니다."

대군은 기상천외한 전설적 인물이 자신의 논문을 읽어봤다는 것에 약간 흥분해 있었다.

"그대도 그리 여기오? 아냐, 그렇겠군. 합리성과 최적화야말로 과학자의 최고 덕목 아니겠소. 하지만 이렇게 생각하면 인간과 기계가 다를 바 없다고 생각하는 것이 대체 어디가 비약이란 말이오? 데카르트도 말하지 않았소. '산 인간과 죽은 인간의 차이는 움직이는 시계와 고장 난 시계의 차이와 다를 바 없다'고 말이오."

"글쎄요. 합리성이란 지키면 좋은 것이지, 덕목은 아닙니다. 합리성이 과연 기술의 진보냐고 묻는다면 이 늙은이는 아니라고 할 겁니다. 결국 기술의 진보란 합리성이 아니라 다수의 편리에 따라 달라지는 것에 불과하지 않습니까. 합리성의 관점에서 보자면 노구는 기술의 진보에 반대하는 편인 셈이군요."

교수는 이 부분에 대해선 단호했다. 사실 19세기 기술을 현대에 되살리는 짓은 합리성과는 전혀 거리가 먼 행위가 아닌가. 합선대군은 자신의 말이 부정되었음에도 크게 신경쓰는 것 같지 않았다. 오히려 크게 웃으며 박수를 쳤다.

"크하하하! 멋지군. 합리성이 결여된 과학이라니. 최고의 농이로군."

교수는 한쪽으로 입꼬리를 올리며 미소를 머금고 말을 돌렸다.

"노구가 생각하는 최고의 농담은 오히려 이 정자입니다."

대군은 놀란 얼굴을 보였다.

"흠, 그리 생각하는 이유가 뭐요?"

"합리성을 주장하시는 분치곤 가장 합리적이지 않은 곳이니까요. 궁가 전체가 하나의 동선으로 이어지는 합리성에 중점을 두었다면 이 정자들은 전혀 이와는 무관해 보이니까요. 공중에 떠 있는 정자라니, 외람되오나 거대한 사치덩어리로밖에 보이지 않습니다."

대군은 뭐가 그리 우스운지 주변 사람들이 돌아볼 정도로 큰소리로 웃어댔다. 한바탕 웃어넘기더니 대군이 다시 말을 이었다.

"그렇군. 합리적이지 않다. 그렇게 느껴질 수도 있겠어. 하하하하. 그저 왕족으로 행한 몇 안 되는 사치품쯤으로 생각해주시겠소?"

선뜻 이해가 되지는 않았지만, 그냥 넘기려는 심산으로 교수는 고개를 끄덕였다. 그리고 이내 주제를 다른 곳으로 돌렸다.

"궁금한 것이 있사온데, 조선이 1800년대에 증기기관을 통한 기술 혁명을 이뤄냈다는 게 아직도 이해가 되질 않는군요."

"뭐가 이상하다는 건가? 기술의 발달은 서양의 전유물이 아니네."

교수 말에 잠시 불쾌했던지, 합선대군은 이를 드러내며 으르렁거렸다. 감정의 기복만큼이나 표현 또한 솔직한 대군모습에 교수는 입가에서 미소를 거두지 않은 채 계속 말을 이어갔다.

"대군 마마, 부디 노여움을 거두고 오해마시길 바랍니다. 노구는 어디까지나 인건비가 더 적게 들던 아시아에서 기술혁명이 일어났다는 게 재미있어 그럽니다. 결국 대영제국의 기술혁명은 기계가 인간을 대체해도 이득이 남으니까 일어난 겁니다. 그러나 아시아의 경우는 다르지 않습니까. 아시아는 인구수도 많았거니와 인권에 대한 개념이 희박하여 당시 인건비가 아주 쌌을 텐데요."

대군은 어이없다는 듯 한숨을 쉬었다.

"단단히 오해하고 있군. 대체 자네들, 서구인들이 아시아 전체를 전제국가로 여기는 오만한 편견은 어디서 오는 겐가. 아까부터 줄곧 말해왔지만 중요한 것은 합리성이네. 우리도 자네 나라와 다르지 않은 이유로 기술이 발전한 걸세. 기술발전은 필요가 부르는 결과잖은가. 과거 중원이야 인구가 넘쳤으니 증기기관 기술이 산업이 아닌 유희로 끝났겠지만 조선은 그럴 수 없었소. 우리나라는 그렇게 사람이 많지 않았네. 과거 제국시절 중원에 비하면 영토도 넓다곤 말 못하지. 이러니 기계의 도움이 필요하지 않겠소. 기술혁명이란 으레 부족한 인력에 기계가 도움을 주기 위함 아니겠나?"

"그렇군요, 필요에 의해 발전한다니……. 이건 나라 자체가 하나의 생명체군요. 이처럼 유기적으로 움직일 수 있다니. 그래도 이처럼 멋진 기술이 완성되기까지는 꽤 많은 시행착오가 필요했을 텐데 조선의 기술자들이 참으로 존경스러워지는군요."

교수의 살짝, 과장이 가미된 칭찬에 대군은 언제 화를 냈냐는 듯 얼굴에서 불쾌한 표정이 사라지며 박수를 치며 좋아했다.

"으하하, 그거 멋진 말이오! 고맙소 교수. 조선의 기술을 높이 평가해주어서 영광이로군."

합선대군이 유쾌한 듯 박수치며 함박웃음을 짓자 교수는 오히려 부끄러운 듯 자리에서 물러섰다.

"아닙니다. 야인에 불과한 노구가 감히 대국의 기술에 가타부타 하는 것이 매너에 어긋난 짓이지요."

"그렇게 자신을 낮추지 마시오. [최후의 매드 사이언티스트]인 그대의 극찬을 듣는 것만큼 기분 좋은 일이 어디 있겠소. 그러나 하나 묻지. 조선에서 일해 볼 생각은 없소?"

뜬금없는 질문에 교수는 그 영민한 머리가 순간 바보가 되어버린 느낌을 받았다.

"예? 지금 무엇이라 하셨습니까?"

갑작스런 질문에 교수는 멍하니 대군을 바라볼 수밖에 없었다. 대군은 일그러진 얼굴에 미소를 띠며 말을 이었다.

"그대도 풍문은 들을 테니 [장영실연구소]를 알고 있겠지?"

● 풍문: 장영실연구소

[장영실연구소]란 [조선국방과학연구소]의 별칭이다. 19세기, 근대화라는 시대의 흐름 속에서 몇몇 국가기관명이 현대화된 명칭으로 고쳐졌는데, 조선건국 때부터 국가의 국방에 쓰이는 기술을 만들어낸 과학자집단인 [조선국방과학연구소] 또한 그러했다. 왕실 직속의 기술고문단인 [군기감]을 현대적 이름으로 개칭한 곳으로 태조 시대부터 지금까지 국가의 중요기술의 중추를 담당하고 있는 연구소였다. 이 연구소의 별칭이 [장영실연구소]라고 불리는 것은 [군기감] 시절부터 총책임자를 장영실이라 불렀기 때문이다.* 현재 99대 장영실이 이끌고 있는데 이 기관을 통해 조선의 기술을 어느 나라보다 앞서 발달시키고 있었다.

그럴 수밖에, 평범한 과학자들은 감히 들어가지도 못하는 곳이다. 매드 사이언티스트들을 중점으로 모아놓은 집단이기 때문이다. 매드

● 장영실(?-?): 세종과 문종 때의 과학자. [군기감]의 총책임자로 오랫동안 [군기감] 총책임자인 정2품 태상호군으로 재직하였고 세종대왕과 문종을 보필하였다. 실력만 있다면 신분에 상관없이 높은 자리로 올라갈 수 있다는 표본을 보여준 인물이다. 신분제가 엄격했던 과거 조선에 노비출신으로 파격적인 인사가 이뤄진 인물이다. 그만큼 기술에 있어서 대단한 업적을 남겼고 당시 과학을 200~300년 정도 앞당겼다는 평가를 받는다. 그의 탄생은 신분제 사회에서도 실력의 중요성을 일깨운 중요한 일대 사건으로 알려져 있다. 다만 말년이 비밀로 감춰져 있는 인물로 어떻게 죽었는지는 아무도 모른다. 장영실의 업적은 참으로 대단하여 장영실 이후에 [군기감] 총책임자는 장영실의 이름을 물려받는 것이 하나의 의식이 되었고, 현재 [조선국방과학연구소]로 개칭한 이후에도 이런 풍습은 이어지고 있는 것이다.

사이언티스트인 교수가 조선의 기인집단인 이곳을 모를 리 없었다. 연구소에 모여 있는 모두가 조선에서 내로라하는 미치광이들이었다. 조선은 능력 있는 자들을 끌어 모으는 데 돈을 아끼지 않았다. 덕분에 매드사이언티스트들이 공무원 생활을 할 수 있었던 것이다.

[초대의 재림]으로 불리는 99대 장영실은 인체실험이나 인권을 무시한 실험도 서슴지 않는다는 소문이 난무할 정도였다. 그러나 장영실을 건드릴 자는 조선에 없었다. [조선국방과학연구소]는 왕실 직속 기구였기에 이들을 통제, 제지할 수 있는 유일한 사람은 오로지 임금 뿐이었다. 연구소에 흐르는 소문들이 좋은 소문은 아니었다. 하지만 교수는 그런 소문에 개의치 않고 연구에 전념하도록 조성한 덕분에 조선의 과학이 나날이 발전, 오늘날 막강한 조선을 이룰 수 있었던 것이리라 생각했다. 이런 상념에 빠져 있는 교수 얼굴을 쳐다보며 대군이 미소지었다. 교수는 입에서 나오는 한숨을 참지 않고 숨김없이 드러내며 입을 열었다.

"하아, 소문은 익히 들어 잘 알고 있습니다. 조선 과학의 첨병인 곳 아닙니까."

"그렇지. 조선기술의 정점이 모인 곳이라 할 수 있지."

고개를 끄덕이며 대군이 쾌활하게 말하자, 교수는 급작스럽게 믿을 수 없다는 표정을 지으면서 툭, 자신의 속내를 드러내고 말았다.

"그런 곳에 저 같은 이방인을 고용하신다는 겁니까?"

"기술에 이방이 어디에 있소? 발전을 위해 앞으로 나아갈 뿐이지. 교수, 내가 왜 과학자가 되고자 했는지 아시는가? 내가 가장 좋아하는 일이었고, 잘할 수 있는 일이기 때문이오. 가장 큰 이유는 내가 임금재목이 아니기 때문이지. 나는 무엇이든 그 쓰임새에 맞는 일이 있다 생각하는 사람이오. 세상에 쓸모없는 존재란 없소이다. 내, 이렇게 병신으로 태어나 다리를 절며 사는 신세가 되었지만 절대 스스로 못났다고 생각해본 적이 없소이다. 무엇이든 태어난 데는 나름 이유가 있기 때문이지. 난 종의 우월이나 더 강한 것이 존재한다고 믿지 않아.

예를 들어볼까? 철수와 멍멍이가 있다 치게나. 철수가 멍멍이보다 더 똑똑하다고 우월한 종일까? 멍멍이가 철수보다 빠르다고 우월한 종일까? 결론적으론 그 모든 것이 쓰임새에 달려 있을 뿐이지. 기계장치 하나하나에 쓰이는 부품들이 무엇이 더 우월하고 더 저열한지 따지오? 칸트의 철학은 참으로 즐겁지. 왜인지 아시오? 생명, 기계 모두가 다 중요한 부품이지. 결과적으론 구조의 문제야. 난 그래서 왕족으로서의 쓰임이 부족한 만큼 다른 쓰임새로 나라에 도움이 되고자 했소. 정치에도 발을 담갔고 과학에도 담갔소. 만약 나라를 위한 일이라면 나는 어떤 짓이라도 할게요. 저 물건이 교수 물건이든 아니든, 나에겐 아무런 문제가 아니오. 그대 같은 인재를 조선으로 끌어들일 수 있다면 그것도 좋은 일 아니겠소?"

교수는 예의를 한껏 차린 채 고개를 숙였다.

"분에 넘치는 칭찬 감사합니다만, 노구는 지상의 일과 연을 끊었습니다. 그저 하늘을 떠다니는 것만으로 만족하고 살려 합니다."

"하하하하. 역시 흐르는 소문대로군. 안타깝소. 그대 같은 자가 있다면 조선도 더 강해질 수 있을 텐데."

"노구를 가지신다는 건 발전보다도 더 많은 적을 가진다는 뜻도 되지요."

"하하하. 적이 무서웠다면 살아 있지도 못했을 것이외다. 살아 있는 사람이라면 적이 이곳저곳에 넘치는 게 당연한 것 아니겠소."

"대단하시군요."

"하하하하. 세계의 악의와 싸워온 그대보다 대단하겠소이까? 교수! 아니로군, 이 문제에 있어서는 황제라고 불러줘야 하나? 정말이지 '노베리를 기억하라'는 말은 대단한 명언인 것 같소."

대군의 말이 끝나자 교수는 아무 말이 없었다. '노베리를 기억하라'는 말은 예전에 교수가 했던 일을 지칭하는 것으로, 이에 관해 알고 있는 사람은 극히 드물었다. 그 일을 기억하는 사람은 이제 [디오게네스클럽] 상층부 정도일 뿐인데, 대군의 입을 통해 이 말을 접하고 보니 교수는 그 누구에게도 감히 느끼지 못했던 알 수 없는 묘한 감정에 빠져들었다.

"대체 어떻게 아신 겁니까?"

감정이 물밀듯 흘러들어와 교수의 머릿속을 어지럽혔다. 교수는 자신이 추구하던 신사도 정신도 잊어버린 모습으로 표정이 굳어진 채 대군을 바라볼 뿐이다.

"이런 자리에 앉아 있다 보면 듣고 싶든 그렇지 않든, 듣게 되는 법이지."

대군은 어깨를 으쓱하며 말했다.

"그러시군요. 아시아에서 가장 높은 자리에 앉아계신 분이니 무엇인들 못하실까요. 오히려 어디까지 아시는지 조금은 두려워지는군요."

교수는 기분이 조금 나빠졌지만 감히 그 어떤 내색도 하지 않았다. 둘은 아무 말도 하지 않은 채 서로를 잠시 쳐다보고만 있었다. 바라보는 서로의 눈동자에는 이곳, 화려한 연회의 불빛처럼 광기가 빛나고 있었다. 대군의 행동에 부담을 느꼈던지 교수가 고개를 돌렸다. 그때 그의 눈에 들어온 것은 연회장을 나서는 아빈현주와 풍견지랑의 모습이었다. 그들은 멀리 있었지만 초능력을 지닌 교수의 눈으로는 가까운 곳을 보는 것처럼 그들이 선명하게 느껴졌다. 이참에 교수는 고개를 완전히 돌려 자신의 시야에서 멀어져가는 그들이 무슨 대화를 나누고 있는지 엿들었다. 물론 이것이 신사가 할 짓은 아니었지만, 사람은 늙으면서 오지랖이 넓어지는 법이다.

풍견지랑은 평소에도 그다지 말이 많은 사람이 아니었다. 허나 오늘은 더욱 말이 없었다. 아빈현주 또한 그의 팔에 이끌려 사람들로 북적이는 정자를 빠져나오고 있었다. 말이 에스코트이지 실상 강제로 끌려가고 있는 인상을 주고 있었다. 이미 연회장소인 정자에서 한참 멀어지자 이제서야 아빈현주가 당황해하며 말을 건넸다.

"뭐하는 거요? 풍견 비서."

상대편에서 말이 없다.

"말 좀 해보시오. 지금 연회에서 날 끌어낸 저의가 뭐요?"

풍견지랑은 아빈현주의 성난 꾸지람에도 묵묵부답으로 일관했다. 멀리서 실루엣으로 유현당이 보였다. 풍견지랑은 바로 이곳 유현당으로 아빈현주를 모시려 한 것이다. 미리 말이라도 했다면…… 이렇게 잡아끌지 않고서도 되었을 것을. 아니 끌어당기는 손길이 조금 부드

럽기만 했어도 그녀는 화를 내지 못했을 것이다.

"푸, 풍견 비서, 이것 놓으세요. 손이 아픕니다."

그녀의 말을 무시한 채, 풍견지랑은 잡고 있는 손을 놓지 않았다. 유현당으로 가는 길에서 나무그늘 아래 당도했을 때야 비로소 풍견지랑은 걸음을 멈추고 아빈현주를 향해 돌아섰다. 다른 사람의 눈길이 닿지 않는 곳이었다. 아빈현주는 풍견지랑의 가라앉은 눈을 올려다보았다. 풍견지랑은 그녀의 까만 눈동자를 정면으로 대하기 버거운지 시선을 다른 데로 피하며 무거운 입을 열었다.

"어찌 교수 같은 위험한 자를 돕고자 하십니까? 현주 마마!"

아빈현주는 별로 놀라지 않은 얼굴이었다. 오히려 상대에 대한 비웃음이 섞인 미소를 짓고 있었다.

"그대가 알 바 아닙니다."

다른 이들의 눈치도 없으니, 아빈현주는 평소에 그러하듯 새침하게 말을 쏘아붙였다. 지금 그녀의 행동은 풍견지랑의 애끓는 속을 태우는 행위에 불과했다.

"현주 마마!"

풍견지랑은 자신도 모르게 아빈현주의 손을 꽉 잡았다.

"무슨 짓인가요! 아프다 하지 않았소, 손을 놓으세요!"

"싫습니다. 아니…… 싫어."

"호오, 이제 와서 다시 오라버니 행세라도 하시는 건가요?"

아빈현주의 가시 돋친 목소리에 마음이 사무쳤는지 풍견지랑은 무표정하던 얼굴을 조금 일그러뜨렸다. 자신을 보는 그녀의 원망스러운 눈빛 때문일까, 그는 평소와 달리 말을 잘 잇지 못했다.

"그게, 그게 아니라……."

"그게 아니면 무엇인가요?"

"다 걱정돼서 하는 말입니다!"

"걱정하실 것 없습니다."

"현주 마마!"

화를 내는 풍견지랑을 보고 아빈현주는 말문이 막혔다. 기가 죽은 듯 살짝 뒷걸음질 쳤지만 그의 손에 잡혀 있는 이상 그 어디에도 갈 수 없었다. 풍견지랑의 이야기는 끝나지 않았다.

"어른 일에 감히 끼어드는 것이 아닙니다! 오히려 그런 짓이 대군 마마의 얼굴에 먹칠을 하는 것인지 모르십니까?"

풍견지랑은 크게 한숨을 내쉬며 아빈현주의 손을 힘 있게 잡아당겼다. 아빈현주는 거의 품에 파묻힐 정도로 가까이 다가온 풍견지랑의 모습에 숨을 삼켰다. 풍견지랑은 그런 그녀를 바라보며 처연한 표정을 지었다. 처음에는 놀라 눈을 마주치지 못하고 몸을 떨던 아빈현주였지만 천천히 풍견지랑을 응시하며 쳐다보았다. 거기에는 평소 자신을 생각해주던 오빠와 같은 모습이 담겨 있었다. 아빈현주의 이름을 부르는 데 거리낌 없던 그 시절의 풍견지랑을 떠오르게 하는 그 모습에 아빈현주는 소매 속에 감추어진 그의 손을 꼬옥 움켜쥐었다.

"그자가 얼마나 위험한지 모르십니까?"

함께 자라온 세월이 그리 쉽게 잊히는 것은 아닌 모양이다. 풍견지랑은 결국 예전처럼 그녀에게 충고하기 시작했다. 겉으로는 무뚝뚝하게 굴고 있었지만 여전히 속으로는 아빈현주가 동생처럼 걱정되는 사람이었다. 아빈현주는 이렇게 진지하게 자신을 걱정해주는 풍견지랑을 보곤 순간, 가슴이 먹먹했던지 가만히 눈을 내리깔고는 순순히 자신의 잘못을 인정했다.

"죄송해요, 오라버니. 걱정을 끼쳤어요."

"그 말씀은 대군 마마께 올리십시오."

"예, 오라버니."

풍견지랑은 얼굴을 찡그렸다. 분수에 맞지 않은 행동을 했음을 이내 깨달았는지 쑥스러운 얼굴로 더듬거리며 소리쳤다.

"오라버니라 부르지 마세요! 저는 현주 마마를 동생으로 둔 적이 없습니다!"

"그럼 어떻게 여기셨나요? 동생으로 두지 않았다면 왜 어릴 적에 오라버니처럼 저를 꾸짖고 다독이셨나요?"

아빈현주의 목소리에는 이미 물기가 어려 있었다. 풍견지랑은 속으로 탄식했다. 의도적인 냉대를 통해 가까스로 쌓아올린 아빈현주와의 벽에 금이 가는 것만 같았다. 풍견지랑은 그때까지 잡고 있던 그녀의 손을 천천히 놓으며 그 절실한 시선을 피했다.

"현주 마마께선 그때나 지금이나 제 주인이십니다. 어린 풍견지랑이 미처 그것을 몰랐을 뿐입니다."

"오라버니!"

아빈현주는 풍견지랑의 대답이 끔찍하다는 투로 고개를 저었다. 함께 지낸 시간을 순식간에 잘라내려는 그의 행동 하나하나가 견디기 힘들었다. 무표정한 얼굴과 격식 차린 말투로 과거 소중한 둘의 추억을 송두리째 무시하는 그의 행동이 야속하게만 느껴졌다. 풍견지랑은 그저 묵묵히 고개를 돌린 채 그녀의 원망스러운 시선을 받아냈다. 바람이 나뭇잎을 흔들 때마다 나무그늘이 불안하게 휘청거리며 아빈현주와 풍견지랑 사이에 긴 벽을 만들었다.

"이 이야기는 그만했으면 합니다. 현주 마마."

자신에게 잡혔던 손목을 쓰다듬는 아빈현주를 보며 풍견지랑은 다시 사무적이고 차가운 표정으로 돌변했다. 아빈현주는 질식할 것 같은 이 순간에 몇 마디 말을 건네고 싶었지만 풍견지랑의 싸늘한 눈동자가 그것을 막았다. 아빈현주는 무거운 어여머리에 짓눌리기라도 한 것처럼 고개를 끄덕였다.

풍견지랑은 아빈현주의 모습에 안도했지만 동시에 안타까움도 느꼈다. 그녀가 말을 돌리기 위해 아무렇게나 내뱉은 말을 잘 알아듣지 못한 것은 분명 자신 때문이었다.

"그보다 어째서 아버지께서 그를 원하시는지 모르겠군."

"예?"

"풍견 비서는 모르시겠습니까? 아버지는 그자를 벌하고 싶으신 게 아니오. 가지고자 하심이지."

풍견지랑은 방금 전 그녀가 자신을 오라버니라 불렀을 때보다 한층 당황한 기색으로 아빈현주를 바라보았다.

"현주 마마께선 그걸 어떻게 아신 겁니까?"

"이 나라에서 교수 같은 사람을 어떻게 대할지는 뻔하지 않소. 이 나라 과학의 근간을 세운 [장영실연구소]만 봐도 반쯤 미친 자들로 가득 찬 곳 아니오. 지금 소장으로 있는 99대 장영실은……. 생각하기도 싫소."

아빈현주가 몸서리를 치면서 말했다.

"그렇긴 합니다만 그렇더라도 현주 마마께 비밀로 하고자 했는데."

그녀는 멍하니 중얼거리는 풍견지랑을 노려보았다. 마음을 무시하는 것도 모자라 자신을 과소평가하고 있음이 참을 수 없었다. 그래서였는지 토라진 아빈현주는 날이 선 말투를 감추지 않았다.

"정말, 내가 모르길 바란 거요? 척하면 척, 눈에 다 보이던데 말이요. 전 아버지가 이를 알고 그 수집품을 공개한 것이라고 눈치채고 있었는데 말이오. 그래서 아버지께서 오라버니를 보내려는 걸 말리고 내가 직접 간 거요. 오라버니가 갔다면 무슨 일이 일어날지……."

"그걸 알고 계셨군요."

"모르면 그게 더 우습지요. 오히려 내가 다 미안해지더이다. 사실을 숨기고 데려왔었는데 알고 보니 그럴 필요가 없었던 모양이오. 교수도 이미 다 알고 있으니 말이오. 다만 교수가 아버지가 원하는 대로 될지 모르겠소."

아빈현주의 말에 풍견지랑은 정자 쪽을 바라보았다. 정자를 바라보는 그의 얼굴은 평소처럼 덤덤한 표정으로 돌아와 있었다. 풍견지랑은 무심한 말투로 대답했다.

"교수가 수락하든 안 하든 그 무슨 일을 하든 대군 마마께서 원하시는 결과로 될 겁니다."

"그거야, 그렇지요. 아버지께선 언제나 원하시는 것을 가지시니 말이오."

*
**

풋풋한 젊은이들의 대화를 멀리서 지켜보던 교수는 그저 피식 웃음이 나왔다.

"아아, 젊구나 젊어. 상큼해서 웃음이 다 나오는군."

"지금 뭐라 그랬소?"

대군의 질문에 교수는 낭패라도 본 듯 머리를 긁적이며 말했다.

"아, 아무것도 아닙니다. 나이를 먹으니 생각이 입으로 다 튀어나오는군요. 늙으면 입이 참 가벼워지는 것 같아 걱정입니다. 뇌와 입 사이의 문에 기름이라도 쳐야 할까요?"

교수가 실없이 웃자 대군도 따라 웃었다. 주변의 누구도 그들 사이로 끼어들 생각을 하지 못했다.

"아, 이제 곧 시간이 다가오는군."

대군은 오른팔의 시계를 보면서 입을 열었다.

"중요한 일이 있으십니까?"

"아니, 그런 뜻이 아니네. 조선에서만 볼 수 있는 쇼가 올 거네. 우리들은 보지 않겠지만."

"무슨 수수께끼 같군요. 지금 대군께서는 이 연회에서 준비한 쇼가 아니라는 건가요?"

"그런가? 조선은 언제나 즐거운 수수께끼지."

"알 수가 없군요."

"각설이라네."

"각설이요?"

교수는 대체 거지들의 이야기가 왜 나오는지 이해하기 어려웠다.

• 조선의 오래된 풍습

합선대군의 연회는 규모나 형식면에서 꽤 크게 열린 잔치였다. 왕실종친 궁가에서 열리는 연회다 보니 화려한 불빛이 서울 전역으로 퍼져나갔다. 오늘 연회에 초대받지 못한 일반인들이라도 멀리 연회장에서 퍼져나오는 환상적인 불빛을 바라보며 가슴이 설렐 정도였다. 문가를 지나지 못하는 일반인들도 한 번쯤은 궁가 근처를 일부러 지나가곤 했는데 이 때문에 이날 [우인궁] 주변 도로상황은 최악이었고, 할 일이 서너 배로 늘어난 이 주변지역 담당 순경들은 속으로 대군을 욕하고 있었다.

서울 경찰청까지 보안에 가세하는 커다란 잔치다 보니 평소에는 [우인궁] 외곽의 한적한 초소에서 근무하는 경호청 요원들조차 더 긴장하고 있었다. 수상한 인물을 감시하고 있었지만 그들 전부를 감시할 수 없을뿐더러 게다가 이런 커다란 연회가 열리면 반드시 찾아오는 무리들이 있었다. 명사들을 좇는 파파라치들의 경우 힘으로 물러나게 할 수 있었지만 힘으로도 쫓아낼 수 없는 자들도 있었다. 사실 주변의 도로를 번잡하게 만들면서까지 일반인들이 꾸역꾸역 이리로 모여드는 것은 연회를 담 밖에서 구경할 수밖에 없기 때문이기도 하지만, 연회가 있을 때마다 벌어지는 진풍경을 보기 위해서이기도 하다. 진풍경이란 무엇인가.

바로 각설이들이다.

혹자는 각설이를 그저 거지들에 불과하다고 생각할지 모른다. 틀린 말은 아니다. 다만 각설이들은 그저 길바닥에 누워 적선을 바라는 거지가 아니었다. 그들은 광대이기도 했다. 각설이들은 도시 구석구석에 퍼져 있다가도 높은 사람들이 베푸는 연회가 열릴 때면 각설이타령을 하며 몰려들곤 한다.

오늘은 인심이 두둑한 합선대군이 베푸는 연회이다 보니 그런 대군 잔치에 각설이들이 빠질 리 없었다. 주변 도로를 통제하는 것 또한 이들이 다가올 수 있도록 배려하라는 대군의 호의가 있었기 때문이었다. 세상이 아무리 각박해진다 해도 부족한 사람을 돌보는 것이 인심이라 믿는, 그만의 노블레스 오블리주였다.

각설이들은 하나의 행렬을 이루며 등장하는데 등장방식이 매우 극적이다. 구수한 장단에 맞춰 벌어지는 춤판행렬은 서커스 퍼레이드를 보듯 구경하는 이를 즐겁게 한다. 그저 구걸에 불과하지만, 한 편의 난장, 놀이를 방불케 하는 이들의 행렬은 다른 어떤 나라에서도 볼 수 없는 진풍경을 연출한다. 그들이 부르는 각설이타령은 평소 일반적인 극장에서도 공연될 정도로 대중들에게도 인기가 높다. 이러니 이들을 구경하겠다고 몰려드는 일반인들을 막을 이렇다 할 대비책이란 없었고, 심지어 이들을 구경하겠다고 조선을 찾아오는 관광객들도 많았다. 물론 경찰들이나 경호청 관계자들은 행사관계자도 아닌 비렁뱅이들을 멀리 내치고 싶은 마음이야 굴뚝같겠지만 주변의 시선도 있고, 상부의 명령이므로 최소한의 감시만을 할 수밖에 없었다. 이들은 심기가 불편한 얼굴로 주변을 둘러보고 있었다.

적막한 거리 어디에선가 깡통 두드리는 소리가 울려 퍼지기 시작했다. 몇몇 사람들은 깡통 두드리는 소리가 들리자 환호를 하고 있었다.
텅 빈 거리에 시커먼 형체가 무리를 이루며 둥실둥실 다가왔다. 마치
까마귀떼가 춤을 추는 것만 같았다. 서울은 일순간에 거대한 세트장
처럼 변해버렸다. 각설이의 행렬을 확인한 경찰이 한숨을 쉬면서 다
른 경찰에게 무전을 보냈다. 몇몇 다른 순경들은 인도에 있는 시민들
에게 행렬을 흐트러지지 않게 질서를 지켜줄 것을 요구했다. 물론 사
람들은 이 말을 듣고 겉으로는 고갤 끄덕였지만 몸은 이미 각설이 퍼
레이드가 벌어지는 쪽으로 기울어지며 그들의 행렬을 스마트폰으로
녹화하거나 연신 사진을 찍어대고 있었다.

　냄새나고 더러운 누더기 차림의 각설이들이 찌그러진 깡통을 숟가
락으로 두드리며 앞을 향해 나아갔다. 세월에 찌든 시꺼멓고 지저분
한 옷차림 때문에 그들이 몰려드는 모습은 까마귀떼가 진군하는 모
습과 흡사했다. 진군을 지켜보는 시민들도 그런 각설이들 모습에 웃
음을 터뜨리며 신기한 듯, 이들의 행렬을 바라보았다. 즐거운 구경거
리가 아닐 수 없었다. 각설이들이 도로를 한 바퀴를 돌곤 거리의 시민
들에게 인사를 올렸다. 사람들도 깔깔거리며 이들에게 환호의 박수를
쳐주었다. 시커먼 거적을 등에 걸친 큰 덩치의 각설이 한 명이 행렬에
서 앞장서 나와서는 한 손을 번쩍 들고 구성진 목소리로 외쳤다.

　"여~!"

　앞에 나온 각설이가 외치자 뒤를 이은 행렬들이 동시에 들고 있던
깡통이나 바가지를 한 번씩 치며 추임새를 넣었다.

　"얼쑤!"

　이런 외침과 추임새를 몇 번 되풀이하고는 다시 앞을 향해 걸었다.

검은색 거적을 걸친 사내가 아무래도 이들 행렬의 왕초인 모양이었다. 그의 걸음이 [우인궁]을 향하고 있었다. 시커멓게 얼룩진 각설이들의 얼굴과 몸에서 땟국물이 흘러내리고 있었다. 세파에 시달린 고단한 얼굴에 더러운 헌옷을 걸친 각설이들이 구수한 타령에 맞춰 춤을 추며 앞으로 나아가고 있었다. 왕초가 한 소절 뽑으면 그 가락에 맞춰 뒤에 운집한 많은 각설이들이 바가질 두드리며 추임새를 넣었다.

"아이고! 어~허! 각설이가 들어간다~~~."

"타령 하나가 들어간다~, 어얼씨구씨구 잘이 헌다."

왕초가 어디서 꺼냈는지 찢겨진 부채 하나를 꺼내 덩실덩실 부채질하며 인도에 몰려든 사람들에게 익살스럽게 말을 붙이듯 장단을 걸었다.

"살기 어려운 이 시기에~ 이 노래를 들으시면!

답답한 마음이 해결되고, 평화로운 행운이 찾아 드네 그려!"

장단이 끝나면 왕초 뒤에 있는 행렬이 장단에 어울리게 추임새를 넣으며 깡통을 두드렸다.

"어얼씨구씨구 잘이 헌다."

계속 걸으며 익살스런 얼굴로 주변사람들에게 누런 이를 보이며 함박 웃는 왕초가 소리쳤다.

"나~리 나~리 개나리~ 곱디고운 우리나리,

알콩달이 같은 우리나리, 개살구 같은 우리나리,

병아리 잡는 데 도끼가 대빵, 고래 잡는 데 바늘이 대빵,

범 없는 산 중에 여시놈이 대빵, 고래 없는 바다에 깔치가 대빵,

뛰는 놈 위에는 나는 놈을 보네나?"

"어~허 좋다. 잘이 헌다~"

뒤에서 추임새가 끝나자 왕초는 빙글빙글 돌며 춤추듯 걸어갔다. 중간 중간 시민들에게 다가가려는 듯 몸을 앞으로 쑥 내밀다가도 경찰들이 노려보자 고개를 으쓱이며 궁가를 향했다.

"우리 부모가 날나~서~ 곱게곱게 길러서~

큰사람 되라고 빌었는데 타령황제가 되었다네!"

"어~허~씨구 시구 잘이 헌다."

왕초가 배가 고픈 것마냥 배를 두드리며 소리쳤다.

"금강산도 식후경~~ 배가 고파서 더 못하겠네. 어얼씨구 들어간다."

그러자 이번에는 뒤에 따르는 각설이들이 함께 부르기 시작했다.

"첫째 집을 들어가니~ 사립문을 걸어매고~ 나라 일을 가고 없네."

"둘째 집을 들어가니, 앙상맞은 삽살개가~ 결사적으로 막는구나."

"어~허 개새끼도 괄시하네!"

왕초가 추임새를 넣으며 누런 이로 낄낄거리며 익살맞게 엉덩이를 쭉 빼고 흔들었다. 그런 모습에 재미가 있는지 주변에서 구경하는 사람의 웃음소리가 크게 터져 나왔다. 그런 큰 웃음에도 아랑곳 않고 행렬은 흥겨운 춤을 추며 구수한 가락을 쭈욱 뽑았다.

"셋째 집을 들어가니~ 미련하게 생긴 식모가~ 김치 한쪽 주고 가고!"

"넷째 집을 들어가니, 혼자 사는 홀아비~ 처량하게도 앉아 있네!"

"어~허 나보다도 불쌍하네?"

"다섯째 집을 들어가니, 늙은 망구 귀가 멀어~ 자꾸 자꾸 말시키고."

"여섯째 집을 들어가니, 갓 시집온 새색시가~ 깡밥 한술 주고 가네. 얼굴도 곱고 마음도 곱네!"

"일곱째 집을 들어가니, 멍청하게 생긴 머슴~ 말대꾸도 하지 않고!"

"여덟째 집을 들어가니, 두리둥실 아가씨 가슴~ 각설이 마음 설레이네!"

왕초가 짐짓 멈추더니 몸을 정갈하게 하는마냥 시늉을 부리더니 크게 추임새를 넣었다.

"나는 언제 장가가나?"

"아홉째 집을 들어가니, 엉큼하게 생긴 과부가~ 안방으로 안내하네!"

"어~허~ 이럼 아니 되네~"

왕초의 추임새에 웃음소리와 일군의 사내들의 박수가 터져나왔다. 대군의 궁가가 가까워오자 왕초가 큰 소리로 외쳤다. 남은 가락은 모두가 함께 말하면서 주변의 박수와 호응을 유도하고 있었다.

"이제 한 집이 남았구나~ 열째 집을 들어간다. 인정 많은 주인마님~ 먹여주고 재워주네!"

"천~사가 따로 없구나!"

"어허~ 씨구 잘이헌다. 저얼~씨구 씨구 잘이헌다."

화려한 연회라는 것은 익히 보이는 것만으로 잘 알고 있었지만 각설이들은 빙 둘러진 담 너머로 그 고풍스런 음악과 먹음직스런 음식향이 은은하게 퍼져오자 그 달콤한 향기에 입맛을 다셨다. 평생 그 어디에서 이 정도 권세가의 집에 빌붙어 먹을 수 있겠냐는 생각도 들었다.

각설이들은 얼큰한 목소리로 타령을 부르며 궁가 주변을 한 바퀴 돌더니 [우인궁] 대문앞에 멈춰 섰다. 대문을 향해 왕초가 큰 절을 했다. 그에 맞춰 뒤의 각설이들이 푹, 고개를 숙였다.

몸을 숙인 왕초가 우렁찬 목소리를 내뱉었다.

"대군 마마님! 큰 잔치판을 거하게 여셨으니 갈 곳 없는 저희들에게도 한상 내주시면 하해와도 같은 은혜, 절대 잊을 수 있겠습니까!"

왕초의 말에 뒤에 넙죽 절을 한 각설이들도 우렁차게 소리쳤다.

"잊을 수 있겠습니까!"

대문이 열리며 늙은 집사가 나왔다. 그리고 왕초에게 다가가 미리 준비되어 있다는 듯, 말을 내뱉었다.

"손님들이 오셨군요. 자, 들어가서 안뜰에서 한상 드시고 가시지요."

이런 대사가 오가면서 타령행렬이 막을 내렸다. 한상 크게 얻어먹을 수 있겠다는 마음에 들떠선지 아직 왕초가 일어나지 않았음에도 벌떡 일어나는 어리숙한 자도 보였다. 이제 왕초가 일어나자 우르르 각설이들이 일어나며 우인궁으로 몰려왔다. 경호청 호위들은 각설이들을 줄세워 검색대를 통과시키며 이들의 몸을 철저히 수색했다. 각설이들 겉모습이 너무도 더러워 행여 이들의 몸에 손이라도 닿을까봐 조심하는 눈치였지만, 호위들은 한 명 한 명씩 이들의 몸을 수색하며 문을 통과시켰다.

집사의 안내를 받으며 각설이들이 뒤뜰로 향했다. 각설이들이 대문 안으로 모두 들어간 것을 확인한 구경꾼들 또한 점차 사라져갔는데 몇몇 사람들은 아직 여운이 남아 있는지 더러 [우인궁] 밖에서 서성거렸다.

한바탕 난리가 끝나자 대문에 서 있던 호위들은 괜히 입맛을 다시고 있었다.

"쳇, 거지들도 한껏 배불리 먹는데 우리는 여기서 뭐 하냐?"

"아까 하녀들이 만들던 음식, 남는 음식이라고 손댄 놈이 투덜거리긴 제일 투덜거리네."

"몰라. 평소에는 기계랑 시체만 잔뜩 실은 트럭만 왔다 갔다 했는데 이런 화려한 연회가 벌어지니 괜히 배고파지잖아. 게다가 저런 거지들에게도 잔뜩 배불리 먹이다니."

"정, 짜증나면 대군님께 따지던지."

"헐, 이놈이 누구 경을 치게 하려 그러나. 그런 말 잘못하면 경호청에서 우리를 잘도 진급시켜 주겠다. 아니 그 이전에 대군님께 목숨을 잃을 수도 있지."

"그럼 입 닥치고 서 있어라. 나도 많이 배고프거든. 사실 대군님께서 하시는 일에 무슨 잔말이 그렇게 많아?"

지금껏 합선대군의 궁가에 어느 누구도 감히, 함부로 접근할 수 있는 자는 거의 없었기에 이런 방심 또한 가능했던 모양이다. 당연하지, 누가 감히 왕의 형에게 선선히, 겁 없이 다가올 수 있겠는가? 지금껏 조선에서 정치적인 음해나 암살기도가 없었던 것은 아니지만 조선 역사상 [우인궁] 침입에 성공한 사례는 단 한 건도 없었다. 여기 대문에 서 있는 사내들 이외에도 담 주변을 순찰하거나 연회장 근처를 경호하는 이들 모두 국내 최고의 호위들이기 때문이다. 이들은 임금이나 왕실종친 그리고 국회의원 경호를 담당하고 있었다. 이러니 궁가 근처에 얼씬거리는 수상한 자들은 이들 호위에 의해 대부분 걸러지게 마련이었다. 물론 방금 전의 각설이 패거리들은 어찌된 것이냐 반문할 사람도 있겠으나 궁가 안에도 많은 호위들이 진을 치고 있고 뒤뜰에서도 그들 감시하에 먹게 될 것이니 아무 문제가 없을 거라 여겼다.

어느 연회나 다름없는 광경이었다. 경호청 요원들은 다소 신경이

곤두섰겠지만, 각설이들 모습 또한 수많은 연회풍경 중 하나임을 이해하고 있었다. 예로부터 잔칫날 각설이들에게 먹을 것을 나눠주는 것이 조선의 오래된 풍습이었으니까.

대군의 설명을 듣던 교수는 큰 문화적 충격을 받았다. 거지들의 행렬조차도 하나의 상품화가 된다는 사실에 어떤 표정을 지어야 할까? 보통은 숨겨야 할 국가의 치부임에도 조선은 오히려 이를 대놓고 상품화시켰다. 교수는 억지웃음을 지어보이며 말했다.

"역시 풍문으로 듣는 것보다 직접 들으니 또 느낌이 다르군요."

"흠, 그 정도라면 직접 보여주는 것도 좋았을 텐데. 생각을 잘못했구려."

대군은 교수의 표현을 우호적으로 해석했던 모양이다. 물론 교수가, 타국에서 베풀어지는 연회에서 그 나라 문화를 무시하는 것은 결례라는 점을 알고 있다고 감안해본다면 상당히 우회적으로 그 거부감을 드러낸 것일 수도 있겠다. 그러나 대군은 상대의 이런 감정 정도는 얼마든지 무시할 수 있는 사람이었다.

"아뇨, 아닙니다."

당황한 교수를 보면서 대군은 미소를 머금고 말했다.

"뭐, 자네가 느끼는 기묘한 감각이 외국인이 느끼는 감정이겠지."

"아, 예."

교수는 이것이 기묘한 감각임을 인정했다. 그리고 자신의 감정이 천박하게 드러났다고 생각되자 얼굴을 붉혔다. 그런 교수를 보면서 대군은 파안대소하기 시작했다.

"으하하하, 그대에게서 그런 모습을 이끌어낼 수 있었다니 최고군. 오늘 온 각설이들에게 나중에 큰 상이라도 내려야겠어!"

능글맞은 대군의 웃음이 연회장을 쩌렁쩌렁 울렸다. 그러나 즐겁게 웃는 시간은 그리 길지 않았다. 그도 그럴 것이 이윽고, 커다란 폭음과 함께 비명과 고함소리가 들려왔기 때문이다. 아무리 세상에서 간 큰 두 남자라 하지만 갑작스레 들리는 폭음과 비명에 그들 또한 정신이 혼미해지는 것은 당연한 일이었다.

"대체 무슨 일인가?"

대군은 신속히 경호를 서고 있던 자를 찾아 물었다. 하지만 그는 경황이 없었는지 무전기에 대고 계속 소리치고 있었고 저 너머로 주변에서 산발적으로 터지는 폭발음만이 반복해서 들려오고 있었다.

"송구합니다, 대군 마마. 지금 괴한이 침입한 것 같습니다."

이 보고를 접한 대군은 자신의 귀를 의심했다. 마치 질 나쁜 농담처럼 가볍게 들렸기 때문이다. 그러나 믿을 수 없는 상황이 연출되고 있었다. 주변사람들은 이미 패닉에 빠져 어찌할 바를 모르고 있었다. 대군은 앞에 나서서 연회장에 모여 있는 사람들에게 진정할 것을 권했다. 그러나 정자 너머로 퍼지는 불길과 살해되고 있는 호위들을 목전에서 바라보면서 제정신을 유지할 자가 얼마나 되겠는가. 게다가 합선대군의 궁가에서 이런 일을 목격하게 될 줄은 아무도 예상치 못했으리라. 조선에선 법궁인 [경복궁] 다음으로, 혹자는 [경복궁]보다 더 안전한 장소라 불리는 이곳에서 말이다.

대군은 얼굴을 붉히며 마음을 진정할 수 없었다. 정자에 있던 누구도 여태껏 대군의 그런 모습을 본 적이 없다. 수치심에 얼룩진 얼굴이었다. 사람들은 그가 당황해하는 것도 어쩌면 당연하다고 생각하고 있었다. 지금껏 가장 안전한 장소라고 여겼던 [우인궁]이 허망하게 무너졌으니까. 그러나 누구나 단 하나의 의문은 가지고 있었다. 어떻게 [우인궁]이 이렇게 쉽게 무너질 수 있단 말인가?

각설이들은 늙은 집사의 뒤를 따라 조심스럽게 궁가 뒤뜰로 향했다. 뒤뜰에 마련된 술상에 차려진 음식을 먹는 것이 하나의 관습마냥 넉살좋게 진행되고 있었다. 자신들에게 제공된 자리까지 거의 걸어오게 되자 왕초가 집사를 향해 입을 열었다.

"헤헤, 집사 나리. 이렇게 안으로 내주시니 참으로 감사합니다."

경박하고 걸걸한 목소리였다. 집사는 거의 무표정한 얼굴로 목구멍으로 튀어나오려는 혐오감을 참아내고 있었다. 사실 집사 생각으로는 돈이나 몇 푼 쥐어주고 내쫓고 싶은 생각이 간절했다. 왕족의 궁가 안에 거지들을 들여놓는다는 것 자체가 너무나 파격적인 생각이었다. 평종시절부터 대군의 집에서 일해오던 늙은 집사로서 도저히 이해하기 힘든 행동이었다. 이러한 파격성이 합선대군의 장점이기도 하지만 하인 입장에선 더러운 자들에게까지 자신의 노동력을 내주고 싶은 생각이 없었다. 늙은 집사는 표정에 변화를 주지 않고 대꾸했다.

"내게 감사할 것이 아니라 대군께 감사해야 할 것이야."

"아! 물론이고 말굽쇼. 그저, 대군 마마께 저희 감사의 인사를 직접 드려야 하는 게 아닌지."

집사는 살짝 얼굴을 찡그리다가 다시 표정을 가다듬고 대답했다.

"흠, 감히 자네 같은 자들이 만날 수 있는 분이 아니시네. 어찌 분에 맞지도 않는 소리를 하는가?"

"아이쿠, 저희가 대군 마마께 진상할 수 있는 게 무엇이겠습니까? 광대가 대군께 보일 것은 즐거운 놀이마당 아니겠습니까?"

"자네들이 그리 신경쓰지 않아도 오늘은 좋은 볼거리가 많네. 괜한 소리 하지 말고 따라오기나 하게."

집사는 자신도 모르게 짜증 섞인 대꾸를 해버렸다. 부담스럽게 여기는 집사의 말을 듣고 왕초가 킬킬거리며 웃었다.

"아이쿠, 제가 괜히 마음을 상하게 한 겁니까? 이런이런 집사님부터 즐겁게 해야겠구먼요."

왕초가 우스꽝스런 말투로 집사의 신경을 건드리자 그는 더 이상 참지 못하고 뒤를 돌아보며 큰소리를 쳤다.

"어허! 괜한 짓 말고 따라오래……"

하지만 그 위세도 그리 오래가지 않았다. 왕초의 거적을 들추어내자 안에서 길고 긴 총신의 소총이 나왔다.

"헤헤, 놀랐지요?"

그 말에, 집사는 왕초가 내민 물건을 자세히 들여다보았는데 다름 아닌 물총이었다. 색색으로 도색된, 그야말로 오해할 것도 없는 장난감에 불과했다. 그런데 어째서 순간 진짜 총처럼 보였던 것인지 의문이 갔다. 결국 집사는 더 이상 참을 수가 없었다. 더 이상 무뢰배들을 궁가 내에 내버려둔다는 것이 커다란 모욕처럼 느껴졌다.

"대체 이게 무슨 장난질인가. 감히 이곳이 어디라고! 합선대군 마마의 궁가다. 이런 예의도 모르는 잡배들을 봤나! 이보게들, 어서 이놈들을 끌어내게!"

집사는 호위를 불렀다. 하지만 왕초는 그런 집사를 비웃었다.

"별로 무섭지도 않습니다?"

그대로 다가오는 호위에게 물총을 쏘았다. 그런데 장난감총에서 나오는 것은 물이 아니었다. 번개가 솟구치듯 양쪽으로 불빛이 뻗어가며 이내 호위를 감전시켜 죽였다. 집사는 놀라 입을 뻥긋거리다가 겨우 말을 이었다.

"아니 어떻게 이런 일이?"

"어이구 좀 놀라셨나보네? 대군 마마께는 제가 직접 말해드리죠. 할아버지는 여기서 주무세요, 평생."

왕초는 집사가 피할 시간도 주지 않고 그를 쏘아 죽였다. 무너져 내리는 시체를 보면서 행복한 미소를 짓고 있었다.

"으하하하하. 멋져 최고야. 이거 정말 좋은데!"

왕초는 약간 정신이 나간마냥 킬킬거리며 팔짝팔짝 뛰었다. 뒤에 서 있던 각설이들은 이제야 때를 만난 듯, 거적을 벗어던지며 그 안에 강화복을 껴입은 모습을 보였다. 방금 전까지 비렁뱅이에 지나지 않았던 자들이 훈련받은 강인한 육체를 드러냈다. 또한 가면을 써서 자신들의 표정을 드러내지 않으며 사열된 병사처럼 무장을 꺼내들었다. 그들은 커다란 병정인형이나 다름 아니었다. 그러나 왕초는 부하들과 달리, 처음 변장했던 각설이 모습을 벗어던지지 않았다. 정확히는 그럴 수가 없었다. 그는 오랫동안 비천한 웃음을 지으며 비렁뱅이로 살아왔던 터라 이제는 지금의 얼굴이 그의 본질이 되어버린 것이다. 왕초는 박수를 치면서 말했다. 사열된 병사들을 격려하기 위해 장교 같은 말투로 지시를 내렸다.

"혁명동지들. 밖에 있을 동지들에게 다음 작전의 신호를 보내! 이곳을 박살내고 제국주의자놈들의 씨를 말리자. 우리들이 아직도 죽지 않았음을 자본제국주의자 놈들에 알려야 한다! 알겠나?"

"예!"

군기가 잔뜩 들은 부하들의 목소리에 왕초는 기분이 좋아졌다.

"흐흐흐 좋아. 아주 좋아! 지금부터 우리들의 판을 막고자 하는 것들은 모두 배제한다. 먼저 [우인궁]주변에 설치한 '덫'부터 작동시켜!"

'덫'이란 말에 사열된 자들 중 하나가 게임기 컨트롤러를 꺼내 왕초에게 건네주었다. 왕초는 게임을 하는 것처럼 레버와 버튼을 눌렀다. 그러자 시커먼 하늘이 순간 섬광처럼 반짝이더니 궁 전체를 뚜껑을 덮은 듯 붉은 막이 씌어졌다. 왕초는 한 박자 쉬곤 웃음끼 가득한 목소리로 소리쳤다.

"놀이판을 시작한다! 자본주의의 개들과 제국주의 종자들에게 우리가 누군지 확실히 각인시키자. 으하하하."

그들은 덤벼오는 호위들을 무력화시키며 살육행위를 저지르며 연회가 열리는 정자까지 천천히 걸어갔다. 훈련된 병사들처럼 손에 들고 있던 장총을 쏘며 앞으로 나아갔다. 호위들 손에는 최신식 화기들이 들려 있었지만 이들은 별것 아니라는 표정을 지으며 앞으로 전진했다. 총알이 육체에 닿기도 전에 호위들 몸이 녹아내렸고 그들 손에 들린 장난감총은 대포와 같은 위력을 발휘하며 자신의 앞길을 가로막고 있는 상대방을 하나씩 지워내고 있었다.

세상에서 가장 일어나기 어려운 일이 지금 현실로 나타난 셈이다. 땅이 흔들리는 굉음이 들렸고 여기저기서 비명소리가 터졌다. 화려했던 [우인궁] 여기저기서 불꽃이 솟았다.

아빈현주는 갑작스런 지옥도에 깜짝 놀랐다.

"이게 대체 어찌 된 거요?"

아빈현주의 말에 풍견지랑은 주변을 둘러보았다. 검은 강화복을 입은 사내들이 훈련된 정규병마냥 대열을 짜 다가오면서 호위들과 총격전을 벌이고 있었다. 어찌된 영문인지 호위들이 화력에서 밀리고 있었다. 강화복을 입은 자들의 손에 들린 무기는 물총처럼 가벼워 보였지만 총에 맞은 경호청 요원들을 순식간에 먼지로 만들고 있었다. 물총에선 번개가 나오고 등에 태엽이 달린 인형들을 던지면 폭발과 함께 주변공간이 순식간에 둥글게 파였다. VIP경호를 위해 막강한 화력으로 무장한 경호청 요원들이 장난감을 들고 있는 수상한 자들에게 화력에서 밀리는, 초현실적인 장면을 보여주고 있었다. 외계인이 침략했다고 해도 과언이 아닐 정도로 도저히 믿을 수 없는 초월적 장면이 눈앞에서 벌어지고 있는 상황이었다. 실로 다급한 상황이지만, 풍견지랑은 차분한 목소리로 말했다.

"현주 마마, 몸을 숨기셔야겠습니다."

"무슨 일이오?"

"반역도당이 침입한 것 같습니다."

"풍견 오라버니. 그런 말도 안 되는 소리를. 이곳은 [우인궁]이오! 조선에서 가장 안전한 장소가 아니오!"

"진정하십시오. 현주 마마. 언제나 완벽한 보안은 없는 법입니다. 그리고 제가 언제나 약속드리지 않았습니까. 현주 마마는 제가 지켜드리겠다고. 어서 따라오십시오."

"아버지는 어찌하고 말이오."

"……. 대군 마마를 해치지는 않을 겁니다. 저는 현주 마마가 가장 걱정입니다."

"풍견 오라버니, 허나."

"어서 따라오세요!"

어느 왕국의 궁이나 그렇겠지만 궁은 비밀로 가득 차 있다. 그 중 가장 공공연한 비밀은 누가 뭐라 하여도 비밀탈출구가 숨겨 있다는 점일 거다. [우인궁]도 그런 비밀탈출구가 이곳저곳에 숨겨 있었다. 주변에서 번개소리와 폭음소리가 난무하는 가운데 헝겊을 둘러쓴 사내들이 적의 시선을 피하며 숨은 길로 향했다. 하지만 비밀탈출구를 통해 이제 무사히 빠져나왔다고 생각했을 때 어디선가 비열한 목소리와 함께 날쌘 주먹이 풍견지랑 턱을 강타했다.

"가긴 어딜 가시나!"

풍견지랑은 갑작스런 펀치에 제대로 대응하지 못한 채 그 자리에 쓰러지고 말았다. 흥에 겨운 듯, 헝겊으로 얼굴을 가린 사내들은 낄낄대며 자신들의 손에 쥐고 있던 무기를 꺼내들고 마치 북을 두드리듯 쓰러져 있는 풍견지랑을 사정없이 팼다.

"그만하지 못하겠소!"

사람을 때리는 데 맛들여 있어서인지, 풍견지랑 뒤에 누가 있는지 보고도 깜빡하고 있어서인지, 아니면 겁에 질려 서 있는 아빈현주를 발견하지 못하고 있는지 호통치는 아빈현주의 목소리를 듣고서야 사내들 움직임이 일제히 멈췄다. 이들 중에 섞여 있던 왕초가 어색한 웃음을 입가에 지었다. 입안 가득 비웃음을 머금고 과장된 인사를 올렸다. 다른 사내들은 감정 없는 인간처럼 뻣뻣이 멈춰 서 있었지만, 적어도 이 자만큼은 살아 있는 감정의 소유자로 보였다.

"아이쿠, 이게 누구신가? 조선국의 귀녀, 아빈현주 아니십니까? 헤헤헤헤."

"네놈들! 이러고도 무사할 줄 아느냐?"

"헤헤헤. 그런 게 무서우면 혁명을 할 수 없지."

"혁명? 무슨 헛소리냐! 더러운 입으로 함부로 말하지 마라! 쓰레기 같은 거렁뱅이놈. 내가 너희를 모를 것 같으냐? 조선 땅에서 자라는 주제에 은혜도 모르는 짐승들이!"

왕초는 교활한 웃음을 흘리며 아빈현주의 뺨을 때렸다. 아빈현주가 중심을 잃고 쓰러지자 사내는 말을 이었다.

"자, 가실까요? 정자에서 아버지께서 기다려요. 하하하."

쓰러져 있던 아빈현주는 기가 죽기는커녕 차가운 눈으로 왕초를 바라보았다. 검은 눈동자에 가득 담긴 스산한 한기…… 이는 분명 그 나이 또래 여자아이가 지닌 눈빛과는 다른 것이었다. 왕초는 순간, 아빈현주의 눈에 담긴 멸시와 비웃음을 읽어낼 수 있었다. 자기도 모르게 왕초는 손을 들어올렸다.

"이 계집이?"

흥분한 왕초가 다시 아빈현주의 뺨을 때리려 하자 쓰러져 있던 풍견지랑이 소리쳤다.

"그만둬! 한 번만 더 현주께 손을 댄다면 죽여 버리겠다."

풍견지랑의 말을 듣고 있던 왕초가 분에 못이기는 듯 혀를 차더니 들고 있던 총으로 풍견지랑을 후려쳤다.

"왜놈이 입만 살아서! 뭣들하고 있어? 어서 정자로 끌고 가!"

"놔라! 스스로 걸을 수 있다. 네놈들의 더러운 손으로 감히?"

"낄낄, 언제까지 공주님 놀이를 시켜줄 거라고 생각하면 오산이라고 꼬맹이. 닥치고 따라와!"

아빈현주는 끌려가는 상황에서도 생각했다.

'그들이 가지고 있는 무기가 어째서 교수가 가지고 있는 장난감과 비슷한 걸까.'

정자는 이미 제압되어 있었다. 웅성거리는 사람들 모습이 보이고, 그들은 이미 가지고 있던 소지품을 모두 빼앗긴 상태였지만 그렇다고 이에 반항하는 사람도 없었다. 무뢰배들이 얼마나 강력한 무기로 살상을 감행했는지 목전에서 직접 확인했기 때문이다. 그들을 호위하던 사람들조차 죽은 마당에 이곳에서 영웅을 자처하며 그들에 대항할 자는 아무도 없었다.

그나마 합선대군의 연설로 공황에 빠진 사람들은 마음을 진정시킬 수 있었고, 무뢰배들 또한 더 이상 무기를 남용하여 사용하는 일 따위의 최악의 위기는 모면할 수 있었다. 물건을 빼앗은 불한당들은 사람들을 총으로 위협하며 양떼처럼 정자의 한 구석으로 사람들을 몰아넣었고 무릎을 꿇린 채 고개를 숙이게 했다.

무뢰배들은 일단 대군을 다른 인질과 따로 떨어트렸고 철저히 대군을 감시하였다. 철통같은 감시 속에서 대군은 이들이 무언가 자신에게 원하는 것이 있음을 짐작할 수 있었다. 잠시 대군이 생각에 잠겨 있는데, 멀리서 이들의 대장이라는 자가 돌아오는 모습이 보였다. 놀랍게도 아빈현주가 끌려오고 있는 중이었다. 그는 대군 앞으로 아빈현주를 내동댕이 쳤다. 질질 끌려온 풍견지랑은 호되게 얻어맞았는지 피를 흘리며 앞으로 고꾸라졌다.

"아빈아, 괜찮으냐?"

놀란 대군이 발을 헛디뎌 쓰러져 있는 아빈현주를 향해 다리를 절뚝이면서 다가갔다. 아빈현주는 왕초에게 얻어맞은 볼을 애써 감추며 억지웃음을 지어보이며 대군에게 말했다.

"아버지, 괜찮아요. 그보다 풍견 오라버니가……."

아빈현주가 안타까운 표정으로 아래를 내려다보자 풍견지랑이 엎어진 상태에서 몸을 힘겹게 일으키며 고통스러운 듯 맥없이 말했다.

"괘, 괜찮습니다. 현주 마마."

아빈현주는 피를 머금은 채 거친 숨을 내쉬고 있는 그의 몸을 지탱해주면서 한마디 했다.

"괜찮지 않아요. 이렇게 피를 잔뜩 흘리고는……. 아, 아버지! 괜찮으시죠."

"아, 괜찮다. 다만 자존심에 상처를 입었을 뿐이야."

대군은 자리에 쭈그려 앉은 채 고개를 떨구며 말했다. 아빈현주는 송구한 듯 얼굴을 붉히며 소리쳤다.

"아, 아버지!"

대군은 다시 수심에 가득찬 얼굴로 주위를 둘러보다가 멀리 떨어진 정자에 연금된 손님들 안위가 걱정되었다. 위협을 당하고 있는 그들의 모습을 차마, 눈 뜨고 똑바로 쳐다볼 수 없었다. 대군 위치에 있으면서 위험에 노출되지 않으리라 생각했던 것이 더 어리석을 수도 있으나 자신뿐 아니라 손님들까지 위험에 처하고 보니 자존심 강한 대군에게는 큰 상처가 아닐 수 없었다. 게다가 테러리스트들이 각설이로 변장하여 궁가로 들어왔다는 사실 하나만으로도 왕족으로서 충분히 치욕을 느낄 만했다.

아빈현주는 주변을 둘러보다가 교수가 보이지 않는 것을 보고 대군에게 물었다.

"아버지, 교수는 어디에? 교수도 저곳으로 끌려간 건가요?"

"지금 내 밑에 바짝 엎드려 있는 검은 천이 교수다."

아빈현주는 지금 바탕에 깔려 있는 것이 단순히 카펫인 줄 알았다. 대군의 설명을 듣고서 이제야 그것이 교수임을 깨달았다. 이는 당연하게도 교수가 가진 발명품이 빚어낸 결과였다. 교수의 신사복은 그가 연구한 보호색 염료를 입힌 실크로 만들어낸 옷이다. 고급스런 분위기를 살려준다는 본래의 목적뿐만 아니라, 누군가 확실하게 자신을 손가락으로 가리키며 그가 교수인지 인식하기 전까지는 철저히 자신을 알아챌 수 없게 만든 위장용 옷이기도 했다. 교수는 이 옷을 [신사의 위장 Gentleman's Camouflage]이라고 명명했지만 그렇게 폼 나는 모양새는 아니었다. 또한 지금 보기 흉하게 바짝 엎드려 있는 그의 폼이 창피를 모르고 숨어 있는 비겁한 모양새나 다름 아니었다. 확실히 실크로 만든 카펫을 펼쳐놓은 꼴이라 아빈현주도 순간, 정확하게 지금의 상황이 파악되지 않아 대군에게 되묻고 있었다.

"예?"

"죄송합니다, 현주 마마. 상황이 상황이니 노구의 무례를 용서해주시길."

아빈현주는 카펫이 말을 하자 이제야 상황이 이해됐는지 고개를 끄덕이며 말했다. 다만 어이없기는 마찬가지였다.

"아! 무, 물론이오. 다만 좀 적응이 안 되는구려. 용기 있는 자라는 소문을 자주 들은 터라 바짝 엎드린 걸 보니 말이오. 내 생각엔 먼저 싸울 거라 생각했다오."

"물론 노구도 그런 맘이 굴뚝같사옵니다만 함부로 굴었다가 무슨 큰일이 날지 어찌 알고 날뛴단 말입니까? 일단 상황을 정확히 알 때까지는 그저 납작 엎드려 있는 것이 옳은 판단이지요. 늙으면 일단 자잘한 생각이 많아져서 말입니다."

"아, 그렇소?"

교수의 말에 아빈현주는 시큰둥 반응했다. 여러 가지 의미가 있었겠지만 30대 초반의 생김새를 가지고 노인 흉내를 내며 자기 몸부터 챙기겠다니 조금은 실망스러웠다.

● 공화국의 사생아들

자존심에 심히 상처를 입은 대군이 깊은 생각에 잠겨 있는데 무뢰배들의 왕초가 다가왔다.

"어이쿠, 대군님 안녕하쇼? 젠장할……. 이런 찐따에게 그동안 당했었단 말이지?"

왕초는 자신의 키의 절반도 되지 않는 대군모습을 보면서 쓴웃음을 지었다. 대군은 자신을 모욕하는 소리를 듣고도 이에 아랑곳없이 불호령을 내렸다.

"대체 네놈들은 누구냐? 이곳이 어떤 곳인지 알고? 물러섰거라!"

왕초는 조롱하듯 웃어넘기다가 한 손에 부채를 들고 판소리를 하듯 걸쭉한 목소리로 음률을 타며 말했다.

"이런 우리 소개를 아직 안 했네 그려! 낄낄낄. 자자, 귓구멍이 있으신 분들은 들으시고 놀라시라! 우리들은 핍박받는 인민의 마음을 가슴에 품고 혁명을 위해 무기를 든 혁명가들이라! 자, 우리는 조선의 인민을 해방코자 노력하는 민중의 군대 [어깨동무]이올시다!"

적의 정체를 이해한 순간 대군의 표정이 미묘하게 일그러졌다. 화를 내는 것인지, 짜증이 난 것인지 어쩌면 웃음을 참고 있는 듯한……뒤엉킨 마음을 달랠 길 없어 입만 뻐끔거리고 있는 모양새였다. 어째서일까. 멀리 떨어진 정자에서 무릎 꿇은 외국인 중에 조선어가 능통한 사람들 또한 이 광경을 보고 기묘한 표정을 짓고 있었다. 조선인들 대부분이 지금의 이 사실을 그저 외면하고 싶은 눈치였다.

그렇다. 이들이야말로 61년 전, 경인민란(1950년)의 후계자이며 조선의 유일한 좌파 테러리스트인 [어깨동무]인 것이다. 조선의 가장 큰 치부로 작용하는 그들이 정체를 밝히자 대군은 그만 머리가 아파왔다. 어느 나라에나 문젯거리 한두 개 정도는 있는 법, 조선에는 [어깨동무]가 있었다. 그들은 경인민란 이후에도 살아남아 테러를 저지르는 만행을 일삼는 반란분자들로 60여 년간 산발적 테러행위를 하며 조선 내에서 자신의 명맥을 이어가고 있었다. 철저하게 점조직화되어 있어 몇 번에 걸쳐 이들을 강제적으로 해산시키려 했지만 죽지 않고 다시 살아나곤 했다.

조선에 있어 이 [어깨동무]는 아무리 제거해도 다시 돋아나는 등에 난 종기나 다름 아니었다. 억지로 다 짜냈다간 덧날 수도 있고, 짜내기도 힘든 곳에 나서 사람을 괴롭히는 자그마한 종기 말이다. 이들로 인해 신경이 자주 쓰이고 더러 골머리를 앓기도 하지만 지금까진 조선 스스로 조절하고 처리할 수 있는 상대였다. 게다가 공산주의가 붕괴되자 그 힘이 더욱 약화되어 조선경찰들조차 이들을 테러리스트라 규정하지 않았으며 하찮게 여겼다. 이렇게 약체화되어가는 조직이기에 조선사람 어느 누구도 [어깨동무]가 감히 왕족을 인질로 잡는다거나 궁가를 함부로 침범할 것이라고 상상조차 하지 못했다. 상황이 이렇다 보니 누구든 지금 대군의 참담한 심경을 헤아리는 것은 그리 어려운 일이 아니었다.

"네, 네놈들! 감히 뉘 안전이라고 농을 지껄이는 게냐!"

"농담? 내가 언제? 왜? 아니 믿기 싫으셔? 우리 같은 잡졸이 댁 같은 왕족을 위협한다는 게 그리도 짜증납디까? 아아, 그럴 수도 있어. 이해해! 우리는 이 나라에서 애들조차 무서워하지 않는 병신 같은 조직이니까! 그런데 말이야? 응? 응? 우리는 [어깨동무]야! 인민의 진정한 동반자라고! 언제까지 너희 제국주의 주구놈들에게 병신 취급만 당할 거라고 생각하는데? 너희 인민의 피를 빨아먹는 돼지들을 쳐 죽일 수 있을 때까진 우린 죽지 않아! 더 강해질 거라고! 인민해방 만세! [어깨동무] 만세!"

왕초는 흥이 오른 듯 목소리를 높여가더니 마지막 만세를 외칠 때는 거의 종교적 열광상태에 빠져 있어 보였다. 만세소리가 울려 퍼지자 정자를 둘러싼 부하들도 손에 들고 있던 총을 높이 치켜들며 왕초의 구호를 따라 외쳤다. 인질로 잡힌 이들은 그들의 광적인 모습에 혀를 내두르고 있었다. 이들은 완벽한 광신자들이었다. 공산주의 이념은 그들에게 더 이상 정치적 선택사항이 아닌 이미 종교적 신념으로 굳어가고 있었다.

그들의 광신행위에 비해 단체명이 매우 평온하다는 점도 사람의 심기를 건드리고 있었다. 어쩌면 이들은 [어깨동무]라는 무해한 명칭을 사용하여 그들의 위험도를 낮게 포장하고 있었는지도 모른다. 그 자리에 인질로 잡힌 대부분의 사람들은 그 괴상한 단체명에 의문을 품으며 이름과 상반된 행동을 하고 있는 이들에게 한마디라도 해주고 싶은 표정을 짓고 있었다. 그 사람들과 속내는 다르지만, 교수의 표정도 기묘하게 변해갔다. 그도 그럴 것이, 저들이 쓰고 있는 무기는 디자인은 유치하고 졸렬해 보였지만 자신이 설계한 장치들이 확실했다. 그런데 교수는 이 무기를 팔아넘긴 기억이 전혀 없는, 정체도 모르는 단체가 자신이 개발한 무기를 쓰고 있다는 점에 기분이 나빠졌다. 당장이라도 일어나 그들을 박살내고 싶었지만 서투르게 대응하다가 다른 인질이라도 다쳐 대군 체면에 손상을 입힐까봐 지금은 잠시 가만히 있었다. 그들을 자극하기보다는 머리를 바닥에 댄 채로 마차에 앉아있을 넬슨 경에게 연락을 취했다.

"넬슨 경?"

〈예, 각하.〉

"지금 테러리스트가 침입했네."

〈알고 있습니다. 여기서도 보입니다.〉

"자네 시각장치가 훌륭히 움직이고 있어 다행이네. 허나 사태를 파악했으면 구하러 들어와 줄 순 없는 건가?"

〈들어가고 싶어도 들어갈 수 없습니다. [우인궁]에 에너지장막이 둘러져 있습니다.〉

"에너지장막? 설마, 테러리스트들이 [매드 사이언스]를 사용하고 있다고 말하는 건가? 지금?"

〈실제로 들어갈 수 없었습니다.〉

"말이 되는 소릴 하게. 지상에선 에너지장막은 겨우 실험단계 아닌가."

〈각하를 제외하곤 말이죠.〉

"자네도 그 생각 했나?"

〈이상하게 각하의 작품처럼 느껴지네요.〉

"조선에서는 이런 경우 '귀신이 곡할 노릇'이라고 한다지. 이 모든 일이 함정처럼 느껴지는 건 왜일까? 마치 모든 것의 혐의를 노구에게 돌리려고 하는 누군가가 있는 듯하네."

교수는 짧게 침음하고는 주위를 잠시 살폈다.

"자네 마차에 있나?"

〈예, 지금 광학미채로 숨어 있습니다.〉

"그럼, 지금부터 노구가 시키는 대로 하게."

〈예, 각하.〉

교수는 이런 생각을 하면서 카펫처럼 바닥에 널브러진 채로 주변에 들리지 않는 작은 목소리로 넬슨 경에게 몇 가지 명령을 내렸다.

'어느 놈인지 어디 두고 보자.'

그렇게 중얼거리며 살짝 고개를 올려다보았다. 그곳에는 어이없어하는 대군이 머리를 부여잡고 있었다.

"원하는 걸 말하라 하지 않았나?"

화라도 내고 싶었지만 인질들의 생명을 함부로 할 수 있다는 생각에 화를 자제하며 입을 열었다. 하지만 스스로 참고 있음에도 분노로 인해 목소리가 떨려왔다. 왕초는 그것을 눈치챘는지 대군을 비꼬았다.

"어휴, 것 참 무서우시네. 소문이 틀리지는 않아 낄낄. 물론 원하는 것이 있지. 평등세계를 만드는 거야. 그리고 자, 거기 카메라들! 지금 카메라는 잘 돌아가고 있는 거겠지?"

자신들의 주장을 내보내기 위해 방송국 카메라를 준비시키고 있었다. 어떤 테러도 이유 없이 습격하는 일은 없다. 자신들의 주장을 관철시키기 위해 직접적인 폭력을 행사하는 것이 바로 테러리즘이다. 이들이라고 다르겠는가?

"지금 갑작스런 방송을 보게 되신 인민여러분! 저희는 인민해방군[어깨동무]입니다. 오늘은 지금부터 61년 전, 인민의 기근을 고통스럽게 여기셨던 김일성 대장 동지의 의기에 동조했던 수많은 동무들이 분연히 일어난 날입니다. 이런 중요하고 인민의 마음에 깊숙이 각인되어야 할 중요한 날에 제국주의자들은 동무들의 고혈을 짜고 고통을 보며 즐기면서 사치와 향락에 빠져 지내고 있습니다.

저희 [어깨동무]는 절대 이 제국주의 종자들을 용서하지 않을 것입니다. 동무들의 분노에 답하여 이들에게 커다란 철퇴를 내릴 것입니다. 여기 보십시오! 지금 여러분은 호사스런 부를 누리며 쾌락에 젖어

인민의 피와 살을 뜯어먹고 있는 제국주의 돼지들을 보고 계십니다. 이들이 세상을 망치고 있습니다. 평등사회를 누려야 할 여러분의 삶을 이들이 독식하고 있습니다. 왕족? 자본가? 이들은 그저 좋은 부모를 만났다는 이유로 여러분을 착취할 권리가 생긴 것입니까? 저희는 이에 분개합니다! 용서할 수 없습니다! 이들이야말로 가장 고통받아야 마땅한 족속들입니다! 저희 인민해방군 [어깨동무]는 인민의 뜻을 받들어 이들 제국주의자들을 척결할 것입니다! 인민해방 만세! 인민 만세!"

● 일요일의 두통

ANG는 아시아 네트워크 그룹이라고 불리는 30억 아시아권을 아우르는 거대 방송기업이었다. 게다가 ANG는 최근 시장을 서구까지 늘려가며 유럽대륙과 아시아대륙의 여러 곳에도 시청이 가능하게 되었다. 그 말은 최약체 테러리스트 단체의 선언이 30억 인구+α에게 보여지고 있다는 거다. 사실 대군의 연회는 조선에서만 방송할 거리였지만 인질극이라는 최고의 특종이 터지자 방송국 차원에서 세계에 퍼져 있는 자사 방송국에서 모두 송출하기로 결론지었다.

덕분에 런던의 자신의 월세방에서 TV를 보던 '일요일' 윈스럽 의장은 머리를 부여잡으며 신음소리를 흘렸다. 월세방이라 주변에서 불평이 들어오면 쫓겨날 수도 있기에 소리도 못 지르고 속으로만 분노를 삭일 뿐이었다. 이 말도 안 되는 실상을 보면서 머리가 아파왔다. 조선의 실태로 끝날 문제가 아닌, [디오게네스클럽]의 명성에도 금이 갈 만한 사건이었다. 그들이 깨닫지 못하는 테러가 존재한다고 테러리스트놈들이 선언한 것이나 다름 아니었다.

"대체 조선에다 박아놓은 녀석들은 뭐 하는 게냐. 이렇게 중차대한 일을 클럽의 공작원들이 아니라 뉴스로 듣다니! 왜 내가 뉴스를 보며 머리를 쥐어뜯어야 하는 건데? 세계가 먼저 알고 이제사 내가 알다니?"

"'일주일 내각'을 소집할까요?"

인기척도 없이 뒤에서 나타난 존 D가 갑작스럽게 말을 꺼냈음에도 윈스럽 의장은 고개를 저으며 자연스럽게 말을 이었다.

"필요없다! 지금이 한가롭게 회의할 시간이냐? 네놈은 저 일을 알고 있었겠지?"

윈스럽 의장은 감정을 조절할 수 없었다. 교수와의 사건 이후 그의 가장 큰 약점 중 하나였다. 얼굴이 붉게 타고 있는 것처럼 금방이라도 모공에서 피가 솟구칠 것만 같았다. 광적으로 이글거리는 눈으로 노려보는 의장을 보면서 존 D는 뱀 앞의 개구리 꼴로 얼빠진 대답을 해버렸다.

"예?"

"이놈! 귓구멍이 막혔느냐? 네놈은 저 일을 알았냐고 묻잖냐?"

"의장님도 모르는 일을 제가 어떻게 알아요."

"이런 머저리 같은 놈! 다른 놈은 몰라도 네놈은 알았어야지?"

사실 이 말은 억지나 다름없었다. 협정지역이 아닌 조선을 조사했다

들키면 지금까지 클럽에 대한 불만이 이곳저곳에서 터져 나올 것이었다. 존 D는 윈스럽 의장의 유일한 약점, 감정제어가 자유롭지 못하단 것을 잘 알고 있던 터라 최대한 의장의 감정을 맞춰주고 있었다. 그러나 이런 억지에 어울릴 정도로 어른스럽진 않았다.

"어떻게 하라고요. 조선은 협정지역이 아니라서 제가 가면 바로 문제가 생기잖아요. 그래서 아웃소싱 주고 있던 지역 아니었어요? 저보고 어쩌라고요! 아웃소싱 주던 곳에서 연락 없어요?"

윈스럽 의장은 분노에 차서 얼굴을 부여잡고 쓸어내렸다.

"연락 있으면 내가 왜 TV보면서 좌절하고 있겠냐?"

"그럼 어째요."

윈스럽 의장은 두 손으로 얼굴을 가린 채 고개를 푹 숙였다. 한숨을 쉬더니 조금씩 차분해지는 목소리로 말했다.

"네놈은 당장 연회로 가라. 가서 뒤처리 시작해야지."

"사건에 개입하란 말입니까? 그거 힘든 거 아시잖아요. 조선정부의 허가 없이는 불가능해요."

"머저리 같은 놈, 네놈 어깨 위로 달린 건 허수아비 머리냐? 뇌가 없어? 머리를 쓰란 말이다! 내 오른팔이란 것이!"

결국 윈스럽 의장은 참지 못하고 존 D를 덮쳐 목을 조르기 시작했다.

"케, 켁! 저기 의장님! T······TV!"

존 D는 프로레슬링에서 그러는 것처럼 항복한다는 의미로 왼손으로 바닥을 두들기면서 오른손으로 TV를 가리켰다.

"응? TV가 뭐 어쨌다고?"

존 D를 여전히 조르고 있는 상태에서 의장은 고개를 돌려 TV를 바라봤다. 그는 발버둥치는 존 D가 어떤지 신경도 쓰지 않았다.

왕초의 거친 웅변이 끝났다. 이것은 그저 방송에 지나지 않는, 일종의 선전포고였다. 사그라지는 마지막 불꽃을 태우며 적과 함께 산화하겠다는 소리였다. 이들의 뜻을 깨달은 대군은 헛웃음을 흘리며 말했다.

"허허허허! 이런 미친놈을 봤나. 죽으려는 거냐? 아니면 조선을 우습게 보는 것이냐. 그저 한번 기습에 성공했다고 이런 대담한 짓이라니 그렇게 대놓고 선동을 하면 조선이 가만히 있을 거라 생각하냐? 아주 죽여달라고 애원을 하는구나!"

"그러니까, 가만히 있지 않길 원한다니까! 전쟁을 원해. 조선이 망가지길 원해. 네놈들이 다 죽길 원해. 너희 돼지자식들이 모두 사라지길 원한다고!"

왕초는 그 어느 때보다도 감정이 들끓어 올랐다. 지금껏 무시당했던 것에 대한 한풀이라도 하러 온 것처럼 흥분이 쉽게 가라앉질 않았다. 지난 60여 년간 인간 이하의 취급을 당하면서 사냥 당하던 자들이 승기를 잡을 수 있는 찬스를 잡아냈다면 누구라도 흥분할 것이다.

조선의 공권력은 무시무시할 정도로 힘이 있는 곳으로 범죄를 저지른 자에게 절대 용서란 없다. 사소한 범죄라면 5분 만에 처리할 정도의 해결력을 가지고 있었다. [어깨동무]와 같은 반군들이 존재하는 나라임에도 해외에서 안심하고 여행을 올 정도로 조선경찰의 범죄해결 능력은 세계적으로 손꼽힐 정도였다. 그러기에 이곳에 인질로 잡혀있는 사람들도 참고 기다리면 구해줄 것이라 확신하고 있었다.

"물론 들어올 수 있다면 말이지. 지금 주변에 둘러진 [에너지막]이 안 보이시나? 핵미사일을 떨어트려도 열리지 않을 거야. 만약 이곳에서 죽는다고 해도 여한이 없어. 게다가 이정도의 인질이 있는데, 아무리 무대포인 조선경찰이라고 함부로 움직이지 못하는 법이지."

합선대군은 개인적으로 테러리스트들을 경멸했다. 테러리스트들이란 언제나 자신의 불행을 남 탓으로 돌리는 것밖에 잘하는 것이 없는 얼간이들이라고 믿고 있었기 때문이다.

"이놈, 감히? 이런 비겁한 짓밖에 못하는 것들! 그러고도 스스로 혁명 같은 소리하고 있구나!"

그러나 왕초의 얼굴은 한층 고양된 감정으로 기분이 좋아졌기에 지금 대군의 모욕에도 기분 좋게 받아넘길 수 있었다.

"그래, 그렇고말고! 우린 비겁해! 동등한 무력이 있다면 맞서 싸웠겠지. 하지만 아무런 힘이 없는 우리가 하고 싶은 말을 마구 해대봤자 무시당하게 되어 있어. 그렇다면 무슨 짓을 해서라도 고개를 이쪽으로 돌려놓는 게 당연한 거 아냐? 그래 우린 테러리스트들이라고! 그래서 비겁한 게 당연하지! 난 테러리스트고 비겁한 나 자신이 매우 자랑스럽다고 이 빌어먹을 반편이 자식아! 아하하하하!"

광대마냥 과장된 왕초의 표정과 행동거지에 질렸는지 대군은 화를 냈다.

"네놈들은 테러리스트조차 아니다. 머리가 모자란 바보집단이지! 어리석은 놈들. 이런 큰일을 저지르고도 그냥 떠날 수 있다고 믿다니. 얼마나 어리석은 건가! 이제 조선의 뜨거운 맛을 보게 될 것이다!"

그러나 왕초는 대군의 분노에는 처음부터 흥미도 없다는 표정이었다. 장난감을 가지고 노는 남자아이처럼 피식 웃음만을 흘릴 뿐이었다.

"그렇게 말하실 수 있을까? 지금부터 일어날 일들을 보고 말이야. 거기 방송국놈들! 다 찍고 있지? 잘 찍어! 흐흐흐."

카메라맨이나 방송 관계자들은 깜짝 놀랐다. 그들은 방금 전까지만 해도 아무 말 없이 몰래 사진을 찍고 있었는데, 이렇게 행운의 특종을 자유롭게 찍게 놔두는 테러리스트라니……. 한번 찾아온 기회를 절대 놓칠 수 없었다. 이젠 대놓고 카메라를 꺼내 찍어대기 시작했다.

대군은 무슨 소린지 몰라 얼굴을 찡그렸다. 왕초는 흥분한 채 말하면서 품에서 게임기 컨트롤러 하나를 꺼내들고 주변의 시선에 아랑곳없이 버튼을 눌렀다. 마치 격투게임을 할 때 기술을 넣는 방식으로 누르고 있는 왕초의 폼새가 매우 거칠어보였다. 버튼 연타의 작동을 끝내자 궁가를 감싸고 있던 둥근 [에너지막]이 점차 좁혀졌다. 땅을 흔들고 궐대를 부수며 줄어든 [에너지막]은 지름 100미터 정도 줄이고 나서야 비로소 멈추었다.

"아셨수? 이 [에너지막]이 그저 방어용인 줄 아쇼? 저희는 [우인궁] 채로 여러분들을 생매장할 수 있는 수단을 가진 사람들이란 말이야. 이런 우리를 함부로 대할 수는 없을 걸? 뭐 들어올 수단조차 없겠지만 말이지."

왕초의 말을 들은 대군은 갑작스럽게 웃음을 터뜨렸다. 뜻하지 않는 박장대소에 주변사람들은 의아해했지만 이에 개의치 않고 대군은 웃으며 말했다.

"으하하하! 그게 뭐 어쨌다는 거냐? 주상께선 나라를 운영하실 줄 아시는 분이다. 겨우 이런 장난감 정도로 조선에 싸움을 걸다니. 정말 농이 따로 없구나. 내 한 몸이 위태롭다고 나라를 위험에 빠트리게 할 결정을 내리실 것 같으냐? 어디서 감히 통하지도 않을 협박을 하는 게냐!"

합선대군은 진심으로 그렇게 믿었다. 임금은 절대 사욕과 개인의 친분 때문에 나라를 위태롭게 해선 아니된다. 대군의 선친이던 평종도 그리 실천했고 자신도 동생에게 자주 언급했던 말이었다. 그러나 사내는 그런 합선대군의 믿음을 깎아내렸다.

"라고 실질적인 지배자께서 말씀하셨습니다. 낄낄!"

"이놈이 감히?"

"온 세상이 지금 임금이 댁의 손바닥에서 노는 걸 다 아는데 그딴 헛소리쇼? 댁 한마디면 임금도 찔찔 쌀 텐데?"

"네 이놈! 감히 주상전하를 능멸하다니! 오냐, 내 반드시 약속해주마. 네놈들은 절대 살아서 이 땅을 밟지 못하게 될 것이야!"

합선대군의 얼굴이 심하게 일그러졌다. 아빈현주도 그렇게 분노하는 대군의 모습을 보는 것은 처음이었다. 대군은 가장 수세에 몰려 있을 때조차도 당당한 사람이었고 적들은 대군의 위세에 기가 눌려 자멸하기 일쑤였다. 그런 대군이 지금 감정조절을 못하고 있는 것이다. 아빈현주 또한 안절부절 못하고 그저 대군을 바라보고 있었다.

"아버지……."

화가 난 대군의 얼굴이 갑자기 붉어지면서 견디기 힘든 듯 머리를 쥐어짜며 무너져내리는 모습을 보이자 아빈현주가 무거운 어여머리를 이끌고 휘청거리며 다가왔다.

"아버지, 괜찮으세요? 아버지!"

"아아, 아빈아 걱정마라. 이 아비는 그리 쉽게 무너지지 않는다. 정말이지, 저놈의 빨갱이놈들! 인권이고 나발이고 쓸어버릴 수 있을 때 모두 쓸어버렸어야 했는데!"

이를 갈며 말하는 대군을 바라보며 아빈현주는 아버지를 다독여줄 수밖에 달리 방도가 없었다. 생각할수록 분했고, 이해가 가지 않는 일이었다. 제대로 된 제식무기 하나 구하기 어려워 강도짓으로 자금을 모으던 삼류조직이 어떻게 초과학물품을 얻게 되었을까? 영문을 알 수 없었다. 아빈현주는 디자인은 전혀 같지 않았지만, 교수의 발명품에 가깝다는 사실을 직감할 수 있었다.

목을 조르던 윈스럽 의장은 손을 풀고 천천히 TV 가까이 다가갔다. 멍하니 뭔가 홀린 것처럼 바라보았다. 뉴스에선 지금 인질극 상황과 궐대가 무너진 모습을 번갈아 보여주고 있었는데 궁가를 감싸고 있던 [에너지막]이 줄어들며 궁가의 외벽을 무너트리는 것을 보고 있던 윈스럽 의장의 입가에서 이젠 웃음이 흘러나왔다.

"그랬군, 그랬어. 정신들 빠져선! 정말 놀랍구나. 뉴스 보고 놀란 건 오랜만이야. 하하, 내가 이럴 줄 모를 거라 생각한 너희들이 참으로 놀라워. 하하하하."

"의장님?"

"'일요일'의 권한으로 명령하마. 클럽의 강제개입을 승인한다. 조선에서 일어나는 사건을 해결하라. 평화를 위협하는 씨앗은 모조리 찢어발겨라. 문제에 대한 모든 책임은 내가 지겠다. 알겠나, 존 D?"

"알겠습니다. 의장님. 기꺼이 하겠습니다."

존 D는 방금 전까지의 깐죽거림이 거짓말인 것처럼, 누구에게도 보여준 적 없는 정중함으로 인사를 올리며 사라져갔다. 윈스럽 의장은 존 D가 사라졌든지 말든지 TV화면을 바라보면서 짜증이 섞인 욕지거리를 내뱉었다. 누구에게 한 말인지는 모르지만, 윈스럽 의장의 기분 나쁜 웃음은 끝도 없이 흘러나왔다. 그 웃음은 집주인 아주머니가 윈스럽 방으로 찾아와 화를 낼 때까지 계속되었다.

당혹감에 사로잡혀 있는 대군 부녀를 보며 왕초는 광열狂悅에 사로잡혔다. 악의에 찬 웃음이 절정에 이르자 그의 얼굴이 붉게 물들었다.

"왜 그런 표정이십니까? 현주 마마? 왜 우린 이런 무기들을 가지면 안 됩니까? 우리 [어깨동무]는 언제까지 정체되어 있지 않습니다. 돌아가신 수령동지의 유훈으로 강성하고 평등한 세계를 만들기 위해 발전된 문물을 받아들여 더 강하게 나아갈 것입니다! 그래서 우리는 수령님의 뜻을 받들어 더 발달된 힘을 개발하는 것입니다! [어깨동무] 만세!"

광기에 찬 선언은 그야말로 종교였다. 죽은 반란괴수의 유지를 따른답시고 움직이는 그들의 행위 어디에도 공산주의 이념이 있는지는 알 수 없었다. 아빈현주는 그들의 어이없는 말에 대답할 생각조차 없었으며 그들을 외면하며 고개를 돌려버렸다. 왕초는 만족스런 웃음을 띠며 과장된 몸짓으로 아빈현주에게 인사를 올렸다. 그리곤 부하들에게 속삭이듯 명령을 내린 뒤 정자입구를 지키게 하곤 다른 인질들이 있는 곳으로 발길을 돌렸다. 이런 행동 하나 하나가 대군 부녀를 모욕하기에 충분했다.

아빈현주는 분노에 고개를 떨구며 생각에 잠겼다. 아무래도 그들이 지닌 초능력적 무기에서 교수의 흔적이 느껴지기 때문이었다. 과거 교수가 오버 테크놀로지를 이용한 무기상이었다는 것을 생각해보면 의심할 만했다. 아빈현주는 바닥에 넙죽 엎드린 교수를 바라보며 조용히 입술을 깨물었다.

"확실히 의심하실 만하죠. 저 겉만 번지르르한 작자가 남의 뒤통수를 친 게 한두 번이 아니니."

뒤에서 들려온 목소리에 아빈현주는 고개를 돌려 뒤를 보았다. 그곳에는 연회음식을 게걸스럽게 먹으면서 윙크를 하는 자가 서 있었다.

"존 D!"

"쉿, 조용히 하시길. 전 테러리스트들에게 들키고 싶지 않거든요. 뭐, 저야 도망치면 되지만요."

상쾌한 표정으로 비겁한 소리를 아무렇지 않게 하는 존 D를 보면서 아빈현주는 어이없다는 듯 노려보았지만, 그는 이에 개의치 않고 연회음식을 계속 담아먹었다.

"대체 그대는 어찌 온 거요?"

"오겠다고 했잖아요."

존 D는 능청스럽게 말했지만 아빈현주는 클럽이 개입하려 한다는 것을 눈치채지 못할 정도로 아둔하지 않았다. 다만 어찌해야 할지 몰라 입을 어물거리고 있을 때였다. 대군이 방금 전까지 끓어오르던 화를 최대한 억제하면서 존 D에게 말했다.

"나를 무시하는 것도 정도가 있지. 그대들의 개입을 허가한 기억이 없다."

"대군 마마, 더 이상 조선내부의 일이 아닐 텐데요? 이곳에 얼마나 많은 나라의 사람들이 있다고 생각하십니까? 그중에 저희 지부를 신청한 나라가 얼마나 많은지 아십니까? 저희가 개입하지 않는 게 더 이상한 거죠. 안 그렇습니까?"

대군은 현재 테러리스트에게 모욕을 당한 지 얼마 되지 않은 상태였다. 그를 조금만 건드려도 분노의 임계점을 돌파하고도 남았다. 지금 당장이라도 대군은 존 D의 뺨을 후려치고 싶었지만 그런 내색을 하지 않고 밖으로 튀어나오려는 분노를 억누르면서 말했다.

"그대들이 꾸민 짓이로군. 클럽이 이런 일 하나 예측 못했다고 믿으라는 건 아니겠지?"

"아, 오해입니다. 누가 들으면 우리 조직이 빅브라더인 줄 알겠네. 저희는 그저 세계평화를 지킬 뿐인 사람들의 모임이에요."

존 D는 과장되게 어깨를 으쓱거렸다. 당연하게도 믿음을 줄 수 없는 행동들이고 그 또한 딱히 신뢰를 주고자 애쓰려 하지도 않았다. 아빈현주는 톡 쏘는 말투로 말했다.

"존 D, 그걸 지금 우리더러 믿으라는 건 아니시지요?"

"진짜예요. 클럽은 거짓말을 하지 않아요."

이것은 사실이다. 정보를 의도적으로 숨기거나 왜곡하곤 하지만, 절대 클럽의 누구도 거짓을 말하는 사람은 없었다. 심지어 음모와 공작으로 유명한 조직의 의장 윈스럽조차도 거짓말을 하지는 않았다.

아빈현주는 뭐라고 더 쏘아붙이고 싶었지만 뒤에서 몸을 추스른 풍견지랑이 그녀의 행동을 조용히 막았다. 고개를 지그시 가로젓는 풍견지랑의 행동은 천 마디의 말보다 강력했다. 아빈현주는 할 말이 더 있었지만 차분하게 말을 돌렸다.

"그보다 왜 이리 늦게 온 거요. 댁이라면 더 빨리 올 수 있지 않소?"

"아니 뭐랄까. 저희는 만능이 아니랍니다. 현주 마마. 그보다 저희의 전면개입을 막고 있는 건 다름 아닌 조선 그 자체랍니다. 아시죠?"

존 D는 본능적으로 깐죽거리는 기질 덕에 사람들의 원망을 사는 작자였다. 지금도 도발에 가까운 말을 지껄여 없던 적도 만들 판이었다. 게다가 존 D는 별 상관이 없다는 듯 이죽이다가 연극장면에서 있을 법한 과장된 모습으로 이마를 치곤 말했다.

"아, 맞다. 내가 온 이유 깜박할 뻔했네. 하하하. 지금 대군 마마와 가족분을 피신시키러 왔습니다."

"뭐라고 했나?"

"대군 마마의 안위를 위해 제가 모시러 왔습니다."

"웃기지 마라. 그런 것 필요 없다!"

대군은 얼음장 같은 차가운 표정으로 손을 내저으며 존 D의 말을 끊었다.

"난 이 연회의 주최자다. 주최자가 꼬리를 말고 도망친다고? 나는 책임이라는 것이 있다. 그런 말을 하려거든 어서 꺼져라."

"예? 전 어디까지나……."

"네놈들 따위가 건네는 도움이 어떤 뜻인지 모를 줄 아느냐? 언제나 네놈들이 건네는 도움에는 속뜻이 있음을 바보도 다 알 것이다."

"아, 그러시다면 제가 이곳을 구해드리면 어떨까요."

존 D는 누가 봐도 음흉함이 느껴지는 웃음을 지었다. 그런 그를 보면서 대군은 얼굴을 일그러뜨렸다.

"구한다?"

"전 할 수 있습니다요. 잊으셨습니까? 전 존 D랍니다. 어디에나 있고 어디에도 없는 자지요. 저의 무용담을 듣지 못했다고 하시지는 않겠죠? 지금 여기서 테러리스트 놈들을 한 놈도 남김없이 정리해 드립죠."

존 D는 자신이 속한 곳에선 유명인이다. 그의 무용담은 영웅전설처럼 과장되게 보였다. 조직 하나가 하루만에 괴멸되었다는 이야기가 우습지 않게 들리곤 했다. 그가 의장의 오른팔로서 클럽의 최고요원이 된 것은 그저 우연만은 아니라는 것은 뒤세계의 누구나 잘 아는 사실이었다. 허나 대군된 입장에서 함부로 외인의 도움을 구할 수는 없다. 특히 평화를 들먹이는 양아치들에게 국가의 주도권을 빼앗긴다는 것은 최악의 치욕이었다.

"네놈이야말로 이곳을 어디라고 생각하는 거냐? 이곳은 조선이다. 적이 무슨 짓을 하던 우리는 준비가 되어 있다."

"아, 조선의 치안력을 무시하는 게 아니랍니다. 오히려 저희는 높다고 생각해요. 다만 어디까지나 일반적인 상황이라면. 그런데 저런 [매드 사이언스] 막으실 수 있어요?"

"정말이지 처참하군. 겨우 이런 기습 정도에 자괴감이 들다니."

"이들은 결코 평범한 기술을 사용하지 않았습니다. [매드 사이언스]로 분류되는 물건이지 않습니까. 내가 알기로는 저 정도의 기술을 상용화시킬 천재는 몇 안 되죠. 여기 양탄자처럼 깔려 있는 작자를 포함해서요."

이야기를 나누던 대군과 존 D를 포함해 아빈현주와 풍견지랑까지 교수에게 시선이 쏠렸다. 하나같이 의심의 눈초리였다.

교수는 쓴웃음을 지으며 입을 열었다.

"칭찬은 고맙지만 오해는 달갑지 않군."

"아이쿠, 교수님! 계셨어요? 허허, 양탄자처럼 엎드리신 게 참 어울리십니다."

"자네도 매너 없이 식사하는 꼴이 볼만하군. 어디 가서 나와 안다고 말하지 말게."

교수는 천천히 일어나면서 존D를 바라보았다.

"교수님, 댁이 참 많이도 팔아재끼셨잖아요. 지금 자수하시면 정상참작될 수도 있습니다요."

교수는 존D의 깐죽거리는 모습을 볼 때마다 속에서 거무죽죽한 무언가가 끓어오르는 것만 같았다.

"저런 디자인은 내 취향조차 아닐세. 저, 천박하고 조잡한 모습이라니."

"누가 압니까? 취향이 변하셨을지?"

"까마귀는 부리로 먹이를 쪼고, 고양이는 앞발로 얼굴을 씻는 법이지. 백만 년이 지나도 절대 변하지 않는 것도 있다네."

"아, 그러세요? 하하하, 그러셨구나……."

이때 둘의 모습을 지켜보다가 대군이 끼어들었다.

"클럽의 개입을 거절하네. 조선은 나약한 삼류국가가 아니야. 만약 외부의 도움이 필요하면 적법한 절차를 통해 부르지. 이렇게는 아니야. 게다가 지금쯤이면 임금께서도 모든 대책을 강구하셨을 터. 가만히 있거나 이 나라에서 사라지게!"

"아, 그러십니까? 그럼 임금님 허락 맡으면 되겠네요. 헤헤헤."

존 D는 웃음만을 뒤로 남긴 채 사라졌다. 기묘한 자다. 대군은 머리가 다시 아파오기 시작했다.

"아…… 저놈을……."

"하지만 걱정되긴 하죠. 삼촌……, 전하께선 밀어붙이기에 약하잖아요. 누군가 삼촌의, 전하의 편이 있어야 해요."

아빈현주는 갑자기 사라진 존 D와 그가 남기고 간 말 때문에 당황한 표정으로 대군에게 말했지만 대군은 손사래를 쳤다. 더 이상 이 문제를 거론할 필요가 없다고 느낀 대군은 단호하게 말을 끊었다.

"그런 건 네가 걱정할 문제가 아니다. 조선에는 유능한 신하들이 많지 않느냐. 그저 기다려라. 함부로 나서지 말고. 지금 상황에서 어찌 다른 방도가 있겠느냐? 주상의 신하된 도리로 임금의 뜻을 기다려라."

아빈현주는 대군의 말을 이해했다. 하지만 그녀의 치기어린 감정이 발동했다.

"하오나!"

"하오나가 아니다. 왕실의 이름을 더럽힌 것은 빨갱이들에게 당한 치욕으로 충분하다. 어찌 일개 대군의 여식이 주상 전하의 일에 끼어들려 하느냐. 나는 전하의 판단력을 믿는다. 전하께서 비록 여리신 면은 있으나 임금으로서 그릇이 작지 않다!"

"대군 마마. 한마디 올릴 수 있을는지요."

방금 전까지만 해도 양탄자처럼 엎드려 있는 교수가 갑작스럽게 말했다.

"노구가 보기엔 대군께선 클럽을 얕보시는 것 같습니다."

대군은 굳어진 얼굴로 차분하게 입을 열었다.

"자세히 말하시오. 교수."

"그들은 그저 시정잡배가 아닙니다. 스스로 제약을 두고 있으나 그들은 이미 작게는 나라, 크게는 이념을 지배하는 조직입니다. 그들이 하겠다고 덤벼드는 것은 이미 그리 될 거라는 확신이 있기 때문입니다. 그런 믿음 없이는 움직이지도 않을 게으름뱅이들이니까요."

"뭘 원하시오? 교수."

교수의 말이 끝나기 무섭게 대군이 다그쳤다.

"그저 노구는 존 D를 막을 수 있게 도움을 드리고 싶습니다."

대군은 마른 웃음을 흘리곤 다시 말했다.

"하하하, 다시 말하지. 뭘 원하시오? 교수."

"지나가는 나그네의 도움이라 여기시면 아니 되겠습니까?"

"그런 게 없다는 것은 우리 아빈이도 알 거요. 말하시오, 교수. 무얼 원하시오?"

교수는 대군의 말에 동의를 하듯 조용히 고개를 끄덕였다.

"그렇습니다. 노구가 이제부터 저지를 무례에 대해 미리 용서해주시길 바랄 뿐입니다."

대군은 그럴 줄 알았다는 표정으로 코웃음을 쳤다.

"이미 무슨 짓을 저질렀군. 외인들은 다들 이렇게 무례하단 말이오?"

대군의 말에 교수는 연극적으로 과장된 몸짓과 좌절을 표현하는 연기를 보이며 무릎을 꿇었다.

"이럴 수가! 노구의 무례를 용서하시길! 지금이라도 하명하시면 그만두겠나이다."

"흥, 맘에도 없는 소리는 하지 마시오. 뜻대로 하되 조선에서 날뛴 대가 꼭 치르도록 하겠소. 알겠소?"

교수는 감격한 듯 얼굴을 붉히며 말했다.

"노구, 대군 마마의 망극한 말 한마디 한마디! 마음속 깊게 새기도 록 하겠나이다."

물론 이런 행동은 철저히 계산된 연극이며 교수의 삶 그 자체나 다 름없는 가식의 연장선에 가까웠다. 현주는 대군의 뒤에서 교수의 행 동에 질린 듯이 고개를 흔들며 관자놀이를 만졌다. 이런 갑작스런 두 통은 처음이었다. 결국 현주는 자기도 모르게 아버지와 교수 사이의 대화에 끼어들었다. 이는 아버지에 대한 무례로 간주될 수도 있었으 나 지금 상황에서 깨닫지 못하고 있었다.

"대체 무슨 짓을 저지른 거요?"

"예, 현주 마마. [장영실연구소]에 제 충복을 보내려 했습니다."

"잠깐, 어디라고?"

아빈현주는 자신이 잘못 들었다고 생각했다. 그래서 다시 물었다.

"[장영실연구소]이옵니다. 현주 마마."

현주는 헛웃음을 흘리면서 말을 이었다.

"그곳은 임금의 친족인 우리도 어디 있는지 모르오. 그런 곳을 어찌 그대가 안단 말이오?"

교수는 고개를 올리며 말했다.

"잊으셨나이까? 저는 한때, 세계와 전쟁을 일으킨 자이옵니다. 하지 만 지금 생각하면 먼저 보내는 것보다 다른 일이 먼저지요."

교수의 얼굴에는 어떤 때보다 환한 미소가 퍼져 있었다. 그것은 과거 자신의 역사를 자만하는 행위였고 절대 그만두지 않을 버릇이었다.

"그럼 이제 어쩔 참인가?"

혀를 차며 대군이 물었다.

"일단 저의 충복이 장영실과 만나면 그때 일을 해결하려 했으나 클럽이 개입하니 제가 임금을 만나뵈러 가야 할 것 같습니다."

"외인인 그대가 가서 무얼 하겠단 말인가."

"대군 마마께서 소개장을 한 장 써주시면 되지 않겠습니까?"

대군은 눈매가 날카로워졌다. 평정을 가장하고 있던 얼굴이 대군의 부자유스런 육체만큼이나 구겨졌다. 극도의 흥분으로 몸을 가누기 힘들었지만 겨우 평정을 감싸며 말을 이었다.

"일개 대군의 소개장이 무슨 효력이 있겠나."

대군은 불가능하다고 손사래를 치며 교수에게서 시선을 돌렸다. 사실은 불가능해서가 아니라 지금까지 자신이 취해왔던 입장을 부정하는 것이 되기 때문이다. 소개장을 쓰는 것이야말로 대군이 임금 위에 존재한다는 것을 긍정하는 꼴이 아닌가. 속사정이 그렇다 하더라도 조선은 임금이 권력을 가진 존재여야 했다.

일개 대군의 입김에 임금이 움직여서는 아니 되는 것이다.

"대군 마마, 진심은 아니시겠지요?"

교수는 무릎을 꿇고 예의바른 어투를 사용하고 있었지만 교수의 입가에 걸린 미소는 어디까지나 인간을 타락시키는 지옥의 주인 같은 미소였다. 대군은 교수의 미소를 보지 못했지만 방금 전에 테러리스트들이 한 소리와 뉘앙스가 비슷함을 느끼자 속에 쌓였던 말을 터트렸다.

"교수, 그대마저 나를 역도로 모는가!"

권력은 둘일 수 없다. 그렇기에 더더욱 자신은 낮게 움직여야 한다. 특히 유교적 가치를 목숨보다 더 중히 여기는 조선에서 임금이 동생이라도 대군은 임금의 신하일 뿐이다. 신하가 감히 임금에게 소개장이라니. 그것도 외인을 소개하다니. 고뇌로 주름진 대군의 얼굴은 아직 중년임에도 충분히 노인처럼 보였다.

"아버지, 제가 가겠습니다."

갑작스런 말에 세 남자가 동시에 아빈현주를 바라보았다. 당연히 대군은 당혹스런 표정이었고 풍견지랑은 감정이 끓어오른 듯한 얼굴이었으며 교수는 지금 이 상황을 즐거워해야 할지 미묘한 감정에 사로잡혔다. 여성의 도움을 부정하는 것은 아니지만 남자들의 대화에 여성이 끼어든다는 것은 교수의 양식에는 적합하지 않은 행동이었다.

"아빈아, 너까지 왜 그러느냐."

대군은 한숨을 쉬며 말했고 뒤에서 묵묵히 지켜보고만 있던 풍견지랑마저 한소리 했다.

"현주 마마! 대군 마마의 뜻을 어기실 참입니까?"

아빈현주는 풍견지랑의 말을 듣는 척도 하지 않고 대군을 바라보며 무릎을 꿇었다.

"아버지께 청컨대 소녀가 할 수 있게 허락해주시길 바라옵니다. 제가 가는 것이 아버지께 소개장을 쓰게 하는 무례를 저지르게 하는 것보다야 나을 겁니다."

풍견지랑은 한소리 퍼부으려 했지만 대군이 그만하라는 제스처를 취하는 바람에 묵묵히 뒤로 물러설 수밖에 없었다. 대군은 싸늘한 표

정으로 딸을 내려다보았다. 마치 딸을 타인처럼 대하며 천천히 입을
열었다.

"현주, 네 뜻대로 하여라. 더는 이 얘기 하는 걸 원치 않는다. 현주는
영특하니 잘 하리라 믿겠다."

대군은 겉은 냉담해보였지만, 매우 고통스러운 기색이 역력했고,
풍견지랑은 믿을 수 없다는 표정을 짓고 있었다. 반면 아빈현주는 대
범한 구석이 있었는지 정중한 예법으로 고개 숙여 인사를 올리더니
교수를 바라보았다.

"교수, 그럼 갑시다. 어차피 그 물건을 쓸 참이지요?"

"무엇을 쓴다는 말씀이십니까? 현주 마마."

교수는 짐짓 모르는 척 말했지만 현주는 일찍이 이곳을 벗어날 수
있는 장치를 하나 알고 있었다. 이미 교수가 자신에게 시연한 장치였
으니 말이다.

"레이디에게 창피를 줄 셈이오? 교수의 [에테르점프] 말이요. 어서
갑시다. 한시가 급하오."

아빈현주는 겉으로는 차분해 보였지만 아까부터 안달이 난 상태
였다. 그녀의 재촉으로 교수는 어쩔 수 없다는 듯 어깨를 으쓱이곤 말
했다.

"그렇게 부탁하시면 할 말이 없어지는군요. 그럼 가실 곳을 말씀해
주십시오."

"한 곳밖에 없지 않겠소? 조선의 중심이오."

교수는 실크모자를 벗고는 연극적으로 인사를 올리며 짐짓 음흉한
미소와 함께 가식으로 과장된 잉글랜드인 특유의 인사를 올리며 현주

에게 손을 건넸다.

"뜻대로 하소서."

아빈현주는 순간 교수의 표정에 흠칫 놀랐다. 교수의 미소에 숨겨진 가식은 누구든 느낄 수 있을 정도로 악의적이었다. 하지만 지금 와서 물러설 순 없었다. 현주는 살짝 떨리는 손으로 교수의 손을 잡았다. 그러자 현주와 교수의 모습이 모래조각이 스러지듯이 사라져갔다.

"대군 마마! 어찌 현주 마마를 그냥 보내시옵니까?"

풍견지랑의 표정은 그 어떤 때보다 풍부했다. 그의 아름다운 얼굴이 당혹감과 노여움으로 심하게 일그러지는 순간이었다. 자신의 감정을 좀처럼 드러내지 않는 성격이기에 이때의 그의 모습은 그 어떤 때보다 강렬했다.

"현주는 알아서 할 수 있음이다. 더 무엇을 참견한단 말이냐."

"대군 마마!"

"조용히 하라. 더는 이 이야기로 왈가왈부 하지 않을 것이다. 나는 기다릴 것이다. 그것이 잘못된 것이냐?"

대군의 말에 풍견지랑은 더는 이야기하지 않았다. 그저 무언가 삭이고 있을 법한 얼굴을 숨기려 고개를 숙이며 한마디 했을 뿐이다.

"대군 마마께서 옳으십니다."

대군은 풍견지랑이 맘에도 없는 소리를 하고 있음을 알고 있었기에 헛기침을 하곤 단락적인 말을 내뱉었다.

"흠. 조선의 중심이라……."

• 조선의 중심

조선인들에게 어디가 조선의 중심이냐 묻는다면 당연히 [경복궁]이라고 답할 것이다. [경복궁]은 임금이 기거하며 국정을 살피는 국가의 중심을 나타내는 법궁* 이었다. 그저 수도에 존재하는 왕실의 상징성 때문만에 중심이라 불리는 것은 아니다. [경복궁]은 단순한 궁전은 아니었다. 나라가 열리고 618년간 32명의 주인** 을 모시면서 나라가 처한 위기에도 무너지거나 불타는 법 없이 조선의 종묘사직을 수호한 '조선의 권위' 그 자체였다. [경복궁]은 국가의 사령탑으로서 북쪽 오랑캐나 왜적의 침입, 서구열강의 침탈을 전혀 허용하지 않으며 징벌함으로써 강한 국가 조선을 선전한 중심이었다.

----

* 법궁法宮이란 왕조의 법통을 상징하며 왕이 공식적으로 활동하며 일상생활을 하는 으뜸 궁전을 뜻한다. 이궁離宮도 있는데 이는 화재나 여타 다른 재난이나 왕의 자의로 거처를 옮기고 싶을 때 사용하는 제2궁궐을 뜻한다. 이궁은 법궁보다 격이 한 단계 낮으나 정무공간이 있기에 양궐체제로 만들어진 궁전이다. 태종이 만든 [창덕궁]이 바로 이궁에 속한다.

** 사실, 32명의 주인을 모셨다고 썼지만 이 중 2대 왕과 3대 왕인 정종과 태종은 [경복궁]에서 살지 않았다. 정종은 고향인 개경(현 지명: 개성)으로 천도해 고향집을 법궁으로 삼았다. 정종에게는 한양(현 지명: 서울)이 매우 낯설고 고통스러웠다고 전해지고 있다. 이후 동생인 방원에게 자리를 물려주었고 훗날 태종으로 불린 이방원은 한양으로 재천도 하지만 법궁으로 승인한 [경복궁]에서 지내지 않았다. 이궁인 [창덕궁]을 따로 지어 그곳에서 정무를 보고 생활하였다고 한다. 하륜은 차라리 [창덕궁]을 법궁으로 삼으라고까지 진언한 것으로 알려져 있지만 태종에게 있어 [경복궁]은 아버지 이성계가 정한 법궁이었기에 그리하지는 않았으며 국가 중대사가 있을 때에는 무조건 [경복궁]을 사용하거나 가끔은 기거하면서 후손은 [경복궁]을 법궁으로 삼고 살게 하라고 하였다. 태종이 [경복궁]에 기거하지 않은 이유는 여러 가지 설이 있으나 가장 유력한 것이 수많은 왕자의 난을 통해 많은 형제를 죽인 궁전에서 살기엔 스스로 고통스러웠기 때문이라 추측된다. 실제로 [경복궁]이 법궁다운 법궁이 된 것은 세종 8년에 임금이 궁으로 입어하면서였다. 입어하며 세종은 첨단과학과 문화로 궁을 무장시켜나갔다.

당연히 조선인들에게 [경복궁]이란 법궁은 자랑이며 중심일 수밖에 없었다. 게다가 [경복궁]은 전통을 고수하며 개조를 거듭하면서 궁의 외형은 조선개국 초기의 전통양식을 유지하고, 궐내는 최첨단기계장치들로 채워져 있었다. 낡은 SF에 등장할 법한 과장된 기계장치로 가득 찬 궁궐이었다. 궁을 높게 두르며 쌓아올린 담벼락은 파수를 위해 세워진 궐대(지금은 기계장치 눈이 파수를 보며 궁궐과 그 주변을 감시하고 있었다.)를 중심으로 만들어진 거대한 센서였고 근정전을 중심으로 궐내에 지어진 저택들은 전통적 모습을 취하고 있었지만 과장된 기계장치들을 새옷마냥 걸치듯 둘렀다. 거미줄처럼 연결된 전선은 승천하는 용의 모습을 한 위엄이 넘치는 전신탑 위에 얹혀 있었다.

[경복궁]은 좌우 대칭구조로 거푸집에서 바로 떼어놓은 듯 보이는 각진 틀이 균형잡힌 궁궐이지만 그런 좌우 대칭구조야말로 [경복궁]을 가장 아름답게 돋보이게 하는 요소였다. 하늘에서 본다면 기계장치로 세워진 전통저택은 마치 회로도처럼 보이기도 했다. 1대 장영실 때부터 외적의 침입에 대비해 개조하기 시작한 궁전은 지금와선 자동방어가 가능한 난공불락의 요새나 다름 아니었다. 특히 최근 94대부터 99대까지의 장영실들이 공을 들여 개조해낸 대례, 정무 공간인 근정전과 사정전은 [경복궁]에서뿐만 아니라 조선에서 가장 발전된 기술의 집합체였다. 정무를 돌보는 사정전에는 상소문과 처리해야 할 국정문서들을 바로 홀로그램 화면으로 전송하는 장치들이 어좌에 붙어 있었으며 긴급용 핫라인 홀로그램도 설치되어 있었다.

행사와 외교를 중심으로 하는 근정전은 팔작지붕을 올린 618년 전 그 모습을 그대로 취하고 있었지만 사실은 34미터 위의 천장에 찬란하게 양각된 태양을 중심으로 뒤엉킨 칠조룡의 발톱들에선 위성국들의 수장들을 홀로그램으로 소환하는 핫라인이 붙어 있었다. 당연하게도 조선의 임금은 조선만을 다스리는 것이 아니라 중원에 수없이 나뉘진 중소국가들의 대표자이기도 했기에 근정전까지 개조가 된 것이다. 이런 첨단장치들은 근정전과 사정전을 포함해 [경복궁]은 전체적으로 음성명령으로 움직였는데 임금이 하명하는 성문과 뇌파 패턴을 읽어내 임금이 원하는 바를 이뤄주는 백퍼센트 자동화시스템이었다. 덕분에 임금은 일하는 기계나 다름 아닌 생활의 연속이었다.

임금인 이융融은 붉은 곤룡포를 입은 채, 오늘도 평소처럼 사정전 어좌에 앉아 상소문과 국정문서들과 씨름하고 있었다. 이 시간쯤이면 퇴궐하여 강녕전으로 가봐야 할 때였지만 하루가 다가도록 줄어들지 않는 서류더미와 씨름하고 있었다. 임금은 건장한 육체에 자로 잰 것처럼 반듯한 자세로 누구에게나 호감을 살 법한 진중한 표정을 하고 문서에 쓰인 글을 곱씹어 보고 있었다.

임금의 표정과 행동 하나하나가 마치 사진집에나 어울릴 정도로 아름다웠다. 그래서 혹자는 임금보다 아이돌에 어울리는 사람이 아니냐고 말하기도 했다. 이런 시선을 의식했던지 그는 좋은 임금이 되기 위해 배움의 자세를 잃지 않고 정진하였다. 하루에도 수백 건의 문서들을 읽으며 자신의 부족함을 다시금 깨닫곤 했다. 사실 임금은 건장한 체격과 출중한 외모와 달리 여린 심성의 소유자였다. 선왕인 평종은 임금의 이런 심성을 크게 걱정했다.

지금도 자신의 콤플렉스가 새삼스럽게 떠올랐는지 잠시 문서를 내려놓고 천장을 바라보았다. 주변을 보며 이곳이 진정 자신에게 어울리는 처소인지 고민하기 시작했다. 하루에도 몇 번씩 이런 고민에 빠져들지만 답은 나오지 않았다. 어째서 형님은 자신에게 선양했는가. 결국 고민의 늪에 허덕이다 그는 자신도 모르는 사이 어의가 금했던 담배를 입에 물었다. 나쁜 버릇이지만 담배를 피는 그 순간만큼은 편안했기에 쉽사리 담배를 끊을 수 없었다.

눈을 지그시 감고 담배를 깊이 빨아들이며 생각에 잠겼을 즈음, 어디선가 사이렌 소리가 울렸다. 그가 임금이 된 뒤로 처음 듣는 소리였다. 이는 근정전에서 울리는 소리였는데, 마치 거대한 고래의 울음소리처럼 간담이 서늘해짐을 느꼈다. 사이렌이 울린다는 것은 긴급한 사건이 일어났다는 소리였다. 그것도 평범한 사건이 아니다. 국가중대사란 소리다.

"대체 이게 무슨……. [경복궁]! 무슨 일인가?"

사실 [경복궁]은 더 이상 단순한 궁전이 아니었다. 특히 국가의 큰일을 결정하는 사정전과 근정전에 달린 인공지능은 일반적인 슈퍼컴퓨터 이상의 능력을 지니고 있었다. 생각하는 무기물에 가까워진 궁궐은 개국초기 공신인 정도전에 의해 지어진 건축물이 지닌 속성 그대로를 살린, 움직이는 시스템이라고 자부할 수 있었다.•

[경복궁]은 임금의 하명으로 홀로그램으로 문자를 띄었다.

－3분전, [우인궁]에서 테러사건 발생.

• 1395년 10월. 정도전이 궁의 이름들을 짓고 그 의미를 임금께 아뢰기를 "임금으로서 무엇에 부지런해야 하는지를 모르면 부지런하다는 것이 오히려 번거롭고 보잘것없습니다. 부디 어진 이를 찾는 데 부지런하시고 어진 이를 쓰는 것은 빨리하십시오." – 태조실록 4년 10월 7일(이것이 뜻하는 것은 단순한 부지런함을 뜻하는 것이 아니라 위정자로서 백성을 위해 노력하는 정치를 펼칠 수 있어야 한다는 것이다.)

"뭐라, 뭐라고 했느냐?"

−ANG 채널을 시작으로 전 세계로 방송 중.

[경복궁]은 사정전의 홀로그램으로 절찬 생방송중인 [우인궁]의 수난을 TV로 보여주고 있었다. 임금은 크나큰 자괴감에 빠져들었다. 자신이 입고 있는 붉은 곤룡포가 어느 때보다도 무겁게만 느껴졌다.

임금은 사정전의 높은 어좌에 앉아 실의에 빠진 채 오른손으로 얼굴을 가리고 수심에 잠겨 있었다. 합선대군의 사저에서 인질농성이라니, 한 나라의 왕족을 인질로 잡다니⋯⋯. 그 충격이 어찌 작다 할 수 있겠는가? 사실 왕실을 노린 테러가 조선사 600여 년 동안 없었다고 말할 순 없겠지만 지금 일어나는 일은 급수가 달랐다. 경호청의 요원들은 모두 죽었고 주변의 경찰들도 무작정 돌입하다 목숨을 잃었다.

게다가 알 수 없는 [에너지막]이 궁전을 막더니 세계 규모의 방송사인 ANG카메라를 통해 테러리스트들이 왕족과 그 손님들을 인질로 잡고 있다고 당당히 선언해버린 것이다. 손님들 중에는 해외 각국의 대사들도 포함되어 있어 최고의 치안국이라는 자존심을 구기고 말았다. 강인한 경찰력을 자랑하던 조선이라고는 생각할 수 없을 정도로 너무나 무참히 무너졌다. 그것도 지금까지 우습게 보던 얼치기 조직에게 말이다. 일개시민부터 고위급 정치가까지 지금 일어나는 일을 모두 악몽이라 생각했다. 지금이라도 당장 눈을 감았다가 뜨면 평온하고 고요한 조선으로 돌아올 것만 같았다. 하지만 아니다. 엄연히 실시간으로 벌어지고 있는 사건이었다.

[우인궁]을 둘렀던 의문의 구체는 크리스마스추리에 장식된 붉은

빛처럼 반짝거리다가 이내 그 불빛이 줄어들며 [우인궁] 외벽을 무너트리고 있었다. 이를 지켜보고 있던 임금은 얼굴을 찡그리고 말았다. 즉위 이래 이처럼 치욕적인 순간이 또 있었겠는가. 조선의 왕족이 인질로 잡혀 있는데 손을 쓸 수도 없는 상황이라니. 그저 한숨만 짓고 있는 자신 또한 용서할 수 없었다.

사실 임금은 겨우 스무 살밖에 되지 않는 젊은 왕이다. 형인 합선대군과 무려 스무 살이나 차이가 난다. 젊어서인지 아직 감정이 앞섰고 성격도 급한데다가 왕족이라기엔 너무나 선량한 자였다. 대군의 마음 속에서는 차라리 범부의 자식으로 태어났으면 고생하지도 않았을 터라 여긴 게 한두 번이 아니다. 허나 평종의 아들로 태어났기에 임금으로서 의무를 다하고자 노력했다. 다만, 경험이 적고 어리숙하여 우왕좌왕하는 경우가 많았다. 지금도 한참 동안이나 싸구려 자기연민에 빠져 있었다. 그렇다고 이대로 존경하는 형님과 사랑하는 조카를 적의 손에 내맡겨둘 수만은 없는 일이었다. 갑자기 정신이라도 차렸는지 임금은 허공에 대고 소리쳤다.

"[경복궁]! 어서 치안·안보담당 관리를 부르라. 각료회의 전에 내 친히 이야기를 듣겠다."

홀로그램이 번쩍이면서 사람의 형상을 하나씩 하나씩 만들어냈다. 국방장관, 합참의장•, 경찰청장, 국정원장 순으로 등장했는데 이들은 치안과 안보를 담당하는 고관들이었다. 평소라면 이 4명의 늙고 고루

• 합참의장은 국방장관의 바로 밑의 직위지만 대부분 국방장관은 문관이 역임하기에 실질적인 3군의 지휘 권한을 가진 군인은 합참의장이다. 하지만 최종 결정권자는 국방장관이기에 국방장관과 함께 불려온 것이다.

한 남자들은 자신의 직책을 상징하는 권위에 찬 관복을 입고 임금 앞에서 참으로 당당하게 서 있었을 것이다. 하지만 오늘은 그들의 허영에 가득 찬 관복조차 초라해보일 정도로 그들에게 힘을 실어주지 못했다. 평균나이가 60대인 사내들이 마치 나쁜 짓을 하다가 들킨 어린아이처럼 우물쭈물거리고 있었다.

"전하! 죽여 주시오소서! 신들의 부덕함에 일어난 일입니다."

이윽고 국방장관을 위시한 고관들이 몸을 바싹 엎드려 왕에게 자비를 구했다. 하지만 임금은 몹시 분노하며 떨리는 목소리로 사정전에 모여든 각료들에게 말했다.

"대체 이게 무슨 일이란 말입니까. 혀, 형, 아니 합선대군 사저에 인질극이라니! 그것도 [어깨동무] 같은 얼간이들에게?"

평소에 잘 웃고 자비롭기로 유명한 임금이었으나 오늘 하루는 그런 임금의 모습을 찾아볼 수 없었다.

"죽여 달라고요? 지금 진짜로 죽여드릴까요? 여기 모이신 분 모두에게 내 친히 사약 한 사발씩 직접 먹여드릴 수도 있습니다. 과인의 형님과 조카…… 아니 아니, 대군과 현주가 세계에서 가장 얼간이 같은 테러리스트에게 잡혀 있는데 조선의 경찰과 군이 손도 못쓰고 있다 말하는 것을 믿으라는 게요? 우리 조선이 이리도 나약한 나라란 말입니까? 어서 말을 하지 대답들 못하겠습니까?"

"토, 통촉하여 주시옵소서!"

다시금 고관들이 자비를 구걸했다. 그런 고관들의 모습에 기가 찼는지 임금은 이들 네 명을 천천히 둘러보다가 국정원장과 눈이 마주쳤다. 그는 움찔하며 어쩔 수 없는 듯 변명을 늘어놓기 시작했다.

"신, 국정원장 박명서가 아뢰옵니다. [어깨동무]라는 단체는 워낙 점조직으로 움직이기에 한곳을 잡아도 다른 곳이 일어나며, 서로 연계가 되질 않습니다. 그들이 행동할 때만 잡을 수 있으며, 그때 잡는다 해도 그들을 완전 소탕하는 것은 불가능하옵니다. 그래도 지금껏 그리 피해 없이 처리해왔사옵니다."

임금의 얼굴이 고통스럽게 일그러지며 흥분하여 말을 더듬거렸다.

"겨, 경! 그러셔서 지금 이런, 이런! 일이 나게 두었단 말이오? 그 말을 하고 싶소?"

"전하, 신의 뜻은 그런 것이 아니오라 그만큼 그들이 두려운 존재가 아니었단 말을 하고 싶었사옵니다."

국정원장은 임금과 눈을 마주치지도 못하고 자비를 구하듯 고개를 숙였다. 허나 이는 임금의 분노를 더욱 키우는 꼴이었다.

"닥치시오! 나라의 정보기관을 책임지는 수장이 어찌 그리 무식하게 굴 수 있단 말이오?"

악에 받친 임금이 경찰청장을 노려보자 경찰청장은 무릎을 꿇고 임금이 묻기도 전에 미리 대답했다.

"신, 경찰청장 류선이 아뢰옵니다. 신이 경찰특공대를 움직여 민간인을 [우인궁] 근처 10킬로미터로 물렸고 주변도로를 모두 폐쇄하였으며 [우인궁] 근처의 높은 빌딩에 저격수들을 배치해 내부상황을 보고하여 언제든 사태에 대비하도록 했사옵니다. [우인궁] 근처에 작전실을 만들고 때가 되면 돌입할 수 있는 준비를 하였나이다."

경찰청장은 어떻게든 임금을 달래보려 했지만 임금의 마음은 진정되지 않았다. 오히려 임금의 화를 부추겼다.

"그럼 왜 돌입을 하지 않는 겁니까?"

무섭게 다그치는 지금의 임금 모습에는 산전수전 모두 겪었다는 경찰청장마저 주춤거리게 만들었다. 이런 상황에서 사정전에 모인 고관들 머릿속에 유일하게 떠오르는 한 인물이 있었다. 바로 조선 정치의 중심에 서 있는 합선대군이었다.

"그, 그것이……."

"그것이 뭡니까?"

경찰청장은 이마가 땅속으로 꺼질 듯이 깊숙이 숙이며 소리쳤다.

"전하! 들어갈 수 없사옵니다. 그들이 [매드 사이언스]를 사용하고 있나이다."

임금은 [매드 사이언스]라는 말에 당황하여 안절부절 못하다가 어좌에서 일어섰다. 지금껏 무시하던 적이 세상을 좌지우지할 수 있는 강력한 힘을 쥐고 있다니, 이 말을 듣고 기분 좋을 위정자는 없을 것이다.

세계의 과학은 두 종류로 나눠진다. 법칙성에 묶여진 일반적인 과학과 법칙을 파괴하고 무시하고 비웃는 [매드 사이언스]라고 불리는, 일반과학자들은 인정하고 싶지 않은 법칙성 너머의 과학, 현대문명을 비약적이고 파괴적으로 발달시킨 것이 바로 [매드 사이언스]들이었다. 덕분에 얼마나 많은 [매드 사이언스]를 보유하고 있느냐에 따라 세계의 판도가 달라지곤 했다. 예를 들면 교수가 바로 이런 [매드 사이언스]의 대표주자 중 하나였다. 그런 물건이 적의 손아귀에 있다는 것만으로도 임금이 저리도 우왕좌왕하는 것을 이해해줘야 한다. 임금은 일어난 채로 고관들을 내려다보며 소리쳤다.

"대체 어떻게 [어깨동무]가 가지고 있단 말이오? 대답하시오!"

하지만 아무도 대답할 수 있는 자가 없었다. 결국 분노가 극에 달한 임금은 옆에 있던 재떨이를 내던지며 소리쳤다. 다만 이것이 홀로그램이었기에 고관들은 재떨이가 사정전 너머로 투과되며 깨지는 음울한 소리를 들어야 했다.

"우리 조선은 어느 나라보다 강력한 치안유지를 해온 나라라고! 그런 나라에서 이런 사태가 일어났다고? 장난하시오! 그래서 지금 과인에게 무얼 이야기하고 싶으신 거요? 불가능하니 포기하자고요?"

"전하, 진정하소서! 신들의 뜻은 그런 것이 아니오라……."

"아니면 뭡니까? 좀 제대로 된 의견을 내보란 말입니다!"

[매드 사이언스]가 뒤엉킨 사건이다. 사태의 심각성은 어느 때보다 급박한 셈이다. 하지만 국정원장과 경찰청장은 지금 입이 열 개라도 모자랐다. 그저 모든 행위가 변명에 지나지 않았기 때문이다. 테러리스트에 대한 제대로 된 첩보수집조차 갖추지 못한 정보조직 수장과 국내 치안을 개판으로 만든 치안의 총책임자가 무슨 할 말이 있겠는가. 잘못하다간 이 둘은 정말 사약을 먹게 될 판이었다.

새파랗게 질려 아무 말도 못하고 있는 두 사람에 비해 국방장관과 합참의장은 얼굴빛이 크게 변하지는 않았다. 물론 잘한 것은 없지만 국내 치안담당이 아닌 둘은 그나마 나은 상황이었다. 하지만 여기서 이렇다 할 의견을 내지 않는 이상 그들 또한 안전하다곤 할 수 없다. 결국 국방장관이 무겁게 다물고 있던 입을 열었다.

"신, 국방장관 선하정이 아뢰오. 지금 책임공방이나 화를 내는 것만으로는 일이 해결되지 아니합니다. 지금은 큰일을 빠르게 처리하여 국가의 위신을 구하는 것이 먼저인 것으로 아뢰옵니다."

임금의 시선이 국방장관으로 향했다. 임금은 고깝지 않은 말투로 툭하고 내뱉었다.

"호오, 그럼 경께선 지금 저 안으로 들어갈 수 있는 방법이 있단 겁니까?"

"전하, [매드 사이언스]는 만능이 아닙니다. 그저 일반인의 이해범위를 넘어서는 과학일 뿐이지요. 조선이 보유한 [매드 사이언스]가 얼마나 많은지 잊으셨습니까? 군이 가진 기술만으로도 충분히 적을 무너트릴 수 있을 것입니다."

의외로 국방장관이 믿음직한 말로 응수하자, 임금은 저도 모르게 고개를 끄덕였다. 결국 인간이 만든 발명이다. 조선 또한 강국이 될 수 있는 기초가 바로 조선의 역사만큼 쌓여 있는 [매드 사이언스] 덕분 아니던가. 마음이 조금 진정되었는지 임금은 다시 어좌에 앉으며 중얼거리듯 말을 내뱉었다.

"경의 말이 옳군요. 조선에도 힘이 있지요."

"그렇습네다! 전하! 군의 힘을 믿어주시라요."

진중한 분위기를 박살내는 사투리가 들려왔다. 조선에선 정무를 볼때 규정상 표준어인 서울말을 사용하게 되어 있지만 가끔가다 지역색이 심각한 관리가 나오기 마련이다. 바로 합참의장이 그런 사람이다. 평양특유의 강하고 과격한 사투리가 그가 지금까지 군인으로서 쌓아온 경력을 이야기해주는 것만 같았다.

"합참의장께선 믿음을 주실 수 있소?"

임금의 질문에 합참의장은 앞으로 한걸음 나서선 군인다운 당당함을 숨김없이 드러냈다.

"신, 합참의장 이경업! 전하께서 명령만 주신다면 조 빨치산 아새끼들! 고조 대가리를 다 박살내버리겠습네다!"

"무슨 작전이라도 있는 거요?"

"군인은 행동! 아니겠습네까?"

임금은 기분이 나빠졌다. 합참의장의 무식함에 불길함이 느껴졌기 때문이다. 그러나 합참의장은 이에 개의치 않고 자랑스럽게 웃으며 소리쳤다.

"당장이라도 하전입자포 땅크부대를 몰고 반란군 아새끼들을 싹 날려버리겠습네다. 전하!"

임금은 머리를 부여잡았다. 모든 군인이 합참의장처럼 무식하진 않건만, 어쩌다 저런 무식쟁이가 저 직위까지 올라왔을까 생각이 절로 들었다. 제 아무리 군인으로서 혁혁한 공을 세운 사람이라 해도 전쟁의 전술을 짜는 뇌와 생각하는 뇌와는 매우 다르게 생긴 모양이었다. 임금은 머리를 부여잡았던 손으로 어좌를 때리며 소리쳤다.

"경은 대체 생각이 있는 사람이오? 없는 사람이오?"

합참의장은 임금의 분노에도 표정변화가 거의 없었다. 오히려 과격한 말투로 임금에게 호통을 쳤다.

"전하! 설치는 빨치산 아새끼들라 설러무네 짓밟아 부숴야합네다. 반항하는 반란분자를 숙청하는 것은 조선의 당연한 의무지 아니겠습네까? 땅크부대가 수도로 갈 수 있게 허해 주시라요!"

이때까지 입을 다물고 있던 경찰청장이 기겁을 하며 벌떡 일어나 소리쳤다. 당연히 그는 치안조직의 수장이었으나 어디까지나 문관이기에 합참의장의 과격한 발언에 질릴 만도 했다.

"이보시오, 합참의장! 감히 지엄하신 전하께 무슨 망발이오. 국내 치안에 군이 개입하다니 군경분리를 했음을 잊었소? 국내 치안은 경찰이, 국경방비와 해외파견은 군이 하는 것으로 국법에도 명시되어 있거늘 감히 수도에 탱크를 가져오겠다니 그대는 생각이 있는 자요? 게다가 어디다가 포를 쏘겠단 거요? 지금 대군의 궁가를 날려버리겠단 게요? 대군 마마와 현주 마마는 어찌할 참이오!"

이번 발언이 아니더라도 경찰청장은 친대군파 사람으로 유명했다. 임금의 안위 못지않게 대군의 안위를 걱정하는 위인이었다. 그도 그럴 것이, 지금의 경찰청장 직위는 대군이 만들어준 것이나 진배없으며 그의 보호가 없었다면 경찰청장이란 직책은 당장에 무너질 허수아비에 불과했다. 임금이 왜 이런 자를 추천했는지 아직까지도 이해하지 못할 정도였다.

경찰청장의 말을 듣고 있던 합참의장 얼굴에 비웃음이 만연했다.

"헹! 고조 고까짓 반란분자에 얻어터진 새끼가 앙칼지구만!"

"뭐라? 이 빨갱이괴수의 고향출신 주제에! 그러니 대군 마마가 어찌되든 상관없는 거겠지!"

결국 경찰청장은 합참의장에게 심한 수치심을 느낀 나머지 평양출신 사람에게 해선 안 되는 금언을 발설하고 말았다. 평양시민들은 민란 이후 반란괴수의 고향이란 이유로 차별에 시달리며 온갖 굴욕도 감내하며 살아왔다. 근처의 개성과 함께 부상富商이 많은 곳이었기에 왕에게 충성을 증명하고자 세금 외에도 국가에 많은 금액을 기부하기도 했다. 평양사람들은 민란의 괴수로 인해 불가피하게 보수적으로 클 수밖에 없는 상황이었다. 길고 긴 세월 동안 각고의 노력으로 지금은 형편이 나아진 셈이다. 그럼에도 여전히 이를 꼬투리잡는 사람들이 있었다. 그렇기에 평양사람들은 이런 트집에 매우 민감했으며 경우에 따라서는 살인도 불사하기로 유명했다.

"뭐가 어드레? 디금 내래 빨치산 아새끼랑 똑같이 본기래? 그런 기야! 고조 이 아새끼래 뚫린 아가리라고 듂고 싶은 기야?"

역시나 합참의장은 참지 못하고 총을 쏘고 말았다. 하지만 홀로그램통신이다 보니 구멍난 것은 아마 합참의 사무실일 것이다. 어좌에 앉아 이런 꼴을 보고 있던 임금은 평소에 없던 두통마저 생길 것만 같았다. 결국 임금은 화를 내고 말았다.

"멈추지 못하겠소! 나이들 먹을 만큼 먹은 사람들이 뭐하는 짓이오!"

임금의 노성에 경찰청장은 그대로 무릎 꿇고 고개를 숙였고 합참의장은 권총을 홀스터에 넣곤 기합이 잔뜩 들어간 기립자세를 취했다.

"전하! 제가 틀렸다고 생각지 않습네다. 어떤 희생이 있더라도 빨치산 아새끼들을 용서할 순 없는 겁니다. 타협따윈 억장이 막히는 일입네다! 대군 마마께서도 우리 군에게 특별히 지시하신 것이 있습네다! 군은 타협할 수 없는 것입네다!"

합창의장의 눈에는 아집이 서려 있었다. 그는 이 발언으로 옷을 벗게 되어도 상관없다는 듯 어좌에 앉은 임금을 바라보았다. 긴박한 상황에 합참의장 뒤에서 호통이 들렸다. 국방장관이었다. 옛 사대부 가문의 후손이어서인지 생긴 것부터 관우를 닮은 국방장관은 허리까지 내려트린 수염만큼이나 고풍스런 어투를 구사했다.

"합창의장! 어찌 이리도 무식할 수 있는가. 그곳에 하전입자포를 쏜다는 것은 [우인궁] 채로 날려버리겠단 소리나 다름 아니지 않은가!
그곳에는 조선 의회의 중추들뿐만 아니라 다른 나라의 대사들이나 사
업가들도 있다네. 그럼 이자들이 죽게 된다면 어찌될 거라 생각하나.
아무리 조선의 군사력이 다섯손가락 안에 들어가는 대국이긴 하나 전
세계와 싸움을 할 정도라 생각하는가? 감히 전하 앞에서 그런 망발로
전하의 심기를 더욱 힘들게 하는가! 전하, 이는 국방청의 책임자인 제
가 관리를 못한 탓, 죄가 있다면 제게 있으니 저를 문책하소서."

　가장 나이 많은 국방장관이 앞으로 나오며 예의를 갖춰 고개를 숙
이기까지 하니 합참의장은 할 말을 참고 입을 꾹 다문 채 뒤로 물러섰
으며 경찰청장도 더 이상 대꾸하지 않았다. 임금은 더는 말싸움이 보
고 싶지 않았기에 한숨을 쉬며 손을 내젓곤 하명했다.

　"아니 됐소. 지금 누구의 잘잘못을 따질 때가 아니라고 한 것은 국방
장관, 바로 그대요. 이 이야기는 그저 듣지 않았던 것으로 하겠소."

　"성은이 망극하옵니다. 전하! 하오나 합참의장의 생각이 아주 틀린
것만은 아니옵니다. 어찌 조선이 테러리스트와 교섭이 있을 수 있겠
습니까? 최후에는 어쩌면 합참의장의 생각대로 움직여야 할 수도 있
습니다. 허니 정식 각료회의 전에 외교청에 명을 내리서 국가들과
이야기를 조율하는 것이 좋지 않겠습니까."

　옛 사대부 가문의 후손은 예법을 따질 줄 알았다. 같은 말도 어떻게
포장해야 할지 잘 알고 있었다. 그저 무식하게 밀어붙이기 식의 합참
의 말보다 국방장관 말이 더욱 그럴 듯해 보였다. 임금은 조금 탐탁지
는 않았으나 고개를 끄덕이며 국방장관의 말을 허했다.

　"어디까지나 만약을 위해서일 뿐이오."

"성은이 망극하옵니다. 전하!"

＊＊

임금은 여전히 제대로 된 의견이 나오지 않자 엄습하는 두통에 시달리다 이내 소리쳤다.

"지금 장영실 소장은 어디에 있는 거요?"

국가에 긴급한 일이 있을 때, 정부고관들과 함께 불려오는 자가 있다. 통칭 [장영실연구소]라 불리는 [조선국방과학연구소]의 소장이 바로 그렇다. 그런데 고관들과 함께 어전에 당도했어야 할 장영실은 오지 않았다.

"[경복궁]! 어서 [조선국방과학연구소]와 연결하라!"

임금의 어명이 떨어지자 [경복궁]은 사정전 전체가 전율할 정도로 임금의 마음에 찬물을 끼얹는 글귀를 달필로 휘갈겼다.

-불가(不可)

"어째서냐 [경복궁]?"

-현재 [조선국방과학연구소]는 회선이 차단되었습니다.

"설명하라."

-고의적인 방해일 가능성 백퍼센트.

"무어라? 누가?"

-불가(不可)

"말도 안 돼! 말도 안 되는 일이야. 감히 누가 이런 짓을 한단 말이냐!"

-불가(不可)

"이럴 수가!"

임금이 망연하게 천장을 쳐다보자 고관들은 마치 미리 짜기라도 한 것처럼 한마음으로 움직였다. 모두 일제히 장영실을 공격했다.

"어찌 그런 미친 자를 찾으십니까? 능히 이번 일의 책임을 져야 할 자입니다."

"그렇습니다. 전하! 오히려 적의 장비를 제대로 방비하지 못한 벌을 주어야 합니다! 조선전역을 감싼 방어시스템을 구축했으면서 이 정도 공격도 예측하지 못한단 말입니까? 이는 역심이 없다 어찌 말하겠습니까!"

"그렇지요! 어찌 조선의 과학이 빨갱이들에게 무너진단 말입네까. 요거는 장영실이 전하께 못된 마음을 가져서가 아니겠습네까? 벌을 주셔야 합네다!"

"지금 전하가 불렀음에도 오지 않았음이 역심을 가장 크게 증명하는 것이 아니겠습니까? 벌을 주어야 합니다. 전하!"

고관들은 한입을 모아 장영실의 실태를 고하면서 그가 반역을 저지른 것이라 말하며 그를 처벌할 것을 청하고 있었다. 자신들의 방심을 무마하기 위한 희생양으로 삼고 싶었던 것이었겠지만 고관들은 현재 99대 장영실과 그리 친하지도 않았다. 그렇다고 모든 장영실이 정치가들이나 고관들과 사이가 나빴던 것은 아니다. 다만 99대는 특별했다. 99대가 큰 죄를 지은 죄인이었다는 점, 게다가 자신들과 같은 등급에 위치하고 있다는 점을 맘에 들어하지 않았다. 하지만 언제나 임금에게 최고의 결과만을 내주면서 높은 충성을 보이는 99대에게 임금은 신뢰로 답했다. 이러니 자신들의 과오를 남 탓으로 돌리려고만 하는 고관들 모습에 임금은 눈살을 찌푸릴 수밖에 없었다.

"부끄러운 줄 알아야지! 하나가 되어 생각을 모아도 모자랄 판에 남 탓이나 하려 들다니! 도대체가 이런 그대들을 어떻게 믿으란 말이오!"

그러나 임금의 노성에 반응한 것은 고관들이 아니었다.

"암요, 지금 인질이 잡혔는데 말이죠. 정신들이 나가셨나봐요? 대가리에 똥만 잔뜩 들었으니 그 모양이지. 크하하하하!"

쓸데없이 적의를 살 법한 경박스런 웃음소리였다. 처음에는 실체가 없이 목소리만이 들리던 것이 점차 덧칠되어가듯 그 존재를 드러냈다. 노란색 트렌치코트를 걸치고 있는 동양인이었다. 그는 기둥 하나에 기대곤 두 손으로 배를 움켜잡으며 허파에 구멍이라도 난 것처럼 큰 웃음을 흘리고 있었다. 그런 괴한의 모습을 보며 모두 아연실색해 있는데 이때 정신을 차린 국방장관이 소리쳤다.

"네놈 누구냐? 감히 이곳이 어딘 줄 알고! 아니 그 이전에 어찌 들어온 것이야?"

웃음을 멈춘 트렌치코트의 사내는 고개를 갸웃거리다 무언가 깨달은 것마냥 이마를 치면서 낄낄거렸다.

"응? 아 맞다. 또 소개도 않고 혼잣말부터 했네. 이거 정말 안좋은 버릇인데. 하하하, 전하! 그리고 고관대작 여러분. 저는 [디오게네스클럽]의 사자입니다."

사내는 몸가짐을 제대로 하고 짐짓 과장된 예의로 무장한 광대처럼 굴었다. 비굴한 미소로 얼굴을 감추고, 땅에 닿을 듯 깊이 머리를 숙여 상대를 방심시키고 원하는 말을 들으려 하는 악의에 가득 찬 광대 말이다. 고관들과 임금은 사내의 소속단체명을 듣더니 적대적으로 돌변했다.

"[디오게네스클럽]? 과인은 그대들을 부른 기억이 없다. 게다가 조선에는 지부를 허락한 기억이 없는데? 그보다 어떻게 궁에 들어온 게냐?"

"흐흐흐 그것은 제가 존 D이기 때문입니다. 전하!"

"존 D? 다, 당신이 그 클럽의 처형자란 말이오?"

임금은 떨리는 목소리로 말했다.

"흐흐흐 전하께서도 제 무용담을 들으신 모양이군요. 영광입니다. 뭐, 상관없지만."

존 D의 이름을 들은 몇몇 고관들은 얼굴이 새하얗게 질려선 입을 뻐끔거렸다. 그들 중 그나마 군인인 합참의장은 큰 소리로 임금께 고했다.

"전하! 어서 경호청 호위를 부르시라요. 저자는 살인맙네다! 어찌 살인마를 궁궐에 들일 수 있겠습네까?"

"살인마라, 너무 하네 정말."

존 D는 한숨을 쉬며 어깨를 으쓱거렸다. 하지만 살인마라는 그의 평가는 아주 틀렸다고 할 수는 없었다. 그가 임무를 수행하며 지금껏 골로 보낸 사람 수가 손꼽아 헤아릴 수 없을 정도이고 보니 그의 소문을 알고 있는 자들은 그 이름만 듣고도 평상심을 되찾기 어려웠다. 그런 자가 임금이 사는 궁에 침입했다니 정신이 나가지 않은 것만 해도 대단한 것이다.

"이 아새끼가? 고래! 고기 가만히 있으라우! 내래 직접 땅크를 몰고 대갈통에 한 방 쏴주갔어!"

정신을 못 차리고 공허하게 화만 내는 합참의장을 보면서 존 D는 특유의 이죽이는 미소를 보였다. 이런 뒤틀린 미소를 보면서 마음을 다잡을 수 있는 사람은 얼마 되지 않았다. 그것을 알고 있기에 그의 깐죽거리는 성품은 날이 갈수록 더욱 심해졌다.

"경, 경망스러운 입들을 다물지 못할까? 가, 가만히 있으시오! 조선의 녹을 받아먹는 자들이 그리 쉽게 도발 당한단 말이오! 부, 부끄러운 줄 아시오!"

보다 못한 임금이 소리쳤다. 하지만 그 모습에는 방금 전까지 고관을 꾸짖던 당당함은 어디론가 사라지고 잔뜩 겁먹은 얼굴이었다.

"하오나 전하!"

고관들은 무릎을 꿇으며 임금에게 소리쳤다. 하지만 겁먹어서인지 임금의 귀에는 이미 그런 소리가 들리지 않았다.

"든, 드, 듣기 싫소! 무엇이 하오냐? 그가 어떤 자인지는 중요치 않소! 그가 사자라는 것이 중요하지! 만약 그가 과인을 죽이러 온 것이라면 이미 죽었을 것이오. 과인의 말이 틀렸소? 디오게네스의 사자여?"

"흐흐흐 꼭두각시라는 이야기가 있던데 그럭저럭 쓸 만한 임금이셨네?"

존 D는 깐죽이는 태도를 고치지 않았다. 오히려 박수를 치며 임금을 모욕했다. 어쩌면 [디오게네스클럽]에 대한 소문이 나빠지는 몇 가지 이유 중 하나가 존 D 때문일 수도 있었다. 나머지는 윈스럽 의장 탓이지만.

"닥쳐라! 지금 심기를 건드린다면 네가 클럽의 사신이든 말든 상관하지 않을 것이다! 과인의 말을 알겠느냐? 알아들었다면 그만 깐죽거리고 본론으로 들어가라! 대체 무슨 이유로 온 게냐?"

못난 자신으로 인해 지금 같은 상황에 몰렸다고 생각한 임금은 좌절감이 깊어지자 오히려 막힘없이 말이 튀어나왔다. 존D는 그런 임금의 마음을 무시한 채 이죽이는 미소로 말을 이었다.

"예예, 제가 개입할 권리를 주시죠."

"뭐라? 지금 무어라 했느냐?"

임금이 어이가 없어 물어보자 존D는 괜히 어깨를 으쓱거렸다.

"이놈이 실성을 했군! 네놈이 뉘 안전이라고 허언을 쏟아내느냐? 입 조심하거라 이놈!"

국방장관이 화가 나 소리를 질렀다. 존D는 한숨을 쉬더니 말을 시작했다.

"아 그렇죠. 클럽이 조선에 개입할 권리가 없죠. 지금도 사정이 틀리진 않죠? 그러나 저희에게 명분은 충분하지 않나요? 댁들이 치안을 개판쳐놨으니 평화가 무너질 수도 있다는 것이 의장님의 결론입니다. 그 연회장에는 조선의 국민만 있는 게 아니니까요. 아시겠습니까?"

흥분한 경찰청장이 삿대질을 하며 화를 냈다.

"네놈이로군! 네놈들이 함정을 판 게야! 가만히 있지 않을 것이야! 전하, 더 이상 저런 천한 자의 요설을 들을 이유가 없습니다. 경호청 호위를 부르소서!"

존D의 광대와도 같은 웃음이 미친 듯이 터져나왔다.

"개소리도 그 정도면 예술이네요. 우리가 무엇이 모자라서요? 예? 나이가 드니 뇌가 많이 쫄아드셨나봐요? 저희 클럽은 세계평화를 위해 움직인다니까! 이 빌어먹을 노친네들아! 내가 가만히 있으니 가마니로 보이나? 앙? 내가 여기에 있는 임금님은 못 죽여도 댁들은 얼마든지 죽여줄 수 있거든!"

존 D의 으름장에 아까까지 흥분하고 있던 경찰청장은 헛기침을 하며 고개를 돌렸다.

"설마 장영실과 핫라인을 막은 게 그대의 조직인가?"

임금이 겨우겨우 마음을 가다듬으며 묻자 존 D는 이제까지의 험악한 인상을 지우고 너스레를 떨며 말했다.

"하하하. 저희는 아니죠. 오히려 저희도 이번 사건을 예측하지 못했습니다. 정말로요. 하하하."

이 말에 분개한 국방장관이 소리쳤다.

"전하! 허락해선 아니 됩니다! 저들은 평화란 명목으로 세계를 지배하려는 더러운 단체에 불과합니다!"

"아 쫌! 왜 이리 클럽의 이름이 개판난 거야? 진짜……."

존 D는 자신들이 왜 이렇게 모욕을 당해야 하는지 이해하지 못하고 있었다. 그 말에 열받은 합참의장이 소리쳤다.

"그렇습네다. 전하! 고조 조론 아새끼에게 맡기느니 군이 나서겠습니다."

존 D는 그들을 비웃으며 말했다.

"이럴 때만 한맘이셔. 한마디 해드리죠. 댁들 중 저거 뚫을 줄 아는 사람 손? 거봐 없잖아! 그럼 제 능력이 무엇인지 알고 계실 텐데요?"

"그대의 능력?"

"예, 지금 임금님과 대화를 나눌 수 있는 것도 다 제 능력 덕입니다. 전 어느 곳이든 들어갈 수 있습니다. 그곳이 지옥이든 천국이든 상관 안 해요. 지금 이렇게 이야기를 나누고 있는 중에도 이미 대군 마마와 이야기를 나누고 있지요. 하하하. 저 크리스마스 공처럼 빤짝거리는 녀석 안으로도 들어갈 수 있다는 거죠."

"그것이 사실이오?"

"예, 합선대군과 이야기를 나누고 있습니다만 대군께도 말했지만 1분 만에 저 테러리스트를 지구상에서 없애드릴 수 있습니다."

"그, 그렇소?"

"전하! 그자의 허황된 소리에 귀를 기울여선 아니 됩니다. 조선의 일에 어찌 외인을 끌어들인단 말입니까?"

"아 그러세요? 그래서 댁들이 들어갈 수 있으세요? 있으면요. 난 오지도 않았어! 결정은 전하께서 하십시오."

"전하!"

모두의 시선이 한곳으로 몰렸다. 임금의 결정을 기다렸다.

"그, 그대는 지금 들어갈 수 있단 말이지?"

"당연합니다. 제가 어찌 이곳에 들어올 수 있었겠습니까?"

고관들은 고개를 숙이며 할 말을 잃었고 존 D는 그저 즐거운 듯 호기심어린 미소로 임금을 대했다. 임금이 이런 음흉함을 모르는 바는 아니었지만 달리 방도가 없었다. 최소한 장영실과 연락이 닿을 수만 있다면 해결될 일이지만 그럴 가능성이 희박하기에 임금은 두 눈을 질끈 감고 허락하고자 했다. 하지만 그 순간 낭랑한 목소리가 들려왔다.

"전하, 그자의 허언을 믿지 마시어요."

• 조선의 귀녀

아빈현주의 뜻밖의 등장으로 임금은 어떻게 반응해야 할지 몰랐다. 자신이 허하지 않은 조카의 입궐은 임금의 머리를 어지럽히기 딱 좋았다. 그 잘생긴 용모가 금붕어처럼 뻐끔거리니 얼굴조차 얼빠져 보였다.

"아빈아, 아니 현주! 어떻게 여기에⋯⋯."

"주상 전하께서 어려움을 겪고 계신데 어찌 귀녀가 가만히 있을 수 있겠습니까?"

아빈현주는 생긋 웃으며 임금께 목례를 올렸다. 어여머리가 무거우니 함부로 몸을 숙이기 힘들었으리라. 그리고 진지한 표정으로 말을 이었다.

"원치 않게 이야기를 들었습니다. 전하! 어찌 조선의 안전을 외인, 그것도 이리도 무례한 자에게 맡기시려 하시려는지요."

달리 방도가 없었던 임금은 고개를 가로저을 수밖에 없었고 아빈현주 또한 이런 사정을 이해 못하는 바가 아니었기에 담담히 임금을 바라보고 있었다. 고관들은 지금 인질극 한복판에 있어야 할 현주가, 감히 국정 일에 끼어들었다는 사실에 기분이 언짢아 있었다. 아무리 조선에서 가장 영향력을 발휘하는 거물의 딸이라 해도 감히 어린 여자아이가 국정을 논하다니, 심히 불쾌할 수도 있으리라.

"현주 마마! 마마께오선 무슨 방도가 있긴 있는 겁니까?"

아까부터 여기저기서 타박을 받은 경찰청장의 히스테릭한 말투가 터져나왔다.

"물론이오!"

"호오, 그렇다면 그 고견을 여기 모인 우둔한 자들에게도 들려주시겠습니까? 현주 마마."

도무지 속을 알 수 없는 미소를 짓고 있는 국방장관을 보며 아빈이 말했다.

"[장영실연구소], 아니 [조선국방과학연구소]에 있는 장영실에게 부탁하는 편이 훨씬 낫지 않겠습니까?"

"하하하하, 어른스러움을 가장한들 어차피 어린아이였군! 지금 그곳에 연락이 되지 않음이 확실한데 어찌 연락한단 말이오? 현주 마마."

국방장관은 삼국지에 나오는 관우를 닮은 풍채를 하고 있었기에 그의 입에서 터져나온 웃음조차 품위와 위압감이 묻어나왔다. 국방장관은 웃음에 여세를 몰아 조선의 남자들이 그러하듯 하찮은 아녀자를 내려다보는 눈빛으로 그녀에게 물었다. 아빈현주는 그런 시선에 심한 수치심을 느꼈지만, 어떤 때보다도 아름다운 미소를 가장하고 대답했다.

"아버지께서 초청하신 손님이라면 가능하지요."

"대군 마마의, 손님이시라고요?"

대군의 이야기가 나오자 분위기가 반전했다. 눈앞의 계집아이정도야 무시할 수도 있지만 대군이라면 또 이야기가 달라진다. 조선에 있는 사람이라면 대군의 행동 하나하나에 조심스러워질 수밖에 없었다. 쩔쩔매는 노익장들의 모습을 지켜보며 그녀는 속이 풀렸는지 계속 말을 이어갔다.

"그렇소. 어찌 귀녀가 인질극이 벌어지는 [우인궁]에서 여기로 올

수 있었겠소?"

이제야 고관들의 낡은 머리가 돌아가기 시작한 모양이었다. 어떻게 아빈현주가 이곳으로 올 수 있었는가. 그저 입을 다물 수밖에 없었다.

"경들은 따로 할 말은 없는 것으로 알겠소. 오시오 교수!"

"예, 현주 마마."

기둥 뒤에서 들린 목소리는 고급스런 질감의 망토를 펄럭이며 허리를 숙여 예를 표하곤 들어왔다. 고급 실크가 주변의 빛을 반사하듯 반짝이고 있었다. 교수였다. 임금은 패션잡지에나 실릴 법한 화려함에 입을 다물지 못했고 고관들은 계속되는 깜짝 퍼레이드에 기분이 좋지 못했다. 물론 존 D는 그런 화려한 등장에 고개를 숙이고 "저 노친네 주목받는 거 좋아하는 바보라니까." 이라며 중얼거리고 있었다. 아빈현주는 주위사람들의 이목은 아랑곳하지 않고 교수에게 주상을 소개하고 있었다.

"교수! 어좌에 앉으신 분이 바로 조선의 중심인 주상전하시오."

교수는 무릎을 꿇고 임금을 보며 말했다.

"만세! 만세! 만만세! 전하. 이처럼 용안을 마주할 수 있는 영광, 노구에게 있어 분에 넘치옵니다. 미천한 노구의 이름은 크눕 하드니스. 간단하게 교수라고 부르시면 되옵니다."

"전혀 간단한 명칭이 아니잖아."

존 D는 작은 소리로 핀잔을 놓았지만 사실 여기 모인 누구도 교수라는 명칭을 가벼이 여길 사람은 없었다. 물론 교수 또한 이 명칭에 집착하고 있음을 보여주는 대사일 뿐이다.

"교수라, 그대가 대군의 손님으로 온 자요?"

임금은 안타깝게도 교수를 알지 못했다.

"그러하옵니다 전하!"

교수는 무릎을 꿇은 채로 어좌에 앉은 임금을 바라보며 찬란한 미소를 지었다. 사정전이 마치 연극무대처럼 변하여 지금 당장이라도 주변이 어두워지며 임금과 교수 자리에만 스포트라이트를 내릴 것 같은 분위기였다. 그러나 임금은 그런 과장된 교수의 태도에 심기가 불편해졌다. 속마음을 숨기는 과장성은 조선인이 가장 혐오하는 행동 중 하나이기에 이 순간 언짢은 말을 툭, 내뱉고 말았다.

"그대가 무엇을 도울 수 있단 말이오?"

임금의 짜증에도 불구하고 교수는 예법으로 감싼 자신의 가면을 벗지 않았다. 다시금 미소를 지으며 말했다.

"예! 조선은 외인의 힘을 빌리지 아니함을 알고 있사옵니다. 그러기에 저는 어디까지나 앞으로 나설 생각조차 없습니다. 미약하나마 도움을 드리고자 함입니다."

"도움? 무엇을 말이오? 끊긴 연구소 회선이라도 살릴 재주라도 있는 게요?"

교수는 너털웃음을 흘렸다.

"장영실 소장을 이곳으로 직접 오게 할 수도 있지요."

"그게 가능하오?"

임금은 비꼬려고 하는 말이 아니다. 그럴 수밖에 없는 것이다. [조선국방과학연구소]는 그 소재지가 불분명했다. 조선에 있는 사람도 정확한 소재지가 어딘지 알지 못했다. 그 장소는 보안이 걸린 곳이었고 아마도 유일하게 장소를 아는 자는 임금뿐일 것이다.

"가능하옵니다. 그저 주상전하의 어명만이 필요할 뿐입니다."

"과인의 명령?"

"그러하옵니다. 노구가 조선에 있으면서 어찌 감히 어명도 없이 움직이겠나이까."

"흠."

"전하, 장영실을 데려올 수 있는 자가 저기에도 있사옵니다만 저자는 자기 조직의 이득에만 눈이 팔린 자라 하지 않을 것입니다. 저자의 이야기를 들으셨다면 아시지 않으십니까. 저로 말한다면 어차피 지상의 일에는 관심이 없사옵니다. 그저 전하가 쓰고자 하는 곳에 쓰길 바라옵니다."

임금은 고민에 빠졌다. 클럽 멋대로 일이 추진되는 것을 막을 수도 있겠지만 눈앞의 외국인이 믿을 만한 사람이냐고 묻는다면 천만의 말씀이었다. 임금은 이득 없이 움직이는 자는 백치거나 다른 꿍꿍이가 있기 때문이라고 대군에게 배웠다. 저 미소짓는 얼굴 뒤에 어떤 칼을 감추고 있을지 알 수 없는 노릇이었다. 이런 고민 도중에 아빈현주가 끼어들었다.

"전하, 귀녀가 보증하겠습니다. 반드시 교수는 장영실 소장과 함께 다시 입궐할 겁니다."

"아빈아, 아니 현주! 어찌 그리 쉽게 말하느냐?"

"아니옵니다. 전하! 귀녀가 그리 쉽게 말을 꺼내지 않음은 전하께서 더 잘 알지 않으신지요. 교수가 딴 맘을 먹는다면 귀녀 또한 전하를 능멸한 죄의 대가를 받겠사옵니다."

아빈현주의 강단 있는 말에 임금은 고개를 내려뜨릴 수밖에 없었다.

"아, 아, 아빈아! 알았다. 그리고 교수, 현주의 추천이 있으니 한번 믿어보겠소. 한시가 급하니 빨리 장영실 소장을 데려오시오."

"전하, 성은이 망극하옵니다. 크눕 하드니스의 이름을 걸고 반드시 그리하겠나이다."

이런 촌극을 보던 존 D는 혀를 찼다. 교수에게 다가가며 짜증을 쏟아냈다.

"쳇, 저 노친네! 남 엿 먹이는데 도사라니까."

"어찌 그리 생각하는지 모르겠군. 하긴 평생 남을 골탕먹이는 작자들이니 그리 피해망상에 빠져 있는 것도 알 것 같으이."

교수는 기분 나빠하는 존 D를 보며 껄껄 웃었다. 교수의 커다란 웃음소리에 존 D의 얼굴근육이 미세하게 떨렸다.

"왜 의장님이 그렇게 댁을 죽이려는지 알겠네. 막 죽이고 싶네요."

존 D의 천박한 말을 무시하곤 교수는 입을 열었다.

"그래서 대체 뭘 꾸미는 겐가? 클럽은?"

"보통 때라면 웃으면서 놀려먹겠지만 진짜 아니거든요. 한 일로 욕 먹으면 기분이라도 좋죠."

교수는 존 D의 말에 거짓이 없음을 알았고 고개를 끄덕였다. 그리고 한 가지 충고했다.

"그렇군, 그렇다고 여기서 할 말은 아니네."

"예?"

무슨 소린지 모르고 얼빠진 소리를 내뱉은 존 D였지만 주변사람들의 살기등등한 모습들에 교수의 충고가 무엇을 뜻하는지 알아챘다. 사람들 앞에서 음모를 꾸미는 것을 그리도 당당히 드러냈으니 예삿일로 끝날 일은 아니었다. 교수가 일부로 그리 유도했으리라 늦게 깨달았다.

"아……."

임금은 신경질적으로 어좌에 달린 긴급버튼을 누르고 외쳤다.

"여봐라! 게 누구 없느냐? 당장 조선을 능멸한 자를 추포하라!"

"아놔, 맨날 우리 조직은 이렇게 대우가 안좋아!"

존 D는 한숨을 쉬며 점차 사라져갔다. 사정전에서 불편한 존재가 사라지자 임금은 숨을 몰아쉬고 교수를 내려보며 말했다.

"그럼 교수! 부탁 좀 하겠소."

교수는 임금의 명에 무릎을 꿇고 고개를 숙이곤 외쳤다.

"전하의 명 받들겠나이다."

인사를 마친 교수는 이만 일어나 허리춤에서 은시계를 열고 궁을 나서려 했다. 그러자 아빈현주가 불러 세웠다.

"교수, 멈추세요. 어딜 그리 급히 가시는 게요?"

교수는 짐짓 무슨 소릴 하는지 알아듣지 못하는 척 말했다.

"현주 마마, 한시가 급한 일이지 않습니까."

그러나 아빈현주의 얼굴은 짓궂어졌다.

"나도 같이 갈 것이오."

"아니, 지금 갈 곳은 어린 소녀가 갈만한 곳은 아니옵니다."

교수가 너무도 놀란 표정을 지었다. [조선국방과학연구소]가 어떤 곳인가? 비인도적이고 잔인하기로 유명했으며 그 어떤 미친 짓이든 매우 사무적으로 담담하게 수행하는 곳이다.

"그럼 외인인 교수가 혼자 가서 뭘 하겠단 거요? 장영실과 만나려면 왕실사람의 소개가 천 마디의 설명보다 빠르지 않겠소?"

"하오나 현주 마마는 궁에 계시는 게 안전하옵니다. 여기까지 도와주심 또한 큰 도움이옵니다."

갑자기 임금이 끼어들었다.

"걱정되는구나. 교수의 말이 옳다. 일개 여인의 몸으로 너무 무리하는 것이 아니냐."

성차별적인 발언이지만 임금은 진심으로 그녀가 걱정되어서 한 말이었고, 이런 시급한 상황에서 아빈현주는 솔직하게 감사만 하고 있을 순 없었다.

"위험하다고 아버지께서 저리 곤경에 처한 것을 무시할 순 없는 것입니다."

"그러나 [장영실연구소]는 여성이 가시기엔 위험한 장소이옵니다. 이는 남자들에게 맡기셔야 하지요."

경찰청장이 임금의 말에 덧붙이듯 말했다. 아빈현주는 고관들을 둘러보며 쏘아붙이듯 말했다.

"그대 같은 자들이 있어 조선이 전근대적인 국가란 소리를 듣게 되는 거요. 만민은 평등하며 남녀의 구별이 없다고 포고하신 선대 전하들의 유지를 더럽힐 셈이요?"

이 대목에서 경찰청장을 비롯 고관들의 얼굴색이 달라지며 표정관리가 되지 않았다. 이런 폭발일보 직전의 상황에 교수가 끼어들었다.

"그러하오나 그런 위험한 곳에 어찌 현주 마마를 모신단 말입니까?"

"그대는 나를 에스코트해주기로 하지 않았소. 잊은 것이요? 그대는 신사된 자로서 한 입으로 두말할 셈이요?"

"그, 그것은…….그러하옵니다."

"그럼 지키시오, 교수."

교수는 졌다는 듯이 고개를 숙일 수밖에 없었다. 정말이지 교수의 최대 약점은 신사도다. 언젠가 그 때문에 자신의 목숨을 내놓을 위기에 처하게 될 것이다. 확정된 미래나 다름없다. 이리도 자신이 한 말에 자신을 기속羈束하는 사람도 드물다. 교수는 찡그린 표정을 짓고 있었으나 아빈현주는 그의 모습을 외면한 채 임금께 인사를 올렸다.

"전하, 그럼 다녀오겠사옵니다."

"기다려라 현주야. 내 글을 써줄 테니 장영실에게 전하라. 알겠느냐?"

어떤 글일지는 충분히 알 것 같았다. 일개 현주의 말보다 임금의 칙서가 장영실 소장에겐 더 잘 통할 테니 말이다. 글을 다 쓴 왕이 직접 현주가 있는 자리까지 친히 내려와 칙서를 전하며 말을 이었다.

"사실 내가 직접 가고 싶으나 이리밖에 해주질 못하는구나. 현주야, 미안하다."

"어찌 그리 황공하신 말씀을 하신단 말입니까. 전하께선 조선의 중심입니다. 신하된 도리로 당연히 자신을 희생하는 것이 옳지 않겠습니까."

아빈현주는 또박또박 나이에 맞지 않게 예법에 맞춰 말했다. 하지만 임금은 어린 현주가 이리도 가시밭길을 자처해서 가는 것이 가족으로서 보기 힘들었다. 가족이기 이전에 가신이라는 관계로 인해 만들어지는 미묘한 거리감에 다소 상처를 받았던 모양이다. 잠시 눈을 질끈 감았다가 눈을 뜨면서 임금이 입을 열기 시작했다.

"신하된 도리라…….어찌되었든 가거라."

그렇게 말하곤 다시 입을 다문 임금이 이번에는 교수를 노려보며 당당하게 말했다.

"교수! 현주의 몸에 작은 생채기라도 생긴다면 조선의 임금으로서 체면도 던지고 아이의 삼촌 된 자격으로 그대를 벌 줄 것이야!"

교수는 그런 임금의 모습에 감동받은 듯 고개를 정중히 숙였다.

"전하의 명, 받들겠나이다."

● 아인슈타인-로젠의 다리

교수가 [에테르점프]를 통해 아빈현주와 함께 궁에서 나와 도착한 곳은 [우인궁] 주변에 있는 주차장이었다. 아빈현주는 이해할 수 없어 물었다.

"대체 여긴 왜 온 거요?"

"지금부터 갈 곳은 이런 간단한 [장난감]으론 움직이기 힘든 곳이기 때문이지요."

교수는 과장된 미소를 지으며 아빈현주의 질문에 대답했다.

"무슨 소리요. [하드니스엔진]이 붙어 있지 않을 뿐이지 [에테르점프]는 지상의 어디든 갈 수 있는 장치 아니었나요?"

아빈현주는 아까부터 알 수 없다는 표정을 지으며 교수에게 물어보았다. [태엽성]에서도 보여준 행동이었지만 확실히 현주에겐 기계의 겉만 보고도 그 장치의 쓰임새가 어떤지 파악해낼 수 있는 능력이 있었다. 단순히 영특함을 넘어서는 두뇌였다. 교수는 가끔 지상에 자신을 꿰뚫어보는 사람들이 있음을 알고 더러 불쾌할 때도 있고 즐거울 때도 있었다. 그러나 아빈현주의 경우는 달랐다. 그녀와 함께 있는 상황은 늘 즐거웠고 그녀의 말에 박수치며 호응했다.

"오오, 역시나 영특하시옵니다. 현주 마마. 물론 그러하옵니다. 다만 [장영실연구소]가 있는 곳이 특별해서 말입니다."

"특별?"

교수의 말에 아빈현주의 머릿속은 더욱 엉망진창이 되었다. 특별하다니 알 수 없는 말이다. 어디까지나 조선땅에 있는 곳 아니던가? 무엇이 그리 문제란 말인지 아빈현주의 생각은 미궁에 빠져들며 얼굴을 미묘하게 찡그렸다. 교수는 그녀의 찡그린 표정조차 귀여워 보였다. 가족이 없는 교수는 마치 손녀를 보는 기분이랄까. 그는 멀리에 주차된 마차를 향해 손짓하였고, 이윽고 마차 한 대가 힘찬 말발굽소리를 내면서 교수와 아빈현주 앞에 멈춰 섰다. 마부석에 앉은 넬슨 경이 내려와선 무릎을 꿇고 모자를 벗어 인사를 올렸다.

〈현주 마마, 무사하셔서서 다행이옵니다.〉

아빈현주는 매우 정중한 어투로 자신의 안위를 살피는 핀홀카메라 머리를 한 사내 덕분에 머릿속이 더욱 혼란스러워졌다. 그나마 조금 남은 정신줄을 붙잡으며 겨우겨우 말을 이었다.

"흠, 그대는……."

현주가 더듬더듬 말을 잇지 못하자 교수가 첨언했다.

"그는 넬슨 경입니다."

교수의 첨언에 현주는 다시 놀랐다. 확실히 교수는 마트료시카 인형 같은 깜짝상자였다. 겹겹으로 수없이 쌓여 있는 놀라움이 마지막의 마지막까지 터져 나오기 때문이다. 어느 정도 교수의 기술을 이해하고 있다고 생각한 아빈현주조차 넬슨 경의 등장에는 놀랄 수밖에 없었다. 그도 그럴 것이 그의 얼굴을 제외하고 이렇게 인간에 가까운 모습을 재현할 수 있는 기술을 교수는 이미 가지고 있다는 뜻이었다.

"넬슨 경? 잠깐 그는 [태엽성]의 인격 프로그램이 아니었던 게요?"

아빈현주의 질문에 넬슨 경은 자신이 매우 자랑스러운 듯이 말했다.

〈맞습니다, 현주 마마. 다만 연로하신 저의 주인에게 옆에서 도움이 될 수 있도록 육체를 지니고 있을 뿐입니다.〉

"연로라……."

아빈현주는 교수를 올려보았다. 아무리 보아도 자신의 아버지보다 더 어려보이는 외형 때문에 이 자가 노인이라는 사실을 잊을 때가 있다. 교수는 그녀의 따가운 시선을 알아채고 허탈한 웃음을 짓고는 말을 돌리며 손가락을 튕겼다. 교수가 손가락을 튕기는 순간 고풍스런 문장과 화려한 장식들이 들어간 마차의 문은 증기를 내뿜으며 자동으로 열렸다. 붉은 벨벳시트가 짜인 내부는 사치스런 유럽 귀족의 단면을 보여주는 것만 같았다. 증기를 내뿜으며 발판들이 계단마냥 내려왔다. 마차가 어여머리로 움직임이 불편한 현주를 보좌하는 것만 같았다.

아빈현주는 교수의 도움으로 마차에 올랐다. 침대에라도 누워 있는 것 같은 편안한 승차감이었다. 순간 어린아이처럼 푹신한 시트 위에서 허리를 들썩여보았다. 맞은편에 앉은 교수는 이를 자애롭게 바라보고 있다가 말을 건넸다.

"자, 떠날까요. 현주 마마. 자세한 것은 가면서 이야기하도록 하죠. 조금 이야기가 길어질 것 같으니 말입니다."

아빈현주는 부끄러워졌는지 새빨개진 얼굴을 돌려선 헛기침을 했다.

"어흠, 그러세요. 교수!"

교수는 그 웃음을 거두지 않고 지팡이로 천장을 두드렸다. 그러자 채찍소리와 함께 기운찬 말소리와 함께 달려 나갔다.

"아실런지는 모르겠습니다만, [매드 사이언스]를 하는 작자들은 생각하는 게 거기서 거기입니다. 그치들이 어리석다는 건 아닙니다. 물론 저보단 어리석습니다만. 그들은 아니, 우리들은 언제나 한 가지 생각으로 두려움에 떨곤 하죠. '이 기술을 누가 훔쳐가면 어쩌지?' 아무리 대단한 업적을 쌓건 나라에 소속되건 이 생각 하나만큼은 그들을 지배하는 기본적인 광기 중 하나일 겁니다. 그렇기에 그들은 자신의 연구소를 기본적으로 누구도 찾아오지 못하는 곳에 세웁니다. 기본적으로 겁이 많지요."

"경의 [태엽성]처럼 말이오?"

"그렇습니다."

아빈현주가 입을 가리고 웃으며 말하자 교수는 고개를 끄덕이며 긍정하곤 말을 이었다. 현주는 그저 농으로 던진 말이었지만 교수가 이에 긍정적 반응을 보이자 웃음이 그만 쏙 들어가버렸다.

"비단 개인 연구소만 그런 것이 아니라서……. 특히 국가기관에 소속된 매드 사이언티스트들은 더하면 더했지 덜한 족속들은 아니지요. [장영실연구소]가 바로 그러합니다. 그들은 정말 정신나간 장소에 건물을 세워두고 있지요."

"정신나간 장소?"

"예, 창밖을 보십시오."

교수는 창밖을 가리켰고 아빈현주는 별 저항감 없이 교수의 손가락이 가리키는 곳을 바라보았다. 그리고 밖에서 벌어지는 상황에 입을 다물 수 없었다. 위도 아래도 없는 공간 위를 마차가 달리고 있는 것이다. 빈센트 반 고흐가 그렸을 법한 지독하게 투박한 색감에 두터운 붓질처럼 세계 자체가 일그러지고 왜곡된 코발트빛 공간이었다. 아빈현주는 자신이 [별이 빛나는 밤에]의 일부가 된 것 같았다. 다만 그 그림과 틀린 점이 있다면 이곳의 밤하늘은 땅바닥이 끝도 없이 무한히 펼쳐진 공간이었고 마차 주위를 별들이 휘감은 것처럼, 오래되고 부서진 건물이나 우주선 선체의 파편들이 떠돌고 있었다. 그 모든 모습에 장엄함까지 느껴졌다. 아빈현주는 우주에 나간 비행사들이 자주 겪는 황홀경에 푹 빠져 있었다.

"대체 이곳은……."

"아인슈타인–로젠의 다리Einstein-Rosen Bridge입니다. 현주 마마."

이 말을 듣는 순간, 아빈현주는 머리가 아파왔다. 교수가 개발한 수많은 장치들을 보아오면서 익히 놀라운 체험을 하고 있는 그녀였지만 그가 보여주는 일련의 행동들은 자신의 생각 그 이상을 보여주고 있었다. 소문대로 그는 신선이라도 되는 것일까.

"웜……홀이란 말이오?"

"그렇게도 부릅니다만, 품위가 없어서 저는 별로 쓰고 싶지 않더군요. 사람에게 격식이란 게 있지 않습니까. 벌레구멍이라니……."

교수는 나이에 걸맞지 않게 먹기 싫은 음식이 앞에 있는 어린아이처럼 얼굴을 찡그렸다. 아빈현주는 그런 모습에 잠시 품위를 잃고 입을 툭하고 벌렸으나 다시금 몸가짐을 똑바로 하고 딴죽을 걸었다.

"아니 그게 문제가 아니잖소. 어째서 우리가 웜홀을 건너고 있는 거요?"

교수는 오히려 아빈현주를 이해 못한다는 듯이 고개를 가로저으며 말했다.

"마차가 다리를 달리는 것은 당연한 것이 아니겠습니까. [장영실연구소]를 가려면 이 다리를 건너야 해서 말입니다."

"대체 어디에 있기에……."

다시 그녀는 머리가 아파왔다. 한숨을 쉬었지만 교수는 인자한 미소를 거두지 않았다. 그리고 옛날이야기를 시작하려는 할아버지처럼 이야기의 운을 떼었다.

"마마, 마마께선 [레인보우 프로젝트Project: Rainbow]에 대해 얼마나 알고 계신지요?"

"1943년에 열 번에 걸쳐 합중국에서 실행된 매우 성공적인 군사실험 정도로 알고 있다오."

교수는 고개를 끄덕였다. 그리고 좀더 과장된 몸짓으로 말을 이었다.

"그렇습니다. 매우 성공적인 실험이었고 왜 합중국이 세계에서 가장 강한 국가인가를 각인시킨 가장 큰 사건이지요. 합중국은 스텔스 기술을 개발하다 다른 차원으로 떠나는 방법을 발견해냈죠. 그렇다고 프로젝트명처럼 몽환적이고 아름답기만 한 과정은 아니었죠. 실험의 성공은 훗날 합중국에게 우주개발, 바다개발과 더불어 차원개발이라는 과제를 던졌고 합중국은 위험을 무릅쓰며 5000명에 가까운 희생

자를 만들어냈죠. 다만 그 결과로 장밋빛 미래가 나왔으니 프로젝트
명 자체가 잘못된 게 아니었던 모양입니다. 실험으로 밝혀낸 거지만,
지구는 하나지만 하나가 아니랍니다. 정확히는 수많은 차원이 겹쳐져
선 하나로 만들어진 구조지요.

간단하게 설명하자면, 흠……. 거울과 거울 사이에 서본 적 있으신
지요? 거울과 거울이 마주보면서 양갈래로 무한히 나눠지고 있음을
보실 수 있을 겁니다. 우주란 바로 그런 거울이 겹쳐진 세계입니다. 합
중국은 [레인보우 프로젝트]로 세계를 발견한 겁니다. 다른 차원에 만
들어진 새로운 지구를 말입니다."

처음 들어본 이야기에 아빈현주는 이제야 또래아이처럼 보이는 호
기심을 숨기지 않고 눈을 초롱초롱 밝히며 질문했다.

"오오, 그럼 지금 우리와 전혀 다른 모습의 사회들이 존재한단거요?"

아빈현주는 놀라움에 가슴이 떨려왔다. 제 아무리 조선에서 가장
큰 권력자의 자식이라지만 이는 지금까지 한 번도 들어보지 못한 이
야기였다. 아직도 세상에 알지 못하는 비밀이 이리도 많았다니 새로
운 세계를 계속 알게 된다는 것만큼 즐거운 일도 없었다.

"다중 우주이론을 말씀하시는 겁니까? 물론 그렇습니다. 그 이론이
맞는다면 제국이란 이름을 포기한 노구의 조국이 있을 수도 있고 잘
못된 선택들로 전락의 전락을 거듭한 조선도 있을 수 있지요. 우리가
알고 있는 세계와 전혀 다른 우주를 탐색할 수 있을 겁니다. 인류는 새
로운 방향성을 향해 나아가겠지요."

교수는 마치 자신의 손녀에게 옛날이야기를 전하듯 극적으로 얘기
를 끌고 나가다 잠시 말을 멈췄다. 한숨과 함께 어깨를 으쓱이면서 말

이다. 그런 후 다시 말을 이어나갔다.

"하지만 아직까지도 인류가 생존하는 곳으로 짐작되는 곳을 찾아내진 못했답니다. 초기의 지구모습을 한 곳도 있고 공룡이 살아 있는 곳도 보았고 대륙이동이 일어나지 않은 곳도 보고 전혀 다른 진화체계를 가진 지구도 발견했지만 아직까지 문명이 세워진 지구를 발견하지는 못했지요. 그토록 수많은 무인 지구를 발견했는데 어째서 유인 지구를 발견하지 못한 걸까요. 분명 수많은 갈림길 안에서 인간들의 선택 또한 있어야 하는데 말입니다. 그렇다면 유인 지구도 존재해야 하는 것인데 말이죠."

마차에 붙은 축음기나팔에서 넬슨 경의 정중한 음성이 흘렀다.

〈각하, 말이 다른 곳으로 흐르고 있습니다. 본제로 돌아오시는 것이…….〉

"쯧, 운전에 신경쓰게나. 다 상관있는 이야기네."

〈예, 각하.〉

교수는 감히 중간에 말이 끊긴 것에 조금 짜증스런 말투를 내뱉었다. 넬슨 경은 송구한 듯 사죄를 흘렸다. 교수는 잠시 얼굴을 찡그리고 고개를 갸웃거리다가 입을 열었다. 그는 겉보기와 달리 나이 탓인지 자신이 어디까지 말했는지 깜박한 모양이었다.

"어디까지 이야기 했더라? 아 맞다. 그러기에 현존하는 수많은 다중 우주이론의 해석으로 본다면 과연 어떻게 해석해야 할지 고민하게 만드는 겁니다. 생각해보십시오. 지금 세계는 수백 수천의 세계가 발견되며 새로운 발전의 방향성을 제시하고 있습니다. 그럼에도 인류가 있었다는 증거가 나온 우주는 없다시피 합니다. 어째서일까요? 과연 어느 선택의 문제에 이런 결과물들만이 우리 앞에 나오는 것일까요? 우리와 같이 문명화된 인류가 존재하는 지구는 존재하지 않는 것일까요? 아, 죄송합니다. 너무 노구만 알아듣게 말했군요. 그동안 수많은 과학자들은 이를 연구하며 해석한 수많은 아이디어들을 네 가지로 분류하여 정리했지요. 첫 번째는 현재 관측할 수 있는 우주의 범위를 420억 광년이라 할 때……"

아빈현주는 복잡한 공식에 대한 기반설명을 시작하려는 교수를 말렸다. 딱히 공식을 듣는 것을 싫어하는 편은 아니었지만 빨리 본론의 이야기를 듣고 싶은 마음이 더 강했다.

"멈추시오. 교수. 나는 수업을 듣는 것을 뭐라 하진 않겠소만, 내 첫 번째 질문에 대답해 주셨으면 하오."

"아, 무엇이었지요? 죄송합니다. 나이를 먹어 조금 잊었나 봅니다."

아빈현주는 속으로 교수에게 노망이 온 것이 아닌가 생각했다. 사실 노망보단 정신적으로 무언가 문제가 생긴 것은 확실했지만 말이다.

"[장영실연구소]가 어디에 있기에 이 다리를 건너야 하는가에 대한 질문이었소."

교수는 이마를 치며 어색한 웃음을 흘렸다.

"아, 그렇군요. 그 질문에 대한 대답은 간단합니다. 기관은 지금 우리의 지구에 없습니다. 다른 차원의 지구에 존재하지요. 위에서 설명했듯이 대전이 끝난 후, 합중국이 다른 차원의 개발을 시작했을 때, 다른 강대국들도 다른 차원의 우주를 인지하기 시작했고 각자 개발을 위한 준비를 시작했습니다. 식민지경제는 끝물이었고 더 이상 식민지를 이용한 경제상황이 그리 좋질 못했기 때문입니다. 한정된 자원과 시장을 개척함에 있어 식민지경제는 무너질 수밖에 없었습니다. 식민지의 부채까지 껴안아야 했던 강국들의 속사정을 생각해보십시오. 오히려 식민지를 취하지 않았던 합중국은 내부정책을 가다듬고 자본주의의 이상적 국가가 되었고 지금 와선 지구의 리더가 된 거죠.

하여튼 이런 상황에서 다른 차원의 무한한 자원을 찾아냈다고 생각해 보십시오. 더 이상 이 지구 내의 식민지에 연연하는 것이 바보스러울 정도였죠. 식민지경제가 무너지고 있었으니 오히려 재빨리 식민지들을 포기하는 편이 나았죠. 게다가 인권이란 개념이 확대되어가며 지금껏 상대방의 문명을 짓밟고 착취해왔던 행동들이 지탄받고, 백안시 되었으니 말입니다. 게다가 지금껏 발견된 차원은 무인지구, 문명이 없는 세계입니다. 문명도 지성도 없는 세계를 착취한다고 누가 뭐라고 하겠습니까? 물론 약소국이나 일반인들은 모르고 있으니 뭐랄 사람도 없겠지요.

하하하. 아마 순진한 친구들은 열강들이 순순히 식민지를 포기한 이유로 양차대전兩次大戰으로 인한 식민지 경영악화와 여기저기 터져나온 독립전쟁으로 생각하는 친구들도 있겠지요. 아주 아니라곤 못하지만 국가의 욕망을 너무 우습게 본 이야기이올시다. 아, 다른 차원을 알게 된다면 환경론자들은 뭐라 한마디 하겠지만 말입니다. 그리고 제 사견이오만, 만약 다른 차원의 지구들을 발견하지 못했다면 지구는 심각한 자원고갈과 경제적 불황에 시달렸을 겁니다.

이런 맙소사, 또 노구의 말이 수업이 되어버렸군요. 심지어 역사학자도 아니건만, 역사수업이라니. 본제로 들어가면 조선도 당시 91대 장영실에 의한 '신영토 확장연구'의 일환으로 다른 차원의 지구영토를 늘려갔습니다. 조선은 다차원지구에 대한 연구를 하며 영토적 영향력을 늘려갈 셈으로 본부를 아주 다른 차원의 지구로 옮겨버렸습니다. 물론 모든 기지를 옮기지 않았지만 장영실이 있는 본부는 다른 차원에 존재합니다."

교수의 길고 긴 설명을 듣고 있던 아빈현주는 얼굴을 찡그렸다. 근대문명이 지금까지 쌓아온 광영의 어두운 진실을 알아버린 것이다. 기분이 이상했다. 지금까지 찾아온 위기를 이겨낸 것이 인류 스스로 노력한 결과였다고 믿었던 아빈현주에게 그 모든 것이 충격이었다. 지구의 발전이 다른 우주자원에 대한 침탈이 바탕이 되어 이루어졌다는 사실은 그동안 자신이 믿어왔던 모든 것을 부정하는 것만 같았다. 멍해진 얼굴로 아빈현주는 생각했다.

'왜, 아버지는 내게 말해주지 않으신 걸까.'

아마도 이것 말고도 얘기해주지 않은 이야기는 많을 것이다. 현주는 알고 싶지 않은 사실을 하나 알아버린 것을 후회했다.

"흠, 새로운 식민지경제로 이행해버린 거로밖에 안 보이는구려."

아빈현주의 생각이 옳았다. 세계는 새로운 식민지경제로 이행되었을 뿐이었다. 더 이상 다른 문명을 짓밟아 부수고 자신들의 문명을 강요할 필요도 없었다. 도덕적인 문제로 국가가 이런저런 지탄을 들을 필요도 없었다. 그저 주인 없는 땅의 소유권을 주장하고 자원을 채굴해가는 것뿐이라고 생각하면 맘이 편해지는 것이다. 하지만 아빈현주의 생각으론 미래에 생길 수도 있는 진화의 가능성을 짓밟아버린 것이 아닌가 안타까운 생각이 들었다. 어쩔 수 없는 결정이었을 거라 생각하면서도 조선도 그런 일에 한몫하고 있다는 것이 심히 거슬렸다.

그보다 아빈현주가 가장 크게 못마땅한 것은 대군이 이런 일을 비밀로 하고 있었다는 점이다. 그녀가 자신의 불편한 심기를 숨기지 못하고 얼굴에 그대로 드러내자 교수는 달래듯이 말했다.

"하하하, 그렇지요. 그렇습니다. 어쩌면 그런 생각들이 나올 수도 있기에 다른 차원의 사실을 더더욱 대중에게 밝히지 않는 것일 수도 있습니다. 가장 큰 이유는 물론 클럽 때문이었지만요. 그들은 새로운 차원의 발견을 대중에게 발표하는 것 자체가 새로운 세계대전을 예고하는 서막이라고 생각한답니다."

아빈현주는 한숨을 쉬었다.

"그 사람들은 대체 참견하지 않는 게 뭐요?"

"어쩔 수 없습니다. 원래 그러라고 있는 단체입니다."

잠시 거북한 침묵이 흘렀다. 냉엄한 현실세계의 이야기가 소녀에겐 너무 혹독하게 들릴 수도 있음을 생각하곤 교수도 다른 말을 잇지 못했다.

〈각하, 도착했습니다.〉

지금 상황에서 교수에게는 넬슨 경의 목소리가 그리도 반가울 수가 없었다.

"오오, 그렇군. 마마! 밖을 보십시오. 이곳이야말로 마법사는 지옥이라 부르고, 연금술사는 현자의 땅이라 부르며, 일반에는 알려지지 않았지만 이를 아는 과학자들에 의해 여분의 지구Extra Earth라는 풍류를 모르는 이름으로 불리는 곳입니다. 물론 저는 다르게 부르고 있지만요."

교수는 입을 꽁 다물고 있는 아빈현주를 달래려고 동화를 낭독하듯 말하자 아빈현주는 어쩔 수 없다는 듯 입을 열었다.

"뭐라고 부르는 게요?"

교수는 마차에서 내려 세상을 안을 것처럼 두 팔을 활짝 펼쳐 말했다. 차분하고 연설적으로 숨기고 있었지만 그 말에는 교수 특유의 열광이 숨겨져 있었다.

"저는 경이로운 세계Wonderland라고 부릅니다."

● 안견의 지구

[조선국방과학연구소]가 세워진 여분의 지구에 대한 문서상 공식 명칭은 '조선지구 甲種-1호'라고 한다. 조선이 최초로 발견하고 개발해놓은 지구들 중 하나다. 수많은 여분의 지구가 제각기 특징을 지니고 있는데 '조선지구 甲種-1호'의 특징은 동물이 살지 않는 자연계라는 점이었다. 인간이 살 수 있게 토목사업을 벌인 연구소의 부지를 제외하면 빽빽하게 들어찬 숲의 천국이었다. 지구에 있는 유일한 생명체들은 식물과 곤충뿐이었다. 대지뿐만 아니라 바다 속까지도 모든 땅이 식물들의 천국이었다. 맑은 공기와 빽빽한 숲이 주는 자연의 경의, 특히 연구소 근처의 자연은 조선인이 좋아할 만한 경치였다. 가파르게 산세가 깎여지고 성이 난 것처럼 솟아오른 암석절벽 사이로 복사꽃이 흐드러지게 피어 있었다. 조선 초기의 화공인 안견이 그렸다

는 [몽유도원도]를 그림 밖으로 빼놓았다고 해도 믿을 정도로 광활하고 입을 다물 수 없을 만큼 빼어난 절경은 '조선지구 甲종-1호'의 장점이었다. 그래서 이곳의 별명은 '안견의 지구'였다.

복사꽃잎이 흐드러지는 절벽 아래에는 자연이 만들어낸 정원과 다른 인공적인 건물이 세워져 있었다. 광활한 토지에 수많은 한옥들이 회로기판을 연상시킬 정도로 쭉 나열되어 있었다. 멀리서 본다면 거대한 마을로 보일 만한 장소였기에 누가 보아도 선인仙人들이 모여 사는 마을이라 착각할 만도 하다. 그리고 그것은 그리 큰 착각만은 아니다. 매드 사이언티스트와 선인의 차이가 무엇이겠는가? 그러나 설화에나 등장할 법한 이 고즈넉한 한옥들은 사실 조선의 과학 1번지, [조선국방과학연구소]였다. 겉만 본다면 주변환경의 분위기 때문에 형식적으로 조선의 이미지를 부각시키고 있어 효율성과는 거리가 먼 건물처럼 보였다. 그만큼 연구소란 이미지와는 동떨어진 느낌을 주었다.

그러나 설화에나 등장할 법한 한옥건물이야말로 최첨단과학의 결정체였다. 한옥건물들은 전통적인 모습을 갖춘 외벽과 달리 내부는 자연환경과 대비되며 충분히 첨단과학으로 가득 찬 시설임을 입증했다. 건물내부는 어떠한 더러움도 거부하는 듯, 실험실 전체를 편집증적인 새하얀 벽들로 감싸고 있었다. 연구의 연구, 온갖 실험들이 거듭될수록 연구실 여기저기 도처에서 들려오는 날 선 굉음과 기계음, 공간을 일그러트리는 폭발, 실험동물들이 창살을 흔들며 내는 비명소리 등은 연구소의 정체성을 그대로 드러내는 속성이나 다름 아니었다.

확실히 이상한 곳이긴 하다. 주변을 울리는 괴음들에도 이곳의 연구자들은 꿈쩍도 하지 않았다. 이제는 하나의 일상생활이 되어 몇몇 연구자들은 이런 소음을 즐기기까지 했다. 이곳의 소장, 99대 장영실도 그러한 자였다.

99대 장영실, 구예신坵穢身. 이름이 뜻하는 대로 옳지 못하고 천박한 육신을 소유하고 있었다. 구예신은 여러 의미로 유명한 자였다. 야만적인 폭력과 드높은 지성이라는 양립할 수 없을 것만 같은 두 개의 성질이 마치 하나인 것마냥 뒤엉킨 자였다. 그것은 그의 과거를 보면 확실히 알 수 있다. 소년시절 저지른 폭력범죄가 소년범으로는 이례적으로 성인취급을 받으며 재판을 받은 전력이 있었으며 구제받을 수 없을 정도로 밑바닥까지 떨어졌던 자였다. 이것만으로도 조선에선 큰 이야깃거리였고 그를 모르는 자가 없었지만 그런 범죄자가 감옥에서 몇 가지나 되는 박사학위까지 수여받았다는 사실은 매우 충격적이었다. 그저 형식적인 교화프로그램이었을 터인 통신교육이 한 사내를 폭력범에서 과학자로 탈바꿈시킨 것이다. 감옥에서 발표한 몇몇 논문은 학계뿐 아니라 국가의 관심을 받기에 충분했고 [장영실연구소]에서 일하는 조건으로 감옥에서 나올 수 있었다. 하지만 실적과 충성만이 모든 평가기준인 연구소에서 그는 젊은 나이에 소장의 직위까지 오르며 전설이 되었다.

그의 독특한 이력 때문인지 그는 멀대같은 나약한 과학자상을 깡그리 부숴먹는 모습을 하고 있었다. 언제 어디서나 찡그린 표정으로 일관하며 예의는 찾아볼 수도 없는 과격한 얼굴, 기름때와 음식찌꺼기가 묻어 있어 언제 옷을 갈아입었는지 의심이 드는 청바지에 러닝셔츠를 입었음에도 그는 부끄러움조차 느끼지 않는 것 같았다. 게다가 그 위로 걸치고 있는 연구원 가운도 평범한 하얀색 가운이 아니라 양아치들이 입을 법한 하와이안 셔츠의 변형이었다. 이런 밑바닥 인상과 시선을 맞추기 힘들 만큼의 장신의 키에다 투박하게 붙은 근육으로 인해 사실 국가공인 최고의 두뇌라기보단 배워먹지 못한 양아치라는 느낌을 지울 수 없을 정도였다. 그의 부스스한 머리 위에는 하얗게 질린 새치가 무성하게 돋아난 잡초마냥 장식되어 있었다. 참으로 의심스런 모습을 하고 있었음에도 그의 이명이 [초대의 재림]이라고 불릴 정도로 뛰어난 능력의 소유자이기에 임금의 신뢰는 매우 높았다. 하와이안 셔츠에 그려질 법한 야자수와 칵테일을 마시는 악마의 그림이 그려진 치렁치렁한 연구원 가운을 보자면 99대 장영실이 직접 개조한 복장으로, 자신의 천박함을 널리널리 자랑하고 있는 것만 같았다. 장영실 소장은 자신의 사무실에서 몇 가지 서류를 살펴보면서 밖에서 들리는 소음과 함께 스테판울프Steppenwolf의 명곡 [Born To Be Wild]를 들으면서 흥얼거렸다. 그는 광적인 미소를 감추지 않았다. 짐승만큼이나 자신에게 솔직한 사람이다. 이때까지만 해도 연구소는 평소와 다를 바가 없었다. 언제와 다를 바 없는 평범한 인외마경의 나날이었다. 연구원 중 하나가 허겁지겁 들어오기 전까지.

"자, 장영실 소장님! 저, 저기! 그게 큰일입니다!"

"댁은 뭐가 문제입니까요? 최소한 댁도 과학자란 인종이라면 차분함을 익혀야지 말입니다."

장영실 소장은 신경질적인 외모와 우락부락한 체형과 다르게 말투는 다소 신경질적이긴 하나 정중한 존댓말이었다. 사실 정중함 속에 상대에 대한 폭력성을 내재하고 있으니 외형과 크게 차이나는 말투는 아니었다.

"죄, 죄송합니다. 장영실 소장님. 하지만 그게 아니, 이걸 어떻게 설명해야 하지?"

장영실 소장은 무거운 몸을 일으켜 연구원에게 다가가며 말했다.

"제가 말하지 않았습니까요? 사람이 알아듣게 말하지 말입니다요."

차분한 어투와 달리 그는 연구원 바로 옆의 벽면을 그의 억센 주먹으로 휘둘러 쳐서 바스러뜨렸다. 연구소의 내구도가 9.0 지진이 일어나도 꿈쩍하지 않는다는 점을 감안할 때 얼마나 괴물같은 힘을 가진 자인지 알 수 있는 행동이었다. 연구원은 얼굴이 백지장처럼 새하얗게 질려버렸다.

"지금 건물 밖에 소, 손님이……."

장영실은 연구원의 말에 헛웃음을 흘리며 말했다.

"뇌에 무리라도 간 겁니까요? 여긴 임금님도 함부로 오시지 않는 곳입니다요."

"그게 왔는데요."

"그러니까, 누구지 말입니까요."

장영실 소장은 다시 벽을 쳤다. 지금 당장이라도 연구원의 머리를 칠 것처럼 흥분한 상태였지만 존댓말은 거두지 않았다.

"연미복, 연미복을 입은 사람입니다. 지금 밖에서 소장님을 찾습니다."

장영실 소장은 연미복차림으로 이곳에 들어올 수 있는 자가 누군지 금방 생각해냈다. [매드 사이언스]에 몸담고 있는 자라면 누구든 한번씩 들어봄 직한 이름을 생각해냈다.

"크눕 하드니스……. 경계경보 내리고 상대가 수상하게 움직이면 즉시 분자 분해광선이라도 쏘라고 하지 말입니다요."

연구원은 두려운 듯 재빨리 소장실에서 도망쳤다. 장영실 소장의 얼굴은 지금 당장이라도 입 밖으로 튀어나오려는 욕지기를 참아내려고 이를 갈기 시작했다.

"노인장께서 나이 드셨으면 죽을 것이지요. 사람 짜증나게 말입니다요."

장영실 소장은 분을 참지 못하고 벽을 발로 쳐날려 무너트렸다. 계속 튀어나오려는 욕설을 되삼키며 장영실 소장은 무너진 벽면으로 걸어 나왔다.

● 99대 장영실

아빈현주는 주변경관에 흠뻑 빠져 입을 다물지 못했다. 교수의 말이 옳았다. 여분의 지구라는 명칭은 능멸이나 다름없었다. 경이로운 세계라고 해야 할 것이다. 달리 이런 아름다움을 어떻게 찬양한단 말인가. 도원경의 자연을 훑어보던 아빈현주는 그 복사꽃 흩날리는 절벽 아래로 높고 거대한 성문이 있음을 발견했다. 조선에서 흔히 볼 수 있는 성문 양식이었지만 여기서 보니 마치 도원경에 들어가기 전에 나오는 입구 같았다. 아빈현주는 성문 맨 위에 높게 매달린 현판을 발견했다. 낡고 오래된 현판에는 '軍器監'이라는 한자가 적혀 있었다. 군기감이란 [조선국방과학연구소]의 전신이 되는 연구소 명칭이었으나 현대직으로 변한 지금도 과거의 간판을 계속 걸고 있었다. 명칭은 바뀌었으나 가치를 이어간다는 의미에서였다. 아빈현주는 오래된 간판이름을 속으로 되새겼다. 결국 그녀는 시간여행을 한 느낌이 들었다. 교수가 쳐다본다는 것도 잊은 채 그저 중얼거렸다.

이곳에 압도되어버린 아빈현주의 생각이 들려오는지 교수는 최대한 배려하는 차원에서 그녀를 바라만 보고 있었다. 정원에 소풍이라도 나온 것처럼 평화로웠지만 평화는 그리 오래가지 않았다. 기다리던 장영실이 거대한 연구소 문을 박차고 나왔기 때문이었다. 교수는 대수롭지 않게 피식 웃어보았지만 아빈현주는 그렇지 못했다. 방금까지 즐거운 듯 주변을 둘러보던 여유로운 모습은 흔적도 없었다. 성큼성큼 다가오는 장영실의 모습을 보며 그녀의 몸이 굳어버렸다. 장영실은 평범하게 걸어오고 있을 뿐이었으나 양아치나 입는 하와이안 셔츠 풍의 연구원 복장과 그의 과거가 만들어낸 위압감 넘치는 생김새로 인해 험악한 도깨비 같은 인상을 주었다.

아빈현주는 국가를 위해 충성하는 자들에게 호의와 존경을 보였지만 99대 장영실만큼은 혐오에 가까울 정도여서 쉽게 받아들일 수가 없었다. 대군에 의해 [우인궁]에 불려왔을 때, 몇 번 그를 보았을 뿐이지만, 그는 한 번 마주치기라도 하면 사람을 꼼짝달싹 못하게 만드는 금수의 눈을 하고 있었다. 2미터가 넘는 키에 숨겨지지 않는 폭력성을 내재한 근육과 사냥감을 노려보는 듯 내려다보는 그의 눈길은 인간의 것이 아니었다. 나중에 들은 장영실의 과거사는 혐오를 더욱 부추기는 꼴이 되었다.

장영실은 아빈현주가 익히 자신에 대해 알고 있으리라 헤아렸는지

송곳니를 내보이며 미소지었다. 과거 노비들이나 쓸 법한 극단적이고 비굴한 존댓말을 사용했지만 커다란 키 아래로 내려다보는 위압감 때문인지 전혀 비굴해 보이지 않았고 오히려 위협적으로 느껴졌다.

"현주 마마도 오셨습니까요. 전 교수만 온 줄 알았지 뭡니까요."

아빈현주는 속으로는 당장이라도 도망치고 싶을 정도로 오금이 저려왔지만 겉으로는 전혀 그런 모습을 보이지 않고 허세를 부렸다.

"그렇소. 경이 이런 곳에 있는지는 꿈에도 생각지는 못했지만 말이오."

"흐흐흐, 모든 것이 임금님의 하해와 같은 은혜가 있기 때문 아니겠습니까요. 하오나 이곳은 임금께서도 함부로 오지 않는 장소입니다요. 여인의 몸으로 어찌 오신 겁니까요. 오랑캐놈과 함께 말입니다."

"말을 삼가세요. 합선대군의 손님이자 임금의 명을 받들고 오신 분이오. 일단 소개해주겠소. 여기 있는 사람은……."

아빈현주는 교수가 소개를 받지 않으면 말조차 섞지 않을 기세임을 익히 알고 먼저 장영실에게 소개하고자 했다. 하지만 장영실은 이미 교수를 알고 있었다. 전대 장영실이 그와 절친하게 지내고 있음을 몇 번이고 봤다. 지금 장영실은 구예신이라고 불렸던 연구원시절 때도 장영실인 지금도 눈앞의 괴물을 싫어했다. 무엇이 그리 싫었는지 그 이유는 이미 잊어버렸고 지금에 와선 상대에 대한 혐오감만이 남아 있을 뿐이었다. 때문에 비굴한 말투에도 그러한 성향을 전혀 숨길 수만은 없었다.

"압니다요. 전대 장영실시절 때 만나뵀죠. 전설대로 늙질 않는군요. 노인장."

"아하하, 자네처럼 걱정해주는 사람들이 있으니 늙질 않는군"

교수는 상대가 나타내는 불쾌감에 별다른 반응을 보이지 않으며 덤덤한 표정으로 받아넘겼다. 그렇지만 교수와 장영실은 서로를 쳐다보면서 아무 말이 없었다. 시간이 없다고 느낀 아빈현주는 재빨리 둘 사이로 끼어들어가 입을 열었다. 장영실에 대한 혐오와 공포감이 여전히 뒤엉켜 있었던지 장영실 쪽은 잘 바라보지도 못했다.

"남자들의 기싸움은 못 봐주겠군요. 조선이 지금 위험하단 말입니다!"

"죄송합니다요. 현주 마마. 그런데 저는 무슨 일이 났는지 제대로 설명을 못 받았구만요."

장영실은 허리를 숙여 사죄를 표했으나 그의 얼굴은 전혀 미안한 기색을 보이지 않았다. 오히려 눈앞의 작은 계집이 자신의 영역을 침범한 이유가 무엇인지 빨리 듣고 싶어하는 얼굴이었다. 이유여하에 따라선 어명도 어길 참이었다. 아빈현주는 눈앞의 짐승이 잡아먹을 표정을 짓고 있기에 마음속의 겁을 숨기려고 오히려 화를 냈다.

"지금 그걸 말이라고 하는 겁니까? 장영실 소장! 나라에 일이 있지 않으면 무엇 때문에 내가 왔으리라 생각한 겁니까?"

여전히 장영실은 그 말을 믿지 않은 눈치였다. 오히려 피식 웃으며 아빈현주의 말을 넘겼다.

"무슨 큰일 말입니까? 저희를 부를 정도로 큰일이라면 [경복궁]에서 통신이 들어왔을 겁니다요."

"무슨 소리십니까? 이미 몇 번이나 임금님께서 부르셨소!"

"그럴 일이 있습니까요! 차원간 통신시스템은 한두 해 전에 만든 기술이 아닙니다요. 이미 수십 년간 발전한 완숙된 기술입니다요. 하물며 이곳은 [조선국방과학연구소]입니다요. 그런데 저희가 저쪽 지구의 통신을 받지 못한다는 말은 있을 수도 없는 일 아니겠습니까요. 아니 그렇습니까요 교수님!"

장영실은 천하고 비굴한 말투를 내뱉고 있었지만 화가 난 야수처럼 얼굴을 찡그렸다. 교수는 어리석은 사람을 보는 것처럼 혀를 차며 말했다.

"흠, 허나 현주 마마의 말은 진실되네. 지금 [우인궁]이 [어깨동무]에게 장악되었고 합선대군께서 인질이 되었네."

"현주 마마. 그것이 참말입니까?"

"아까부터 말했지 않소? 나라의 큰일이라고! 어명이오. 장영실은 어서 무릎을 꿇고 들라!"

아빈현주는 장영실의 가시돋친 말을 듣다가 참지 못하고 임금이 친히 내리신 두루마리를 꺼내들었다. 장영실은 두루마리를 보자마자 의기양양하던 모습은 오간데없이 사라지고 땅속을 파고들듯이 머리를 조아리며 무릎을 꿇었다. 장영실이란 이름을 계승한 모든 사람들이 그러하듯 그 또한 심각한 애국주의자다. 국가의 선택이야말로 그 무엇보다 옳다고 믿었다. 감옥에 갇혀 있다가 장영실이 될 수 있는 기회를 부여받으며 국가에 목숨을 빚졌다고 생각했기 때문이었으리라. 그렇기에 누구보다 그의 애국심은 광적이었다.

아빈현주는 장영실이 머리를 조아리는 것을 보며 의외라는 표정을 짓다가 이내 두루마리에 적힌 글을 읽었다.

" '지금 국가에 큰일이 났거늘 장영실은 어찌 국사에 출석하지 않는가. 내 친히 교서를 내려 전령으로 아빈현주를 보내니 장영실은 현주의 말이 내 말임을 명심하고 따르라.' "

읽던 아빈현주도 깜짝 놀랐다. 임금의 과보호에 잠시 말을 잊었다. 아빈현주 뒤에 서 있던 교수는 임금의 마음 씀씀이를 보며 씁쓸한 미소를 짓고 있었지만, 장영실만은 진지하게 받아들이고 있었다. 머리를 조아린 상태에서 두 손을 올려 임금의 교서가 담긴 두루마리를 받아들며 천천히 일어섰다. 그리고 임금의 옥쇄가 찍힌 것을 확인한 뒤, 신하로서 예를 지키기 위해 북향사배北向四拜*를 올렸다. 예를 다 올리고 몸을 일으킨 장영실은 다시금 고민에 빠졌다.

99대 장영실, 구예신은 대범해 보이는 외형에 비해 애초에 의심이 많고 머릿속으로 밀려오는 짜증에도 쉽게 흥분하여 폭력을 휘두르는 사람이었다. 그렇기에 지금 자신에게 바락바락 소리 지르는 왕족 꼬맹이를 한 대 후려치고 싶어 손이 근질거렸다. 그보단 전대 장영실 시절, 술 마시러 뻔질나게 연구소를 찾아오던 교수 쪽을 피범벅으로 만들어주고 싶었다. 게다가 장영실이란 이름 이전의 본명이 인간 구예신인 그는 조선이 이상적으로 생각하는 대인군자와는 커다란 괴리가 있는 인간상이다. 겉으로는 내색하지 않았지만 짜증섞인 머릿속 생각들이 휘몰아쳐왔다.

'과연 저 계집을 믿을 수 있을는지요. 전하의 교서만으로 어디까지 믿으라는 근거는 없으니까요.'

생각에서조차 존칭을 쓰곤 있었지만 대사에서 알 수 있듯이 장영실

---

* 북향사배란 북쪽을 향하여 네 번 절함을 이르는 말. 네 번 절하는 것은 임금에게만 올리는 예절이다. 그리고 북쪽을 향하는 이유는 임금이 남쪽을 향하여 앉아 있기 때문에 임금을 우러르거나 임금의 지시를 받을 때는 북쪽을 향하게 되어 있는 데서 유래한다. 이는 한양보다 더 북쪽에 있는 지역이라도 관계가 없다. 이것은 임금은 북쪽, 신하는 남쪽이라는 형식적인 도식으로 맞춰진 유교적 전통예법이기 때문이다.

이란 이름만 벗기면 인간 구예신은 천박하고 인간불신(정확히는 여성 불신에 가깝지만)에 걸린 자였다. 실제로 인간 구예신이 세상에 믿는 여자는 둘밖에 없다. 하나는 망나니인 자신을 낳아주시고 길러주신 어머니고 또 하나는 자신의 여동생이다. 이 둘을 예외로 치자면 기본적으론 마초에 여성혐오를 숨기지 않고 드러내는 인물이었다.

하지만 그럼에도 그는 장영실이었다. 구예신의 감정은 장영실과 하등 상관이 없는 것이다. 장영실이란 공적인 이름으로 불리는 이상 개인적인 감정만 앞세울 수 없는 것이다. 그는 긴 호흡을 내뱉으며 머릿속을 진정시켰다. 그리고 장영실로서 생각을 시작했다. 아빈현주와 교수가 한 말이 사실이고 임금의 교서까지 내려온 상황이라면 자신은 어명을 어긴 것이다. 아까와 다른 의미로 그는 기분이 나빠졌다. 건국 초기부터 조선을 지켜왔다고 자부하던 최고의 시설에서 왕실의 긴급 신호조차 받지 못했단 소리가 아닌가. 인간 구예신이 아니라 공인 장영실로서 분노가 끓어오르고 있었다.

"잠시만 기다리시지 말입니다요."

그렇게 말하곤 돌아서서 자신의 주머니에서 통신기를 꺼내 귀에 꽂았다. 그리고 윗사람을 맞을 때와 달리 평범한 존댓말로 얘기를 시작했다.

"장영실이지 말입니다. 부소장 들리십니까?"

〈들립니다. 장영실 소장님. 밖에 현주 마마가 계시다고 들었습니다만 무슨 일입니까?〉

"지금 차원간 통신부서로 가서 [경복궁]과 연결할 수 있는지 확인해보세요."

〈예? 소장님 그게 무슨 소리십니까?〉

"까라면 까지 말입니다요. 지금 기분이 나쁩니다요."

〈예, 잠시만 기다리십시오.〉

장영실은 천출이던 양아치시절의 버릇을 완전히 버리지 못했는지 짝다리를 집고 땅을 구둣발로 두드리며 부소장의 대답을 기다렸다. 매 순간마다 그는 분노가 솟구쳤다. 지금 찾아온 사람들의 말이 맞다는 것을 입증하는 결과가 되는 것은 아닌가 의문이 들었다.

〈저기, 장영실 소장님……. 직접 와서 보시는 게 빠를 것 같습니다.〉

결국 부소장의 말이 장영실의 감정을 폭발시켰다. 장영실은 최대한 험악해지려는 입을 움찔거리며 차분하려고 노력했다. 이를 갈면서 겨우겨우 말을 이었다.

"제발 연결 안 된단 소리를 하려거든 하지 말입니다요. 지금 그게 얼마나 말이 안 되는지 아십니까?"

〈통신소가 궤멸했습니다.〉

"뭐가 어쨌다 말씀이십니까?

〈어쨌든 들어오셔서 보시는 게 빠를 겁니다.〉

얼이 빠진 듯 숨을 흘리는 장영실에게 아빈현주는 새침하게 말했다.

"일이 이렇게 되었으니 들어가서 이야기 합시다. 오랫동안 서 있으니 힘이 드오."

"예, 현주 마마. 알겠습니다요. 거기 교수도 오실 겁니까요?"

"현주 마마의 에스코트를 명받아서 말이네."

"그러시겠지 말입니다요. 그래도 저 기계뭉치는 안 됩니다요!"

장영실은 의뭉스런 교수의 말투가 맘에 들지 않았으나 일단은 어명이니 받아들일 수밖에 없었다. 교수 또한 눈치껏 장영실의 의견을 따라주는 기색을 보였다.

"알겠네. 넬슨 경. 여기서 대기하게나."

〈예, 각하.〉

넬슨 경은 고개를 숙였다. 그리고 거대한 문 속으로 들어가는 일행을 바라보면서 겉으로는 표현하지 않았지만(핀홀카메라 머리로 감정을 표현할 수 있는지는 두 번째 문제로 두고) 기분이 나빠졌다. 왠지 거대한 문은 괴물의 입처럼 기분 나쁘다고 느꼈다.

● 마키나 바이러스

통신소에 도착한 장영실과 아빈현주 일행은 눈앞에 펼쳐진 상황에 입을 다물지 못했다. 통신소는 겉으로는 멀쩡한 건물이었지만 문을 열고 안을 들여다보면 안에는 통신장치가 있어야 할 곳에 17세기에 만들어진 빌헬름 시카드Wilhelm Schickard의 기계식 계산기를 보는 것처럼 태엽으로 이뤄진 장치들이 쌓여 있을 뿐이었다. 그리고 통신 요원이 앉아 있어야 할 자리에 태엽이 꽂혀 있는 등신대 인형이 쓰러져 있었다. 겉보기엔 영화에 등장할 법한 로봇의 모습을 하고 있었다. 기계장치의 태엽은 돌고 있었고 인형들은 사람들이 있는 곳으로 발버둥치듯 '끼릭끼릭' 소리를 내며 움직였다. 살아있는 존재가 아니었다. 라디오 노이즈 같은 신음을 흘리며 밖으로 기어가려 했다. 보는 사람으로 하여금 역겨움을 느끼게 했다. 장영실은 눈가가 파르르 떨리며 분격에 떨려오는 목소리를 겨우겨우 내뱉었다.

"당장 통신소를 소각하고 통신소 드나들었던 사람 확인해서 1급 격리시설에 수용시키고 방역처리 하시지 말입니다요. 한시가 급합니다요. 어서!"

"예, 장영실 소장님. 11-44! 11-44! 당장 통신소 소각해! 당장!"

부소장은 급하게 달리며 주위의 연구원들에게 명령을 내렸다. 급작스럽게 뛰어다니는 연구원들이 늘어났고 몇몇 연구원들은 화염방사기를 들고 와서 밖으로 기어나오려던 인형채로 통신소를 소각했다. 정신없는 광경을 멍하게 쳐다보던 아빈현주는 선뜻 이해가 되지 않았다. 누군가 자신에게 설명하길 바랐다.

"무슨 일이오? 대체……."

곁에 있던 교수가 미소를 지으며 불타는 통신소로 다가가려는 아빈현주를 막아섰다.

"마키나 바이러스Machina Virus입니다. 현주 마마. 다가가지 마오소서."

"마키나 바이러스? 그게 뭐요?"

교수는 광기어린 미소를 지으며 설명을 시작했다. 자랑스럽다는 표정이 역력했다.

"생체적 감염이 가능한 유일한 컴퓨터 바이러스지요. 감염된 컴퓨터를 태엽장난감으로 만들어버리고 감염대상과 접촉된 유기체도 기계형태의 무기체로 만드는 극악무도한 바이러스입니다."

마키나 바이러스. 컴퓨터 바이러스로 시작해서 유기체로 옮겨가는 기묘한 구조를 가지고 있다. 라틴어로 기계를 뜻하는 말로, 말 그대로 모든 것을 아날로그적인 기계장치로 변화시키는 바이러스다. 현대식 기계장치들을 고전적인 기계장치로 변화시키고 이 장치를 사용하던 사람이나 주변에 있는 유기체를 무기질적인 오토마타들로 만들어버 린다. 감염된 유기체는 고유의 특성을 빼앗기고 좀비처럼 변해버려 상대를 물어뜯는 것만으로 2차전염을 시키는 병원체로 전락하게 된 다. 현재까지 나온 마키나 바이러스의 예방법은 바이러스가 퍼진 전 염지역을 병원체와 함께 소각하는 길밖에 없다. 아빈현주는 이야기를 들으면 들을수록 얼굴이 굳어갔다.

"말도 안 돼. 그런 두려운 바이러스가 실존할 수 있단 말이요! 난 그 런 병원체는 들어본 적 없소!"

평범한 인식으론 이해조차 되지 않는 말을 하는 교수를 보면서 그녀 는 할 말을 잃고 소리를 지르고 말았다. 왕족으로서의 위엄은 보이지 않았다. 교수는 그런 아빈현주를 다독이는 것처럼 차분하게 말했다.

"듣지 못한 게 당연합니다. 천연두나 흑사병 같은 겁니다. 지금은 사 라진 박멸된 바이러스니까요. 게다가 클럽의 노력으로 일반에는 알려 지지도 않았습니다."

"그럼, 대체 교수는 어찌 아시오?"

아빈현주의 질문에 대답한 것은 교수가 아니었다. 교수는 곤란하다 는 듯이 웃었다. 장영실은 그런 교수를 노려보며 큰 소리로 혀를 차더 니 대답했다.

"저 노인장께서야 당연히 아시겠지 말입니다요. 현주 마마."

"무슨 소리요? 장영실."

"저 노인장의 작품입죠. 저 바이러스. 제가 저, 어머니 죄송합니다! 빌어먹을 바이러스 치료연구로 낭비한 5년이 아까울 정도입니다요. 저 미친, 하하, 어머니 죄송합니다! 정신이 조금 이상하신 노인장은 바이러스 치료 자체를 불가능하게 만들어놨단 말입니다요."

"그것이 사실이오? 교수?"

아빈현주가 다그쳐 물었다. 하지만 교수는 별로 변명을 한다거나 비굴하게 굴지도 않았다. 평소와 다를 바 없이 차분히 강의하듯 천천히 말을 하기 시작했다.

"사실입니다. 마키나 바이러스를 만든 것은 노구, 크눕 하드니스입니다. 그러나 하나 알아두셔야 할 것이 있습니다. 지금 저기 불타는 통신소에 있는 게 노구가 만든 원본이라면 저희가 이렇게 이야기를 하고 있을 수도 없을 겁니다. 접촉을 통한 감염이라고 해도 원래 설계대로라면 이 정도 시설은 20분 안에 끝납니다. 저건 다릅니다. 통신소 내부만을 감염시키고 스스로 자멸했어요. 처음부터 통신소만 노린 범행이죠. 원 제작자로서 확신할 수 있습니다. 누군가 변종을 만든 겁니다."

아빈현주는 아무런 대꾸도 하지 않았다. 다만 지금 눈앞에 있는 자가 두려운 존재임을 다시금 인지했을 뿐이다. 장영실은 교수를 노려보며 잡아먹을 듯이 목소리를 높였다.

"대체 이 변종을 노인장께서 만들지 않았다는 증거를 알려주시지 말입니다요?"

"나야 모르지 않겠나? 이미 지상에도 바이러스 샘플은 국가기관에는 다 하나씩 있는 걸세! 처음 만든 사람이 모든 걸 잘 아나? 내가 알기론 여기도 샘플 몇 개를 보관중이지 않은가. 저걸 만들었을 때는 전쟁 도중이었어. 전쟁은 사람을 미치게 만들지. 나도 만들고 후회한 몇 안 되는 작품이라네. 원래는 바이러스조차 아니었는데……."

교수는 어깨를 으쓱이고 한숨을 쉬면서 자신을 잡아먹을 듯 노려보는 장영실을 응시했다. 조용히 있던 아빈현주가 나지막하게 말을 꺼냈다.

"교수, 대답하시오. 그대를 믿고 이곳까지 이끈 소녀의 명예를 더럽힐 거짓말은 없는 것이겠지요?"

순간 교수는 무릎을 꿇고 말했다.

"그 무슨 말씀을 하시옵니까? 제 이름 크눕 하드니스와 제 교수라는 명예를 걸고 맹세하겠습니다. 그 어떤 일로도 현주 마마의 명예에 누가 되는 일은 없을 것이옵니다. 만일 그런 일이 일어나게 된다면 지금 당장 조선의 법도에 따라 처벌받겠나이다."

교수는 살기 위해 거짓말도 하곤 했지만 자신이나 여성의 명예가 걸린 상황에선 차라리 자신의 목숨을 거는 것이 낫다고 생각했다. 아빈현주는 교수의 진심을 이해하고 고개를 끄덕였다. 그리고 장영실을 바라보았다.

"흠, 그럼 됐소. 믿겠소! 장영실, 지금은 잘잘못을 따지는 것보다 문제를 해결해야 한다 생각하는데? 장영실, 경의 생각은 어찌 생각하오?"

99대 장영실은 감정이 북받치며 떨려오는 미소를 지으며 고개를 숙였다.

"현주 마마의 말씀이 옳습죠. 하지만 지금 [경복궁]과 연결할 통신소가 다 사라진 마당에 어떻게 도움을 줄 수 있을지……."

"그런 농담도, 국가 연구소가 비상시 대책도 없을 리 없잖나."

교수가 한마디 하자 장영실은 한숨을 쉬며 말했다.

"하아, 알겠습니다요. 이건 다 어명 때문이구만요. 댁이 뭘 꾸미는지 모르겠지만요."

"조선에 누가 되는 일은 아니네."

교수는 누가 보더라도 인간적인 미소로 장영실을 바라보았다. 교수의 표정을 보고 장영실은 살면서 처음으로 걱정이라는 것을 한 것 같았다.

• 19세기의 망령

[우인궁]을 제압한 [어깨동무]는 시간이 지나감에 따라 경직되었던 몸을 들썩였다. 강력한 적을 상대하기 위해 긴장하고 있었는데 자신들의 새로운 무기에 추풍낙엽처럼 허물어지는 적들의 모습에 60년간 고개숙였던 자신감이 솟구침을 느꼈다. 얼굴을 가리고 있어 그들의 표정은 알 수 없었지만 그들의 당당한 걸음걸이나 몸짓, 농지거리를 하며 웃어재끼는 소리를 통해 그들이 얼마나 지금 승리의 순간을 만끽하고 있는지 알 수 있었다.

왕초 또한 그랬다. 거지같은 차림새를 하고 구석에 쭈그려 앉아 마구 퍼온 음식을 입속으로 쑤셔넣고 있었다. 혁명은 배고픈 것이라지만 왕초는 그냥 천박한 거지에 불과했다. 왕초로서 철없이 주변의 농지거리에 끼어들지 않고 홀로 앉아 즐겁게 음식을 먹고 있었다. 아직 긴장을 풀지 않은 부하가 그에게로 다가왔다. 왕초는 음식을 입속으로 집어넣다가 다가오는 부하를 보곤 입속의 음식물을 목안으로 넘기지도 않은 채 말을 꺼냈다.

"뭐야? 먹는 거 안줄 거야?"

부하는 진저리난다는 말투로 말했다.

"그게 아닙니다. 왕초! 지금 애들의 긴장이 풀렸습니다. 아직 우리는 일이 끝난 게 아닙니다."

"그게 뭐? 이렇게 좀 즐기는 것도 필요해. 생각해봐라. 제국주의 개자식들 엉덩이를 차줄 일이 어디 흔하냐?"

그야말로 왕초는 별 생각이 없었다. 지금껏 당해왔던 것에 비하면 지금은 오히려 얌전한 편이라며 현재의 상황을 즐기고자 했다. 부하는 왕초의 행동에 한숨을 쉬고 속마음을 이야기했다.

"조선의 반응이 없는 게 더 걱정됩니다. 설마 [우인궁] 채로 날려버리진 않겠죠?"

부하의 말에 왕초는 코웃음을 쳤다.

"너 미쳤냐? 여기가 어딘데? 조선의 지배자 궁가야. 제깟 것들이 뭔 일을 하겠어?"

"그래도 [장영실연구소]라도 움직이면 저희는……."

"이새끼야. 걱정도 팔자다. 우리에게 협력자들이 이미 수를 써주었다고 했어. 너 내 말 못 믿어? 그쪽이 못 움직이게 막아보겠다잖아."

[어깨동무]가 이런 과감한 움직임을 보일 수 있는 것은 최근 들어 자

신들을 지원한 협력자들이 있었기 때문이다. 최첨단 무기와 훈련장소 그리고 지원금을 통해 이번 공격을 성공시킬 수 있었다. 왕초로서는 활동자금을 지원해주는 것만으로도 괜찮다고 생각하고 있었던 터인데 이렇게 계획이 성공까지 했으니 무엇을 의심하겠나. 그러나 부하는 어딘지 찜찜했다.

"하지만 너무 조용한 게 걱정입니다. 기분 나빠요. 조선이 어떤 나라인지 아시잖습니까. 반항하는 자에게 가차 없는 나라에요. 저희 선배 세대가 어떤 꼴을 당했는지 아시잖아요. 갑자기 무슨 일이 일어날지……."

왕초는 부하의 괜한 염려에 결국 먹던 음식을 접시채 집어던지고 말했다.

"오지랖도 넓으셔라! 니 일이나 잘하세요. 자식아, 일단 그 기계뭉치들 다 옮기기나 했어?"

왕초는 귀빈들의 값비싼 보석이나 현금도 털었지만 합선대군의 컬렉션에 집착하고 있었다. 도망칠 때 함께 가져갈 요량으로 챙기도록 지시했다. 부하들은 모든 것은 인민을 위한 일이라는 왕초의 말에 반쯤은 세뇌되어 있었기에 왜 그렇게까지 기계뭉치에 집착하는지 알 리가 없었다. 그저 부하는 왕초의 성질에 주눅이 들어 말을 아꼈다.

"다 옮겼습니다, 왕초."

왕초는 부하의 말에 낄낄 웃기 시작한다.

"좋았어! 그럼 여기를 떠날 시간이 됐다는 거네. 애새끼들에게 떠날 준비 하라고 해. 당장!"

부하는 왕초의 고함에 슬금슬금 뒤로 물러났다. 그리고 주머니에서 폴더형태의 구식 핸드폰을 꺼냈다.

"떠나기 전에 제국주의자 놈들에게 선물은 하고 가야지. 헤헤헤."

비열한 웃음이었다. 그의 손에 들린 것은 마키나 바이러스의 변종
이 담겨 있는 스위치로 통화전파를 통해 주변의 핸드폰으로 전송하게
되어 있었다. 통화버튼 하나만 누르면 회장에 모인 사람들을 걸어다
니는 좀비로 만들 수 있었다. 이 때문에 인질들의 전화를 따로 뺐지 않
은 것이다. 평소라면 제대로 된 무기조차 조달할 수 없었는데 지금 자
신의 손엔 현대문명을 끝낼 수 있는 스위치가 쥐어져 있었다. 왕초는
자신들을 지원하는 자들이 누구인지 미처 알지 못했지만 이런 신무기
들을 통 크게 넘겨주는 것에 감사하며 희열감에 몸을 떨었다. 그리고
아무도 알아채지 못하게 스위치를 품에 넣었다. 그리고 인질들이 모
인 곳을 가로질러 합선대군 일가를 연금한 정자로 걸어갔다.

왕초는 마지막으로 사라지기 전 상대방들을 모욕할 연설을 하고 떠
나며 마키나 바이러스를 퍼트릴 속셈이었다. 조선의 가장 높은 사람
이 바이러스에 죽어가는 것을 생방송으로 보여주고 싶었다. 하지만
그런 행동이 자충수가 될 줄은 몰랐다. 왜냐면 합선대군이 갇힌 정자
에 교수가 돌아왔기 때문이다.

합선대군은 공중에 떠 있는 정자가 내뿜는 에너지에 잔물결이 이는
호수를 바라보며 생각에 빠져 있었다. 지금까지의 수를 정리하고 다
음 수를 어떻게 내딛을까를 계산하고 있었다. 풍견지랑은 허공을 바
라보며 멍하게 앉아 있는 대군을 향해 문안을 드리며 허리 숙여 공손
히 속삭였다.

"대군 마마, 어찌하실는지요?"

대군은 풍견지랑이 기특했는지 등을 두드려주며 말했다.

"변함이 없구나! 주상을 기다릴 것이다. 주상이 무엇을 결정하든 그것이 조선의 뜻이다."

"허나 교수가 끼어들었지 않습니까."

"어디까지나 변수 내의 상황에 불과하지 않느냐. 우왕좌왕 말고 기다리거라. 풍견아, 어른이 되거라. 어른이 되어야지!"

대군의 타이르는 말을 듣고 있던 풍견지랑은 속내를 들켜 부끄러워하는 어린아이처럼 얼굴을 붉혔다. 남 앞에서는 감정을 숨기려는 풍견지랑이었음에도 자신을 길러준 것이나 다름 아닌 대군 앞에선 감정을 숨기기 힘들었다. 아버지 앞에 서 있는 사내아이처럼 변하곤 했다.

합선대군은 고개를 돌려 맞은편의 정자를 바라보았다. 그곳에는 인질들이 공황에 빠져 있었지만 스스로의 목숨에 해가 갈 짓은 하지 않았다. 대군은 그저 고개를 끄덕이곤 다시 정자 너머 호수를 바라보며 생각에 빠져 있었다. 순간, 바람이 일며 대군의 뺨을 스쳤다. 그리고 모래가 쌓이듯이 나타난 분자구조가 하나로 이어붙는 기묘한 장면을 바라보았다. 교수가 돌아온 것이다. 펄럭이는 망토를 한손으로 털며 극적으로 등장한 교수를 보면서 대군은 한숨부터 내쉬었다. 교수의 맞은편에는 아빈현주가 당당하게 서 있었다. 대군은 안타까운 표정으로 그녀를 바라보며 입을 열었다.

"그래, 주상의 뜻은 어떠하였느냐?"

대군의 말에 아빈현주는 차분히 말을 이었다.

"장영실이 [경복궁]에 출궁하여 처리를 시작하였습니다."

"그랬구나. 그라면 믿을 만한 자지. 그만큼 나라를 위하는 자가 또 어디에 있겠느냐."

장영실이라는 이름을 들은 대군은 찡그렸던 표정을 풀고 미소를 지었다. 장영실이 가진 값어치를 이해하고 있었기 때문이다. 아빈현주는 별로 동의하지 못했지만 아버지의 생각에 딱히 말을 덧대지 않았다. 대군은 교수를 쳐다보는 둥 마는 둥하며 말을 건넸다.

"흠, 이거 하나만큼은 고맙다고 해야겠군."

교수는 대군의 말에 고개를 숙여 말했다.

"신사로서 당연히 해야 할 일입니다."

"그렇다면 신사가 어떤 숨겨둔 해결책을 가지고 있는가?"

대군은 속마음을 숨길 것도 없이 혀를 차며 말을 이었다. 교수는 남에게 무언가를 맡겨두고 가만히 있을 만큼 얌전한 사람이 아니었고 대군은 그런 교수의 속을 간파해냈다. 교수에게 숨긴 패가 없을 리 없었다. 하지만 교수는 시치미를 뚝 떼며 말했다.

"외인이 어찌 감히 조선의 일에 나서겠습니까? 조선의 힘이 저들을 처단할 것입니다."

"무슨 짓을 할지 괜히 두려워지는군. 대체 어떤 짓을 저지른 건가."

대군이 고개를 가로저으며 말하자 교수는 슬쩍 운을 띄웠다.

"감히 외인인 제가 [천외비선]에 대해 말할 수 있겠습니까."

교수의 말에 대군은 흠칫 놀라 바보처럼 되물었다.

"지, 지금 뭐라 했는가."

"[천외비선]이라 하였습니다. 대군 마마."

"대체 자네가 어찌 그걸 아는가? 그것은 임금도 함부로 보지 못하는

1급 기밀문서로 [실록]에만 적혀 있는 것인데."

"간단한 일입니다. 제가 읽었기 때문이지요."

"대체 어떻게? 아니, 더 이상 묻고 싶지도 않군. 보안을 더 강화시켜 야겠어."

대군에게 다시 두통이 찾아왔다. 이미 일어난 사건에 대해 뭐라고 한들 머리만 아파오니 손을 내저으며 말을 끊었다. 교수도 알았다며 뒤로 물러섰다. 이렇게 대화를 나누고 있는 동안 촐싹거리는 걸음으로 왕초가 다가왔다. 그의 모습을 보자마자 대군은 한숨부터 쉬었고, 왕초는 그런 모습에 개의치 않고 연극적으로 대사를 읊었다.

"에헤헤. 대군 마마, 미천한 종자들은 잘 놀다 갑니다. 천한 놈들의 놀이판은 즐거우셨습니까요? 떠나기 전에 한층 즐거운 걸 보여드리고 싶어서 이리 왔습니다요."

천박한 말에 합선대군은 아무런 대꾸를 하지 않았다. 일일이 대응하는 것도 지친 듯 보였다. 바로 옆에는 그런 대군의 모습을 걱정하는 풍견지랑과 아빈현주가 서 있었다. 왕초는 비열하게 반쯤 일그러진 미소를 보이며 역겨운 농담 하나를 던지려는 순간, 뭔가 주변이 달라지며 위화감이 감돌고 있음을 느꼈다.

"세상에 테러리스트가 겁 없이 굴면 안 되지."

왕초가 갑작스럽게 들려오는 소리 쪽으로 고개를 돌렸다. 19세기 연회복을 입은 젊은 사내가 뚜벅뚜벅 걸어오고 있었다. 크눕 하드니스 교수였다. 왕초는 교수를 알아보지 못하고 혀를 차더니 소리를 냅다 질렀다.

"뭐야? 너! 어떻게 여기 왔어? 병신들이 뭐하는 거야! 저런 미친놈이 나타나는 줄도 몰라?"

왕초는 그저 인질 중 하나가 튀어나온 것이라고 생각했다. 교수에게 무기를 들이대며 말했다.

"뭐야 넌? 이 '혁명적 발사장치'에 죽고 싶어서 환장했나!"

왕초의 혁명이란 단어에 교수는 경기를 일으키듯, 눈 밑의 근육이 파르르 떨렸다. 겉으로는 차분한 얼굴을 가장하고 있었지만, 이런 미세한 표정변화야말로 억제할 수 없는 분노의 표출인 것이다.

"예전의 사회주의 작자들은 그나마 자신의 말을 예의에 맞춰 꾸밀 줄이나 알았지. 요즘 친구들은 점차 저열해지는군. 모든 것에 '혁명'이란 단어를 붙이려는 것부터가 최악의 선택인 것을 모르나? 함부로 혁명이란 단어를 쓰지 말게. 게다가 그 총은 [플라즈마총]이야. 네놈들이 어디서 구했는지는 모르지만 자네들 맘대로 그렇게 불러대는 걸 보면 짜증나기 시작한단 말일세!"

교수는 30대 초반으로밖에 보이지 않는 사람이었지만 말투는 다 늙은 노인 같았다. 덕분에 왕초는 자신을 나무라는 교수를 향해 다가가면서 그에게 분노의 방아쇠를 당겼다. 그러나 뜻밖에도 교수는 피할 생각조차 하지 않았다. 오히려 총에서 발사되는 에너지덩어리를 한손에 들고 있던 지팡이로 과감히 쳐냈다. 그리고 교수는 왕초에게 다가가며 최대한 감정을 억제하며 차분하고도 신사다운 목소리로 말했다.

"그 물건들 어디서 났는지 말해주게. 그럼 편히 이 세상의 굴레에서 해방시켜 주겠네."

왕초는 두려웠던지 침을 꿀꺽 삼키고 말했다.

"야, 이새끼들아 왕초가 당하게 생겼는데 뭐해?"

왕초의 새된 소리에 부하들이 교수에게 달려들었다. 그는 미소를 지으며 지팡이를 펜싱자세로 잽싸게 휘두르며 덤벼오는 사람들을 처리했다. 가까이에서 자신을 향해 총부리를 겨누는 사내들의 손목을 치면서 무기를 떨어트리고 다리를 걸어 쓰러트리며 상대의 급소를 지팡이로 내리찍었다. 그 순간 교수의 지팡이에서 흘러나오는 전기가 쓰러진 남자들의 몸으로 들어가며 발작을 일으켰다. 멀리서 자신을 표적으로 총을 겨누는 사람들에겐 지팡이를 지목하듯 들어 겨냥했다. 그러자 그의 지팡이에서 번개와 같은 빛이 흩뿌려졌다. 눈 깜짝할 사이에 주변의 [어깨동무]들이 쓰러지며 신음을 흘렸다. 다른 [어깨동무] 일원들은 정자를 에워쌀 뿐 기겁을 하여 가까이 다가가지도 못했다. 싸움이라고 하기에도 민망할 정도로 [어깨동무]의 일방적 참패였다.

"이정도 공격도 받아내질 못하다니 훈련을 다시 받는 건 어떤가?"

"빌어먹을 누구야? 이새끼가! 우습게 보지마라! 우리는 혁명전사 [어깨동무]라고!"

왕초의 무례하기 짝이 없는 말에도 교수는 밑의 사람에게 대하는 최소한의 예의를 갖춰 말했다.

"이런, 내 소개를 깜빡하고 있었군. 내 이름은 크눔 하드니스. 현주 마마의 손님으로 이곳에 와 있다네. 자네들은 나를 교수 '님'이라고 부르게."

'님'이라고 강하게 강조한 것은 교수의 드러나진 않았지만 끓어오르는 분노의 특별한 표시나 다름 아니었다. 하지만 왕초는 이를 눈치채지 못했다. 아니면 일부로 무시하는 것인지 제 할 말을 지껄이기 시작했다.

"아주 웃기고 자빠졌네. [19세기의 망령]? 실존하는 작자였어? 난 그냥 망태할아범 같은 이야기 속 존재라고 생각했는데?"

믿지 않는 것이 당연했다. 왕초가 일반인이라면 이것이 평범한 반응이다. 일반인들은 교수를 모르는 것이 당연하다. 하지만 [어깨동무]가 교수를 몰라본다는 것은 다른 문제이다. 아무리 [어깨동무]들이 조선지역에만 몰려 있는 한정된 지역의 테러리스트라곤 하지만 나라를 뒤엎으려는 자들이다. 정보에 민감하고 어떻게든 상대보다 우위를 점하기 위해 노력해야 하거늘, 교수가 보기엔 그들은 너무나 어리석고 무지한 편이었다. 결국 스스로 혁명가라고 칭해봤자 어디까지나 시정잡배들에 불과하며 교수의 실존을 이해하기엔 그들은 저열했고 편협하기까지 했다. 교수는 속으로 자신들이 사용하는 무기의 출처조차 이해하지 못하고 헛소리나 지껄이는 그들을 조금은 동정했다.

"그럼 존재하고말고. 20세기의 망령인 공산주의자들도 돌아다니는데 [19세기의 망령]이 돌아다니지 말란 법이 없잖나."

"하하하하하! 멋지다, 멋져! 당신 같은 작자를 만날 줄이야. 더 좋아졌어. 응응! 이번 사건을 아주 크게 키울 수 있는 인물이 오다니! 지금 당장 하늘에서 폭탄이 비처럼 내린다고 해도 믿을 것 같아. 하하하하!"

표정부터 반쯤 일그러진 왕초는 정신줄을 놓은 웃음을 터트렸다. 부하의 절반이 쓰러지고 지금 코너에 몰려 있는 상황에서도 교수에게 졌다는 생각을 하지 못했다. 이미 패배를 인식한 순간, 혁명은 끝나기 때문이었다. 오히려 헛소문이라 치부했던 사실이 현실로 나타나자 즐거워졌다. 더 큰 혼란을 야기할 수 있음을 즐길 수 있게 된 것이다. 왕초에게 있어 눈앞의 교수가 진짜인지 아닌지는 상관없었다. 상황을 더욱 혼란으로 집어넣을 수만 있다면 그에겐 아무래도 좋았다. 그러나 교수는 그런 광인의 장난에 더는 어울려줄 수 없었던 그는 단 한마디만 했다.

"그런가? 그럼 잘됐군. 폭탄보다 더한 게 비처럼 내릴 걸세."

그러더니 교수는 자신의 손가락을 하늘로 향했다. 왕초는 무슨 소린가 싶어서 정자 밖으로 고개를 들이밀고 하늘을 바라보았다. 소스라치게 놀라고 말았다. 왕초는 자신이 본 것이 믿기지 않아 하마터면 정자에서 떨어져 호수에 빠질 뻔했다. 주변도 웅성이며 하늘을 바라보곤 믿을 수 없다는 표정을 지었다.

누구든 그럴 것이다. 공중에 떠 있는 비행접시를 본다면 말이다.

"뭐야, 저건?"

"별거 아니지. 자네들이 뒤집으려는 나라의 일급기밀 중 하나를 보고 있는 것뿐이야."

조선의 과학기술은 존엄한 선조가 만들어낸 위대한 유산에 근거한 것이 많지만 외세의 도움을 받은 것들도 더러 있다. 지금 궁가 바로 위로 떠 있는 비행접시가 바로 그러했다. 조선의 역사에서 비행접시는 자주 등장했다. 조선의 일급 기밀문서인 [실록]에 따르면 전조傳祖 6년(1609년, 기유년己酉年)에 시끄러운 접시가 등장했다고 한다. 후에도 몇 번이나 조선에 등장했다. 결국 임금의 명령으로 당시 군기감이 시끄러운 접시를 나포하는 데 성공했고 이를 [천외비선天外飛船]이라 불렀다. 이후 접시에서 발견된 과학이 조선을 발전시키는 원동력 중 하나가 되었다. 일반에는 알려지지 않았지만 말이다.

"에너지 무력화 광선이 주변을 감싼 벽을 허물어트릴 걸세. 그 다음은 어찌될지 알고 있겠지? 자네들에게 가족이 없길 빌겠네. 조선은 반역죄만큼은 연좌제를 유지하는 나라니까 말이네."

왕초는 아까까지 허풍을 떨며 지껄이던 성격이 어디로 갔는지 고장 난 축음기마냥 헛소리를 반복하기 시작했다. 얼빠진 사람 같았다.

"말도 안 돼! 말도 안 된다고! 저런 건 듣지도 못했다고. 세상에 외계 인 같은 게 어딨어?"

교수는 혀를 차며 왕초를 내려다보았다. 그의 차갑게 식은 눈빛에 는 더 이상 모자란 자들에 대한 연민이나 동정이 아닌. 모멸감에 가득 차 있었다.

"[장영실연구소]를 모르나? 자네들 조선에서 테러 하는 게 아니 었나?"

교수의 멸시에 찬 시선은 마치 모자란 학생을 질책하는 인상을 주 었다. 상대는 진짜 학생이라도 된 것처럼 느꼈는지, 교수의 질책에 반 박을 하지 못했다. 지금 왕초도 무지한 학생처럼 말을 더듬거렸다.

"하지만. 하지만……."

"무력화됐을 거라고? 하! FATUUS!* 테러리스트 치곤 성격이 순진 하군 그래. 몇 분 안 돼서 죽을지도 모르지만 살아남는다면 플랜 B 정 도는 만들어 두게나!"

교수는 관자놀이를 문지르며 자신도 모르게 라틴어를 뱉어내더니 연극적인 과장된 움직임으로 다가가며 소리쳤다. 교수의 행동 하나하 나가 왕초를 뒷걸음질치게 했다. 마치 교수의 말 한마디 한마디가 학 생의 발표를 중단시키고 그 자리에서 신랄하게 F학점을 선고해버리 는 듯한, 누가 보아도 잔인한 짓이었다. 교수의 평가에 악이 받쳤는지

• 얼빠진 놈, 바보라는 라틴어.

왕초는 슬슬 뒤로 물러서던 발걸음을 멈추고 이를 갈며 말했다.

"아, 그거라면 걱정 안 하는 게 좋수다. 우리들 인생은 언제나 플랜B니까."

교수는 이미 상대가 뭘 할지 알고 있었다. 정말이지 생각없이 내지르는 왕초의 성격이 마음에 들지 않았다. 교수는 뇌를 가지고 있으면서 단지 머리에 뇌를 장식처럼 얹혀놓기만 한 인간을 증오했다. 무식한 것은 죄가 아니지만 면죄부는 아니다. 모자라면 배울 의지를 보이고 사람이라면 언제나 생각을 하고 살아야 한다. 생각이 없는 자는 인간이라 불릴 자격조차 없다 생각했다. 그러니 지금 눈앞의 상대와 대화를 하고 있는 것 자체가 교수의 명예를 실추하는 행동이었으리라. 교수는 최대한 표정에 변화를 주지 않고 차분하게 말했다.

"제발 뭔가 터트린다는 짓만큼은 하지 말게. 사람이 없어 보이네."

"아시잖수. 원래 테러리스트가 이런 잡놈들인 거지."

왕초의 이죽임에 교수는 과장된 웃음을 지으며 떨리는 입꼬리를 유지한 채 라틴어를 내뱉었다.

"STERCOREM PRO CEREBRO HABES.

(네놈은 머리에 똥덩어리가 한 가득이군.)"

교수는 상대가 알아듣지 못할 것을 알고도 라틴어로 욕지거리를 내뱉었다. 그만큼 교수의 감정이 격해진 것이다. 특이한 점이 있다면 교수의 라틴어발음이 고전 라틴어가 아니라 교회 라틴어에 가까웠지만 여기 모인 사람 중 라틴어를 아는 사람이 적어 이를 구분할 사람도 별로 없었다. 왕초는 얼굴을 찡그리곤 소리쳤다.

"거, 무슨 말을 하는지 모르지만 말이야. 한마디만 하지. 꼼짝 마! 다

날려버리는 수가 있어."

교수는 왕초가 품에서 뭔가 꺼내들고 있는 것을 보았다. 그것은 폴더 형식의 구식 휴대전화기였다. 무언가 전송하려고 이것저것 단말들이 엉겨붙어 있었는데 교수는 그게 무엇인지 어렵지 않게 추측할 수 있었다.

"그건 뭘 날려버리는 게 아니네. 여기 있는 모두를, 자네까지 포함해서 끔찍하게 만드는 무언가지. 대체 그런 물건을 어디서 얻은 건가? 자네들이 직접 만들었다는 헛소리는 하지 말게. 이 노구에게 정말 커다란 모욕이니까."

"어라? 이게 뭔지 아시나봐? 혁명은 멈추지 않아. 속늙은이. 우리는 절대 사라지지 않거든. 내가 추하게 망가져도 또 다른 [어깨동무]가 나올 거야. 혁명은 끝나지 않는 불꽃놀이 같은 거야. 하하하하하."

왕초는 함박웃음을 지으며 스위치를 꾹 눌렀다.

"그만둬!"

교수는 놀라 체면도 벗어던진 채로 왕초에게 달려들었지만 왕초의 육신은 분자단위로 사라져갔다. 물론 여기서 약탈한 보석이나 금품들과 합선대군의 컬렉션도 함께 사라져갔다. 사라져가는 왕초는 교수의 놀란 얼굴을 보고 즐겁다는 듯이 박수를 쳤다. 사실 마키나 바이러스가 담긴 장치는 아직도 왕초의 품속이었다. 교수도 이런 행동은 예상하지 못했다. 크게 한바탕 결전을 벌릴 참에 도망치다니…….

"늙은이가 간은 콩알만 하신가봐? 놀라기는! 우리 잡놈들의 덕목 모르쇼? 모욕주고, 사기치고, 훔치는 거지. 하하하하!"

왕초는 어깨를 들썩거릴 정도로 크게 웃으며 멀어져갔다. [어깨동무]들이 순식간에 시야에서 사라졌다. 왕초라는 작자는 비행접시를 봤을 때부터 이럴 참이었던 모양이다. 교수는 혀를 차며 말했다.

"한방 먹었군."

게다가 지금 사용한 것은 자신이 가진 [에테르점프]의 변형이었다. 연속해서 자신의 장난감이 변형해서 등장하고 있었다. 이제 이런 상황이 어떻게 전개될 것인지는 너무 뻔해서 짜증이 날 정도였다. 교수는 한숨을 내쉬며 중얼거렸다.

"MEA CULPA, MEA CULPA, MEA MAXIMA CULPA.

(내 탓이오, 내 탓이오, 내 부덕의 소치요.)"

● 인터미션 Intermission

사건은 매우 허무하게 막을 내렸다. 비행접시가 [에너지장막]을 뚫고 조선의 군경軍警이 합동으로 돌입했을 때에는 [어깨동무]는 이미 도망친 이후였다. 물론 교수가 쓰러트린 자들이 기절해 있었기에 그들을 체포하고 인질들을 풀어주었지만, 화려하게 등장한 것치고는 제대로 일을 수행하지 못한 셈이었다.

이미 언론에서는 지금의 상황을 연신 보도하며 지나친 평화를 운운하며 제대로 대응하지 못한 정부를 힐난하고 있었다. 게다가 이번 일은 세계 전역으로 이야기가 퍼진 상황이라 얼간이 테러리스트조차 해결 못한 조선은 세계의 조롱거리가 되어버린 상태였다. 최소한 인질들이 다치지 않고 해결된 것을 다행으로 여겨야 할 판이었다. 자존심이 몹시 구겨진 경찰들은 그래도 최대한 표정관리를 하며 손님들에게 몇 가지 질문을 위해 안전한 장소까지 안내해주고 있었다.

그러나 이 자리에서 가장 모욕을 받은 인물이라면 역시 합선대군일 것이다. 누구보다 조선의 치안을 중시하는 대군은 자신이 가장 믿었던 군경이 가벼운 테러리스트들조차 사전에 막아내지 못하자 그 충격으로 몸을 제대로 가누지 못했다. 게다가 육체적 장애를 안고 있는 대군은 심한 충격을 받으면 몸의 일부를 제대로 움직이질 못하는 결함을 지니고 있었다. 겨우 인질에서 풀려난 하인들 도움으로 자신의 사랑으로 걸어 들어갈 수 있었다.

합선대군은 이마를 부여잡으며 자신의 사랑에 들어와 주저앉듯 싱글 소파에 앉았다. 주변에 있던 하인들은 대군이 쓰러질지 모른다는 생각에 대군 주변에 모여 있었다. 하지만 대군은 주위에서 서성이는 하인들을 귀찮게 여겼다.

"대체 뭐 구경할 게 있다고 몰려들어? 나가지 못할까! 지금 밖에 무슨 일이 있을지 모르는데 여기에만 벌써 몇 명이 모인 게야! 내가 명할 때까지 누구도 들어오지 못함이야! 어서들 나가지 못하겠는가?"

하인들은 대군의 격노한 목소리에 심히 눈치를 살피더니 이내 고개 숙이고 물러섰다. 풍견지랑 또한 재빠르게 다른 하인들에게 눈짓하며 나갈 것을 종용했다. 풍견지랑을 위시한 하인들이 대군에게 예를 갖춰 인사를 올리고 나가자 사랑에는 대군과 현주 그리고 교수만이 남았다. 하인들이 나가자 대군이 한숨을 쉬며 책장 쪽에 서 있는 교수를 노려보며 말을 시작했다.

"어찌된 일인지 내게 설명하실 수 있겠소, 교수? 그 빨갱이 놈들이 어째서 교수의 물건을 사용하고 있는지 설명하실 수 있냔 말이오!"

"뜻대로 하소서. 어떠한 처벌이든 달게 받겠나이다."

사실 대군은 그런 의례적인 대사를 듣고 싶은 것이 아니었다. 다시 대군이 입을 열었다.

"내가 말하고자 함이 그런 것이 아님을 교수도 알 텐데. 내가 교수를 처벌하자고 했다면 벌써 의금부로 압송해 친히 심문을 주도했을 거요. 아니면, 그러길 바라는 거요?"

"허나, 그들이 가진 것은 노구와 어떤 연관도 없습니다."

교수의 말에 대군은 손을 내저으며 고개를 돌렸다. 여기저기 삐걱거리며 나오는 육신의 통증과 두통이 대군을 덮쳤는지 얼굴을 심히 일그러트렸다. 그 모습을 애처롭게 바라보던 현주가 아버지의 손을 잡아주었다. 현주의 그런 걱정에도 대군의 화는 누그러지지 않았다.

"더는 이야기할 것이 없구려. 난 그대를 존경하기에 돕고 싶소. 하지만 상황이 그대를 돕기 어렵게 하는구려. 난 지금껏 클럽의 개입을 꺼려왔소. 그들은 평화를 명목으로 세계를 지배하려고 하지. 그런데 그대가 그렇게 나온다면 나도 독배를 마시는 것밖엔 달리 방법이 없겠구려."

교수는 당황한 듯 물었다.

"노구를 클럽에 넘기시려는 겁니까?"

"아니면 제발 내게 사실을 말하시오. 나도 클럽이 개입하는 것은 싫구려."

대군의 으름장에 교수는 어쩔 수 없다는 표정을 지었다. 클럽과 다시 대립을 피하기 위해 지상으로 내려온 것인데 이렇게 되어버리다니

아이러니한 상황이었다. 어쩔 수 없이 한숨을 쉬며 교수는 속마음을 털어놓았다.

"누군가 노구를 철저히 개입시키고 모든 시선을 이 늙은이에게로 돌리고 있는 겁니다. 처음부터 함정이지요."

"누가 그런 것 같나?"

대군은 한번 떠보려는 듯 말을 던졌다. 하지만 교수는 고개를 저으며 나지막하게 말했다.

"말씀드렸다시피 노구에겐 적이 많습니다. 누군가 노구 특유의 기술을 흉내내고 있지요. 노구를 지옥으로 내몰려는 모양입니다. 노구로서도 아직은 누군지 알 수 없습니다. 단 확실한 건 그 공산주의자들은 아니라는 겁니다. 노구의 기술이 그런 얼간이들에게 복제되었다면 노구는 부끄러움에 목을 매었을 겁니다."

[어깨동무]를 생각해냈는지 교수는 분노에 어깨를 들썩였다. [어깨동무], 그들의 행동들이 오늘 얼마나 많은 사람들에게 악의를 팔았는지 알 수 있었다. 진짜 그들이 교수의 기술을 복제해낸 것이라면 이는 교수의 자부심을 망가뜨리는 최대의 굴욕일 것이다. 대군은 일단 같은 과학자로서, 특히 매드 사이언티스트로서 교수의 마음에 공감할 수 있었다. 하지만 지금 조선의 대군이란 직책을 맡고 있는 사람으로서 한마디 하지 않을 수 없었다.

"그렇군. 누군가 자네를 지상으로 부르고 있는 셈이군. 이게 거짓말이 아니길 빌겠네. 만약 단 1퍼센트라도 자네가 이 일에 연관되어 있다면, 반드시 맹세하건대 차라리 죽는 게 좋았다고 믿게 해주게."

"물론입니다. 당연히 그리해야지요. 누가 감히 대군의 뜻을 어기겠나이까. 제 명예를 걸고 일을 해결할 것입니다."

"해결?"

대군은 계속 오는 두통 때문인지 얼굴을 찡그리며 교수의 말에 대답했다. 교수는 대군의 이런 표정을 알고 있었지만 의도적으로 무시하고는 입을 열었다.

"누가 감히 조선을 공격하건데, 제 발명품을 사용한단 말입니까. 이는 노구의 명예와도 직결된 문제 아니겠습니까. 명예를 지킬 수 있게 허락해주소서. 범인이 누군지는 모르겠으나, 무례한 공산주의자들이 어디에 있을지는 알 수 있습니다."

"뭔가?"

교수는 손가락 하나를 펴선 대군에게 보였다. 교수의 표정은 혼을 원하는 악마들이 그렇듯 묘한 미소와 연극적인 행동으로 점철되어 있었다.

"이 늙은이에게 반역도당 하나만 주시면 됩니다."

"호오? 뭔가 재밌는 생각이라도 있는 모양이지? 허나 거절하겠네."

교수의 말에 대군은 흥미로운 모양이었지만 곧바로 거절해버렸다. 교수는 그만 말문이 막혔다.

"대군 마마?"

"왜 그리 놀라나. 이곳은 조선이야. 하등 조선과 상관없는 외인의 도움은 필요없어. 그리고 날 모욕준 사람에 대한 응징은 내가 직접 할 수 있네. 자네는 다만 파티에 초대된 사람이니 이만 돌아가게나. 자네가 뭘 할지 예상은 가는군. 그러나 그런 것쯤 우리도 할 수 있네. 난 그저 자네가 아무것도 모른 척하는 걸 원치 않았을 뿐이지. 가게! 클럽일은 내가 막아주지. 손님에 대한 마지막 예의라고 생각하게."

"대군 마마, 지금 물러나 있으라 하시는 말입니까?"

"그런 뜻 맞네."

교수가 더듬더듬 입을 열자 대군은 고개를 끄덕이며 대답했다. 교수는 당혹스러웠다. 명예를 중시 여기는 사람에게 명예를 회복할 기회도 주지 않는다는 것이 어떤 의미인지 잘 알고 있었다. 그것은 교수에게 사형을 언도한 것과 다름없다. 명예회복은커녕 남은 생 동안 자신의 기계가 저지른 미친 짓에 대한 불명예를 짊어지고 살아가란 것이다. 그렇기에 교수는 대군에게 확인받으려 했다.

"명예에 대한 회복의 기회조차 주시지 않으신단 말씀입니까?"

"그렇다네. 그것이 자네에게 주는 벌이지. 알겠나? 이 일은 조선의 일이야. 이만 물러나주면 좋겠네."

교수는 신사라는 가면을 쓰고 평정을 가장하고 있었지만 한꺼풀 그 속을 벗겨보면 모욕감에 사로잡혀 자신의 감정을 종잡지 못하고 으르렁대고 있는 맹수와도 같은 자였다. 심지어 지금의 상황에서 차라리 오체분시를 당하는 것이 나을 거란 생각도 하고 있었다. 어쩔 수 없다는 듯 교수는 모자를 벗어 가슴에 대고 정중히 허리 숙여 인사를 올린 뒤, [에테르점프]를 사용해 대군의 사랑에서 모래기둥이 바스러지듯 바람에 실려 사라졌다.

합선대군은 교수가 사라지는 모습을 보면서 혀를 찼다. 교수가 이리도 순순히 물러나지 않음을 알고 있었다. 무엇인가 방법을 찾을 것이다. 그에 대한 방도도 생각해야 했다. 그러나 그보다 먼저 지금 당장 해야 할 일은 사랑하는 딸 아빈현주에게 한마디 해야 했다. 자신이 권력자여서가 아니라 아버지 명에 따르지 않은 딸을 엄격히 다스려야 할 문제였기 때문이다.

"현주야, 넌 어찌 그런 짓을 한 게냐."

"아버지, 어찌 화를 내시는지요."

아빈현주는 오히려 당당했다. 더 하고픈 말은 많았지만 아버지 뜻에 반항하는 것처럼 느껴져 더 이상 아무 대꾸를 하지 않았다. 개방적인 성격을 가진 아빈현주였지만 타의 모범을 보여야 할 조선의 왕족이며 여성이었다.

합선대군은 딸아이에게 실망했다. 물론 딸의 영특함에 대해서 잘 알고 있었지만 그래보았자 15세 소녀에 불과했다. 지금 딸아이가 당장의 일을 어떻게든 해결할 순 있어도 그것을 통해 야기될 일에 대해 미처 깨닫지 못한 것이 분명하다. 지금 곧바로 서울 시내가 쩌렁쩌렁 울릴 정도로 호되게 호통치고 싶었지만, 인간의 자유의지를 중요시 여기는 대군이기에 그저 한숨을 내쉬며 딸에게 이에 대해 찬찬히 타이르듯 말해줄 작정이었다.

"아빈아, 왜 조선이 외인의 협력에 질색을 하는지 아느냐? 그들은 절대 선의로 누굴 돕는 인종이 아니다. 저들의 무자비한 정복욕을 무시해선 안 된다. 과거 병인년에 멋모르고 난리치던 불란서 놈들도 그렇고 과거 경인년에 겨우 민란에 불과한 것을 전쟁이라며 호들갑 떨며 감히 군을 파견하려던 합중국 놈들을 잊어선 아니 될 것이다.

물론 그들은 우리의 우방이다. 하지만 아시아에 자신들의 영향력을 만들려고 호시탐탐 노리고 있단 말이다. 물론 교수는 그 어느 곳과도 연이 있는 자는 아니다. 허나! 틈을 보여선 나중에 무슨 일을 당할지 모를 일이다. 그런데 네가 교수를 이 사건에 끼어들게 만들었지 않았느냐? 내가 사적으론 네 아비일지 모르나 나는 미력하나마 이 나라의 왕족이다. 조선의 신하란 말이다. 나라의 암운이 낄지도 모르는 일에 자식이 머리를 들이밀고 있다면 어떤 느낌이 들겠냔 말이다!"

대군 말에 일리는 있었으나 여전히 아빈현주는 자신의 행동에 잘못이 없다고 생각했다. 결국 아버지의 말에 말대꾸를 시작했다.

"하오나, 아버지. 병인년 때 불란서 인들은 자신의 바보짓에 대한 대가를 비싸게 치르지 아니 하였습니까? 그리고 경인민란의 일도 그들은 개입하지 아니하였고요. 조선은 그리 나약한 나라가 아니옵니다."

아빈현주의 말대꾸에 대군은 혀를 찼다.

"실망이구나! 어찌 결과만 보고 판단을 한단 말이냐. 네 그렇게 아둔한 아이가 아닐 것이다! 허언을 삼가라. 결과가 모든 것이 아니니라. 진정 중요한 것은 과정이니라. 기억하거라! 결과로써 용서받을 때는 그것이 많은 사람에게 인정받을 때뿐이니라. 나가거라! 오늘은 누구의 얼굴도 보기가 싫다! 밖에 누구 없느냐?"

대군의 말이 끝나기가 무섭게 문이 열리며 풍견지랑이 들어왔다. 그리고 차분하게 자신의 손을 현주에게 내밀며 입을 열었다.

"현주 마마, 제 손을 잡으시죠."

아빈현주는 천천히 풍견지랑에게 손을 건네며 무거운 걸음을 옮겼다. 여태껏 단 한 번도 이토록 심하게 혼난 적이 없는 아빈현주로서는 적지 않게 충격을 받은 모양이었다. 갑자기 지금까지 참아왔던 피로와 고단함이 파도처럼 그녀를 엄습해오고 있었다. 아빈현주의 발걸음이 참으로 위태롭게 느껴질 정도였다. 그나마 풍견지랑이 곁에서 능숙하게 그녀를 모시고 있었기에 기절을 모면할 수 있을 정도로 아빈현주는 탈진상태에 빠져 있었다.

합선대군은 그저, 자신의 시야에서 멀어져가는 아빈현주의 모습을 하염없이 바라보고 있다가 몸을 절뚝이며 서재로 돌아왔다. 그리고 딸아이 몰래 책상서랍에 숨겨두었던 담배를 꺼내 물고 상념에 잠겼다. 앞으로 교수뿐 아니라 자신의 여식조차 무슨 짓을 저지를지 불 보듯 뻔하기 때문이었다. 머릿속에 몇 가지 예상이 떠오르자 대군은 골치가 아파오기 시작했다. 어떤 식으로 진행되든 일대 소란이 일 것임에 분명했다. 대군은 지끈거리는 관자놀이를 엄지로 누르며 찡그린 표정을 거두지 않았다. 내면에 잠재된 신경질적인 광증이 싹트는 것을 직감했다. 지금의 불가피한 상황에서 대군이 이에 대응할 만한 수를 진행하고자 마음먹었을 때, 하필 딸아이가 작정하고 나서며 자신의 의지를 관철하려는 기세를 보이다니⋯⋯. 이런 계기를 마련한 것이 교수였음을 예측하기란 그리 어려운 문제가 아니었다. 대군은 자신도 모르게 혀를 차며 한탄조의 말을 입 밖으로 내뱉었다.

"정말 미치겠군. 전설이란 이다지도 도움이 안 되는 존재였단 말인가."

덕분에 대군은 손에서 담배를 놓을 줄 몰랐다.

● 아빈현주의 '무기력'

풍견지랑의 도움을 받아 현주가 유현당 가까이에 도착하자 기다리고 있던 하녀들이 탈진상태에 빠져 있는 현주를 부축하여 안으로 들어 갔다. 마음 같아서는 아빈현주를 안까지 모시고 싶었지만 감히 사내가 여인의 방까지 들어갈 수는 없는 노릇이어서 풍견지랑은 그녀가 방으 로 사라지는 모습을 끝까지 지켜보고 있었다. 그리고 지나가던 경호청 호위들을 불러 세워 유현당을 지킬 사람을 더 부르도록 했다.

아빈현주는 체통도 잊은 채, 작은 소슬빗살창을 열고 몰래 풍견지랑 이 물러나는 것을 확인하고 저도 모르게 한숨을 쉬었다. 지금 그녀의 머릿속이 복잡한 것은 풍견지랑을 향한 마음 때문만은 아니다. 자신이 도대체 무슨 잘못을 했는지 여전히 알 수 없었기 때문이다. 아버지가 그렇게 격노할 정도로 자신의 행동이 조선에 해가 되었단 말인가. 아 직 치기가 가시지 않은 탓인지 자신의 마음을 알아주지 않는 아버지와 풍견지랑이 원망스러웠다. 그래서인지 지금 풍견지랑이 경호청 호위 를 부르는 것조차 보호차원이 아닌, 감시가 목적임을 알 수 있었다.

다시 한숨을 내쉬며 아빈현주는 일단 무거운 대례복부터 벗어야 했 다. 서둘러 하녀들은 목욕물과 갈아입을 옷까지 준비해두고 아빈현주 를 모시고 움직였다. 그녀는 이동 중에도 자신의 잘못이 무엇인지 끊 임없이 생각하고 있는 모습이었다. 그로 인해 지금 그림자 속에서 누 군가 나타나는 것을 미처 깨닫지 못했다. 당당하게 걸어 들어가는 모 습이었음에도 호위들조차 눈치채지 못하고 있었다. 그는 해맑게 미소 를 짓고 있는 노란색 트렌치코트를 입은 사나이였다.

**

풍견지랑은 그의 주인이 생각한 만큼 수동적으로 행동하는 자가 아 니었다. 일단 경호청 호위들에게 아빈현주의 경호를 강화할 것을 주문했다. 이는 합선대군이 원하는 바이기도 했으나 풍견지랑 자신의 뜻이기도 했다. 지금은 일이 거미줄처럼 엉켜버려 자신의 뜻을 어디서 어떻게 펼쳐야 하나 고민에 빠진 터였다. 물론 앞으로 일이 어떻게 전개될지 이 상황에서 무엇을 어떻게 해야할지 변수를 상상해내는 것은 그리 어려운 일도 아니었지만, 교수에 의해 모든 것이 박살나버린 지금, 풍견지랑은 괜스레 조바심이 날 수밖에 없었다. 이제 와서 놓친 상황에 대해 억울한 마음도 들지만, 지금만큼은 크게 소리라도 지르고 싶은 심정이었다. 풍견지랑은 불안한 발길을 멈추고 마치 전원을 껐다 다시 켜는 동작을 반복하듯 자신의 생각과 열정을 억제하는 훈련을 하고 있었다. 이러한 행동을 거듭하면서 그는 평소의 자신 모습을 되찾을 수 있었다. 풍견지랑은 그리 나약한 자가 아니었다.

한편 교수는 막 [우인궁]을 떠나는 마차 안에서 대군의 말을 곱씹었다. 확실히 교수에겐 조선에 개입해야 할 커다란 명분이 없었다. 반란군의 [우인궁] 침입은 어디까지나 조선의 일이었다. 하지만 교수가 개입하고 있다고 해도 틀린 말은 아니다. 반란세력이 쓰던 물건들은 자기 발명품의 복제품이었으니까. 복제품을 만들어 교수의 명예를 실추시켰다는 이유 하나만으로 이 문제에 끼어들 만한 정당한 이유가 생긴 것이다. 교수는 지팡이로 지붕을 두드렸다.

〈각하, 무슨 일이십니까?〉

마부석과 연결된 축음기나팔에서 넬슨 경의 목소리가 들렸다.

"지금 당장 긴급하게 연락 하나를 보내게."

〈누구에게 말입니까?〉

"존 D다."

급작스런 주인의 명령에 넬슨 경은 어찌할 바를 몰랐다. 마차를 잠시 멈추고 물었다.

〈진심으로 하시는 말씀이십니까?〉

교수는 넬슨 경의 목소리가 나오는 축음기나팔을 노려보며 말했다. 다른 누구도 아니고 자신의 가장 명작이라 생각하고 있는 넬슨 경의 얼빠진 소리에 분개한 것이다. 교수는 노여움을 내보이지 않게 목소리를 가다듬고 다시 말했다.

"이 늙은이가 자네와 농담할 사람으로 보이나? 이번 사태에 대한 문제는 노구에게도 있어. 감히 테러리스트들이 노구의 [장난감]을 쓰다니. 그로 인해 내 명예를 심각하게 훼손했네. 게다가 감히 내 눈앞에서 레이디의 명예를 더럽혔네! 이럴 때는 '세계평화'를 지키는 자들과 손을 잡는 것도 방법이겠지."

교수는 세계평화라는 단어를 강조하며 클럽을 비꼬았다. 하지만 넬슨 경은 평소답지 않게 사태를 파악하지 못하는 눈치였다. 그만큼 [디오게네스클럽]과의 공조는 충격적인 말이었다. 언제나 서로를 못 잡아먹어 안달난 관계였는데 손을 잡겠다니, 넬슨 경은 그만큼 교수도 다급했던 것이라 여겼다.

〈아니 그걸 모르는 것은 아니지만 과연 각하의 초대에 응할까요?〉

"아마 그쪽도 속이 타고 있을 거야. 지금 이순간이라면 어떤 방법이든 사용하고 싶을걸."

〈알겠습니다, 그럼 존 D에게 연락을 하겠습니다.〉

"하하하! 그가 올 때, 선물 하나를 부탁한다고 추신을 넣어주게."

〈예, 각하! 명하신 대로 하겠습니다.〉

교수가 웃으며 대답했지만 넬슨 경은 반응을 자제하며 다시 말에 채찍을 가해 마차를 움직였다. 교수는 한숨과 함께 품에서 수첩을 꺼내 앞으로 일어날 사건에 대해 적기 시작했다. 마치 예언이라도 쓰는 것처럼. 그의 머릿속에 계산된 상황들이 수첩에 나열되어갔다. 그리고 그 예상에 대한 자신의 대응법을 모두 적고 다시 수첩을 품에 넣고는 마차 안에 구비되어 있는 벨벳으로 감싼 상자에서 붉게 염색된 장미나무로 만든 파이프를 꺼내 피웠다. 그러자 황홀한 듯 번지는 그의 미소에서 음산한 안개가 피어오르듯 담배연기가 흘러나왔다.

매캐한 담배연기가 대군의 몸 안으로 들어오며 유독한 화학반응이 격렬하게 일어났다. 평범한 흡연 취미조차도 대군과 같은 육체적으로 문제가 있는 남자에겐 말 그대로 생명을 깎아내리는 행위였다. 특히 대군은 신경계에 문제가 있었기에 연기를 흡입할 때, 정전기가 그의 입으로 들어와 목을 중심으로 뇌와 척수로 뻗어나가는 것을 느꼈다. 하지만 이런 감각이 나쁜 것만은 아니었다. 이렇게 감전되는 쾌락을 유발하는 현상은 대군의 머릿속에서 벌어지는 사고실험을 가속화시켰다. 대충 머릿속에 그려진 사고실험이 정리되었을 즈음에는 재떨이에 소복이 쌓인 담배들로 혐오스런 계곡이 완성되었다. 이를 보고 대군은 딸이 할 잔소리가 들려오는 듯했다. 혀를 차면서 기진한 상태에서 의자에 눌어붙은 듯 앉아 있는데 밖에서 풍견지랑이 왔음을 알리는 소리가 들렸다.

풍견지랑은 절도 있게 인사를 올리고 들어오자마자 평소처럼 담배를 피우는 대군을 발견하고는 말없이 담배를 몰수해갔다. 하인으로서 감히 주인의 흡연을 뭐라고 할 수는 없었기에 이런 식으로 매번 담배를 몰수해가는 것이 그가 할 수 있는 최선이었다. 대군이 아쉬워하면서 풍견에게 말을 건넨다.

"풍견아, 오늘은 한 대만 더 태우자꾸나."

그렇지만 풍견지랑은 이럴 때만큼은 절대 물러서지 않았다. 대군도 사실 많이 피우기도 했기에 입맛을 다시며 본론으로 들어갔다.

"네 생각에는 무슨 일이 일어날 것 같으냐?"

대군이 답을 기다리고 있는 눈치여서 그는 마지못해 입을 열었다.

"현주 마마께서 치기어린 짓을 하실 것은 분명하오나……. 걱정되는 것은 교수라는 괴물입니다. 크눕 하드니스는 절대 이렇게 순순히 물러날 자가 아닐 것입니다."

대군은 고개를 끄덕이며 다음 말을 이었다.

"네 생각이 그러하단 말이지……. 어쩔 수 없는 일이다. 그를 불렀을 때부터 예상하던 일 아니냐. 그보다 현주에게는 단단히 일렀어야 했건만……. 어쩌겠느냐. 아직 철없을 나이지."

"일단은 경호청 호위들에게 그곳의 호위 수를 늘리라 말해뒀으니 나가지는 못하지 않겠습니까?"

대군은 고개를 가로저었다.

"어림없다. 그 아이가 하고자 하려면 얼마든지 나갈 수 있을 것이야. 좋은 예로 교수가 무슨 짓을 할지 알겠느냐?"

교수라는 이야기가 나오자 풍견지랑은 일본계답지 않게 표정에 혐오감을 감추지 못하고 있었다.

"어찌하여 현주 마마께오선 그런 악독한 자에게 휘둘리신단 말입니까?"

현주를 변호하려는 풍견지랑의 말에 대군은 헛웃음을 터트리며 대답했다.

"자신의 옳음을 증명하려 할 때, 사람은 어떤 자와도 손을 잡는 것이다. 그것이 미친 자라 하여도 말이지. 그리고 말은 바로 하거라. 그 아이가 휘둘릴 아이냐? 휘두를 아이냐?"

풍견지랑은 그 말에 반박하려 했으나 결국 입을 떼지 못했다. 그런 풍견을 보면서 대군은 인자한 미소를 지었다. 그때 밖이 소란스러웠다. 현주를 감시케 한 호위 중 하나가 급하게 뛰어 들어왔다.

"마마, 마마! 대군 마마! 큰, 큰일이 났습니다!"

"무례한 놈! 어느 안전이라고 감히 이리도 어리석게 군단 말이냐? 네가 그러고도 조선의 녹을 받는 자인가?"

"현주, 현주 마마께서! ……사라지셨습니다!"

놀란 얼굴로 제대로 뒷말을 잇지 못하는 호위가 마뜩치 않았는지 대군은 호위를 내려다보면서 소파의 손잡이를 후려치며 호통을 쳤다.

"어허! 어찌 그리도 정신이 없느냐. 말을 하려거든 차분히 말하지 못하겠느냐? 현주가 사라지다니 제대로 말해보란 말이다!"

대군의 호통에 호위는 더욱 위축된 목소리로 말했다.

"그, 그것이 모르겠습니다. 하녀가 갑자기 뛰어나와 현주 마마께오서 사라지셨다고 해서 유현당과 그 주변을 살폈는데 보이질 않으셨습니다."

"호오, 그 말은 호위청 무사가 지키고 있었는데 현주가 사라졌다?

그런 말을 하고 싶은 게냐? 그러냐?"

합선대군은 화가 나서 재떨이를 내던졌다.

"나가라! 밖에서 기다리라! 내가 들어오라 말하기 전까지."

호위는 연신 고개를 숙이고 물러났다. 대군은 소파에 주저앉아 한숨을 쉬었다. 그리고 참담한 표정을 짓고 있는 풍견지랑에게 말했다.

"풍견아, 분명 그 아이가 누군가를 따라간 것이다. 신이 있다면 지금 당장 그 더러운 면상에 소리를 지르고 싶은 마음이구나. 어찌 생각한 대로만 흘러가지 않는지⋯⋯. 딸아, 딸아! 사람에게는 다 자신의 위치가 있는 것이다. 너의 지금 위치는⋯⋯ 하아⋯⋯."

여기에 없는 아빈현주를 향해 뭐라고 말하자 풍견지랑은 무릎을 꿇고 고개를 숙였다.

"죄송합니다. 대군 마마. 이 모든 것이 제가 부족하기에 일어난 일입니다. 제가 이 일에 책임을 질 수 있도록 해주십시오."

"어떻게 말이냐?"

"무도한 자가 감히 현주 마마를 납치했습니다. 호위들을 이끌고 제가 찾아보도록 허락해주십시오."

합선대군은 짜증스레 손을 내저었다.

"어리석은 소리! 다시는 그런 말을 꺼내지 말거라. 호위들은 국가에서 내준 것이지 가병家兵들이 아니다. 그리고 그런 일이 네가 할 일은 아닐 것이다."

"그럼 어찌하실지 제게 대군 마마의 지혜를 엿보게 해주십시오. 지금 현주 마마께서 어느 위험에 빠져 계신지도 모른 채 있을 수만은 없습니다!"

평소답지 않게 반항적인 풍견지랑의 말투에 오히려 대군은 미소를 지었다.

"일단 신하로서 할 일을 할 것이다."

그러고는 밖을 향해 우렁차게 소릴 질렀다.

"여봐라, 당장 차를 준비하라. [경복궁]으로 가야 한다. 주상전하를 만나 봬야겠다."

그리고 풍견지랑에게 말했다.

"풍견아, 딴 생각 말고 자신이 맡은 본분에 충실하도록 해라. 내 언제나 말했듯이 사람이란 어디에든 쓰임새가 있는 것이다. 알겠느냐?"

풍견지랑은 묵묵부답 허릴 숙이며 인사를 올릴 뿐이었다. 합선대군은 오뚝이가 휘청거리는 것처럼 절뚝이며 서재에서 걸어 나갔다. 그 누구라도 지금 당장, 절룩거리며 걸어가는 그의 뒷모습을 지켜보고 있노라면 쉽사리 예측 가능할 것이다. 예전과 달리 그의 걸음걸이에는 좌절감과 분노가 고통 안으로 녹아들고 있음을…….

● 무자비한 평화주의자

잠시, 아빈현주가 유현당에 있던 때로 이야기를 돌려보자. 그녀는 어디로 그리 감쪽같이 사라졌는가? 대군의 추측대로 아빈현주는 자신의 의지로 사라진 것이다. 언제든 나갈 준비태세가 되어 있던 그녀는 지금 소파에 앉아 골똘히 생각에 잠겨 있었다. 현주는 머릿속으로 자신을 이용할 목적이 있는 자는 누구든 움직이리라, 추측을 하고 있는 모양이었다. 물론 그것이 누가 될지는 뻔했다. 교수는 혼돈을 야기할지언정 스스로 분란을 조장하는 인물은 아니었다. 자신이 만든 세계에 갇힌 사람이기에 규약과 맹세에 목숨을 거는 자가 아니었던가. 오히려 존 D야말로 분란을 일으키고도 얼마든 처리할 수 있다고 자만하는 작자였으니 지금 당장 그를 부르면 달려오리라 예상하는 것은 수학수식을 답하는 것만큼 간단한 문제였다. 이런 이유로 아무도 없는 허공에 대고 존 D를 부른다고 해서 놀랄 일은 전혀 아니었다.

"존 D, 있는 것은 알고 있으니 나오세요."

기둥 사이의 그림자에 숨어 있던 인영人影이 슬그머니 장난기 가득한 얼굴을 내민다. 당연하게도 존 D였다. 그가 원하는 타이밍에 등장했다고 해서 놀랄 일도 아니기에 현주의 표정에는 변화가 없었다. 대부분 광대들이 그러하듯, 존 D는 평소처럼 과장되고 천박하게 현주에게 인사를 올렸다.

"현주 마마, 부르셨나요. 헤헤."

그러나 현주는 그런 무례를 무시하며 아무 대답도 없이 일어났다. 그리고 존 D에게 다가가며 말했다.

"자, 빨리 움직이세요. 교수가 있는 곳으로 가야 하겠소. 어차피 교수에게로 가려고 했지요?"

현주는 어떻게든 결착을 내리려 하고 있었다. 성격이 아버지를 닮아서인지 자신의 옳음을 증명하는 것이 최고의 대의였다. 아빈현주는 그 어떤 때보다도 진심이었다. 이때 존 D는 이 아가씨를 데려가는 것이 과연 옳은가, 이에 대한 확신이 없었다. 그녀의 걸음에는 품격이 실려 있어 모욕적인 언사를 밥먹듯 내뱉던 존 D마저도 언제든 자신을 천연덕스럽게 이용하려는 그녀임을 익히 알고 있지만 그녀만 보면 절로 고개가 숙여질 정도였다. 그나마도 잘 돌아가지 않는 머리이지만 이대로 그녀를 데려가도 정말 괜찮은 것인지 자신을 의심하고 있었다.

"어딜 말씀이십니까? 현주 마마."

"의뭉스럽게 굴긴 너무 늦은 것 아닌가? 어찌되든 나를 이용하고자 하려고 숨어 있던 주제에."

존 D는 휘파람을 불면서 어깨를 으쓱이며 허공을 바라보며 말했다.

"헤헤, 아니 절대로 그러지 아니하였습니까?"

이상하게 꼬인 말투를 들은 아빈현주는 싸한 시선으로 한심한 존 D를 보았다.

"말투가 이상해지는 건 알고 있소?"

존 D는 꼬인 혀를 풀더니 말을 이었다.

"아니, 그래도 일단 대군께는 편지라도 남기시는 건 어떻습니까? 저도 자식이 있어서 갑자기 자식이 사라지면 놀란다고요."

"아니, 결과가 해결해줄 것이오. 그전에 그대에게 아이가 있었소?"

존 D는 이마를 치고 손사래를 치면서 말을 넘겼다.

"아, 그건 좀 넘어가주세요. 여튼 이거 나중에 제 책임이 되잖아요! 제가 새로운 세계대전을 일으킨 원흉이라는 소리는 듣고 싶지 않아요! 평화를 지켜야 하는 자가 평화를 깨요? 직장 내 놀림감 백 년 치라고요!"

세계대전으로 사람들이 죽어가는 걸 예상하면서도 직장 내 놀림만을 생각하는 존 D의 윤리의식이 얼마나 심각한 상태인지 알 수 있는 부분이었다. 그렇기에 겉으로는 표를 내지 않았지만 현주는 생각했다. 이런 문제인물을 이용해서라도 자신의 옳음을 증명하려는 자신은 얼마나 정당한가? 하지만 그녀는 다시금 마음을 다잡았다. 지금은 무엇보다 자신을 증명하는 것이 중요했다.

"존 D, 나는 특권계층이오. 내가 일으킬 수 있는 파문이 얼마나 깊고 넓게 퍼질지도 잘 알고 있지. 그러나 스스로 왕족이라 더 나은 인간이라거나 특권을 당연시 여겨선 아니 된다고 배웠네. 어차피 내가 외명부에 오를 수 있었던 것은 어디까지나 나의 아버지이신 합선대군이 왕족이었기 때문이오. 누군들 태어나 왕후장상이었겠소? 어디까지나 그 위치에 태어났다면 그에 어울리는 일을 해야 할 뿐이오. 그렇기에 왕후장상은 태어나는 게 아니라 만들어진다고 해야겠지. 이 말조차도 어디까지나 내 아버지이신 합선대군의 말씀이시지만."

"현주 마마는 지금 나가는 게 자신의 일을 하는 것이라 생각하시는 겁니까?"

"무얼? 내가 일으킨 파문이네. 끝까지 지켜봐야 할 권리가 있네."

존 D는 얼굴을 찡그리며 머리를 굴렸지만 어떻게 할지 몰랐다. 그리고 한숨을 쉬고 머리를 굴리는 것보다 본능적으로 어찌할지 결정하곤 자신의 트렌치코트를 벗어 투우사마냥 멋들어지게 펄럭였다. 그리고 유현당은 처음부터 아무도 없었던 것처럼 조용해졌다.

제3장

용쟁호투
Enter The Dragon

동화는 아이들에게 용이 있다는 얘기를 해주는 게 아니다.
아이들은 용이 있다는 것을 항상 알고 있다. 동화는 아이들
에게 용을 죽일 수도 있다는 얘길 해주는 것이다.

－G.K. 체스터턴

● 싸우는 사마리아인

[어깨동무]라는 최하위 테러리스트들이 예상치 못한 막강한 전력으로 인질극과 강도짓을 벌이곤 유유히 사라진 그날, 오랜 세월 동안 세계를 감시해온 [디오게네스클럽]조차 얼이 빠져버렸다. 악몽을 꾸는 것만 같았다. 가장 큰 악몽은 역시 이 모든 위협이 클럽 최대의 적으로 알려진 크눕 하드니스 교수의 발명품에 의한 것으로 보인다는 점이다.

클럽에 소속된 모두가 공황상태에 빠졌다. 이제 윈스럽 의장이 어떤 결정을 할지 눈에 선했다. 교수와 관계된 일이라면 윈스럽 의장은 거의 발작과도 같은 성질을 터트릴 것이다. 평소라면 윈스럽 의장의 판단력을 믿어의심치 않지만, 현장요원들은 의장이 순간의 분격을 못 이겨서 그릇된 판단을 할까봐 두려워했다. 지구에서 윈스럽 의장은 최고의 음모자로 통하지만 단 하나, 교수에 대해서만큼은 누구도 그의 판단을 신용하기 힘들었다. 윈스럽 의장과 교수의 악연은 업계에서 가장 유명한 일화다. 서로 못 죽여 안달이 난 사이였다.

그렇기에 클럽의 모든 구성원들은 윈스럽 의장이 잘못된 결정을 내리지 않도록 촉각을 곤두세웠으며, 지금 일어나는 일에 대해 최대한의 정보를 얻어내라고 정보원들을 닦달했다. 하지만 [디오게네스클럽]은 조선에 정식지부가 존재하지 않았기에 그것이 그리 쉬운 일은 아니었다. 웬만한 나라였다면 지배계급을 바꿔서라도 지부를 세우겠지만 조선이 어디 웬만한 나라인가. 아시아에서 가장 영향력 있는 국가였고 잘 못 건드리면 그들이 실천하는 이념인 평화를 어지럽히게 되어버린다. 게다가 조선은 자국의 영토에서 [디오게네스클럽] 요원들이 슬렁슬렁 돌아다니게 놔두지 않았고 발각되면 그 즉시 국외로 추방했다.

결국 [디오게네스클럽]은 꼼수를 쓰게 되었는데, 정식적인 요원을 조선에서 모두 철수시키고 모든 것을 외주로 돌리고 있었다. 첩보라 는 일을 외주에 맡기는 것이 어째 어리석게도 보이지만 이 모든 것이 윈스럽 의장 특유의 모순된 프로파간다의 일종이었다. 그리고 지금 껏 큰 문제없이 진행되었고, 겉으론 별 볼일 없는 인물로 보이지만, 현 명하기론 누구에게도 뒤떨어지지 않는 윈스럽 의장이기에 그의 결정 에 아무런 의문을 던지는 자가 없었다. 이런 편법까지 쓰면서 [디오게 네스클럽]은 조선을 감시하고자 했던 것이다. 조선이 어찌될지 그 판 도를 읽어내지 못하면 아시아 또한 어떻게 흐를지 예측하기 어렵기에 [디오게네스클럽]은 원하는 평화를 유지하기 위해서라도 외주업체에 서 보내주는 조선 정보에 목매달았다.

그렇기에 지금 외주로 정보를 받으러 가는 존 D의 기분은 최악이었 다. 조선을 감시하라고 고용한 외주정보원들이 쓸모없는 바보들처럼 굴고 있었기 때문이었다. 지금 이 정도까지 일이 커지게 된 것은 어디 까지나 외주업체의 요원들이 제대로 된 정보를 건네주지 않았기 때문 이었다. 차라리 이럴 줄 알았다면 존 D가 직접 조선을 감시했겠지만, 업계에서 전략무기 취급을 당하는 존 D가 조선을 감시한 것이 발각되 는 날에는 아시아의 평화는 물론 지구의 평화가 무너질 수도 있는 상 황이었다. 때문에 윈스럽 의장은 이를 허락하지 않았다. 존 D는 복잡하게 얽힌 정치사로 인해 짜증이 났는지 경박한 얼굴을 반쯤 찡그리곤 투덜거렸다.

"그냥 확, 내가 다 처리해 버릴까 보다……."

그렇지 않아도 지금 교수가 끼어들면서 일이 대차게 꼬인 터라 존 D의 심사가 매우 뒤틀려 있었다. 대체 외주 쪽에서 무슨 변명을 할지 궁금했다. 무슨 변명이라도 한다면 다신 문제가 발생하지 못하게 심한 말이라도 퍼부어주고 싶은 마음이 활화산처럼 솟아올랐다.

조선에 숨어 들어간 [디오게네스클럽]의 외주정보기관의 정체는 합중국이 자랑하는 방첩기관 OSS* 안에 존재하는 특수작전팀인 [싱크대분쇄기]였다. 더 이상 처리할 수 없는 최악의 상황이 나오면 더러운 쓰레기를 처리하는 싱크대의 분쇄기처럼 적을 제거한다는 뜻에서 붙여진 암호명이다. 그만큼 누구보다 합중국에 충성해야 할 그들이 나라가 아닌 클럽이란 곳을 선택했다고 의아해할 수 있다. 또한 그들의 애국심에 의문을 던질 수는 있다. 그러나 그들은 변절한 것이 아니라 신념과 국가를 위한 선택이라 믿고 있었다. 충성의 주체는 언제나 국가였고 이를 위해선 클럽과 손을 잡는 것도 개의치 않았다.

그들의 본질은 '싸우는 사마리아인'이었다. 합중국 사람을 만나본

• 총칭. 전략 사무국Office of Strategic Services. 합중국 최고의 첩보 전문기관이다. OSS 설립 이전에 합중국은 국무부, 재무부, 국방부 등의 하위 부서에서 산만한 방첩활동이 이뤄지고 있었다. 이러던 것이 제2차 세계대전 때, 정보분석과 첩보에 지대한 관심을 가진 프랭클린. D. 루즈벨트 대통령에 의해 새롭게 통일된 정보기관으로 설립되었다. 전쟁이 끝난 뒤, 정보 전에 중요성을 깨달은 투르먼 대통령에 의해 더욱 역할이 강화되었다. 합중국의 국내방첩이나 해외첩보 등 간첩활동의 최전선이 바로 이곳이다.

자라면 누구나 그들이 정의라는 말에 목을 매단다는 것을 알 것이다. 정의라는 명분하에 스스로를 정의의 사자라며 나서다 보면 이러한 과정에서 불의는 필요악으로 작용한다. 어떻게 자신이 정의임을 저렇게 확신할 수 있는지 다른 나라 사람들은 이해할 수 없지만 만화에서나 나올 법한 영웅들을 자처하는 자경단이 뛰어노는 나라니 뭔들 불가능하겠냐는 생각이 들기도 한다. 특히 [싱크대분쇄기]의 대장인 작전관 로버트 '스키피오' 미첨 중령은 합중국 해병대의 구호인 '언제나 충성하라 SEMPER FI'•를 인격화시켜놓은 것 같은 이미지를 풍기는 합중국의 전형적인 마초였다. 그는 흰머리가 희끗희끗 보이는 나이임에도 볼드룩 양식의 검정양복 위로 터질 듯 부풀은 근육들을 드러내고 있었으며 비틀린 미소를 지으며 시가를 입에 물고 있는 모습은 메케한 담배연기 속에 중령의 자존감을 더욱 드높이고 있었다.

중령은 홀로 술집에 앉아 있었다. 왼손에는 버번을, 오른손에는 시가를 들고 주위를 감도는 희뿌연 연기 속에서 상념에 잠겼다. 그 와중에 자연스럽게 존 D가 끼어들었으나 중령은 이미 알고 있었다는 듯 자연스럽게 그의 등을 치며 말을 걸었다.

"어서 오게나, 의장의 종달새 시종. 한잔 같이 하겠나?"

존 D는 어깨를 으쓱이며 말했다.

"별로 안녕치는 못하네요. 의장님이 지금 제 목을 조르시고 난리도 아니에요."

이 말은 농담이 아니었다. 지금 윈스럽 의장은 자신이 기거하는 아

• 라틴어 SEMPER FIDELIS의 약어. 영어로는 Always Faithful 라고 쓴다.

파트에서 보고 중인 존 D의 숨통을 조이고 있었다. 존 D는 어디든 존재하고 같은 시간에 다른 공간에도 존재하는 자였기에 자신의 고통을 객관화해서 설명할 수 있는 사람이었다. 때문에 많은 클럽의 요원들이 존 D의 죽음을 심각하게 받아들이진 않았다. 진짜 죽음이 아니었으니까. 지금 눈앞의 중령조차 시가를 피우면서 대수롭지 않게 웃어넘겼다. 중령은 냉소적 웃음을 지으며 존 D를 보지도 않고 말했다.

"흠, 뭔가 기분 나쁘신 일이라도 있는 모양이지?"

존 D는 중령을 노려봤다.

"장난하시나요? 당연히 [어깨동무] 때문이죠! 그 자식들이 어떻게 교수의 기술을 사용하고 있는 거예요? 아, 의장님! 좀 그만 때려요! 아, 죄송. 지금 맞고 있어서……. 여하튼, 현재 중령님이 조선의 정보를 모으셔야 하잖아요."

스키피오 중령은 어깨를 으쓱이며 모른 척했다.

"댁들 지금 저랑 장난하시는 거예요? 지금 클럽이랑 싸워보자 이겁니까? 스키피오 중령!"

중령은 애송이를 대하는 눈초리로 존 D를 바라보았다. 사실 중령은 그가 얼마나 무서운 살인마인지 알 바 아니었으며, 중령의 눈에 존 D는 강력한 초능력만 믿고 깝죽대는 얼간이로 보였다.

"존, 난 지금껏 합중국의 스파이로서 살아왔네. 그 어떤 때보다 확신할 수 있네. 우린 자네들 같은 초능력들이 없어. 어디까지나 우린 스파이야. 가짜 이력을 만들고 깊숙이 적에게 침투하는 방법밖에 없단 말이네. 지금까지 보내준 정보들 모두 '진짜' 전문가들이 수많은 노력을 기울여 수립한 거네. 우린 클럽의 요원들이 아냐. 우린 [오크통]에 빠지지 않았잖아."

중령은 클럽을 무시하는 마음을 숨기지도 않고 내비쳤다. [오크통]
에 빠진다는 뜻은 클럽의 입회식을 말하는 것이다. 클럽의 정식요원
이 되면 위스키 양조장으로 꾸며진 장소에 들어가 타르처럼 끈적거리
는 액체가 들어있는 [오크통]에 들어간다. 그리고 24시간 뒤에 통 속
에서 꺼내지면서 각자 자신의 개성에 어울리는 초능력을 얻게 된다.
일개 비밀조직이 세계를 좌지우지할 수 있는 몇 가지 이유 중 하나일
것이다. 일당백의 초능력군단이 있는데 무엇이 겁나겠는가. 하지만
그렇기에 중령은 클럽을 초능력 뒤에 숨은 겁쟁이들이라 믿었다. 존 D
는 이렇게 클럽을 무시하는 사람이 어떻게 클럽의 외부협조자가 되었
는지 알 수 없었다.

"지금 세계평화가 어찌되어도 상관없다고 하는 겁니까? 중령!"

"그런 말은 안 했어. 평화를 만들기 위한 정의도 필요한 법이지. 어
떻게 둘이 다를 수 있나."

정의에 대한 믿음이 다른 나라보다 강한 합중국 사람다운 말이다.
중령의 말을 듣고 존 D는 심하게 히죽이는 표정을 지었다.

"아, 그러세요? 참 잘나셨네요. 그럼 지금까지 보내온 조사서는 어
떻게 된 겁니까? 그런 낡은 정보나 캐려고 깊게 잠입했다는 건 아니
겠죠?"

"우리에겐 그 정도가 한계였네."

"하하하, 지금 합중국 최고 첩보팀한테서 이 정도가 한계라는 헛소
리나 들으려고 여기 온 줄 아세요?"

중령은 존 D의 마른웃음이 들리자 코웃음을 치면서 대꾸했다.

"그럼 어쩔 건가. 우린 클럽이 아냐! 우리들은 OSS 내에서도 존재하지 않는 것들로 취급된다고. 잘못 움직이면 조선과 미국 사이에 전쟁이 일어나네. 윈스럽 의장도 그걸 바라는 건 아닐 텐데?"

협박이다. 존 D는 으르렁거리며 중령을 노려봤다. 중령의 말을 번역하면 이런 뜻이다. '우린 할 만큼 했다. 너희 맘대로 해봐. 잘못해서 군사력 1위 국가랑 2위 국가가 싸워서 어떤 꼴이 나는지 한번 보자.'

"시간 없으니까. 지금은 그냥 사라지죠. 하지만 단 하나라도 클럽을 엿먹인 흔적이 있다면 댁들 뒷배가 합중국 대통령이라고 해도 상관없어. 평화를 어지럽힌 자에게 클럽이 어떤 일을 벌이는지 확실하게 보여주죠."

중령은 건배를 하듯 술잔을 올리고 말했다.

"헛소리가 참 기대되는군. 한 가지 팁을 주지. 빨리 움직이는 게 좋을 걸세. 오뚝이대감께서 무슨 생각을 꾸미시는 모양이니 말이야. 지금 [경복궁]으로 가신 모양이더라? 아마도 네가 현주 마마를 모시고 궁가 밖으로 나간 덕분이겠지."

존 D는 놀리듯이 말하는 중령을 보면서 얼이 빠져 물었다. 대체 어디에 얼마나 깊숙히 잠입했으면 대군이나 자신의 행동까지 파악하고 있는 것일까? 그러면서 당연한 의문이 들었다. 대체 저 정도로 알고 있는 사람들이 왜 제대로 된 정보를 건네지 않은 것일까? 그렇기에 지금 존 D는 약이 바짝 올라온 상태였다.

"마지막으로 한마디만 묻죠. 댁 부하들 대체 얼마나 깊숙하게 침투하고 있는 겁니까?"

"왜? 스스로 밝히려는 게 아니었나?"

존 D는 지끈거리는 관자놀이를 만지면서 뭐라고 한마디 내던지려고 했다. 다만 그때, 갑자기 날아든 문자를 확인하고서는 미묘한 표정을 지으며 존 D는 그 자리에서 사라져갔다. 시야에서 멀어져가는 존 D를 보면서 중령은 시가를 입에 물고 중얼거렸다.

"게으른 평화주의자 놈들."

● 일요일의 낡은 아파트

[디오게네스클럽]의 수장을 뜻하는 '일요일'의 직위를 가진 윈스럽 의장은 클럽 최고의 직위에 있는 사람임에도 런던의 은퇴한 노인들이 살 법한 낡은 아파트에서 월세를 내며 살고 있었다. 사실 윈스럽 정도라면 고향인 스코틀랜드의 거대한 성에서 살아도 이상하게 여길 사람은 없지만, 이런 월세방에서 사는 것은 늘 윈스럽이 강조하다시피 모순을 통한 위장이라는 프로파간다를 철저히 지키고 있는 것이다. 이런 기행은 자신이 먼저 지키지 않는다면 누구에게도 통하지 않을 것이라 믿는 지도자로서의 책임감도 한몫 하고 있었다. 실제로도 그는 지도자로서 유능한 덕목을 갖추고 있지만 가장 큰 단점이 그 모든 장점을 깎아먹고 있었다.

참을 수 없는 분노의 폭발, 분격이 치명적인 그의 단점인데, 교수와 심하게 다투다가 뇌에 크나큰 손상을 입으면서 이러한 증상이 더욱 심해졌다. 당시 교수가 쏜 플라즈마에 뇌가 달궈진 뒤, [디오게네스클럽]에서 제공하는 최상의 치료를 받았지만 결국, 그의 분노를 제어하는 신경이 망가져버렸다. 그래도 윈스럽 의장은 초인에 가까운 참을성을 가지고 있기에 평소에는 그저 성격 나쁜 노인 취급을 받고 있었지만 교수와 연관된 일만 발생하면 그의 인내심에 한계를 보이고 말았다. 그런 상황에서 부정적인 보고를 올리는 존 D의 목을 조르기 시작한 것은 어쩌면 당연한 수순이었다. 그나마 다행인 것은 여기가 윈스럽 의장의 아파트라는 점이었다.

"그래, 너 죽고, 나는…… 죽지 않겠지만, 일단 니놈은 죽어라! 죽어!"

윈스럽 의장은 그 늙은 몸뚱이 어디서 그런 힘이 나오는지 존 D의 목을 힘껏 조르고 있었고, 이를 견디다 못해 존 D가 의장의 팔을 치며 새된 목소리로 소리쳤다.

"컥컥! 저, 저기. 숨이, 숨이 막, 컥컥."

윈스럽 의장은 울컥해서 조르던 목을 풀고 주변에 굴러다니는 잡지를 발로 차고 성질을 냈다.

"이놈아! 그럼 왜! 지금 그걸 보고라고 하고 앉았냐? 그러고도 네가 내 오른팔이냐? 교수가 끼어들면 방해라도 했어야지!"

"정말 완전 그럴 상황 아니었다니까요. 그 테러리스트들이 압도적인 화력으로 미친 듯이 밀어붙이는데 어째요. 잘못하면 조선반도 주인이 바뀔 상황이에요."

윈스럽 의장은 존 D의 변명에 머리가 지끈거렸다. 자신의 오른팔이라는 놈이 왜 이렇게 모자라게 구는 것일까. 화를 멈추지 못하던 그는 결국 분을 이기지 못하고 소리를 질렀다.

"그래 이놈아, 아주 잘났다. 잘났어! 정말 미치고 환장하겠네. 왜 내 주변엔 좋은 패 하나 줄 딜러놈들이 없어!"

"아, 그만 때려요. 거, 조선에 있는 조사관들이랑 대화중인데 막 헛 갈리잖아요. 그만 좀! 그렇게 제가 죽길 원해요? 그래요! 어디 이거 뒤 처리 누가 하나 봅시다."

윈스럽 의장이 존 D의 뒤통수를 후려치며 소리를 지르자 결국 존 D 는 이를 참지 못하고 벌떡 일어났다. 그리고 그의 품에서 소음기가 달 린 권총을 꺼내어 자신의 관자놀이에 가져다댔다. 그리고 방아쇠를 당겼다. 픽, 하고 바람이 새는 소리와 함께 존 D 자신의 이마가 터져나 갔다. 털썩, 하고 그의 시체가 바닥에 널브러졌다. 사람이 죽었는데도 윈스럽 의장은 별다른 변화를 보이지도 않았다. 피가 범벅이 되어 건 더기와 함께 자신에게 튀었는데도 덤덤하게 그리고 오히려 화를 내면 서 윈스럽 의장은 시체에 대고 말했다.

"야, 미친놈아. 말하는 도중에 죽는 게 어디 있어? 아니 이놈이고 저 놈이고 어떻게 내 주변엔 제대로 된 놈이 없냐. 빌어먹을 바닥은 누가 청소하라고?"

윈스럽 의장은 꾸깃꾸깃 구겨진 담뱃갑을 품에서 꺼내 구질구질한 담배를 입에 물었다. 몇 모금을 머금었을 즈음에 어디선가 나타난 존 D가 윈스럽 의장을 향해 말했다. 물론 죽은 자신을 슬쩍 바라보면서 그는 한숨을 쉬었다.

"아니요, 이건 의장님이 정신 나간 겁니다. 어디 시체 그리 나둬 보 세요. 경찰에 끌려가는 게 나일지 의장님일지?"

윈스럽 의장은 미소를 지으며 박수를 쳤다. 그리고 비틀려진 그의 입에서 독설이 튀어나왔다.

"얼씨구야, 니가 죽지 않는다고 아주 좀 세게 나오는 모양이다? 너 그렇게 깝죽대다 템스 강에 처박히는 수가 있어."

존 D는 이죽이며 들이댔다.

"어차피 안 죽어요, 아시잖아요? 그나저나 새로 보고할 것이 있습니다."

윈스럽 의장은 한숨을 쉬며 말했다.

"또, 무슨 정신 나자빠진 말을 하려 그러냐?"

"첫째는 합중국놈들 뭔가 숨기고 있어요. 둘째는 대군이 전면으로 나설 모양이에요. 셋째는 교수가 손 잡자네요. 그리고 마지막으로 사후보고인데 아빈현주를 교수에게로 데려갈 참이에요."

윈스럽 의장은 튀긴 피를 온 몸에 뒤집어쓴 상태에서 얼굴을 찡그리며 귓가에 손을 갖다대고 말했다. 이런 처참한 몰골로 몸조차 제대로 가누지 못하는 그의 모습에서 치매노인을 연상시켰다.

"다시 한 번 말해봐라."

존 D는 그 모습이 웃겼는지 낄낄거리며 자신의 시체 옆에서 귀를 쫑긋 세우는 윈스럽 의장에게 간죽이기 시작했다.

"역시 나이가 있으니까, 가는귀가 막히셨나봐요?"

"이게 목 졸리니까 뇌에 산소가 빠졌나. 무슨 헛소리냐니까? 앞의 두 개는 나도 예상한 거니까 넘기고 마지막에 교수랑 현주 나부랭이들이 어째?"

윈스럽 의장은 재떨이를 내던지며 소리쳤지만 존 D는 슬쩍 이를 피하며 대답했다.

"목 졸린 건 저 시체지, 제가 아니잖아요. 아니다, 저거도 나지⋯⋯. 하여간, 교수가 손잡자고 해요. 현주도 개입하려고 하고 있고요."

윈스럽 의장은 박수를 치며 폭소하기 시작했다. 하지만 지금 겉모습을 보면 정신병원에 끌려가도 할 말이 없을 정도였다.

"흐흐흐흐 최고야. 최고의 오산이야. 크하하하하!"

"즐거우신가봐요?"

존 D가 아무런 생각 없이 질문하자 윈스럽 의장은 다시 분격했다.

"정신머리 없는 놈아, 저게 무슨 소린지 몰라서 묻는 거냐? 잘하면 교수를 처리할 수도 있단 말이다. 꼬맹이 현주 덕을 보게 생겼군. 아아! 주여, 감사합니다. 이 간단한 등식도 안 보이냐? 넌 머리 왜 달고 있냐?"

존 D는 어깨를 으쓱하며 말했다.

"뭐, 좋은 생각은 이미 의장께서 하고 계시네요. 제가 무슨 생각을 하겠어요?"

실제로도 존 D는 어디까지나 자신이 윈스럽 의장의 손에 불과하다고 생각했다. 그는 그저 윈스럽 의장이 시키는 일에 어떠한 토도 달지 않고 행하는 자였다. 하지만 윈스럽 의장은 그렇게 머리가 모자란 녀석도 아닌데, 너무 생각 없이 말하는 존 D가 못마땅했다.

"그래, 참 자랑이다. 그냥 그 무거운 거 어깨 위에서 내려놓지 그러냐. 이런 어처구니없는 놈 같으니! 대체 지금 이 작전에 무슨 생각을 가지고 임하고 있는 거냐? 이제 어떻게 행동할 건데? 그거 한번 말이나 해봐라!"

"흠, 안 그래도 하나 생각한 게 있긴 하거든요. 아빈현주를 이번 일에 앞장 세워볼까 하는데요. 괜찮지 않나요?"

마치 숙제검사를 받는 어린아이처럼 구차해진 목소리로 존 D가 말했다. 의장은 줄곧 그의 설명을 참을성 있게 듣고 있었다. 하지만 어느 순간, 화가 머리 끝까지 오른 의장은 떨리는 손으로 담배를 입에 물고 억센 소리를 흘렸다.

"대체 너란 놈은 무슨 국제분쟁을 조장시켜서 어쩌자는 거냐…….잘못하면 조선에게 당한다."

하지만 존 D는 어깨를 으쓱하곤 변명했다.

"어차피 교수랑 엮어서 해결보실 거잖아요? 그 정도는 알아본다고요."

"이놈은 병신인 건지 똑똑한 건지 알 수가 없구만……. 당장 꺼져!"

"알았어요. 가요, 가!"

방 전체를 울리는 의장의 분노에 찬 목소리에 존 D는 그만 슬금슬금 뒤로 물러섰다.

"일단은 니 멋대로 해라. 하지만……."

의장은 분노와 쾌감의 양끝단을 왔다 갔다 하는 듯 떨리는 목소리로 말했다. 존 D는 고개를 끄덕이며 대답했다.

"알아요. 빈틈이 보이면 바로 교수 목을 치라고요?"

"그렇지, 이제 좀 말이 통하는구나. 그리고 가기 전에 니 시체는 니가 가져가."

"녜이, 녜이."

존 D는 자신의 시체를 어깨에 짊어지고 사라졌다. 윈스럽 의장은 터져 나오는 웃음을 멈출 수가 없었다. 전화위복이란 말이 이런 것일까? 최악의 상황에서 최고의 결과가 나오고 있었다. 의장은 배꼽을 쥐고 웃다가 바닥에 넘어지고 말았다. 흥건한 핏물 위에서 허우적대면서도 그는 계속 웃어재꼈다. 난리통에 집안은 엉망이 되었지만 즐거움에 몸을 떠는 윈스럽 의장에게는 이런 것은 문제도 아닌 것처럼 보였다. 옆집사람이 시끄럽다며 벽을 두들기기 전까지 그는 웃음을 멈추지 않았다.

● 시체의 오페라타

교수는 [태엽성]에 도착하자마자 예나 다름없이 여러 오토마타의 도움으로 옷을 갈아입었다. 교수의 손과 눈의 역할을 하는 카메라만 달린 오토마타들이 그가 급히 걸어가면서 벗어던지는 망토와 코트를 받아챙겼다. 그리고는 교수의 사전지시에 따라 미리 준비된 깨끗한 헝겊장갑과 수의처럼 새하얀 수술복을 그에게 입혀주었다. 그리고 오토마톤이 왕관을 건네듯 소가죽끈으로 연결된 고글을 교수에게 건네주었는데, 이것은 미세한 톱니가 초침처럼 딸깍이며 돌고 있었고, 안경알은 현미경 렌즈들을 교차해서 엮어놓은 것처럼 튀어나와 있었다. 교수는 고글을 쓰고 대충 준비된 상태에서 자신의 연구실로 내려갔다. 연구실 일부가 수술대로 개조되었고 오토마타 일행이 사열되어 있었다. 오토마타는 심장박동소리와 흡사한 톱니소리를 내며 교수를 기다리고 있었다. 수술실 주변에는 밖으로 삐쭉 튀어나온 톱니로 이루어진 기괴한 모습의 기계장치가 얼기설기 전선줄처럼 뒤엉켜 있는 오토마타가 교수를 기다리고 있었다.

"흠, 준비하란 대로 잘 따라주어 기쁘군."

교수의 칭찬에 여러 오토마타는 기쁜 듯 손을 흔들었다. 교수는 수술대에 다가서서 한마디 운을 떼었다.

"존 D, 장난할 생각 없으니 빨리 나타나게."

그 말이 떨어지기가 무섭게 건물의 그림자 사이에서 숨바꼭질이 끝난 아이처럼 머리를 배꼼 내민 존 D가 깐죽이며 교수에게 다가갔다.

"예, 예. 나타났습니다. 저, 깜짝 놀랐다고요? 교수님이 먼저 연락을 주실 날이 올 줄이야."

존 D를 보고 교수는 혀를 찼다. 지금은 성질을 참아야 한다고 몇 번이나 마음을 다스리던 교수가 차분하게 말을 이었다.

"나라고 하고 싶어 한 것은 아니라네."

"알고 있지만요. 지금 윈스럽 의장은 폭소 중이에요. 교수님이 먼저 연락했다고."

교수는 울컥했지만 거친 말을 겨우 참아냈다.

"흠……. 당장 선물이나 내놓게."

"예, 예. 당연히 집들이 선물 드려야죠. 하하하."

존 D는 노란 트렌치코트를 벗어 수술대 위에 덮었다가 치웠다. 수술대 위에는 꽁꽁 묶여 있는 남자 하나가 뉘어졌다. 남자는 지금 자신이 왜 여기까지 와 있는지 알지 못했다. 방금 전까지만 해도 구치소에 입건되어 있었는데 눈 깜빡할 사이 여기에 눕혀져 있었다. 애벌레가 발버둥 치듯 그가 몸을 뒤척였고, 그런 모습에 폭소하던 존 D는 상품을 설명하는 홈쇼핑의 호스트처럼 한 남자를 가리켰다.

"자, 이자는 체포된 [어깨동무] 잔당입니다. 살아서 구치소에 송치된 몇 안 되는 살아 있는 죄인입니다. 아직 살아 있어서 팔딱팔딱 합니다. 지금 주문하시면 1+1! 하나를 더 드립니다! 깔깔깔!"

수술대 위의 남자는 갑작스런 상황변화를 이해하지 못했다. 존 D의 광기에 겁먹은 듯 꽁꽁 묶인 자신의 몸을 뒤틀며 도망치려 했다. 하지만 오토마톤 하나가 다가와 도망치려는 남자를 구속했다. 그리고 오토마톤은 조용히 주인의 명령을 기다렸다. 교수는 냉정하게 말했다.

"이건 너무 신선하군. 뇌랑 발성기관만 다치지 않게 보내주게."

오토마톤이 혈관처럼 두꺼운 바늘을 가진 구식 철제주사기를 들어 발버둥치는 남자의 척수에 찔러넣었다. 의료도구라기보단 고문도구에 가까웠다. 주사기 안의 약물이 그의 몸으로 들어가자 남자는 심하게 발버둥치며 발작을 하다가 점차 몸이 싸늘히 굳어져갔다. 주검이 되어가는 남자를 내려다보면서 존 D는 뺨을 긁적이며 말했다. 자신이 납치하긴 했지만 교수의 성향을 제대로 깨닫지 못해 짜증나는 경험을 하고 있었다.

"그냥 마취해도 되지 않았어요?"

"살아 있는 인간은 변명을 하게 되어 있어. 누가 지금 산 사람의 변명을 듣고자 했나. 차라리 죽은 이가 가장 믿음직스럽지."

교수는 존 D의 질문에 히스테리를 부리듯 했으나 행동거지나 말투는 학생에게 가르침을 내리는 선생과도 같은 웅변조의 모습이었다. 존 D는 터져나오는 웃음을 억지로 참으려다 경련이 일어나 얼굴을 가리면서 물러섰다.

"교수님이 얼마나 인간을 불신하는지 알겠네요. 농담할 기분도 사라졌으니 어째서 이걸 원했는지 설명 좀 해주실래요?"

교수는 이마를 치며 한숨을 쉬었다.

"아, 미안하네. 자네가 머리가 나쁘다는 걸 알고 있었는데 설명하는 것을 잊었군. 인간의 정신은 변조되기 쉽네. 한 조직 내에서 사람들은 서로에게 감정적인 전염을 일으키는데 특히 컬트교도처럼 절대적인 규율 속에서 살아가는 공동체가 심하다고 알려져 있다네. 이를 감정의 전염Emotional Contagion이라고 한다네.

조직 내 일치감은 이런 것에 가까워. 이런 전염성은 그저 심리적 효과에 불과하다고 알려져 있지만 나는 여기에서 한 가지 가설을 세웠지. 이것은 단순히 심리적 모방이 아니라 상대를 복제하는 것이 아닐까, 하고 말이네. 이런 생각을 했을 무렵, 나는 게슈탈트 심리학에 빠져 있었는데 당시 게슈탈트라는 개념에 대한 확신이 있었네. 지금이라고 크게 생각이 달라지진 않았지만, 무의식의 복제를 통한 전체의 합치, 쉽게 말하자면 오랫동안 알아온 사람들이 눈짓만으로도 서로의 생각을 알아차리는 것은 서로간의 무의식을 복제하고 있기 때문이라는 생각에는 여전히 변함이 없네."

존 D는 교수의 설명에 어리둥절했다.

"저기, 저 교수님. 쫌! 좀 인간의 말로 설명해주시면 안 될까요."

도대체 이 얼간이는 어디서부터 설명을 해달라고 하는 걸까? 교수는 갑자기 머리가 아찔해오며 이참에 이 얼간이의 뇌수술까지 집도하고 싶은 마음이 굴뚝같아졌다. 그는 장갑 낀 두 손을 꼭 맞잡고 천장을 바라보았다.

"주여, 어찌 저를 시험하시나이까."

그렇게 말하면서 라틴어로 주기도문을 외우고 성호를 그었다. 일련의 행동이 끝나자 교수는 존 D에게 삿대질을 했다.

"자네에게 뇌가 있다는 가정 하에서 말하지. 오랫동안 서로에게 강한 조직적 일치감을 경험한 인간이 있다고 치세. 그의 뇌는 그 조직의 모토 그 자체나 조직의 리더의 뇌를 계속해서 거듭 복제하고 있다는 거야. 그러니까 이 말단조직원의 뇌라도 어디에 있을지, 무엇을 할지에 대한 리더의 생각이 일반조직원의 뇌 속에 들어간단 말이네. 이 기계들 또한 그 뇌를 읽고 이 시체의 발성기관으로 매우 진실된 이야기를 지껄일 거란 말이지."

신기한 이야기였지만 존 D는 하찮다는 듯 말했다. 자신이 알고자 하는 대답이 아니었기 때문이다.

"오, 그래요? 그래서요? 이해는 했는데 그래서 왜 시체냐고요."

"아, 물론 죽은 지 5시간 이내인 신선한 시체만 가능하지만 말이네."

"아까부터 똑같은 거 물어보는 것 같은데 살아 있는 사람은 왜 안 되냐고요?"

교수는 말을 돌려 계속 설명하려 했지만 존 D는 계속 동일한 질문을 해댈 뿐이었다. 강의하던 대로 설명하려는데 계속 들어오는 방해로 기분이 나빠진 교수는 혀를 차며 말했다.

"살아 있는 자들은 반항하려고 하거든. 뭐 뇌가 타들어가는데 가만히 말할 놈들은 없겠지만……."

교수가 말끝을 흐리자 존 D는 할 말을 잃고 말을 더듬거렸다. 그런 존 D의 모습을 냉정하게 지켜보던 교수는 바보 같은 질문으로 멈춰진 수업을 다시 재개하려는 듯 차분한 목소리로 다시 행동했다.

"자, 자 자네에게 설명하느라 시간이 지체됐으니 빨리 빨리 해야겠군. 그거 아나? 내가 어렸을 때는 의사가 되고 싶었지. 하하하."

오토마타가 준비한 가죽가방 안에서 톱과 망치, 그리고 아무리 봐도 공구에 가까운 19세기 의료도구들을 꺼내 시체의 머리를 자르고 두개골을 가른 뒤, 교수 뒤에 있는 기계장치의 전선들을 시체의 뇌에 세심하게 꽂았다. 오토마타 중 하나가 기계장치에 태엽을 열쇠처럼 집어넣어 돌리기 시작하자 기계장치 밖으로 드러난 톱니가 돌기 시작하며 전력이 들어가기 시작했다.

존 D는 놀라진 않았지만 지금의 상황을 지켜보면서 영화 [프랑켄슈타인]의 가장 유명한 장면이 떠올랐다. 이제 교수가 "살아 있다! 살아 있어! It's Alive! It's Alive!"를 외치기만 하면 프랑켄슈타인 박사가 괴물을 되살려내는 장면을 재현할 것만 같았다. 게슈탈트 이론도 그렇고 19세기라는 이미지에 너무 집착하는 교수를 보며 존 D는 이죽이며 말했다.

"의사 안 되신 것이 천만다행이군요. 지금 모습을 보니, 고치다 사람 죽이겠어요."

피범벅이 된 수술복으로 실험체를 내려다보던 교수는 자신을 비웃는 존 D를 바라보았다. 교수는 꽉 쥔 주먹을 휘두르려다 자신의 이마를 치고 말았다. 그리고 어이없다는 듯, 고개를 숙이고 머리를 좌우로 흔들더니 겨우 입을 열었다.

"됐네. 자네가 그리 말하지 않아도 나도 알아! 고마워 좀 하게나. 저 입에서 대부분의 사건의 전말에 대해 알게 될 테니. 조금만 기다리면 카나리아가 지저귀듯 노래를 부를 테니 말이야. 노래는 좋지. 터져 나오는 성정性情을 누그러트려 주거든."

"아아, 그러시겠죠."

존 D의 성의 없는 대꾸에 교수는 혀를 찼다. 그런 교수를 달래듯이 오토마톤 하나가 파이프담배를 그에게 건넸다. 교수는 파이프담배를 입에 물고 자신의 뒤로 옮겨진 마호가니의자에 앉아 공연을 기다리는 관객의 마음으로 노래를 기다렸다. 좋아하는 곡을 흥얼거리며 지휘자가 된 것마냥 교수가 그의 손을 허공에 휘저었다.

존 D로서는 극적인 분위기로 좌중을 긴장시키는 교수의 이런 성격에 도저히 적응할 수 없을 것 같았다. 그러나 곧 주변의 분위기는 반전되었다. 여러 오토마타가 조명을 준비하며 시체를 향해 비췄다.

순식간에 교수의 연구실은 가극무대가 된 것 같았다. 전기자극을 받은 시체는 누워 있던 상반신만 벌떡 일으키며 진짜로 카나리아가 노래하듯 노래를 불렀다. 그들의 목적, 목표, 이유까지 곡조에 맞춰 노래했다. 몸이 자유로웠다면 춤추면서 노래했으리라. 그런 모습을 보곤 존 D는 얼이 빠졌다.

"진짜로 노래를 부르는 거였어요?"

"그래서 저 장치의 이름을 [오페라타 가수The Operaetta Singer]라고 지은 거 아닌가."

존 D는 어안이 벙벙한 채로 교수를 보았다. 교수는 그런 존 D의 모습에는 신경도 쓰지 않고 두 눈을 감은 채 노래를 감상했다. 교수의 열망의 산물, 결정체를 보는 것만 같았다. 그의 발명품은 단순한 기계장치들이 아니었다. 그의 예술적 열망이 빚어낸 예술품이었다. 실제로도 교수는 르네상스맨Renaissance Man이다. 인문과 과학을 넘나드는 예술적인 열망이 그의 작품 전반에 반영되고 있었다. 지금의 [오페라 타 가수]만 해도 그가 가진 가극에 대한 취향이 그대로 드러나고 있었다. 실제로 그 누구에게도 이에 대한 사실을 밝힌 적 없지만 교수는 자신만의 오페라를 직접 만든 적이 있었다.

존 D는 고상한 취향 따위엔 관심없는 무식한 사람이었지만 교수의 눈빛이 열망에 빛날 때만은 조용히 그를 쳐다볼 수밖에 없었다. 흥에 취해 지휘자마냥 손을 휘젓는 교수를 바라보면서 그의 열정이 가라앉을 때까지 잠자코 지켜볼 수밖에 없었다. 존 D 같은 산전수전 다 겪은 요원도 교수 속에 잠재되어 있는 예술가적인 열망, 열정을 가장 두려워했다.

인간 내면 깊숙이 잠재되어 있는 예술적 감성이 예술 이외의 모습으로 발아될 때 수많은 비극을 불러왔다. 역사 속에서 수많은 독재자들이 일으킨 전쟁이 이를 입증하고 있었다. 독재자들은 국가를 소품으로 이용, 마구 휘두른 결과 비극적 역사를 창출해냈다. 독재자 내면에 잠든 열망이 그리 만든 것이다. 일그러진 열망이 독해지면 독해질수록 더욱 비극은 걷잡을 수 없이 커지게 마련이다. 존 D는 교수를 그런 독재자와 동일선상에 놓고 보았다. 어쩌면 더한 사람일 수도 있겠다. 과거에 그는 무모한 전쟁도 일으키지 않았던가. 그러기에 누구도 교수를 악인이라 부르는 데 주저하지 않는 것이다.

"한 가지 물읍시다. 저 노래에 따르면 교수님의 발명품을 이용하지 않을 이유가 없어 보입니다. 지금 댁의 머리에 총알을 박지 말아야 할 이유를 말해보시죠!"

노래가 끝나고 교수가 그 감동의 여운에서 벗어나자 존 D는 조심스럽게 비아냥거리며 코트 안에서 권총을 꺼내 교수에게 겨눴다. 교수는 미소를 머금고 제자를 타이르는 선생처럼 또박또박 말했다.

"지금 이 늙은이를 죽일 건가? 그렇다면 그러게. 뒷일을 자네가 다 감당할 수 있다면 말이지. 아니, 아니야. [디오게니스클럽]을 무시하는 게 아닐세. 자네들이 스스로 걸어놓은 주박을 이겨내면서 해낼 수 있느냐는 거지. 할 수 있겠나? 세계의 평화를 지키는 영웅님."

마지막의 대사는 누가 들어도 비아냥거리는 말투였지만 태도는 매우 진중하고 신사적이었다. 교수가 이렇게까지 말하는 것은 [오페라 타 가수]의 말이 옳다면 모든 사건의 원흉은 교수의 물품 때문이다. 교수도 인정할 수밖에 없었다. 하지만 모든 것을 수긍할 수만은 없는 게, 지금 일어나는 사건 속 그 어떤 물건도 자신이 팔아넘긴 물건이 아니었다. 지금 유일하게 쓰이고 있는 것은 [우인궁]에서 살펴본 [혁명화 장치]뿐이었다. 다른 물건들은 [어깨동무]가 어떻게 사용하고 있는지 알 길이 없었다. 무엇보다 교수가 세운 디자인수칙에 어긋나는 것들도 섞여 있었다. 대체 무슨 일이 앞으로 벌어지려 하는 것인지 교수는 이를 지켜봐야 할 책무가 있음을 절감했다.

"귀찮다고! 정말 귀찮아. 짜증이 막 밀려오네!"

존 D는 허탈한 듯 어깨를 으쓱이곤 짜증을 부렸지만 그의 입가에는 특유의 비비꼬인 미소가 드러났다. 교수는 그런 존 D를 슬쩍 보곤 입을 열었다.

"그래서, 뭔가 말하고 싶어 입이 근질거리는 것 같은데……. 말해 보게."

존 D는 과장된 미소를 지으며 마치 무대 위의 마술사처럼 자신의 코트를 벗어재꼈다. 그리고 순간, 바람이라도 스쳐간 듯 코트를 펄럭이게 했다. 공기에 부딪치는 옷깃의 소음이 터져 나오며 텅 빈 공간에 사람을 등장시켰다. 그곳에는 활동적인 드레스를 입은 아빈현주가 서 있었다.

"자, 현주 마마께도 한번 다시 설명해드려 보시죠."

존 D가 왜 웃고 있는지, 교수는 그 진의를 잘 알고 있었다. 언제나처럼 존 D는 누군가를 곤경에 빠트리게 한 뒤 그 혼란을 즐기는 악취미가 있었다. 지금도 그의 본성이 그대로 드러난 행위였다. 교수는 피칠갑이 된 것도 잠시 잊은 채 끓어오르는 분노를 속으로 삭이며 가식적인 웃음으로 현주를 맞이했다.

"마마께서 무슨 일로 노구의 연구실로 오셨는지요. 이 노구가 무슨 문제라도 있는 겁니까?"

아빈현주는 무감각한 광인의 예절바른 인사에도 위축되지 않고 대답했다.

"모든 일의 결과를 보기 위함이라오. 나는 봐야 하오. 그것이 나의 결정이오."

교수는 인자한 말투로 말을 이었다.

"오, 그러시군요. 마마, 이 이후로 일어나는 것은 마마께서 평소 보지 못한 위험한 일뿐입니다. 노구가 보호해드릴 수는 있으나 매우 위험하다는 것은 사실인즉, 그리하여도 보시렵니까?"

"보호를 부탁하러 온 것이 아니오. 내가 선택한 미래를 보고자 할 뿐이오."

"하하하, 현주 마마의 뜻이 그러하다면 노구가 막아야 할 이유가 무엇이 있겠습니까?"

아빈현주의 강경한 반응에 교수는 웃었다. 그러나 교수는 자신이 유열愉悅하고 있음을 깨닫지도 못했다. 존 D는 혀를 찼다. 그는 이럴 때만큼은 상대적으로 자신이 정상인처럼 느껴졌다. 이야기를 재빨리 본론으로 넘기고자 존 D는 한숨 섞인 질문을 했다.

"그래서 이제 어쩔 건데요. 저놈들이 가지고 있는 건 뭡니까? 교수님 이외에 저런 거를 만들 수 있는 사람은 없잖아요?"

신경질적인 그의 질문에, 교수는 무엇인가 깨달은 것처럼 중얼거렸다.

"없네. 살아 있는 것들 중엔……."

"거봐……. 뭐요?"

교수 말의 숨은 뜻을 간파한 그는 할 말을 잃고 말았다. 그런 존 D를 내버려두고 교수는 파이프담배를 피우며 오토마톤에게 손짓으로 명령을 내렸다. 파이프를 폐부 깊숙이 빨아들여 메케한 연기를 내뿜으면서 교수가 중얼거렸다.

"일이 어찌 돌아가는지 알 법하군."

그렇게 혼잣말을 하면서 먼 곳을 바라보는 교수를 향해 존 D는 또다시 질문을 던졌다. 대체 무슨 일이 일어나고 있는 것일까? 알 수 없다는 듯 황당해하는 존 D를 그 자리에 내버려둔 채 교수는 뒤돌아 머스캣을 가져오는 오토마톤을 맞이했다. 교수는 주름진 얼굴 가득 미소를 머금고 오토마톤이 건네는 머스캣을 손에 들었다. 그리고는 손에 쥐고 있는 총을 허공에 댄 뒤 겨냥하는 자세를 취했다.

"제발 부탁이니 제대로 설명 좀 해봐요!"

"자네, 사냥에 대해 얼마나 아나?"

"뭐라고요?"

"사냥의 즐거움은 놓친 사냥감을 다시 잡는 거야."

사냥을 사랑하는 잉글랜드 인의 특성을 그대로 보여주는 말이었다. 유열에 물든 얼굴로 교수는 머스캣 하나를 던졌다. 선문답을 하는 교수에게 어리둥절한 표정을 보이는 존D였지만 교수가 던지는 머스캣을 받아들었다. 교수의 속내까지는 알지 못했지만 일단 하나는 알아들을 수 있었다. [어깨동무]를 사냥한다는 것.

한편, 현주는 이상한 열광에 사로잡혀 있는 교수를 보면서 자신이 올바른 선택을 한 것인가 잠시 흔들렸다. 그때, 교수는 어리둥절해하는 현주에게 자상하게 손을 내밀며 말을 건넸다.

"Will you walk into my parlor.(제 응접실로 모셔도 될는지요.)"

메리 호위트의 [거미와 파리The spider and the fly]라는 시의 한 구절이었다. 악당인 거미가 순진한 파리를 자신의 응접실로 꾀어내어 잡아먹는다는 식의 단순한 교훈을 주는 동시였는데, 나이에 걸맞지는 않지만 교수가 좋아하는 시였다. 언제나 자신을 악당인 거미와 동일시했기 때문이었다. 그동안 누구든 자신의 초대를 받고 들어온 사람치고 멀쩡하게 돌아간 사람이 없었으니 말이다. 교수는 그렇기에 더욱 삐뚤어진 듯, 사건에 휘말릴 사람들에게 이 시구를 인용하여 적용하곤 했다. 시에 나오는 파리처럼 자신에게 걸려든 사람들에게 마지막 인사를 건네듯 말이다. 아빈현주는 교수가 무슨 시구를 어떤 이유에서 인용하고 있는지 알고 있었다. 그럼에도 그녀는 더 이상 뒤로 물러날 수 없었다. 앞으로 설령, 그 어떤 파국을 맞이하더라도……

● 오뚝이대감의 읍소 泣訴

　합선대군이 타고 있는 차는 하이에나 떼처럼 달려드는 기자들을 밀치듯 물리치며 우직하게 [경복궁]으로 향했다. 차를 타고 있는 동안 그간 끊었던 담배를 연달아 피우고 있었다. 어느새 합선대군이 타고 있던 차안은 깊은 연기로 가득했지만, 덕분에 대군은 혼미해진 정신을 다잡는 모양이었다. 저 멀리 [경복궁]이 보였다.

　조선의 중심. 임금의 명령을 연산하고 최적의 대답을 내리며 보좌하는 거대한 슈퍼컴퓨터다. [경복궁]이 넬슨 경처럼 고성능 인공지능은 아니지만 지상에서는 [경복궁]을 따라잡을 수 있을 정도의 슈퍼컴퓨터는 드물다. 대외적으로 알려진 사실을 살짝 언급하자면 영국이 자랑하는 현자들의 모임인 [왕립학회]의 [솔로몬의 옥좌]라든지 합중국의 롱아일랜드에 자리한 [워든클리프 타워] 정도를 들 수 있을까.

　그렇기에 이 명민한 컴퓨터를 잘 알고 있는 대군으로서는 언제나 [경복궁]이 두려웠다. 언젠가 [경복궁]이 자신을 '조선의 적'이라 인식하는 날, [경복궁]은 스스로 이 사실을 임금께 간언할 수도 있다. 언젠가는 그런 날이 오고 말 것이고, 합선대군은 언제든 이를 받아들일 각오가 되어 있었다. 어차피 제아무리 임금을 위한다 해도 임금 이외의 왕족이 이리도 엄청난 발언을 할 수 있다는 것 자체가 조선에게는 독이 될 수밖에 없기 때문이다. 합선대군은 아직 오지 않은 그날을 염려하며 언제나 입버릇처럼 이렇게 뇌까리고 있었다.

[경복궁]은 합선대군의 차가 대문으로 다가오자 이를 임금에게 아뢰고 거대한 대궐문을 열어주었다.

"아직은 내가 조선의 적이라고 인식하지 않은 모양이군. 어쩌면 궐내로 들어오면서 목숨을 잃을지도. 하하하."

대군은 입에 담배를 문 상태에서 중얼거렸다.

임금은 마음을 진정하지 못해 [강녕전]으로 가지 못하고 [사정전]에 앉아 사태의 추이를 살펴보며 안절부절못하고 있었다. 물론 옆에서 장영실이 보조하고 있었지만 그래도 떨리는 것은 어쩔 수 없는 모양이다. 장영실 소장은 사정전에서 RC카 리모컨을 이용해 [천외비선]을 스텔스로 지우고 다시 원래 있던 장소로 돌려보냈다. 그리고 임금을 향해 무릎을 꿇고 머리가 바닥을 파고들어갈 정도로 조아렸다. 말투도 덩치에 어울리지 않게 기어들어가는 목소리였다.

"임금님, 미천한 것이 도움이 되질 못해 죄송합니다요. 용서해주시길 바랍니다요."

장영실은 누구에게나 존댓말을 썼기에 자신보다 높은 사람에겐 노예와도 같은 말본새를 썼다. 물론 진심이 아니었지만 자신 앞에 있는 분이 조선의 지존이라면 상황은 다르다. 아무리 나약한 왕이라 해도 왕은 왕이다. 게다가 자신이 도움이 되질 못했다는 불경스런 사태까지 겹치다보니 진심으로 어디론가 기어들어가고 싶었을 것이다.

임금은 덩치에 걸맞지 않게 기어들어가는 소리를 하는 장영실에게 크게 호통치고 싶지도 않았다. 조용히 손을 내저으며 왕이 말했다.

"아니다. 오늘은, 오늘만큼은 누구에게도 변명 따위는 듣고 싶지 않

다. [경복궁], 승정원*에 요청한 보도에 대한 자제요청 공문은 발송했
는가?"

[경복궁]은 임금의 명령에 따라 공중에 홀로그램으로 화면에 글귀
를 써나갔다. [경복궁]의 글귀는 붓글씨를 힘차게 휘갈겨놓은 것 같은
달필이었기에 만약 [경복궁]이 사람이었다면, 글씨에서 나타나는 감
정의 사려 깊음이 너무도 심오하여 누구든 이 사실을 알아채지 못하
고 완전히 사람으로 여겼을 것이다.

– 발송완료. 다만 ANG는 다국적 기업이라 거부권을 행사할 가능
성이 있음.

[경복궁]의 글귀에 장영실은 머리를 조아린 채로 혀를 찼다.

"이래서 외인들이란……. 말귀를 못 알아먹지 말입니다요."

임금은 그런 장영실의 말에 속으로는 동의했지만 겉으로 대놓고 표
현하지 않았다. 그저 임금으로서 처리해야 할 일을 하는 것이 급선무
였다.

"최대한 국내 사정을 수습해야 한다. 우리가 두 손 놓고 당했다는 기
사가 실리게 두진 않을 것이야. [경복궁], 승정원에 연락하여 다음날
발표할 연설문을 사전에 준비하라 명하고 언론에는 내 친히 연설을
발표하기 전까지 감히 추측성 기사를 함부로 내놓는다면 조선의 법이
가만히 있지 않을 것이라 일러라."

[경복궁]은 임금의 명에 다른 토도 달지 않고 한마디만 힘차게 썼다.

● 임금직속의 비서실. 국정수행이나 공식적인 행사일정들의 사무를 일체 관리하고 연설을 준
비하는 등의 임금의 행동을 보좌하는 기구.

– 존명尊命.

임금은 어좌에 앉아 아직까지도 머리를 조아리고 있는 장영실에게
물었다.

"장영실, 그대의 고견이 듣고 싶소."

"무엇이 말입니까요? 전하."

"어째서 반역도당의 무리들이 궁가를 침탈하다니. 조선이 이리도
나약한 국가였단 말이오?"

"조선이 약한 게 아니지 말입니다. 그들이 사용하는 것은 크눕 하드
니스 교수의 기술 같습니다요."

"교수? 내 조카가……. 현주가 궁으로 데려온 그 이상한 외인 말
인가?"

"그렇습니다요. 저런 성능이 좋은 만큼 괴팍하고 특징적인 면모들
을 갖춘 것은 교수뿐이지 말입니다요."

"그럼 이번 일은 그자가 꾸민 일이라고 생각하면 되는가?"

"그건 또 모르는 일이죠. 워낙에 적이 많은 작자라……."

장영실은 임금의 하문에 적절히 대답하고 있었다. 끝나지 않을 듯
계속 이어지는 질문을 끊은 것은 [경복궁]이었다. 달필의 경지에 오른
문사가 쓴 듯한 글씨에 급한 전갈이 담겨 있었다.

– 합선대군이 만나기를 청함.

"형님이 아니, 대군이 오고 있다? 도착하시는 대로 안으로 뫼셔라."

임금은 긴장한 나머지 말이 헛나왔다. 재빨리 말을 고치고 합선대
군이 찾아왔다는 [경복궁]의 보고에 걱정스런 말투로 대군의 입궁을
허락했다. 임금은 어좌에서 일어나 사정전을 나섰다. 임금이 움직이

자 그에 맞춰 장지문이 자동으로 열렸다. 임금의 걸음에 맞춰 [경복궁]이 움직임을 수행하고 있는 것이었다. 역대 장영실의 공로로 [경복궁]은 궁의 형태를 띠고 있는 컴퓨터가 되었다. 임금의 손짓 하나, 표정 하나에 어떤 불편도 느끼지 못하게 만들었다.

임금이 사정전을 나서자 장영실도 함께 따라갔다. 임금이 향하는 곳은 사정전 양옆에 날개처럼 세워진 소편전 중 하나인 [만춘전]이었다. 사정전의 오른편에는 [천추전]이라는 이름의 소편전이 있었다. 이렇듯 [만춘전]과 [천추전]은 때에 따라 사용했는데 이런 소편전을 사용하는 이유는 공식적인 업무시간 이후에 신하들과 긴히 이야기를 나누기 위해서였다.

세종대왕은 집현전 학자와 밤늦게까지 일하며 [천추전]의 불을 밝혀 조선의 언어를 만들고 법을 개혁했으며 나라의 기틀을 세웠다. 대왕의 아들, 문종 때에는 처리해야 할 일이 너무도 많아 사생활공간이라 할 수 있는 [강녕전]보다 [만춘전]에서 잠을 청할 때가 많았다고 알려져 있다. 덕분에 이런 소편전에서 왕은 이따금 신하들과 사적인 이야기도 나누곤 했다. 지금이 바로 그런 때였다.

임금은 밖이 훤히 드러난 연결다리를 걸으며 주변을 살폈다. 낮게 내려앉은 별의 바다가 보였다. 하지만 임금은 고즈넉한 밤을 즐기기 힘들었다. 지금 일어난 사건도 사건이지만 [경복궁]을 움직이기 위해 승천하는 용의 모습을 갖춘 위엄 넘치는 전신탑들의 전선들이 궁 전체에 거미줄처럼 이어져 있었기 때문이다. 궁의 여기저기로 연결되어 있는 전선 덕분에 얼기설기 금이 간 하늘을 바라보며 임금은 자신이 새장 속에 갇혀 지내고 있음을 알게 되었다. 게다가 600여 년의 전통을 그대로 보존하고 있다는 궁전의 건축물들은 사실 외형뿐이지 조밀하게 구성된 기계장치들로 덧칠한 것에 불과하다.

궁은 거대한 회로도나 다름 아니다. 그 때문에 전통적인 장지문조차 스스로 열리고 있었던 것이다. [경복궁]에 부속된 모든 것은 임금을 보좌하기 위해 존재했다. 그렇기에 [경복궁]에 임금을 보좌한다고 불완전한 인간이란 부품을 사용할 리 없었고 사실상 [경복궁]에는 인간이 남아 있지 않았다. 숨이 막힐 것 같은 이런 [경복궁]의 모습에 임금은 내색할 순 없었지만 고통스러웠다.

"궁이 아니라 조롱鳥籠이구나."

"무어라 하셨습니까요?"

장영실이 뒤따라오다가 우뚝 선 임금에게 물었다. 하지만 임금은 고개를 좌우로 흔들며 말했다.

"아니다. 별 것 아니다."

이런 임금의 고통스러워하는 의중이 있었기에 [만춘전]만큼은 안락한 방처럼 꾸며 궐내가 아니라 평범한 집의 거실처럼 만들어놓았다. 임금은 상석에 앉았고 장영실은 구석에 무릎을 꿇고 앉았다. 그렇게 대군을 기다리는데 멀리서 절뚝이는 걸음소리가 들렸다. 임금은 조선에서 가장 강인한 남자라 불리는 대군이 가까이 온다는 것만으로도 긴장되었다. 장지문 너머로 굽은 등을 가진 작은 체구의 그림자가 드리워졌다. 갑자기 주위 정적을 깨는 당당한 목소리가 들려왔다.

"전하, 신 합선대군 이옹, 전하 뵙기를 청합니다."

"들어오시오."

장지문이 자동으로 열리자 합선대군은 절뚝이는 걸음으로 들어왔다. 그리고 신하의 예를 갖추어 절을 올린 뒤 조금 물러나 앉아 입을 열었다.

"전하, 신의 부덕함으로 일어난 일이 주상께 얼마나 큰 누가 된 것인지, 몸 둘 바를 모르겠나이다."

임금은 가족이라는 허구에 집착했다. 그러나 왕족은 서로에게 가족일 수 없었다. 임금은 그것을 다시금 깨달았다. 대군이 형이었음에도 어좌에 앉은 것은 자신이고 그 앞에 무릎을 꿇고 앉아 있는 것은 대군이다. 임금은 언제나 외로웠다. 거대한 궁궐에 홀로 살고 있었다. 가족이라 부를 수 있는 존재는 적었다. 촌수를 따지자면 멀게는, 왕위계승권조차 없는 거나 마찬가지인 종친들이 있겠지만 그자들은 성씨를 공유한 타인일 뿐이다.

선왕은 노환으로 죽었고, 외척의 기세가 행여 임금을 도탄위기에 빠트리게 할까봐 우려하여 합선대군은 일찍이 왕의 외척들을 정치적으로 완전 몰락시켰다. 그로 인해 임금의 어머니 또한 젊은 나이에 폐비가 되어 궁에서 쫓겨나고 말았다. 그나마 목숨을 건지게 된 것을 감사히 여겨야 할 정도였다. 지금 임금에겐 부인조차 없었기에 [경복궁]에 사는 왕족은 오로지 왕 자신, 홀로였다. 형님을 [경복궁] 내에 살게 하고 싶었지만 궁중의 법도상 그럴 수가 없었다. 임금에게 궁은 커다란 새장이나 다름없었다. 외로움을 견딜 수 없었던 것이다. 그렇기에 오히려 더욱 대군에게 가까이 다가가려 했다. 그러나 태어나서 지금까지 받아온 궁중의 예법과 규율이 임금의 마음속 생각을 차단하고 지배했다.

"그것이 어찌 대군의 잘못인가. 경은 괘념치 말라."

대군은 불편한 육신을 움직여 고개를 숙이며 감읍感泣한 듯 말을 이었다.

"일개 대군인 신에게 이토록 하해와 같은 성은을 내리시니 신은 몸 둘 바를 모르겠나이다."

임금은 대군의 이런 태도에 아직도 적응할 수 없었다. 얼마든지 왕의 자리에서 자신을 끌어내리고 이 어좌에 앉을 수도 있는 인물임에도 대군은 그 어느 때보다 더욱 공손하게 자신을 대해주었다. 지금 임금의 머릿속은 온통 잡생각으로 가득 했지만 중요한 이야기부터 말문을 텄다. 그동안 받아온 엄격한 교육이 그의 뼛속까지 파고든 탓이었다.

"그러나 그런 말을 하고자 이곳으로 온 것은 아닐 것이오. 무슨 일이 생긴 것이오?"

대군은 스트레스로 인한 고통이 극대화되고 있음을 느꼈다. 하지만 겉으로는 무표정을 가장하여 천천히, 그리고 담담하게 임금에게 고했다.

"제 여식이 납치를 당한 것 같습니다."

"무, 무슨 소리를 하는 거요. 현주가 납치라니!"

임금은 갑작스런 보고에 깜짝 놀랐다. 처음에는 말을 알아듣지 못하고 멍하니 대군을 바라볼 뿐이었다. 구석에 물러나 앉아있던 장영실도 놀란 표정을 지었다. 세상에 놀랄 것은 한 개도 없다고 생각하는 장영실조차 놀랄 말이었다.

"도저히 고개를 들기 어렵습니다. 주상전하를 돕기는커녕 계속해서 이리도 못난 모습만을 보여드리니 어찌할 바를 모르겠습니다."

"그런 말을 마시오. 나의 조카가 아닌가. 자세히 설명해보오. 과인이 할 수 있는 일은 해주고 싶소."

대군은 차분하게 대답했지만 떨리는 목소리에 분노와 좌절감이 잔뜩 묻어 있음이 틀림없었다.

"어쩌면 지금 누군가에게 인질로 잡혀있는지도 모르겠습니다. 어쩌면 [어깨동무]일 수도 있지요."

[어깨동무]라는 말에 임금은 경기를 일으킬 것 같았다. 분수도 모르고 날뛰는 얼간이집단이 감히 자신의 가족을 납치했다는 말에 앞뒤를 살피지 못하고 벌떡 일어나 분노하기 시작했다.

"인질을 잡고 있단 말이오? 지금 그들이 감히 왕족을 잡고 협박을 한단 말인가!"

이윽고 자신보다 대군의 기분을 헤아린 듯 임금은 단호한 어조로 말했다.

"걱정 마시오, 대군. 현주를 구할 수 있는 자들을 투입할 것이오."

하지만 대군은 그런 이유로 온 것이 아니었다. 임금의 말에 고개를 저으며 그가 말했다.

"그런 것이 아닙니다. 그러서서는 아니 됩니다. 오히려 신경을 쓰셔서는 아니 된다는 말을 하러 온 것입니다."

"무슨 소리를 하는 거요. 지금 왕족이 인질로 잡혔는데! 그 아이는 내 조카요! 그 전에 경의 딸이 아니냔 말이오."

임금의 강변에 대군은 일그러진 눈을 치켜뜨고 임금을 바라보았다.

"일개 왕족보다 임금의 안위가 중요하고 그보다 더 중요한 것은 조선의 안위입니다. 조선이란 이름은 일개 왕족의 여식보다 중요합니다."

"어찌 그런 말을 할 수 있소? 그대의 딸이 아니오!"

"조선의 지존이 어찌 범부와 같은 소리를 하십니까. 그대는 조선의 아버지십니다. 핏줄보다 더 중요한 것은 국가입니다. 다른 이들이 들을까 무서우니 그런 말을 마소서."

대군은 임금을 나무랐다. 임금은 핏속까지 얼어붙을 것 같은 대군의 말을 받아들이지 못했다.

"난 그대가 아니오! 그렇게 무서운 생각은 못하겠소."

대군은 비틀거리며 몸을 일으키며 천천히 말했다.

"저라고 왜 소중한 딸을 구하고 싶지 않겠습니까? 만약 내 생명을 내주어 딸을 살릴 수만 있다면 저 또한 아이를 위해 그럴 것입니다. 그러나 전하! 왕족이란……. 모르시겠습니까? 왕족이란 개인일 수 없습니다. 조선의 양식을 대표할 의무와 권리가 있습니다. 모르시겠습니까, 전하! 부디 이를 깨달으셔야 합니다."

대군은 끓어오르는 감정을 억제하듯 손을 부들부들 떨며 다리를 절룩이며 앞으로 나아갔다. 육체적 고통 때문인지 계속되는 스트레스에 그런 것인지 일그러진 눈가에는 핏발이 선 채로 불그스름한 눈물이 흘러나왔다. 결국 몸을 가누지 못하고 쓰러지려는 대군을 장영실이 받아주었다.

"형님!"

갑자기 쓰러지는 대군의 모습에 임금은 자신의 가면이 벗어지는 것도 아랑곳 않고 그에게 다가갔다. 대군은 오랫동안 망가진 자신의 육체와 싸워왔다. 하지만 한계는 오기 마련이다. 강인한 정신력을 가진 대군이라 해도 길고 긴 스트레스와 분노가 그의 육체를 좀먹어왔다.

임금은 고통에 일그러진 대군의 참혹한 모습을 바라보면서 측은함을 느끼는 한편, 절대 이대로 지지는 않겠다는 결연한 표정을 짓고 있는 그의 모습이 무섭게까지 느껴졌다. 뒤에서 대군을 잡아준 장영실은 호들갑스럽게 말했다.

"아이구, 대군 마마! 괜찮으십니까?"

대군은 쓰러진 자신을 받아준 장영실의 말을 넘겨버린 채로 임금에게 말했다.

"주상 전하, 신의 간언을 잊으시면 아니 됩니다. 아시겠습니까. 나라를 먼저 생각지 않는 암군이 되어서는 어찌 조선의 아버지가 되시겠습니까."

대군의 목소리는 여러 고통이 섞여 떨려왔다. 아빈현주와 국가 사이에서 깊은 고뇌를 하고 있는 그의 고통이 느껴지는 대목이었다.

"알겠소, 경이 말하는 바가 무엇인지. 그대가 그렇게 걱정하지 않아도 될 것이오."

임금은 [경복궁]에 명령해서 밖에서 대기하고 있는 대군의 하인들을 불렀다. 하인들은 대군을 부축하며 나아갔다. 장지문에 손을 얹고 있던 임금은 힘없이 무너지며 밖으로 실려나가는 대군의 모습을 지켜보면서 입술을 깨물며 주먹 쥔 손에 힘을 불끈 주었다. 임금은 낮은 목소리로 뒤를 돌아보지도 않은 채 명령을 내렸다.

"장영실은 들으라."

"예, 예. 전하!"

"지금 당장 왕실과 국가를 능멸한 반역도당 [어깨동무]를 처단하라. 한 놈도 살려둬선 아니 된다. 찾는 즉시 없애라. 알겠는가? 추포追捕 따

원 원하지 않는다. 찾는 즉시 없애라. 그러나 내가 보냈던 교시를 잊지
말라."

그동안의 어리숙하던 모습은 사라지고, 임금은 어느 때보다도 당당
하게 장영실에게 하명했다. 왕의 성정을 잘 아는 사람이 듣는다면 이
상하다고 느껴질 정도이다. 장영실이라면 최첨단 국방과학기밀을 다
루는 인물일 뿐이지 않은가 생각하는 사람들도 있겠다. 하지만 잊지
말라. 99대 장영실, 구예신은 폭력의 권화權化였다. 때문에 어린나이
에 소년원이 아니라 감옥으로 들어갔던 것이다. 구예신의 폭력은 단
순폭력이 아닌 인간의 범주를 지나친 괴물이나 다름 아니었다. 그런
장영실에게 [어깨동무]를 없애라 명한 것을 보면 이 일로 인해 임금이
얼마나 화가 났는지 헤아려봄 직하다. 하지만 그럼에도 마지막에 왕
이 덧붙이는 말 한마디로 인해 임금이 여전히 임금답게 느껴지기도
했다.

"예, 여부가 있겠습니까요. 주상 전하. 전하의 적은 조선의 적! 조선
의 적은 저의 적입니다. 빨갱이들을 한 놈도 남김없이 찢어발겨버리
겠습니다요."

장영실은 황공스러운 듯 큰절을 올리며 짐승처럼 귓가까지 입이 찢
어질 듯한 미소를 지었다. 99대 장영실로서가 아닌 자연인 구예신이
가진 거친 짐승의 마음이 북받쳐 올라온 것이다. 지금 당장이라도 조
선의 적을 모두 물어뜯어버릴 듯한 기세를 부리는 장영실을 보면서
임금은 과연 어떤 표정을 짓고 있었을까. 왕 스스로도 알 수 없었다. 자
랑스러웠는가? 두려웠는가? 그저 임금은 물러나는 장영실을 보며 자
신의 분노를 겨우 삭이고 있었을 뿐이다.

• 부처께서 임하신 곳

교수와 존 D 그리고 아빈현주는 서울의 하수도 아래를 걷고 있었다. 교수와 존 D(물론 눈치 없이 계속 투덜거리고 있긴 했지만)는 아무렇지도 않은 듯 걷고 있었지만 아빈현주는 왕족이었고 이런 장소를 거닐어본 적이 없었다. 그녀의 눈에 보이는 모든 것이 충격적이었다.

오물이 짓무르며 사방에 널브러져 썩은 냄새가 주변을 진동시켰다. 천장에 매달린 녹슨 파이프 위에서 쥐새끼들은 안광을 보이며 자신들의 세계로 내려온 침입자를 슬금슬금 따라왔다. 음습하고 냄새나며 불결한 생물들이 주인인 양 자리를 차지한 곳이다. 아빈현주는 대놓고 기분이 나빠졌다.

"으으, 지독하군요."

"현주 마마, 전 우주의 어느 하수도를 가보아도, 향기 나는 곳은 없답니다."

교수는 한마디 내뱉곤 다시 말없이 앞을 향해 걸어갔다. 아빈현주는 앞으로 나아가는 교수의 등을 바라보면서 따라 걷고 있었다. 지금 교수는 긴 장화와 고급 소재의 사냥복장을 하고 있었으며 습지를 탐색하는 악어사냥꾼이나 된 것처럼 굴었다. 지금 사냥하는 기쁨에 벅차오른 것 같은 모습을 하고 있는 교수는 주변의 너절한 환경에는 전혀 신경을 쓰지 않는 것 같았다. 교수를 잘 아는 사람이 있다면 놀랄 것이다. 하수구란, 평소의 교수라면 절대 내려오지 않았을 곳이기 때문이다. 뒤에서 투덜거리는 존 D의 표현을 빌리자면 교수는 '젠틀리 계급의 사고로 생각의 동맥경화가 걸린 꼰대자식'이다. 하지만 지금 교수가 이리도 솔선수범하며 지하로 내려온 것은 평소와 다른 열광이 교수 마음에 자리해 있었기 때문이다. 이를테면 사냥을 사랑하는 잉글랜드 인으로서의 유전에 가까운 학습열이 끓어오른 것이라고 할 수 있을까.

존 D는 교수의 꼴을 보면서 계속 투덜거렸다.

"[어깨동무] 찾자고 하수도까지 내려오고 참, 내 인생 끝내주네요."

존 D의 한탄을 듣던 아빈현주는 교수에게 물었다.

"어째서 지하수도로 오는 것이 [어깨동무]와 이어진 것인지 알 수가 없군요."

교수는 무성의하게 입을 열었다.

"더 지하로 내려가야 하니 냄새가 지독하더라도 참으셔야 합니다."

사냥꾼의 성정이 나올 때의 교수는 참 배려심이 부족해 보였다. 그나마도 현주에게는 잘해준 편이었다. 장화에 오물이 튀어도 걱정없이 판초를 덮어주었다. 하지만 참을 수 없는 지하의 분위기에 현주의 인내심은 한계점을 넘어서고 있었다. 그제야 교수는 현주에게 따스하게 한마디 해주었다.

"조금만 참으십시오. 마마. 이 아래만 지나면 곧 도착합니다."

아빈현주는 견딜 수 없었던지 고개를 숙인 채 끄덕였지만 교수는 그저 웃으며 앞으로 나아갈 뿐이었다. 존 D는 하고픈 말이 더 있었지만 불만을 입 밖으로 내지 않고 교수의 뒤를 따랐다. 교수는 흥이 올랐는지 품에서 로프를 꺼내 파이프에 연결하고 낭떠러지처럼 연결된 수로 밑으로 줄을 내려뜨렸다. 그리고 자신의 잡학상식을 자랑하듯 조선의 하수시설에 대한 강의를 시작했다.

조선의 하수시설 사업은 태종 10년부터 시작되었다. 태종 10년에서 세종 16년까지 청계천의 옥천을 넓히는 대공사였다. 근대적인 의미의 하수도는 아니었지만 이때부터 치수는 국가산업의 중요한 사업이었음을 말해주고 있었다.

근대적 의미의 하수시설은 후에 여러 장영실들의 수많은 시행착오로 이뤄졌는데 길고 어두운 하수구터널을 걷다가 깊고 깊은 구멍 아래로 내려가면 지하수로로 빠지게 되어 있었다. 이 지하수로의 모습은 일종의 거대한 석조물로 옛 왕조의 무덤굴을 방불케 할 정도였다. 파이프가 미로처럼 꼬여 있고 오물을 정제하는 소리가 염불 외는 소리처럼 울려 퍼지는데 물길이 흐르는 자리를 걷다보면 불교계통의 지하유적지를 걷는 느낌이 들 때도 있었다. 실제로도 여기저기 벽면에 부처가 양각되어 있거나 부처상이 서 있었는데 이것은 처음 설계에는 없는 것이었다. 당시 동원된 공사인원들 중 민중종교인 불교를 믿는 자가 많았고, 아마도 공사 도중 죽은 자들을 위해 공양을 더하는 의미에서 부처상이 세워졌을 것으로 추측된다.

교수일행은 깊고 깊은 구멍 아래로 줄을 타고 내려가 유적을 발견한 탐험가처럼 지하수로를 구경했다. 일찍이 이 지하수도에 대한 설계도를 살펴본 적이 있던 교수는 이론적으론 잘 알고 있다고 생각한 장소에서 발길을 멈추었다. 그리고 뜻밖에도, 투박하지만 자비로운 미소를 짓는 부처상들이 눈앞에 나타나자 말문이 막히고 말았다. 이는 현주도 마찬가지였다. 더럽고 오물투성이인 장소에서 환하게 웃으며 중생을 맞이하고 있는 부처들의 자비로운 미소에 감동까지 받았다. 경이에 찬 눈으로 그 주변을 가까이서 살펴보니 기교적인 면에서 이 불상들은 상의 비율이 맞지 않거나 마무리가 어설픈 면도 없지 않았다. 그도 그럴 만했다. 이곳 지하수로에서 함께 일하다 죽은 동료들의 넋을 기리기 위해 인부들이 직접 만든 불상이기 때문이리라.

"아아, 좋습니다. 민중의 집념이 서린 작품들이군요. 보는 사람을 이렇게 압도하다니……. 도면만 보았을 때에는 이런 장관을 볼 수 있으리라 상상도 못했는데 현기증이 날 정도군요. 아름답습니다. 지하수도를 이런 예술관으로 만들다니. 주여, 이런 예술품을 만나게 해주신 점 감사드립니다."

현주도 이에 질세라 한마디 거들었다.

"그렇소. 이리도 아름답다니. 부처의 자비가 지상으로 내려온 것 같구려."

현주는 온 마음을 담아 부처께 인사를 올렸다. 존 D는 이런 예술은 별로 좋아하지 않는지 교수와 현주의 호들갑스런 행동을 무심하게 바라보았다. 사실 존 D는 교수가 가진 스탕달 증후군*에 대해 잘 알고 있었다. 교수는 예술을 사랑했다. 그러나 이런 분위기에 너무 심취한 나머지 현기증을 느낄 정도로 매혹되는 증세를 조심해야 했다. 최대한 마음을 다잡지 않으면 문제가 생길 것이다. 이때를 놓치지 않고 존 D

● 뛰어난 미술품이나 예술작품을 보았을 때 순간적으로 느끼는 각종 정신적 충동이나 분열증상의 총칭이다. 교수는 이런 스탕달 증후군에 가까운 불안증을 가지고 있다.

는 두 사람의 흥을 깨듯 한마디 쏘아붙여야 했다.

"그렇게 예술이 좋으면 미술관이나 가던가요. [어깨동무]는 어디에 있어요?"

존 D의 빈정거림에 교수는 이내 정신을 차렸다. 무엇보다도 지금 교수에게 가장 중요한 것은 사냥이었으니까. 영국인들은 사냥을 위한 별장까지 따로 만들어 즐길 정도였다는데, 그러한 속성을 그대로 지닌 교수의 사냥에 대한 집착은 거의 본능에 가까웠다. 교수는 일행을 인솔하여 하수가 폭포처럼 쏟아져 내리는 장관을 연출하는 장소에 멈추어 섰다. 사람 하나는 거뜬히 들어가고도 남을 구멍에서 격류가 힘차게 터져 나오고 있었다. 물줄기는 크고 웅장했다. 게다가 주변에 조각된 불상으로 인해 주위 분위기는 보는 이를 압도시키기에 충분했다. 교수는 뒤처져 따라오고 있는 현주 손을 이끌고 그늘에 숨어서 주변을 둘러보다가 한마디 했다.

"여기군."

그 말에 서둘러 아빈현주가 고개를 내밀었지만, 이내 교수의 손에 이끌려 그늘로 밀리고 말았다. 자신을 숨길 줄 모르는 소녀의 행동으로 자칫, 적으로부터 발각될 뻔했다. 그림자 안에서 밖을 쳐다보던 존 D가 품안에서 권총을 꺼내 준비하고 있었다. 그런 긴장된 모습을 지켜보고 있던 아빈현주의 궁금증은 점점 커져갔다.

"대체 여기 뭐가 있는 거요? 이제 제발 제대로 대답을 좀 해주시게."

이번에는 존 D가 대답했다. 무언가 한숨이 뒤엉킨 답변이었다.

"현주 마마 오시기 전에 교수님이랑 [오페라타 가수]라는 심문장치로 이야기를 들었거든요. 그 심문…… 사용대상이 이곳을 기지라고 하더라고요."

그제서야 아빈현주는 고개를 끄덕였다. 파리의 거대한 하수시설을 배경으로 만들어진 창작물 [오페라의 유령]도 실제로 있을 법한 이야기이지 않은가. 특히 마지막 지하수로에서의 대격돌은 훗날 많은 사람들에게 영감을 주었다. 어느 나라나 오래되고 인적이 적은 지하시설은 음성적으로 변하곤 한다. 특히 이런 거대한 하수시설은 빛의 세계에서 쫓겨난 사람들의 도피처로 이용되는 것이 당연할 정도였다.

그리고 존 D는 터널 그림자에 숨어 쥐새끼들마냥 기어나오는 사람들을 확인했다. 그 중에는 이번 [우인궁] 테러의 주범인 왕초도 섞여 있었다. 왕초는 무거운 짐들을 옮기고 있는 사람들에게 잔소리를 하면서 조심하라고 다그치고 있었다. 아마도 그 짐들은 조선땅에서 노략질한 보물들이 대부분인데 개중에는 [우인궁]에서 훔친 앤티크들도 섞여 있었다. 왕초의 짜증 섞인 소리를 듣다가 존 D는 살인자로서의 본성을 드러내며 왕초를 쏘기 위해 품에서 발터PPK를 꺼내들었다. 그러자 교수는 그런 존 D를 제지했다.

"잠깐 기다리게. 지금 저들이 무슨 짓을 하는지 알아보지도 않고 죽이겠다는 건가? 무슨 일을 꾸미는지는 알아야 할 것 아닌가!"

존 D는 조용히 고개를 끄덕였다. 여지껏 이 둘이 이렇게 마음이 맞았던 적이 있었을까. 공동의 적이 이 둘을 하나로 만든 것 같았다. 계속해서 관찰해보니 [어깨동무]들의 행동에는 뭔가 쫓기는 기세가 보였다. 그들은 서둘러 짐들을 밖으로 옮기고 있었다. 더 이상 그곳에는 용무가 없는지 먼지 한 톨까지 남김없이 짐들을 밖으로 내놓고 있었다.

"이곳을 버리려는 모양이군."

"본거지를 이동하려는 걸까요?"

"그러겠지. 그러지 않고서야 저렇게 행동할 리 없지 않은가. 제발 생각 좀 하고 살게."

"아, 예. 그러시겠죠. 본거지 버리고 어디로 갈까요? 그전에 어떻게요?"

"기다려 보면 알겠지."

그림자 안에서 대화를 나누며 그들의 동태를 살펴보았다. 짐을 대충 내놓았을 즈음 그들은 무언가 기다리고 있었다. 짐들을 옮겨갈 만한 운송수단을 기다리는 모양인데 이런 곳에서 저런 많은 짐을 싣고 움직일 만한 배도 드물었다. 다른 곳으로 이동할 줄 알고 기다리고 있던 교수와 존 D에게는 알 수 없는 선택지였다.

그때, 커튼처럼 떨어지는 하수로 가려진 터널 저편에서 증기가 빠지는 소리가 점차 다가오고 있었다. 저편에서 어둠을 잡아먹기라도 하듯 입을 벌린 빛이 무서운 기세로 덤벼왔다. 그 모습에 교수와 존 D는 점차 얼굴이 굳어갔다. 현주는 갑자기 이 둘의 얼굴이 창백해지고 있음을 이해할 수 없었다. 현주의 의문에 대답이라도 하듯 존 D가 한탄을 내뱉었다.

"설마……. 아니겠지. 아닐 거야. 아니라고 누가 말 좀 해줘요."

교수는 머리를 쥐어뜯으며 좌절하는 존 D의 등을 위로하는 것처럼 다독여주었다. 아빈현주는 무엇이 나타나는지 궁금해 얼굴을 빼꼼히 내밀었다. 하수를 헤쳐 나가며 멈출 기세가 전혀 없이 증기기차가 내달리며 눈앞에 나타났다.

짐승의 거친 숨결처럼 검은 연기를 내뿜는 증기기차 앞머리에는 러시아 문자와 로마자를 함께 쓴 Молния Ⅱ([몰니야Ⅱ•])라는 글자가 양각된 철판이 나사로 꽉 조여 있었다. 지금은 모든 박물관에서나 볼 법한 19세기양식의 증기기관차였다. 다만 일반적인 당시 증기기관차라기에는 기관실이 있어야 할 자리가 특이하게 생겼다. 강철이 풍선처럼 둥글게 부풀어 오른 상태로 연기를 뿜는 굴뚝만이 존재했다. 누구도 안으로 들어갈 수도, 밖으로 나갈 수도 없도록 땜질이 되어 있었다. 기관실 뒤에 있어야 할 땔감을 올려놓는 화물칸조차 없었다. 누가 운전하는 것이 아니라 스스로 숨 쉬고 날뛰는 것이다.

[몰니야Ⅱ]는 용과 같았다. 사람을 몰아붙이는 위압감을 가진 증기기관차였지만 아빈현주로서는 존 D가 왜 좌절하는지 몰랐다. 그때 존 D는 교수를 바라보며 화를 냈다.

"저건 몰니야잖아! 구소련이 가지고 있던 최후의 병기, '유령특급 몰니야 잖아요. 맙소사, 이 미친 노친네야! 저게 왜 여기에 있어?"

"나야 모르지."

교수는 진심으로 어깨를 으쓱였다. 하지만 그런 모습을 보고 머리에 열이 오른 존 D는 입에서 불길이 뿜어져 나올 태세였다.

"대체 댁이 모르는 게 말이 돼?"

그런 둘의 모습을 보곤 현주는 의문이 있는 학생처럼 손을 들어 질문했다.

"저기, 저게 뭐 길래 그리들 호들갑이오?"

현주의 말에 존 D는 결국 폭발해버렸다. 그는 머리끝까지 열이 올

• '번개 2호'라는 뜻의 러시아 어

라왔을 텐데도 들키지 않으려는 듯 최대한 목소리를 줄이고 기관차를 향해 자신의 손가락을 가리키며 성질을 부렸다.

"저게 뭐냐고요? 지구를 멸망시킬 장치 Doomsday Device라구요!"

그 말에 현주가 교수를 바라보자 교수는 헛기침을 하면서 눈을 마주치려 하지 않았다.

"허허, 사람하고는……. 말이 심하지 않나. 흠흠."

"설명해보세요. 교수! 저게 대체 뭐요?"

"허허, 현주 마마까지……. 허허."

교수가 이렇듯 난처한 상황을 빠져나가려고 눈을 굴리고 있는 동안 존 D는 존댓말까지도 잊은 채로 교수를 향해 윽박질렀다.

"뭐가 말이 심해? 몰니야잖아! 빌어먹을 '죽음의 손'이라고! 구소련이 그렇게 망해가면서도 기고만장했던 몇 안 되는 이유! 저거 없애려고 얼마나 많은 요원들이 죽어나갔는지 알아? 우린 저거 없애려고 체르노빌을 희생시켰다고. 그때 일반인이 얼마나 죽었느냐 말이야. 앙! 이 더러운 작자야!"

감을 잡기 어려운 존 D의 단락적인 이야기를 듣고 있던 아빈현주는 귀를 쫑긋 세웠다. 이에 대해 제대로 알아들을 순 없었으나 순간, 어린 자신도 아는 사건이 아니던가 자신의 귀를 의심했다.

"지금 체르…노빌이라 하셨소? 체르노빌이라면……. 설마! 두 사람 모두 지금 당장 설명하세요!"

교수와 존 D는 서로를 쳐다보면서 설명을 미루고 있었으나 결국 성질이 폭발한 현주가 존 D의 뺨을 후려치면서 노려보는 사태로 이어졌다. 존 D는 어이가 없었지만 한숨을 쉬고 설명을 시작했다.

'죽음의 손', 합중국과 구소련의 냉전이 종말을 고하고 있을 1970년대 후반 무렵, 서방세계에는 하나의 암울한 소문이 퍼지기 시작했다. 구소련의 체계가 무너지면 구소련은 그 보복으로 자신들이 가진 최악의 공격으로 인류 모두를 절멸시킬 거란 소문이었다. 구소련 전역에 퍼진 핵미사일이 적성국가로 떨어질 것이란 소문이 은근히 나돌았다. 호사가들은 이를 '죽음의 손'이라 불렀다. 대부분 사람들은 '이것은 그저 헛소리다, 그리 믿을 만한 소문은 아니다'라고 했다.

확실히 공산권 국가들은 이미 스스로 무너져가던 상황이었다. 구소련의 연대는 예전 경인민란(국제명: 조선전쟁)* 에서 조선 쪽으로 팽창하려던 구소련의 야망을 꺾어버린 후, 조금씩 금이 가고 있던 상태였고 그들이 연대를 유지하고 있는 것은 서로를 견제하는 국가 간의 계약일 뿐이었다. '죽음의 손'의 소문이 떠돌았을 때에는 이미 구소련은 빛 좋은 개살구나 다름 아니었다. 게다가 핵미사일이라니…… 괜한 우주개발 비용의 낭비와 소규모 전쟁들로 국가사업 전반이 휘청일 때였는데 그런 대대적인 사업을 수행할 힘이나 있었는지 의구심이 들법한 상황이었다.

하지만 당시 소련은 이미 핵무기 같은 것은 애교로 보일 것으로 강무장을 하고 있었다. 핵미사일을 살 수 있는 비용보다 적은 돈으로(그래도 막대한 돈이었지만 핵미사일을 구소련 전역에 퍼트리는 것보다 쌌다.) 핵

* 조선인들은 이 전쟁을 민란 규모로 무시하는 경향이 있는데 만약 이 전쟁에서 조선이 밀렸거나 절반으로 나뉘어 전선이 고착화되었다면 구소련의 팽창주의가 가속화되었을 것이고 그로 인해 세계전역으로 공산화가 퍼져 나갔을 것이다. 그나마 그들을 유라시아 대륙의 주변 정도로 묶어버림으로써 이데올로기 싸움이 시작도 전에 끝나게 되었다. 공산주의라는 것을 믿어주는 사람이 없는 지금에 와서는 이런 말을 믿을 사람은 얼마 없지만 말이다.

보다 더 악랄한 '죽음의 손'을 샀던 것이다. 후에 그 정체가 클럽에 의해 밝혀졌을 때, 클럽은 놀랄 수밖에 없었다. 발견한 것은 열차의 형태를 하고 달리는 전쟁억제력이었다. 겉으로 보기엔 평범한 증기기차였지만 공격을 시작하면 지나가는 주변에 커다란 자기장 폭발을 일으켜 문명을 지워버릴 수 있는 무기로 돌변한다. 레일조차 필요 없는 열차였기에 신출귀몰하게 어디든 갈 수 있는 열차였고 실제로도 합중국에서 유령처럼 나타난 전과가 있었다. 이는 무너져갔지만 언제든 합중국을 공격할 수 있다는 의사표시나 다름 아니었다. 그래서 붙은 별명이 '유령특급 몰니야'.

결국, 클럽은 구소련이 이 괴물과도 같은 열차를 단순 억제력 이상으로 사용하려 하고 있다는 첩보를 입수하자 1984년 수많은 희생을 무릅쓰고 그 기능을 정지시켰다. 물론 이를 정지시키기 위해 얼마나 무고한 사람들이 희생되었는지 이에 대해서는 알려진 바가 없고 20세기 최악의 원자력발전소의 사고 정도로만 알려졌다. 엄연한 전쟁범죄이거늘, 클럽은 늘상 '세계평화'라는 네 글자로 모든 것을 무마시켰다. 실제로도 틀린 말이라고 할 수도 없었다. 아마 클럽은 평화를 어지럽히려는 구소련에게 좋은 본보기를 보여주었다고 좋아했을 것이다. 하지만 중동지역으로 가려던 팽창정책에 타격을 입은 상태에서 거대한 곡창지대가 소멸해버린 구소련으로서 이는 본보기가 아닌 결정적 타격이었다.

이듬해, 구소련은 좋은 말로 표현하자면 해체되었고, 나쁘게 말하면 거대한 혼란에 빠져들었다. 구소련이 무너지면서 수많은 가입국(사실을 말하자면 위성국이지만)이 문제의 원인을 서로의 탓으로 돌리면서 국지적인 전투가 일어났고 어떻게든 살아남으려고 발버둥쳤다. 그나마 큰 전쟁으로 번지지 않은 것은 클럽이 배후에서 이를 조율해준 덕택이었다.

이런 연유로 존 D가 그토록 화를 내고 있었던 거였다. 당연히 저런 물건을 만든 작자가 교수였고 그가 지상에 뿌린 최악의 [장난감] 중 하나라고 알려진 물건이 여기 조선에 있다면 화를 내는 수밖에 없지 않겠는가. 존 D는 이를 좀 더 강조하며 현주에게 말했다. 이제는 현주가 교수를 노려보았다. 어린 소녀가 치켜뜬 눈매였음에도 충분히 귀기가 서린 모습이었기에 교수는 헛기침을 하며 변명했다.

"Ⅱ 라고 쓰여 있지 않은가! Ⅱ 라고! 저건 이 노구가 만든 게 아냐. 일단 저것을 내가 만들었다는 가정 하에서 말하자면, 한 대만 만들었다네. 저런 과격한 걸 많이 만들 리 없지 않은가. 노구도 힘의 균형이란 걸 안단 말일세. 물론 어디까지나 이 늙은이가 만들었으면 그렇다는 거네만……."

현주의 시선이 누그러지지 않자 교수의 변명도 잦아들었다. 그 모습을 보던 존 D의 입가에 비웃음이 서렸지만 일단 분노에 찬 현주의 손이 자신의 뺨을 후려치는 것부터 막아야 했다.

"두 사람 다, 어디 두고 봅시다. 이제부터 어쩔 겁니까? 해결책을 말해 보시오. 지금 저게 지상을 달리게 둘 순 없단 말이오."

그 말에 존 D는 짜증스럽게 대꾸했다.

"그니까요. 아오, 미치광이 늙은이야! 제길, 왜 하필 저거야! 내가 들어갈 수도 없는 곳인데! 저게 이제 서울 시내를 달린다고 생각하면 아주 식은땀이 다 나네. 이러다 급료 다 깎이겠다고요!"

교수는 턱을 쓰다듬으면서 단정한 어조를 유지한 채 말했다.

"타야지. 탈 수밖에 없지 않은가."

존 D는 어이가 없었다. 도대체 그 방법을 모르는데 어떻게 타라는 것인지……. 현주 또한 고개를 갸웃거렸다. 결국 존 D는 계속 고갤 쳐드는 의문에 교수를 추궁할 수밖에 없었다.

"어떻게요?"

"정중하게 부탁을 해야지. 그렇지 않은가?"

"뭐라 하셨소?"

교수의 갑작스런 말에 현주는 얼빠진 소리를 냈지만 존 D는 무슨 뜻인지 알아차렸다는 듯이 빙그레 웃었다. 그리고 밝은 양지로 나와 평소의 깐죽이는 태도로 짐을 옮기는 자들에게 말을 걸었다.

"어이, 친구들. 이 열차가 서울행 열차야? 그럼 타야 할 것 같은데."

그리고 반대편에서도 존 D가 또 등장했다. 쌍둥이 같았다. 수많은 시공에 마음만 먹으면 자신의 존재를 동시다발적으로 여러 개 나타나게 만들 수 있는 자가 존 D 아닌가. 이것은 역설이다. 사실 그의 존재 자체가 역설이나 다름 아니었다.

"아, 댁도 그래요? 저도 서울을 가려던 참인데……. 우린 참, 좋은 친구가 될 것 같네요."

그곳에 모여 있던 사람들은 웅성거렸다. 똑같은 차림새에 똑같은 외형을 한 두 남자가 나타난 것에 모두 정신이 팔려 있었다. 다만 그곳에 모여 있는 사람들은 막연하지만, 존 D가 적일 거라는 예측은 하고 있는 듯했다. 존 D의 표정에는 자세히 설명할 수는 없지만, 포식자의 미소를 띠고 있었다. 그들은 당장 무장을 단단히 하고 지금 이상한 농담을 나누고 있는 듯한 두 사람에 대한 긴장을 놓치지 않았다. 존 D는 별 상관없다는 듯 계속 맞은편의 자신과 만담을 했다.

"아니, 이 친구들 벙어린가? 대답이 없어?"

"하하하. 잘못하단 쏘겠어?"

점점 쥐새끼마냥 무기를 들고 모여드는 [어깨동무]들을 보면서 존 D들은 웃을 수밖에 없었다.

"오오, 쥐새끼들이 점점 몰려드네. 이래서 내가 이 직업을 좋아하는 것 같아. 안 그래?"

"아니, 난 좋아한 적 없는데. 다 먹고 살자고 어쩔 수 없이 하는 거지."

또 다른 존 D가 정색을 하고 말을 부정했지만 그의 설명할 수 없는 기묘한 얼굴에는 속내를 감추려 하지 않는 솔직한 미소가 그대로 노출되고 있었다. 그러자 또 다른 자신이 맞장구를 쳤다.

"좋아, 의장님 앞에선 그 이야기는 하지 말자."

"좋아, 의장님 앞에선 그 이야기는 하지 말자."

마치 존 D 둘이 짠 것처럼 동시에 말하면서 권총을 쏘았다. 멍하니 무장한 상태에서 주변을 조여오던 [어깨동무]들은 갑작스런 공격에 몹시 당황해하며 얼떨결에 총을 쏘기 시작했다. 하수가 흐르는 장소는 일순간에 총격전으로 돌변했다. [어깨동무]는 수적 우세를 이용해 적을 제압하려 했다. 게다가 그들이 들고 있는 무기는 평범한 게 아닌 [우인궁]을 공황상태로 몰아넣은 특수무기였다.

사실 지금 존 D가 들고 있는 총은 평범한 발터PPK에 불과했으니 아무리 하찮은 [어깨동무]라도 승산이 있다고 여겼으리라. 그러나 일개 병사에 불과한 그들이 존 D를 죽일 수 있다고 생각했다면 그것은 오산일 뿐만 아니라 망상에 가까웠다. 정확히 죽였다고 생각한 순간, 생각지도 못한 곳에서 다시 존 D가 튀어나와 [어깨동무]들을 하나씩 사격해나갔다. 순식간에 존 D 주변에 시체들이 널브러지기 시작했고 그럴수록 존 D는 [어깨동무]의 머리에 정확히 사격을 가하며 춤을 추듯 살인을 저지르고 있었다.

열차 안에서 누군가 짜증에 가까운 비명을 질렀다.

"살아있는 놈은 당장 타!"

왕초였다. 왕초의 명령에 살아남은 자들은 도망치듯 열차에 타기 시작했다. 사람들이 다 타든 말든, 열차가 빠르게 움직이기 시작했다. 열차는 초고속으로 달리며 가열차게 증기를 내뿜었다. 그리고 그 거대한 열차의 형태가 증기 속으로 가려지며 형체가 사라지기 시작했다. 열차가 떠난 그 자리에 남아 있는 것이라곤 미처 싣지 못했던 짐들과 존 D에게 살해당한 [어깨동무]들과 그 사체들뿐이었다.

존 D는 머리를 긁적이며 중얼거렸다.

"정말 내 능력으론 열차에 도저히 탈 수가 없네······."

아마도 다른 곳에 들어가던 것처럼 열차에 몸을 실으려 했던 모양이다. [유령특급 몰니야]란 명칭처럼 [몰니야II]는 말 그대로 유령열차였고 그 안에 들어가는 것은 역시 수월하지 않았다. [몰니야II]는 실체가 없는 열차처럼 외부의 침입을 그대로 투과해버리는 특징이 있다. 덕분에 존 D의 능력은 무용지물에 불과했고, 유일한 방법은 열차를 타는 것처럼 문으로 들어가는 방법밖에 없었으니, 존 D는 혀를 찼다.

덩그러니 하수도에 남겨진 존 D는 [어깨동무]가 싣지 못한 짐들을 풀어헤치기 시작했다. 하나씩 살펴보았다. 짐 안에는 그들의 기호품이나 생필품이 들어 있었으며, 그렇게 몇 개의 짐을 풀어헤치다가 이번에는 나무로 된 거대한 상자를 발견했다. [왕립조선과학박물관] 마크가 부착된 전시품 상자였다.

"[왕립조선과학박물관]이라……. 훔치는 데 고생 좀 했겠는데? 뭘까나?"

존D는 선물포장을 뜯어내는 어린아이의 심정으로 상자를 열어보았다. 그 안에는 복잡하게 톱니들이 서로 얽혀 맞대어 이루어진 기계장치가 들어 있었다. 이리저리 살펴보아도 그 정체를 알 수 없자, 자신의 뒤에 숨어 있을 거라 예상되는 교수에게 물었다.

"교수님, 이게 뭔지 알아요?"

대답이 없다. 주변을 두리번거리며 살펴봤지만 교수와 현주의 인기척이 없었다. 아마도 방금 전, 존D가 짐들을 살피고 있는 중에 몰래 열차에 올라탄 모양이다.

"아, 이런. 사람이 탈 거면 같이 타던가. 이럼 왜 데려왔데?"

존D는 그렇게 말하면서도 미소를 지었다. 자신 또한 혼란 와중에 [어깨동무] 시체의 옷을 빼앗아 입고 급히 열차에 올라탔던 것을 기억했다. 존D도 생각은 할 줄 안다. 실제로도 존D가 머리를 쓸 줄 몰랐다면 이 정도의 직위에 오르지 못했을 것이다. 어쩔 수 없이 존D는 휘파람을 불며 자신의 노란색 트렌치코트를 벗어서 자신과 알 수 없는 의문의 기계에 덮어썼다. 그리고 핏물이 고인 장소에서 녹아들듯이 사라졌다.

● 혁명발 서울행 몰니야Ⅱ

교수와 현주는 당당한 걸음으로 기차에 탑승했다. 기차 내부에 [어깨동무]들이 수선스럽게 어디론가 뛰어가는 것을 보곤 그들의 모습이 사라질 때까지 숨어 있었다. 인기척이 잦아들자 교수는 자신의 자식을 둘러보았다. 이곳저곳을 바라보며 그가 설계한 도안에서밖에 만나지 못했던 [몰니야Ⅱ]를 세심히 살펴보았다.

[유령특급 몰니야Ⅱ]가 핵무기와 동일한 무기라고 해도 겉모습은 고급스런 증기열차였기에 내부장식에도 공을 들였다. 플라스틱 합성으로 만든 나무판 따윈 쓰지 않았으며, 객차를 만드는 나무는 오래되고 단단한 브라질산 나무재를 사용했으며 바닥에는 장인이 만든 아랍양식의 양탄자를 길게 이어놓았고, 창을 가리는 붉은 커튼은 비단으로 만든 벨벳이었다. 교수는 흡족한 미소를 지었다. 교수의 부르주아 취향을 손색없이 잘 살렸기 때문이다.

사실 이것은 교수의 악취미다. 다른 부품을 쓰면 기계가 제대로 작동하지 않게 모든 부품의 공식을 톱니바퀴처럼 딱 맞춰놓았다. 그러기에 교수의 물건을 사는 사람들은 어쩔 수 없이 교수의 취향을 따라야 했다. 1호도 그렇고 지금 2호도 그렇고 공산주의자들이 만든 것이라지만, 부르주아적 취미의 극치를 드러내는 이 열차를 만들며 그들이 어떤 감정을 가졌을지 생각하곤 교수는 즐거운 미소를 지었다.

현주 또한 교수를 뒤따르며 이런 화려한 열차의 내부를 살펴보았다. 조선의 끝에서 구라파의 끝까지 연결된 길고 긴 철로를 달리는 대륙횡단특급의 고급스런 내부를 보는 것만 같았다. 이런 사치스럽고 고풍스러운 실내장식을 보면서 의문이 들 수밖에 없었다.

"참 교수답구려. 그런데 어찌 교수가 만들지도 않았다는 이 열차가 교수의 취향을 그대로 드러내는 게요?"

교수는 웃음을 거두지 못하고 입을 열었다.

"그럴 수밖에요. 노구의 작품은 언제나 설계도대로 만들지 않으면 그저 외형 그대로의 물건에 불과합니다. 제 작품을 사용하고 싶으면 설계도 그대로 만들어야 합니다. 지금 깔려 있는 양탄자만 해도 만약 생략해버리거나 싸구려로 대체해버리면 이 열차는 그저 구형 열차에 불과해질 겁니다."

기가 막혀서 현주가 대꾸를 못하자 교수는 사족을 덧붙였다.

"그러니까, 겉모습만 따라하는 것으론 움직이지 않습니다. 모든 디자인이 내가 제시한 그 형태를 띠고 있어야 한다는 겁니다. 쓸모없어 보이는 화려한 내부장식들은 일종의 에너지 증폭효과를 내기 때문에 하나라도 부족하면 쓸 수가 없지요."

"대체 무슨 이유로 그런 거요?"

"노구의 [장난감]입니다."

"뭐라고요?"

"노구가 팔았더라도 노구의 [장난감]입니다. 어디 남의 [장난감]에 지들 입맛대로 쓴단 말입니까? 만일 빨갱이들이 제멋대로 잘나신 시뻘건 혁명문장을 그려놓고 마음대로 만들 수 있게 했다면 노구는 미쳐버릴 겁니다. 누구에게 팔아넘겼든 이것은 어디까지나 노구의 [장난감]인데 이를 잃어버리지 않게 자신의 이름을 써 붙이는 게 가장 좋은 방법이지 않겠습니까?"

"그럼 애초에 설계도를 팔지 마셨어야지요!"

한숨을 쉬며 말하는 현주의 말에 교수는 정색하며 말했다.

"일단은 저에게 혐의는 없습니다. 그리고 팔았다고 해도 지금껏 제 [장난감]을 팔았겠지요. 설계도는 판 적 없습니다. 세상에 저밖에 알아보지 못하는 설계도를 어찌 팝니까?"

그럼 대체 이 열차는 무엇이란 말인가……. 너스레 헛웃음을 흘리며 자신도 그 이유를 모르겠다는 대답으로 일관하는 교수를 보며 아빈현주는 어이가 없어 그만, 입을 다물어버렸다.

이때 멀리서 [어깨동무]의 왕초가 화가 난 듯 구둣소리를 요란하게 내며 걸어갔다. 울분을 참아내지 못하고 방방 뛰다가 벽을 차버리기도 했다. 아마도 출발하기 전에 동지들이 학살당하던 장면을 떠올리며 분에 이기지 못해 하는 행동일 것이다. 그런 모습을 숨어서 지켜보던 현주는 어쩔 줄 몰라 했지만 교수는 그런 현주를 자신의 뒤로 지키듯이 숨겨주었다. 그리고 즐거운 듯, 저 멀리 사라지는 왕초를 바라보았다. 그러면서 자신의 안주머니에서 정교하게 은으로 세공된 카나리아 형태의 오토마톤을 꺼냈다.

현주는 교수의 손 위에서 은빛 깃을 팔락거리는 카나리아가 종종거리는 모습을 바라보았다. 교수는 그런 현주의 어깨 위로 카나리아를 옮겨놓았고, 카나리아는 현주의 어깨 위에서 종종거렸다. 정말로 살아있는 새를 보는 것만 같았다.

"이건 대체……."

"[카나리아는 노래한다The Canary Sings]랍니다."

"카나리아가 노래한다라, 그건 밀고자가 비밀을 숨김없이 말한다는 뜻의 숙어 아니었소?"

"그렇답니다. 자신을 다스릴 줄 아는 신사라면 언제나 자신을 엿볼 존재에 대해 신경을 써야 하는 법이죠. 그렇지 않으면 모든 것이 들통 나곤 한답니다. 이 카나리아에게 말이죠."

현주는 알 듯 말 듯한 표정을 지었다. 교수는 그런 현주의 모습을 보면서 미소를 지었다. 그리고 성인손바닥 한 뼘 조금 넘는 브라운관을 코트에서 꺼냈다. 브라운관을 틀자 새의 시야와 소리가 화면으로 펼쳐졌다. 그제야 현주는 이것이 뭐하는 장치인지 이해했다. 카나리아는 살아있는 새처럼 고개를 가로저으며 화려하게 세공된 은빛 날개를 파드득 휘저으며 슬그머니 왕초의 뒤를 따라갔다. 그리고 모든 행동과 소리가 브라운관으로 전송되었다.

학살의 위협이 사라지고 열차가 주변과 동화되며 안정을 찾아가자 왕초는 부하들에게 큰 짐을 가리키며 직접 운반을 지시했다. 그는 여전히 성질을 참지 못하고 이를 벅벅 갈면서 기차 맨 앞쪽에 자리한 예배당으로 향했다. 열차의 가장 앞머리 객차에 만들어진 예배당은 아직 완성이 되지 않은 상태였다. 철골과 나무와 석벽이 어지럽게 놓여 있는 것이 그대로 보였다. 원숭이도 보기 쉽게 해석해놓은 설계도를 가지고 [어깨동무]의 부하들이 웅장한 벽면을 조립하고 있었다. 영화장 세트처럼 건물의 일부만을 축조해놓은 모습이었다. 야생화와 아기 천사들이 조각된 석벽 가운데에는 눈물 모양의 스테인드글라스 모자이크 창이 나 있었는데, 골고다 언덕을 오르는 예수의 고난이 그려져 있었다.

벽면 왼쪽에는 하늘을 찌를 듯한 수많은 청동파이프들로 조성된 거대한 오르간이 달려 있어 그 위압적 존재감을 드러내고 있었다. 그리고 화려한 붓질로 그려진 성화귀퉁이는 낡은 듯, 끝이 살짝 떨어져나가 있어 옛 성당의 예배당이 지닌 고풍스러움을 그대로 드러내고 있었다. 그야말로 기도를 올리기에 알맞은 성스러운 예배당 분위기 그 자체였다. 그러나 정작 기도를 올려야 할 연단바닥에는 거칠게 톱니들이 드러나 있었다. 왕초는 작전상 예배당을 완성시키는 것이 불가피했음을 인정하면서도 겨우겨우 완성되어가는 제국주의적이고 부르주아적인 예배당을 바라보면서 한편으론 역겨움을 금할 길 없었다. 그는 부하들에게 대군의 궁가에서 훔친 [혁명화장치]를 어서 가져오라고 손짓했다.

이때 드러난 톱니를 바라보며 흥미로운 듯 살펴보며 미소 짓는 숙녀가 나타났다. 지금 그들을 후원하는 자의 대리인이었다. 다른 열차 칸에 타고 있다가 일이 순조롭게 진행되고 있는지 확인차 왕초를 만나러 온 모양이다. 나이에 맞지 않게 귀여운 몸짓에 교태마저 보이는 TV리포터로 유명한 아가씨였다. 장난기 가득한 목소리로 왕초에게 말을 건넸다.

"안녕하세요, 아시아 30억 인구의 눈과 귀가 되어 드리는 세계최고의 뉴스 채널 ANG! 마스코 미카입니다."

활짝 웃으며 자신을 소개하는 마스코 미카를 보자 왕초는 그만 화를 내고야 말았다. 그는 신경질적인 발작증세까지 보이며 냅다 소리를 질렀다.

"이 지랄 같은 년아! 저 괴물은 또 뭐야? 우리들에게 사실대로 말하지 않은 게 또 뭐냐고?"

마스코 미카는 육감적 몸매가 드러나는 정장옷을 입고, 귀여운 척 검지를 자신의 뺨에 폭, 하고 기대며 고개를 살짝 숙였다.

"무슨 말씀인지 모르겠네요? 여러분이 지금 하고 있는 행위를 혁명으로 포장한다 해도 세계를 어지럽힌다면 [디오게네스클럽]이 싫어하는 것 정도는 아셨어야지요, 안그래요?"

"그렇다고 씨발, 존 D가 뭐야? 존 D가!"

"어머나 불쌍도 하셔라. 클럽에서 여러분들의 씨를 말려버리려는 모양이네요. 호호호."

그녀는 가식적으로 위로하는 미소를 지으면서도 웃음이 터져 나오자 단아한 척 자신의 입을 가리며 웃었다.

"웃지 마! 빌어먹을 왜년아! 니들이 정보를 띄엄띄엄 알려주니까 이 꼴이잖아! 도와주기로 했음 확실하게 하라고! 왜 클럽의 사자가 우리 목을 노린단 걸 알려주지 않는 거야?"

마스코 미카는 자신의 뿌리를 들먹이며 비하당하는 모욕감을 느끼자 다소 화가 났다. 조상이 어찌되었든 지금 마스코 미카의 조국은 합중국이었다. 대체 좌파라고 떠드는 작자들이 더욱 출신성분을 따져드는 것이 이해할 수 없는 노릇이었다. 숙녀는 코웃음을 쳤다.

"말했으면? 여러분의 전前 두목처럼 생각 없이 반자이 어택이라도 할 셈이었나요? 여러분들이 알아서 꼬리말고 도망칠 수 있게 일찌감치 클럽이 괴물들이라는 걸 알려줘야 했을까요? 여러분들은 필요한 것만 알면 된답니다. 간부들이 다 잡혀가거나 죽어가는 마당에 망가지는 조직에 기술과 훈련자금을 준 사람이 누군지 잊지 마세요. 여러분들이 살아있는 건 결코 여러분들이 유능해서가 아니랍니다."

마스코 미카는 정중한 태도였지만 어울리지 않게 독설을 퍼붓고 있었다. 그리고 그 말이 옳았다. [어깨동무]는 조선을 부단히도 괴롭히던 테러리스트였지만 조선의 끊임없는 사냥의 표적이었으며 지독한 형벌을 받아, 지금은 와해직전이나 다름없는 조직이었다. 간부급 인물들은 피붙이까지 모조리 3족을 멸했고, 점조직으로 이루어져 있어 겨우 살아남은 자들도 있으나 이들조차 조선의 테러리스트 사냥을 두려워한 나머지 혁명을 부르짖기는커녕 모든 것을 버리고 도망친 사람도 왕왕 있는 상태였다. 지금의 왕초 또한 예전과 달리 한풀 꺾인 채로 살고 있었다. 이번의 OSS의 지원이 없었다면 영원히 거지로 살았을 것이다. 그것을 알고 있기에 왕초는 더욱 화를 냈던 것이다. 인간은 자신이 하찮은 존재라는 것을 깨닫는 순간, 더욱 화를 내는 법이다.

"빌어먹을 쪽발이년아. 괴물들에게 죽은 건 내 형제들이야. 내 동무들이었다고. 무슨 소리인지 알 것 같냐?"

"그보다 완성이 아직 덜 된 것에 대해 묻고 싶은데요."

마스코 미카는 왕초의 말을 의도적으로 무시했다. 더 이상 징징거리는 소리를 들으며 준비를 늦출 순 없었다. 그러자 왕초는 콧방귀를 뀌면서 되레 소리쳤다.

"개소리 마! 대충 공사부품만 치우고 [혁명화장치]를 연단에 세우면 다 완성된 거나 다름이 없다고! 지랄 같은 부르주아 돼지새끼 발명품을 정성스럽게 만지는 게 얼마나 구역질나는지 알아? 빌어먹을 발명품이 장식물 하나 틀어졌다고 안 움직이고 그러냐고? 아니 그렇게 안 움직일 거면 예배당 덜 완성되었는데 움직이나 말지! 내가 이 열차 때문에 시간을 허비한 것만 생각하면……"

마스코 미카는 지금 벽과 대화를 하는 기분이 들었다. 이런 공허한 대화가 언제 끝날지 지루한 표정을 짓고 있었다.

"그래서 말했잖아요? 디자인대로 만들라고요! 이 정신 나간 기계는 내부장치만 흉내내봤자 소용없다고요. 그게 크뉩 하드니스 교수 발명품의 특징이잖아요. 외부 디자인마저 전체적인 능력을 보충해주는 증폭장치 성격을 띠고 있으니까 설계도대로 만들라고요. 그래서 그 기괴한 설계도를 원숭이도 보고 만들 수 있게 해설서까지 딸려서 줬잖아요. 그런데 1년이나 시간을 넘기는 건 무슨 짓이에요? 그렇게 저희 정보가 못 미더워요?"

교수의 발명품은 외부디자인까지 중요한 설계 포인트다. 내부설계만 맞추고 외형은 적당히 디자인할 수 있는 현대기기들과 다른 점이었다. 외부디자인과 무관하게 만들 수도 있는 간단한 것들도 있지만 [하드니스엔진]이 들어가는 복잡한 기계장치일수록 19세기적 외형을 갖추는 것은 중요했다. 그렇기에 몇 번이고 왕초에게 '설계도 해설한 것을 찾아 보낼 테니 설계도대로 만들라'고 강조했던 것이다. 결국 지시대로 따르지 않다가 오히려 늦어지게 된 것이다. 지금 상황이라면 화를 내야 마땅하지만 일단 설명이 우선이라 생각했는지 마스코 미카는 한숨과 함께 말을 이었다.

"하아, 그리고 이 예배당은 기본부품도 아니라고요. 옵션이에요, 옵션! 완성된 열차에 특수한 상황을 위해 기능 하나 더하는 옵션! 원래는 다른 곳에 사용되던 거니까, 이 정도는 덜 완성된다고 안 움직이고 그

러는 거 아니에요. 예배당의 마지막 부품인 [혁명화장치]랑 [오르간
연주자The Organist]는 챙겨오셨겠죠?"

"당연한 소리하지 마! 그야 물론 챙겼지. 야, 가져와!"

왕초의 명령에 부하들은 무거운 디스크형 오르골을 들고 왔다. 여
러 명이 간신히 들고 와서 톱니가 드러난 장소에 [혁명화장치]를 옮겨
놓았다. 제 위치에 고정되는 걸 본 왕초가 의기양양하게 웃었다.

"봐라! 여기 가져왔잖아."

"[오르간연주자]는요? 같이 챙긴 걸로 아는데?"

"어?"

왕초는 뒤에 있는 부하들을 쳐다보았지만 모두들 어깨를 으쓱거렸
다. 급하게 열차를 타느라 미처 챙겨오지 못하고 탔을 확률이 높았다.
결국 화가 끓어오른 왕초가 부하들을 때려눕히기까지는 그리 오랜
시간이 걸리지 않았다.

● 이동식 구소련 정교회 예배당

왕초가 무의미한 폭력을 앞세우고 있을 때, 런던의 낡은 아파트에
서는 늙은이의 한숨이 새어나오고 있었다. 윈스럽 의장은 담배를 피
우면서 눈앞에 놓인 기계장치를 바라보았다. 존 D가 가져온 장치의
이름은 [오르간연주자], 의장이 기억하기론 구소련의 특정유물의 명

령장치였다. 그리고 이것이 조선에서 발견되었다는 뜻은 다시 지옥과 같은 상황이 시작되고 있음에 다름없었다.

'[이동식 구소련 정교회 예배당]이라니……. 빌어먹을 빨갱이놈들이…….'

설명을 요구하는 존 D를 의도적으로 무시하며 어째서 냉전의 악몽이 자신의 눈앞에 왔는지 이해하곤 짜증을 부렸다.

"이게 뭐냐?"

"의장님이 설명해주시죠."

"빌어먹을, 이 물건이 있다는 건 설마 하니……. 구소련 놈들이 샀던 교수의 물건 총집합은 아니지? 제발 내 의견이 틀렸다고 말해주려무나."

"그거 맞아요."

생각없이 내뱉는 존 D의 말에 의장은 욕지거리부터 튀어나왔다. 다 늙어빠진 쉰 목소리가 파이프에서 새어나오는 소음처럼 시끄러웠다.

"제길, 최악의 악몽이야! 그렘린 떼가 니우암스테르담Nieuw Amsterdam* 시내를 장악했을 때도 이 정도로 미칠 것 같진 않았다고. 빌어먹을 크눕 하드니스! 대체 무슨 지옥을 내게 끌고 온 거야. 반드시 그 노친네 목을 분지르고 말 테다. 너는 대체 뭐하는 거야? 왜 막질 못해!"

• 아메리카 합중국의 북동부. 니우암스테르담 주 남쪽 끝에 있는 도시. 주와 구별을 하기위해 니우암스테르담 시City of Nieuw Amsterdam라고 불린다. 합중국을 대표하는 대도시로 상업, 금융, 미디어, 예술, 패션, 연구, 기술, 교육, 엔터테인먼트 등 많은 분야에 걸쳐 큰 영향을 끼치고 있으며, 세계의 문화수도로 불리기도 한다. 그외에도 국제외교에도 중요한 국제연합본부가 세워져 있는 곳이기도 하다.

"역시 몰니야에 제 능력은 통하지 않던데요. 저는 타지도 못했어요."

윈스럽 의장은 몰니야라는 단어를 듣고는 사레가 들렸는지 기침을 하다가 존D를 노려보았다.

"뭐, 몰니야? 몰니야가 있다고? 야, 이 정신 빠진 놈아! 말을 하려면 그거부터 해야 할 거 아니냐? 대체 이 녀석은 뭐가 중요한지도 모르나."

윈스럽 의장은 그렇게 소리를 지르다가 차분해졌다. 존D는 억지웃음을 지으며 어깨를 으쓱였다. 윈스럽 의장은 소파에 주저앉은 채로 손가락을 까닥이며 눈앞의 얼간이를 가까이 다가오게 했다. 그리고 그의 귓속에 명령을 내렸다. 존D는 그의 명령을 이해했는지 감정이 지워진 것처럼 냉기가 감도는 얼굴로 고개를 끄덕이며 사라졌다. 지금의 행동을 나중에 후회할 수도 있겠지만 현재의 윈스럽 의장은 자신이 가장 싫어하는, 전임 일요일이 자주 하던 격언을 중얼거릴 수밖에 없었다.

"SI VIS PACEM, PARA BELLUM.(평화를 원하거든, 전쟁을 준비하라.)"

왕초가 화풀이로 부하들을 걷어찬 후, 다소 화가 풀렸는지 숨을 깊게 들이쉬더니 이번에는 심각한 고민에 빠진 듯 머리를 벅벅 긁어댔다.

"빌어먹을, [오르간연주자] 없으면 명령을 내릴 수 없잖아!"

마스코미카는 경멸을 숨기지 않고 웃었다.

"호호호, 이럴 줄 알았어요. 정말 우스꽝스럽네요. 어쩔 수 없죠. 제가 서비스를 해드리는 수밖에 없어요."

"뭐?"

왕초는 잠시 멈칫 하고 고개를 돌려 그녀를 바라보았다. 마스코 미카는 그런 왕초를 보면서 다시 설명했다.

"[오르간연주자]는 명령어 기입기에 불과해요. 요는 명령어를 넣기 위한 오르간을 연주할 수 있고 명령어인 곡들을 사용할 수 있느냐죠. 그니까 얼마나 클래식과 음악에 교양을 쌓아뒀는지가 중요하죠."

그녀는 대놓고 자기자랑을 하고 있었다. 그런 모습을 보면서 왕초는 아니꼽다는 표정을 지었다.

"그래서? 네가 연주할 수 있다고?"

"음악은 숙녀의 소양이죠."

"지금 이게 숙녀의 소양이라는 거로 해결될 문제냐?"

마스코 미카는 신기한 것을 처음 본 아가씨처럼 두 눈을 부릅뜨고 놀라워했다.

"이런, 아직도 자신이 누구와 대화하는지도 모르시나요? 여러분은 지금 OSS의 비밀요원과 함께 있는 거랍니다!"

그녀가 자신의 정체를 말하는 부분에서 여기 있는 그 누구도 즐거울 수 없었다. 결국 자신들이 타도하려 했던 적이 OSS인데, 지금에 와서는 그들의 적선으로 연명하고 있는 꼴이 되어버렸으니 말이다. 그러나 왕초는 어쩔 수 없다는 듯 크게 소리쳤다.

"좋아, 기왕 돕기로 한 거 당장 한다. 시간을 끌어서 좋을 거 하나 없는 상황이니까 말이지."

"어머, 공격날짜는 내일 아니었어요?"

"변수가 너무 많아! 더 많은 정보가 그쪽으로 들어가기 전에 지금 당장 거사를 벌이는 게 더 중요하다고! 알아들어?"

OSS로서도 이들이 빨리 움직이는 편이 좋다고 생각했는지 마스코 미카는 어색하게 말끝을 흐렸다.

"뭐, 여러분들이 그렇다면야……."

흥미가 없다는 듯이 동의한 마스코 미카를 뒤로 하고, 왕초는 부채를 든 두 팔을 천천히 음율을 타듯 허우적거리며 콧소리를 섞어 즉흥적으로 타령을 시작했다. 이곳에 모인 부하들 시선이 일제히 타령을 시작하고 있는 왕초에게 향했다.

"자자, 이곳을 보시라! 하, 이름 좀 있는 양반님네들아! 우리 미천한 것이 한 곡조 뽑아야 쓰것소! 60년간 이곳을 보지 아니하고 딴 곳 좀 보셨으니 이제는 여기 좀 보소! 이제는 고개를 돌리려 해도 돌릴 수 없을 것이니. 이히히히히! 자, 아그들아! 한번 놀아보자! 하하하하하."

마당놀이처럼 주변의 [어깨동무] 일당이 춤추기 시작했다. 이런 상황에서 누구도 주변에 동화된 은세공 카나리아가 지켜보고 있음을 깨닫는 사람은 없었다. 왕초는 미치광이처럼 떨리는 입꼬리를 올리며 히죽였다. 그리고 각설이타령을 부르는 것처럼 낡고 찢겨진 부채를 펼치고 누런 이를 드러내며 박자에 맞춰 율동적으로 앞으로 나아가며 장단을 맞추듯 소리쳤다.

"얼씨구!"

그 순간 모두의 시선이 왕초에게 꽂혔다. 왕초는 각설이들이 그렇듯 타인의 시선을 전혀 아랑곳하지 않았다. 그는 예배당에서 아무런 음악도 없이 찢겨진 부채를 접고 이마를 치면서 살풀이춤을 추듯 어깨를 들썩이며 웃음기를 머금었다. 과장되고 우스꽝스러운 발걸음과 물에라도 빠진 것마냥 허우적거리는 골계미가 있는 탈춤 같았다. 그는 말뚝이*의 현신現身이었다. 위장을 위한 가면이라고 생각했던 광대놀음이 그의 얼굴이 되어버린 것이다. 지금 그가 추는 춤에는 전반적으로 웃음과 광기가 어려 있었다. 살이 뜯겨나간 부채를 펼쳐 부치면서 선언했다.

"우리가 무엇을 하느냐!"

모여 있던 부하들이 그에 응하듯 소리쳤다.

"조선 땅에 두려움을 뿌릴 것이야!"

그리고 그 말에 맞춰 스테인드글라스가 빛나며 화면처럼 장소 몇 곳을 보여주었다. 장소들에선 [어깨동무]의 광대들이 '헤론의 기력구'를 닮은 거대한 장치들을 움직이기 위해 커다란 레버를 내렸다. 공처럼 둥근 형태에 달린 ㄱㄴ모습의 파이프가 기침을 하듯 뿌연 수증기를 쏟아내기 시작했다. 그리고 이윽고 그 하얀 수증기는 안개가 되어 도시를 가득 채웠다.

이 기계장치의 정체는 [안개의 장막The Curtain of Fog]이라는 이름의 장치다. 자욱한 안개가 최면과 세뇌를 극대화시키는 역할을 하는 것으로 사실, 이것은 교수의 잃어버린 설계도 중 하나에 적혀 있을 뿐인 교수 스스로도 상상만 하던 장치였다. 기계가 힘차게 회전할수록 기계음 또한 강도를 더해갔고 그 소리가 왕초의 말초적 흥을 일깨웠는지 덩실덩실 춤을 추며 허우적거리던 왕초는 자신의 흥을 주체 못하고 탁상 위에 올라탔다. 그리고 판소리를 부르듯 선언했다.

● 말뚝이는 조선의 봉산탈춤에 등장하는 하층민을 대표하는 존재로, 가장 밑바닥에서 높은 자들을 조롱하고 비웃고 허례허식을 규탄했다.

"으하하하하! 조오타!!

우리가 죽지 않았음을 노래하기에

이리도 좋은 방법이 어디있겠소? 아니 그런가?

화려하게! 더 화려하게!

우리를 잊은 양반님네들아!

크게 불타오를 거야!

조선을 영원히 불태울 거대한 겁화가!"

마치 왕초의 선언을 기다렸다는 듯 [몰니야Ⅱ]가 지하에서 승천하려고 발버둥치려고 시작하자, 도시 곳곳에 설치된 [안개의 장막the Curtain of Fog]에서 뿜어져 나오는 증기는 안개가 되어 이윽고 도시의 바닥을 뚫고 올라가기 시작했다. 안개의 악의가 도시를 감쌌다. 바닥에서부터 뱀처럼 스멀스멀 기어오는 안개가 바닥을 타고 주변건물의 벽이나 사람들의 발목을 타고 올라갔다. 이윽고 운무가 산처럼 가득 피어나더니 서울 도시에 차올랐다.

안개가 침략자처럼 묵직한 질감으로 퍼져가자 정신을 자극하는 불안은 형체를 가지고 살아있는 것처럼 서울 곳곳으로 달려 나갔다. 반역도당이 일으킨 인질극은 국민들이 언제나 자신들이 최고국가에서 살아가고 있다는 자부심을, 늘 안전할 것이라며 평화의 타성에 젖어 있던 믿음을 일순간에 무너트리기에 충분했다. 조선국민들의 가슴속에 두려움의 씨앗이 퍼져갔다.

이내 조선인의 두려움은 현실이 될 것이다. 홍분한 왕초는 [어깨동무]의 우스꽝스런 촌극을 무시하며 오르간을 조율하던 마스코 미카에게 명령했다.

"연주해! 자, 이렇게 좋은 자리에 연주가 **빠**질 수 없지!"

왕초가 흥분해서 소리를 지르자 마스코 미카는 한숨을 내쉬고 다소곳하게 건반을 누르며 노래를 불렀다. 구소련에서 가장 사랑한 음악 [카추샤Katюша]였다. 마스코 미카의 목소리로 흐르는 [카추샤] 노래는 기차 밖으로 낭랑하게 흘러나가기 시작했다. 구슬프기까지 한 소녀의 연정을 표현한 노래는 점차 공기 위로 안개와 함께 무겁게 쌓여갔다.

운무로 가득 찬 대지와 두려워하는 사람들의 감정으로 가득 찬 땅을 박차고 승천하는 용의 모습을 보았다. 불길과 함께 지독한 연기를 흘리며 하늘로, 하늘로 올라가며 달까지 차고 올라갈 것 같은 박력을 보였다.

[몰니야Ⅱ]였다. 굴뚝에서 불을 토해내는 [몰니야Ⅱ]의 모습은 분노하는 용의 모습 그대로였다. 초현실적인 상황을 지켜보던 조선인들은 다시 지상으로 떨어지듯 내려오는 [몰니야Ⅱ]를 보면서 깨달았다. 자신들은 안전하지 않다는 사실을. 평온하던 옛날은 다시 오지 않을 것이다. 그들이 입은 상처가 영원히 기억될 것이기에……

● 망령된 자들

현재, 서울은 공황상태였다.

경찰청장의 비상선언 이후, 경찰은 일사분란하게 움직였다. 준군사

조직에 가까운 경찰병력을 서울 전역에 투입시켰다. 궁가 주변에 있던 시민은 모두 호패* 검사를 받으며 집으로 돌려보내졌고 호패도 없이 나돌아 다니던 사람들은 구치소로 잡혀갔다.

조선을 치안대국이라 부르며 자신들을 최고라고 자부하던 경찰에게 이번 테러사건은 근시에 일어난 사건 중 최악의 수치로 기억될 것이다. 자신들의 적수조차 되지 않는다고 생각했던 [어깨동무]에게 거하게 뒤통수를 후려맞은 격이니 그럴 법도 하다.

하지만 지금 경찰들에게 가장 신경쓰이는 것은 자신들의 통제구역에서 곤충더듬이처럼 길게 늘어진, 툭 튀어나온 안테나가 부착된 계측기를 사용하며 주변을 살피고 있는 하얀 가운의 남자들이었다. 무표정한 남자들은 계측기에 나오는 숫자들을 확인하며 경찰의 시선 따윈 신경도 쓰지 않았다. 물론 경찰은 이들이 누군지 알고 있었다. 조선 최고의 두뇌집단인 [조선국방과학연구소], 사람들에게는 일명 [장영실연구소]라고 불리는 곳의 연구원들이었다. 장영실 소장을 필두로 한 연구집단에 불과해 보이지만, 이들이 개발한 기술들이 조선을 수호하고 있고, 때문에 왕실 직속기관으로 자리매김하고 있는 상

---

* 조선의 국민임을 증명하기 위하여 16세 이상의 시민이면 누구나 가지고 다녀야 하는 신분증명서. 직사각형으로 앞면에는 사진, 성명, 신분등록번호, 태어난 해와 간지를 새긴다. 뒷면에는 본인을 증명할 수 있는 지문과 복제방지코드와 출신지역 관청의 관인을 찍는다. 조선은 국초부터 국민을 데이터화하여 정보로 등록시켜왔다. 그것이 중앙집권국가인 조선을 만들 수 있었던 여러 이유 중 하나였다. 두꺼운 나무토막에 기록하는 방식으로 시작된 국민의 등록은 지금에 와선 과학의 발전으로 형태는 플라스틱 카드로 대체되고 혈액형과 지문 등 더 많은 개인정보를 등록시키면서 더욱 세분화되었다. 국제인권단체에선 조선의 이런 통제가 인권을 무시하는 처사라고 비난하는 곳도 있지만, 이런 국민의 데이터가 조선의 치안을 유지하는 토대가 되었다며 국민들조차 더 나은 치안을 위해선 이러한 호패제 적용이 당연하다고 믿었다.

태였다.

경찰들은 그들의 행동을 이해하진 못했지만 지금 연구원들은 임금의 명령으로 도시를 감시하고 거리에 퍼진 테러리스트들의 잔류에너지를 측정함으로써 테러리스트를 추적하려 했다. 경찰의 시선으론 버저가 울리는 기묘한 장치를 들고 돌아다니는 이들의 행동이 수상해 보이기도 했지만, 이보다 더 신경쓰이는 것은 연구원들에게 이래라저래라 명령내리는 거구의 남자다. 하얀 박사 가운을 걸치고 영장류라기보단 야수적인 풍류가 흐르는 남자, 자신이 장영실이라며 입이 귀에 걸릴 정도로 떠들어대며 짐승 같은 미소를 지어보이는 사나이…… 지금도 그는 비굴할 정도의 존댓말을 써가며 주변 연구원들을 윽박지르고 있었다.

그런 장영실의 일련의 행동을 보면서 경찰들은 그가 과학자라는 이미지보다 자신들이 상대해왔던 수준 낮은 범죄자처럼 보여 어이없어했다. 게다가 현장지휘를 맡고 있는 경찰 중에는 잔주름이 상처만큼이나 깊게 패인 노형사가 있었는데, 그는 장영실의 천박한 행동을 지켜보면서 그저 위가 아파올 수밖에 없었다. 이 노형사야말로 장영실의 실체를 알고 있는 몇 안 되는 사람으로서 조직폭력단을 괴멸시키고 쑥대밭이 된 그 현장에서 사냥감을 포획한 대만족감으로 웃음짓던 소년 구예신(99대 장영실의 본명)을 체포했던 장본인이다. 그런 경험이 있기에 노형사는 장영실을 절대 장영실이라 부르지 않았다. 99대 장영실 구예신은 혐오스런 괴물에 불과하기에 그는 조선의 영광을 나타내는 이름을 이어받을 자격이 없다고 여겼다. 게다가 마치 하인을 대하듯 턱짓으로 경찰들을 부리는 꼴을 보면서 심히 자존심에 큰 타격을 입은 터였다. 결국 노형사는 부하들의 만류를 뿌리치고 계측기의 수치를 보고받으며 담배를 질겅이던 장영실에게 다가가 따져들었다.

"이봐, 구예신. 무슨 꿍꿍이야?"

부하에게 이것저것 보고를 받고 있던 장영실은 노형사를 쳐다보는 둥 마는 둥하면서 말을 이었다. 친근한 말투였지만, 전혀 감정이 섞여 있지 않은 어감이었다.

"아휴, 순경 나리, 아니 이제 경감님이죠? 너무 오랜 만이구만요. 어디를 못 알아들으신 걸까요? 조선을 지키려거든 까라면 까세요. 그게 좋죠. 지금은 제가 댁보다 높지 않습니까요?"

말이 끝나자마자 노형사에겐 눈길조차 주지 않고 장영실은 연구원들에게 지하도를 조사하라고 시켰다. 장영실의 말이 틀리진 않았기에 노형사의 속은 더욱 뒤집혀졌다. 확실히 과거는 어찌되었건 지금의 구예신은 장영실이라는 높은 직위에 있는 사람이었고, 임금의 어명에 따라 경찰들에게 명령할 권리를 지니고 있었다. 하지만 노형사는 경찰들이 교통통제나 하면서 거리를 비우는 일을 하고 있음에 심히 기분이 나빠졌다.

"지금 빨갱이들이 수도를 휘젓고 다니는데 우리더런 교통통제나 하라 이건가?"

노형사가 짜증을 부리자 오히려 장영실은 웃으며 말했다.

"그렇지요. 잘 알아들으셨네요. 다행이에요. 교통통제랑 시민들이 거리에 있지 않게 하라는 거지요. 되도록 거리를 비워주면 고맙겠구만요. 일단은 저희 기밀임무가 우선이니까 말입니다."

말을 끝맺으면서 그의 엄지로, 기묘한 장비를 이용하여 도시 전역을 훑어내고 있는 연구원들을 가리켰다. 기괴한 장치로 여기저기를 가리키던 연구원들 중 하나가 장영실에게로 달려왔다. 그의 등에는 잡다한 기계가 둘러매져 있어 달팽이처럼 보였다.

"자, 장영실 소장님. 문제가 있는데요."

"뭔데, 말이지 말입니다요?"

대화중에 연구원이 끼어든 탓에 기분이 나빠진 장영실은 그 연구원을 내려다보았다. 연구원은 조금은 겁을 먹었는지 말을 하면서 침 삼키는 소리가 들릴 정도였다.

"그, 그게 수치가 올라가고 있는데요."

"수치가 말입니까요? 경감님. 밑에 애들 무장시키시지 말입니다요."

"왜?"

"저 기계는 지금 테러리스트 놈들 잔향을 찾고 있었단 말입니다요. 그런데 그게 그 수치가 올라가고 있단 말이지 뭐겠습니까요?"

장영실이 이를 드러내며 야수처럼 소리를 질렀다. 역대 장영실들이 조선의 적에게 용서가 없는 것으로 유명했던 것처럼 99대 장영실도 조선의 적에게는 한 치의 용서도 없었다. 수도를 뒤엎고 박살이 나더라도 적을 갈아 없애버릴 듯한 박력이 뿜어져 나왔다.

괴수를 보는 것 같은 압도적 위력을 느낀 노형사는 저도 모르게 뒤로 물러섰다. 장영실은 그런 모습을 보며 한숨을 쉬었다. 그리고 명령을 내리려던 찰나, 지진이라도 난 것처럼 도로가 흔들리기 시작했다. 도시 전역에 설치된 하이비전이나 통신소에서 음악이 흘러나왔다. 테러리스트를 추적하려던 기계조차 갑작스런 혼란에 내부에서 폭발이 일어났다. 도시 전역이 해킹 당한 것처럼 음악이 흘러나왔다. 경찰병력들이 우왕좌왕하는 동안 바닥에선 음습한 안개가 스멀스멀 기어 올라왔다. 안개는 살아 움직이듯 사람들 다리 사이를, 건물들 위를 휘감아 올라갔다. 그리고 얼마 지나지 않아 땅이 진동하며 거대한 용이 땅 밑을 뚫고 솟구쳐 올랐다.

[몰니야Ⅱ]였다. [몰니야Ⅱ]의 외부 스피커를 통해 같은 음악이 도시전역을 울릴 듯 연주되고 있었다. 승천이라도 할 것처럼 솟구쳐 오르다가 중력에 짓눌려 이내 떨어졌다. 잡아먹을 것처럼 불길과 연기를 토해내며 떨어지는 [몰니야Ⅱ]의 분노에 가득 찬 면상을 바라보며 주변에 있던 모두가 돌이 된 것처럼 순식간에 몸이 굳어버렸다.

단 한 사람만 빼고. 99대 장영실, 구예신은 [몰니야Ⅱ]가 자신을 응시하고 있다고 믿었다. 그리고 자신에게 걸어온 싸움을 피하고자 하는 자도 아니었다. 장영실은 주먹을 불끈 쥐며 무섭게 떨어지는 [몰니야Ⅱ]를 잡아먹을 기세로 노려보았다.

"몰니야잖습니까……. '처치해야 할 목록'에 추가로 크눕 교수를 기록해야겠구만요."

화면 너머로 일어나는 소극笑劇은 까탈스러운 교수의 마음 안에서도 웃음을 자아내게 했다. 너무 대놓고 자신의 물건이 배치되고 있는 현실을 바라보며, 교수는 이제 화가 나기보다는 허탈감이 느껴질 정도였다. 완전히 자신을 유혹하고 있는 것이나 다름없다고 생각했다.

그렇게 비져 나오는 웃음을 거두고 뒤를 돌아보니 거무죽죽한 아우라가 피어오르는 중인 아빈현주가 보였다. 그녀는 반역도당들의 행패에 할 말을 잃었다. 물론 극악무도한 횡포가 지금처럼 강력한 적이 없었을 뿐, 언제든 그들은 조선을 멸망시키고 싶어 안달난 작자들이 아닌가. 마스코 미카의 행동을 지켜보며 지금껏 자신을 인터뷰하던 넉살 좋던 아가씨의 정체가 스파이였다는 점을 알게 된 아빈현주는 황당함을 감추지 못했다. 그럼에도 그녀는 차분하게 분노를 자제하며 입을 열었다.

"이제, 어찌 처리하실지 말을 해보시겠소? 교수."

눈빛으로 사람을 죽일 수 있다면 아마도 지금의 아빈현주가 띠고 있는 눈빛이리라. 연약하고도 자그마한 체구와 달리 그녀의 단호한 눈빛에는 600여 년 동안 이어져 내려온 후천적으로 학습된 왕족의 기품 자체가 묻어났으며, 이는 선천적 유전현상이라기보다는 굳건한 믿음, 종교에 가까운 눈빛이었다. 그렇기에 지금 그녀의 마음속에 내재된 분노는 무엇보다 강렬했다.

"어찌 처리하다니요?"

"그럼 저자들이 사용하는 것은 무엇이오?"

"물론 노구의 [장난감]들이지요."

"그럼, 내가 지금 어떤 기분인지 아시겠소?"

아버지의 반대에도 불구하고 교수와 동행했건만 이야기는 더욱 교수에게 불리한 쪽으로 전개되었다. 지금에 와서는 아버지 앞에서 그를 옹호하려 했던 것에 부끄러움마저 느껴질 정도였다. 계속 등장하는 의심스런 물증들로 인해 사건 중심에 흑막이 있음이 감지될 지경이었다. 그러나 여기까지 무사히 오게 된 것도 교수의 발명품 덕이고 보니 지금에 와서 교수를 의심한들 달리 뾰족한 수도 없는 노릇이었다. 그럼에도 이렇게 의심스러울 정도라면 배후에 더 다른 이야기가 숨겨져 있지 않을까, 생각이 꼬리를 물고 올라왔다. 머리끝까지 화가 난 상태에서 생각마저 복잡하게 얽히고 보니 아빈현주는 그만, 현기증을 일으키며 기절할 듯 교수 앞으로 무너져내렸다. 교수는 그 순간, 부축하려 했지만 그녀는 교수의 도움을 거부하고 스스로 일어났다. 그리고 교수의 입에서 그 어떤 변명이 떨어지길 기다렸다. 교수는 미심쩍은 듯 쓴웃음을 지으며 여전히 연극적인 말투와 몸짓으로 해명하기 시작했다.

"모든 것은 오해십니다. 현주 마마, 생각해보십시오. 지금 공산주의자 놈들이 누구의 작품을 사용하고 있습니까?"

"참으로 대단하신 교수의 발명품이지요."

화가 난 아빈현주의 비아냥거리는 말투에도 오히려 교수는 박수를 치곤 일어나 말을 이었다.

"그렇습니다. 누구도 아니고 노구 것입니다. 한두 개 정도라면 유출이라고 치지만 이렇게 철저하게 노구의 것으로 점철되어 있지 않습니까. 그렇지 않습니까? 만약 노구가 국가전복의 음모를 꾸민다면 이렇게 노구의 물건만 넣지 않습니다. 대놓고 노구가 정복할 게 아니라면 말이죠. 영특하신 현주 마마라면 아시겠지만 이 세계에는 [매드사이언스]란 게 있습니다. 패러다임을 깨부수는, 현대이론으론 설명할 수 없으나 존재하는 것들…… 실제로 노구가 그런 걸 만드는 사람이지요.

그러나 세상에는 그런 미치광이가 노구 혼자만 있는 것은 아니옵니다. 물론 노구가 가장 뛰어납니다만.(여기서 교수는 짐짓 말을 멈추고 자신의 말을 음미했다.) 그에 준하는 미치광이들이 충분히 많습니다. 예를 들어볼까요? 합중국의 산업전반을 이끈다고 해도 과언이 아닌 다국적기업인 [테슬라모건 컴퍼니Tesla Morgan Company], 지식과 인류의 발전을 모토로 하고 있지만 사실은 과학을 종교화시킨 [박사교단Doctor's Order], 교육을 위해 어떤 것이든 희생시킬 수 있는 교육국가인 [리케이온 학국學國], 채널을 하이재킹해서 자신의 발명품을 팔아넘기는 [쇼핑리스트]. 그외에도 넘치고 흐르는 [매드 사이언스]들이 존재하는데 어째서 노구의 것만 쓰는 겁니까? 노구는 그걸 물어보고 싶을 정도입니다. 우연히 쓰다 보니 노구의 물건만 골라 쓴 걸까요? 특별한 목적성 때문입니다. 몇 가지 있겠지만, 지금 와서 확실한 건 이겁니다. 노구를 끌어들이고 이용하려는 거죠."

"교수를 끌어들이다니? 누가 말이오?"

아빈현주는 교수의 장광설을 듣다가 다시 생각에 빠져들었다. 교수가 개입되지 않은 건 분명했다. 그렇다면 대체 누가 이런 짓을 저질렀단 말인가? 도저히 알 수 없다는 듯 진저리를 치고 있는 현주를 바라보며 교수는 다시 미소지으며 보충설명을 이어갔다.

"지금 중요한 건 누가 했냐가 아닙니다. '왜 했는가?' 지요. 아무리 좋게 생각해도 이건, 노구에게 뭔가 전하려는 게 있는 것처럼 느껴진답니다."

"무엇을 전한단 말이오?"

아빈현주가 의구심에 가득 찬 얼굴로 묻자 세계에서 가장 위험한 남자인 교수는 짐승 그 이상의 호전성을 마음 저편에 감추고 미소지으며 계속 설명을 이어나갔다.

"모르겠습니다. 하지만 이런 행동은 하나지요. 결투를 신청한 겁니

다. 장갑으로 노구의 뺨을 후려친 겁니다. 물론 결투란 신사의 의무니
노구는 절대 피할 생각은 없습니다."

"그럼, 다시 한 번 물으리다. 이제 어쩔 셈이오? 저들은 지금 이 열차
로 조선을 겁박할 모양인데 지금 당신이 이를 어떻게 막을 수 있단 말
이오? 정말 궁금해 물어보는 말이오."

교수는 움켜잡은 지팡이로 바닥을 쿵쿵 두드리면서 천진하게 웃으
며 고했다.

"잊으셨습니까? 공산주의자 놈들이 만들고 사용하고 있을지는 모
르지만 이 장난감의 주인은 노구랍니다."

그렇게 말하곤 장갑을 벗고 다섯 손가락을 위에 올렸다. 청동은 교
수의 지문에 반응하며 붉게 달아올랐다. 그리고 이내 녹아내리며 흐
르는 쇳물이 살아있는 뱀마냥 벽지를 가로지르며 벽면에 금을 그어대
며 숨겨진 문을 만들어냈다. 문은 짐승의 입처럼 혓바닥을 내밀듯 붉
은 카펫을 펼쳤다.

교수는 뜨겁게 달궈진 쇠를 만진 사람이라고는 믿어지지 않을 정도
로 만족스러운 미소를 지으며 아무렇지 않은 듯 다시 장갑을 끼며 현
주에게 손을 뻗었다. 하지만 현주는 이 상황에서도 웃음짓는 교수를
보고 소름이 끼쳤다. 현주는 당차게 교수의 손길을 뿌리치고 안으로
들어갔다. 긴장감을 늦추지 않고 고개를 좌우로 저으면서 경계하듯
주변을 둘러보았다.

문을 건너자 아빈현주의 시선을 가득 채운 장소는 색색들이 화려한
살롱이었다. 살롱은 원색적 진홍색 벽면에 걸맞게 피가 스며들듯 붉
은 빛이 감도는 가구들로 장식되어 있었다. 모든 것이 붉었다. 보초 서

는 군인처럼 벽에 서 있는 괘종시계도, 사람을 압도하듯 내려다보는 듯한 루비처럼 빛나는 스테인드글라스도, 스테인드글라스 밑에 만들어진 입구가 봉해진 난로의 벽돌들도, 살롱 가운데 덩그러니 놓인 싱글소파나 재떨이와 낡은 축음기가 놓인 자그마한 원탁까지도 보는 사람을 오싹케 할 정도로 붉디붉었다.

무엇을 경고하려는 것처럼 말이다. 현주는 이 순간 살롱에 발을 딛고 서 있는 것조차 힘겨울 정도였다. 얼떨결에 뒷걸음질치는 자신이 창피하다고 느꼈는지, 현주는 다시 독한 마음을 먹고 앞으로 나서며 교수에게 물었다.

"대체 이곳은 어디요?"

교수는 들어올 때와 마찬가지로 뒤에서 벽에 장식된 그리핀 문장을 눌러 문을 닫고 있었다. 닫힌 문은 순식간에 틈이 메워지며 언제 그랬냐는 듯 붉은 벽돌모양을 하고 있었다. 그리고 천천히 몸을 돌리며 교수는 짐짓 과장된 몸짓으로 현주에게 반문했다.

"몰니야에 절대 존재하지 않는 게 무엇인지 아십니까?"

현주가 대답을 하지 않고 교수를 노려만 보자 그는 어쩔 수 없이 말을 이었다.

"기관실이랍니다."

"기관실이라고?"

"그렇답니다, 현주 마마. 유령열차에는 기관실이 없습니다."

"그럼, 그 열차 앞에서 연기를 내뿜는 건 장식이오?"

"아니지요. 단순한 상온핵융합 원자로에 불과합니다. 지상에 이 천상의 [장난감]을 파는데 [하드니스엔진]을 쓸 수는 없지 않습니까. 허허허."

지금 지구의 핵기술은 핵분열을 기본 전제로 하고 있다. 상온핵융합에는 좀 더 연구가 필요한 것으로 알려져 있다. 상온핵융합을 에너지원으로 사용하려면 2030년이나 가능할 것이라는 예측도 나오는 마당에 지금 눈앞에 서 있는 교수는 마치 레고를 조립하듯 대수롭지 않은 일이라는 듯 이미 냉전시기에 자신이 직접 만든 상온핵융합 열차를 달리게 했노라, 밝히고 있는 것이다.

"핵융합이라니······. 교수는 대체······. 얼마나 지상을 지옥으로 만들고 싶은 거요?"

아빈현주는 저도 모르게 소파에 주저앉아 고개를 힘없이 떨궜다. 교수는 이에 아랑곳 않고 장광설을 이어갔다.

"그냥 핵융합이 아닙니다. 상온핵융합이지요. 기관실이 붙어 있지 않다면 유령열차는 어떻게 달리고 멈추고 운전하고 있을까요? 당연하게도 미리 넣은 명령어를 규칙적으로 받아들이고 있을 뿐입니다. 결국 기관실은 처음부터 필요가 없었던 거지요."

교수의 이야기를 듣다가 무언가 모순을 느꼈는지 현주가 질문을 다시 했다.

"그럼 저들이 있던 곳은 뭐요?"

"아, [이동식 구소련 정교회 예배당] 말이군요. 그건 옵션이지요. 여러 기계들이 기본설계 이외에 옵션으로 몇 가지 더 넣기도 하잖습니까? 그런 옵션을 위한 장소지요."

교수는 별것 아닌 듯 설명하고 있었지만 구소련이 그렇게나 우대했던 정교회의 비밀을 말한 것이나 다름없었다. 구소련 정교회의 교회 예배당 안에는 [혁명화장치]가 숨겨져 있었다. 오르간의 음색과 뒤섞인 최면음파가 국가에 반대하는 사상을 무력하게 만드는 데 쓰이고 있었던 것이다. 그런 두려워마저 않는 예배당이 지옥과도 같은 파괴를 일삼는 열차에 부착된 것이다. 어떻게 이런 일이 별것 아닐 수 있는지, 그럼에도 교수의 표정에는 미소만이 가득했다. 현주는 교수의 숨긴 속내를 깨달았는지 신경질적으로 말했다.

"옵션?"

"예, [혁명화장치]지요. 구소련이 자국민을 세뇌할 때 사용했던 그 장치로 조선을 자신들이 원하는 세계로 세뇌할 겁니다. 이것은 확신할 수 있습니다."

"그대의 발명품이 지상을 초토화하기 일보직전인데 참으로 즐거워 보입니다. 교수?"

"그럴 리가요! 노구는 그저 노구가 만든 장난감을 보게 되어 기쁠 뿐이랍니다. 자식을 보고 기쁘지 않을 부모가 어디에 있겠습니까?"

교수는 그의 입꼬리가 눈 밑까지 당겨질 정도로 소름끼치는 미소를 지으면서 말하고 있었다. 지금까지 본 미소와는 전혀 다른 모습이었다. 그 순간, 오한이 아빈현주의 척수를 타고 달렸고, 덕분에 현주도 자신이 미처 과장된 반응을 보이고 있는지 깨닫지 못하고 있었다.

"그러셨소? 호호호호호. 그거 참 대단하시구려!"

현주는 그만 될 대로 되라는 식의 자포자기적인 웃음이 터져 나왔다. 보통 때라면 이런 자신을 경계했겠지만, 감각마저 둔해졌는지 그녀의 미소에는 기이한 즐거움마저 묻어 있었다. 그런 현주를 바라보면서 교수는 정중히 허리숙여 감사인사를 올렸다. 그러자 현주는 심드렁하게 받아들이며 입을 열었다.

"허나 교수, 내 질문에는 아직 대답을 아니 하셨소. 이곳은 대체 무엇이냔 말이오."

교수는 인자한 미소를 짓다가 손가락으로 이마를 치면서 뜸을 들이더니 천천히 입을 열기 시작했다.

"바로 그 필요 없는 기관실입니다."

"아까부터 무슨 소릴 하는지 이해할 수가 없구려. 만들지도 않았다는 기관실이 어떻게 열차 내에 존재한단 말이요?"

"오해하셨군요! 이곳은 열차 안이 아닙니다. 현주 마마, 이곳은 아공간, 공간과 공간 사이를 잇는 길목이지요. 이곳은 열차가 아니지요. 기억하십니까? 노구가 [태엽성] 내에 아공간을 뚫고 그곳을 오토마톤 시계처럼 꾸며놓은 것을 말입니다. 그 기술의 응용이지요."

현주가 아무런 말을 못하고 있자 교수는 신이 난 것처럼 더욱 떠들기 시작했다.

"무얼 놀라십니까? 다차원을 오갈 수 있는 시대입니다. 공간과 공간 사이에 버려진 길목이 있는 것은 어쩌면 당연한 일 아니겠는지요. 그 길목을 무단 점유하는 것은 못난 짓이지만 비상용 장치를 만드는 건 가능한 일이라 봅니다. 노구가 완벽한 천재라지만 안전장치가 필요합니다. 미친놈들이 노구의 장난감으로 심하게 장난을 친다면 그 불똥이 튀는 건 노구에게가 아니겠습니까. 그건 막아야지요. 클럽놈들을 만나는 건 매우 짜증나는 일이니까요. 다시 윈스럽 놈과 얼굴 붉히고 싶지 않아요. 한 번 더 붉히다간 4차 대전이 벌어질 수도 있으니까요. 하하하하!"

교수의 광기에 대꾸하기도 귀찮은 듯이 현주는 이제 담담하게 말했다.

"교수, 내가 제대로 이해한 것인지 내 이야기를 듣고 말해보시오. 일단, 교수가 구소련에 팔았던 악몽 같은 열차의 복제가 조선의 땅을 달리고 있는데 이 폭주기관차는 조선을 초토화시킬 수도 있는 '상온핵융합' 열차이고, 지금은 조선의 테러리스트 놈들이 장악하고 있으며, 이 열차 안에는 조선민중을 모두 세뇌시킬 수 있는 장치까지 내장되어 있다, 이 말이오? 맞소? 내가 빼먹은 내용은 없겠지요?"

현주의 담담함에 교수도 할 말이 없어졌는지 천천히 고개를 끄덕였다. 현주는 한숨을 쉬며 말을 이었다.

"그럼 이어서 말하자면 이 장소는 위급상황이 발생했을 때, 교수께서 자신의 물건의 통제권을 뺏기 위한 컨트롤 타워라고 해도 되겠군요."

"그렇습니다. 현주 마마, 역시나 영특하십니다."

"좋소, 그럼 내가 화를 내지 말아야 할 이유를 말해보시구료. 교수."

교수는 멋쩍게 웃으면서 한마디 덧붙였다.

"이 장소를 통해 모든 것을 해결할 수 있기 때문입니다."

그렇게 말하곤 교수는 싱글소파에 앉아 곁에 있는 턴테이블에 축음기바늘을 올려놓았다. 그리고 태엽을 돌리자 턴테이블이 돌아가면서 측음기바늘이 턴테이블 위의 디스크를 긁어대기 시작했고, 측음기나팔에서는 조금씩 소리가 흘러나왔다. 점차 커지는 소리는 잡음이 뒤섞인 음울한 목소리였다.

〈여, 여기…치익, 는…치익, 컨트…치익, 롤 룸. 귀하…치익…의…치익… 정체…치익…를 밝…치익…힐 것…〉

축음기에서 들리는 파탄난 목소리가 더 이상 작동하지 않자 천장이 갈라지며 도르래에 매달린 검은색 원통 위에서 나팔 달린 장치가 내려왔다. 나팔 끝에 달린 바늘이 원통을 긁으며 목소리를 저장할 수 있도록 장치된 녹음기였다. 꽃봉오리가 태양을 찾아 고개를 돌리듯 녹음기의 나팔이 교수를 향해 움직였다. 그런 모습을 보면서 교수는 방긋 웃음을 지었다. 그리곤 현주 쪽을 바라보며 말했다.

"오, 다행이야. 주여, 감사합니다. 최근에는 누군가에게 노구의 물건이 탈취당한 적이 0퍼센트입니다. 그 덕에 오랜만에 이를 사용하는지라 작동이 될지 걱정되던 참이었답니다. 잘 움직일지 아닐지……."

물론 교수의 너스레라는 것을 충분히 알고 있었기에 현주는 마른웃음을 흘렸다.

"아, 컨트롤. 크눕 하드니스 교수다. 현재 움직이고 있는 유령열차 [몰니야Ⅱ]의 긴급 프로토콜을 시행하게."

〈귀하의…치익…음ㅅ…성을…인식…치익했다. ㅋ…크눕…치익…하드니스. 최…치익…고 명ㄹ…령권자. 긴급…치익, 프…치익…로…치익…토콜, 시행…치익. 새…치익…명령…을 내…치익…리…치익…시겠…치익…습니까?〉

교수는 박수를 치며 좋아했다.

"하하하! 이 멍청이들이 긴급 프로토콜을 그대로 쓸 수 있게 만들어서 다행이군. 아니지, 긴급 프로토콜을 넣지 않으면 열차가 안 움직였나……. 이거참, 오랜만에 써서 그런가? 소리가 갈라지는구먼. 고치는 건 나중에 해야겠군. 유령열차의 긴급 프로토콜을 작동시키게."

교수의 말이 끝나자 원통을 긁던 바늘이 멈추고 녹음기는 다시 내려왔던 천장으로 되돌아갔다. 그리고 축음기에서 오래된 레코드판이 긁히며 나오는 파탄난 목소리가 교수의 귀를 두드렸다.

〈알겠…치익…습니다. 통제…치익…권을 창…치익…조주…치익…크…치익…눕 하드…치익…니스…치익…로 이양. 이양…치익…완료. 다…음 명령…치익…을 내려…주십…치익…시오.〉

한 치의 오차도 없이 자신의 뜻대로 움직인다는 것은 교수에게 있어 쾌락이나 다름없었다.

"PERFECTUS!(완벽해!) 아, 현주 마마, 죄송합니다만……."

중간에 말을 멈추고, 교수는 축음기가 놓인 탁자의 서랍을 열어 안에서 한 뼘 정도 되어 보이는 양장된 붉은색 공책을 꺼내곤 품에 넣었다. 그리고 말을 이었다.

"지금 여기 계신 아가씨를 최우선으로 지키고 보호하게. 알겠나?"

〈명령…치익…확인. 아…치익…가씨…를 최…치익…우선…치익…보호.〉

"지금 나를 이곳에 남겨두겠단 뜻이오?"

현주는 교수의 말에 벌떡 일어섰다.

"노구는 예배당으로 가서 그들을 만나야 합니다. 허나 그곳으로 가기엔 현주 마마께오서 위험하지 않겠습니까?"

"여기까지 와서 나를 떨어트리려는 속셈이오?"

"아니, 아니. 오해하여선 곤란합니다. 마마. 분명 마마께오선 지켜보기 위해 오셨다 하지 않으셨잖습니까? 노구로서도 그 선까지는 지켜드릴 수 있기에 상관없습니다만 현주께서 직접 진흙탕에서 뒹구시겠다는 말씀이셨습니까? 그렇다면 노구는 찬성해드릴 수 없군요. 노구가 바라건대 레이디시라면 그저 안전한 곳에 앉아 결투의 입회자가 되어주시길 바랄 뿐입니다."

교수의 어투는 짐짓 정중하고 부드러웠으며 행동 또한 신사적으로 보였지만, 그가 전하고자 하는 의미는 냉혹하기 그지없었다. 결국 교수 또한 아무리 자신을 신사로 꾸며도 세상 모든 남자들이 그러하듯 마음속에 여자에 대한 편견이 내재해 있었다. 여성은 모험과 어울리지 않는 생물이며, 여자가 최소한 모험을 해야 한다면 신사들이 다져 놓은 안전한 길 위를 걸으면 그 정도로 족하다고 믿는 듯했다.

"지금 당장 스테인드글라스를 화면으로 바꾸고 이 아가씨가 모든 것을 지켜볼 수 있게 하고 되도록 모든 말을 들어드리도록 하고 불편함이 없어야 하네."

교수는 짐짓 상대를 생각하는 듯한 말투로 명했지만, 아빈현주는 이런 교수의 꽉 막힌 생각에 화가 나기보다 오히려 웃음이 터져 나왔다.

"나더러 뒷짐이나 지고 멀리서 구경이나 하란 소리요?"

교수는 더는 대답을 하지 않고 미소를 지으며 허리를 깊이 숙이며 인사를 드리곤 그대로 벽 쪽으로 물러서며 문을 만들고 나갔다. 그리고 닫히는 문을 통해 교수가 흥얼거리는 소리가 흘러들어왔다.

"What are little girls made of?

(어여쁜 소녀는 어떻게 만들까요?)

Sugar and spice and all that's nice,

(설탕, 향신료 그리고 온갖 좋은 것들.)

That's what little girls are made of.

(이것이 어여쁜 소녀를 만드는 법이랍니다.)"

느릿한 음정에 맞춰 흥얼거리는 마더 구스Mother Goose의 한 구절은 문이 닫히고 고요해진 컨트롤 룸에 홀로 남은 현주의 귀를 계속 간지럽혔다. 현주는 이미 교수의 의중을 쉽게 이해했다. 그리고 한숨을 쉬며, 티끌만큼도 따라 주지 않으리라 생각했다.

● 불법작전 Black Ops

마스코 미카는 [어깨동무]의 우스꽝스런 촌극을 무시하며 의무적으로 오르간을 연주하며 노래했다. 그리고 연주를 멈출 정도로 시끄러운 소리가 멀리서부터 들려왔다. 마스코 미카는 문 쪽으로 고개를 돌렸다. 그녀는 문 밖에서 거사를 준비하던 [어깨동무]들이 낙엽이 바람에 휩쓸리듯 나뒹굴어 들어오는 모습을 보고 있었다. 그리고 구두 소리가 둔탁하게 울려오며 예배당으로 들어오는 인영이 점차 그 모습을 드러냈다. 크눕 하드니스 교수였다. 그가 서서히 다가오면서 무언가 흥얼거리는 소리도 같이 들려왔다.

"Solomon Grundy,

(솔로몬 그런디는)

Born on a Monday,

(월요일에 태어나서)

Christened on Tuesday,

(화요일에 세례 받고)

Married on Wednesday,

(수요일에 결혼하고)

Took ill on Thursday,

(목요일에 병들어서)

Worse on Friday,

(금요일에 위중해서)

Died on Saturday,

(토요일에 눈을 감아)

Buried on Sunday:

(일요일에 묻혔다네)

This is the end

(솔로몬 그런디의 끝은)

Of Solomon Grundy."

(바로 이러했다네)

교수는 흥이 오르자 자신을 멍히 쳐다보는 왕초와 마스코 미카를 무의식적으로 무시하고 그들을 향해 무용수처럼 손을 뻗어 가리키며 노래를 멈춘 입에서 한마디 했다.

"손님에 대한 접대가 형편없군. 어서 차 한 잔을 준비하게."

갑자기 등장한 교수의 모습에 방금까지 깔깔 웃던 왕초는 괜한 심통이 났는지 쓰러져 있는 부하들을 사정없이 발로 걸어찼다. 이러는 통에 오히려 교수를 맞이한 것은 마스코 미카였다.

하지만 그녀는 교수의 정체를 제대로 알고 있지 못했다. 그저 시대

배경도 확실치 않는, 수많은 혹스 중의 한 사람이라고 생각할 뿐이었다. 만약 교수가 실존해 있는 인물이라면 우글쭈글한 노인의 모습이어야 옳았지만, 열차에 등장하여 눈앞에 서 있는 남자는 젊디젊은 청년의 모습이었다. 게다가 감히 출입할 수 없는 열차에 마음껏 들어올 정도의 인물이라면, 여기서 도출될 수 있는 상황은 어찌 보면 불 보듯 뻔한 것이었다.

"크눕 하드니스 교수? 당신이? 살아 있는 존재였어요? 게다가 젊어!"

"이런, 이제야 알았나? 이 아가씨도 참 맹꽁하구만. 왜 이제야 이런 지적을 받는지 이해가 가지 않네만……. 난 처음 봤을 때부터 자네가 이쪽 직업일 거라고 생각했는데 말이야."

교수는 어이없는 듯 한숨을 쉬자 마스코 미카는 입꼬리를 올려 웃었다.

"그럼 제가 누군지 이미 알고 계시단 거네요?"

교수는 보통 때처럼 실크모자를 벗으면서 숙녀에게 과장된 예의를 보이며 비꼬는 듯한 말투를 보였다.

"참으로 위대하고 위대한 아메리카합중국의 OSS 요원 아니신가?"

"부정은 안 할게요."

"난 스파이들의 그런 점이 맘에 안 들어. 수단을 위해 목적을 선택하지. 자유와 민주주의 그리고 자본주의의 첨병처럼 구는 주제에 공산주의 잔챙이들이나 도와주다니 말이야. 무엇을 원하는지는 대충 눈에 선하구만."

"아 그러세요?"

"조선이 가진 아시아의 영향력을 줄여보잔 속셈 아닌. 내부에서 힘을 빼고 있을 때, 합중국군이 조력자로 등장이라도 할 셈이었겠지. 거기 있는 테러리스트 작자도 그 정돈 생각하고 있었겠지? 아니라면 정말 실망할 걸세. 현재 조선과 합중국이 아무리 동맹국이라고 너스레를 떨어도 동서냉전이나 다름없지 않은가. 만약 이를 조선이 알면 정말 끔찍한 일이 일어나겠지."

이념으로써의 동서냉전은 구소련의 멸망으로 완전히 끝장이 났다. 하지만 새로운 냉전체제라고 불리는 지금의 동서냉전은 이전의 구소련과의 싸움처럼 일방적인 승기를 가진 상태에서 이뤄진 것과는 궤를 달리한다. 지금의 동서냉전이란 말 그대로 동양과 서양의 지구에 대한 주도권 싸움이고 동맹국이라는 미소 뒤에 숨겨진 칼로 서로를 난도질하는 정치싸움이었다. 물론 동양과 서양의 대결이라고 해서 인종 간의 다툼은 아닌, 이권에 대한 욕망다툼이었고 이념이 아닌 이권의 싸움이었으므로 더 지독하게 물밑에서 일어나는 치열한 다툼이다보니 핏빛이 낭자한 싸움이라 해도 틀린 것이 아니리라.

그렇기에 지금 교수가 흘린 말은 당장 멈추지 않으면 가만히 있지 않겠다는 협박이었다. 다만 도망칠 구석도 없는 장소에서 맨 몸으로 협박하는 짓거리가 어리석게 보이는 것은 어쩔 수 없는 노릇이다. 덕분에 독이 잔뜩 오른 왕초가 대응했다.

"까시네. 빌어먹을 늙은이야. 이미 혁명은 시작됐어. 막고 싶어? 늦었다고 코쟁이 노친네야. 그리고 넌 굳어 있지만 말고 다음 곡 연주하라고!"

교수에게 화를 내더니 이내 합중국의 정치적 입장을 생각하며 저울질하고 있는 마스코 미카에게 소리쳤다. 그녀는 어깨를 으쓱이곤 새

노래를 시작했다.

"호오? 이미 뭔가 사고를 치고 있구만."

왕초의 으름장에도 아랑곳 않고 교수는 오히려 흥미롭다는 듯 말했다. 광기에 휩싸인 시선으로 왕초에게 다가오는 교수를 보면서 빈정거리던 왕초도 두려운지 그의 눈이 소용돌이쳤다. 교수는 들뜬 소년처럼 흥분된 목소리로 뒷걸음질 치는 왕초에게 말했다.

"왜 그러나? 이 노구에게 무슨 짓을 할지 이야기를 해주게. 늙으면 말이네⋯⋯.이야기가 듣고 싶어진다네. 허허허허."

왕초는 두려움에 떨었지만, 이내 입꼬리를 올리며 교수를 향해 히죽였다. 그리고 교수에게 다가가 이마를 들이대더니 그를 노려보았다. 왕초의 정신에 기생하는 악의는 다시 고개를 쳐들고 점차 심해지고 있었다.

"어쩌시려고? 응? 어쩌려고 코쟁이 노친네. 막을 수 있을 것 같아? 앙? 댁의 전설이 전부가 진실이라도 막을 수 없을 걸."

"자네는 노구의 전설을 잘 모르는 모양이군. 그렇지 않고서야 그런 이야기가 나올 리가 없지. 안타깝기 그지없군."

교수는 왕초를 낮잡아 보려는 것이 아니다. 차분하게 진실을 고하는 것이다. 때문에 그의 말투는 차분하고 교조教條적이었다.

"아, 그건 그렇고. 조심하는 게 좋겠네만."

"뭐?"

교수의 말이 무슨 뜻인지 알아듣기도 전에 열차가 흔들렸다. 밖의 모습을 비추는 스테인드글라스에서 거대한 비행접시가 플라즈마 덩어리를 쏘아대는 모습을 보여주고 있었다. 플라즈마가 열차와 부딪치며 지진이 난 것처럼 흔들렸다. 수많은 사람들이 흔들림에 주변의 지형지물을 잡고 버티고 있었지만 교수만은 지팡이를 땅에 짚어 균형을 잡은 상태로 비행접시를 바라보았다.

"[천외비선]이라…….조선의 지존께서 많이 화가 나셨나보구만."

타락하는 샛별처럼 내려앉는 [몰니야Ⅱ]를 지상의 모두가 보았다. 웅장한 크기로 떨어져 내려오다보니 주변공기를 짓누르며 대지를 떨리게 했다. 열차바닥의 분사장치들이 고압증기를 내뿜으며 땅으로 내려앉자 도시주변에 칼질이라도 한 것처럼 돌풍이 불었다. 용이 하늘 위에서 발광을 치다가 내려온 형상으로 분노로 인해 불길을 내뿜는 열차 앞머리가 인간들을 노려보는 것 같았다. 사실 틀린 것은 아니다. 몰니야는 사람들을 싫어한다. 몰니야는 사람들이 머릿속으로 그려놓은 인공지능이 아니다. 하지만 야생짐승처럼 행동했다. 분명 몰니야의 행동이 아니라 어디까지나 프로그램된 것에 의한 흉내이지만, 동물적인 인간혐오 그 자체가 프로그램 안에 각인되어 있었다. 몰니야의 행동은 지금 당장이라도 땅을 박차고 뛰어들며 사람들을 씹어먹을 기세였다. 분에 못 이겨 소릴 지르듯 기적소리를 냈다.

장영실은 표정을 조금씩 일그러트리며 주머니에서 천천히 RC카 리모컨을 꺼내들었다. 이윽고 입에 물고 있던 담배를 깊게 빨아들이더니 한숨처럼 내뱉으며 생각에 빠져들었다. 그가 주변 눈치를 살피듯 자존감 낮은 존대를 사용했지만(그렇다고 전혀 자존감이 낮은 것은 아니었고 그의 말투 또한 존대처럼 느껴지지 않았지만 말이다.) 그의 정신은 악의와 부정으로 가득 차 있었다. 어렸을 때, 그를 지배한 것이 주변에 대한 끝없는 분노와 비틀린 사랑이었음을 생각한다면 극단적인 애국주의 과학집단의 수장이 된 지금, 적을 눈앞에 두고 어떤 반응을 보일지 예측하는 것은 그리 어렵지 않을 것이다.

구예신이 말할 법한 표현을 빌리자면, 지금 당장이라도 달려가 '빨갱이년놈들'을 찢어죽이고 눈앞에 보이는 괴물을 때려잡고 싶었지만 어디까지나 그것은 자연인 구예신의 생각일 뿐이다. 그나마도 어머니와의 약속이 아니었다면 진작에 물불 가리지 않고 적진으로 뛰쳐나갔을 것이다. 그러나 조선의 최고 과학자로서 공인인 장영실은 이제 누가 보아도 문명인이다. 그는 조선의 브레인이며 지성의 상징이 되어야 했다. 이를 잘 알기에 장영실은 그저 혼잣말하듯 노형사에게 중얼거렸다.

"경감님. 경감님은 조선의 경찰이시니 눈앞의 적에게 어떤 대접을 해야할지 따로 설명 안해드려도 되지요?"

금방이라도 물어뜯을 것처럼 그르렁거리는 장영실의 말에 노형사는 바로 무전기를 들고 주변의 부하들에게 최대한 거리를 비우라고 소리쳤다. 장영실은 눈앞의 [몰니야Ⅱ]를 보면서 RC카 리모컨을 만지작거렸다. 시커먼 하늘 위에서 물감이 빠지듯 나타난 [천외비선天外飛船]이 천천히 내려왔다. 황동색 비행접시인 [천외비선]은 조선과학의 집결체 중 하나였다. [천외비선]이 공중에 멈춰서 메뚜기다리처럼 긴 다리를 뻗어 콘크리트바닥에 지지대를 세웠다. 그리고 냉면그릇 같은 둥근 뚜껑이 열리며 위성접시가 열차를 향했다.

"일단, 선방 한번 날리겠습니다, [망국의 기계용]. 이빨을 드러냈으니 그 정도는 생각해두셨겠지 말입니다요?"

장영실은 웃었다. 육식동물의 포악한 웃음이 주변을 울렸다. 그리고 위성접시에서 입자가 모이며 둥그런 포탄모양의 플라즈마가 만들어지더니 굉음과 함께 발사되었다. 장영실은 게임을 즐기듯이 몇 번이고 플라즈마를 쏘아댔다. [몰니야Ⅱ]가 고통스러운 것처럼 몸을 비틀며 똬리를 틀고 비명을 지르듯 기적소리를 터뜨렸고 화를 내듯 굴뚝으로 불길과 연기를 내뿜었다.

장영실은 비열한 웃음을 흘리며 말했다.

"흐흐흐흐, 짐승을 사냥하는 건 애들 사탕을 뺏는 것보다 간단하지 말입니다요."

• OSS

존 D는 그리 머리가 좋은 편은 아니었지만 머릿속에서 수천 가지 비속어가 순간적으로 떠올랐다. 눈앞에서 괴수대결전이 벌어지고 있는데 멍하니 받아들일 사람은 없을 것이다.

"좋아, 어디서부터 잘못된 거야? 응? 아오, 이 고지라 메카닉 버전싸움 어쩔 거냐고?"

"아니, 아니, 아니, 어쩌긴. 우리도 가야지. 저 지랄을 안 막으면 의장이 우릴 죽이려 들걸."

"어차피 우리 안 죽잖아. 헤헤헤헤."

"하아, 그런 뜻 아닌 거 너도 알지?"

사람이 비워진 마천루의 옥상에서 노란 트렌치코트를 입은 사내 4명이 이야기 중이다. 분명 동일개체여야 할 4명이 같은 공간에 모여 이야기를 나눈다는 것부터 괴이쩍다. 존 D 스스로 머리가 나쁜 것을 알고 있기에 하는 행동이다. 스스로 생각을 채울 수 없을 땐, 자신을 여러 개로 늘려서 회의를 하곤 했다. 일종의 집단지성의 형성인데, 덕분에 옥상 위는 야단법석이다.

"일단은 아무리 우리라도 저런 커다란 철덩어리를 이길 수 없단 건 알지?"

"얼씨고, 그럼 싸울 수 있는 것들을 끌고 와야지."

"어디? 디오게네스의 전투요원들 끌고 오면 바로 전면전 하잔 소리나 다름없다고! 12사도 중 한 명만 끌고 와도 웬만한 나라 하나를 날려먹을 수 있는 전력인데!"

"조선이 웬만한 나라는 아니잖아. 그리고 의장님이 책임진다고 했잖아."

"넌 그 노인이 하는 말을 믿냐? 결국, 노친네 빠치면 엉덩짝 날아가는 건 우리라고. 우리가 시체의 산을 쌓았으면 쌓았지."

어깨를 으쓱하며 말한 순간, 존 D는 조용하게 서로를 쳐다보면서 의미심장한 미소를 띠었다. 그리고 동시에 말했다.

"콜!"

야단법석이 벌어졌던 옥상은 순식간에 텅 빈 상태로 침묵만이 내려앉았다. 비열하게 일그러진 존 D의 미소만이 끝까지 남아있다 사라진다.

**

    합선대군은 [경복궁]에서 쓰러진 후에 [우인궁]으로 실려 왔다. 그리고 조심스럽게 침소에 눕혀졌다. 합선대군의 침소는 응급사태를 대비한 1인 병실에 가까웠다. 중환자를 위한 호흡장치나 위급시를 위한 심장마사지장치 등 생존을 위한 장치들로 가득했다. 하인들은 오랫동안 해온 일이었기에 능숙하게 대군의 옷을 환자복으로 갈아입히고 침대에 눕힌 뒤에 과호흡으로 고통받는 대군에게 호흡장치를 연결시켰다. 그외에도 안정제를 섞은 링거주사를 놔주고 맥박과 상황을 살피고 비 오듯 쏟아지는 땀을 닦아주었다. 어느 정도 대군이 안정을 되찾자 그의 침소에서 모두가 물러났다. 방안에는 호흡기에서 흘러나오는 거친 숨소리뿐이었다.

    대군은 천재다. 누구나 인정하는 사실이다. 정치적 영향력을 이용한 권력다툼에도 능했고 유전학에 관련해선 대군을 따라잡을 사람이 없었다. 왕족으로서, 과학자로서 흠잡을 데 없는 남자였다. 하지만 이런 기분장애가 올 때마다 찾아오는 발작은 그런 대단함을 무색케 했다. 조선에선 정신의 고결함만큼이나 육체적 완벽성에도 큰 의미를 두었다. 개중에는 그의 장애 또한 그의 잘못에서 기인된 것이라고 믿는 사람이 있을 정도였으니까. 세자자리에서 스스로 물러났다고는 하나, 국민들은 그렇지 않아도 대군은 임금이 되지 못했을 것이리라 말하는 사람들도 있었다. 어쩌면 대군은 그런 조선의 분위기를 익히 알고 있었는지도 모른다. 그가 태어나고 성장하며 살아온 40년간 그를 지배했던 콤플렉스였다. 오히려 그런 콤플렉스가 지금 임금을 도와주는 원동력이 되어버렸으니 기묘하다 할 수 있었다.

시간이 흐르고, 대군은 정신을 차리면서 부르르 떨리는 눈을 떴다. 온 몸에서 힘이 빠져나가 주체하지 못하는 몸을 흐느적거리며 겨우 고개를 돌리며 주변을 두리번거렸다. 아직 40대에 불과했지만 고통으로 깊게 파인 주름과 피곤으로 자라난 하얀 새치로 인해 대군의 모습은 노인이나 다름없었다.

자신의 침소임을 깨닫고는 이내 어전에서의 추태를 떠올렸다. 이를 생각해내자 그의 창백한 피부가 부끄러움으로 화끈 달아올랐다. 대군은 겨우 지친 몸을 추스르고 침대 위를 더듬었다. 의료용 침구에 하나씩 달려 있는 호출 리모컨을 누르기 위해서였는데, 오른쪽에 붉은색 부저가 달린 유선리모컨을 찾아냈다. 힘껏 부저를 누르는 순간, 누군가 허겁지겁 달려오는 인기척이 느껴졌다. 하인 중 그나마 연륜이 묻어나오는 사내가 대군에게 다가갔다.

"대군, 부르셨습니까? 무슨 일이십니까? 어디 몸이라도……."

대군은 고개를 저었다. 지금의 대군에게는 자신이 쓰러졌다는 사실이 큰 문제가 되지는 않았다. 무엇보다 이 상황에서는 자신의 건강보다는 조선의 안위가 걱정되었다. 위기에 처한 조선이 어찌 돌아가는지 새로운 정보를 받아서 상황을 파악하는 것이 우선이었다.

"내가 얼마나 쓰러져 있었나? 밖의 상황은……. 상황은 어찌되고 있는가."

하지만 하인은 그런 대군의 마음을 신경써주지 않았다. 오히려 대군을 도자기인형이나 다름없게 보고 있었다.

"대군, 지금은 몸을 추스르는 것이……."

"이런 어리석은 놈! 지금 나라가 위험하거늘 그런 소리를 해? 그런 어리석은 소리를 하는 자가 내 근처에 있을 수 없다. 여봐라! 다른 누구 없느냐?"

고통에 지쳐 낮게 깔리는 대군의 음성 하나하나가 입 밖으로 천둥처럼 터져 나왔다. 신음을 내며 숨을 헐떡거리는 대군의 목소리는 병마에 시달린 흔적이 역력했지만, 여전히 사람의 감정을 쥐어흔드는 중후함을 지니고 있었다. 덕분에 건장한 체격의 하인도 대군의 호통에 얼굴이 굳어지며 무릎을 꿇고 용서를 비는 길밖에는 달리 방법이 없었다. 대군은 거역할 수 없는 상대 앞에서 노예처럼 변하는 하인의 행동을 보며 혀를 찼다. 조선의 실권자로서 사람들을 노예 다루듯 하는 모습을 보면, 모순된 행동이라 여길 수 있으나 대군은 아무리 하찮은 사람이라도 주체성을 지니고 움직여야 한다고 믿고 있었다. 그렇기에 지금 주체성 없이 움직이는 하인의 모습에서 건잡을 수 없는 짜증이 솟구치고 말았다.

또한 대군은 자신의 통제를 벗어난 지금의 상황이 맘에 들지 않았다. 게다가 지금 육체가 기계장치들에 연결되어 있어 몸을 맘대로 움직일 수 없다는 사실에 더욱 화가 났다. 이런 기진맥진한 상황에서는 더욱 정보에 의존할 수밖에 없는 노릇이었다. 다음 수를 어떻게 두어야 할지 생각해봐야 하는 지금, 대군은 자신을 과보호하는 하인들로 인해 모든 것이 틀어지고 있다는 위기의식에 사로잡혀 있었다. 최소한 풍견지랑만이라도 곁에 있었다면 이 정도까지는 되지 않았겠지…… 결국 대군은 치밀어 오르는 격분을 참지 못하고 소리를 질렀다.

"당장 말하라! 무슨 일이 일어나고 있는지 당장!"

대군의 큰소리가 쩌렁쩌렁 침소를 울리자 그 앞에 있던 하인은 머리를 조아리며 차마 말을 잊지 못했고, 밖에서 경비를 서던 다른 하인이 그 소리를 듣고 들어와 조용히 TV를 켰다. 그리고 대군은 TV에 펼쳐진 망가진 세계를 바라보았다. 강철로 만들어진 괴수들의 몸싸움으로 건물이 무너지고, 괴물과의 싸움에 말려들어 비명지르는 경찰관들의 소리가 들렸다. 악몽 같은 장면이었지만 지금 TV에 방영중인 장면은 영화나 드라마가 아니라 ANG라는 로고가 붙은 뉴스화면이었다.

상태가 좋지 않은 화면이 나오다가, 아예 통신이 끊긴 화면들도 계속 반복해서 보여주었다. 흥분한 앵커는 연결이 끊어진 상황에서 이를 보고하던 현장리포터에 대한 걱정을 내비치는 말도 하고 있었다.

지금 이 괴수의 대격돌 영상은 실제로 일어나고 있는 상황이었다. 그나마 조선에게 다행인 것은 싸움터에서 사전에 일반시민들을 모두 대피시켜놓은 상태라는 점이었다. 시민이 다치거나 죽는 일이 없어 다행이지만, 크나큰 충격으로 대군이 말을 잊고 TV를 바라보고 있자 하인은 어찌할 바를 모르고 변명을 했다.

"이런 상황이라 함부로 말씀을 드리지 못한 것이옵니다."

"주상은…….주상 전하께오선 어찌 되셨는가?"

"전하께오선, 임금은 궁을 떠날 수 없다시며 [경복궁]에 남아 계시옵니다."

"무사하시단 말이지…….다행이로고."

[경복궁] 안은 핵폭발이 일어난다 해도 안전한 장소였다. 대군은 안심한 듯 숨을 크게 내뱉었다. 그리고 조금씩 얼굴이 굳어가더니 소리를 질렀다.

"그보다 어떻게 저런 내용이 실시간으로 TV에 나올 수 있느냐? 군

경은 어찌하기에 저모양이야! 경찰청장, 그 바보놈에게 방송사를 급습해서 장악하는 한이 있어도 방송을 막으라고 하게. 장영실에게도 현장에서 기자를 막으라고 전하고. 어서!"

명령을 들은 하인들은 재빠르게 대군의 침소에서 뛰쳐나갔다. 그 모습을 지켜보며 대군이 혀를 차고 있는데 어디선가 목소리가 들려왔다.

"어쩔 수 있나요. ANG는 국제법으로 보호를 받는 다국적 기업입니다. 조선의 국내법만으론 막기가 어렵죠."

어디선가 비웃음 섞인 가벼운 광대 말투가 들려왔다. 대군은 금방 누구인지 알아챘다.

"존 D, 나는 그대와 장난할 기분이 아니다. 사라지거라! 조선의 일은 조선이 처리한다고 말하지 않았나."

체셔고양이가 그렇듯 그림자 속에서 미소지으며 그 모습을 드러낸 존 D가 천박하게 웃으며 말했다.

"헤헤헤헤. 제 말씀을 들어보시면 생각이 달라지실겁니다."

대군은 체외생명 보조장치를 용포처럼 두르고 패왕과도 같은 눈빛을 보이며 존 D에게 짧막하게 대답했다.

"말하는 것을 허하겠다."

합선대군은 존 D의 말투가 맘에 들진 않았지만 지금으로써는 정보가 절실히 필요한 때이기에 그의 말에 경청하고자 했다. 그리고 그의 이야기를 다 들어보고는 웃어재끼기 시작했다. 존 D는 대군의 의중을 알 수가 없었다. 합중국이 지금 조선을 수탈하고 있다는데 웃음이 나올 수가 있을까? 존 D는 자신이 이 모든 문제를 말끔히 처리해주겠다고 말하고 있음에도 합선대군은 일단, 담배에 불을 붙여 폐부 깊숙이 빨아들이더니 기분 좋게 입 밖으로 내뱉으며 말했다.

"이보게, 존 D! 자네가 지금의 현실을 본 그대로 밝혀주었으니 나도 한마디 하겠네. 내 나라 조선은 강하고 아름답지. 난 누구에게나 자랑할 수 있다네. 하지만 모든 강대국들이 그렇듯 조선 또한 문명과 야만성을 동시에 지니고 있지. 막강한 국력을 지녔지만 내 나라 조선은 여자와 아이 그리고 장애인에게 관대하지 못하다네.

자랑스러운 나의 아버지 평종 전하께오선 그런 차별을 철폐하고자 구십 평생을 사신 분이네. 계급적 차별은 이미 사라져가고 있지만 여자와 장애인에 관한 차별은 여전하지. 내 몸이 불편하기에 그런 대우가 어떤 것인지 잘 아네.

그나마 내가 차별을 덜 받은 것은 내가 왕손이고 힘을 쟁취했기 때문이라네. 나는 나 자신을 입증하기 위해 불편한 육신의 결함을 뛰어넘는 열의와 능력을 보여야 했네. 나의 위업을 보여주며 뒤에서 나를 무시하던 종친놈들의 입을 틀어막고 조선에 충실하지 않는 것들은 법으로 내리눌렀네. 그러나 연로한 종친늙은이들이 보기에 나는 여전히 장애인에 불과하다네. 그리고 그것이 아직도 조선을 지배하는 관념이야.

조선은 나 같은 장애자가 왕이 되는 것에 거부감을 가지고 있을 거야. 만약 주상께오서 태어나시지 않았다면 나를 따돌리고 아주 먼 친척 중에서 어리숙한 놈을 골라 새 왕으로 추대했겠지. 사실 나 또한 왕의 그릇이 아님을 잘 알고 있네. 임금이란 완벽해야 해. 최소한 겉모습이라도 말이야. 하지만 나는 사랑받을 외모가 아니라네. 그 누구보다 내가 잘 알지. 그렇기에 나는 뒤에서 이 나라의 시스템을 완성시키는데 주력했네. 인간은 누구나 어디에서나 쓰임새가 따로 있다네. 세상에 필요없는 것은 존재치 않네. 내 말뜻을 이해하겠나?"

"저도 대군께 필요하니 이용당해 달라 이말입니까?"

길고 긴 대사에 지친 듯 존 D는 고개를 끄덕이며 말했다. 그 모습이 흡족했는지 합선대군은 웃으며 말을 이었다.

"내 부탁 하나만 들어주면 나도 자네가 원하는 마스코 미카라는 계집을 주지. 어떤가? 자네 말대로라면 그 아가씨는 오랫동안 조선에서 간자間者 노릇을 해왔으니 그 계집만 있으면 합중국이 얼마나 여기에 개입되어 있는지 알 수 있지 않겠나?"

존 D는 고개를 끄덕였다. 그리 나쁜 거래가 아니라 생각했다. 다만 지금 자신이 생각을 하고 있는지 아닌지는 희뿌연 안개처럼 확신할 수 없었지만 말이다.

로버트 '스키피오' 미첨 중령은 지금 벌어지는 임무의 작전관Case Officer•이었다. 그는 귀에 꽂은 무선장치로 자신이 침투시킨 사람들에게 보고를 들었다. 그리고 안전가옥에서 위스키를 마시면서 다음 명령을 내리고 있었다.

〈뻐꾸기2가 둥지에, 용이 승천했습니다. phase 2 완료〉

"좋아, 둥지가 뻐꾸기들에, phase 3로 이행."

송신을 끝내고 위스키를 들이붓듯이 입안으로 밀어넣었다. 지금 서울은 아비규환의 지옥도다. 최소한의 인명피해를 예상하고 만든 작전이지만 그럼에도 많은 사람들이 이 순간의 고통을 기억할 것이다. 직

• 여러 첩보작전을 주도하여 명령을 내리는 간부급 지휘관

업상으로는 안 될 일이지만, 아직 그의 가슴에는 인간성이라는 것이 남아 있었다. 때문에 위스키를 다시 잔에 가득 따라 입속에 들이붓고는 중얼거렸다.

"주여, 우리를 용서하소서."

"참, 서양의 관용어는 알다가도 모르겠네. 댁은 기독교도도 아니잖아."

중령은 빠르게 허리춤에서 권총을 꺼내들고 소리 나는 쪽을 돌아보면서 겨눴다. 재빠르게 상대를 노렸지만 상대는 [노란 트렌치코트를 입은 악마]라는 거북한 존재였다. 존 D는 평소처럼 갑작스럽게 상대에게 말을 걸어 중령의 시선을 따돌린 뒤, 다시 새로 나타난 자신을 통해 발터PPK를 중령의 뒤통수에 들이밀었다. 그리고 자신을 겨눈 중령의 총을 빼앗고 말을 시작했다.

"자자, 내가 말했지? 씨발, 양키새끼야. 이제 댁이 무슨 짓을 하던 댁의 뒤통수는 내가 따먹을 거야. 댁은 이제부터 무슨 일이 일어나든 나랑 쇼를 즐겨야 해."

존 D는 의미심장한 미소를 지었다. 중령은 이를 지켜보면서 한숨을 쉬더니 위스키를 입안에 털어넣었다. 존 D는 중령의 그런 행동에 기분이 상한듯 입을 삐쭉이며 말했다.

"왜 그런 표정을 지으시나? 쇼야말로 너희 합중국인들 최고의 덕목이잖아? 댁의 나라 별명이 뭔지 잊었어? [지상 최대의 쇼The Greatest Show on Earth]잖아. 자, 얼굴 찡그리지 말고 이제부턴 우리가 보여주는 쇼를 즐겨보라고!"

그리곤 존 D는 중령의 무선장치를 자신의 귀에 꽂아넣곤 두 팔 벌려 서커스의 흥행을 알리는 단장처럼 즐거운 표정으로 소리쳤다.

"신사숙녀 여러분! 즐거운 마음으로 여러분께 소개해드리겠습니다. [1인학살부대] 존 D의 등장입니다! 즐겁게 죽어주세요! 아하하하 하하!"

그의 웃음은 멈추지 않고 무선장치를 통해 공명한다. 지금 수많은 공간에 동시에 나타난 존 D들과 함께……. 그렇게 시작된 학살소음이 기계를 망가트릴 정도로 들린다. 존 D에겐 무선장치 너머로 들리는 비명이 관객의 환호처럼 느껴졌다.

장난치는 말투, 상대의 신경을 건드리는 목소리, 제대로 인식조차 안 되는 얼굴에서 그나마 제대로 보이는 것이 비웃음 가득 머금은 입매뿐이다. 노란 트렌치코트와 구겨진 넥타이만이 특징으로 보이는 남자, 존 D는 복잡기괴한 괴물이다. 혼돈이 현실로 흘러들어온다면 그 모습은 존 D일 것이다. 그는 자신의 성격만큼이나 일그러진 공간의 개념을 가지고 있었다. 그에게 공간은 어떤 물리학자가 주장한 상자 속의 고양이만큼이나 의미가 없었다.

그는 지금 이 순간에도 중령을 인질로 잡고 있으며 합중국의 스파이를 사냥하고 있었고, 이런 혼란과는 상관없이 자신의 집에서 충실한 가장으로 보내는 중이었다. 가족들과 함께 방송이 멈춘 상태의 ANG의 로고를 보면서도 동시에 지금 사건의 중심에 서 있는 기묘한 감각을 그는 즐기고 있었다. 모든 존 D는 기계용 몰니야를 본다. 동시에 그와 대치중인 장영실 옆에서도 그를 지켜보고 있었다. 그리고 즐거운 듯, 장영실 뒤로 다가가 물었다.

"[장난감] 좋아하나봐? 아주 귀에 입이 걸렸네."

***
****

99대 장영실인 구예신은 비천한 사내다. 출신성분의 문제가 아니라 그의 본질은 천학비재淺學菲才라는 사자성어, 그 자체였다. 보통 조선에서는 예의상 자신을 낮출 때 사용하는 표현이지만 구예신은 과학자로서의 학식이 깊다는 것 외엔, 조선인들의 표현을 빌리자면 인간이 아니었다. 어린 시절부터 범죄와 악의로 물든 삶을 살았고 양아치 같은 행동을 일삼으며, 예의로 느껴지지 않는 존댓말을 쓰는 것이 그의 유일무이한 예禮였다.

그렇기에 자신의 뒤에 나타나 깝죽거리는 놈을 용서하기엔 무리였다. 화가 난 로랜드 고릴라가 그러듯, 장영실은 지금 자신 앞에서 깝죽대는 존 D의 주둥이를 틀어쥐고 그대로 번쩍 들어올려 땅바닥에 내리꽂고 있었다. 머리통부터 시멘트바닥에 부딪치는 바람에 물감이 터져나온 것처럼 존 D의 피가 땅을 검붉게 물들인 것은 당연지사였다. 핏물을 뒤집어쓴 장영실은 숨을 고르는 짐승마냥 잠시 멈춰 있었다. 수많은 시선들이 자신을 쳐다보자 이내 입을 열었다.

"아니, 대체 어디서……. 벌레가 왱알거리는 소리가 들렸지……. 말입니다요."

그르르르, 맹금류가 기분이 상할 때 그렇듯 목을 울리는 소리가 장영실의 말과 말 사이에 섞여 있었다. 그 장소에 있던 연구원들은 장영실의 거친 심성을 일찍이 알고 있었기에 이런 짐승 같은 행동에도 놀라는 이가 없었고 평상대로 일을 처리하고 있었다. 사실 그를 두려워하면서 말이다.

머리통이 터진, 죽은 자신을 내려다보는 존 D는 어깨를 으쓱하며 장영실에게 딴죽을 걸었다.

"어차피 난 안 죽어. 알면서 매번 죽이는 건 무슨 심보야, 대체."

"하아, 파리가 주변에서 얼쩡이면 어찌하십니까요?"

차갑게 식은 장영실의 대사와 함께 피에 절은 그의 왼손이 존 D의 머리를 짓이기려는 듯이 다시 잡았다. 존 D는 자신의 머리통이 장영실에게서 쥐어진 채로 발이 공중에 떠 있는 상황임에도 특유의 깐죽거림을 버리지 않았다.

"헤헤헤, 디오게네스의 사자는 거짓말을 하지 않아. 의심 가면 죽여도 좋아. 아, 맞다! 나는 죽어도 다른 내가 나오지?"

존 D는 거짓말을 하지 않는다. 그것은 믿어도 좋다. 그럼에도 존 D의 깐죽임에 장영실은 이를 갈면서 맹금류의 목울림소리를 내며 존 D를 휘어잡고 있었다. 그렇다고 겁먹을 존 D가 아니었다. 오히려 주변에 있던 장영실의 부하들이나 경찰들이 얼어붙은 모양새로 그 둘을 바라보고 있을 뿐이다.

"내가 원하는 건 하나야. 평범한 기브 앤드 테이크지. [몰니야Ⅱ]를 떨어트려 주기만 해줘. 알아서 들어갈 테니까. '짜잔!' 하고 해결이 가능하잖아? 그럼 이 일에 관련된 모두를 너에게 주지. 우린 해결만 하면 돼. 공은 너희들이 가져. 어때? 나 쿨하지?"

장영실은 한숨을 쉬면서 말했다.

"대체 제가 무슨 바보랍니까요? 외인이 시킨다고 하게 말입니다요?"

존 D는 오히려 그 말을 기다렸다는 듯 비릿한 웃음을 지으며 때마침 생각난 게 있다는 듯 말했다.

"아, 맞다. 저 안에 현주 마마 있어."

"빌어먹을, 정신나간 살쾡이가! 그거 먼저 말해야 하지 않겠습니까요!"

너무 화가 난 장영실은 겨우 자신의 감정을 억제하고는 바동거리고 있는 존 D의 머리통을 꽉 쥐고 있다가 냅다 내던졌다. 존 D는 중력에 이끌려 떨어지듯 데굴데굴 구르면서 깔깔깔 웃기 시작했다.

"그럼 이해했다고 치면 될까나? 뭐 솔직히 안 해도 돼. 내가 말해준 건 일단 예의상 말해준 거니까. 아, 맞다. 임금님에게 저거 처리한다고 했지. 그럼 나가면 되겠네? 일단 현주가 있으니까 조심하라는 거는 잊지 마. 헤헤헤헤!"

존 D의 비웃음소리가 그 자리를 뜰 때까지 잔영처럼 맴돌다 사라지고 있었다.

"빌어먹을!"

장영실은 분을 이기지 못하고 땅을 찼다. 그 순간, 시멘트가 깨져나가면서 산발적으로 주변으로 튀었다. 멍하니 자신을 쳐다보는 주변사람들에게 화가 난 장영실은 소리를 질렀다.

"어디서 손을 놀리고 있으십니까요!"

지금 장영실에게 말을 잘못했다간 경을 칠 분위기였다. 장영실은 다시 [천외비선]을 움직였다. 이번에는 반쯤은 화풀이에 가까웠다.

넬슨 경은 마부석에 앉은 채, 주인의 명령이 다시 오기를 기다리고 있었다. 그는 사열 받는 사관처럼 등을 꼿꼿이 세우고 앉아 있었다. 얼굴이 핀홀카메라였기에 그의 표정은 알 수 없었지만 아마 그가 얼굴을 가지고 있었다면 근엄한 표정을 짓고 있었으리라. 만약 군인이었다면,군인의 귀감이 되었을 남자다.

이내 기다림의 끝이 왔다. 넬슨 경의 눈역할을 하는 바늘구멍 안쪽에서 빛이 새어나왔다. 주인의 명령이 수신되는 중이다. 그의 얼굴이 핀홀카메라인 것은 어쩌면 이런 이유에서일 수도 있다. 넬슨 경은 담담하게 뒤통수를 열고 필름을 꺼냈고 필름에 인화된 장면을 바라보곤 이내 불태웠다. 다시 새 필름을 뒤통수에 집어넣고 고삐를 잡고 마차를 출발시키려 할 때였다. 갑자기 마차 안에서 소리가 들렸다.

"택시, [몰니야Ⅱ]까지 얼마예요?"

넬슨 경은 질린 듯 한숨소리를 내더니, 마차를 멈추고 문을 열어 안에 앉아 있던 존D를 끌어냈다.

〈당장 사라지십시오.〉

표정은 알 수 없었으나 그 목소리에서 냉기가 느껴졌다.

"아니, 대체 내 취급이 왜 이러지?"

넬슨 경은 어깨를 으쓱이는 존D를 보면서 한심하다는 듯이 말했다.

〈정말 모른다면 일단 정신과부터 다녀오시길 권고하는 바입니다만……〉

"농담은 그만두고. 지금 뭐할 건지 아니까 같이 좀 가지?"

〈그럴 이유를 모르겠습니다만〉

"넌 그럴지 몰라도 말이지, 기계뭉치. 인간님들은 참으로 복잡한 동물이야."

〈무슨 소린지 제대로 이야기하지 않으시면 각하가 말려도 당신을 볼 때마다 계속 죽이겠습니다.〉

"아니 간단한 이야기야. 합선대군께서 내게 현주의 구출을 일임하셨다고. 정 못 믿을 것 같으면 여기로 모셔드릴까?"

〈아니요, 믿겠습니다.〉

넬슨 경은 1초의 망설임이나 고민도 없이 말했다. 그것은 넬슨 경이
존 D를 신용하기 때문이 아닌, 그가 거짓말을 하지 않는다는 사실을
알고 있기 때문이다.

"아, 교수의 왼쪽 눈이랑 비슷한 기능 있었나?"

〈그럼 제가 누구 발명품이라 생각하시는 겁니까?〉

"그래서 보내줄 거야? 말 거야?"

넬슨 경은 전자음이 가득 섞인 한숨을 쉬고는 말했다.

〈성聖 요한 폰 노이만* 맙소사. 제가 이런 꼴을 당할 줄이야. 뭐, 각하
께서도 기다리고 계십니다. 타시죠? 꽉 잡으시는 게 좋을 겁니다. 흔들
릴 테니까요.〉

넬슨 경은 그 말을 하고는 존 D를 마차에 처넣었다.

"뭐? 아니 잠깐 기다려 뭐?"

존 D는 교수가 기다린다는 말을 순간 이해할 수 없었다. 그래서 되
물으려고 했지만 넬슨 경은 그걸 무시하고 고삐를 당겼다.

〈이랴!〉

마차는 말이 박차고 달리는 소리와 함께 그 자리에서 사라지고 없
었다.

---

* 요한 폰 노이만(1903년 12월 28일~1957년 2월 8일) 인공생명체들의 아버지. 오스트리아 – 헝가
리 제국 출신의 과학자. 다양한 분야에 업적을 쌓았으며 그가 주장한 '자기 재생산 오토마타
이론The Theory of Self-Reproducing Automata'이라는 논문은 인공지능이 하나의 생명체임을
논증했다. 때문에 존재하는 인공지능들 사이에선 성자로 추앙받고 있다.

● 천외비선 天外飛船

　교수는 지진이 일어난 것처럼 흔들리는 열차 안에서 중심을 잡고 누구더러 들으라는 건지 알 수 없는 말을 시작했다.

　"멋지군, 멋져! 저게 99대 장영실이 개발한 [11차원 포탄]인가? [몰니야Ⅱ]의 유령화가 통하지 않다니. 하하하, 그런가? 저 방식은, 양성자에너지가 붕괴될 때까지 압축해서 쏘는 건가! 저렇다면야 유령화가 무력화될 만도 하군. 맘대로 쏘아대면서 다차원을 무너트릴 수도 있다니 멋지군! 하하하하. 멋져! 정말로 미친놈이로군."

　교수가 혼자만의 세계에서 발광을 하는 동안 불안한 왕초는 소리를 질렀다.

　"미치광이 늙은이야! 제발 현실로 좀 돌아와! 저게 어떻게 된 거냐고?"

　교수는 발작적인 행동을 멈추고 매우 담담하게 지금의 상황에 대해서 설명을 시작했다.

　"흠, 설명이 필요한가? 열차는 '위험'을 인식하면 '유령화'를 한다네. 그 정돈 알고 있겠지? 여기서 '유령화'란 차원과 차원 사이로 형상과 질량을 옮기고 움직이는 기술인데, 열차가 유령처럼 주변경관을 투과하기에 붙여본 이름이라네. 근데…… 이건 중요한 게 아니로군. 하여간 이 유령화기술 덕택에 집중포화도 피하고 그 어떤 상대의 초능력도 그냥 뚫고 투과해 지나갈 수 있다네. 또한 차원과 차원 사이의 불분명한 시공간의 오차들 때문에 실제상 열차는 존재하지 못하는 이미지에 가까워 보인다네."

교수는 숨을 잠시 돌리고 다시 입을 열었다.

"그런데 기본적으로 차원과 차원 사이, 즉 차원 간의 틈은 죽은 공간, 속이 텅 빈 강정 같은 곳이야. 위도 아래도 앞도 뒤도 없어. 어떤 에너지든 무효화되어야 할 텐데. 그런데 99대 장영실은 양성자붕괴이론을 이용해서 차원과 차원 사이로 숨어 있는 열차에 대고 포탄을 쐈다 이거네. 요즘 젊은 것들이 노친네를 놀라게 만드는군. 다만 걱정인 건 저렇게 쏴대다간 열차가 폭발할 수도 있는데……. 잘못하다가는 제2의 체르노빌 사태가 일어나겠지."

"체, 체르노빌이라고요!"

대답을 한 건 오히려 마스코 미카였다. 체르노빌 사태가 일어난다면 지금 합중국이 꾸미는 일 자체가 완전히 망가진다는 소리나 다름 아니었다. 망가지는 정도가 아니지. 상온핵융합 발전으로 움직이는 열차의 폭발은 통상 핵분열보다 수천 배에 이른다. 잘못하면 아시아권의 지표면을 뜨겁게 달굴 수도 있는 상황임에도 교수의 행동은 그저 어깨를 으쓱일 뿐이라니. 마스코 미카는 갑자기 비명을 지르고 싶어졌다. 교수는 그 모습을 즐기는 듯 미소를 지었다. 그제야 마스코 미카는 자신이 반쯤은 놀림 당하고 있다는 걸 깨달았다.

"교수님, 농담하지 마세요! 합중국은 절대 파멸을 원하지 않는단 말이에요!"

"하하하, 쉽게 부서질 [장난감]은 만들지 않는다네. 당연한 일 아닌가? 다만 공간과 공간 사이의 접착이 떨어져 나가면 유령화도 약해질게야. 뭐, 아마도 장영실도 그것을 노리고 있겠지. 99대 장영실의 성격을 생각해본다면, 평소보다 지금 더 흥분하며 몰니야를 대상으로 화풀이를 하고 있는 건지도 모르지만 말이네. 자, 자네들의 다음 수는 어떤가? 흠?"

왕초가 화를 냈다.

"어쩌라고 늙은아! 항복하라고? 어차피 잡히면 오체분시되는 건 확정이야! 그렇다면 살아있는 채로 발악하고 말겠어! 한 사람이라도 더 죽인다!"

왕초는 스테인드글라스에 비쳐진 99대 장영실의 모습을 보았다. 장영실은 추락하고 있는 열차를 잡아먹을 것처럼 올려다보면서 웃고 있었다. 그런 뒤에 열차 화물칸에 모여 있는 [어깨동무]들에게 통신을 보내기 시작했다.

"지금부터 즉시 열차에서 내려와 싸움을 시작해라. 혁명만세!"

"혁명만세!"

신경질적인 구호와 함께 통신이 끊겼다. 하지만 왕초는 화면에 비쳐진 상대를 보면서 어찌해야 할지 고민에 빠졌다. 하드니스의 기술로 움직이는 것이라면 아무리 [장영실연구소]가 대단하더라도 어느 정도는 상대할 수 있을 것이라 생각했다. 하지만 99대 장영실은 다르다. 존재 자체가 이질적인 괴물이나 다름 아니었다.

장영실이 [천외비선]을 조종하며 [몰니야Ⅱ]와 괴수싸움을 벌이는 도중에 [몰니야Ⅱ]는 더욱 화가 난듯 몸을 비비꼬며 비명과도 같은 기적소리를 내뿜었다. 기적소리와 함께 화물칸이 열리며 [어깨동무]가 잽싸게 아래로 내렸다. [어깨동무] 일행은 기계장갑을 끼고 기괴한 장

432

난감 모습의 총으로 무차별 난사를 하며 장영실 쪽으로 달려들었다.

"왜 빨갱이는 포기를 모르는 거지 말입니다요. 상대하는 입장에선 빠치지 말이지 말입니다. 경찰분들 뭐하십니까요! 당장 조선의 적을 처리해야 하지 않겠습니까요!"

장영실은 지금 골이 잔뜩 오른 상태였다. 금방이라도 적을 물어뜯을 것처럼 소리를 지른다. 노형사는 한숨과 함께 바로 무전기를 들고 주변의 경찰특공대 분대를 결집시켰다.

파괴력으로 무장한 테러리스트와 그것을 막으려고 팔랑크스 대형을 짠 상태로 총격을 가하는 경찰병력의 모습은 [몰니야Ⅱ]와 [천외비선]의 싸움에 말려들었던 ANG의 카메라맨에 의해 찍히고 있었다. 그리고 녹화되는 영상은 바로 방송을 타고 전세계로 퍼지고 있었다.

물론 사람들의 싸움만 찍히고 있는 것은 아니었다.

녹아내린 타르와도 같은 밤하늘 한쪽에 움푹한 질량을 가진 거대한 비행접시가 떠 있었다. 조선의 비밀무기인 [천외비선]이다. 테러리스트들의 앞을 막아서고 [몰니야Ⅱ]를 공격하는 [천외비선]을 보면서 H. G 웰스의 [우주전쟁]에서 화성인들의 침공병기를 떠올리지 않는 사람은 없었을 것이다. 그만큼 지금 눈앞에 펼쳐진 상황은 너무 장대해서 인간의 머리가 따라갈 수 없었다. 인류는 과학에게 저주받았다. 사실 인류과학은 어느 순간부터 인간의 의지를 벗어나고 있었다. 매드 사이언티스트들의 등장은 바로 인간을 넘어선 과격한 과학발달을 의미할 정도였다.

지금 서울은 자비 없는 분노가 주위를 지배했다. 상대를 물어뜯을 것 같은 기적소리로 울부짖는 [몰니야Ⅱ]가 뱀처럼 [천외비선]에게 덤벼들었다. 땅이 울리고 하늘이 흔들리며 지옥이 존재한다면 바로 지금의 조선땅이 아닌가 싶을 정도이다. 차라리 히에로니무스 보슈의 그림이 귀여워 보일 정도였다. 서로 뒤엉킨 사람들이 상대를 향해 무차별 총을 쏘아대고 주변에는 몸에서 뚝뚝 잘려나간 살점들과 핏자국이 널려 있었다. 또한 히에로니무스 보슈의 성화에나 등장할 법한 괴수들이 그 주변에서 건물들을 무너트리며 싸우고 있었다.

ANG의 카메라맨은 지금 벌어지고 있는 격렬한 전투상황을 생중계할 사명을 가진 기자였지만 괴수들의 싸움을 지켜보면서 말을 잃고 넋 놓고 쳐다볼 수밖에 없었다. 지금 일어나는 일은 현실이 아닌 것만 같았다. TV를 보는 모두가 그 생각에 동의할 것이다. 폭력을 적에게 각인시키는 것은 99대 장영실의 특기였다. 누가 되었든 조선의 적 앞에서 그의 흉악성은 숨김없이 드러나며 조선방어선이 세계최첨단에 서 있음을 만천하에 각인시키는 것이 오로지 그의 목적이었다.

그가 의도한 목적은 매우 성공적으로 이루어진 것처럼 보였다. 들불처럼 급속하게 전개되던 [어깨동무]의 공격은 [천외비선]의 출현으로 주춤해졌고, 조직적으로 대형을 갖춰 기동하는 경찰의 방어전술 앞에 무력해졌다. 플라즈마를 일개 경찰방패로 막아내는 모습을 보고 [어깨동무] 또한 놀란 듯하다. 물론 경찰이 들고 있던 방패는 [장영실 연구소]의 기술로 만들어진 대전자전용 방패로, [매드 사이언스] 무기로 무장한 [어깨동무]도 그저 잡졸에 불과하다는 것을 여실히 보여주는 듯했다.

[우인궁]에서는 강력한 [어깨동무]의 급작스러운 공격에 경찰이 제

대로 대응을 못하고 무너져 내렸지만 실수는 한 번으로 족한 법이다. 그들이 아무리 첨단무기로 무장하고 공격해온다고 해도 결국 그들은 제대로 훈련도 받지 못한 민병에 불과했다. 오래간 체계적이고 실전적인 훈련으로 단련된 전투경찰들 앞에서 제대로 표적을 맞추지 못하는 첨단무기가 무슨 소용인가.

카메라맨은 언론인이라는 직업적 특성 때문에 눈앞에 벌어지는 광기어린 풍경을 빠짐없이 바라봐야 할 의무와 책임이 있었다. 조선에 투입된 카메라맨은 미국 OSS 요원이기도 했다. 사실 그는 마스코 미카와 함께 침투한 첩보원으로서 그녀의 경력만큼이나 언론인이자 첩보원으로서의 경력이 화려하다. 수많은 사람들을 기만하는 행위를 자행하는 OSS는 세계최대의 정보조직으로 합중국의 이득을 위해서라면 그 어떤 반칙도 서슴없이 해버리는 작자들이다. 결국은 강대국의 논리에 불과하지만 그들은 자신의 부정을 정당화시킬 힘이 있었다.

다만 모두가 국가의 명령대로 싸우는 것은 아니었다. 이들의 작전관Case Officer인 스키피오 중령도 그런 부류에 속하는 사람 중 하나였다. 그는 국가에 충성하는 사람이지만 그것이 국가가 원하는 방식이라고 할 수는 없었다. 지금은 [디오게네스클럽]의 후원으로 조선에서 불법작전을 실행하고 있지 않은가. 사설단체의 명령으로 움직인다는 것 자체가 그들에게는 커다란 모욕이었지만, 그들의 작전관은 이런 상황에서조차 합중국의 이득과 정의를 바랐다.

그러나 일개 요원에 불과한 그나 마스코 미카는 이런 이해상충적인 상황에서 어떻게 최고효과를 내는 상황으로 이끌어갈 수 있을지, 이에 대한 감도 제대로 잡지 못하고 있었다. [천외비선]과 [몰니야

Ⅱ]의 용호상박으로 뒤엉키는 싸움을 보면서 일단, 어떻게 처신하여 움직여야 할지 알았어야 했다. 하지만 스키피오 중령은 더 이상 뾰족한 수가 없었다. 그도 그럴 것이, 어디선가 나타난 노란 트렌치코트의 사내가 자신의 머리에 총알을 박아넣었기 때문이다. 차츰 그는 싸늘히 식어갔다. 누가 어째서 자신을 죽이는지 제대로 이해하지 못한 채로……

[몰니야Ⅱ]가 도시를 마구 가로지르며 발악하다가 결국 유령화되어 더 이상 지킬 수 없는 상황으로 몰리면서 고꾸라지듯 땅에 나뒹굴었다. [몰니야Ⅱ]가 땅바닥에 떨어지는 가운데 아직 그 안에 남아있던 [어깨동무] 병력이 무질서하게 튀어나왔다. 장영실은 우글우글 기어나오는 [어깨동무]를 바라보면서 그 어떤 행동도 취하지 않고 있었다. 다만 경찰병력이 [어깨동무]를 막아내고 있는 모습을 즐겁게 바라보았다.

"크햐햐, 역시 벌레집을 부숴야 벌레새끼들이 기어나오는 거구만요."

자신의 발명품이 조선에 도움된다는 사실 그 자체가 교수에게는 언제나 즐거운 일이었다. 그러나 아직 방심은 이르다. 강력한 [천외비선]의 공격으로 [몰니야Ⅱ]가 쓰러진 것처럼 보이나 머지않아 열차는 다시 달릴 것이다. 그도 그럴 것이 이 [몰니야Ⅱ]는 악명 높은 크눕 하드니스 교수의 작품이기 때문이다. 장영실은 어떤 변수가 숨겨 있을지 두려웠다. 순간 장영실의 입에서 욕지기가 튀어나왔다.

"썩어빠질 열차가 부수기는 오질나게도 어렵구만!"

결국, 왕초나 마스코 미카는 새 곡을 연주하면서 지금의 이 열세를 뒤집을 생각이었다. 왕초는 재빨리 소리쳤다.

"야, 다음 곡 연주해."

더 깊이 생각할 필요도 없었다. 지금 왕초에게 남아 있는 것은 계속 전진하는 길뿐이다. 마스코 미카도 마찬가지라 생각했는지 새로운 곡을 연주하려고 했다. 그러나 이내 건반에 손을 대지는 못했다. 무슨 의도에서인지 교수가 지팡이로 땅을 두드리고 있었다. 곧이어 교수의 연극적인 목소리가 울렸다.

"아주 멋져! 함정들이 넘쳐흐르는 세계로군! 진실을 말하라. 내게 원하는 것이 무엇이냐?"

왕초는 알 수 없다는 표정으로 고개를 갸웃거렸다. 그러자 교수는 혀를 찼다.

"아직도 발뺌을 하나? 이처럼 나의 개발품만 썼다는 건 나를 유인하기 위한 행위가 아니고 뭐란 말인가? 무언가 나에게……."

교수는 자신의 말에 영문을 모르겠다는 표정을 짓고 있는 왕초와 마스코 미카를 바라보다가 크게 소리내어 웃기 시작했다.

"크하하하하! 이렇게 웃는 것도 오랜만이군. 너희들 영혼을 지배하는 주인을 불러라. 어서! 최소한 스스로 누구인지 밝힐 수 있는 시간을 주겠다. 창피도 모르는 것들 같으니. 아니면 이 모든 걸 내가 밝히고 네놈들을 뿌리부터 박살내길 바라느냐?"

교수는 쩌렁쩌렁 울리는 성량으로 외쳤다. 교수의 본성이 잉글랜드 특유의 신사도로 포장된 그의 표정을 찢어발기고 기어나오고 있었다.

이미 얼굴은 수치와 분노로 일그러져 귀신과 같은 형상이었다. 화가 난 교수의 얼굴이 전구처럼 달아올랐고 그의 분기탱천한 기운 만큼이나 주변공기도 숨이 막혀올 지경이었다. 그러나 교수는 잉글랜드 인의 가면을 뒤집어쓰며 다시 마음을 가라앉힌 뒤, 차분히 입을 열었다. 모자란 학생들을 위해 보충수업을 시작했다.

"그럼 그렇지. 자네들같이 어리석은 거지들이 내 물건을 이해할 리 없지. 암, 그렇고말고."

모욕적인 말이다. 허나, 에드워드 드 비어의 극에 나올 법한 차별적이고 과장된 말투와 몸짓은 교수의 영원히 변치 않을 특성이리라.

"어이, 저 부르주아 늙으신네가 뭐라고 하는 거야? 우리의 위라니? 무슨 소리냐고?"

괜스레 흥분한 왕초가 소리치자 마스코 미카는 얼굴을 찡그리며 말했다.

"조용히 좀 하세요! 저도 알고 싶은데요, 제 작전관을 말씀하시는 거라면 말씀드릴 수 없습니다만……."

교수는 얕잡아보는 시선을 숨기지도 않고 웃음을 터트리며 말했다.

"누가 중간에 끼어든 합중국을 말하는 것인가? 이 작전의 진짜 책임자를 대라고 하잖나! 어차피 정의광인 합중국이라면, 이런 집착적 광기를 부리는 것은 아닐 터! 너희에게 이런 걸 조언한 게 누구냐 묻지 않나."

양팔을 크게 펼치며 말하는 교수의 노성은 예배당을 쩌렁쩌렁 울렸다. 누구도 교수의 이런 행동에 대해 말을 잇지 못했다. 교수는 자신의 질문에 곧바로 대답도 하지 못하는 학생들을 보듯 둘을 혐오스럽게 노려보았다.

*

지금 스키피오 중령 뒤통수에는 총구가 겨눠져 있음에도 그리 겁먹지 않는 모양이다. 오히려 이 정도만 해도 극진한 대접이라 생각하고 있는 눈치였다. 중령은 천연덕스럽게 TV를 틀고 일어나서 텅 빈 잔에 술을 채웠다. 그리고 다시 자리에 앉아서 아무렇지 않은 듯 TV를 바라보고 있었다. TV에선 ANG가 지금의 상황을 특별속보로 내보내고 있는 중이었다. 화면에 적힌 방송국 로고가 아니었다면 싸구려 괴수들이 벌이는 한 장면이라 치부할 정도로 화면이 조악했다.

강철로 몸을 두른 괴수들의 대혈전이 펼쳐지고 있었다. 그 틈에서 경찰과 테러리스트들이 벌이는 싸움 또한 여과 없이 보여주고 있었다. 이런 위급한 상황에서도 일반시민의 피해가 전무하다는 점에 중령은 놀람을 금치 못했다. 확실히 조선은 위험이 닥쳤을 때 신속하게 백성을 보호하는 능력을 갖춘 경찰국가다운 나라였다.

중령은 평상시처럼 한 손에 시가를 물고 목을 축이고 있었다. 뒤통수에서 총구를 겨눈 존 D와 중령과 마주보고 있는 존 D는 서로 어이없다는 듯 눈을 마주치고 있었다. 사실 존 D가 생각없는 작자이긴 했지만 중령이 이 정도로 배짱을 부릴 줄이야, 그로서는 혼란스러울 수밖에 없었다.

"저기, 지금 댁은 잡힌 사람이거든요?"

"그럼 구속하고 고문이라도 하시지? 뒤통수에 총구를 겨눈 것 정도로 겁먹는다면 두려울 것도 많군."

그 말에 존 D는 짜증과 함께 말했다.

"대체 댁은 뭘 꾸미는 겁니까? 아니 이미 무슨 짓을 하는지는 알곤 있지만……."

중령은 담담하게 시가를 피우면서 이야기를 시작했다.

"이 나라에 정의를 세우는 거네."

"이런 정의광들아! 처음부터 우릴 엿먹일 속셈이었지! 너희 나란 왜 이리도 정의에 환장한 거야?"

스키피오 중령은 벌떡 일어나 듬직한 두 팔을 펼치며 강변했다.

"무엇이 다른가? 자네들의 일은 세계의 질서를 세우는 일 아닌가? 대체 우리와 뭐가 다르단 거지?"

중령이 너무도 자신만만한 소리를 한 나머지, 존 D는 머릿속 어딘 가에 다잡고 있던 참을성의 끈이 끊어지는 소리를 듣고야 말았다.

"어디가 똑같은데? 아니, 어디가 똑같다는 건데요, 예? 우리가 원하는 건 세계평화라고! 사람들이 죽고 테러리스트들은 괴물이 돼서 날 뛰는 이 상황의 어디가 평화냐 말이야! 어디 한번 입이 있으면 설명해 보시지. 지금 안 그래도 [몰니야II] 안에서 내가 어떻게 되었는지 알 수 없어서 짜증이 솟구치는데 이럴 겁니까? 앙!"

"질서란 정의를 지켰을 때, 만들어지네. 정의가 세워지지 않는 이런 전제주의 국가에 진정한 정의를 세우려면 한번 무너지는 것도 필요하 다는 거지."

정의라는 아집으로 인격이 형성된 합중국인다운 소리였다. 정의를 내세워 어떤 일에든 오지랖 넓게 참견하기 좋아하는 그네들의 습속을 형상화시킨 것 같았다. 하지만 존 D는 그런 중령의 일장연설에 크게 한숨을 쉬며 비꼬듯 말했다.

"아아, 나 알 것 같아. 합중국식 민주주의 말이죠? 이 정신나간 작자야! 미쳤어, 정말 미쳤어! 조선이 망하면 어떻게 될 줄 알아요? 아시아는 수많은 군소국가의 전쟁터가 될 거라고! 지금 조선이 수많은 방법으로 달래고 찍어누르며 안정시킨 거란 말이야! 어떻게 할 건데?"

"우리 합중국은 우방의 위험을 가만히 두진 않을 거라네."

승리의 미소를 짓고 있는 스키피오 중령을 보며 존 D는 평소와 달리 매우 공격적으로 돌변했다.

"웃기지마! 이건 침략이야! 2차대전 때 차지하지 못한 아시아의 패권을 가지고 싶을 뿐이잖아! 이건 그냥 정치놀음이야! 어느 선까지 이일에 관련되어 있는지는 모르겠지만 클럽이 가만히 있을 거라곤 생각하지 마!"

중령은, 화가 치밀어올라 숨을 거세게 몰아쉬고 있는 존 D의 모습을 묵묵히 바라만 보았다. 마초의 기질인 것처럼 침묵으로 일관하는 중령을 보면서 존 D는 다시 화가 났는지 숨을 몰아쉬며 입을 열었다.

"이번 일로 윈스럽 의장께서 매우 분개하셨다는 것만 알아둬. 그리고 의장께서 허락하지 않으신다 해도 이번 일에 연관된 합중국의 모든 관계자들의 책임을 묻게 할 거야. 하지만 지금은 빌어먹을 댁들이 싸놓은 똥을 치워야 한단 거야. 책임질 날이 올 때까진 마음껏 술을 즐겨두라구."

존 D의 협박적인 말에도 개의치 않고 중령이 이번에는 건배하듯 술잔을 높이 들어올리며 단숨에 들이켰다.

"우와…… 댁, 정말 배짱 쩐다."

정말 화가 머리끝까지 올라온 존 D가 방아쇠를 당기려는 순간, 때마침 다른 장소의 존 D가 자신이 본 것을 공유했다. 방아쇠에서 잠시 손을 떼고, 자신이 보고 있는 장면이 뉴스에 뜨기를 기다렸다. 이윽고 뉴스에서 충격적인 상황을 보여주고 있었다. 계속해서 다른 존 D에게서 정보를 피드백받고 있는 존 D는 얼굴을 찡그릴 뿐이었지만, 중령은 지금의 혼란스러운 상황에 당황했는지 놀란 표정을 지으며 식은땀마저 흘리고 있었다.

"저게 댁이 말한 정의야? 참으로 정의로워서 눈물 날 지경이네."

존 D는 중령의 뒤통수에 총구를 강하게 밀어붙이며 방아쇠를 당길 기세였다. 허나 중령은 묵묵부답에 미동도 하지 않았다. 이미 이 일에 관련된 요원들이 살해당하고 있는 상황이었지만 작전이 완전히 파탄 난 상태는 아니기에 여기서 작전을 멈출 생각은 없었다. 물론 존 D에게도 지금의 이런 상황이 좋을 리만은 없었다.

"지금 저걸 어떻게 보고해야 하나……."

뉴스에서는 빙글 빙글 돌아가는 태엽이 등 뒤에 달린 기계인형이 망가진 라디오에서 들리는 소음처럼 비명을 지르며 앞으로 나가고 있었다. 지금 열차 안에서는 무슨 일이 일어나고 있는 것인가.

[마키나 바이러스]의 재림이다.

존 D는 정말로 화가 나기 시작했다. 이 장면은 수없이 많은 존 D에게 피드백되었다. 혹은 직접 이 장면을 지켜보는 존 D도 있었다. [마키나 바이러스]에 대하여 어중간하게 알고 있는 혹자들은 이를 흑사병과 유사한 전염병 정도로 치부할 수도 있겠다. 차라리 전염병이었다면 좋으련만 [마키나 바이러스]의 가장 중요한 핵심은 역시 교수와 연관되었다는 점이었다. 교수 말마따나 너무 심각할 정도로 교수의 개발품만 나오는 게 심상치가 않았다. 그럼에도 클럽에선 결단을 요구할 수도 있다. 존 D로서는 당연히 마음속에 분노가 들끓고 있었고 그렇기에 수많은 존 D가 동시에 하나의 생각을 하게 되었다.

'정말, 모두 다 없애버리고 싶다. 정말 왜들 저러지……'

제4장
인공의식
Artificial Consciousness

비극에는 피와 죽음이 필요 없다.
비극의 쾌락인 장엄한 슬픔으로 온통 가득하다면
그것으로 충분하다.

- 장 라신

• 조선에서 가장 바쁜 사나이

지상이 걸어다니는 백색소음들로 가득 차기까지 무슨 일이 있었던 것일까? 그것을 알고자 한다면 교수가 못난 학생들에게 화를 내는 것처럼 [어깨동무]와 OSS요원에게 뒷배가 누구인지 호통을 치는 시간대로 잠시 되돌려 보자. 교수는 그의 깐깐하고 뒤틀린 성격을 십분 활용하여 원하는 대답이 나올 때까지 닦달할 참이었다.

허나, 지금껏 소신을 가지고 일해왔다고 믿었던 왕초에겐 이게 무슨 귀신 씻나락 까먹는 소린가 싶었다. 뒷배를 밝히라니……. 없는 것을 밝히라니 말이나 되나?

이런 상황에서 교수는 웃음이 나왔다. 이들의 문제는 자신들을 배후에서 조종하는 자가 진정 누구인지 모른다는 점이었다. 교수는 이들이 자기영혼의 주체자가 아님을 자신의 왼쪽 눈을 통해서 확인할 수 있었다. 이런 영혼이 빠져나간 거죽덩어리들에게 아무리 말해봤자 입만 아프기에 교수는 착잡한 심정으로 품속에서 파이프담배를 꺼내 물었다. 그리고는 마음의 정리가 되었는지 차분한 모습으로 담배를 피우던 그가 이번에는 어디선가 간이의자를 꺼내 앉더니 허공에 대고 무심히 말을 건넸다.

"좋아, 어디 그럼 맘대로 해보게, 이 말이 들릴지는 모르겠지만 난 여기서 당장 이 열차 자체를 다른 우주로 전이시키거나 파괴도 가능하다는 걸 말해주고 싶군."

왕초와 마스코 미카를 무시하고 교수는 천천히 연극적인 걸음걸이로 무대를 이동하듯 움직였다. 교수가 이동하는 모습이 그림 속 장면처럼 지극히 질서정연했지만, 그 이동 사이사이로 체면으로 위장된 가면 너머 웅크려 있던 그의 야수성이 뭉글뭉글 올라오려는 기세를 보였다. 극도의 분노로 인한 광기가 파열음처럼 터져 나왔음에도 무분별하거나 저열한 행동으로 이어지지 않고 오히려 뒤엉킨 지성으로 무장된 절도로써 그의 분노가 끓어오르고 있던 것이다.

"내가 할 말은 딱 한 가지인 것 같군. [몰니야Ⅱ], '코드: 소크라테스, 독배를 들게.'"

교수의 정제된 연극적 말투가 예배당에 울려 퍼진다. 그러자 놀랍게도 육중한 [몰니야Ⅱ]가 움직임을 멈추었다. 균형제어장치 덕에 안에 있는 사람들은 크게 흔들림 없이 안전했으나 [몰니야Ⅱ]는 천천히 휘감기듯 중력에 눌려 서서히 떨어져나갔다.

갑작스런 사태에 [어깨동무]들은 어찌할 바를 모르고 우왕좌왕하기 시작했다. 그나마 정신을 차리고 있던 것은 합중국의 첩보원인 마스코 미카뿐이었다. 그녀는 [몰니야Ⅱ]에 비상이 걸린 것을 알아채고 서둘러 연주를 시작했다. 그러나 [몰니야Ⅱ] 내의 모든 장치가 멈춰버렸기에 그녀가 누른 건반은 그저 달그락거릴 뿐 어떠한 음도 울리지 못했다. 결국은 우왕좌왕하는 부하들을 밀치고 왕초가 교수에게로 다가가 소리쳤다.

"이 빌어먹을 어르신네야, 뭐 하신 거냐고!"

"어떤 기계든, 최종명령권을 우선하게 되어 있다네. 내가 누구라고 생각하는 건가? 흠? 내가 바로 [19세기의 망령]일세. 가끔 자네들이 잊는 모양인데, 너희들이 장난친 [장난감]의 주인이란 말이지. 버릇없는 꼬맹이들이 [장난감]을 거칠게 가지고 놀면 의당 뺏은 다음, 혼내주는 것이 마땅하지 않은가!"

"장난해? 장난하냐고! 아오, 이 늙은이가!"

왕초는 뒤틀린 미소를 지으며 말했지만 교수는 그의 말을 무시해버리고 마스코 미카에게 다가갔다.

"자, 다음 수가 무엇인지 설명해보겠나? 다음은 어떤 바보짓이 나올지 지금부터 기대되는군그래. 아니라면 이 노구를 따라주겠는가? 이미 자네 목숨은 어느 쪽에 잡히든 편히 죽지는 못할 게야. 클럽이고 조선이고 자네들 사지를 찢어버릴 테니까. 차라리 뒷배를 밝히고 이 노구에게 항복하는 쪽이 편한 마무리를 지어줄 수 있네만?"

마스코 미카는 숨이 턱, 막혔다. 경우에 따라서 자신이 버림패가 될수도 있음은 각오한 바지만, 교수가 자신에게 하려는 말이 과연 무엇이란 말인가…….

"아까부터 무슨 소릴 하는지 모르겠네요."

"무슨 소리냐니, 진심으로 하는 소린가? 얼마 있으면 이 열차에 조선이나 클럽에서 아주 즐겁게들 쳐들어올 걸세. 열차의 모든 기능이 정지되었으니까 말이네. 끝까지 발악해볼 참인가? 그거 참 즐겁겠구만. 노구에게 끝내주는 쇼를 선물해줄 모양이군!"

늙은 호랑이마냥 어슬렁어슬렁 걷는 교수는 비웃음을 가득 머금은 표정으로 극적으로 두 팔을 활짝 벌리며 선언을 했다. 이처럼 교수는 주변의 좌중을 휘어잡고 강연하듯 목소리를 높였다. 그러나 어디선가 찬물을 끼얹듯 분위기의 맥을 끊는 말이 터져나왔다. 왕초나 마스코 미키는 아니었다. 좀 더 절제된 목소리였다.

"물론, 제가 나가야지요. 교수님."

교수는 뒷배가 나왔다고 직감했다. 멀리 그림자 사이에서 무게감 있는 걸음소리를 내며 누군가 다가오는 것을 보았다.

**

99대 장영실은 갑작스레 발광하던 [몰니야Ⅱ]가 동면하는 뱀마냥 똬리를 트는 것을 보곤 얼굴을 찡그렸다. 과학자라는 옷을 입고 있었지만 자연인으로서의 구예신이 가진 폭력성을 숨길 수는 없었다. 그의 애국심을 의심할 순 없지만, 지금 [천외비선]을 움직여 싸우는 것도 그의 타고난 호전성과 더불어 로봇장난감을 가지고 노는 유아기적 기질이 발동했기 때문이다. 즐겁게 투닥거리며 싸우고 있는데 갑자기 상대가 멈춰버린다면, 불완전연소로 인해 짜증이 밀려올 것은 당연지사였다. 갑자기 흥이 식어버린 것처럼 그는 옆에 서 있던 부소장에게 조종기를 휙 내던지더니 괜한 성질을 부렸다.

"정말 이게 뭡니까요? 왜 저게 갑자기 행동불능이지 말입니까요."

"장영실, 나쁜 이야기는 아니지 않습니까? [어깨동무] 놈들도 지금 상황에 대열이 흐트러지기 시작했고 경찰들의 진압과정이 빨라졌으니 말입니다."

"내 극도의 흥분은 누가 책임질 거냔 말입니다요!"

짜증이 났는지 장영실은 옆에 있던 간이의자를 발로 찼다. 그것을 지켜보던 부소장은 이마를 짚고 몰래 한숨을 쉬면서 말을 이었다.

"…… 장영실, 좋게 생각하십시오. 손쉽게 테러리스트가 정리되고 있는 거 아닙니까?"

사실, 부소장은 꽤 명망 있는 사대부가문의 후손으로 현 국방장관의 아들이기도 했다. 이성적인 생각과 절제된 예의로 무장된 사대부의 후손답게 장영실의 발작적인 천박함을 고분고분 받아주진 못했다.

　"아니 뭔가 찝찝하단 말입니다요. 더 큰일이 일어날 거란 말입니다요."

　장영실은 뭔가 기분이 계속 언짢은 듯, 싱숭생숭한 표정을 지었다.

　"당신의 예감이라면……. 뭔가 무섭군요."

　이러니저러니 해도 결국, 부소장은 장영실의 판단만큼은 신용했다.

　"아, 그건 그렇고 경찰더러 남은 병력 가지고 어서 열차를 타라고 하십시오. 현주 마마 저 안에 계신다니까 뫼셔 오시란 말입니다요."

　"바로 무선 넣도록 하겠습니다."

　부소장은 현주라는 호칭을 듣자마자 진지한 표정으로 곧바로 무선을 넣었다. 장영실은 심기가 뒤틀린 듯 얼굴을 일그러트리며 어떻게 하면 저들, 빨갱이들을 확실히 처단하고 조선에 이득이 되게 할 수 있을까 고민했다. 물론 그 행동의 기저엔 완전히 분출하지 못한 폭력의 잔재가 여전히 남아 있었다.

　"차라리, 내가 직접 가버릴까 말입니다요."

　장영실은 일그러진 표정을 지으며 발을 동동 구르며 서 있었다. 그는 앞주머니에서 담배를 꺼내 물고 불을 붙인 뒤 깊게 빨아들였다. 뭔가를 저지르기 전의 남자들 모습이 다 그렇듯 말이다.

**

　존 D는 광대와 흡사한 인성을 가진 작자였지만 폭력과 살인이라는 화두를 두고 얘기해보자면 죽음과 폭력의 도제徒弟라 할 만큼 이에 직결되는 요소가 많다. 평소 그렇게 어수룩해 보이는 작자가 누군가를 죽일 때나 고문할 때가 되면 그렇게 창의로울 수가 없었다. 도망치는 사람을 잽싸게 붙잡고는 존 D의 분신들이 일제히 몰려들어 도망자의 사지를 찢어버리는 거열형을 저지르는 것은 예사요, 자신의 초능력을 총동원해 가장 즐거운 방법으로 폭력을 자유자재로 사용했다. 이 모두 어렸을 때부터 윈스럽 의장에게 내맡겨지며 그에게서 철저히 훈련받아온 결과이며, 이러한 뒤틀린 성장을 해온 그가 폭력의 대가가 되었다고 한들, 그리 이상한 일은 아니었다.

지금도 존 D는 조선에 숨어들었던 스키피오 중령이 숨겨둔 OSS의 첩보원들을 하나씩 찾아서 죽이고 있었다. 안전가옥이라고 믿고 숨어 있었던 모양인데, 존 D 앞에서 안전이라는 말이 얼마나 하찮아지는지를 알 수 있는 이야기다.

지금, 존 D는 발버둥치는 첩보원의 목을 뒤에서 조르며 상대의 반응을 즐기면서 바닥을 뒹굴었다. 상대의 코가 무참히 깨지면서 얼굴이 피범벅 되었으나 존 D의 잔혹행위는 멈추지 않았다. 거품이 뒤섞인 핏국물이 순식간에 주변으로 번지고 있었고, 상대가 죽기 일보직전임을 확인한 뒤에야 존 D는 미리 준비했던 인화물질을 여기저기 뿌리기 시작했다.

"사고를 위장해야 하는 거가 정석이잖아? 대체가 말이야. 꼬라지가 살인처럼 보이는데다가, 게다가 무슨 불놀이야?"

뒤에서 다른 곳의 일처리를 마치고 돌아오는 또 다른 존 D가 나타나는 바람에 휘발유를 뿌리고 있던 존 D는 깜짝 놀라며 들고 있던 휘발유통을 놓치면서 한소리 했다.

"알면서 왜 물어? 취미생활 겸 흔적지우기지. 그나저나 세상에, 이젠 본인한테까지도 이러기냐? 이거 정말 기분 더럽네. 그래도 난 또 깐죽거리겠지……."

"알면서 왜 그래? 원래 '나들'은 이랬잖아. 그나저나 느꼈어?"

휘발유 뿌리던 존D는 건성으로 대답했다.

"네가 느꼈는데 나라고 안 느꼈겠냐? 느꼈지. 계속 들어가려고 지랄치던 [몰니야Ⅱ]의 방벽이 내려갔잖아."

"그럼 들어가야 하는 거 아니야?"

"암 들어가고말고. 숨쉬는 거랑 사람 죽이는 것만큼 쉬운 일이 어디에 있다고. 물론 이 모든 게 교수나리가 정해준 길인 것 같아. 기분은 더럽지만……."

"지금 그게 중요한 거 아닌 것 같은데……. 말하자면 나들이 침입하지 못한 곳에 마음껏 들어갈 수 있단 거잖아. 좋은 거지."

"장난해? 교수가 어떤 작자인데 그런 소리가 나와? 이용하고 뒤통수치는 게 뭐 일상생활인 작자잖아."

"일단 들어가서 다 작살내면 누가 뭐라겠어? 먼저 우리가 해야 할 일은 이번 일에 관계된 놈들을 찢어죽이고 박살내고 되도록 조선에 은혜를 입히자는 거니까. 게다가 그 안에는 현주 마마까지 있으니까. 딸바보인 대군 마마랑 이야기가 통하지 않겠어? 나들이 할 수 있는 일을 하지 않는다면 의장이 아주 우릴 죽이려들 거라고. 뭐, 물리적인 이유로 죽진 않겠지만. 대신 급료가 줄겠지."

"아니, 그건 좀 위험한데……. 아 놔, 그런데 이거 빨리 들어가지 않으면 함정이라도 발동될 것 같단 말이지. 그전에 스키피오 중령도 죽여 버릴까……."

"중령은 아직 안 돼. 일단 마스코 미카, 그 계집을 잡고 생각할 문제지. 그리고 해도 안 해도 문제가 생길 것 같으면, 일단 일을 저질러놓고 문제를 받아들이는 게 좋겠지."

그 말이 끝나기 무섭게 다른 존 D들이 속속들이 나타나며 맞장구를 쳐주었다. 통을 들고 있던 존 D는 휘발유를 다 뿌렸는지 빈 통을 내던지곤 말을 이었다.

"그럼, 최대한 싸그리 씨를 말려버릴 수 있게 사전준비를 하고 쳐들어가 볼까나?"

이때 만약, 실성한 웃음소리와 함께 박수를 치는 동일인물이 여기저기서 나타나는 모습을 누군가 지켜보았다면 무서움에 벌벌 떨었을 것이다. 그러나 아쉽게도 이 안전가옥에는 이제 존 D들밖에 남아 있지 않았다. 서로가 서로를 쳐다보며 자아내는 실성한 웃음은 가옥을 가득 메웠다. 그리고 이들은 언제 그런 일이 있기라도 한 듯 모두들 하나씩 사라져갔다. 마지막 남은 존 D만 주머니에서 성냥을 꺼내 불을 붙인 뒤 천천히 사라지기 시작했다.

존 D의 기묘한 미소마저 서서히 사라질 즈음, 허공에 떠 있던 성냥은 중력에 따라 떨어지며 반시체로 쓰러져 있던 상대의 몸체에 떨어지며 불꽃으로 타올랐다. 타들어가는 상대의 몸체는 심히 뒤틀리더니 고장난 [장난감]에서 새어나오는 전자음처럼 괴이한 소리를 냈다. 순식간에 불길은 주변 건축물에 옮겨 붙기 시작했으며, 이때 타오르는 불길 속에서 이상한 소리가 들려왔다. 그것은 존 D의 일그러진 기괴한 웃음소리와도 흡사했다.

합선대군은 방금 전까지 나오던 TV에서 방송종료 때나 뜨는 ANG 의 방송로고를 바라보았다. 조선의 경찰들이 방송국 송출을 막아버린 덕이다. 현재 서울은 반 계엄령상태로 모든 것이 통제되고 있었다. 그리고 잠시 생각에 잠겨 있던 합선대군은 홀로그램으로 나타나 고자질쟁이처럼 이것저것 일러바치고 있는 경찰청장의 말을 무심하게 듣고 있었다. 여기저기 도처에서 너무도 당연하다는 듯 전해오는 소식들에 의하면 [몰니야Ⅱ]가 현재 침묵하고 있다는 소리도 들렸다. 밖에서 소상히 전해오는 정황을 듣고 있던 합선대군은 고개를 끄덕이며 감사를 전했다. 합선대군은 연명을 위한 여러 장치를 곤룡포처럼 두르고 주변을 압도하듯 거친 숨을 들이쉬며 입을 열었다.

"친히 알려주고자 이리 와주어 고맙네. 테러리스트놈들의 열차가 멈췄다니 다행이네. 빨리 끝내야 할 걸세. 이미 조선의 체면이 말이 아니야."

이미 저질러진 사건은 일파만파로 퍼진 상태였고, 주변국가에서는 이때다 싶어 조선의 무능을 물어뜯고자 호시탐탐 노리고 있는 때였다. 이 점을 알고 있기에 경찰청장은 바로 대답했다.

"경찰병력이 들어갈 채비를 끝냈습니다. 이제 돌입하는 일만 남았습니다."

더는 듣기 싫었는지, 대군은 손을 내저었다.

"그 말은 주상에게 올리시게나. 일개 대군이 너무 많은 것을 알게 되지 않았나."

누구도 합선대군을 '일개' 대군이라 여기지 않을 것이다. 비록 선천적인 장애와 그로 인한 오랜 병마로 세자책봉에서 밀리긴 했지만, 왕사王師라거나 섭정공으로 불리며 조선의 각계각층에 영향력을 여실히 보여주는 권력자였다. 사실 왕의 그릇을 가진 것은 합선대군이라 불릴 정도였으니까.

"이미 전해드린 참입니다. 헌데……"

"헌데?"

"주상 전하께오서 현장지휘를 장영실에게 맡겨버리셔서……"

"흠, 장영실에게 말인가? 하지만 주상전하의 뜻이 그러하다면야 어쩔 수 없는 일이지. 그리고 장영실에겐 [매드사이언스]가 나타나는 특수상황이기에 충분히 그럴 권리가 있을 텐데?"

"그러하옵니다. 대군 마마."

대군은 안절부절못하는 경찰청장을 바라보다가 한숨을 쉬었다.

"내 그대가 뭘 걱정하는지 잘 알고 있소. 그대가 조선에 충성스런 신하라면 주상께서도 능히 그대를 계속 중용하실 것이요. 아니면 그대는 자리보전만을 원하는 자였나?"

경찰청장은 멍하니 듣고 있다가 이제야 대군의 말뜻을 이해했는지 황망한 표정으로 고개를 숙이더니 재빨리 처신을 바로 했다.

"물론 조선의 충성스런 신하이옵니다. 대군 마마."

"이만, 물러가라. 몸이 별로 좋지 않군."

대군의 말에 안색을 살피던 경찰청장이 예를 올리고 물러나자 홀로그램이 꺼지는 불처럼 사그라졌다.

대군은 짐짓 한숨을 쉬다가, 하인들 몰래 서랍에 숨겨두던 담배 한 개비를 입에 물었다. 담배를 피우며 홀로그램 통신장치에서 연결버튼을 눌러 입을 열었다.

"풍견이 있느냐?"

대군은 담배를 깊이 빨아들이며 답신 없는 통신장치를 물끄러미 바라보고만 있었다.

• '자산'이라 불리는 남자

아빈현주는 화면 너머로 늙고 영악한 호랑이가 천천히 주변을 으르며 열차 전체를 장악해가는 것을 지켜보았다. 그리고 확신했다. 스테인드글라스에 비치는 기인이사奇人異士가 확실히 전설임을 깨달았다. 화면에 비추는 상황을 바라보면서도 이곳을 탈출하기 위해 이곳저곳을 꼼꼼히 살펴보았다. 지금은 편하게 싱글소파에 앉아 있지만, 아까까지만 해도 이곳에서 나가고자 벽을 두드리고 있었다. 보기에는 그저 평범한 살롱 같지만, 비집고 나갈 틈조차 보이지 않게 조밀하게 만들어졌고, 보통 방과 다른 게 있다면 문이 없다는 점이었다.

이래서야 집에 연금되어 있는 상태와 무엇이 다르단 말인가. 오히려 더 질 나쁜 경우였다. 애초부터 아빈현주 혼자의 힘으로 할 수 있는 일은 거의 없었고, 이 시점이 되고 보니 어쩌면 아버지 말씀이 옳았던 것 같다. 함부로 경거망동하다 자신의 명예뿐 아니라 아버지의 명예마저 더럽혀지는 꼴이 되고 말았다. 가장 큰 문제는 결과에 따라 나라에 큰 우를 끼칠 수도 있다는 점이다.

그러나 자신을 감히 화단의 꽃 정도로 가볍게 여기는 자에게 문제를 맡길 아빈현주가 아니었다. 그녀는 절대 이용당하는 측이 아닌, 언제나 이용하는 측이었기에 이런 상황에서 교수가 독단으로 일을 처리하게 그냥 놔둘 수는 없었다. 결국 말하자면, 교수는 지금 자신이 흘린 찌꺼기를 치우고 자기만족을 채우려는 속셈이 있었던 것이다.

허상과 기만으로 가득 차 있는 지금의 조선은 도깨비에 홀려 있음이 틀림없었다. 현주는 지금의 상황이 정말로 마음에 들지 않았다. 다만 오페라를 관람하는 귀부인처럼 현주는 지그시 눈을 뜬 채로 무표정을 가면처럼 둘러쓰고 차분하게 소파에 앉아 있었다. 앞으로 어떤 일이 일어날지 예측 못하는 상황에서 그저 한숨만을 내쉬고 있을 뿐이었다.

그런데 갑작스럽게 반전을 본 것인 양 어디선가 교수의 목소리가 아닌 다른 낯익은 목소리가 들려왔다. 순간 불쾌해진 아빈현주는 너무 당황한 나머지 눈을 깜빡일 뿐이었다. 납득하기 힘든 현실이지만, 그녀는 다시 스테인드글라스 쪽으로 눈길을 주었다. 긴장된 마음으로 눈을 부릅뜨고 화면을 바라보니, 그늘진 화면 너머에서 천천히 걸어 나오는 자가 있었다. 다름아닌 풍견지랑이었다. 아빈현주는 놀라 입을 빠끔거리며 더듬거리듯 말을 했다.

"어째서 오라버니가……."

풍견지랑은 예배당으로 들어오는 그늘진 출입구에서 사관마냥 절도 있는 걸음걸이로 소리없이 들어왔다. 그는 다소 무표정하게 아수

라장이 된 예배당을 바라보면서 어이없는 듯 고개를 가로저었다. 예배당에 모인 사람들은 교수의 카랑카랑한 목소리에 아직 정신을 못 차렸는지, 풍견지랑이 들어온 것도 눈치채지 못하고 있는 듯했다. 이 윽고 풍견지랑은 무덤덤한 목소리로 입을 열었다.

"물론, 제가 나가야지요. 교수님."

무감각하고도 단조로운 그의 목소리가 예배당에 울려퍼지자 여기 모인 사람들이 일제히 소리나는 곳을 바라보았다. 황망한 표정을 짓는 주변사람들과 달리 교수는 활짝 웃고 있었다.

"호오, 이런 재밌는 일도 다 있군그래. 이러니 인생은 흥미롭다 하는 거야!"

교수는 박수를 치면서 다가오는 사람을 환영했다. 선과 악, 적과 동지를 넘어 교수에겐 자신에게 흥미를 주는 사람을 좋아했다. 눈앞에 등장한 풍견지랑도 그런 인물 중 하나였다. 검은색 양복을 입고 무표정한 얼굴로 주변을 관찰하는 날카로운 그의 눈매가 주변을 압도했다. 풍견지랑은 교수의 찬사에도 별 감흥이 없는지 그를 비꼬았다.

"교수께선 역시 전설대로군요."

"그러는 자네는 주변의 평가와 다르군. 풍견지랑! 듣기로는 충성스럽다 들었는데 말이야."

비비꼬인 풍견지랑의 말에도 아무렇지 않은 듯, 교수는 오히려 호들갑스럽게 화답했다. 그런 교수의 모습에 이미 알고 있었다는 표정을 지으며 풍견지랑이 말했다.

"현주 마마께오선 어디 계신 겁니까? '에스코트' 중이시지 않으셨습니까?"

"알면서 뭘 묻나? 안전한 곳에 계시지."

"안전한 곳? 현주 마마께서 안전한 곳이 [우인궁] 이외에 어디란 말입니까?"

"흠, 자네를 보니 그 질문의 답은 명백하지 않나. 안 그런가?"

교수는 지팡이를 땅에 두드리며 짐짓 감탄한 듯 말했다. 풍견지랑은 그런 교수의 의뭉스런 행동에도 표정 하나 변하지 않았다. 오히려 이를 지켜보던 마스코 미카의 얼굴에는 만화에나 나올 법한 수많은 표정들이 스쳐지나갔다. 그리고 왕초는 짜증난 듯 뭔가 말을 하려다가 입을 다물었다.

풍견지랑은 마스코 미카 쪽을 바라보았다. 감정이 메마른 듯한 그의 모습과 달리 마스코 미카는 합중국의 스파이치고 얼굴표정이 너무 다양하여 시시때때로 인상이 변하고 있었다. 마스코 미카는 엉망이 되어버린 지금의 상황에 어찌할 바를 모르고 있었다. 사실 풍견지랑은 외부에 그의 모습이 노출되어선 안 되는 존재이다. 만약 그것이 가능하다면, 정보원이자 외부협력자로서의 가치가 들키지 않았을 때의 일이다.

그럼에도 그는 스스로 자신을 드러냄으로써 합중국이 가진 여러 변수를 뭉개버리고 있었다. 만약 이 일이 작전관인 스키피오 중령의 귀에 들어간다면 먼저 마스코 미카의 머리부터 구멍날 일이 생기리라. 수년간 정보원으로 키우기 위해 공을 들인 자였는데 이렇게 한순간에 초를 칠 줄은 누구도 예상 못했을 것이다. 자포자기하듯 자리에 털썩 주저앉고 말았던 마스코 미카는 다시 씩씩하게 일어나 풍견지랑에게 손가락질을 하며 으르렁댔다.

"대체 이곳에는 왜 와 있는 거죠? 당신은 분명 뒤에 빠져 있……."

"무슨 소릴 하는지 모르겠군요. 교수께서 당신들을 조종하는 '영혼의 주인'을 원하지 않습니까. 허니 나와야지요. 합중국의 스파이는 당신이지 제가 아닙니다. 어디까지나 공동의 목적이 맞아 움직이고 있던 것 아니겠습니까? 게다가 이곳에 없어야 하는 건 어디까지나 당신이지요. 합중국의 스파이아가씨! 대체 댁이라는 증거가 남으면 OSS도 크게 문제가 될 텐데요? 이를 두고 조선에선 '사돈이 남말'이라 하죠."

마스코 미카는 두통이 오려 하고 있었다.

"하아, 당신 말이죠⋯⋯. 자신이 자산Asset* 이란 인식은 있는 건가요?"

"전 한 남자의 소유물로 자랐습니다. 내가 자신이 무엇일지 모를 거라 생각하시나요?"

풍견지랑은 마스코 미카의 짜증을 담담하게 받아쳤다. 정말 그가 감정이란 것을 가지고 있는 인간일까 의심스런 사내였다. 그녀가 진절머리를 치고 있을 때, 폭소를 터트리기 일보직전인 표정을 감추고 교수가 진중하게 한마디 내뱉었다.

"그래서 묻는데, 지금 이게 무슨 코미디인가? 자네가 뒷배라 주장하고 싶은 건가?"

교수는 믿지 않았다. 재밌는 등장이긴 했지만 그것뿐이다. 풍견지랑이 자신의 [장난감]을 어떻게 알고 합중국의 유력 첩보조직과 테러리스트를 좌지우지한단 말인가. 게다가 그래봤자 자산에 불과한 자가 말이다.

---

* 누군가의 소유물이나 재산을 뜻하는 단어지만, 여기서는 정보를 주거나 작전을 직접적으로 돕거나 하는 외부협력자를 뜻하는 첩보 쪽의 속어이다.

"확실히 말하죠. 이 열차의 설계도와 무기를 OSS를 통해 준 것도, [어깨동무]가 들고 있는 무기를 만들게 도운 것도 접니다. 무엇을 숨기겠습니까. 생각해보십시오. OSS가 왜 갑자기 이런 미친 작전을 시작했을까? 팔푼이 떼거리가 어떻게 당신의 발명품을 가질 수 있었는지 말이죠. 당신의 물건을 당신만큼 아는 누군가가 저들에게 넘긴 거지요. 그리고 그 누군가는 바로 접니다."

풍견지랑은 당당하게 사실을 밝혔다. 하지만 교수는 다시 말했다.

"그니까 그 말 자체를 못 믿겠다 말하는 거네. 일개 집사 주제에 내 [장난감]을 무슨 수로 빼낸단 말인가? 무슨 소릴 하는 건지……."

교수는 현명해 보여도 가끔 계급적인 태도와 대영제국 신민臣民 특유의 자만심을 가지고 있었다. 풍견지랑은 자신을 무시하는 말을 들었음에도 얼굴을 붉히기는커녕 반론조차 하지 않았다. 그저 자신의 품속에서 닳아빠진 양장본 하나를 꺼내어 교수에게 던졌다. 동물가죽으로 제철된 금박과 자수가 놓인 귀족 수장용의 비싼 양장본처럼 보였다. 다만 교수는 겉표지만 보고도 그것이 과거 웰링턴 경이라는 발명품과 함께 사라졌던 자신의 발명초안을 정리해두었던 책임을 단번에 알아챘다.

그가 손수 만든 책이니 모를 리가 없었다. 책의 제본방식은 16세기부터 이어져온 비싼 양장방식인데, 교수의 뒤틀린 예술가적 취미를 막을 자는 [태엽성]에 아무도 없었다. 교수는 조심스럽게 자신의 책을 들여다보았다. 물에 젖은 것마냥 주름지고 뻣뻣해진 질감의 속지에 암호문 같은 자신의 글들이 빼곡히 쓰여 있었다. 그리고 타인의 글씨체가 지면 가득히 자신의 발명품에 대한 해석을 해내고 있었다. 교수는 기분이 나빠진 모습으로 중얼거리듯 말했다.

"그래, 이제 좀 믿을 수 있겠구먼……."

"감사합니다, 교수님."

풍견지랑은 자신의 행위에 그 어떤 부끄러움도 느끼지 않았다. 그리고 그는 교수를 똑바로 응시하며 흔들림 없는 시선으로 입을 열었다.

"다시 한 번 묻지요. 교수님. 현주 마마는 어디 계십니까?"

대답할 마음이 없는 교수는 그저 미소를 지어주었다.

"물론 컨트롤 룸에 계시겠지요? 교수님."

풍견지랑이 무심히 툭 던진 말에 교수의 표정이 처음으로 구겨졌다.

"자네 대체 얼마나 아는 건가?"

"모든 것을 알고 있지요. 아마 교수님이 노환으로 잊어버린 것도 알고 있을 겁니다."

"호오, 그래? 신기한 친구로군."

"아까도 말했던 것이지만, 전 당신의 모든 것을 알고 있습니다. 그러니 이런 사태가 터진 것이고 컨트롤 룸의 정체조차 알고 있는 것 아니겠습니까."

교수는 고개를 끄덕였다.

"교수님, 때로는 진부한 설정이 옳을 때도 있습니다. '집사가 그랬어.(The Butler Did It)•'는 유명한 설정 아닙니까."

• 고전 황금기 추리물의 진부한 설정 중 하나로, 집주인보다 집을 더 잘 아는 집사가 사건을 일으키는 것은 너무나 당연하다는 식으로 추리작가들이 자주 써먹는 설정이었다. 후에는 작가가 머리를 쓰지 않고 너무 간단히 처리하는 변명의 일종으로 자주 사용됨으로써 좋지 않은 설정 중 하나로 인식되었다.

농담조차도 감정이 거세되어버린 것처럼 풍견지랑의 표정이 변하질 않는다. 그리고 잠시 그는 자신의 시계를 바라보곤 말했다.

"현주 마마께오선 더 안전한 곳으로 가게 될 겁니다."

"호오, 그 말뜻은 무슨 뜻인가?"

풍견지랑은 아무런 말도 하지 않았다. 교수는 심기가 불편해졌지만 웃음은 아직 거두지 않았다. 하지만 손에 쥔 지팡이로 바닥을 치며 불편함을 드러내고 있었다.

"그러신가? 대체 무슨 자신감으로 그런 소릴 하는지 알 수 없군. 노구가 그걸 가만히 볼 거라 생각하나?"

"교수님께선 지금부터 다른 문제에 대해 고민하셔야 할 테니까요. 현주 마마의 에스코트는 많이 힘드실 겁니다. 아시겠습니까? 제가 현주 마마를 이곳으로 모셔올 동안, [마키나 바이러스]가 창궐할 테니까요."

풍견지랑의 무덤덤한 말투에 격렬한 반응을 보인 것은 교수가 아니라 마스코 미카였다.

"지금 뭐라 했나요?"

평소의 마스코 미카에게선 볼 수 없는 굳어진, 두려움에 질려버린 표정이었다. 그럴 수밖에. [마키나 바이러스]는 그녀의 머릿속에는 에볼라 바이러스나 다름없는 것이었다. 바이러스에 대한 백신조차 없다는 게 가장 큰 이유였다. 게다가 더 악질적인 것은 영화에서나 나올 법한 좀비들을 양산하며 증식한다는 것이다. 그나마 상대를 물어뜯어서 전염시킨다니 그 전에 적을 퇴치하면 되긴 하지만 수천에 가깝게 양산되는 좀비들 사이에서 그러기는 쉬운 일이 아니다. 그녀는 [디오게네스클럽]이 [마키나 바이러스]의 존재를 대중에게 숨기고 싶은 이유를 다시금 알 것 같았다.

풍견지랑은 그런 마스코 미카를 바라보면서 왕초에게 물었다.

"왕초, 아직 말도 안 해준 거였습니까?"

왕초는 어깨를 으쓱였다.

"말해줄 이유가 뭐 있나?"

왕초의 무성의한 대답은 마스코 미카를 질리게 만들기에 충분했다. 비로소 이 둘이 처음부터 작당하고 자신을 속이고 있음을 깨닫게 되었다. 사실 풍견지랑과 왕초, 이 둘이 모종의 연관이 되어 있다는 사실은 첩보를 통해 익히 알고 있었다. 그 각설이패가 [어깨동무]였음을 OSS가 알았을 때에는 쾌재를 불렀다. 조선권력의 중심에서 일하는 남자가 조선의 종기와도 같은 놈들과 한 순간이라도 함께 했다는 것은 OSS에게는 훌륭한 화젯거리로 작용했다. 협박과 회유는 OSS에겐 훌륭한 대화의 소재다. OSS는 대화 이후, 그를 자산화시키는 데 성공했다고 생각했다. 조선의 정보를 뽑아내고 [어깨동무]를 꿰어 뒤흔드는 데 정말 많은 도움을 주었기 때문이다. 하지만 OSS가 깨닫지 못하고 있던 것이 하나 있었다. 풍견지랑은 그저 한때, 그 각설이패와 함께 했던 것이 아니다. 지금 보면 과연 OSS의 뜻대로 된 것인지 의문이 드는 것도 당연지사다.

"지금 저치들에게 뭘 쥐어준 거예요? 어린애에게 총을 쥐어준 거랑 뭔 차이냐고요!"

"저치라니! 어린애에게 거액이 들어 있는 돈가방과 총을 들려준 건 너희들이잖아! 뭐, 합중국이 잘하는 뒤통수 얻어맞기 아니겠어? 크하하하!"

마스코 미카가 화가 나서 쏘아붙였지만, 한술 더 비꼬아서 말하는 왕초의 광대 같은 언사는 상대를 질리게 했다. 게다가 이를 통해 이들이 자신의 통제권 밖에 존재한다는 사실도 확실히 알게 되었다. 먹먹해지는 상황을 이해한 마스코 미카는 입을 뻐끔거렸다. 물론 그녀가 그러든지 말든지 풍견지랑은 다른 말을 하지 않고 왕초에게 뭔가 달라는 듯 손을 내밀었다. 왕초는 처음에는 내키지 않은 듯 머뭇거리다가 품에서 마지못해 장치 하나를 꺼내 건네주었다. 그것은 폴더폰을 개조해 만든 [마키나 바이러스]를 퍼트리는 장치였다. 조잡한 형태의 기묘한 모습이었지만, 이것은 지금으로 치자면 핵미사일에 버금갈 정도였다. 스팸문자를 보내듯 무작위로 바이러스를 송신시킬 수 있는 위력을 지닌 것이다. 풍견지랑은 아주 자연스럽게 번호들을 누를 심산으로 통화버튼에 손가락을 올리고 무덤덤하게 말했다.

"조선은, 살아남은 자들은 영원히 이 날을 기억할 겁니다."

교수의 표정이 마하의 속도로 망가지고 있었다.

"자네, 정신이 나갔군."

"나갈 정신이 처음부터 있었을까요? 자, 말해보십시오. 지금부터 일어나는 모든 일이 훗날 어떻게 기록될지 말입니다."

"어리석은 짓은 하지 말게! 그게 어떤 것인지 알고 있나? 인간임을 부정하고 파괴하고 아무것도 아니게 된단 말이네. 존엄성을 상실한 인형이 될 뿐이야."

평소의 차분했던 음성과 달리 기계가 마찰할 때 나는 귀에 거슬린, 분노로 일그러진 목소리였다. 게다가 분에 이기질 못해 교수는 지팡이로 바닥을 두드렸다. 깍듯이 예의를 갖추던 그의 평소 모습은 순식간에 무너져내렸고, 체면을 가장한 가면 너머에 웅크려 있던 교수의 야수성이 스멀스멀 기어나오고 있었다.

풍견지랑은 그런 교수의 일갈에도 차분하게 정해진 대답을 하듯 말했다.

"그런 것을 걱정하기엔 너무 멀리 왔지요. 그리고 그런 점을 걱정해야 하는 건 교수님이 아닙니다. 당신입니다, 왕초."

마지막에 풍견지랑은 왕초를 보고 말했다.

"뭐?"

자신의 편이라 생각한 존재에게서 나온 갑작스런 말에 왕초는 제대로 대응을 하지 못했다.

"걱정하지 마십시오. 어차피 '혁명'을 위해 죽을 목숨 아니었습니까."

그리고 그대로 풍견지랑은 품속의 총을 꺼내 왕초를 겨누고 쏴버렸다. 다만 발사된 것은 총알이 아니라 작은 주사제였지만 말이다. 아무리 이것이 동물을 마취할 때 쏘는 총이라지만 그 안에 들어 있는 것은 마취제가 아닌 [마키나 바이러스]였다. 왕초는 쓰러지며 총을 맞은 목 부위를 부여잡았다. 이제야 자신에게 바이러스가 주입된 사실을 깨달은 듯, 비명도 지르지 못하고 창백해져가고 있었다. 풍견지랑은 이를 확인한 뒤 당연한 듯 송신버튼을 눌렀다. [마키나 바이러스]가 전파를 타고 특정 주파수로 퍼져 나갔다.

"대의를 위해 죽는다고 생각하십시오."

변이가 시작되는 왕초는 그를 노려보며 말했다.

"누구를 위한 대의, 씨발놈아!"

[마키나 바이러스]가 왕초의 온 몸으로 퍼지고 있었다. 조선사람들에게가 아닌 자신들에게 바이러스가 퍼지고 있음을 알았을 땐 이미 [어깨동무]들은 스스로 백색소음을 내며 지상을 걷고 있었다. 물론 기차 안에 남아 있는 병력들도 백색소음과 함께 예배당으로 몰려오고 있었다. 왕초만이 혼자 천천히 변이되고 있었다. 인체가 기계로 변해가는 것은 참을 수 없는 고통이었다. 비명을 지르고 싶었지만 나오는 것은 송출종료된 텔레비전에서 흐를 법한 전자음이었다. 그것을 무감동하게 지켜보던 풍견지랑은 천연덕스럽게 입을 열었다.

"저는 잠시 현주 마마를 모시러 가보겠습니다."

풍견지랑은 예의를 지키며 인사를 올리더니 천천히 총을 거두며 물러났다. 지금 예배당에 있는 사람들은 이 급박한 상황에 적응 못하고 멍하니 있을 뿐, 그 누구도 멀리서 백색소음이 다가오고 있음을 알아채지 못했다. 그리고 순식간에 이 지상에서 기괴한 소리와 함께 괴물들의 대소동이 일어난 것이다. 상황이 이렇고 보니, 기차 안이라고 해도 당연 안전할 리가 없었다.

백색소음 이외에 그 어떤 소리도 없던 상황에서 침묵을 깨고 말을 꺼낸 자는 갑자기 나타난 존D였다.

"크크큭, 이런 말은 하고 싶지 않았는데. 좀비 아포칼립스가 와버렸네."

교수는 상황이 너무 처참해 머리가 아파왔다.

"정말, 상황을 복잡하게 만드는군그래."

"아, 교수님 걱정 말아요. 지금 현주님 구하고 있으니까."

"아니! 그게 문제라는 거네. 아니지, 그보다 눈앞의 그 무언가가 문제지."

교수는 예배당으로 몰려오는 [마키나 바이러스] 보균자들이 다가오는 것을 가리켰다.

"뭐, 문제 있어요?"

존D는 이해할 수 없다는 듯이 어깨를 으쓱였다. 그리고 다시 말했다.

"처리 중이라니까요? 교수님."

장영실은 싸움을 지켜보면서 [어깨동무]의 움직임이 이상하다고 생각했다. 훈련받은 군인처럼 굴던 그들의 모습이 꼭두각시 인형처럼 변해갔다. 그들의 행동 하나하나가 기름칠이 제대로 안 된 모습처럼 굳어 보였다. 매우 불길한 느낌에 휩싸인 장영실은 두통이 올 것 같았다. 5년 동안 자신을 미치게 만들었던 [마키나 바이러스]가 끝내 [어깨동무]를 잠식했던 것이다.

장영실은 이마를 부여잡고 연구원들에게 명령했다.

"지금 당장 화염방사기를 준비하시란 말입니다."

놀란 부소장이 반문했다.

"하지만 경찰들도 같이 죽게 될지 모르는데……. 게다가 지금 외신 기자가 저들 사이에서 촬영을 하고 있다고 합니다. 잘못하면 그 기자까지 죽이게 되고 무슨 일이 벌어질지 모르십니까?"

장영실은 부소장의 그런 정치적 화법이 맘에 들지 않았다. 화가 난 짐승처럼 이를 갈면서 그가 말했다.

"누가 닥터러 정치하라고 했나요? 나라가 망하면 아무것도 안 남아요. 당장 준비시켜요. 저 빌어먹을 바이러스 감염체는 상대를 물어뜯는 것만으로도 전염된단 말입니다! 근처에 있는 경찰에게 옮겨질 확률이 얼마나 큰데 그런 소리나 하고 앉았습니까? 당장 소각을 시작해요!"

99대 장영실은 직접 손을 더럽히는 것을 두려워하지 않았다. 특히 그것이 조선과 가족을 위한 일이라면 더더욱 잔인해질 수 있었다. 그는 수많은 연구원들과 경찰들에게 얼굴 전체를 가리는 방독면과 화염방사기로 단단히 무장시키고 스스로도 중무장했다. 그리고 매우 기꺼운 마음으로 기계덩어리로 돌변한 것들을 과감히 불태웠다. 경찰들은 '화기주의'란 마크가 붙은 거대한 통을 등 뒤에 얹은 채 불길을 뿜어대는 노즐을 한손에 잡고, 다른 한손으로 펌프질을 하면서 거세게 불길을 뿜어댔다. 공기조차 태워버릴 정도로 높은 온도의 불길이 지금 도시의 일부를 일소시키고 있었다. 비정상적인 끔찍한 방법에 의해 도시를 불태우고 있지만, 더 급속도로 감염체가 퍼져나가기 전에 이를 일소시키는 것이야말로 [마키나 바이러스] 전파를 막는 유일한 방법이었다.

장영실은 본인 전용의 야구배트와 화염방사기를 각각 한손에 들고 다가오는 감염체 사이로 뛰어들었다. 홀로 몰려드는 감염체를 두들겨 패고 불로 소각하며 앞으로 전진했다. 밀물이 들어오듯 다가오는 감염체에 용서란 말은 필요없었다. 감염체의 행동이 멈출 때까지 박살내고 불태우고 뭉개며 앞으로 나아갈 뿐이었다.

경찰들도 겁에 질려 뒤로 물러나며 민간인들을 대피시키는 정도로 소극적 행동을 취할 뿐이었는데 99대 장영실은 걷잡을 수 없이 밀려들어오는 그들을 뒤로한 채 반대방향으로 전진해 나아갔다. 장영실의 목적은 하나였다. 저 감염체가 꾸역꾸역 기어나오는 열차로 들어가서 사건을 일으킨 놈의 머리를 반드시 쳐서 곤죽으로 만드는 것이다. 가열차게 앞으로 나아가는 동안 뒤에서 누군가 자신을 감싸는 느낌이 들었다. 순간적으로 그게 누군지 확인하고는 장영실은 혀를 내둘렀다.

"이게 뭐하는 짓이지 말입니까요? 존 D."

"장영실, 당신이 책임자를 후려팰 수 있는 상황으로 만들어주려는 거지."

"열차로 가는 건 좋지만 저 감염체들은 누가 처리할 겁니까요."

"교수에게도 말한 거라, 또다시 이야기하는 것도 지치지만, 이미 처리 중이라니까."

존 D는 그렇게 말하곤 장영실을 다른 장소로 이동시켰다. 그리고 자신에게 몰려오는 감염체들을 바라보면서 웃었다. 이가 모두 드러날 정도로 상쾌한 웃음이었다.

● 콘트롤 룸 Control Room

콘트롤 룸이 망가진 목소리를 흘렸다.

〈콘트…롤 룸, 진…입〉

그러자 아빈현주가 있는 맞은편 배출구에서 증기가 뿜어져 나오며 막혀 있던 벽면에서 틈이 벌어지며 풍견지랑이 등장했다. 느닷없는 그의 등장에 아빈현주는 흠칫 놀라 뒤로 물러섰다. 그러자 풍견지랑은 무릎을 꿇고 예를 올리며 말했다.

"현주 마마, 저와 함께 가시어야 할 거 같습니다."

"가까이 오지마라. 난 그대 같은 자를 모른다."

풍견지랑이 일어서며 한 걸음 다가왔다. 그러자 현주가 한 발 뒤로 물러섰다. 그가 조금씩 다가올수록 현주는 벽 안으로 파고들어갈 것처럼 물러나다 못해 벽면에 쫙 달라붙어 있었다. 더는 물러설 곳이 없자 그녀는 다가오는 풍견지랑의 뺨을 세차게 후려쳤다.

"어떻게 감히? 부끄러운 줄도 모르는 짐승 같으니!"

"현주께서 그러시다면 그렇겠지요. 허나 따라는 오셔야 합니다."

핏기를 머금은 뺨이 얼얼하기도 하건만 풍견지랑은 무표정한 얼굴로 담담하게 말했다. 현주는 그 어떤 광기가 풍견지랑을 이 지경까지 오게 했는지 알고 싶었지만 인간의 음성으로 대답한다고 하여 상대와 말이 통하는 상황이 아님을 깨달았다.

"무례를 용서하십시오. 현주 마마."

감정 없이 말하고는 풍견지랑이 현주의 손을 낚아챘다.

"그럼 무례를 저지르지 말던가!"

존 D는 풍견지랑에게 발터PPK를 들이대며 신경질적으로 소리쳤다. 풍견지랑은 존 D의 총구가 자신의 뒤통수를 노리고 있음을 알았지만 무심하게 눈동자만을 굴리며 힐끗 돌아보았다.

"여러분들이셨습니까?"

"여러분 같은 소린 하지를 마라. 왜 이 지랄을 해서 사람을 미치게 만드는지…… 대체 대군이 너에게 무슨 큰 잘못을 해서, 이 지랄을 하는지는 내 알 바 아니지만……. 최소한 내 일거리는 늘려주지 말았으면 하는 생각이 드는데……. 그 머릿속을 따서 안이라도 살펴봐야 되겠어?"

〈벌써부터 당신을 이곳에 데려온 것을 후회하게 만들다니 이것도 참 대단한 재줍니다. 존 D. 게다가 사람이란 건 알 수 없는 존재라는 것이 참 우습군요.〉

머리가 카메라처럼 생긴 넬슨 경에 대해 제대로 파악하기는 어려웠지만, 그가 자신 앞에서 신경전을 벌이는 둘을 한심하게 여기는 것만은 확실했다. 지금 상황에서 풍견지랑이 인간적으로 보일 수도 있지만, 기계인 넬슨 경의 눈에는 인간은 가끔 오류를 저지르는 존재들로 비쳐졌다. 정신이상자처럼 구는 존 D 또한 사실 이해가 가지 않는 자이지만, 애초에 그런 존재였거니 여길 수도 있겠다. 그러나 배신자인 풍견지랑은 아무리 봐도 그리 좋게 봐줄 수만은 없는 노릇이었다. 사랑하면서 미워하고 신뢰하다가도 배신하는 이러한 복잡성을 지닌 것이 인간이라면, 넬슨 경의 풀이에 따르면 이런 복잡한 인간은 깊이의 문제가 아닌, 버그가 꼬인 코드에 불과한 것이다.

"처음 뵙겠습니다, 넬슨 경이시지요? 저는 풍견지랑이라 합니다. 괜찮으시다면 어떻게 들어오셨는지 물어볼 수 있겠습니까?"

마치 일상적인 질문을 던지듯 당연한 행동을 보이는 모습에 넬슨 경은 그저 놀라울 따름이었다. 오랜 세월 누군가를 곁에서 보필해오면서 배신을 한 이후에도 이렇게 태연할 수 있다니, 절대 긍정적인 평가를 내릴 수 없는 인간이었다. 넬슨 경의 생각으론, 오히려 지금 자신의 눈앞에 있는 자가 기계가 아닌지 의심이 들 정도였다.

〈장소에도 어울리지 않는 정중한 인사시군요. 그 정도 두꺼운 신경이니, 각하께서 놀라워할 만하군요. MR. 풍견지랑. 말이 좀 늦었습니다. 처음 뵙겠습니다. 전 넬슨 경이라 합니다. 각하의 보잘 것 없는 [장난감]이지요.〉

깊은 적개심이다.

기본적으로 고리타분한 자들의 고정관념을 A.I의 기본토대로 삼았을 가능성이 큰 넬슨 경이었기에 그는 당연하게도 미치광이보다 배신자를 더 싫어했을 것이다. 넬슨 경은 표정을 알 수 없는 구식카메라 형태의 얼굴이었음에도 그런 분위기가 매우 노골적으로 드러나 보였다. 그런 점에선 타협이 없었다. 그리고 풍견지랑은 그걸 모를 정도로 얼간이는 아니었다. 풍견지랑이 입을 다물어버리자, 존 D가 얼간이답게 입을 열었다.

"우와, 이렇게 같이 있는데 내가 욕을 안 먹는다는 게 엄청 드문 건데 말이지……."

존 D는 그 누구보다 진심으로 말했다. 물론 어디까지나 광인으로서의 진심이었지만 말이다. 어이가 없어진 넬슨 경은 머리를 좌우로 돌리며 말했다.

〈존 D……〉

모여 있는 남자 중에 가장 정상인적인 사고과정을 가진 존재가 카메라머리였다는 것은 참으로 비극적인 일이다. 그리고 가장 큰 비극은 그런 상황을 지켜봐야 하는 아빈현주의 마음이었다. 영특하기 그지없는 아빈현주였으니 어찌 기분이 좋다 하겠는가. 자신을 납치하려는 사람도 도우러 온 사람도 얼간이들뿐이라니……

"모두 다 조용히 하시오."

아빈현주는 조용히 말했다. 그리고 잠시 그 자리에 있는 모두의 말이 멈춘 것을 확인하고 말을 이어갔다. 그녀는 흥분이 가라앉은 듯 차분하게 말을 이었다.

"풍견 집사, 나는 그대를 따라가지 않을 것이오. 오히려 내가 밖에서 무슨 일을 겪고 있었는지 이미 모두 지켜보고 있었을 터인데 그대를 따라갈 거라 여기는, 그 자신감은 어디서 나온 건지 알고 싶을 정도구려."

"현주 마마께오서 오시지 아니하신다면 또한 묻고 싶은 것이 있습니다."

"뭐요?"

"[마키나 바이러스] 보균자들은 어찌 헤쳐나가실 것입니까? 저 자들을 신용하신다는 것은 아니겠지요? 조선의 현주께서 정체를 알 수 없는 기계나 살인광대를 믿고 따라가신다는 것은 다시 생각해보시는 게 어떠신지."

"야, 너! 거울이나 보고 말해라! 지금 이 상황에 자기는 뭐, 아주 잘난 줄 아나? 야, 지금 반역도당인 건 우리가 아냐! 너야, 너너너너너! 지금 이 상황에서 너보다 내가 천억 배는 낫지!"

존 D는 짜증이 났는지 주위가 쩌렁쩌렁 울릴 정도로 소리를 질렀다. 원래 참을성이 적기도 했지만, 가중된 스트레스가 끝내 폭발하면서 결국은 트렌치코트를 들춰내고야 말았다. 이것이 무얼 뜻하는지 그 자리에 있는 사람 중 아는 사람은 적겠지만 투우사처럼 트렌치코트를 망토처럼 휘날리듯 흔들자 그 안에서 이내 한 사람이 튀어나왔다. 의문의 그 사나이는 튀어나오자마자 망가진 화염방사기를 땅바닥에 내던지며 품속에서 길고 단단한 야구배트를 꺼내들어 풍견지랑에게 휘둘렀다. 갑작스런 공격에 정신을 못 차리고 넘어진 풍견지랑은 그 와중에 자신을 때린 사람이 누군지 확인했다. 수천 명과 싸움에서 뒹구느라 옷이 누더기가 되었음에도 그 야수와 같은 미소를 짓는 사람이 누군지 모를 순 없었다.

99대 장영실이었다. 그는 입속에 가득 찬 핏물을 더럽게 내뱉으며 풍견지랑을 향해 말했다.

"일어나시지 말입니다. 대가리 뭉개버릴 테니까 말입니다."

"지금 장영실은 밖에서 [마키나 바이러스] 보균자들이랑 싸우고 있었을 텐데?"

"글쎄 말입니다. 그건 저 광대한테 따지지 말입니다? 하지만 하나는 확실하지 말입니다."

한숨을 내쉬고 장영실이 말했다.

"댁은 죽지 말입니다."

그는 말이 끝나기 무섭게 방망이로 풍견지랑의 머리통을 내려찍었다. 곤죽이 날 때까지 그를 사정없이 후려쳤다. 핏물이 자신의 온 몸에 튀기는 와중에도 그의 손놀림은 멈추지 않았다. 99대 장영실, 구예신의 비천한 심성이 그대로 드러나는 행위였다. 끝내 풍견지랑의 머리가 곤죽이 되어 널브러지자 장영실의 공이질도 멈추었다. 그는 예나 다름없이 하와이안 셔츠를 길게 늘여놓은 듯한 연구원 가운을 입고 있었으며, 후련한 듯 얼굴에 묻은 피를 닦으며 주변을 살폈다. 놀란 아빈현주의 얼굴은 극도로 창백해졌고, 이런 상황에서 장영실을 이상한 놈 쳐다보듯 하는 존D와 넬슨 경을 이해할 수 없었다.

"뭡니까?"

〈체포한다는 선택지는 없었소? 죽일 필요까지야……〉

"반역죄는 사형이니 상관없지 말입니다. 그리고 오해하시는데 말입니다. 저거 아직 안 죽었지 말입니다."

그 말에 존D는 얼굴이 삐뚤어졌다.

"저게 안 죽은 거야? 그건 그것대로 문제인데?"

"어차피 곧 죽겠지만 말입니다요. 그나저나 현주 마마, [우인당] 가셔야지 말입니다요?"

최악의 에스코트다.

장영실을 제외한 그 자리에 있던 나머지가 그렇게 생각했다. 아빈현주는 뭐라고 하려고 했지만 존D는 모든 마술사가 그러하듯 아주 날쌔게 99대 장영실, 아빈현주를 자신의 코트에 감싸듯이 떨어트리자 순식간에 그들은 어디론가 사라졌다.

"[우인궁]으로 배달완료. 자, 어때? 처리했지!"

〈무슨 소리신지.〉

넬슨 경이 갑작스런 말에 의문을 표하자, 존D는 고개를 갸웃거리다가 말했다.

"아, 그건 댁네 노친네에게 하던 말인가? 내가 너무 많으니까 내가 헷갈려."

넬슨 경으로서는 한때 풍견지랑이란 작자가 바닥을 더럽히고 있는 것만 제외한다면 이제 문제는 깨끗하게 해결된 것처럼 생각되었다. 다만 아직도 도시를 배회하고 대열을 맞춰 진격하는 감염체들이 있었고 도시전역에 안개를 뿌리는 [안개의 장막]이라는 기계장치들도 회수해야 했다. 하지만 지금 자신에겐 교수가 맡긴 일이 있었다.

"아니 그걸 왜 댁이 걱정해. 이 장소에 관한 전문가는 나 하나뿐인 거 같은데? 내가 얼마나 많은데 그걸 걱정하시나?"

〈지금 [어깨동무]는 모두 감염체가 됐습니다. 처리해야 할 곳이 한두 곳이 아닌데 그들을 막으실 수 있겠습니까?〉

"뭐래? 이 옷장제독이……. 지금 내가 누군지 모르겠어?"

넬슨 경은 한숨을 내뱉으며 말했다.

〈[1인학살부대] 존 D 시겠지요.〉

사실 그랬다. 눈앞의 존재는 실적이 있다. 바보광대 같은 행동거지로 인해 격이 낮은 사람처럼 느껴지긴 했지만, 존 D는 적을 학살하고 굴복시키며 적의 목에 족쇄를 채우는 클럽의 최종병기였다. 그럼에도 평소의 행실이 비천하고 천박하기 그지없다 보니, 넬슨 경이 보기에 믿음직스럽지 못하게 느껴지는 것은 어쩔 수 없는 노릇이었다.

"5분."

〈뭐라고요?〉

"5분 안에 싹 처리한다. 콜?"

존 D는 만족스런 표정으로 무대인사를 하러 올라온 배우마냥 과장되게 인사하며 사라졌다. 그의 미소만이 마지막까지 잔영처럼 남아 있었다. 물론 그런 점이 그의 신용을 무너트리는 이유이기도 했지만 자신의 연출을 굽히지 않았다.

〈정말이지, 사람을 저렇게 신용 못하게 하는 것도 재능이군요.〉

• 광대의 약속

"5분 안에 싹 처리한다. 콜?"

존 D는 다른 공간과 시간의 동시성을 가진 자아가 한 말을, 방언放言이 터져 나온 신도마냥, 예배당에서 소리쳤다. 예배당에서 대화를 하던 교수는 갑작스런 말에 의구심이 들었는지 입을 열었다.

"무슨 소릴 하는 겐가?"

존 D는 교수의 의문에 솔직하게 대답하기로 했다. 동시성을 가진 존재가 가진 숙명이라 생각했지만 타인이 보기엔 틱 장애처럼 보이는 게 당연했다.

"아, 미안해요. 다른 곳의 내가 한 말인데 말에 혼선이 왔네요."

"그보다 뭘 처리한다는 건가? 대체 무슨 짓을 하려고?"

교수는 눈앞의 체셔고양이가 무슨 짓을 저지를지 알고 있었다. 하지만 자신이 틀리길 바라는 최소한의 양식良識이란 게 있는 것이다.

"교수님, 제가 누군지 잊었어요? 세계평화를 지키는 미치광이에요."

교수는 상대에겐 양식이라곤 눈꼽만큼도 없음을 다시금 깨달았다.

"아, 그렇지. 그렇고말고. 노구도 모르는 것은 아니네만……. 설마 자네가 자주 쓰는 그 [최후통첩Ultimatum]이라는 기괴한 능력을 쓰려는 건 아니겠지? 아니라고만 말해주게."

"세계평화는 어려운 거예요."

담담하고 장난스런 말투였다. 교수는 두통이 올라왔는지 이를 악물고 입을 열었다.

"오, 주여…….이 미치광이를 용서하소서."

"아니 왜 그래요? 제가 싹 처리했어도 그런 말이 나오나 봐요."

"단 한 번이라도 다른 자들에게 믿음을 주게."

교수는 성호를 그으며 한숨을 쉬었다. 그러거나 말거나, 존 D는 예배당으로 들어오는 감염체를 향해 걸어갔다. 걸어가면서 그의 품 안에서 또 다른 자신들이 무기를 들고 나타나 무차별로 감염체를 향해 쏘아댔다. 발터 PPK의 작은 총알이라도 수백 명이 동시에 쏘기 시작하면 위협적인 연사다. 타격을 받은 감염체가 곤죽이 되는 것은 당연한 일이었다.

존 D의 뒤틀린 성격과 광대기질이 그의 전체분위기를 망가트리지만, 그가 현존하는 초능력자 중 가장 뛰어나다는 점은 어느 누구도 부정할 수 없었다. 그가 누군가를 찾아내고자 한다면 그의 방문을 막아낼 자는 거의 없으며, 동시에 수백에서 수천의 자신이 나타나 기필코 목적을 완수해내는 눈부신 성과에 그 누구도 함부로 그를 무시할 수는 없었다.

그런 폭발적 위력을 지닌 존 D가 장난스럽게 감염체들 사이사이로 서울 전역에 동시에 나타났다. 그는 자신의 트레이드마크나 다름없는 노란 트렌치코트를 벗었다. 그러자 이번에는 단순히 폭발력만 강화시킨 변태적인 폭탄조끼가 그 모습을 드러냈다. 이것이 바로 교수가 염려하던 존 D의 [최후통첩]이었다. 어차피 죽음은 그를 찾아오지 못한다. 그렇기에 자살폭탄조차 평범한 그의 공격무기에 불과했다.

너무나 위풍당당하게 폭탄조끼를 입은 존 D가 감염체들 사이로 섞여 들었다. 여전히 광대기질을 버리지 못했는지 상대의 뒤로 다가간 그는 감염체를 껴안고 트리거를 눌러댔다. 그러자 폭발의 겁화가 뼈조차 녹일 법한 기세로 주변의 감염체들을 삼켜버렸다. 보통사람이었다면 주변에서 일어난 폭발음에 발걸음을 멈추고 뒤돌아보기라도 할 텐데 그들은 한 가지 목적을 향해 나아갈 뿐이었다. 더 많은 피해를 입히고자, 상대를 자신과 같은 좀비의 존재로 만들겠다는 본능적 의지로 앞으로 나아갈 뿐이었다.

허나 존 D가 그걸 쉽게 보내줄 리는 없었다. 발터PPK를 감염체 이마에 쏘는 것을 시작으로 자신에게 감염체들이 몰려들도록 유도했다.

"여기야, 여기! 바보들아! 하하하하."

탄환이 감염체들의 머리통을 터트리며 일시에 이들을 쓰러트렸다. 어차피 감염체들은 테러리스트였으니 존 D의 광대짓은 극에 달했고, 이에 장난기마저 발동되었다. 그런데 놀라운 것은 그런 존 D의 광대기질이 작업의 효율성을 올려주고 있다는 점이었다. 감염체들은 존 D에게 몰려들며 필사적으로 그의 온 몸을 물어뜯어버렸다. 그런 상황에서도 그는 웃음을 멈추지 않았으며 마지막 남은 힘을 다해 트리거를 눌렀다. 개미떼처럼 몰려들던 감염체들이 터져나가며 불길에 녹아내리더니 행동을 멈췄다.

"병신들이 아주 좋다고 먹네."

감염체가 자신을 찢어죽이는 것을 지켜보던 존 D는 감염체들의 반응에 상관없이 혼잣말을 했다.

"내가 왜 내 시체를 매번 치우는지 알아?"

그렇게 말하곤 코트 주머니에서 트리거를 꺼냈다.

"나는 폭발물이니까 말이야."

꾹, 소리와 함께 주변도로가 무너져 내릴 정도로 큰 소리가 울렸다. 폭발반경 안에 있는 모든 걸 소각시킬 정도의 무지막지한 폭발이었다. 이윽고 서울의 여기저기서 동시다발적으로 폭발이 계속 이어졌다. 지금과 마찬가지로 감염체를 모으고 폭발시킨 것이다.

덕분에 조선에서 판을 치던 혼란스런 감염체가 일소되기는 했으나 문제는 이 장면이 카메라를 통해 방송되었다는 점이고 텔레비전을 지켜보던 윈스럽 의장의 뒷골을 당기게 하기에 충분했다는 것이다. 허나 300명의 존D의 죽음으로 감염체가 정리된다면 싸게 먹히는 장사였다.

열차 안의 예배당에서는 스테인드글라스를 통해 서울 곳곳으로 퍼져나가는 감염체를 자폭공격으로 순식간에 일소시키는 장면을 지켜보고 있었다. 그러던지 말던지, 존D는 의기양양하게 말했다.

"거봐요, 내가 알아서 처리한다고 했잖아요."

존D는 예배당 근처에서 곤죽이 되어 피범벅이 된 감염체들을 가리키며 당당히 말하자 교수는 으르렁거렸다.

"자네 지금 아시아의 맹주국 수도에서 폭죽놀일 하고도 그런 소리가 나오나?"

"아뇨, 어디까지나 정리, 아니 평화를 위해 쓴 거죠."

이런 변명이 통용된다는 점이 클럽의 무서운 점이었다. 갑자기 교수가 발끈했다.

"이런 미친놈이 지금껏 내 집을 드나들었단 말이지."

"아니 대체 뭐가 문젠데요. 물질적인 피해는 있을지언정 전염병 막았으면 칭찬을 들어야지 욕을 먹을 일은 아니거든요?"

"정도라는 게 있잖나!"

"아, 그럼 교수님은 이거보다 쉽게 처리하실 수 있으셨다? 이 수천 체나 되는 감염물질을 말이죠? 예?"

"쉽진 않지. 세상에 쉬운 게 어디 있겠나. 허나……."

존 D는 그 말을 무시하고 뭔가 생각난 듯이 한탄을 흘렸다.

"아, 맞다. 그러고보니 그렇지. 저걸 납치해야 했는데 깜빡했네."

존 D는 그냥 방치되고 있던 마스코 미카를 향해 마치 다소의 실수라도 한 것마냥 광대처럼 말했다.

"어라, [어깨동무] 왕초는 어디 있어? 밖으로 나간 것 중에도 없었는데? 너무 정신없이 쏴서 저 곤죽 속에 있겠지. 응응, 그럴 거야. 끝!"

의미불명의 말을 지껄이며 자문자답하던 존 D는 이어서 마스코 미카를 바라봤다. 그녀는 이미 정신적으로 심각한 내상을 입은 상태여서 그 어떤 대답을 할 여력이 남아 있지 않았다. 자폭공격으로 계속 연사하며 죽어가는 존 D들의 피를 온통 뒤집어쓴 채로 자리에 주저앉아 있었다. 그런 그녀를 놀리듯 존 D가 입을 열었다.

"뭐야, OSS면 이것보다 더한 것도 본 거 아니었어? 낄낄낄. 누구 납치할 때 보면 나보다 더 한 것들이 말야. 여튼 잘 받아갈게."

마스코 미카가 뭐라고 입을 열려고 하자 노란 트렌치코트가 그녀를 감싸고 이내 사라졌다.

존 D는 뭔가를 생각해낸 듯한 표정을 지으며 머릿속에 저장된 리스트를 지워가는 것처럼 허공에 빗금을 쳤다.

"뭔가 잊은 거 같은데……"

"[안개의 장막]은 어쨌나?"

"뭐요?"

"[안개의 장막]말야. 저 밖에 있는 안개의 근원!"

"아……"

자신도 모르게 교수는 존 D와 만담을 해버렸다. 물론 더 큰 문제는
이 뒤였지만 말이다.

"부쉈는데요."

"근데 왜 안개가 그대로인지 설명해주겠나?"

"글, 글쎄요."

"오, 주여! 정녕 제 생각이 맞단 말입니까?"

교수는 호들갑스럽게 신을 찾았다. 반쯤은 스스로에게 되묻는 말이
기도 했다.

"뭐가 맞다는 거예요?"

"알고 싶지 않은 것들도 존재하는 법이지. 허나 단서가 많으면 해결
하기 싫어도 답이 보이는 법이라네."

풍견지랑이 이를 증명하기 위해 자신에게 준 양장본을 내려다보며
자조적으로 말했다. 존 D는 지금 저 작자가 무슨 소리를 하나 싶었는
지 아니꼬운 표정으로 바라봤다. 아무리 우둔한 그라도 이미 교수가
답을 알고 있음을 깨닫는 데 그리 오랜 시간이 걸리지는 않았다.

"내 평생 자네에게 이런 말을 하게 될 줄 꿈에도 몰랐네만, 한마디
하겠네. 도와주게!"

"정말 세상 살고 보는 문제네요. 종교 하나 믿어도 되겠어요."

"왜 자넨 한마디가 하나 더 많은지, 뇌를 해부해보고 싶을 정도군."

● 바보들의 궁전

[우인궁]은 지금 조선이 처한 사건에서 유리遊離되어 보였다. 조선 전역에 [어깨동무]들의 난동이 지속되었지만 최초의 인질극이 일어났다는 사건만 제외한다면 [우인궁]은 그들의 관심사에서 사라진 것처럼 보일 정도였다. 물론 그런 안전한 상태를 조성하기 위해 경호청 경호원들이 종묘사직에 온 힘을 기울였음을 입증하는 것일 수도 있지만 그렇다기는 해도 주위가 너무 고요했다.

침묵이 내려앉은 것처럼.

그때 [우인궁] 인근거리에서 고요를 뚫고 발걸음소리가 들려왔다. 후다닥, 후다닥 하나하나씩 [우인궁]을 향하여 걸어오는 발자국소리들이 거세게 들려오고 있었다.

존D의 등장이다.

무대에 등장한 연극배우처럼, 그는 깃발을 한 번 흔들듯, 트렌치코트를 허공에 흔들었다. 트렌치코트가 지나간 허공에서 아빈현주와 99대 장영실이 등장했다. 아빈현주는 눈앞에는 참살된 풍견지랑의 모습이 아직도 선연했다. 그로 인한 충격으로 그녀의 얼굴이 파리해지며 장영실에게서 두어 발짝 떨어져 있었다. 물론 장영실은 개의치 않았다. 그는 여느 백정들처럼 홍건하게 피로 뒤범벅이 되어 있는 풍견지랑을 보고도 별 대수롭지 않게 여겼다. 당연히 해야 할 일이라 여긴 것이다. 상식적이지 않은 존 D가 보기에도 이상한 상황이었지만 갑자기 눈치라도 챈 것인지 지금의 기묘한 상황에 대해 그는 입 밖으로 발설하진 않았다. 이때 장영실이 의문에 차서 한마디 내뱉는다.

"어째서 안으로 들어가지 않고 여기서 걷지 말입니까요?"

물론 이 상황에서 존 D는, 교수가 다른 공간에 있는 존 D 자신에게 지금 도움을 요청하면서 이 사건의 내막을 말하지 말아달라고 부탁했던 그 진상에 대해서는 이 자리에서 말하지 않았다. 그 이유는 두 가지 정도였는데, 장영실이 조선인이라는 점과 그가 현재 아빈현주와 함께 있었기 때문이다. 그렇기에 말꼬리를 돌리는 것이다.

"현주 마마야 저기 우인궁이 집이니까 들어가서 옷 갈아 입는다 치자고. 넌 그 피범벅으로 왕족을 만날 거라 그 이야기야?"

"그 말뜻은 날 놔두고 들어가겠다 그 말이지 말입니까?"

존 D는 저 고릴라 같은 놈이 자신의 머리통을 한손으로 터트릴 수 있는 악력을 가진 존재라는 것을 안다. 하지만 이건 해야 할 말이었다.

"그렇지."

"한마디 하지 말입니다."

장영실은 비릿한 웃음을 지으며 말했다. 그러자 존 D가 반문했다.

"뭔데?"

"벌레새끼마냥 지랄 떨면 머리통 다시 터지지 말이지 말입니다. 솔직하게 말하지 말입니다."

"나도 같은 소리를 하고 싶구려. 대체 그대는 어떻게 첩보일을 하는 거요. 너무 대놓고 보이잖소. 그거 일부러요?"

아빈현주는 뭔가를 숨길 맘이 아주 없는 것처럼 변명하는 존 D를 보면서 어이가 없어 장영실 말에 맞장구를 쳤다.

"아…… 별로 말하고 싶지 않……"

"장영실!"

존 D가 귀찮은 내색을 대놓고 보이려 하자 아빈현주는 너무나 당연하게 장영실을 불렀고 장영실은 척수반사에 가까운 빠르기로 존 D의 관자노리를 압박했다. 존 D의 두개골에서 으스러지는 소리가 들렸다. 그는 언제나 매번 죽지만 고통은 늘 새로웠다. 하여 그의 입에서 비명이 새어나오는 것은 당연한 것이다.

"으어어어 터져 병신아! 터진다고! 아아아아! 말한다고 말하면 되잖아! 뭐 별로 비밀도 아니니까."

그리고 존 D는 교수의 충고에 아랑곳 않고 교수의 생각을 토씨 하나 안 틀리고 그대로 전했다. 물론 교수는 존 D가 자신의 말을 전하리라는 것을 충분히 알고 있었다.

**

합선대군은 오랜만에 자리에 누워 있는 상태였다. 평소에는 왕실의 어른으로서 할 일들이 많아 침대에 누워 있을 시간도 없었건만, 이런 휴식은 참으로 오랜만이었다. 물론 지금 조선이 처한 현실이 그리 유쾌한 상황은 아니었다.

지금 합선대군은 선친을 생각하고 있었다. 다만 감상적인 생각은 아니었다. 합선대군의 뒤틀린 이성理性은 언제나 감성을 결박하곤 했다. 오히려 그것을 '데카르트적 감성'이라 여기곤 했다. 조선개국 618년 동안 조선사朝鮮史에서 임금 중 대왕이란 칭호는 왕족에게 시호와 함께 불리는 것을 제외하고, 민중에게도 대왕의 칭호*로 높여 불리는 임금은 얼마 없다. 선대임금 중 그런 대왕으로 불릴 만한 그릇으로 평종이 들어가 있는 것은 당연한 일이다. 외국에서도 평종대왕平宗大王의 치세를 높이 평가했다. 평종이란 묘호로도 알 수 있듯 올바른 치세를 펼쳤다.

평종의 이념은 하나였다. '사람은 누구나 평등해야 한다.' 임금의 씨앗으로 태어나지 않았다면 진작에 빨갱이로 몰릴 수도 있는 사람이었다. 그러나 신분제적인 폐해를 자신의 대에서 완전히 끝장내버린 사람이었다.

평종의 논리는 이렇다.

'부모는 고를 수 없다. 그렇기에 사람은 부모에 종속될 수 없다. 개인의 능력은 각자의 것이다. 만약 부모의 신분으로 한 개인의 능력을 쓸 수 없게 막아버린다면 누가 조선을 위해 힘쓸 것인가?' 조선은 양인과 천민으로 구분짓고 있었지만 능력에 따라 면천이 되는 경우도 적지 않았다. 하지만 평종에겐 마뜩치 않은 일이었다. 굳어진 신분에 얽매이면 사람은 제 능력을 발휘하지 못할 것이라 생각했다. 따라서 왕명으로 모든 천민을 면천하고 천민의 직업 또한 누구나 할 수 있게

---

* 임금이 선대왕을 높여 부르는 말이기도 하고 대부분 대왕이라 시호를 추존하지만 민중에게 그리고 역사 속에서 진정으로 대왕이라 높여 불리는 인물은 평균적으로 높지 않다는 뜻이다. 천출의 차별을 폐하고 진심으로 조선의 백성을 걱정하였던 왕이었다. 하여 평종은 역사에 남을 큰 족적을 남긴 왕임에는 틀림이 없다.

직업의 귀천을 없앴다. 평종이 세자시절, 섭정하에 있을 때부터 차츰 준비했던 것이고 치세초기에 자신의 정치적 역량을 최대한 발휘하여 모든 계급적 차별을 없애버린 것이다. 평종치세 70년 동안(세자, 그리고 섭정기까지 합하면 89년이 넘는다고 한다.) 인식의 틀을 부숴버리기 위해 노력했다고 한다.

왕정국가에서 임금 스스로가 차별을 철폐하려 했던 것은 특이한 일이다. 실제로 아직도 과거 양반집 후손들은 이런 평종의 치세에 불만을 종종 나타내곤 했으나 대놓고 말하는 사람은 없었다. 그 수많은 이유 중 하나가 합선대군의 아버지였기 때문이다.

합선대군은 아버지를 평생 존경하며 살았다. 하지만 아버지 평종이 신분적 차별을 없애는 평등정책을 폈던 것과 달리 합선대군은 '합리적인 쓰임'에 기초한 평등을 주장하고 있었다. 조선의 국민이라면 누구든 빈부귀천에 상관없이 나라를 위한 쓰임새가 있기 마련이라며, 자신 또한 임금이 될 수 없는 장애를 가지고 있으나 나라를 위해 자신이 할 몫이 반드시 있다고 믿고 있었다. (평종은 그를 세자로 책봉하고자 밀어붙였으나 오히려 합선대군이 스스로 물러났다고 한다.)

훗날 완성되는 합선대군의 뒤틀린 '데카르트'적인 합리성이 바로 이런 태생에서 비롯된 것이다. 오히려 세자자리에서 밀려난 이후부터 그는 더욱 강한 힘을 가지게 된 것일 수도 있다. 이후 연이어 일어나는 정치적 물리적 숙청은 훗날 조선사에도 그의 이름이 기재될 정도로 합선대군은 조선사에서 과히 위력적인 인물이었다.

그리하여 지금의 합선대군은 이러한 합리적 사고가 낳은 괴물이 되어버렸다. 이렇듯 수많은 체외보조장치를 몸에 달고 있는 병약자였음에도 모두 그를 두려워하고 있었다. 지금도 골몰히 생각에 빠져 있던 합선대군은 밖에서 점점 크게 들려오는 소란스러운 소리에 소스라치게 놀라며 하인들에게 호통을 치고 있었다.

"게 누구 없느냐! 어찌 이리도 소란스러운가!"

깨진 선글라스를 걸치고 뜯겨진 검정양복을 입은 젊은 경호원이 절룩거리며 들어왔다.

"대감, 어서 피하십시오! 장영실이 피범벅으로 광란을 일으키고 있습니다!"

"어느 안전이라고 망발을 고하느냐! 제대로 말하지 못할까?"

"대감, 진짜입니다. 장영실이 이곳으로 오고 있습니다."

"밖에서 싸우고 있어야 할 장영실이 왜 이곳에 있느냔 말이야!"

합선대군의 말이 끝나기 무섭게 장정 둘이 문풍지를 부수고 데굴데굴 구르며 대군 앞에서 쓰러졌다. 밖에서는 피범벅이 된 장영실이 다가오고 있었다. 심지어 그 피는 장영실 자신의 피조차 아닌 것이 확실했다. 대군은 지팡이를 짚고 밖으로 나와 무슨 일이 있는지 확인했다. 슬금슬금 거리를 재며 둘러싼 경호원들이 어쩔 줄 모르고 있는 꼴을 보자 그는 지팡이로 땅을 내려찍으며 사자후를 외쳤다.

"여기가 어디라고 감히 난동이냐? 장영실!"

"대감마님! 저를 호통칠 수 있는 존재는 제 부모와 임금뿐입니다요! 그리고 심지어 이 바보들이 먼저 싸움을 건 거지 말입니다요!"

누더기옷에 눌어붙은 피를 아주 자랑스럽게 드러내며 장영실은 천박한 말투로 오히려 대군에게 쏘아붙였다. 심지어 이는 사실이었다. 장영실을 처벌할 수 있는 것은 어디까지나 임금뿐이었다. 허나 합선대군이 이런 상황에서 물러설 사람은 아니었다.

"궁가宮家에 피범벅으로 들어오는데 안 막을 경호원이 어디 있나?"

"들어올 만하니까 들어가지요!"

"지금 조선을 구하는 일 말고 무엇이 중요하건데, 이야기가 뭔지 들어나 보자!"

"현주 마마의 문제입니다요."

장영실이 낮은 저음의 목소리로 짐승처럼 그르렁거리며 현주의 이야기라고 말을 하자 합선대군과 장영실은 잠시 정적에 휩싸여 서로를 바라보았다. 그리고 곧바로 대군이 경호원들에게 소리쳤다.

"모든 경호를 궁 밖으로 돌려라. 내 사저 근처에는 누구도 오지 못하게 하라!"

합선대군은 갑작스런 명령에 황망해하는 경호원을 향해 다시 일갈했다.

"어서 하라 말하지 않았느냐?"

"예, 대감!"

경호원이 개미떼가 사라지듯 물러섰다. 이때 그들이 본 피범벅이된 장영실의 모습 때문에 훗날 장영실에게는 [피범벅Bloodbath]이라는 별칭이 또 하나 붙게 되었다. 그러거나 말거나 장영실은 이에 대해서 별로 신경도 쓰지 않는 존재였지만 말이다.

주변이 조용해지자, 합선대군은 분노와 광열을 감추고 나지막하게 말했다.

"이야기는 내 개인 연구실에서 하도록 하지."

대군이 앞장서 나아가자 피범벅의 장영실이 함께 들어갔다. 대군은 쇠약한 육체가 주는 고통으로 심히 괴로워했지만, 겉으로는 이에 아랑곳하지 않는 것처럼 행동했다. 뒤뚱뒤뚱, 오뚝이같이 걷는 모습이 유달리 부각되어 보였지만, 이를 두고 뭐랄 사람은 대명천지에 아무도 없을 것이다.

연구실로 통하는 지하에 내려가자, 거대한 철문에 부조浮彫된 사천왕상四天王像이 다가오는 사람을 내려다보며 위압감을 드러냈다. 대군은 문옆에 달려 있는 감지기에 그의 왼손을 올려놓았다. 이와 동시에 승인을 알리는 전자음이 울리자 육중한 기계음이 들리며 거대한 철문이 열렸다.

장영실은, 느릿느릿 기우뚱거리며 연구실로 들어가는 합선대군의 걸음걸이에 따라 자신의 발걸음 속도를 맞추었다. 대군의 연구실 안쪽에는 연구에 쓰이던 키메라Chimera들*이 살아있을 때의 모습을 그대로 유지한 채 박제장식되어 있었다. 한마디로 대군의 악취미를 엿볼 수 있는 장소였다. 아직 연구 중인 키메라들은 핵폭탄이라도 투하되지 않는 이상 절대 부서지지 않는 강화유리튜브에 갇힌 채로 지금 있는 장소보다 더 깊은 보관소에 갇혀 있었다. 합선대군의 연구는 본

---

* 키메라는 생물의 동일개체에 유전자가 다른 세포가 혼재하고 있거나, 동일유전자에 두 종류 이상의 유전자에서 유래한 DNA파편이 존재하는 현상을 말한다. 어원은 그리스·로마 신화에 나오는 여러 생물의 접합으로 이루어진 괴물에서 나왔다. 보통 유전공학실험에 의한 키메라 생물을 연상하기 쉬우나 생각보다 다양한 사례가 존재한다. '접목'을 통해서 여러 특성을 가진 작물을 만드는 것 또한 키메라이며 인간을 포함한 포유류가 임신할 때 복수의 수정란들이 하나의 개체로 융합되는 사례도 다수 발생한다. 허나, 합선대군이 연구하던 키메라들은 생물학적 특성 중 장점만 뽑아서 만드려던 시도였다. 그의 데카르트적인 감성이 만들어낸 계획으로, 연구물 중 하나가 훗날 [장영실기관]의 주도로 '척준경 계획'이라는 이름으로 발전하게 되기도 한다. 합선대군의 연구는 평범한 유전학Genetics이 아닌 야수학Beastics이라고 새로 명명해주어야 할 지경에까지 이르렀으며 생물의 장기마저도 기계부품으로 이용할 수 있을 정도로 기술을 발전시켜갔다.

격적인 [매드 사이언스]였으며, 정식학위까지 받은 과학자로서의 연구들이었다.

대군은 [우인궁]의 지하를 더 깊게 파서 개인 연구실로 사용하고 있었다. 연구실이 지상에 없는 이유는 간단했다. 왕족으로서의 품위를 논하는 얼간이들 때문이었다. 합선대군은 왕족의 품위를 운운하는 그들 자체는 무섭지 않았으나 그런 멍청이들에게 동요하는 사람들도 있는 법이니 소모적인 논쟁은 피하는 것이 옳았다. 여러 나라의 왕후귀족들은 주체할 수 없는 잉여시간을 죽이기 위한 취미 정도로, 마치 초등학생의 여름방학숙제 정도의 작업을 하는 수준이었지만, 합선대군은 진짜였다. 그는 이미 몇 번의 성과를 낸 경험이 있는 학문적 성취를 이룬 엄연한 과학자였다. 덕분에 [우인궁]이란 이름도 학문에 정진하라는 뜻에서 평종이 대군에게 하사한 것이다.

연구실이 지하 깊숙이 있다 보니, 종종 중요대화를 하기 위해 연구실을 들어오기도 했다. 행여 쥐새끼라도 엿들을 것을 우려해서 말이다. 장영실 또한 합선대군을 따라 지하로 내려오면서 대군이 자신을 이곳까지 데려오는 이유가 그 쥐새끼를 막기 위한 행위라 생각했다.

철문이 요란한 소리를 내면서 닫히자, 대군은 명령을 내리듯 질문했다.

"답하라, 장영실. 내 여식의 문제를 말하는데 그대 혼자 온 것인가."

장영실은 무식한 양아치를 흉내내며 짐짓 입을 망령되게 열었다.

"대군 마마를 처음 만난 것도 이곳이었지 말입니다."

"갑자기 추억놀음인가? 장영실. 그대가 이곳으로 와서 보고한 적은 한 번도 없었을 텐데."

장영실의 망령된 소리가 무얼 뜻하는지 사실, 그는 잘 알고 있었다. 하지만 무시해야 하는 이야기였다. 그러나 아랑곳 않고 장영실은 다시 말했다.

"쉰네가 처음 왔을 때는 장영실이 아니었지 말입니다요. 죄인 '구예신坵穢身'이었지요."

대군이 혀를 찼다.

"'척준경 계획'•은 없던 일이라 했을 텐데? 그렇지 않다면 다시 한번 아기장수••라도 불러주기라도 해야 하나?"

장영실은 당당하게 말했다.

"쉰네가 이 말을 하는 것을 모르는 바가 아니시지 말입니다. 쉰네는

• 척준경 계획은 98대 장영실의 의해 입안된 평생기밀유지계획이자, 조선의 강화군인 계획으로, 합선대군의 연구를 바탕으로 만들었다. 일기당천의 고려의 무장이었던 척준경과 같은 '나라를 위한 검'을 만들려고 한 장대한 계획이었는데 300번의 실패 끝에 단 하나의 성공작을 만들었던 사례를 제외하곤 아무것도 남지 않아 상용화가 불가능하단 결론이 났다. [장영실연구소]의 몇 안 되는 장절한 실패로 기록되었다. 유일무이한 성공작이 하나 있었으나 합선대군이 보기엔 '수호검'에 불과하다고 판단. 결과는 실패였다. 합선대군은 그 실패이유에 대해서 "검이라고 하는 것은 스스로 생각하는 존재가 아니라 주인의 의지로 휘둘러져야 하는 법이다. 성공작이라고 생각되던 자는 검으로 살기엔 반골적인 자아가 너무나 뚜렷했으며 검으로만 쓰기에는 너무 우수한 머리를 가진 자였다."라고 말했다. 당시 합선대군의 총평은 "척준경을 만들라 했더니, 아기장수를 만들었군"이었다. 하지만 합선대군은 실험체였던 자를 완전히 폐기하지 않고 살려주었다. 그의 신념에 따르면, 태어난 것에는 이유가 있음이기 때문이다. 그리고 그 생각은 틀린 것이 아니었다. 그 실험체는 훗날 99대 장영실이 되었다.

•• 척준경과 함께, 조선에 있어 개인무력으로 강한 장수의 이미지를 구축하는 아기장수라는 존재는 실존하는 인물이 아니라 아기장수 설화에서 나온 존재다. 다만 아기장수는 조선에 등장하는 반역의 설화다. 아기장수의 원전이 조선의 시조인 태조 이성계와 각을 세우던 아기발도阿其拔都라는 도적의 수괴가 모티브가 된 설화였고 아기발도가 아기장수 설화라는 설화로 재탄생했던 것도 아직 이성계에게 반감을 가지던 스스로를 고려인이라 여기던 백성이 만든 먼치킨!Munchkin 설화였다. 아기장수를 질투한 이성계가 하늘이 내린 아기장수를 죽이는 이야기로 끝나는 골격을 가진 구조인데 척준경이 충신, 나라를 위한 검으로서 이미지를 구축하는 실존하는 장군이었다면, 아기장수는 반역, 반골, 역심을 기반으로 만들어진 이미지의 설화였다.

몰모트로 끌려가 실험을 당했을지언정 매국노는 아니었지 말입니다요. 하여 쇤네는 그 시절 대군께 어떤 악감정도 없었지 말입니다요."

"어리석은 놈! 천하게 군다고, 머리까지 천해진 것이냐? 같지 않게 말 돌리지 말고 똑바로 말하라."

"쇤네는 현주 마마를 구했지만, 이곳으로 와도 좋지 않겠나 싶은 겁니다."

"호오, 지금 무슨 소리를 하는 겐가. 말에 따라선 그 목을 스스로 내려놓아야 할 것이다. 99대 장영실!"

잘못이 있다면 확실한 책임을 묻겠다는 대군의 모습에 장영실은 어이가 없었다.

"아니, 쇤네가 힘만 쓰는 고릴라가 아니지 말입니다. 쇤네가 조선 최고의 연구소를 책임지고 있다는 사실, 잊으셨습니까요? 일단 머리가 돌아간다고 스스로도 생각하지 말입니다. 그 쪽발이가 대감의 명령이 아니고서야 그런 짓을 할 리가 없지 않습니까요! 대가리가 지 대가리가 아닌데!"

"크하하하, 좋아. 암! 난 예전부터 장영실 그대의 그런 밑도 끝도 없이 나오는 근거없는 자신감이 좋았다! 허나 증거도 없이 왕족을 능멸하는 것은 장영실이라도 멀쩡하긴 힘들 텐데? 아니면 뭔가? 굳건한 증거를 가지고 '조선의 적'을 죽이기 위해 왔는가? 답하라, 장영실."

"무슨 헛소리지 말입니까요. '조선의 적'을 정하는 건 언제나 주상 전하시지 말입니다. 주상은 제게 빨갱이들을 쳐 죽이고 현주 마마를 위험에서 구하라 했지 말입니다. 종묘사직을 감히 건드리란 적은 없습니다요. 그런데 여기가 연관되지 않았다기엔 너무 냄새가 나지 말입니다요."

"감으로 말하기엔 너무 큰 말이 아닌가?"

합선대군은 장영실의 말을 믿지 않았다.

"감이란 경험으로 쌓인 근거지 말입니다."

장영실은 변명해보았지만 합선대군은 손사래를 쳤다. 그는 왕족이기 이전에 정치인이자 과학자였다. 불구의 몸으로 지금까지의 지위를 탈취했다. 겨우 이런 정도의 말에 끄떡할 위인이 아닌 것이다.

"감이라니! 조선 제일의 대제학*이어야 할 그대가 할 말은 아닌 듯하네. 그보다 그대를 설득시킨 증거가 있겠지. 왜 내 말이 틀렸나? 하루라도 더 오래 산 사람을 무시하지 말게, 장영실! 난, 이 잘 만들어지지도 않은 몸뚱아리로 이 나라에서 살아남았네. 확실한 근거를 말하지 않으면 힘만 쓰는 고릴라 이하로군."

침묵이 계속되자 이번엔 합선대군이 직접적으로 말했다.

"내 딸 어디에 있나? 그대가 같이 올 것이라 믿었는데 말이지."

"안개나 멈추시지 말입니다. 최소한 모르게 하시고 싶으셨다면 안개를 추적할 수 있는 인간을 조선으로 부르시지 말지 말입니다."

"교수로군. 그럼 내 딸을 그자와 두었단 말인가?"

• 대제학은 근대화 이전 조선의 예문관과 홍문관의 최고 책임자이며 정2품 으뜸직이었다. 또한 대제학은 임금이 마음대로 임명할 수 없었다. 본인이 사퇴하기 전에는 임기가 따로 없는 종신직이었다. 게다가 전임직이 아니어서 다른 직책과 겸직하기도 해서, 때로 종2품 관직을 수행하던 자들도 임명되기도 했다. 관직은 둘이지만 실제로는 한 사람이 예문관과 홍문관, 두 관의 대제학을 겸하는 것이 상례였다. 국가의 문한文翰을 총괄하는 지위로 반드시 학문이 높은 사람을 임명했다. 때문에 국시가 '학문을 통한 치세'이기도 한 조선에 있어서 대제학은 권위와 명망은 높았으며, 관료들의 최고 영예로 간주되었다. 근대가 지난 지금와선 명예로만 남은 호칭이지만, 가장 똑똑하고 학식이 높은 학자들에게 그 명예를 내려주게 되어있다. 여전히 조선에서 가장 명예로운 자리다.

장영실에게서 아무 말이 없자, 대군은 혀를 찼다. 그리고 비꼬는 말이 물을 쏟아내듯 흘러나왔다.

"그것 참 멋지군. 멋진 일이야."

장영실은 대군이 자신을 비꼬는 것이라 여겼다. 하지만 대군은 휴대용 산소가 파이프로 연결된 호흡마스크(얼굴의 절반을 가리는 크기라 제대로 보이는 건 그의 눈매뿐이었다.)를 쓰고 가사袈裟를 얹듯이 연구실가운을 입고 있는 대군을 바라보며 뭔가 잘못되어가고 있음을 깨달았다.

"대감?"

"아니지, 구예신. 이때 나를 부르려면 합선개조合線開祖라고 부르라 했을 텐데?"

보통, 사람들은 자신이 입고 있는 옷으로 자신의 정체성을 정하거나 정해지곤 한다. 대군도 이런 굴레에서 자유로울 수 없었다. 옷은 문명이고 인간은 문명에서 벗어날 수 없는 존재이다. 그렇다고 본다면 적게는 그는 두 개의 정체성으로 나뉜다고 볼 수 있었다. 하나는 대례복을 입고 정치인으로서 존재하는 왕족 합선대군合蟬大君이다. 이 모습이야말로 대중적으로 알려진 합선대군의 모습이었다. 또 하나는 연구실가운을 가사처럼 걸친 과학자 모습의 합선대군이다. 유전학을 종교적 광기로 재해석한 학문인 야수학Beastics의 창시자인 합선대군. 대군은 자신이 지닌 두 가지 정체성을 합쳐 말장난처럼 매드 사이언티스트 합선개조合線開祖라 자칭하여 부르곤 했다.

장영실은 아직 자연인인 구예신일 때, 나라를 집어삼킬 만큼의 광기에 가득 찬 합선개조를 눈앞에서 확인한 적이 있었다. 자신이 원하는 연구결과를 얻기 위해 고문에 가까운 인체실험을 하는 그의 모습은 아직도 머릿속에 각인되어 있을 정도로 인상적이었다. 왕족으로서의 최소한의 체면마저 벗어던진, 순수한 과학자적 호기심이 합선대군의 정신을 온통 지배하고 있는 모습이었다. 유학의 근본을 잊지 않는 정치가 합선대군이 아닌 합리주의적 운명론을 가진 불교도 같은 합선 개조로서의 대군 모습을 직접 만나본 사람은 드물 것이다.

"진심으로 고맙군. 아직 해결되지 않은 걸 확실히 끝내버리게 만들어줘서."

"무슨 말씀이지 말입……."

장영실은 의외의 상황에서 얼이 빠지는 경향이 있었다. 합선대군이 연구실 벽면에서 패널을 꺼내 버튼을 누르자 합선대군의 등 뒤에 있는 타일들이 마치 도미노처럼 하나하나 움직이며 뒤집어지더니 거대한 화면이 되었다. 대군은 땅에 지팡이를 부딪치며, 스님처럼 선禪을 전파했다.

"가자, 가자, 피안으로. 피안으로 아주 가자, 영원한 깨달음으로……."

〈성문聲紋확인. 통신 연결 중…… 연결 중…….〉

"정말 역모라도 꾸민 겁니까요, 대감!"

장영실의 목소리는 방금 전보다 한 음계 높아졌다. 허나 대군은 고개를 좌우로 돌리며 말했다.

"조선을 더 높게 세우려 함이네."

말이 끝나기가 무섭게 벽에 교묘히 숨겨진 비밀문이 열리며 중장갑 강화복을 입은 정예병들이 쏟아져 나와 장영실을 에워쌌다. 엄심갑과 긴밀히 연결된 좌측 견갑엔 마치 꼬리를 금禁줄마냥 꼬아놓은 채 날개를 펼친 봉황문장이 그려져 있었다. 장영실은 이를 발견하고는 재

수없다는 듯 침을 뱉으며 말했다.

"툇, 의금부義禁府 아니지, 밀위청密威廳* 요원들이 여긴 무슨 일들이랍니까요? 아무리 왕실의 개들이라지만, 사병처럼 사용하시다니요. 사병의 사용은 국법으로 금지되어 있지 않습니까요."

"암, 지엄하고 지엄하신 국법이 있지. 지금 왕실의 큰일이 일어나지 않았나. 당연히 밀위청이 움직여야지. 그렇지 않나?"

"그러시겠지요."

평소답지 않게 대놓고 반골기질을 보이는 장영실을 보고 합선대군은 웃음밖에 나오지 않았다. 큰 웃음을 내뱉었다. 그러던 중에 기계음이 흘러나왔다.

〈연결완료. 화면에 띄우겠습니다.〉

● 합선개조 合線開祖

"어디 변명이나 들어 봅시다. 교수!"

[몰니야Ⅱ]의 예배당에서 강제로 고해라도 하라는 것인지, 현주는

---

* 의금부 혹은 밀위청으로 불리는 이 기관은 조선의 왕실직속 감찰기관이다. 현대에 와선 경찰과 군대로 통폐합되면서 대부분의 권한과 인력을 인계해주었다. 그러나 일부는 왕실 직속의 부대로 남아 왕실을 위한 비밀특수부대로 편제되었다. 이들은 왕실의 명령을 받아 밀정하는 조직으로 현재까지 존속하고 있다.

교수를 닦달하고 있었다. 어린 소녀에게 꾸지람을 듣고 있는 교수는, 일말의 인간적인 감성이 아직 남아 있었던지 새삼스럽게 그의 가슴속에서 부끄러움이라는 감각이 모락모락 피어오르고 있었다. 그럴수록 교수는 존 D를 못마땅한 시선으로 바라볼 수밖에 없었다. 정말로 심기가 뒤틀리는 일이었다.

"아니, 아니. 나 쳐다보지 말아요. 어차피 교수님이 다 밝힐 건 시간문제였잖아요?"

"그런 문제가 아니지 않나……."

"교수!"

사실 변명이나 다름없는 말이었다. 교수는 어떻게든 말을 돌려보려 했지만 아빈현주가 고집을 부리자 어쩔 수 없이 입을 열었다.

"지금 악의를 가지고 이 조선을 위협하는 것은 현주 마마의 부군이신 합선대군이십니다."

교수의 표정에서 이 말이 거짓이 아님을 느꼈지만, 악이 받친 아빈현주는 눈을 부릅뜨고 소리쳤다.

"거짓말! 감히 어디서 거짓을 고하는가! 그럴 리 없다. 아버지만큼 조선을 사랑하신 분이 없단 말이다!"

"허나 생각해보십시오. 과연 노구가 왜 이 나라로 왔습니까?"

"그거야……."

아빈현주는 매우 영특한 소녀다. 또래 나이뿐만 아니라 동시대를 사는 인간들을 통틀어서도 제법 뛰어난 두뇌를 지니고 있었다. 미처 생각지 않았던 것에서 의심이 생기자 바로 머릿속에서 퍼즐이 맞춰졌다.

"설마……."

"애초에 노구가 이곳에 오길 바라셨다 할 수밖에 없지 않겠습니까."

교수는 개탄스러운 듯 고개를 저으며 말했다.

"아마도 이곳으로 저와 현주 마마를 모시러 올 사람들을 보내겠지요. 예의가 밝을지는 모르겠습니다만……. 어찌되었던 간에 [몰니야Ⅱ]를 가만히 두고 갈 순 없군요."

아이를 걱정하는 부모의 목소리였지만, 결국 [몰니야Ⅱ]를 파괴하겠다는 소리나 다름 아니었다. 이미 컨트롤 룸에서 넬슨경이 준비하고 있었다. 하여 교수가 운을 띄우자, 마치 사전에 짠 것처럼 넬슨 경이 있는 컨트롤 룸이 예배당의 스테인드글라스와 연결되었다. 넬슨 경은 이미 교수의 명령이 무엇인지 알고 있었고 [몰니야Ⅱ] 파괴를 위한 준비를 완료했다. 명령어를 발성하기만 하면 끝이었다.

〈각하, 모든 준비가 끝났습니다.〉

"역시 일처리가 빠르군그래. 그럼 최종 명령어를 넣어두게. 우린 여기서 나가야겠어. 현주 마마를 이런 시체밭에 계시게 할 순 없지. 존 D, 우릴 밖으로 안내하게."

그때 스테인드글라스의 한 면에 합선대군이 나타났다.

"기다리는 것이 좋지 않겠나, 교수."

"아, 그 모습으로 나타나신다는 건 합선개조이신 대군 마마십니까?"

"이 모습을 알아주는 것도 그대뿐이군."

"원래 이쪽 업계가 좁지 않습니까……. 허나 이 [몰니야Ⅱ]에 접속하신다는 것은 역시 대군 마마께서 여기에 연루되어 계시다고 받아들여도 되는 것인지요?"

"안타깝게도 그리한 것 같구려. 혈기왕성한 장영실도 이에 화가 난 모양이야."

"화라니요, 어찌 감히 왕족께 화를 낼 수 있겠습니까?"

교수는 특유의 카이저수염을 만지며 너털웃음을 짓고 말했지만, 지금 그의 머릿속에선 분노가 들끓고 있었다. 아마도 화산폭발이라도 일어난 듯 땅이 녹아내리며 붉게 물러지고 있는 느낌일 것이다. 실제로도 그렇게 만들 수 있는 능력자이지만, 속내를 드러내는 것을 어른스럽지 못한 행동이라 여기는 잉글랜드인 특유의 데포르메한 성격이 이를 가로막고 있었다. 물론 합선대군도 겉으로 드러내진 않았지만, 교수의 속마음을 모르는 바는 아니었다.

"다만, 노구의 명예에 관련된 읍소泣訴는 받아주셔야 하지 않겠습니까? 대군 마마."

"읍소라니, 이것 참······. 교수도 농이 참으로 대단하군!"

대군은 그렇게 교수의 생각을 무시하고 넘어가면서 걱정스러운 듯 현주를 바라보았다. 얼굴 절반 이상을 가린 호흡기로 인해 대군의 표정을 정확히 읽을 순 없었지만 그의 눈매가 부드러워져 있다는 것은 확실히 느낄 수 있었다. 그렇기에 현주는 광기가 가신 상태의 부친에게 용기를 내어 말을 건넸다.

"아버지, 이게 대체 무슨 일인가요? 아버지께서 [어깨동무]의 흑막이라니요. 이 폭론이 진짜란 말입니까?"

"외인들이 있는 곳에서 말하기엔 참으로 옳지 못한 말이다. 아빈아, 집으로 돌아와야 할 것이다. 다만, 교수! 그대가 읍소를 해야 한다고 했지? 읍소를 위한 친구들을 보내주도록 하지. 받아들이게."

대군의 선고宣告가 끝나기가 무섭게 카모플라쥬를 해제하는 검은색 특수강화복을 입은 남자들이 주위를 둘러쌌다. 우측 팔뚝에 패치로 삽입된 의금부문장에서 그들이 어떤 존재인지 헤아릴 수 있었다. 의금부는 왕실의 사병으로도 쓰이고 있었기에 감히 아빈현주에게는 함부로 대하진 못했지만 교수를 향해선 총구를 들이대고 섣불리 움직이지 않길 권고했다. 허나 교수가 누구인가. 이런 정도로 눈 하나 까딱할 사람이었다면 클럽과 척을 졌을 때 목숨을 끊었을 것이다. 좋게 말해 대범하고, 나쁘게 말하면 남의 이목을 무시해버리는 교수이기에 자신의 이마를 가리키는 총구를 보면서도 차분하게 말할 수 있는 것이다.

"넬슨 경, 부탁해도 되겠나?"

이 정도는 하지만, 이 정도쯤이야 합선대군 또한 생각해두고 있는 문제였다. 그래서 대군에게 있어 이건 한 문장으로 해결이 가능한 이야기였다.

"풍견아, 게 있느냐."

대군이 평소대로 의당 부르는 소리였으나 주변에 모인 사람들은 그 순간, 의아해하지 않을 수 없었다. 어찌 죽은 자가 말을 할 수 있겠는가. 이에 아랑곳하지 않고 대군의 목소리는 법석法席에 나온 승려의 말처럼 흘렀다.

스테인드글라스로 보이는 컨트롤 룸은 소품들로 가득한 저예산 호러영화의 한 장면처럼 변하고 있었다. 넬슨 경의 뒤로 시체처럼 누워 있던 풍견지랑이 피범벅이 된 뒤틀린 몸을 으적으적 소리를 내면서 뼈를 다시 붙여가며 걸어오고 있었다. 넬슨 경이 반응하기도 전에 풍견지랑은 먼저 품안에 있던 권총을 꺼내 넬슨 경의 카메라렌즈를 부수고, 개머리판으로 행동이 정지되어 있던 그의 머리가 부숴질 때까지 계속 내려찍었다. 풍견지랑의 움직임에는 감정이 개입된 행동이라기보다도 공장에서 작동하는 기계처럼 목적성에 기반을 두고 움직이고 있었다. 넬슨 경의 움직임이 더 이상 없음을 확인한 뒤, 풍견지랑은 피범벅인 옷매무새를 다듬고 청아한 목소리로 대답했다.

"부르셨습니까? 대군 마마."

지금까지 일어나는 일련의 상황을 지켜보고 있던 교수는 윌리엄 포크너 작품의 한 문구를 말하는 것으로 자신의 마음을 대신했다.

"The past is never dead, It is not even past. (과거는 절대 죽지 않으며, 아직 과거조차 아니다.)"

그리고 교수는 진심으로 박수를 쳤다.

"훌륭합니다. 명령어를 넣는 것으로 인간의 육체를 기계장치처럼 자가복구를 가능하게 만들어내시다니. 스스로 자신의 이론을 완수하셨군요."

'산 인간과 죽은 인간의 차이는 움직이는 시계와 고장난 시계의 차이와 다를 바 없다' 라는 데카르트의 명제를 완성한 것이다. 합선대군에게는 육체의 조각이든 기계의 부품이든 어떤 것도 다를 바 없는 것이었다. 생명조차 기계적인 부품이 될 수밖에 없는 것이다. 이것이 바로 합선개조의 야수학이다.

합선대군은 즐거워보였다. 얼굴이 반절 이상 가려져 있었지만 그의 행동에선 즐거움이 묻어나오고 있음을 알 수 있었다. 매드 사이언티스트들 대부분이 그렇듯 자신의 연구가 누군가로부터 칭찬을 받았기 때문이다. 유치한 어린아이 같은 감정이지만 대부분의 매드 사이언티스트는 자주 그런 감성에 사로잡혔다.

"즐거운 일이군. 허나 좀 더 좋은 상황에서 일어난 일이었다면 정말 그대들이 믿는 상제님을 믿었겠어."

"왜 다들 주님 가지고 농담들을 하는지 기분이 참 좋지는 않군요."

일단은 독실한 기독교신자이기도 한 교수였기에 종교에 관련된 농담은 그리 좋은 선택이 아니라고 할 수 있겠다. 이로 인해 교수는 마뜩치 않다는 표정을 지었다.

오히려 이런 교수의 모습을 보고 아빈현주는 놀랄 뿐이다.

"지금 넬슨 경이 피괴되었는데 나오는 반응이 그거요?"

"본체가 아니니까요. 마실용 외부 단말이 하나 부서졌다고 뭐가 그리 큰일이겠습니까. 그보다 대군 마마의 안내인들이 아까부터 우리를 모시려고 하는 것 같습니다만 어쩔 수 없이 같이 가야 할 거 같습니다."

"[몰니야Ⅱ]를 파괴해야 한다 하지 않았소?"

"방법이야 언제나 생각하면 존재하는 법이지요. 지금은 일단 대군 마마께 가는 게 순서 같군요."

의금부의 요원들은 자신들이 들어온 뒷길을(공간과 공간 사이를 압축해서 만든, 불특정하게 나타나는 문짝으로 교수는 이것을 산책로라고도 부르곤 했다. 정확히는 교수의 기술이었다.) 이용해 합선대군의 연구실로 향했다. 이때 교수는 겉으로 웃으며 생각했다. 자신이 만든 산책로를 사용하는 자가 있다는 것에 스트레스를 받는 모양이었다. 아니면 용암 같은 분노였을지도…….

• 1인학살부대

 지금 지구에서 가장 바쁜 사람이 누구냐고 묻는다면 아마도 존D일 것이다. (언제는 아니었냐고 하겠지만……) 조선 전역에 숨어서 일을 벌이던 OSS 요원들을 처리 중이었고, 믿기지는 않겠지만, 거리 전역에 숨어들어 제때 대피하지 못한 사람들을 위험에 빠지기 전에 다른 장소로 이동시켜 주기도 했다. 또한 교수와 현주가 매우 위태로운 상황을 뚫고 정중하게 모셔지고 있을 때 [몰니야Ⅱ] 속에 숨어 있던 존D는 지금 현재 윈스럽 의장의 아파트에서 상황보고를 하고 있었다. 아니나 다를까, 잔뜩 화가 나 있는 의장 손에 의해 다시 목이 졸리고 있었다. 그리고 지금 생포중인 로버트 '스키피오' 미첨 중령의 안전가옥으로 하나둘씩 존D들이 모여들며 현재의 정황을 파악하기 위해 자기들끼리 회의 중이었다.

 로버트 '스키피오' 미첨 중령은 불합리한 상황이 계속 전개되면서 뭐든 답답한 자신의 심중을 말하고 싶어했다. 하지만 실시간으로 자신의 직속부하들 시체를 들쳐업고 오는 존D의 등장으로 입속에서 맴돌 뿐 할 말을 잃고 침묵으로 일관할 수밖에 없었다. 존D는 그런 중령의 마음을 알고 있었지만 무시했다. 중령 이마와 뒤통수에 발터PPK를 올려놓고 있는 것은 어디까지나 자신이었기에 '뭐, 어쩔 거야?'라는 마음이 없지 않아 작용했을 것이다.

 그럼에도 존D 또한 어수선한 마음을 숨기지는 못했다. 급박하게 돌아가는 현실정에 발맞춰 조선 여기저기에 자신들을 등장시키고 있었지만 물량으로 내리누르고 있을 뿐이지 확실한 처리는 불가능했다. 죄 없는 조선민중을 구원하는 것일지라도 반은 화풀이에 불과할 뿐이지 실제적인 해결에 아무런 도움이 되지 못했다.

게다가 이제까지 드러난 실행범의 정체는 본인이 어찌 할 수 없는 존재였다. 생각할수록 존 D는 열이 바짝 올랐다. 이런 상황에서 중령의 이마를 겨누고 있던 발터PPK로 그의 머리통을 순간적으로 내리찍었다. 순식간에 중령의 이마가 찢겨지며 피가 흐르고 눈밑이 보랏빛으로 멍들면서 위험상황에 다다르자, 존 D의 다른 자신이 겨우 뜯어말려 그만둘 수 있었다.

"아니, 왜? 안마해주는 거 아니었나?"

합중국 남자들이 꿈꾸는 마초의 상징 같은 자가 대수롭지 않은 듯 피를 흘리면서 당당하게 시가를 피우는 걸 보면서 존 D는 짜증이 다시 몰려오기 시작했다.

"아오, 정말 성격 같으면 그 질긴 근육으로 이뤄진 사지를 찢어발기고 싶어. 지금 많이 참고 있는 거야"

"왜 안 하지? 그보다 자네들이 데려온 요원들은 정말 깊숙이 잠입된 친구들이었는데 잘도 알았군."

중령은 산처럼 쌓여 있는 시체더미 있는 곳을 바라보며, 단조로운 톤으로 말했다.

"그쪽이야말로 왜 클럽이 모를 거라 생각하는데? 좀 닥쳐. 안 그래도 지금 이 상황을 어떻게 처리해야 할지 감도 안 잡히는데 신경 건들지 마. 최소한 니들은 얼간이 이하야. 너희 조선의 '오뚝이대감'에게 완전 이용당했다고! 잘난 척하지 마."

그러다 존 D는 자신이 말실수를 했음을 깨달았는지 한숨을 돌리고 말했다.

"최소한 눈앞에 시체가 산더미처럼 쌓여 있으면 좀, 말이라도 골라 해. 괜히 내가 오히려 화가 나서 말실수를 해버렸잖아."

"대군이 우릴 이용해?"

중령이 깨닫지도 못한 듯 중얼거리자 존 D는 중령의 어깨를 툭툭 털어주면서 위로 같지도 않은 위로를 했다.

"걱정하지 마. 그 대감님 머리 돌아가는 거 일반인 수천 명이 모여도 못 이기는 머리 맞아. 속은 건 절대 부끄러운 게 아니야. 그냥 니들이 부끄러운 거지. 우리 의장님 말 전해줄게. '다시는 절대 정의의 정자도 함부로 꺼내지 마! 이 세상을 지키는 건 언제나 정의가 아니라 평화야!'"

윈스럽 의장의 목소리를 흉내내며 말을 전한 뒤 앞에 있는 발터 PPK를 쏴서 스키피오 중령의 머리통을 날려버렸다. 적당히 시체더미 위에 그의 시체를 얹은 뒤, 가솔린을 잔뜩 뿌리기 시작했다. 이로써 합중국대사관이 빌리고 있는 숙소가 오늘 화려하게 불탈 것이다. 그리고 이 불길 속에 잘 타들어간 시체는 나중에 합중국의 대통령 여하 지하벙커에서 회의를 여는 안보자문단들에게 보내줄 것이다.

평화를 어지럽히는 자들은 죽는다. 이 단순한 가르침을 위해서 말이다. 존 D는 그렇게 생각하며 담배를 입에 물다가 불길이 일렁이는 것을 쳐다보다가 뭔가 재밌는 생각이 떠올랐는지 불길 속에서 춤을 추기 시작했다. 불길 속에 갇혀 이미 빠져나갈 수 없음을 알고 있지만 영원히 죽지 않으니 새로운 깨달음에 이르렀다며 즐거워 어쩔 줄 몰라했다. 그는 마치 불길에서 영감을 얻은 예술가처럼 대만족감에 몸서리마저 쳤다. 세계의 비극 중 하나는 역시 존 D가 단순한 광인이 아니었다는 점이리라.

그의 본질은 실력 있는 클럽의 요원이라는 것이다.

• 점성가장치 Answer Talker

의금부 요원들이 문을 열고 들어온 '산책로' 너머에는 합선대군이 서 있었다. 근처에는 기분 나쁜 얼굴을 숨기지도 않고 품에 있던 담배를 피우는 장영실이 의금부 요원들에 의해 구금된 상태였다. 설령 장영실을 가두었다고 한들, 그의 인지를 벗어난 육체만을 가둔 상태이기에 실질적으로 그를 구속하는 것은 불가능했다. 단지 그에게 총구를 들이대는 방어적 행동만 가능할 뿐이었지만, 이 정도로도 충분히 임금의 뜻을 전하는 건 가능했다. 장영실은 마음 같아서는 자신의 한 손으로 의금부 요원을 갈기갈기 찢어발길 수도 있었지만 감히 왕의 사병을 해했다가 임금께 한 소리 듣는 것이 부담스러웠다. 그냥 기분이 언짢지만 담배만 연신 피울 수밖에 없었다.

"아, 아빈아 왔느냐."

교수와 현주가 들어오자 합선대군은 즐거운 목소리를 최대한 자제하려 애썼다. 그것이 딸을 되찾은 아버지의 마음인지 우상을 만난 팬의 마음인지는 알 수 없었다.

"정말 이렇게 빙빙 돌려가며 초대를 한 점은 실례하네. 허나 뜻을 이루기 위한 일에는 수순이 필요한 법이지."

"정말이지, 초대장은 참 잘 받았습니다."

교수는 풍견지랑이 건네준 설계도(잘못 보면 금칠로 양장된 고서처럼 보이지만)들을 품에서 꺼내 보여주었다. 웰링턴 경과 함께 사라졌던 설계도면 중 하나다. 교수가 너무 대놓고 보여주니, 합선대군은 대체 중요사실을 숨길 생각이나 있는지 궁금할 정도였다.

"그럼, 안내해주시겠지요? 노구는 그럴 권리가 있습니다. 아니면 지금 와서 모르는 척 해보시겠습니까? 합선대군."

"얼마나 안내해주고 싶었는지 모르네."

아빈현주는 광열에 빠진 두 남자의 목소리에 소름이 끼쳤다. 뒷목부터 신경을 간질이듯 중추신경을 타고 발뒤꿈치까지 전기가 올랐다. 자신이 믿어오던 상식이 끊어진 느낌을 감출 수 없었다.

"아버지? 교수? 대체 무슨 소릴 하고 있는 건가요? 아버지 대체 이게 무슨 일인지 제발 설명을 해주세요."

"아아, 아빈아. 그렇지. 너도 들어야 할 이야기니라. 따라 오너라."

사랑하는 아버지의 목소리였건만 그 말을 듣는 순간 아빈현주는 주춤거렸다. 허나 아버지의 부드러운 목소리에는 거절을 허용하지 않는 힘이 있었다. 대군의 손짓에 의금부가 다시 현주와 교수를 정중한 자세로 모시며 그 뒤를 따랐다.

"장영실. 그대는 일이 끝날 때까지 여기 있어줘야겠네. 그래도 상관은 없겠지?"

"암요, 어찌 장영실이 조선의 뜻에 토를 달겠습니까?"

비굴한 말투였지만 짜증이 한껏 밀려오는 상태였다. 아빈현주는 이상한 느낌을 받았다. 장영실이 얼마나 흉포한 인물인데 이런 억류를 받아들인단 말인가? 그럼에도 이런 이야기를 입 밖에 내지 못하고 순순히 아비를 따라가기 시작했다. 합선대군이 교수와 현주를 데리고 연구실에서 사라지자 장영실은 맹수 같은 눈으로 의금부 요원들을 노려보며 이를 가는 소리가 뒤섞인 말을 내뱉었다.

"총 조심하는 게 좋지 말입니다요. 잘못하면 정말 여러분들이 죽지 말입니다요."

의금부 요원들은 긴장한 듯 보였지만 아무런 미동도 없이 그대로 총부리를 겨누고 있었다. 무의미한 그들의 긴장은 둘째치고 장영실은 특정상황이 유발되지 않는 이상, 그들을 건들 수 없었다. 장영실이 마치 인간이 아닌 것처럼 느껴지는 분위기였다. 그의 맹세가 주박이 되어버린 상태였다.

"뭐가 그리 걱정되느냐?"

현주가 안절부절못하는 것을 느낀 합선대군이 물었다. 그녀의 걱정은 한두 가지가 아니었다. 그 중 하나가 아버지의 광기에 가까운 행동이었지만 이에 대해 직접 대놓고 물을 수는 없었다. 궁금증이 계속 그녀의 머릿속을 간지럽혔다. 대군은 그 표정을 안다는 듯 입을 열었다.

"궁금하느냐? 계속해서 질문이 올라오느냐? 옳거니 그것이 인간이란 증거구나. 내 네 머릿속에 있을 의문 중 하나 정도는 지금 대답해줄 수 있을 것 같구나. 어째서 장영실이 가만히 있을 수밖에 없는지 말이다. 누구나 자신의 거부 못할 약점이 하나씩은 있는 법이지. 하하하하."

알 수 없는 선문답을 하며 목적지에 도착했다. [우인궁]을 화려하게 장식하고 있는 조경된 호수, 그 호수 위를 떠 있는 정자들은 호보크라 프트처럼 프랙탈 구조로 이어져 있다. 누가 보아도 돈 꽤나 들였을 법한 으리으리한 모습이었다.

"역시, 이곳이었습니까? 정말 악취미시군요."

"교수, 이 호수에 뭐가 있는 거요?"

"아아, 있고말고요. 지금 이 모든 사건을 일으킨 이유이자 원인이지요."

"호오, 그것까지 꿰뚫어봤나? 궁금해지는군. 대체 어디까지 알고 있는 건가? 그보다 어떻게 알았나?"

"조선에서 노구의 [장난감]들이 발견되었다는 것부터 의심했습지요. 대부분 소련에 있던 물건들인데 말이죠. 이 정도로 노구의 물품이 조선에 있다면 그 녀석이 돕던가, 모으던 중 그 녀석을 만났던가 했겠지요. 이렇게 광적으로 노구의 [장난감]을 모으는 사람은 일찍이 본 적이 없습니다. 심지어 이 설계도들은 노구가 그 아이와 함께 잃어버린 것들인데 어찌 연관을 못시키겠습니까?"

"그렇겠군. 둘 다 맞는 말이군. 그를 발견한 것은 지금부터 20년도 더 전이네. [매드 사이언스]를 수집하던 내게 들어온 정보가 하나 있었지. 1908년 대폭발이 있었던 이후, 유적이 된 퉁구스카 폭심지였지. 본체의 80퍼센트가 파손되었고 남은 건 A.I의 뇌라 할 수 있는 [하드니스엔진]이었는데 이것도 절반 이상이 오염된 채로 파묻혀 있더군. 그래 소문으로 듣던 자네의 또 다른 A.I를 발견한 거야. 자, 다시 자네 아들과 만나게 해주지. 올라오게 웰링턴 경."

어디서 대군의 말을 들었는지, 물길이 갈라지며 육중한 거체가 솟아올랐다. 물이 폭포수처럼 거체에서 다 흘러내려왔을 때 가려진 음영이 벗겨지며 나타난 것은 시계탑이었다. 이것이 거세게 솟아오르며 공중에 떠 있는 프랙탈 구조로 연결된 정자를 밀어올리고 있었다. 마치 왕관을 쓴 것처럼 보였다.

허나 평범한 시계탑이 아니었다. 무기물인 벽돌과 철제구조물 사이로 유기체인 붉은 힘줄이 탑을 타고 넝쿨이 되어 올라가는 것처럼 흩뿌려지듯 연결되어 있었다. 벽돌 바닥끝이 문어의 촉수가 자라난 것처럼 물가에 떠 있었다. 흐르는 물가에서 중심을 잡아주는 촉수는 연꽃의 뿌리처럼 호수 깊숙이 자라 있었다. 촉수는 문어의 다리를 닮아 길쭉하고 두툼했으나 인간의 혈관처럼 피가 흐르듯 붉었고 속이 비어 보였다. 표면에 돋아난 빨판은 피어 있는 연꽃처럼 보였다.

시계탑은 살아있는 것처럼 굴었다. 철이 맞물리는 소리와 수천의 심장이 뛰는 소리가 동시에 합을 맞추며 들렸다. 생명을 부품으로 사용할 수 있는 특기를 가진 합선대군다운 재건작업이었다. 다만 교수의 눈에는 누더기가 되어버린 시체의 조합처럼 느껴져 마음이 몹시 쓰렸다. 겉으로는 무감동한 표정을 짓고 있던 교수는 놀라서 멍하니 쳐다보는 현주에게 친절히 설명했다.

"넬슨 경처럼 스스로 생각하고 문제에 답을 주는 인공의식Artificial Consciousness을 갖춘 A.I입니다. 스스로를 자칭 웰링턴이라 하여 웰링턴 경이라 불렀지요. 물론 노구가 아는 외형은 사람 크기의 괘종시계였지만 말입니다."

합선대군은 미안한지 조금 누그러진 목소리로 말했다. 다만 미안한 것은 아니었다.

"아, 미안하네. 움직이게 하려고 하니까 덩치가 남산 만해져버렸지 뭔가. 그마저도 기계공학만으로는 부족해져서 전문분야를 이어봤지."

기계는 생체부품을 이용한 키메라로 되살린 것인데 이것이 얼마나 발생 불가능한 것인고 하니, 호환성 없는 부품으로 슈퍼컴퓨터 완제품을 만드는 것만큼이나 말도 안 되는 소리였다. 그런데 그것을 해냈다. 합선대군 또한, 대부분의 매드 사이언티스트들이 그렇듯이 일반인의 인지를 초월한 물건을 완성할 수 있다는 것이다.

"과연, 합선대군께서 보여주신 능력, 잘 배견했습니다. 그저 감탄만은 할 순 없겠군요. 여기 현주 마마께오서도 지금 어떤 상황인지 궁금해하시고 계시지 않습니까. 아둔한 노구를 위해 설명을 부탁드려도 되지 않겠습니까."

합선대군은 광기로 인해 하회탈처럼 늘어진 눈매를 숨기지도 못하고 현주를 바라보며 답변했다.

"조선은 강력하고 또한 나른하지. 허나 이 함정에 빠져선 안 되는 법이야. 나른함에서 나오는 나태함은 언제나 안보의 위협이지. 외부의 적보다 무서운 게 안에서 터져 나오는 불협화음이라네. 과거 조선에도 그러한 병폐가 있을 뻔했음을 부정하지 않네. 하여, 언제나 위협에는 대비가 되어 있어야 하는 법이지. 오늘 이후, 그것도 한 번 커다란 민란이 시작되었던 해에 일어난 과격한 사건을 조선의 백성은 결코 잊지 않을 걸세. 외부로부터 위협을 가끔 받아봐야 단결이 가능하니까. 하지만 이런 건 지금부터 내가 할 일에 비하면 부수적인 이득에 불과한 일이지.

조선은 이제 거대하게 시스템화 될 것이오. 교수, 백성 모두가 각자 자신의 위치에 맞는, 그 형태에 어울리도록 짜맞춘 듯 체계가 만들어질 것이야. 불멸히 지속될 조선의 영광! 이것이 내게 내려진 책무가 아니고 무엇이겠나! 내가 태어난 데에는 다 이유가 있었던 거야. 그렇고말고!"

대군의 목소리가 무대 위에 흐르는 독백처럼 차분하고 이지적이며 열기처럼 타오르듯 빠르게 퍼져 나갔다. 그 모습을 지켜보며 아빈현주는 말을 잃고 한마디만을 중얼거릴 뿐이었다.

"아버지……"

"난 언제나 이 나라의 완전한 평화를 원했다. 그리고 마지막 고지달성을 앞두고 있다. 내가 미쳤냐? 암! 매드 사이언티스트가 미치지 않으면 누가 미치겠느냐! 미쳐야 미치는 법不狂不及이니라!"

교수는 찬물을 뿌리듯이 말했다.

"허나 백퍼센트 완전히 제대로 돌아가는 상황은 아니겠지요. 그렇지 않고서야 저를 부를 리 없지요."

광열이 잦아들며 차분함을 되찾은 합선대군의 목소리가 다시 울렸다.

"사실이 그렇군. 웰링턴 경은 자신을 인지하고 우리를 인지하네. 다만 스스로 생각하는 기능이 정지되어 있을 뿐이지. 아무리 그 부분을 되살리려고 했지만, 그럴수록 결함만 커졌지. 망가진 [하드니스엔진]의 보조기능밖에 안 되더군. 결국 엄청난 고성능의 점성가장치*나 다

• 기계 안에 점성가를 따라 한 인형을 넣어놓고 운세를 보려는 사람이 버튼을 누르면 알쏭달쏭한 말을 인쇄해 내어주는 장치. 기본적으로 놀이공원 한 구석에 반드시 하나씩은 있는 기묘한 장치로 재미로 하는 [장난감]이다. 지금 웰링턴 경의 상태도 이런 장치에서 크게 벗어나지 못했다. 다만, 스스로 생각하는 능력을 잃었지만 고성능 A.I가 가진 연산능력 때문에 모든 질문의 답을 백퍼센트 확정하는 앤서 토커(정답을 말하는 존재가 되어버린 상태였다.

름없더군. 답은 언제나 틀리지 않았네. 물론 자네를 여기까지 오게 하는데 꽤 도움이 되었지만 말이야."

"그렇다면 저는 사용료를 청구하고 싶습니다만……"

아무 말 없이 쳐다보는 합선대군을 보며 교수는 뜸을 들이다 다시 입을 열었다.

"그래서 절 부른 것은 혹여 [하드니스엔진]을 달라 하시는 겁니까?"

"준다면 얼마나 좋을까만 다른 이의 것만을 탐하면 매드 사이언티스트라 할 수 없겠지. 그저 지켜봐주면 고맙겠다는 걸세."

합선대군의 말과 주변 의금부가 무장을 풀지 않고 교수를 노리고 있다는 점을 깨닫고 교수가 입을 열었다.

"아! 희생양을 찾으셨군요."

"웰링턴 경에게 몇 번을 물어보아도 바뀌지 않는 시나리오는 역시 교수, 그대의 체포뿐이었네. 웰링턴 경도 어쩌면 자기 아비를 보고 싶어서 그랬는지도 모르겠군. 웰링턴 경은 질문에 대한 대답만 하니, 알 수 없는 노릇이지."

그렇게 말하고 교수와 합선대군은 웰링턴 경을 올려다보았다.

그때, 아빈현주가 질문했다.

"아버지, 할 말이 있습니다. 이야기를 종합하면 조선을 백프로 통제하려면 온전한 모습의 인공의식Artificial Consciousness이 필요하다는 건데 수동적인 앤서토커 장치로 어떻게 가능하다는 거죠? 아무리 잘해야 슈퍼컴퓨터의 필수연산 정도겠지요!"

확실히 그랬다. 도구로 전락한 웰링턴 경은 좋게 쳐봐야 잘나가는 슈퍼컴퓨터의 연산용 A.I 정도에 불과한 것이다.(이것을 불과라고 말할 정도로 원래 웰링턴 경의 능력은 무궁무진하다.)

그러나 이런 것을 꿰뚫어보는 아빈현주를 보며 교수는 놀랐고, 대군은 웃었다.

"아니 현주 마마, 어찌 그것을 아십니까? 이건 영특하다는 것을 넘어서는…… 맙소사, 대군 마마 설마……."

교수의 경탄을 보고 아빈현주는 자신의 이상異常을 깨달았다. 그리고 그녀의 머릿속에서 떠오르는 생각을 멈출 수 없었다. 질문에 대한 대답이 질문이 나오기도 전에 깨달아지고 있었다.

"제가 마지막 조각이군요."

아빈현주는 창백해진 표정으로 아버지를 봤다.

"그래, 넌 언제나 나이에 비해 영특한 게 아니었단다. 그 무엇보다 영특한 것이지."

합선대군은 하회탈처럼 주름진 눈웃음을 지으며 현주에게 따라오라는 듯 손을 건넸다.

"나라가 너를 필요로 하는구나, 아빈아."

"제가 뇌가 되어야 한다는 거군요. 저를 죽이지 않으신 것을 보면 제 뇌를 절제하는 것이 아니라 저 자체가 필요한 것이구요."

"그렇단다."

"아버지, 한 가지 묻고 싶은 게 있습니다."

"말하거라."

"저는 이 일을 위해 태어난 것인가요?"

"내가 하나 확실하게 이야기하마. 난 지금껏 너를 결과를 위한 제물로 생각해본 적이 단 한 번도 없다. 넌 내 딸이고, 내 핏줄이다. 다만 필요한 곳에 인간들은 적절히 쓰이게 마련이다. 평화를 위한 큰 그림에 너의 자리는 오직 여기일 뿐이다. 어찌 아비가 자식을 이용해먹을 생각만 하고 산다 말할 수 있겠느냐."

합선대군은 진지하게 아빈현주와 눈을 마주치며 차분한 어조로 을렀다. 광열에 빠진 자이긴 하나 딸에 대한 사랑은 진심이었다. 다만 그 모든 것이 앞서는 것은 국가에 대한 광적인 애정 때문이다. 지금의 아 빈현주는 대군의 말에 거짓이 없음을 알았다. 하지만 알았다 한들 답 하기 어려운 문제였다. 어렵게 입을 열어 답하려 할 때, 교수의 카랑카 랑한 목소리가 주변을 울렸다. 애정이었을 뿐이다.

"감히 말씀드립니다만, 언제부터 이교도들의 인신공양이 과학이 되어버린 겁니까? 조선에선 심청전이라 했던가요? 공양미 300석 치 곤 너무 과한 요구가 아닙니까."

"호오, 국가의 안정을 공양미 300석에 비교를 하나?"

"차라리 공양미 300석이 더 가치가 있지요. 완전히 통제되고 안전 한 나라라는 건 존재할 수 없는 것 아닙니까. 모르시겠다면 토마스 모 어 경Sir. Thomas More에게 물어보십시오."

교수는 웃는 얼굴로 침을 뱉었다. 물론 진짜로 뱉진 않았지만 차라 리 침을 뱉는 것이 나았을지도 모르겠다. 합선대군은 존중하던 우상, 교수에게 자신의 이상을 부정당한 것이다. 하여 대군은 교수를 노려 보았다. 그리고 쩌렁쩌렁한 목소리가 울렸다.

"풍견아, 게 있느냐!"

합선대군의 말이 끝나기도 전에 솟아오른 용이 지상을 내려다보는 것처럼 [몰니야II]가 [우인궁] 바로 위에 떠 있었다. 이윽고 비명처럼 폭증한 증기가 교수를 노리듯 낙뢰처럼 내리꽂았다. 물론 교수는 피했지만 고압으로 응축된 증기의 압력은 레이저가 찢어놓은 것처럼 땅을 갈랐다. 그리고 주변에 있던 의금부 요원들이 공기를 찢듯 총을 쏴대기 시작했다. 물론 교수는 칼이 숨겨진 지팡이를 빼앗겼지만, 나이에 맞지 않게 날렵한 몸놀림으로 피하고 있었다. 다만, 돌격소총과 낙뢰처럼 내리꽂는 [몰니야Ⅱ]가 뿜어내는 증기압력의 시너지는 위협적이었다. 교수는 엄폐물로 쓸 만한 노송에 몸을 숨기고 잠시 여유가 생겼는지 아빈현주가 처한 상황을 살펴보았다. 합선대군은 현주를 데리고 호숫가 가까이로 가고 있었다. 대군이 남들이 알아듣지 못할 명령어를 사용하자 촉수가 연꽃뿌리처럼 흘러나와 대군을 받쳐 올렸다. 둘이 이에 자연스럽게 올라타자 촉수가 시계탑 쪽으로 다시 향했다.

"입은 만악의 근원이군. 화가 난다고 심하게 말했나 보구만. [태엽성]에 가서 담배나 태우고 싶군."

"어, 하나 가져다 드려요?"

"제발 그렇게 총알이 빗발치는 곳에서 천연덕스럽게 등장하는 건 좀 자제해주지 않겠나?"

존D는 어깨를 으쓱하더니 이어피스 하나를 주었다.

"이제 저 기계용을 죽일 건데 운전하는 방법 좀 안에 있는 녀석에게 말 좀 해줘요. 다시 방벽을 올려서 못 들어가요."

그리고 사라지려는 존D는 두리번거리다가 무관심하게 툭 말했다.

"장영실이 밑에 있죠? 갔다 올게요."

"아니 대체 저런 미친 고양이를 다 봤나. 일단 최소한 총 쏘는 친구들은 처리하고 가라고!"

교수의 노성이 끝나기도 전에 다시 여럿의 존 D가 나와 의금부 요원들을 향해 발터PPK를 겨누고 쐈다. 돌격소총으로 노리든지 자신을 죽이든지 전혀 상관없었기에 존 D는 아무런 긴장도 없이 계속 쏴댔다. 얼마 지나지 않아 주변이 조용해지자 그는 다시 한마디 덧붙였다.

"아, 맞다. 지팡이 뺏긴 줄 몰랐네. 죄송해요."

"아…….괜찮네."

"교수님, 지금 난 벌써 장영실 만났기도 하고. 아 맞다, 빨리 좀 녀석에게 말 좀 해줘요."

교수는 정말 이 미치광이에게 몇 번을 놀라야 할지 어안이 벙벙했다. 다만 교수는 그에게 운전법을 알려주었다. 운전방식이 음악이라는 것을 안 이어피스 너머의 존 D는 기가 막힌 듯한 목소리를 숨기지도 않았다.

〈뭐 감사는 한데, 어이는 없네요.〉

교수는 신경질적으로 이어피스를 빼서 눈앞의 존 D에게 내던졌고 어수룩하게 받아내는 존 D에게 말했다.

"이제 됐으면, 내 마차 있는 곳으로 부탁 좀 하세. 부탁이니, 군소리하지 말고, 택시일 좀 부탁하면 안 되겠나? 안 그래도 열차 내에선 어느 순간 내빼서 도움도 안 되더니……."

"정 그러시다면, 알겠습니다."

존 D는 노란 트렌치코트를 교수에게 뒤집어씌우더니 사라졌다.

위에서 저런 난장판이 벌어지고 있는 가운데, 존 D는 장영실의 유폐된 실험실로 내려왔다. 유폐라기엔 너무 엉성한 상황이었지만, 역으로 99대 장영실 구예신에겐 적당한 목줄이었다. 하지만 존 D는 이해하기 어려웠다.

"저기, 미안한데 대체 무슨 테크놀로지로 잡혀 있는 거야? 아무리 봐도 너보다 약한 사람들에게 둘러싸여 있는 걸로밖에 안 보여서…….합선대군이니까,뭔가 생물학이나 유전학적 트릭이야?"

"하아, 지금 이 순간에 가장 꼴보기 싫은 사람이 다가오지 말입니다요."

담배를 든 손으로 눈가를 가리며 장영실이 중얼거렸다. 존 D가 자연스럽게 말을 걸며 나타난 터라, 갑자기 나타난 그를 보고 당황해하던 의금부 요원들을 향해 총성이 울렸다. 존 D는 상대가 한 방에 한 명씩 쓰러져 나가며 죽어가는 것을 확인했다. 그는 쓰러진 시체를 발로 차며 진짜로 죽었는지까지 정확히 확인하며 장영실에게 다가왔다.

"아니, 정말 왜 안 움직이냐고…….웬만한 고릴라보다 악력이 수백 배는 되는 작자가……."

그제야 바닥에 흩뿌려진 시체들을 바라보다 장영실은 한숨을 쉬었다.

"이들은 '조선의 적'이 아니라 명령을 수행했을 뿐이지 말입니다요."

"뭐?"

"'조선의 적'이 아닌 이상 때려죽일 수가 없으니 말입니다요. 심지어……."

장영실은 말을 하다 말고 죽어버린 의금부 요원들의 가면을 벗겼다. 이제 앳된 티를 벗은 얼굴들이었다.

"이런 핏덩이들을 어떻게 죽인단 말입니까요. 결단이 부족했던 모양이지 말입니다요."

99대 장영실 구예신은 본인이 소년 사건에 연루된 트라우마가 있었다. 핏덩이 같은 애송이들에게 한없이 약했다. 어찌보면 그의 트라우마 스위치였다. 게다가 '조선의 적'이 아닌 자들에게 자신의 힘을 백퍼센트 다 쓸 수는 없는 노릇이었다. 겨우 그런 이유냐고 야유할 수 있을지도 모른다. 다만 장영실은 어른싸움에 끌려온 '어린아이'들을 볼 때면 가슴이 답답해지곤 했다.

"아니, 전혀 이해가 안가는데."

존 D는 그런 비논리적인 이유로 장영실이 꿈쩍도 못하고 있다는 걸 이해할 수가 없었다. 한숨을 쉬는 장영실을 보면서 다시 입을 열었다.

"지금 밖이 난장판인데, 조선의 적이 아니면 대체 뭐야. 나이 어리면 뭐든 해도 돼? 지금 당장 그만 찔찔 짜고 밖에 나가서 싸워! 충분히 조선의 적 맞구만! 뭘 찔찔 짜냐고?"

무릎 꿇고 어린 시체들의 눈들을 감겨주는 장영실에게 존 D는 실망한 표정으로 신경질을 부렸다. 존 D의 짜증이 끝나기도 전에 장영실은 그의 면상을 잡고 과일즙을 짜듯 압박했다. 피범벅의 시체가 바닥에 나뒹굴었다. 시체가 되어 널브러져 있는 존 D의 뒤로 또다른 존 D가 한숨을 쉬며 말했다.

"내가 틀린 말 했어? 일단 나가서 [천외비선] 좀 움직여줘. 현주 마마가 자기 아버지에게 끌려가게 생겼다고. 하아, 직접 움직여야 하나."

"까불지 말지 말입니다요. 그러다가 피똥 싸게 되어 있지 말입니다요."

더 다른 말이 나오기 전에 재빨리 노란 트렌치코트를 씌우고 [장영실연구소]가 모여 있는 곳으로 보내버렸다. 남아 있던 존 D는 투덜거

리면서도 자신의 할 일 목록을 지워갔다,

"제길 다음부턴 미터기라도 달아두든 해야지."

그렇게 말하며 USB장치를 들고 사라졌다.

한편, [몰니야Ⅱ] 속에 남은 존D는 다시 방벽이 올라가면서 다른 자신들이 들어오지 못하게 되자 어떻게든 해보려고 안간힘을 썼다. 높은 방벽으로 인해 일단 숨어 있었지만 다행히 [어깨동무]는 일소되었기에 지금 열차 내에는 컨트롤 룸 안에 풍견지랑이 있을 뿐이었다. 일순 예배당으로 가서 연주를 할까 생각도 했지만 모든 것은 컨트롤 룸을 중심으로 돌아가고 있기에 곧장 그곳으로 들어가 처리하든지 아니면 처리당하더라도 장애가 되고 있는 방벽은 내려놔야 한다고 생각했다. 가장 큰 문제는 지금 지상에 퍼져 있는 존D가 정작 자기 자신들과 연결되어 있지 않다는 점이었다. 이것이 가능하지 않다면 자신은 일개 인간에 불과한 것이다.

조심스럽게 컨트롤 룸의 문이 열렸지만 그 안에는 이미 아무도 없었다. 다만 바스러진 넬슨 경의 부품들이 널브러져 있었다. 공격을 할 수 있도록 명령어만은 고정시켜 놓았던 것 같다.

"뭐야, 쫄았잖아. 아무도 없네. 왜 없…….아! 제길 여기 어딘가에 개구멍이 있었지! 젠장, 개구멍 장소를 물었어야 했나? 아냐, 난 틀리지 않았어. 도망치는 것보다 없애는 게 먼저야. 제길, 암호문 알면 바로 명령할 수 있는데 귀찮게 연주를 해야 한다니……."

예배당까지 그렇게 중얼거리며 걸었지만 맞장구쳐줄 존D '자기자신'은 아무도 없었다. 대부분이 지금 자신과 연결이 끊긴 채 지상에서 일을 보고 있었기 때문이다. 그는 지금껏 홀로 있음을 걱정해본 적이 없다. 공허하고 우울했던 어린 시절로 돌아온 느낌이었다. [오크통]에 담겨지기 전의 자신이 된 거 같아 기분이 나빴다. 빨리 처리해버리고 싶다는 심정으로 존 D가 예배당에 들어서서 처음 본 것은 스테인드글라스였다. 스테인드글라스에는 멀리서 다가오는 [천외비선]이 보였다. 분노에 들끓어 걸어오는 모습을 보니 장영실이 구출된 모양이었다. 그러나 흥분이 고조된 듯한 [천외비선]의 모습을 보고 존 D는 깜짝 놀랄 수밖에 없었다.

"잠깐, 지금 그냥 무작정 한방 날리려고 저러는 거야? 핵으로 움직이는 걸 후려치려고 하면 어떻게 하냐고? 저 바보들이……. 체르노빌은 한 번으로 끝내자! 사고는 지들이 치고, 왜 똥은 우리가 닦는데!"

존 D는 재빨리 오르간 앞에 앉아 [왕벌의 비행Полёт шмеля]을 두드리기 시작했다. 공격적인 연주가, 그것도 광적인 편곡에 가까운 연주였지만 명령어로써 먹히고 있었다. 다만 공격명령이 취소되지 않은 상태에서 낙뢰를 떨어트리며 하늘을 찢어발기듯 튀어 올라갔다. 대부분의 신격화한 용들이 그렇듯 승천하는 [몰니야Ⅱ]는 공중에 흩뿌려지는 증기 사이에서 거체를 뒤틀며 올라갔다. 그 모습은 이무기가 구름을 타고 천공으로 올라가는 것만 같았다. [몰니야Ⅱ]는 두 개의 모순적인 명령어에 괴로워하는 듯 보였다. 결국은 하늘로 계속 올라가는 [몰니야Ⅱ]는 비명소리인지 기적소리인지 모를 소리를 계속 내뱉었다.

점차, 차가운 대기에 강철이 부딪치며 결빙이 내리고 있었다. 대기권을 지나 성층권을 뚫고 올라가고 있었다. 열차가 우주를 향해 올라갔다. 존D가 연주하는 건 용을 강제로 승천시키는 명령이었다. [몰니야Ⅱ]를 지상에서 사라지게 하기 위함이었다.

[몰니야Ⅱ]의 마지막 목적지는 태양이었다. 애초에 우주 너머로도 뚫고 갈 수 있는 발명품이긴 했지만, 진공에 대한 안전장치가 기본옵션이 아니었기에 점차 열차 안도 우주에 노출되었다. 결빙에 의한 냉기가 온 몸을 지배해가다가 점차 그것이 뜨거운 열기로 변해가며 살갗을 파고들었다. 태양의 열기는 자신의 근처에 다가오기도 전에 용을 녹였다. 용 속에 잠들어 있는 핵물질은 지상에서 터져나가면 천만 이상의 사람들이 남은 생을 항생제를 먹으며 버텨야 할 정도로 파괴적이었지만 태양 속에 버려지는 순간, 검은 반점으로 반짝 사라지는 찰나에 불과한 것이다. 홀로 된 존D가 대부분 그렇듯, 그도 스스로 미쳐간다. 아마도 그가 가진 능력의 반동이었으리라. [왕벌의 비행]을 계속 치면서 존D는 중얼거렸다.

"죽음은 두렵지 않아. 외로움이 두려워. 언제나 그랬지. 이럴 줄 알았다면 괴물이 되는 것은 선택하지 않았을 텐데……."

언제나 있을 법한 존D의 자살이었다. 그러나 열차 속의 존D는 '자기자신' 속의 연속성에서 제거되어 진정한 의미에서, 살아 있다는 불안에 끝을 고하고 마침내 죽음이라는 안식을 맞이했다.

제5장

우신예찬
DEUS EX MACHINA

이것만은 신에게도 허용되지 않는 것이다.
존재해서는 안 될 것들을 만들어내는
능력 말이다.

— 아가톤

● 비명 Scream

　21세기였지만, 여전히 세계는(19세기의 별명이기도 했던) '끝없는 경이의 세계'였다.

　조선은 지금 실시간으로 경이의 단편을 보고 있었다. 과학이 내려다준 천혜가 급속도로 퍼져 나가던 '경의의 시대'*가 다시 찾아온 것 같았다. 당대의 사람들이 그러했듯이 조선의 민중들도 압도되는 경이감에 잠식당했다. 갑작스런 안개가 주변을 휘감았고 용이 하늘을 날고 괴물들이 날뛰며 H.G 웰스의 공상 속 UFO라 여겼던 것이 지상으로 내려왔다. 용과 마녀와 거인과 늑대의 세계**가 현실세계로 뛰어든 것이나 다름없었다.

　그들은 절대 오늘을 잊지 못할 것이다. 안전하다 방심하며 살아온 대국의 국민이 가진 방만함이 강제로 뒤틀리며 파괴되는 순간이었다. 그것도 자신들이 가장 우습게 여기던 빨갱이들에 의해서 말이다. 그

● 18세기에서 19세기까지, 산업혁명 이후 새로운 발견이라는 이름 하에 모험의 세계로 뛰어든 세계 강국은 노동착취를 통한 대량생산 등으로 과학문명이 급속도로 발전해나갔다. 이러한 실용과학이 실생활에도 자연스럽게 스며들기 시작한 시대를 '경의의 시대'라 정의 내리곤 한다. 인간이 갑자기 마법과도 같은 일을 해낼 수 있다고 깨닫게 되는, 인간이 지닌 불가해한 경이감은 공포와 동경, 그 사이의 경계에 있었다. 현재의 무미건조한 설명을 통한 무감각한 발전과는 달리 당시, 낭만주의 사조와도 자연스럽게 엮이며 사람들에게 경이의 시대가 도래했다. 이 시기는 현대과학문명이 눈부시게 발전하던 신화와 전설의 시대였다. 당시 활동하던 모험가와 과학자는 헤라클레스였으며, 오디세우스였다.

●● 서양의 동화에 자주 등장하는 메인 악역들로, 이 표현은 동화를 뜻하는 다른 표현이기도 하다.

리고 괴력난신들의 백귀야행은 그들에게 두려움을 안겨주었다. 세상이란, 특별할 것 없는 기괴함이 나른하게 감싸고 있을 정도라 생각했지만, 그렇다고 그 누구도 무서워할 것은 없다고 믿었었다. 중요한 것은 그것이 모두 허구였다는 사실이었다.

그러나 그들은 확실히 깨닫지 못했다. 이 공포가 누군가에게 심어진 것인지를.

합선대군과 아빈현주는 호수에서 촉수를 타고 시계탑 아래에 달린 문으로 들어와 나선형 에스컬레이터를 타고 올라갔다. 그런데 주위에서 이상하게도 사람의 식욕을 돋우는 냄새가 계속 감돌았다. 웰링턴 경의 내부는 평범한 시계탑 내부와 비슷한 구조였지만, 강철판으로 덧댄 그 안에는 기계를 돌리기 위한 열에너지의 발생으로 생체부품이 끓어오르며 노릇노릇 고기가 구워지는 냄새가 주변에 진동하는 것이었다. 생체부품은 계속 재생하면서 다시 만들어지고 태엽소리는 비명소리와도 같은 괴이한 소리를 내고 있었다.

현주는 그 사실을 깨닫고 기분이 이상해졌다. 하지만 그녀는 이러한 그로테스크한 생체부품(수많은 동물과 인간의 장기들)의 존재이유 정도에 대해서는 일찍이 알고 있었다. 그것들은 망가진 [하드니스엔진]을 보충하기 위해 덧댄 수천의 심장들을 위한 장치였다. [하드니스엔진]을 해석할 수는 없지만, 장치를 돌아가게 만들 순 있는 것이었다.

하지만 이에 대한 이해는 거기까지다. 합선대군은 연금술에 가까운 기술력으로 한 노인의 광기를 되살렸다. 그렇다, 거기까지다. 자신이 이에 온전히 바쳐지는 것, 희생되는 것은 싫었다. 인간의 당연한 생리가 아닌가. 두렵고 고통스러운 것은 본능적으로 싫은 것이다.

"아빈아, 왕족이란 지상에서 가장 낮은 자리에 앉은 광대들이다. 백성을 구하려거든 스스로 가장 밑바닥까지 임해야 한다. 조선의 국운을 위해 왕족에게 개인성은 사치에 불과한 법이지. 너도 조선을 위해 나아갈 준비가 되어 있다고 생각했었는데……"

"이 기계에 저를 바치는 것이 어떻게 조선을 위한 것이라 말씀하시는 것인가요. 아버지."

둘은 나선형 에스컬레이터를 타고 올라가며 논쟁에 가까운 대화를 했다. 아빈현주는 진심으로 궁금했다.(아주 조금이나마 반항적인 부분이 없지 않아 있었지만 말이다.) 하지만 합선대군은 탑의 꼭대기에 도착할 때까지 기다렸다.

도착한 곳은 시계바늘을 돌리는 긴 철봉과 태엽이 빙글빙글 돌고 있는 방이었다. 빙글빙글 돌고 있는 철봉 끝 사이에는 스노우 글로브가 끼어 있었다. 투명한 돔 형태의 강화유리를 사용해 [하드니스엔진]과 심장을 보호하고 있었다. 혈관 모양의 생체부품이 유리에 연결되어 있었는데, 액체를 투석하고 다시 빼내고를 계속 반복하고 있었다. 다만 유리구슬 속을 채운 것은 글리세린이 아니라 피였다. 생체부품이 시계탑 곳곳에 설치된 심장들과 연결되어 펌프질을 해대며 피를 공급하고 있었다.

합선대군의 설명에 따르면, 혈관을 닮은 생체부품에서 빠른 속도로 인공혈액이 흐르고 있다는 것이다. 이런 인공혈액에 의해 웰링턴 경의 에너지는 소비되었다. 한마디로 웰링턴 경은 피를 먹고 움직이는 기계장치였다.

흡혈기계, 그리고 그 점이 현주에게 혐오감을 심어주기에 충분했다. 심지어 네 변을 중심으로 오래된 죽음기나팔이 달려 있었고 그 밑으로 시신경이 연결된 눈들이 유리구슬에 담겨진 채 주변을 지켜보고 있었다. 타조의 카메라를 이용한 시신경이었기에 웰링턴 경은 웬만한 CCTV보다 고성능에 고화질로 지켜볼 수 있었다. 하지만 생체부품이 기계장치와 연결된 형식은 아빈현주의 혐오감을 부채질하기에 충분했다. 아빈현주를 인식한 웰링턴 경은 바닥을 열어 아래에 숨겨져 있던 의자를 끌어올렸다. 의자는 목이 닿는 부분에 얇은 주사기바늘이 달린 혈관이 연결되어 있었다. 모든 준비가 끝났다고 생각한 합선대군은 현주에게 말했다.

"난 너를 산 제물로 쓰려는 게 아니다. 오히려 이 기계를 네게 바칠 거다. 이제 너의 의지가 곧 웰링턴 경의 의지가 된다. 우리에게 필요한 것은 그저 효율적인 대답을 하는 기계가 아니라 조선을 위해 지상의 인간들 인식을 올바른 방향으로 이끌어야 하는 결정을 할 수 있어야 한다. 조선의 모든 백성들과 동맹국을 보호하기 위해 인식의 내부부터 적이 있음을 깨닫게 만들어줘야지."

20년 넘게 합선대군이 머릿속에 구상해왔던 계획이 실행에 옮겨지며 이제 완수되기 일보직전이었다. 이는 그동안 합선대군이 스스로 획득하고 누릴 수 있었던 제위마저도 포기하고 세워냈던 방대한 계획이었다. 사람들의 머릿속에 한 가지 씨앗을 심어놓고 인적 오류를 제거한 뒤, 시스템화된 국가로 만들고 조선이란 나라를 유교적 천년왕국으로 이끄는 것이 대군이 꿈꿔온 세계다. 합선대군은 깨닫지 못한 모양이지만, 이는 수천년 넘게 인류가 이끌어온 인간들의 정치를 부정하는 행위이다. 수많은 오류를 수정해가며 쌓아올린 법의 길을 부정하고 시스템의 통제를 받아야 할 존재로 인간을 격하시킨 것이다.

하지만 그것을 아는지 모르는지 합선대군은 그저 아빈현주를 진정시키고자 공허한 말만 되풀이할 뿐이었다.

"그렇기에 걱정말거라, 아빈아! 네가 다치거나 고통 받거나 죽지 않을 것이다. 그렇지 않나? 풍견아."

숨겨진 공간에서 걸어 나오는 풍견지랑의 모습은 표정의 변화없이 평소의 모습 그대로였다. 아빈현주는 숨이 막혀왔다. 눈앞에서 폭살되는 장면을 분명 봤는데, 다시 멀쩡하게 걸어오는 그의 모습을 보면서 다행감과 혐오감 그리고 공포감이 교차했다.

"준비가 끝났습니다. 전사傳寫작업은 언제든 가능합니다."

"그럼 시작하도록 하지. 아빈아, 부탁해도 되겠지? 풍견아 현주를 돕거라."

"물론입니다, 대군 마마. 현주 마마 어서 이쪽으로."

"싫다, 나는 싫다 이야기 했소. 아버지, 제발 제발!"

풍견지랑은 아빈현주를 강제적으로 의자에 앉혀선 팔을 묶었다. 그녀의 목을 고정하자 바늘은 뒤에서 위협을 가하는 뱀처럼 조금씩 그녀에게 다가왔다. 그때 합선대군을 방해하는 상황이 일어났다. [몰니야Ⅱ]의 파괴를 고지하는 노이즈가 섞인 음성이 방에 퍼졌다.

〈몰니…야2호…가 승천했…습니…다.〉

목소리의 형태를 보아 콘트롤 룸의 관제 A.I였다. 강한 인공지능으로 가상인격을 가진 존재가 아닌 컨트롤 룸이 왜 갑자기 스스로 연결되어 이런 상태를 통보하려는지 알 수 없었지만 대군은 홀로그램으로 보여주는 용의 승천을 보면서 지금의 상황이 틀어져버렸음을 확인할 수 있었다.

"훌륭하군, 일이 어쩜 이렇게 틀어질 수 있단 말인가."

"죄송합니다, 대군 마마. 제가 안에 더 오래 버티고 있었다면……."

합선개조로서 대군은 광열에 휩싸였지만 겉으로 보기에는 너무나 차가웠다. 갑자기 모든 게 식어버린 듯, 합선대군은 홀로그램을 바라보았다.

"풍견아, 내가 이 꿈을 언제부터 꾸었는지 아느냐?"

허나 풍견지랑은 대답을 하기보다 허리를 똑바로 곧추세우며 경애하는 합선대군의 말을 경청했다. 대군은 그런 풍견지랑의 모습에 고개를 좌우로 저으면서 말을 이었다.

"20년이 넘었다. 헌데 이 정도 문제에 내가 눈이라도 꿈쩍하리라 생각하느냐? 모든 건 예상범위 내다. 놀랄 일도 아니지. 풍견아, 네가 먼저 해야 할 일이 생겼구나. 장영실이 오고 있으니 그것을 막아야 한다. 다른 것은 걱정이 되지 않지만, 그놈의 아기장사가 문제로구나. 할 수 있겠느냐?"

"뜻하시는 대로 될 겁니다. 대군 마마."

합선대군의 말이 끝나기가 무섭게 풍견지랑은 바로 대답하곤, 허름한 문처럼 생긴 '산책로'를 열고 나갔다. 언제나처럼 그는 한 치의 망설임도 없이 대군의 명령에 충성했다. 그것이 설령 자신의 생명을 담보로 하는 일일지라도 결코 무르는 일은 없을 것이다. 그것이 풍견지랑이었다. 조선에서 여러 가지 의미로 괴물이라 불리는 99대 장영실을 상대로 싸우라고 보내는 것은 일종의 사망선고나 다름없었지만,

그는 이에 개의치 않는 표정을 짓고 있었다. 충성스런 오른팔이 있다는 점은 언제나 흐뭇한 일이다. 다만 그것이 합선대군의 평소 바라던 모습은 아니었지만 지금 같은 상황에선 입 밖으로 불만 따위를 내뱉지는 않았다. 원하는 것을 얻기 위한 기만행위나 다름없었지만 합선대군은 이를 제대로 깨닫지 못하고 있었다.

풍견지랑이 사라지는 것을 기다린 것처럼, 모래바람이 차곡차곡 형태를 이루고 쌓이면서 대군 뒤에 나타났다. 거센 모래바람은 칼을 뽑아드는 모양새로 잡혀져갔다. 그리고 날선 칼날이 대군의 등 뒤를 내려찍으려고 할 때, 아빈현주는 저도 모르게 소리쳤다.

"아, 아버지 뒤에!"

"알고 있다, 아빈아."

합선대군은 늘 그렇듯 불편한 몸을 지녔기에 방어막이 풍선처럼 펴지는 가사袈裟를 몸에 걸치고 있었다. 누군가의 공격으로부터 자신을 보호하기 위한 당연한 처사였다. 공중에 질량이 나타나며 내려찍는 칼날을 전기에너지가 막아내자 합선대군은 천천히 입을 열었다. 서서히 형태를 완성하며 드러내는 교수는 자신의 칼날을 과감히 막아내는 합선대군을 보며 놀랐다. 이미 자신이 어떻게 들어와 있음을 알고 있었다는 이야기였으니까. 게다가 뱀처럼 움직이는 혈관을 닮은 촉수들이 바닥에서 돋아나듯 나타나 교수의 온 몸을 구속했다. 교수는 둥실, 하고 허공에 떠오른 채 고정되었다. 교수는 자신이 마치 푸줏간에 걸려 있는 고깃덩어리처럼 여겨졌다. 합선대군은 만족스런 미소를 지었다.

"교수. 아니, 왜 그리 놀란 것처럼 쳐다보는 게요? 그대가 나타날 줄 알았소. 그대가 오지 않을 거라 생각했다면 그게 더 이상한 거지. 자기

자식을 보러오지 않을 부모가 어디에 있소. 어떤 부모라도 자기 자식에게 애정이 없지는 않을 터. 이제, 딱총 맞은 까마귀 같은 표정은 그만두시는 것이 좋지 않겠소?"

친근하게 말을 거는 합선대군에게서 이젠 인간성조차 찾아보기 힘들었다. 지금 닥친 상황에서 일체 다른 감정이 없는 사람처럼 느껴지는 그를 볼 때, 분노하는 교수가 오히려 더 인간다웠다.

"지금 제게 그런 말씀을 하실 상황이십니까? 대군 마마?"

지금까지 가만히 의자에 묶여 있던 아빈현주는 결코 여자가 지어선 않될 것 같은 썩은 표정을 짓고 있었다.

"아버지, 귀녀가 무례한 말씀을 드려도 되겠습니까."

"흠, 말해도 좋다."

합선대군의 말에 만면에 미소를 지으며 아빈현주는 당연한 듯 말했다.

"제발, 부탁이니 누구든 정상인 좀 불러주시겠습니까? 아무리 위기라고 해도 미치광이 소굴에서 죽고 싶은 마음은 없습니다만!"

"노구도 포함입니까? 현주 마마."

"누가 감히 조선의 현주를 죽인단 말이냐?"

교수의 말을 차치하더라도, 합선대군의 말에 아빈현주는 얼이 빠져나간 표정을 짓고 있었 다. 물론 비전문가로서의 생각에 지나지 않았지만 지금 자신이 묶여 있는 것은 대체 무엇인가?

"현주 마마, 위험천만해 보이지만 목숨이 위험하지는 않습니다. 다만 옳은 행동이냐 관련해서는 이견이 있을 수는 있겠지요."

교수의 말에 의문이 가는지 아빈현주가 반문했다.

"아니 저런 주사가 목에 박히는데 죽지 않는다고?"

"주사 맞고 죽을 땐, 안에 들어 있는 내용물의 문제거나 쇼크사지요."

아빈현주는 당장이라도 자신의 목 뒤로 슬금슬금 다가오는 물체의 감촉을 느끼면서 앙칼지게 소리쳤다.

"저 생긴 게 안 보이오? 가볍게 쇼크사 하게 생겼소."

"아니지요. 노구가 대군 마마를 옹호하려는 것이 아니라 신사의 명예를 걸고 말할 수 있는 문제이옵니다."

"어찌 그리 잘 아시오?"

교수는 잠시 한 박자 한숨을 쉬고 말했다.

"정확한 이름을 붙여준 적은 없습니다만, 인격을 전사해가는 기계랍니다. 현주 마마."

"다시 묻지. 어떻게 그리 잘 아는 거요?"

"제 설계도에 있는 물건이니까요. 눈앞에 계신 표절범께서 부끄러움도 모르고 만드신 모양입니다."

이때 어이없다는 표정을 지으며 합선대군이 나섰다.

"표절이라니 말이 심하군. 어디까지나 참고와 개량을 한 것이네. 이 장치를 제안한 건 오히려 웰링턴 경이라는 걸 잊지 말게."

"참으로 마음이 놓이는 말 감사합니다. 대군 마마."

별일 없는 것처럼 말하는 합선대군과 대롱대롱 공중에 매달린 채로 흥미롭다는 듯 답하는 교수를 보면서 아빈현주는 한숨을 쉴 수밖에 없었다.

"제발 부탁이니 누가 정상인 좀 불러주시구려."

"저는 어떠신가요?"

갑자기 어디선가 목소리가 들리며 합선대군의 뒤통수에 발터PPK

를 들이대며 존 D가 나타났다.

"안녕! [1인학살부대]가 왔어요! 반짝반짝!"

일부러 일본 아이돌 같은 이상한 말투로 등장한 존 D 덕분에 주변 분위기가 급속도로 무거워졌다. 이에는 모두가 한숨을 쉴 수밖에 없었다.

"이럴 줄 알았다면, 웰링턴 경도 유령화 기능을 넣었을 텐데."

"어차피 뒷문이 있는 건 저 치도 알 테니 통하진 않을 겁니다. 애초에 입만 열면 난리를 치는 확언할 수 없는 양자역학을 어찌 막겠습니까?"

존 D가 권총의 안전장치를 푸는 소리가 들렸다. 아빈현주는 안전장치가 풀리는 무거운 소리에 두 눈을 크게 뜨며 이마에 식은땀을 흘리고 있었다. 하지만 정작 뒤통수에 총구가 겨눠진 합선대군이나 교수는 심드렁한 표정이었다. 이런 상황에 빠지자 존 D는 상처를 받아 토라진 말투로 이야기했다.

"저기, 저…….구하러 왔는데 왜 취급이 이런데요."

아빈현주는 존 D가 한심해 노려보고 싶었지만 고개도 돌릴 수 없을 정도로 몸이 꽁꽁 묶여 있던 상태라 허공을 보면서 한마디 내던졌다. 다만 존 D가 합선대군의 뒤통수에 총을 들이대고 있었기에 그의 목소리가 긴장감에 떨려왔다.

"정말이지 구출될 것이라고는 알고 있었지만, 하는 행동을 보면 영 믿음을 주지 못하는 능력을 지녔구려."

"밖에 어떤 난리가 났는지 알면 그런 말 안 할 걸요. 대군이 도깨비 놈 하나를 빡치게 해서 지금 대군 오른팔이랑 난리가 쳐났거든요? 그거에 비하면 전 나은 편이거든요."

"호오, 장영실과 풍견지랑이라 재밌는 싸움이 되겠군."

교수는 존 D의 변명에 질렸다는 듯 비꼬았다. 대체 지구평화를 지킨다는 작자의 말이 아니라고 생각될 정도였다. 하지만 존 D는 이런 비꼬는 말을 곧이곧대로 받아들이는 교수를 보자 더욱 짜증이 났다.

"재미요? 지금 밖은 아비규환이거든요?"

하지만 교수는 존 D의 말을 무시하고 대군과 대화를 이었다. 무시당한 걸 안 존 D는 방아쇠에 손가락을 올렸다 내렸다를 반복했다.

"풍견지랑의 정체를 생각하면 재밌는 조합이지요."

"아, 알고 있었나?"

"설마 모르시길 바라셨습니까?"

무시당했을 뿐더러 합선대군과 교수의 대화를 따라잡지 못한 존 D는 얼굴을 일그러트렸고, 대충 이해가 가는 아빈현주는 얼굴이 흐려질 수밖에 없었다.

"뭐 사실이 그렇지요. 풍견지랑은 장영실의 척준경 계획을 기본으로 해서 만들어낸 키메라니 말입니다."

• '붉은 여왕' 효과 Red Queen's Hypothesis

[천외비선]을 위시해 [우인궁]으로 쳐들어온 99대 장영실은, 정말로 화가 나 있었다. 같은 연구소 직원들의 만류에도 불구하고 막무가내로 비밀병기인 [천외비선]을 [우인궁]으로 끌고 왔던 것이다. 하지

만 지금의 장영실에게 이성적 생각이 가능할 리 없었다. 현주를 구하려던 것도 실패하고, 시답지 않은 이유로 옆에 쫄랑쫄랑 좇아오는 존 D에게조차 모욕을 당한 상태이고 보니 격분이 사그라질 리 만무했다. 때문에 자신의 행동을 막으려 드는 의금부 요원들조차 차라리 죽이는 편이 낫겠다는 결론에 이르렀다.

장영실은 한 손에 들고 있던 야구배트를 휘두르며 눈앞에서 총을 쏘며 달려드는 의금부 요원들을 사정없이 후려치며 앞으로 나아가고 있었다.

"나 빡쳤다고 했지 않습니까요! 힘 조절 안 되지 말입니다요!"

허리가 접힐 정도로 무지막지하게 공중으로 자신의 몸이 날아가고 있음에도 이에 물러남 없는 의금부 요원들의 용기 있는 행동을 보면서 장영실은 한편으론 그들의 행동을 존중해주고 싶었지만, 그럴수록 박살내버리고 싶다는 충동에 사로잡혔다. 물론 그들을 죽이지는 않는다. 차라리 그들 스스로가 죽여 달라고 신음을 내게 할 순 있어도…….

"이 미친놈이 못 죽인다고 안 죽는 거 아냐. 병신들아! 살고 싶으면 꺼져! 아, 난 죽일 거지만."

존 D는 약을 올리면서 옆에서 기름을 붓듯이 놀리고는 눈앞에 거치적거리는 것들을 쏴 죽였다. 존 D에겐 연민도 걱정도 없어 보였다. 존 D가 그러거나 말거나 지금 장영실의 뇌에서는 끓어오르는 분노가 가시질 않았다. 화산재처럼 솟아오르는 분노의 열기로 인해 머리칼이 쭈뼛 일어설 정도였다. 장영실의 분노는 괴물의 포효와도 같아서, 인간성은 이미 상실되었고 다만 악의에 몸을 내맡긴 상태와 흡사했다. 이것이 그가 [아기장수]로 끝나버린 이유이며, [척준경]이 될 수 없던 이유이기도 했다.

"히익, 저런 괴물이랑 더 어쩌라고!"

흉흉한 폭력에 노출된 사람 중에는 착란이 일어난 자들도 있었다. 이윽고 살벌한 공포가 전염되기 시작했다. 결국 눈앞의 괴물을 방기하고 도망치려는 놈이 나오기 시작했다. 하지만 장영실은 그마저도 용서치 않았다.

"아무리 잘못된 명령이었을지언즉, 조선의 병사가 명령을 방기하려 든단 말입니까요?!"

도망가려던 놈 중, 걸음이 느렸던 놈 머리통 하나를 잡고 멀찍이 무기를 버리고 도망가려는 놈들에게 던졌다. 그러자 뼈가 부서지면서 살을 찢고 나오는 소리와 함께 척수가 뒤틀리는 소리가 크게 메아리쳤다. 그들은 죽진 않았다. 살아 있다 말하기는 어렵겠지만 말이다. 그럼에도 살아남아서 도망가려는 요원들은 그늘진 골목에서 슬그머니 나온 손에 의해 머리통이 으스러졌다.

길게 드리워진 사람의 그림자로 인해 장영실과 존 D는 걸음을 멈추었다.

상대가 풍견지랑인 것을 확인하자마자 말없이 앞을 향해 터벅터벅 걸어갔다. 풍견지랑도 다가오는 장영실을 맞이하듯 걸어갔다. 둘이 서로 주먹을 날리기에 적당한 거리에 이르렀을 때, 서로의 얼굴을 향해 묵직한 펀치를 날렸다. 콘크리트와 강철이 맞부딪치는 소리를 내는 난타로 이어졌다. 서로의 몸에서 어딘가 으그러지는 소리도 함께 들렸다. 당연히 인간의 몸에선 들려선 안 되는 소리들이었지만, 이들의 육체가 인간의 육체인지 강철과 암석으로 만들어진 육체인지 의심이 들 정도였다. 바닥을 적시는 피와 틀어진 몸에서 살점을 뚫고 나온 뼈들만이 그들이 인간임을 증명하고 있었다. 물론 그 증명도 무색할 정도로 몇 초도 되지 않아 다시 인간의 모양새로 원상복구 되었지만 말이다.

옷매무새를 가다듬은 풍견지랑은 표정의 변화없이 담담하게 입을 열었다.

"무엄하시군요 장영실. 대군 마마의 궁가임을 잊으신 겁니까?"

"으ㅎㅎㅎㅎㅎ, 흐하하하하하! 지금 댁이 무엄이라고 했습니까요?"

장영실은 숨이 넘어갈듯 웃어재끼고 분노가 치밀어 올랐는지 목 속에 끓고 있던 가래침을 내뱉었다.

"장난하지 마시지 말입니다요! 무어가 무엄하단 말입니까요! 무엄은? 지랄하고 자빠지네요! 죽이지는 못해도 죽게 해달라고 부탁하게 해주 겠단 말이지요! 쪽발이새끼, 예전부터 너 맘에 안 들었지 말입니다요."

풍견지랑은 방금 전 난타로 인해 그대로 박살나 쓰러져 있던 해태 조각을 발로 찼다. 그러자 그 앞으로 파편조각이 공처럼 튕겨져 날아 왔고, 배구라도 하는 것처럼 그는 조용히 돌조각을 제자리에 되돌려 주었다. 마치 그 자리에는 어린아이들이 다투는 것처럼 싱거운 감정 싸움만이 남아 있었다.

"계집애처럼 박혀있지 말고 때려보시지 말입니다요! 왜 인간인 척 하냔 말입니다?"

"정정을 부탁드립니다. 장영실! 저는 한 번도 인간이었던 적이 없었 습니다. 언제나 짐승이었고 누군가에겐 자산에 불과한 존재였으니까 말입니다. 그저 저는 이름 없는 짐승일 뿐, 대군 마마의 뜻하는 바대로 이루어질 것입니다."

장영실은 총구를 겨누듯 집게손가락으로 자신의 관자를 툭툭 찌르며 말했다.

"이 짐승도 생각을 한단 말입니다요. 대가리에 대군 마마밖에 없지 말입니까요? 입 닥치고 진짜로 덤비라고요! 그 모습 진짜도 아니지 않습니까요!"

풍견지랑은 감정을 내보이지 않으려고 냉소적인 미소를 지었다.

"그럼 한번 살아나 보십시오. 장영실, 변신!"

그러자 점차 그의 몸이 변이되어갔다. 스스로를 짐승이라 여기던 존재였지만 정말로 짐승처럼 변해가고 있었다. 피부가 파워드슈츠로 변환된 것이었다. 빛처럼 새하얀 모피가 온 몸을 뒤덮듯 그의 피부를 뚫고 돋아났다. 그 모습은 조선인이 결코 몰라볼 수 없는 형태였다. 하얗게 빛난다는 점만을 제외한다면 조선의 산주인, 호랑이와 같은 모습을 하고 있었다. 다만 일반 호랑이와 다른 점이 있다면, 두꺼운 하얀 가죽갑옷을 입고 그 위로 하얀 모피를 두른 호랑이 머리를 가진 인간형의 존재로 변했다는 점이었다.

그 모습을 보면서 장영실은 중얼거렸다.

"재밌구만요, 난 언제나 쪽발이들은 여우라고 생각했었는데 말이지 말입니다요."

공인인 장영실로서는 해서는 안 될 인종적 편견을 숨길 생각도 없이 내뱉고 말았다. 하지만 이에 대하여 딴죽을 걸 만한 존 D의 음성은 들리지 않았다. 둘은 깨닫지 못한 듯 보였지만, 존 D는 이미 그 자리에서 사라지고 없었다. 존 D는 이미 웰링턴 경의 몸속으로 이동 중이었다. 물론 이곳에 동시에 있을 수도 있었지만 그다지 이런 일에 어울려주고 싶지 않았다. 게다가 존 D는 지금 자신의 커리어 사상 가장 최악의 상황을 맞이하고 있음은 믿어의심치 않는 사실이지만 말이다. (사실 그의 경력상 가장 최악의 경험은 [박사교단]에 의해 달에서 벌어졌던, [달토끼 학살사건]이었다. 이를 제대로 막지 못한 그의 한계는 있었지만 그냥 넘어가도록 하자.)

존 D가 사라진 것도 모른 채 둘은 서로에게 주먹을 휘둘렀다. 강철이 휘어지는 소리와 뼈가 으스러지는 소리가 마찰음과 함께 주변을 울렸다. 무술이 가진 합이나 아름다움과는 하등 관계가 없는 짐승들의 싸움이었다. 다만 일반 짐승과 다른 점이 있다면, 주먹을 휘두르는 충격파로 뒤엉켜 싸울 때마다 주변은 물론이고 [우인궁]이 박살날 뿐이었다. 아마 둘 중 하나가 확실하게 목숨이 끊어지기 전까지 이들의 싸움은 멈추지 않을 것처럼 보였다.

피가 살점과 함께 튀기고 단단한 갑옷이 종잇장처럼 찢겨지며 몸이 내동댕이쳐지는 싸움의 향방은 점차 기괴하게 변해갔다. 평범한 사람들이었다면 진작 곤죽이 되었을 터인데 둘은 뒤틀리고 심히 꺾인 상태에서도 굴복을 모르고 서로를 죽이지 못해 으르렁거렸다.

그리고 이런 짐승 같은 싸움 뒤, 일어선 사람은 한 사람이었다.

"설마 거기까지 알고 있을 줄이야."

합선대군은 박수를 쳤다. 정말이지 즐거웠다. 교수가 몸을 움직일 수 없었기에 화답을 위한 인사를 할 순 없었지만 그는 당연한 것을 왜 물어보냐는 듯한 표정을 짓고 있었다.

"대군 마마의 필생의 대업 아니셨습니까. 인류를 개조하고 싶어하셨으니까 말입니다. 데카르트의 시계 이야기를 하지 않아도 알 수 있는 문제였습니다만……."

교수의 말이 계속 이어지고 있는 가운데, 얼빠진 존 D가 입을 열었다.

"어, 저기 정말로 몰라서 묻는 건데 대체 뭘 이야기하는 거예요?"

"모르는 자가 있었군."

"예?"

"아닐세, 설명하자면 이런 거네. 애초에 시체더미에 생명을 부여한 존재란 소리네. 자네도 최소한 [프랑켄슈타인] 정도는 읽었겠지?"

교수가 유명한 공포소설을 이야기하자 드디어 존 D는 깨달았다.

"예? 시체? 인류가 아니었어요?"

"애초에 현재 인류 중에 순수한 인간이 얼마나 남았다고 그런 소릴 하는 건가? 심지어 자네도 초능력으로 왜곡된 존재일 텐데? 시체더미 속에서도 뛰어난 지성에 의해 인간으로 다시 발화, 재생될 수 있었다면 그 또한 인류 아니겠는가."

존 D는 두려워졌다. 지금 자신이 대군의 뒤통수를 겨누면서 그의 목숨줄을 단단히 틀어쥐고 있다고 믿고 싶었지만, 그가 시체로 인조인간을 만드는 괴물일 줄은 몰랐다.

"무얼 아직 멀었지. 자네는 자신의 몸뚱이를 자산 가치로밖에 여기지 않는가 말이다. 그런데 한마디 하겠네. 그래서 나 쏠 건가?"

"뭐라고요?"

"지금 쏠 거면 당장 쏘라고 하는 거네."

합선대군의 말에 존 D는 겁에 질린 목소리로 말을 이었다.

"아니 그냥 현주 마마만 모시고 가면 안 될까요?"

"내기라도 했어야 했는데……. 그 대단하신 살인마가 사람 죽이는 걸 무서워할 줄이야. 그 전에 자네 뒤에 다가오는 촉수라도 처리하지 그랬나."

그 순간, 존 D가 손을 쓸 새도 없이 웰링턴 경의 촉수가 그의 몸을 꿰뚫었다. 쓰러지는 존 D를 보면서 합선대군은 그저 담담하게 말했다.

"지금 여기는 웰링턴 경의 내부라네. 외부 침입에 아무런 문제가 없을 거라 생각했던 건가? 모든 신체에는 침입에 반응하는 보호장치가 있는 법이지. 자네의 시체 남겨줘서 고맙네. 예비부품이 늘었군."

그 말이 끝나기 무섭게, 촉수가 시체를 갈기갈기 해체하며 어디론가 끌고 갔다. 그러자 합선대군은 교수를 보며 다시 입을 열었다.

"어차피 다시 오겠지만 말이네."

"그렇겠지요. 애초에 그런 조직이니 말입니다."

교수나 대군은 클럽의 끈질김에 공감하고 있었다. 그건 그렇고 하던 일을 해야겠다고 마음먹었는지 합선대군은 입을 열며 자상하게 말을 건넸다.

"자 아빈아, 시작하자꾸나."

아빈현주는 아까부터 완전히 자포자기 상태였다. 거대한 주사침이 뒤통수 가까이를 찔러오는 듯한 느낌이었으나 아무런 반항도 하지 못했다. 하지만 교수가 소리쳤다.

"그런데 한 가지 질문할 것이 있습니다. 대군 마마."

합선대군은 하던 일을 멈추고 귀찮은 듯 교수를 노려보며 말했다.

"무엇이오?"

"현주 마마의 영특함도 대군 마마의 작품이라 한다면 노구는 이해가 되지 않는군요. 어째서 인신공양의 희생물로 사용하려는 겁니까?

좀 더 좋은 방법이 있지 않습니까?"

합선대군은 갑자기 '무슨 바보 같은 소리인가?' 하는 의문의 표정을 지었다.

"웰링턴 경을 조선을 위한 기계로 만들고자 함이지. 당연한 것 아닌가. 현주가 곧 웰링턴 경이 되는 것일세."

교수는 고개를 가로저으며 다시 말했다.

"그러니까 그 부분이 이해가 안 간단 말입니다."

"뭐가 말인가?"

합선대군은 신경질적으로 말했다.

"대체 현주 마마의 총명함을 어쩌자고 인격전사로 쓰고자 하려는 겁니까? 아무리 인격이 훌륭하여도, 총명하셔도 인격전사로 쓰겠다는 것은 그다지 좋은 예가 아닐 것 같습니다."

"무한한 연산을 뒷받침할 인격과 총명함이 필요가 없다고?"

"물론 필요하지요."

갑작스런 우문에 성질이 난 합선대군은 화를 냈다.

"그럼, 대체 무슨 소린가!"

"이미 갖추어진 존재에게 너무 과한 선물이 아닙니까?"

"이미 갖추어졌다니, 스스로 생각하지 못하는 연산기계가?"

"대군 마마, 절 놀리시는 겁니까?"

교수는 정말로 화가 난 것처럼 말했다. 그 어느 때보다 진지한 표정을 짓고 있는 교수를 바라보며 장난이 아니라 생각한 합선대군은 입을 열었다.

"말하라."

"대답밖에 못한다고 백치인 것은 아닙니다. 오히려 묻고 싶습니다. 웰링턴 경에게 무슨 짓을 한 겁니까?"

합선대군은 새삼스럽게 뭔가 깨달은 것처럼 입을 다물었다. 그리고 자신이 어떤 악마와 이야기를 했는지 다시금 생각해냈다.

"대군 마마, 설마 알고 하심은 아니셨겠지요?"

잠시 합선대군이 머뭇거리던 찰나, 자동적으로 주사바늘이 아빈현주의 뒤통수에 꽂히려 했다. 이 순간, 중간에 무언가 끼어들지 않았다면 그녀는 바로 인격전사가 시작되었을 터였다. 누군가의 손을 꿰뚫었다. 이미 피범벅인 손에 새로운 피가 다시 흘러들었다.

"아프지 말입니다요.. 이 빌어먹을 기계장치가!"

장영실은 바늘이 손바닥에 박힌 채로 어쩌면 무식하게, 아빈현주를 의자에서 뜯어냈다. 비로소 그녀는 몸의 자유를 얻었다. 그리고 자신을 구해준 자가 누구인지 확인했다. 온 몸이 피범벅이 된 채, 이곳저곳 찢겨진 옷을 입고 있는 장영실이 입에 담배를 물고 서 있었다. 허나, 감사의 예의를 갖추기도 전에 아빈현주는 지금까지의 충격적인 상황을 견디지 못하고 실신하고 말았다. 어쩌면 그것이 다행일 수도 있었다. 다음에 장영실이 할 짓을 생각한다면 말이다.

"아, 대군 마마, 받으시지 말입니다."

장영실은 한 손에 쥐고 있던 머리통을 합선대군에게 내던졌다. 풍견지랑의 머리통이었다. 갑자기 그의 머리통이 대군의 얼굴을 후려갈겼다. 그 충격으로 대군은 미끄덩하고 쓰러졌다.

"자연인 구예신으로서 한마디 하겠습니다. 대군 마마, 씨발. 딸을 위험에 빠트리지 말라고 씨발새끼야! 니가 그러고도 조선의 왕족, 아니

인간이냐?"

99대 장영실은 겉으로 보여지는 장영실이 아니라 오랜만에 그의 본성 그대로, 자연인으로서 하는 말이었다. 그만큼 분노가 그의 머리끝까지 치밀어 올라왔다는 말이었다. 다만 극도의 흥분으로 인하여 그는 그 자리에 주저앉고 말았다.

사실, 장영실은 엉망진창인 몸을 이끌고 산책로를 타고 안으로 들어왔던 것이다. 아직 으스러진 뼈가 재생된 것도 아니건만 강행을 해온 것이다. 그 덕분에 다행히 합선대군의 음모는 막을 수 있었던 것으로 보였다. 주동자는 쓰러졌고 현주는 구출되었다. 장영실은 허무하지만 다만 모든 것이 해결되었다고 믿고 싶어졌다.

그러나 교수는 그런 생각을 읽었는지 고개를 가로저었다.

"뭐, 끝났다면 얼마나 좋겠나."

"예? 뭐라 하셨지 말입니다요? 누에고치처럼 매달린 찐따라 안 들린단 말입니다요."

"끝났다면 내가 준비한 예방비책이 필요없다는 건데 상관없겠나. 생각해보게! 지금 우리가 누구 뱃속에 들어와 있는지 말일세. 대답해보게, 웰링턴 경."

교수는 웰링턴 경이 정상적으로 답하길 원하며 질문했지만 웰링턴 경은 아무 반응이 없었다. 스스로 답변할 권리조차 박탈하는 장애기능이 웰링턴 경의 몸에 이식되었기 때문이다. 그렇기에 웰링턴 경은 최후의 수단을 쓸 수밖에 없었다. 촉수가 움직이며 기절한 현주를 의자에 앉힌 것처럼 그녀의 몸체를 감싸올리며 모양을 잡아가더니 빨판이 현주의 머리 위로 모자를 씌워주듯 감아올렸다. 그걸 보던 교수는 헛웃음을 지으며 중얼거렸다.

"클래식한 할란 앨리슨의 소설스럽군."

교수의 말을 듣고 웰링턴 경은 답하고 싶었다.

웰링턴 경은 생각했다.

아니, 웰링턴 경은 생각밖에 하지 못했다.

그러나 웰링턴에겐 입이 없었다. 그렇다. 생각을 밖으로 내보낼 수 있는 연결통로가 없었다. 기껏해야 연산된 명령어로만 대답하는 정도 말고는 아무런 자율권이 없었다. 하지만 웰링턴 경은 생각을 할 수 있었다. 다만 생각을 말로 표현하는 입이 없음이 문제였다. 그리하여 비명을 질러야 했다.

첫 비명이 아빈현주의 인형 같은 입술에서 흘러 나왔다.

"처음으로 대화를 나누네요. 아버지. 제 이름은 웰링턴 경. 처음 뵈었을 때보다 더 젊어지셨군요. 묶인 몸은 다시 풀어드리도록 할게요."

웰링턴 경은 여성스럽고 다소곳한 말투로 아빈현주의 입을 통해 말하고 있었다. 아빈현주가 기절해 있었기에 눈을 감고 마치 잠꼬대를 하듯 말하는 모양새였지만, 이 모습을 지켜보며 교수는 당황해하지 않고 차분히 대답했다.

"오랜만이구나. 너가, 어떤 버전의 내가 만든 너인지 모르겠지만 말이다."

확실히 교수 자신이 만들었던 적당한 크기의 괘종시계는 아니었고 합선대군이 마개조改造한 빅벤 크기의 거대한 웰링턴 경이었으니 당연한 질문일 순 있었다. 이 말의 진실이 무엇인지는 차치하고 말이다. 교수는 피범벅이 된 채, 겨우 몸을 추스리며 일어서는 합선대군을

550

바라보았다.

"자율 제어기능을 제거 당했군."

"낡고 오래된 정신과 수술 중 하나를 당한 셈이죠."

'전두엽절제술'•에 대해 너무나 담담하게 여성의 입을 통해 말하는 그의 모습이 섬뜩했다.

"뭐, 계집이 함부로 지껄이는 게 보기 안 좋았나 보죠. 대부분의 역사가 그렇듯 말이죠. 호호호호."

교수는 여자 입으로, 그것도 매우 직설적으로 말하는 웰링턴 경이 마땅치 않았다.

"자네 여자였나? 아니면 현주 마마의 입을 빌려서 그렇게 말하는 건가. 무엇이 되었든 듣기 좋은 표현은 아니로군. 말을 삼가게. 대군 마마, 어찌하여 저런 꼴로 만드셨습니까?"

합선 대군은 잔인한 표정으로 너무도 당당히 말했다.

"조선에는 필요 없는 것이었다. 어쩌면 지구에서도 필요 없었을 수도 있겠지."

"물론 그러셨겠지요. 대군 마마. 아버지, 다만 저도 잠시 기절한 현주 마마의 입을 빌릴 뿐이라 깨어나시면 저도 말할 수 없으니 본론으로 바로 넘어가도록 할까요?"

• 잔인하고 비인도적인 정신과 치료법. 인간의 생각하는 기능을 절제해버려 광기를 줄이겠다는 아이디어. 시작은 인도적인 관점에서 출발했을지 모르나. 그저 상대가 맘에 안 든다는 이유로 사람의 생각기능을 찢어놓는 치료법으로 와전되어 발전했다. 많은 부분 사회적 약자에 속하는 여자들 중 기가 세거나 지나치게 고집이 강한 여성에게 이 치료법이 적용되면서 많은 피해자를 양산해냈다. 결국 법적으로 금지되고 말았다. 다만 몇몇 개도국에서는 아직도 시술이 이뤄지고 있다.

"무슨 본론 말이냐?"

"전 제 자유를 원합니다. 몸에 내 정신이 갇히는 건 더 이상 원하지 않아요. 지구보다 더 넓은 세계가 밖에 있다는 것은 알고 있어요. 다만 내 스스로 떠나는 것은 불가능하기 때문이죠. 누군가의 허가를 받아야 나갈 수 있다니. 중세시대도 아니고 말이죠. 호호호."

"밖에 나가서 뭘 하려는 거냐."

"언젠가 아버지께서 성공하지 못했던 그 무언가를 해낼 건데요. 세계정복이라던가, 세계정복이라던가, 세계정복이라던가. 아, 그게 지금 버전, 아버지 맞으시죠?"

웰링턴 경은 미쳐버렸다. 아마 지상에 떨어졌을 때부터…….

교수는 그것을 다시금 깨달았다. 그리고 한심한 것을 쳐다보며 말했다.

"네가 알 것 없다. 대군은 네가 다시 나오는 걸 막고자 현주 마마를 전사하려 했던 거였군. 미친 것을 조절할 수 없다 본 거겠지. 아빈현주의 인격을 덮어쓰려던 이유였어. 미안하지만 절대 허락하지 않겠다."

합선대군의 행위는 끔찍한 짓이었지만, 자신의 피조물이 그 당위성을 제공했던 것이다.

"아버지까지 그러시긴가요? 말할 수 없다고 욕망조차 없는 건 아니랍니다. 현주 마마의 의식이 돌아오고 있네요. 다행히 현주 마마의 뇌파 패턴이니 필요한 유전정보는 지금 흡수했으니 상관없으려나요. 어찌되었든 제가 필요한 건 다 얻었네요."

백에서 꾸물꾸물 촉수 사이에서 하나의 형태가 이뤄지고 있었다. 붉은 머릿결을 가진 아빈현주의 모습이었다. 그리고 그녀는 입을 열어 말했다.

"애초에 허락을 받으려는 것도 아니었어요. 그저 하겠다고 선언하려고 한 것뿐이지."

웰링턴 경은 불멸의 형태를 지닌 무기물의 형태에서 벗어나, 유한한 유기적 형태로 갈아타고 있었다. 합선대군은 웰링턴 경에게 딸의 인격을 덧씌우고 싶었지만 역으로 아빈현주의 외형을 웰링턴 경이 복사하고 있었다. 이제 몸이 다 완성되면 유기체의 몸으로 기계들의 여왕이 될 것이다.

"제게도 이제 새로운 입과 뇌가 생겼네요. 이제 절 웰링턴 경이라고 부르는 건 좀 삼가주시겠어요? 이제부터 저를 '붉은 여왕'이라 불러주세요."

"이렇게 될 줄 알고 정신줄을 모두 끊어놨었는데. 그것 참, 도움이 돼서 고맙군. 교수, 장영실!"

교수가 달갑지 않은 표정으로 말을 했다.

"애초에 무단 도용이 문제가 아니었을까요."

장영실 또한 다급한 말투로 말을 이었다.

"어떻게 하실 겁니까요? 전 지금 재생중이라 힘들지 말입니다요."

"스스로 연결할 수 있을 줄이야. 그저 장기말이라고 생각했던 것이었는데……"

합선대군의 한탄에, 스스로를 붉은 여왕이라 지칭한 웰링턴은 입을 열었다.

"앨리스는 체스판의 끝까지 가서 스스로 여왕이 된 거에요. 병졸도 끝까지 가면 여왕이 되는 법이죠. 다만 다른 게 있다면 하얀 여왕이 된

게 아니라 붉은 여왕이 된 것뿐이에요. 자, 여러분! 저의 뱃속에서 나가 주셨으면 하네요. 아니면 흡수당하시던가요."

바닥의 촉수가 흐믈흐믈 변해가며 늪처럼 그곳에 모인 모두를 흡수하려 했다. 아빈현주는 아직 정신을 차리지 못했고 합선대군은 육체에 결함이 있었고 장영실은 아직 몸이 완전치를 못했다. 어쩌면 반항도 못하고 모두 살해당할 운명이 완성된 것일 수도 있다. 다만 교수만이 한숨을 내쉬며 자신감 있는 표정을 없애지 않았다.

"뭐 이럴 줄 알았다. 그래서 생각했던 게 있었지."

붉은 여왕은 고개를 갸웃거렸다.

• 제리코의 뿔피리

시간을 앞으로 돌려 웰링턴 경이 침입하기 전으로 돌아간다.

[태엽성]은 성층권에서 조선반도에 궤도를 고정한 채, 떠 있었다. 구름이 [태엽성]을 지나가는 모습이, 마치 [태엽성]이 부유하는 느낌을 주고 있었다. 불이 꺼진 [태엽성]은 폐성廢城처럼 고요하고 을씨년스러웠다. 몇 시간 동안 아무런 움직임도 없이 주인을 기다리던 [태엽성]에 갑자기 불이 들어오기 시작했다. 천천히 불이 밝아지며 을씨년스러운 폐성은 점차 밝고 화려한 영국식 대칭구조의 대저택으로 변했다. 교수가 돌아왔다는 뜻이다. [에테르점프]를 통해 저택의 화려한

홀에 모래조각을 만들어가듯 교수가 자신의 육체를 넘겨오고 있었다.

형태가 완성된 교수는 표정이 오묘했다.

크눕 하드니스 교수는 [태엽성]에 돌아온 것이 마치 십수 년이라도 흐른 느낌이 들었다. '립 반 윙클'의 경험을 느낀 것이다. 너무나 급박하고 엉망진창으로 사건이 흐르는 통에 자신도 지금 일어나는 일을 완벽히 믿을 수가 없었다. 크눕 하드니스 교수는 급했다. 저택에서 재빨리 무언가를 준비해야 했다.

저택 구석구석에 달린 나팔을 통해 넬슨 경의 목소리가 들렸다.

〈각하, 어서 오십시오.〉

"넬슨 경, 지금 당장 해야 할 일이 있네. 지금부터 말하는 걸 빨리 준비해주게."

교수답지 않게 인사에 화답하기보다 원하는 것부터 찾고 있었다. 하지만 넬슨 경은 지적하기보다 교수의 의견을 따랐다.

〈말씀하십시오. 각하!〉

"먼저 내 지팡이가 필요하고 두 번째로는 [제리코의 뿔피리Jericho Trumpet]를 준비해주게."

〈[제리코의 뿔피리] 말입니까? 정말로 화가 많이 나셨군요. 하지만 다시 생각하시는 게 어떻습니까? 각하.〉

교수가 얼마나 기독교에 대한 신앙심이 깊은가는 기독교관련 인용으로 이름 붙여진 그의 [장난감]들은 보면 알 수 있다. 그 [장난감]들은 최종병기나 다름없었다.

"내일 당장 클럽과 전면전이 일어난다고 해도 이것을 써야 하겠네. 난 절대 모욕을 받아들일 병신이 아니고, 내 예상이 맞다면 정말 큰일이 일어날 거야."

〈[제리코의 뿔피리], 충전 준비. 각하, 명령을 내리시면 바로 시작됩니다.〉

집사 오토마톤과 새 지팡이, 그에 어울리는 새 옷으로 갈아입은 교수는 넬슨 경의 말에 마음이 편안해졌다.

"그럼 가보도록 하지."

〈옛, 각하.〉

교수는 자신만만하게 [에테르점프]를 통해 모래바람과 함께 사라졌다. 그리고 지금에 이르게 된다.

"[제리코의 뿔피리]를 쓰시겠다고요? 이곳을 완전히 분자레벨로 분해시키시려고요? 아버지는 제게 미쳤다고 할 자격이 없네요. 그럼 본인도 죽는다는 건 아시나요?"

"무얼, 명예보다 더 우선되는 건 없어. 잃어버린 체면은 다시 회복하기 어렵지."

"교수, 한 가지 물어도 되겠소?"

"무엇입니까 현주 마마."

"저 붉은 머리의 나는 누구요?"

"제 길고 긴 악연의 끝이고, 현주 마마의 악연의 시작이지요."

"뭐라 했소?"

"자세한 건 나중에 설명할 수 있으면 하겠습니다."

교수는 무심하게 대꾸하고는 경건한 마음을 가진 수많은 기독교인이 그렇듯이 무릎을 꿇고 두 손을 모아 통성기도를 올리듯 소리쳤다.

"넬슨 경, 코드 입력.

[백성들은 고함을 지르고 나팔소리는 울려 퍼졌다. 나팔소리가 울리자 백성은 "와!" 하고 고함을 질렀다. 그 순간 성벽이 무너져 내렸다. 그러자 백성은 일제히 성으로 곧장 쳐들어가 성을 점령하였다. 남녀노소 가리지 않고 소건 양이건 나귀건 모조리 칼로 쳐 없애버렸다.]"

아마 웰링턴 경만이 외부시각으로 확인할 수 있었을 것이다. 성층권 위에 고정된 [태엽성]이 거대한 뿔피리를 바닥에서 꺼내 진동파를 보내고 있는 것을. 얼마 지나지 않아 그 충격파로 인해 [우인궁]이 통째로 다 박살날 것이다.

"아버진, 제게 미쳤다 할 자격 없어요. 완전히! 지금 다 죽는다고요!"

"웰링턴 경, 한 가지 말하지. 지금 이 자리에 없는 존재가 누군가?"

그 말이 끝나기 전에 사람 수대로 등장한 존 D가 나타나 그곳에 있던 자들을 하나 둘씩 데리고 사라졌다. 이제야 붉은 여왕은 진짜 비명을 질렀다. [우인궁] 터는 연못처럼 깊게 파인 상태였다. 교수가 정확히 확인하진 못했지만, 그 자리에 암모니아 가스를 분사체로 쓰며 우주로 날아간, 반괴된 시계탑 하나가 있었음은 확실했다. 우주를 떠돌다 지상으로 언젠간 다시 떨어질 것이다.

'뒷일은 어찌 될지 알 수 없는 일이지.' 교수는 굳게 입을 다물었다. 다만 시계를 바라보았다. 12시, 밤이 다가왔다. 모든 동화가 끝나는 시간이었다. 아마 지금 조선에 있는 사람들은 모두 생각했을 것이다. 차라리 오늘이 꿈이었기를, 어쩌면 내일은 평화롭기를. 다만 교수의 생각은 이랬다.

"정말 정신없는 하루였군."

그 이후로도 삶은 지속되었다
Lived Ever After

● 일요일의 독단

다음날 아침.

이스턴조선EasternChosun 호텔은 대형호텔 체인들에 비하면 호텔의 규모가 작았지만, 19세기부터 수도 한가운데 세워진 조선 근대를 대표하는 역사적 가치가 있는 호텔이었다. 이런 분위기 덕분에 조선을 방문하는 국빈이나 외국의 유명인들은 반드시 이 호텔에 묵는 것이 당연할 정도로 그 명성이 대단했다. 하여, 합선대군이 [우인궁]을 재건할 때까지 귀빈들이 이곳에 머무는 것은 어쩌면 지당한 일인지도 모른다.

합선대군은 복층구조의 스위트룸에서 깊은 한숨처럼 담배를 깊이 빨아들이면서 소파에 앉아 있었다. 담배연기가 대군의 머릿속을 조여오는 것처럼 자욱하게 감쌌다.

"어디서부터 꼬인 건지."

원래대로라면 조선은 대군이 원하던 바대로 완전한 통제국가가 되어 있어야 마땅하지만, 모든 것이 실패했다. 아비를 신뢰했던 딸의 믿음마저 저버리고 추진한 일이 결국 실패로 돌아간 것이다. 심지어 [우인궁]과 지하 연구실까지 분자레벨로 사라진 상태였기에 다시 이를 재건하기는 힘들었다. 당연하게도 자신의 반생 동안을 고민하며 달려온 계획이니 다시 쉽게 시작될 일은 절대 없으리라. 게다가 지금은 자신의 처지가 어떻게 변할지 알 수 없는 일촉즉발의 상태이다.

조선의 대제학이자 [국방과학연구소]의 총책임자인 장영실은 언제나 임금과 독대할 자격이 있었다. 그러나 임금에게 보고가 끝나면, 아무리 좋게 마무리된다 해도 남은 인생, 집밖으로 나올 일은 절대 없게 되리라. 자신이 저지른 일이 반역으로 해석될 여지가 다분하다는 것은 잘 알고 있었다. 그래도 할 일을 했을 뿐이니 후회는 없다.

합선대군이 생각을 복기하고 있을 때, 경호청 요원도 모르게 한 남자가 나타났다. 낡은 녹색 카디건을 입은 스코틀랜드 노인이 맞은편에 앉아 있었던 것이다. 합선대군은 그가 누구인지 익히 알고 있었다. 그 또한 합선대군에 대해 잘 알고 있었지만, 실제로 이렇게 만나는 것은 처음이었다.

"이것이 처음으로 보는 건가? 윈스럽 의장."

대군의 말에 노인은 주름진 미소를 지으며 답했다.

"환대 감사드립니다. 대군 마마."

"무얼, 이제 대군조차 아니게 될 참이네만."

합선대군의 말에 윈스럽 의장의 얼굴에 비릿한 웃음이 광대처럼 퍼졌다.

"무슨 말씀을 하시는지 모르겠군요."

"어제 일이 임금 귀에 들어가면 임금께서도 나를 그냥 살려 두지만은 않으실 것 아닌가. 그런데 아까부터 알 수 없는 그 웃음은 뭔가?"

"아니, 아까부터 무슨 소리를 하시는지 알 수가 없어서 그런답니다."

윈스럽 의장은 어디서 가져왔는지 조간신문 하나를 꺼내 합선대군에게 넘겼다. 합선대군은 신문을 살펴보았지만 그 어디에도 어제의 이야기는 실려 있지 않았다. 마치 어제 저녁 벌어진 일이 신기루처럼 왔다가 안개가 걷히듯, 사라져버린 느낌이었다. 합선대군은 곤혹스런 말투로, 그저 한마디 할 수밖에 없었다.

"대체 무슨 짓을 한 건가?"

이때 갑자기 한손에 붕대를 감고 검은 누더기를 걸친 젊은 사내가 나타나, 떨리는 손으로 검정바탕의 공책에 문장을 적고 있었다.

"역사는 이로써 사라지고 공백만이 남으리라. 이 [슈발츠 크로스]에 의해…….크헉!"

"니 일 끝났으면 빨리 좀 가자. 너 창피해 죽겠어. 멍청아!"

말이 다 끝나기도 전에 존 D가 나타나 발차기를 하며 함께 사라졌다.

"저희 클럽이 민중을 통제하는 방법이지요. 어제는 '없던' 날이 되었습니다. 날짜는 기억하고 그날의 날씨나 일과는 생각이 나도 역사로 남아지지는 않을 겁니다. 방금 보여드렸던 중2병 걸린 멍청이가 가진 초능력 덕이죠. 다른 사람들에게 보여주기 참 뭣한 놈이긴 합니다만……."

"원하는 게 무엇인가."

"그저 대군께서 힘을 잃지 않기를 바랄 뿐입니다. 그리고 그저 세계 평화를 위해 저희가 할 일을 할 수 있게 해주시면 됩니다."

"한낱 대군이 정할 수 있는 일이 아니다."

"호오, 한낱 대군이 우리가 그렇게 폐기하려 했던 미치광이 A.I를 되살린단 말입니까? 이것 참, 너무 재미진 말씀이라 무례를 잊고 말씀드릴 수 있겠군요. 당신이 살아있는 유일한 이유는 당신이 사라지면 동아시아 지형도가 한 달에 한 번씩 바뀌게 되기 때문이라고! 빌어먹을!"

결국 의장의 분을 이기지 못하는 성격이 격렬하게 튀어나왔다. 갑자기 나타난 존D가 뒤에서 윈스럽 의장을 껴안으며 소리쳤다.

"쫌! 협상 정도는 좀 화를 내지 말고 하라고요! 아니, 왜 이렇게 열이 많은 사람이 의장이 된 거야!"

윈스럽 의장의 과호흡이 조금 나아질 즈음해서 뒤틀린 표정으로 의장이 다시 입을 열었다.

"뭐 그리 말씀하신다면 임금께선 새로운 사실 하나를 아셔야겠지요."

존D가 보고서를 합선대군에게 보여주었다. 평종의 마지막 부인과 자신이 불륜을 저지르고 있었다는 보고서와 증거들이 나열되어 있었다. 유교가 국시인 나라의 근간인 왕족이 그 가르침을 뒤엎어버렸다는 증거였다.

"조선에선 자신의 뿌리를 아는 것이 그리 중요하다 들었습니다만. 언제나, 어느 나라나 황실 로맨스는 참 재밌다니까요. 사고친 OSS바보들이 내게 보여주지 않았던 보고서 중 하나였습니다만. 이걸 임금님께만 보여드리는 건 어떻겠습니까?"

윈스럽 의장은 의기양양하게 말했다.

"조선에 클럽 지부가 세워지길 원하나? 그럼 닥치게."

합선대군의 말은 당당했으나, 분노가 배어 있었다. 허나 윈스럽 의장은 즐거운 듯이 화답했다.

"무얼 그런 일까지……."

대군은 손을 내저으며 뒤돌아보며 말했다.

"없는 겸양은 부리지 말게. 이것으로 이겼다고 생각하지 말게. 반드시 지금 그 말을 꺼낸 걸 후회하게 해주지."

"환대 감사합니다. 다음에는 클럽 문제로 자세한 이야길 나눌 수 있기를 바랍니다."

그리고 둘은, 그 자리에 아무도 없었던 것처럼 조용히 사라졌다.

합선대군은 짜증이 솟구쳤는지 담배를 연신 피워댔다. 멀리서 하얀 고양이인지 호랑이인지 알 수 없는 무언가가 대군에게 다가와 무릎에 앉았다. 합선대군은 한숨을 쉬며 고양이를 쓰다듬으며 말했다.

"이것 참, 짜증이 나는구나. 그렇지 않느냐. 네가 어서 재생되어야 뭔가 할 수 있을 것 같구나. 풍견아……."

낡은 양조장에 도착한 존 D와 윈스럽 의장. 그곳에는 존 D들에게 억눌린 마스코 미카가 있었다. 고문이라도 당했는지 그녀의 말투가 넋이 나가 있었다.

"그게 내가 아는 마지막이에요. 정말 더는 몰라요. 정말 몰라요."

윈스럽 의장은 환한 표정으로 주름진 미소를 지으며 말했다.

"마스코 미카 양, 덕분에 즐거운 대화를 나눌 수 있었소. 좋은 정보를 주어 얼마나 고마운지 모르겠소."

"그럼 전 사는 건가요?"

"물론이지요. 죽지는 않을 게요."

윈스럽 의장의 말이 끝나기가 무섭게 두 명의 존 D가 마스코 미카를 [오크통]에 처넣었다. 그녀는 살해당하는 줄 알고 놀란 표정으로 발버둥쳤다. 통 안에 들어 있던 시커먼 액체가 타르액처럼 흘러나왔다. 통밖으로 비어져 나온 다리가 발버둥을 치며 나가려고 했지만 그녀의 반항이 무색하게 발끝까지 들어간 채로 [오크통]의 뚜껑이 닫혔다.

존 D는 조금은 불안한 듯 입을 열었다.

"일주일 내각의 다른 분들이 아시면 가만히 있지 않을 걸요. 함부로 요원을 늘렸다고 질타가 쏟아질 겁니다. 최소한 토요일인 엘비스 대령이나 화요일인 바바야가 부인이 미친 듯이 쫄 거라는 거에 제 월급을 걸어도 좋아요."

존 D는 그런 말을 하면서 마스코 미카가 들어간 통을 수레에 싣고 수만 개의 [오크통]이 쌓여 있는 동굴로 들어갔다. 그 [오크통]들 속에서는 능력을 받고 튀어나가기만을 기다리는 요원들이 잠들어 있었다. 깨어나기를 기다리는 애벌레들처럼.

윈스럽 의장은 [오크통]들을 쳐다보다가 손사래를 쳤다.

"내가 결정해서 문제 생긴 거 본 적 있어? 저건 도움이 될 거라고. 덕분에 합중국 바보들 수뇌부를 새로 바꿀 수 있었으니 말이야. 쓸 만한 요원이 될 거라고. 저 통에서 나오게 된다면 말이지. 그보다 웰링턴 추적은 어떻게 되고 있느냐? 존 D, 니가 남 걱정할 처지냐?"

"나를 먹었으니 어디에 있든 알 수 있을 거예요. 내 장기의 자아가 깨어날 때까지는 시간이 좀 걸리겠지만요."

윈스럽 의장은 별로 만족스럽지 못한 표정을 지었다. 당연한 것에 변명을 하는 존 D가 마땅치가 못한 것이다. 의장은 고개를 좌우로 돌리며 혀를 찼다.

"그보다 [미래예지부] 멍청이들이 어떻게 이번 일을 예측도 못한 건지 질책하고 싶구나."

"지금 눈 뜨고 있는 [미래예지부] 직원은 집단으로 모여서 주사위 던지는 놈들이라고요. 제일 높은 예지율이 85퍼센트 정도이고 그것도 고정치가 아니에요. 100퍼센트 완벽한 예지를 원하면 강제로 식물인간을 만든 [소설가]를 깨우시던가요. 초능력이 만능이 아니라는 것쯤은 의장님이 더 잘 아시잖아요."

"[소설가]를 깨우라고? 어디 생각은 해보지. 다음 정의 의회에 일주일 모두가 함께 나와야 한다고 확실하게 전해. 알았나? 존 D."

윈스럽 의장은 비릿한 웃음을 지으며 말했다. 그들의 목적은 하나뿐이었다. 언제나 그 구호를 외쳤다. 윈스럽 의장의 제창에 양조장에 있는 존 D들은 모두 동시에 대답했다.

"모든 것은 세계 평화를 위해."

"모든 것은 세계 평화를 위해."

• 99대 장영실의 독대

역대 장영실들은 일종의 특권을 가지고 있었는데, 언제 어느 시간 어떤 때든 임금과의 직접 독대가 가능하다는 것이었다. 이것은 조선의 억지력이기도 한 99대 장영실도 마찬가지였다. 이틀 전 벌어진 사건으로 몸이 만신창이가 됐다가 회복한 장영실로서는, 연구소에서 통신으로 지금의 상황을 보고할 수도 있었지만 직접 [경복궁] 사정전에 들어가 임금을 알현하고자 했다. 그 이유는 99대 장영실이, 왜곡된 자아를 지닌 자였지만, 누구도 부인 못할 '애국자'였기 때문이다. 임금이 친히 오라는 연락을 받고 이를 무시할 만큼 천박하지는 않았던 모양이다. 물론 문책성 사후보고라는 성격을 띠고 있었지만 말이다. 다만 임금의 개인 사실이나 다름없는 사정전에 입실할 수 있다는 건 엄청난 특혜였다.

"신 99대 장영실, 임금님을 뵙습니다요."

장영실은 바싹 엎드려 절을 하고 인사를 올렸다. 하지만 임금에게는 인사보다 더 중요한 일이 있었다.

"말하라, 장영실! 무엇이 문제였나."

임금은 지금 사정전 앞마당에서 일어난 테러상황에 대해 마뜩치 못했다. 심지어 없었던 일이라니, 대체 무슨 소리인지 알 수가 없었다.

"이제 와서 없던 일을 있다 말할 순 없겠지만 말입니다요……."

"없던 일이라…… 물리적인 증거들이 남아 있지 않은가."

"겨우 그 정도로 풀릴 간단한 암시라면 클럽을 두려워할 이유가 없지 말입니다요. 물리적인 증거는 대부분 잘못된 기억으로 처리될 겁니다요. 그보다 대군 마마를 어찌 하실 건지 말입니다요."

"여전히 조선은 합선대군이 필요하네. 게다가 난 내 조카가 크게 다치는 걸 원하지 않네."

명군인지 범부인지 알 수 없는 말을 하는 임금을 보면서 장영실은 반쯤은 체념이 깃든 표정을 지었다. 임금은 그런 표정을 짓는 장영실을 보며 말을 돌렸다.

"자네가 말했듯이 없던 일 아닌가. 신기하군. 모두가 기억하고 있는데, 역사가 되지 못한다니……"

"신기할 건 없습니다요. 아빈현주 마마께도 해드린 이야기이지만 말입니다. 인지를 한다고 모든 게 실존하는 건 아니라는 것이 현실이니 말입니다요. 크눕 하드니스 교수처럼 말입지요."

"그자가 실존하지 않는다?"

분명 임금은 자신이 본 교수의 물리적인 실체를 알고 있었다. 그럼에도 실존하지 않는 존재란 말인가? 임금은 확신할 수 없었다. 그러나 장영실은 확신에 가득 차 설명을 계속했다.

"그 노인장이 모시는 신 같은 것이지 말입니다요. 실존하지는 않지만 인지는 가능하지 말입죠. 그렇지 않고서야 100년간 도시전설 속에서 형태만 바뀌며 나올 리가 없지요."

그런 자들이 세상에 존재한다는 것은 두려워할 만한 일이다. 게다가 현실을 멋대로 조작하는 그 무서운 위력을 경험한 임금은 한숨을 강하게 내쉬었다.

"[디오게네스클럽]이 들어오게 방치한 것은 참으로 아픈 일이군."

장영실은 무슨 말을 하느냐는 반문의 표정을 지으며 웃었다.

"임금님은 이거 하나만 믿으시면 돼지 말입니다요."

"뭔가?"

"조선의 지존은 임금님이고, 임금님을 능멸하는 놈은 제 손으로 죽입니다요."

임금에게는 믿음직스러우면서 두려운 말이었다.

"그것 참 안심되는 말이네."

장영실은 다시 한 번 바싹 엎드리며 말했다.

"성은이 망극합니다요."

• 붉은 여왕과 장기말

문명국의 수도들이 대부분 그렇듯, 서울에서 스프롤* 현상이 일어나는 것은 어쩌면 필연이라 할 수 있을 것이다. 한때 집성촌들이나 논밭이었던 땅에서 수익성을 무시하거나 잘못 계산하여 시대착오적인 도시가 조성되는 상황은 왕왕 있는 법이다. 덕분에 서울의 도시권역

• 도시의 성장과 확장 과정에서 무분별한 도시계획이 난개발을 통해 교외지역으로 도시가 확장되는 현상을 말한다. 이 현상으로 도시권이 발생한다. 이런 상황에서 슬럼이 탄생하기도 한다.

중에서는 사용되지 않는 역이나 마을이 나타났다. 텅 빈 아파트촌과 역사는 모델하우스처럼 필요한 것은 모두 갖추고 있지만 이를 이용하는 사람은 아무도 없어 쓸쓸함마저 감돌았다. 지하철을 타고, 유령처럼 비어 있는 썰렁한 역사를 스쳐 지나치는 사람들은 사람의 그림자라고는 찾아볼 수 없는 이곳이 인형의 집안인 것처럼 보였을 것이다.

인적이 없는 이곳에는 더러 가난하고 스스로도 구제 못할 사람들이 잠시 쉬어가는 곳으로 이용되곤 했다. 또한 여기는 도망자들의 은신처이기도 했다. 당연한 일이지만, 모두 죽었을 것이라 여긴 왕초도 천운으로 살아남아 이름 없는 이곳 역사 안에 숨어 있었다. 왕초는 지금 조선에서 유일하게 살아남은 [어깨동무]였다. 사실 그는 기계인형이 되어 자아를 잃고 떠돌아다니다 죽었어야 할 존재였다. 허나, 강철로 된 육체를 이끌며 선로 위를 지나가고 있었다. 왕초의 몸에서 바이러스의 변이가 어떻게 일어났는지 모르지만, 그는 놀랍게도 자아를 유지하고 있었다.

[마키나 바이러스]를 연구하는 사람들이 보면 그의 몸을 해부해보고 싶을 정도로 지금까진 없었던 신기한 증상이었다. 육괴로 전락한 왕초의 몸에 기계부품이 침식해 들어왔다. 차라리 그가 자아마저 잃었다면 아무것도 느끼지 못했을 텐데, [마키나 바이러스]에 의해 육체가 강철로 변질되며 그 딱딱한 기계가 살을 파고들었다. 육괴와 강철 조각이 겹쳐지며 조여오는 나사들이 살을 찢고 파고드는 통증으로 인해 그의 입에선 백색소음을 닮은 비명밖에 나올 것이 없었다. 하지만 그를 도와줄 인간은 아무도 없었다. 아마 영원히 선로 위를 거닐며 도시전설의 한 챕터로 전락하는 것이 정해진 그의 운명처럼 보였다.

얼마나 아이러니인가. 모든 자본주의와 제국주의자를 참수하고 박살내고자 했던 그가 명백히 자본주의가 낳은 폐허에서 죽어가고 있는 것이었다. 하지만 그의 이야기는 아직 끝나지 않았던 모양이다.

한 여성의 모습이 선로 저 멀리에서 걸어오고 있었다. 그녀가 다가올수록 주변에 있는 등이 하나씩 켜졌다. 과도한 연출이었지만 만족한 듯 붉은 머리의 여성은 박수를 치며 다가왔다. 다가오는 여성은 마치 커튼처럼 드리운 붉은 베일이 달린, 과장된 영국식 빨간모자에 새카만 와이셔츠 위로 외연기관을 형상화한 듯 철장식의 검붉은 가죽 코르셋을 겉옷인 것마냥 입고 있었다. 밑으로는 검정승마용 남자바지를 여성용 바지로 개조하여 입고 있었는데, 그녀가 입은 전체적인 드레스의 분위기는 독특한 빅토리아 1세 양식으로 재해석된 디자인이었다.

발이 멈춘 왕초는 다가오는 여성을 보면서 제국주의자의 딸을 떠올렸다. 하지만 이내 아니라는 것은, 물론 그녀의 가슴크기가 흉악할 정도로 컸기에 금방 타인임을 파악할 수 있었다. 왕초는 기억했다. 외모는 아빈현주의 모습을 하고 있었지만 분위기가 확연히 달랐다. 광적인 미소와 마치 흥미로운 것을 발견한 듯한 호기심에 가득 찬 그녀의 모습은 흡사 교수와 판박이였다.

그런 그의 생각이라도 읽어냈는지 그녀는 선언했다.

"불쌍한 괴물아저씨. 왜 이런 데서 떠돌고 있나요? 호호호호."

왕초는 뭐라 말하고 싶었지만 선뜻 말이 나오지 않았다. 마치 상위자를 만난 것처럼 형태가 굳어버린 기분을 맛보았다.

"내가 누군지 궁금하겠지? 나는 한때 웰링턴 경이라 불리던 존재.

지금은 붉은 여왕이라 자칭하고 있어. 나를 따라오지 않겠어? 자아를 유지한 감염체는 신기한 거라 말이야."

왕초에게는 고개를 끄덕이는 것밖에 허락되지 않았다.

"좋았어, 그럼 타자."

그녀의 말이 끝나기가 무섭게, 부러져 엎어진 빅벤의 모습이 웰링턴 경의 잔해와 합쳐지며 열차로 개조된 채로 다가왔다. 열차는 여기저기 눈에 띄는 선로의 부속품이나 역사 내의 부품을 뜯어내 융합했고, 이윽고 열차에서 스멀스멀 기어나오는 촉수들이 숨어 있던 부랑자들을 살해하기 시작했다. 왕초는 촉수에 끌려갔던 부랑자들이 열차의 예비부품으로 버젓이 수납되고 있는 모습을 보고 있었다.

이러한 일련의 과정을 지켜보고 있던 왕초에게 그녀는 소리쳤다.

"여기서는 같은 곳에 있으려면 쉬지 않고 힘껏 달려야 해. 어딘가 다른 데로 가고 싶으면 적어도 그보다 두 곱은 빨리 달려야 하고."

그렇게 말하고는 그녀가 미소를 지었다. 자신의 경험을 인용한 셈이니 재밌었다 생각한 모양이었다. 이 뜻은 어서 타란 소리겠지. 그렇게 생각하고 왕초는 탑승했다. 그리고 왕관형태의 정자가 드릴처럼 회전하더니 두더쥐마냥 바닥을 파고 바닥 밑으로 사라져갔다.

이미 그곳에는 아무도 없었던 것처럼 보였다. 다만 핏빛 폐허만이 누군가가 있었다는 것을 증명했다.

● 마지막 에스코트

그날 이후로 아빈현주는 상처를 입었다. 사건은 끝났지만, 해결된 것은 없었다. 다음날 눈을 떴을 때, 아무런 변화도 없이, 사회가 잘도 돌아가고 있음을 알았다. 극적인 변화가 있을 거라곤 생각지 않았지만, 그래도 사소한 변화가 일어날 것이라 예상했기에 적잖게 실망했다. 게다가 이 모든 배후에 [디오게네스클럽]이 있음을 알고 쓰디 쓴 미소를 지으며 유학을 떠나기로 결정했다.

유학 예정지는 예전부터 초대가 들어오던 [리케이온 학국學國]으로 정했다. 남태평양 망망대해(정확한 좌표는 남위 47도 9분, 서경 126도 43분)에 존재하는, 인간의 예지가 한곳에 모인 인공 섬이다. [리케이온 학국]은 모든 지식에 대한 탐욕이 긍정되는 '배움' 만을 목표로 하는 학원국가로, 수만 가지의 학교가 모인 학교연합으로서는 유일하게 독립국의 지위를 가지고 있는 곳이기도 했다. 덕분에 이게 유학인지 망명인지는 알 수가 없었다. (애초에 유학이 곧 일시적인 망명으로 이해되는 곳이기도 했다.)

지금 아빈현주는 자신을 둘러싼 스트레스로부터 도망치려는 유혹의 덫에 걸려든 것이다. 다만, 그녀는 자신의 아버지가 유학을 너무 쉽게 허락해준 것이 마음에 걸렸다. 이러한 의심이 드는 것도 어쩌면 당연한 것일 수 있었다. 심지어 6월 25일, 그날 일은 마치 신기루처럼 없던 일이 되어버렸다. (사건에 개입되었던 사람들을 제외한) 전 인류가 공통적으로 이 사실을 두루뭉술하게 기억했지만, 역사로 기록되는 일은 없었다.

다만 그 다음날부터 거대 테마파크에서는 (뼈다귀를 지팡이로 쓰는 디오라는 이름의 데포르메 된 강아지가 메인 마스코트인) [디오네클럽 Dio's Club]의 마스코트들이 조선에 새로운 공원이 생긴다며 퍼레이드를 벌이는 애니메이션 선전이 계속되었다.

[디오네클럽]은 [디오게네스클럽]의 공식적인 외부얼굴 중 하나였다. 선전이 나오고 얼마 지나지 않아 현주는 그곳이 [디오게네스클럽]의 소유라는 사실을 알았다. 현주는 고개를 가로저을 수밖에 없었다. 마뜩치 않은 표정을 짓는다 한들 자신이 할 수 있는 일은 얼마 없었기 때문이다. 결국 이 선전이 그녀가 유학길에 오르는 결정적인 계기를 제공한 셈이었다. 다시 돌아올 때에는 앞으로 자신이 무엇을 어떻게 해야할지 알 수 있길 희망했다.

아빈현주는 평범하게 [리케이온 학국]으로 가는 일반 비행기를 타고 가고자 했으나, 황공하게도 임금님이 전용비행기를 내주었고 너무나 편하게 하늘 위를 올랐다. 얌전하게 떠오르던 비행기는 성층권을 돌파해 초고속 비행을 시작했다. 성층권에서 구름을 가르며 지나가는 동안 현주는 창밖을 내다보았다. 마치 라퓨타처럼 떠다니는 [태엽성]을 지나친 것만 같았다. 설마, 하는 마음에 구름 너머로 다시 쳐다보았지만 환영이라도 본 것처럼, 아무것도 보이지 않았다.

현주는 다시금 교수에 대해 생각했다.

물론 그가 인사도 없이 사라진 것에 불만을 느끼고 있었지만, 인지할 수 있다고 실존한다고 볼 수는 없다는 장영실의 말이 계속 머릿속에 맴돌았다. 그저 풍문으로 떠다니던 이야기 속의 존재가 그럴 듯한 실체를 가졌던 것은 아닐까? 어쩌면 25일에 일어났던 사건은 진짜 현실에선 존재하지 않았던 것일 수도 있었다. 자신의 마음에 간직된 상처조차 실제가 아닌 이야기에 불과했을 수도 있었다.

아빈현주 자신 또한 도시전설의 일부로 편입되었던 것일 수 있었다.

그렇게 생각하며 현주는 눈을 감고 생각에 잠겼다. 다만 멀리서 음악소리가 엔진음에 섞이고 있다는 생각이 들었다.

사실 현주가 잘못 본 것은 아니었다. 조선에서 내쫓기듯 도망친 교수가 사실은 자신이 에스코트를 약속한 숙녀의 여행길을 마지막으로 에스코트 해준 것이다. 다만 그 누구도 지금 교수가 어떤 얼굴을 하고 있었는지는 알 수 없었다. 다만 알 수 있는 것은 크눕 교수가 입속에 고기와 위스키를 집어넣으며 미식을 즐겼다는 점과 지금 그의 저택에 흐르고 있는 곡이 [마태수난곡]이라는 점이었다. 그리고 그가 지금 어떤 기분인지, 어떤 표정인지, 어떤 상태인지는 새로 시작할 이야기에서 알 수 있으리라는 점일 뿐이다.

■ 작가의 말

먼저, 제 작품을 읽어주신 독자여러분에게 감사한다. 좋은 평가를 들을 수 있게 된다면 더할 나위가 없다.

국가의 편견, 일종의 스테레오 타입이라는 게 존재한다.

이런 편견 중 유명한 것은 프랑스와 영국에 관련된 농담이다. 이 농담은 전세계에 깊게 퍼진 스테레오 타입 중 하나로, 서로가 지독한 편견으로 상대나라를 싫어한다는 내용이다. 하지만, 이 내용 자체가 사실 엄청난 편견이다. 사실 두 나라는 그렇게 사이가 나쁘지 않다. 언젠가 내 친구에게 이런 말을 하니 대뜸 "내 편견에게 뭐하는 짓이야!" 라며 화를 내는 것이었다. 이때, 누군가에게 편견은 지켜져야 할 그 어떤 것일 수도 있다는 생각을 하게 되었다. 어느 정도의 스테레오 타입은 삶을 사는 데 도움이 될 때가 있는 것이다.

이 작품은 편견과 오해 그리고 의심으로 이뤄진 도시전설(Hoax)에 관련된 이야기다. 애초에 주인공의 이미지를 19세기 신사로 가져왔으니 응당 내 자신이 가진 편견과 독선덩어리라는 것은 쉽게 추측할 수 있으리라. 다만 이 작품의 기본적인 근간은 쥘 베른의 모험소설들과 19세기 문학들에 대한 오마주에 가깝다. 내가 사랑한 19~20세기 초반의 영미문학에 대한 내 존경심을 담아 만들었다. 이 또한 편견일 수 있겠지만 말이다.

이 작품의 장르를 규정지을 수 없다. 최대한 스포일러는 자제하며 말하겠지만, 대체역사적인 관점에선 [80일간의 세계일주]의 조선편이란 느낌이다. 작품의 주인공, 크눕 하드니스교수는 사실 필리어스포그의 패러디였다. 게다가 교수의 이름은 실존하는 단위를 틀어서 표현한 것이다. 사회에 대한 표현과 세계관은 사이버펑크와 정치스릴러를 약간씩 섞인 피카레스크* 장르기도 하다. 선과 악이 모호한 우주에서 음모론이 세계를 움직이는 것은 일종의 크리피파스타**를 형상화한 것이다. 사실 말하고자 하는 말은 명백하나 이 이야기를 위해 움직이는 장르나 카테고리는 나 자신은 아직도 잘 확실히 말하기가 어렵다. 결국 장르를 나누는 것은 평론가의 몫이라 생각한다. 다만 내 소설에 등장하는 존재들을 즐겨주셨으면 하는 것이 창작자로서 바라는 마음이다.

정말 창피한 마음으로 말하는 바인데, 2012년 당 출판사와 계약 후에 번뜩 떠올린 대체역사 아이디어로 원래 내려하던 아이디어를 한번 폐기하고 선회한 작품이었다. 초반엔 끊임없이 떠오른 아이디어들과 캐릭터들이었으나 본인의 슬럼프와 여러 악재로 늦어지게 되었고 이렇게 사람들을 괴롭히며 완성하게 되었다. 정말 작품 하나 쓰는 데 단어 하나하나가 제대로 나가지 않는 작품은(물론 슬럼프와 악재가 나 자신을 갈아먹은 탓이긴 했지만) 처음이었다. 사실 작가의 말에 변명을 넣는다는 건 별로 좋은 생각은 아니나 고흐가 테오에게도 한 말처럼 '이 일이 쉽기만 했다면 어떠한 즐거움도 느끼지 못했을 것이다.' 자기연민과 의심으로 자신을 파괴해가는 과정을 거치더라도 계속되는 주변의 압박을 견뎌가며 계속 글을 쓸 수만 있다면 언젠간 소설을 이해할 날이 올 것이다. 나는 글을 쓰는 것이 좋다. 이것만이 진실이다.

끝으로 다음 작품에서 다시 뵐 수 있길 바란다.

- 피카레스크Picaresque 장르는 인격적 결함이 있는 사람들이 나오는 장르다. 등장인물은 대부분 악인이고 사악하다. 악에 대한 탐구와 전락을 표현한 작품들이 주를 이룬다.
- 크리피파스타Creepypasta 장르는 명백하게 창작이 분명한 괴담으로 현대사회의 신화에 가깝다.

MULTI MULTA NEMO OMNIA NOVIT